ALBA (SCHOTTLAND)
DIE STÄMME DES 1. JHDTS.
CORNAVIER
Orkney-Inseln
CAERENIER
Heilige Insel
(Isle of Lewis)
CARNONACAER
Wellen-
festung
(Inverness)
The Great Glen
KREONEN
CALEDONIER
VACOMAGER
TAEXALIER
VENICONEN
Tay Inlet
Forth Inlet
Dunadd
Eichenfestung
(Traprain Law)
EPIDIER
Clutha Inlet
(Firth of Clyde)
DAMNONIIER
VOTADINER
SELGOVAER
NOVANTAER
UNGEFÄHRE LINIE DER VOR AGRICOLA ZWISCHEN
79–83 N.CHR. ERBAUTEN FESTUNGEN

Prolog

LINNET

Sie war das Kind meines Herzens, wenn auch nicht meines Körpers.

Ich erinnere mich, wie sie einst mit wehendem, bernsteinfarbenem Haar den Bergpfad empor auf mich zugerannt kam, das Gesicht vom Schluchzen verzerrt. Damals machte ich mir Sorgen um sie, ich fragte mich, wie die eifersüchtigen Hänseleien der anderen Kinder zu so einem Tränenausbruch hatten führen können. Ich fürchtete, sie könne schwach sein, zu schwach, um das zu überleben, was ihr bevorstand, denn es war sowohl meine Gabe als mein Fluch, einen Teil ihrer Zukunft vorhersehen zu können.

Blut, das über nassen Sand spritzt.
Ein grünäugiger Mann im Bug eines Schiffes.
Die See, die über ihrem Kopf zusammenschlägt.
Und endlich die Schreie von Frauen,
die zwischen den Toten auf einem
Schlachtfeld umherirren.

Ich wusste, dass sie einer großen Bestimmung folgen musste, nicht aber, was das Schicksal genau für sie bereithalten würde. Wir Priesterinnen brüsten uns immer mit unserer Sehergabe, aber die Wahrheit ist, dass sich die Zukunft uns nur selten und nie ganz klar darbietet.

Ich behielt das Mädchen von dem Tag an im Auge, da meine ältere Schwester ihr das Leben schenkte und selbst bei der Geburt starb. Ich erinnere mich, wie ihr Händchen einen meiner Finger umschloss, ihre milchigen Augen schon mein Gesicht suchten, als der rotgoldene Haarschopf noch feucht vom Mutterschoß war… ah, dies sind die träumerischen Grübeleien einer Mutter.

Doch schon an diesem Tag erkannte ich, dass sie eine der Vielgeborenen war, jener Menschen, die immer wieder auf diese Welt zurückkommen, um ein neues Leben zu leben. Und dass ihr aus diesem Grund große Gaben beschieden waren, sie aber auch großes Leid würde ertragen müssen.

Helfen konnte ich ihr nicht. Sie musste aus eigener Kraft innere Stärke entwickeln. Und das tat sie. Wie ein wilder Lachs kämpfte sie gegen die Ströme aus Missgunst, Eifersucht und Ehrfurcht an, die ihr entgegenschlugen. Als sie heranwuchs, fand auch ihr Gesicht zu seiner endgültigen Form; verlor die Weichheit, die mich einst so beunruhigt hatte.

Ich bemerkte auch, dass sie nie mehr weinte – und in meinem Priesterinnenherz empfand ich darüber eine große Erleichterung.

Aber mein Mutterherz weinte um sie.

Ich durfte mit ihr nicht über ihre Zukunft sprechen – das Blut, den Mann im Boot, die Schlacht. Es war nicht meine Aufgabe, ihren Lebensweg vorherzubestimmen, sondern ich musste ihren Mut und Verstand schulen, sodass sie diesen Weg selber finden konnte.

Während jener Zeit, da wir nur Garnfäden im Webstuhl der Großen Mutter sind, haben wir noch eine Wahl. Ich liebte sie mehr als mein eigenes Leben, daher wollte ich sie selbst wählen lassen, welchen Weg sie einschlug. Vielleicht hätte ich anders gehandelt, wenn ich geahnt hätte, welche Qualen sie auf diesem Weg würde erleiden müssen.

Nur an einem hielt ich mich unbeirrt fest: an dem Wissen, dass sie irgendwie das Bindeglied zu unserer Freiheit sein würde, obwohl ich in der Zukunft gesehen hatte, dass den Völkern von Alba viele schwere Jahre bevorstanden.

Viele Dinge können den Lauf der Geschichte verändern.

Ein Wort.

Die Klinge eines Schwertes.

Ein Mädchen, das mit wehendem, bernsteinfarbenem Haar einen Bergpfad emporläuft.

1. Kapitel

ZEIT DES BLÄTTERFALLS, ANNO DOMINI 79

Das Baby glitt in einem Schwall von Blut in Rhianns Hände.

Die Mutter stieß einen letzten Schrei des Triumphs und der Qual aus und glitt an dem Dachpfosten, an dem sie sich abgestützt hatte, auf den Boden hinunter. Rhiann, die vor ihr kniete, bemühte sich, den glitschigen kleinen Körper sicher zu halten. Der Schein des Feuers im Kamin fiel auf die wächserne, blutverschmierte Haut des Neugeborenen, und unter den Büscheln dunklen Haares spürte sie die zarten Knochen des Schädels unter ihren Fingern.

»In die Arme deiner Mutter bist du gesunken. Die Familie heißt dich willkommen, der Stamm heißt dich willkommen, die Welt heißt dich willkommen. Mögest du stets in Sicherheit leben.« Atemlos murmelte Rhiann die rituellen Worte; die Ferse der Mutter bohrte sich schmerzhaft in ihre Rippen.

Das Kind noch immer in den Armen haltend, nickte sie der alten Tante zu, die die Mutter zu einer Lagerstatt aus Farn neben dem Feuer führte. Dankbar richtete sich Rhiann auf und schob mit der Schulter ihr Haar zurück.

Die Mutter stützte sich keuchend auf die Ellbogen. »Was ist es?«

»Ein Junge.«

»Der Göttin sei Dank.« Sie ließ sich wieder zurücksinken.

Als die Nabelschnur nicht mehr pulsierte, legte Rhiann das Baby behutsam auf das Lager und nahm ihr Priesterinnenmesser aus dem Beutel an ihrem Gürtel. »Große Mutter, lass dieses Kind sich von dir nähren, wie es sich von diesem Leib genährt hat. Lass sein Blut dein Blut sein. Lass seinen Atem dein Atem sein. So möge es geschehen!« Sie durchtrennte die Nabelschnur und band sie geschickt mit Flachs ab, dann hüllte sie das Baby in ein Leinentuch und drehte sein Gesicht zum Feuer hin.

»Was seht Ihr, Herrin?«

Alle Mütter stellten Priesterinnen diese Frage. Und was sollten sie darauf antworten? *Dieser Junge gehört nicht der Kriegerklasse an, also wird er wenigstens nicht durch das Schwert sterben.*

»Was wird einmal aus ihm werden?«, quäkte die alte Tante.

Rhiann wandte sich lächelnd zu ihr um. »Ich sehe ihn viele Jahre lang zusammen mit seinem Pa Netze voller fetter Fische einholen.« Sie bettete das Kind auf die Brust seiner Mutter und strich zärtlich über das flaumige Köpfchen.

»Bald werdet Ihr selber eines haben«, krächzte die Tante, als sie ihr einen alten Lumpen reichte. »Man wird bei der Wahl des Freiers nicht wählerisch sein, heißt es. Nicht jetzt, wo der König so krank ist.«

»Still!«, zischte die Frau auf dem Farnlager zornig.

Rhiann rang sich ein Lächeln ab und säuberte ihre Hände. »Trink zweimal täglich einen Sud von aufgebrühtem Waldmeister«, mahnte sie die junge Mutter. »Das wird den Milchfluss anregen.«

»Danke, Herrin.«

»Ich muss gehen. Alle guten Wünsche für dich und das Baby.«

Die Frau drückte ihr Kind an sich. »Und für Euch, Herrin.«

Draußen vor der kleinen Hütte vertrieb eine frische Morgenbrise den Gestank nach Fisch und Mist. Rhiann holte tief Atem und versuchte, die Worte der alten Frau zu verdrängen, als sie sich über das Gatter des Kuhpferches beugte, um ihre verkrampften Rückenmuskeln zu lockern. Die knochige Kuh muhte und rieb die Flanke an ihrer Hand. Unwillkürlich musste Rhiann lächeln.

Viele Edelleute von Dunadd hätten verächtlich auf diesen Hof herabgeblickt; auf das Torfdach der Hütte, den Zaun aus Treibholz und die algenverkrusteten Fischernetze. Rhiann fand, dass ein tiefer Frieden von dem Hof und dem kleinen farnüberwucherten Tal ausging, in dem er lag. Salzwasserduft und der leise Gesang der Fischer wehten über die Bucht. Der Tag hatte für alle gut begonnen und würde im selben Rhythmus verlaufen wie alle anderen Tage auch. Ein solches Leben erschien ihr ausgesprochen verlockend. Es verlief ruhig. Ereignislos. Vorhersehbar.

Plötzlich kam eine winzige Gestalt um die Hausecke geschossen und prallte gegen ihre Beine. Sie bückte sich und schwang den kleinen Jungen hoch in die Luft. »Wer ist denn dieser große wilde Eber, der mich umzurennen versucht?«

Das Kind starrte vor Schmutz; sie konnte nicht erkennen, wo der Saum seines zerlumpten Kittels endete und das Gesicht anfing. Er bohrte seine schmuddeligen Füßchen in Rhianns Oberschenkel, und sie kitzelte ihn, bis er vor Wonne quiekte.

Dann kam die Schwester des Jungen angelaufen, nahm ihn Rhiann verlegen ab und stellte ihn auf den Boden. »Ronan, du Nichtsnutz! Verzeiht, Herrin ... Euer Gewand ...«

»Eithne«, Rhiann blickte an sich hinab. »Ich war sowieso nicht gerade sauber ... dafür hat dein neuer Bruder gesorgt. Ich sehe vermutlich wie eine Vogelscheuche aus.«

»Ein Bruder!« Eithne verdeckte ihr schüchternes Lächeln mit einer Hand. »Pa wird sich freuen. Und Ihr seht gut aus, Herrin«, fügte sie höflich hinzu.

»Hübsch«, piepste der Junge. »Sie meint, dass Ihr hübsch seid.«

Eithne blickte zu Boden und zwickte ihren Bruder in die Hand. Sie war ebenso dunkel wie der Kleine, hatte schwarze Augen und scharfe Knochen wie ein Vögelchen. In den Adern der beiden Kinder floss das Blut des Alten Volkes; der Menschen, die in Alba gelebt hatten, bevor Rhianns hoch gewachsene, rothaarige Vorfahren gekommen waren. Gewöhnliches Blut, wie alle wussten.

Gerade jetzt wäre Rhiann selbst nur zu gerne klein, dunkel und gewöhnlich gewesen. Das Leben wäre dann viel leichter für sie.

»Danke, dass Ihr das Baby auf die Welt geholt habt. Und den

weiten Weg auf Euch genommen habt.« Eithne warf Rhiann einen verstohlenen Blick zu. »Noch dazu, wo der König so krank ist.«

Bei diesen Worten drohte sich Rhianns Magen umzudrehen, doch wieder bezwang sie sich. »Als deine Mutter mir sagte, sie wäre in guter Hoffnung, versprach ich ihr, ihr bei der Geburt beizustehen, Eithne. Und mein Onkel ist in guten Händen. Meine Tante pflegt ihn.«

»Möge die Göttin ihn wieder gesund werden lassen.« Eithne holte etwas aus den Falten ihres geflickten Kleides und reichte es Rhiann. Es war eine roh gearbeitete, verbeulte Brosche in Form eines Hirschkopfes. »Pa hat mir aufgetragen, Euch dies zu geben. Es ist gutes Kupfer – er hat sie am Strand gefunden.«

Rhiann presste die Brosche kurz gegen ihre Stirn, ehe sie sie widerwillig einsteckte. Es war Sitte, die Priesterin für ihre Dienste zu bezahlen, auch wenn die Familie noch so arm war. Aber bei der Göttin, sie besaß nun wirklich genug Broschen!

Das am Ende des Zaunes angebundene Pferd, eine zierliche Stute von der Farbe winterlichen Nebels, wieherte laut. Rhiann lächelte Eithne zu. »Meine Liath ruft mich. Richte deinem Vater meine besten Wünsche aus und danke ihm in meinem Namen für die Brosche.«

Sie legte ihren Schaffellumhang an und schlang ihn eng um sich. Dann straffte sie sich und griff nach ihrem Bündel. Es war an der Zeit, in ihr eigenes Haus zurückzukehren.

Der landeinwärts führende Pfad war in dichten Nebel gehüllt, der über die Wiesen und den Fluss Add in seinem Bett hinwegwaberte und Rhianns Gesicht benetzte. Herabgefallene Erlenblätter dämpften Liath' Hufschlag. Sonst war alles still.

Ein Nebel wie dieser verbarg viele Pforten zur Schattenwelt. Vielleicht war sie just in diesem Moment von bösen Geistern umzingelt, die sie mit sich ziehen würden, die sie aus der feuchten diesseitigen Welt in ihr Reich verschleppten. Rhiann spreizte die Finger und hob eine Hand in der Hoffnung, so die Geister zu beschwören, sie holen zu kommen...

Aber sie bekam nur einen Zweig zu fassen, und eiskalte Tautropfen fielen auf ihren Nacken. Seufzend wischte sie sie weg. Pforten und Geister! Hier gab es nur verrottende Blätter, Nebel, Nässe und lange Nächte, die den Menschen bevorstanden.

Der Pfad wand sich eine Anhöhe empor, und als sie in milchiges Tageslicht eintauchte, zügelte sie ihr Pferd. Vor ihr erstreckte sich ein weitläufiges Moorgebiet unter einer Nebeldecke, das sich bis zu einer einsamen Felsenklippe hinzog. Darauf erhob sich Dunadd, das *dun*, die Festung ihres Stammes, die über den Add blickte. Auf dem Gipfel lag der Hof des Königs, wo ihr kranker Onkel dahinsiechte. Die Pfeiler des Druidenheiligtums ragten wie schwarze Finger gen Himmel. Erschauernd trieb Rhiann Liath weiter.

Dunadds Edelleute lebten auf diesem Felsen, hoch über dem Dorf, das sich, umgeben von einer Eichenholzpalisade, an dessen Fuß entlangzog. Als Rhiann das Tor erreichte, kam der Wächter von seinem Turm herunter, um den Querbalken zu entfernen. Er half ihr vom Pferd und bedachte sie dann mit einem argwöhnischen Nicken.

Alle betrachteten sie jetzt wachsam, erwartungsvoll und voller Argwohn.

Das Dorf erwachte gerade erst zum Leben. Hunde bellten, und die ersten Flüche, das erste Kindergeschrei waren hinter den Türbehängen aus Tierfellen zu hören. Rhiann führte Liath durch das Gewirr runder Hütten, Scheunen und Kornspeicher zu den Ställen. Dort warf sie einem gähnenden Stalljungen die Zügel zu, eilte den Pfad zum Mondtor hoch, das den Zugang zu dem Felsen bildete, und ließ das Dorf und den Nebel hinter sich.

»Herrin! Herrin!«

Ihre Dienerin Brica kam auf sie zu. Die geschnitzte Mondgöttin auf dem Tor warf einen Schatten über ihr schmales, scharf geschnittenes Gesicht. Sie nahm Rhiann den Umhang ab und schnalzte missbilligend mit der Zunge, als sie den Schlamm darauf sah, der unter Liath' Hufen aufgespritzt war. »Ich weiß nicht, wie es um den König steht, Herrin – Lady Linnet war noch nicht zurück, als ich das Haus verlassen habe. Geht es Euch gut? Hat Euch irgendetwas erschreckt? Ihr seht so blass aus.«

»Mir geht es gut!«, wehrte Rhiann die bohrenden Fragen ab, die sie in den stechenden schwarzen Augen las.

Brica war ebenfalls vom Alten Blut und auf der Heiligen Insel aufgewachsen, wo Rhiann zur Priesterin ausgebildet worden war. Als Rhiann letztes Jahr nach ihrer Aufnahme in die Schwesternschaft die Insel überstürzt verlassen hatte, hatte ihr die Priesterinnenälteste Brica als Dienerin mitgegeben. Warum, wusste Rhiann nicht, denn sie und die kleine, magere Frau hatten nie große Zuneigung füreinander empfunden.

»Ich muss mich gründlich waschen.« Rhiann streckte die Hände aus. »Ist genug Wasser da?«

»Eure Tante hat alles verbraucht, um Tränke für den König zu bereiten. Ich werde sofort zum Brunnen gehen.« Brica gab Rhiann ihren Umhang zurück und eilte davon, dabei raffte sie ihre Röcke, um den Saum nicht mit Schlamm zu beschmutzen.

Rhiann verlangsamte ihre Schritte, als sie an den Häusern vorbeikam, die von den Angehörigen des Königs bewohnt wurden. Hier herrschte angespannte Stille, die nur vom steten Tröpfeln des Taus zerrissen wurde, der von den geschnitzten Türpfosten fiel. Die Dienstboten schlichen auf leisen Sohlen und mit gesenktem Blick zum Brunnen oder zum Kuhstall, um Milch zu holen. Irgendwo begann ein Baby zu greinen und wurde sofort zum Schweigen gebracht.

Rhianns Herz hämmerte mit einem Mal schmerzhaft gegen ihre Rippen.

Schließlich ragte der große Bogen des Pferdetores vor ihr auf, der zum Gipfel der Felsenfestung führte. Rhiann spähte zwischen den Beinen des geschnitzten Hengstes hindurch und sah von dem kleinen Druidentempel am Felsrand blauen Rauch aufsteigen. Zwischen Tor und Tempel lag das Haus des Königs, ein großes, rundes Gebäude mit einem bis zum Boden reichenden Strohdach. Nichts rührte sich dort.

Auf der Dachspitze wehte das königliche Banner mit dem Emblem ihres Stammes, der Epidier – des Pferdevolkes. Es zeigte die weiße Stute der Pferdegöttin Rhiannon auf karmesinrotem Grund.

An diesem Morgen jedoch war die Brise so schwach wie das fahle Sonnenlicht, und das Banner hing schlapp wie ein blutiger Lumpen an seinem Pfahl.

Rhiann lebte am Rand des Felsens, von ihrer Tür aus konnte sie über das Moor blicken. Wenn der Wind von Süden kam, trug er nur die Schreie der Vögel und das Flattern ihrer Flügel zu ihr herüber. Manchmal konnte sie so tun, als wäre sie Linnet, ihre Tante, die nur in Gesellschaft von Ziegen und einer treuen Dienerin allein für sich auf einem Berg wohnte.

Als Rhiann ihr Türfell hob, sah sie Linnet zusammengesunken auf einem Stuhl neben dem Feuer sitzen. Ihr rostbraunes Haar, in dem sich noch keine Spur von Grau zeigte, wirkte stumpf, ein paar Strähnen hatten sich aus den Zöpfen gelöst, und als sie den Kopf hob, sah Rhiann, dass das blasse, ruhige Oval von Sorgenfalten durchzogen war. Die Frauen aus Rhianns Geschlecht hatten kräftige, ausgeprägte Züge und lange, schmale Nasen, doch wenn sie erschöpft und von Sorgen geplagt waren, fielen ihre Gesichter ein, so wie das von Linnet jetzt. »Es sieht nicht gut aus, Kind.«

Rhianns Beine drohten unter ihr nachzugeben, und sie sank, den Umhang auf dem Schoß, auf einen niedrigen Schemel. »Ich dachte, du könntest ihn heilen, nachdem meine Kunst versagt hat. Ich war mir sicher. Ich war mir so sicher!«

Linnet seufzte. Schatten verdunkelten ihre grauen Augen. »Ich kann ihm noch eine Dosis Misteltrank geben, dann werden wir sehen, ob sich der Herzschlag verlangsamt.«

»Dann gehe ich jetzt zu ihm ... ich werde alles versuchen, um ...«

»Nein.« Linnet schüttelte den Kopf. »Ich kehre gleich zu ihm zurück. Ich wollte nur sehen, ob du schon wieder da bist.«

Rhiann sprang auf. Der Umhang fiel auf den Lehmboden.

»Ich begleite dich. Wenn wir beide die Große Mutter anflehen …«

»Nein«, wiederholte Linnet, erhob sich und musterte die Bronzekessel, die an dem Dachbalken hingen. Dahinter schimmerten glasierte Krüge, Schalen und geflochtene Körbe auf einem Brett an der Wand. »Bleib hier und braue mir frischen Mädesüßtrank.«

»Du versuchst, mich abzulenken.« Rhianns Atem ging schwer.

Linnet zwang sich zu einem müden Lächeln. »Gut, du hast mich ertappt. Trotzdem werde ich allein gehen. Ich bin die älteste Priesterin.«

»Aber ich bin die Ban Cré! Es ist meine Pflicht, an der Seite des Königs auszuharren!«

»Brude ist mein Bruder.«

»Doch du liebst ihn genauso wenig wie ich!« Rhiann biss sich auf die Lippe, denn die Worte waren ihr entschlüpft, ehe sie sie zurückhalten konnte. Das passierte ihr häufig.

Linnet legte eine Hand an Rhianns Wange und sah sie eindringlich an. »Das ist richtig, möge die Göttin mir verzeihen. Aber ich möchte dir so viel Leid ersparen wie möglich. Bald wird das nicht mehr in meiner Macht stehen.«

Hitziger Widerspruch drängte sich auf Rhianns Lippen. Ein Teil von ihr wollte vor dem Krankenlager des Königs davonlaufen, ein anderer Teil verzweifelt um sein Leben kämpfen. Aber nicht aus Liebe, möge die Göttin ihr vergeben. Nein, um das abzuwenden, was unausweichlich auf sie zukam, wenn Linnet, wie sie selbst gesagt hatte, sie nicht mehr vor Leid schützen konnte.

Endlich gab sie erschöpft nach, denn hinter Linnets sanfter Stimme und ihren liebevollen Worten verbarg sich ein eiserner Wille. Das war noch eine Gemeinsamkeit, die sie beide teilten, doch eine von ihnen musste stets zurückstecken, und diesmal war das Rhiann.

Nachdem Linnet gegangen war, schleppte sich Rhiann zu dem Stuhl, setzte sich vor das Feuer und beobachtete, wie das Blut unter der blassen Haut ihres Handgelenkes pochte. Dasselbe Blut, das schon ihr ganzes Leben lang durch ihre Adern rann. Wie konnte der Tod eines einzigen Mannes es bedeutender, wertvoller machen?

Besonderes Blut.

Die Worte schmeckten bitter auf ihrer Zunge. Denn in Alba ging der Königsthron nicht vom Vater auf den Sohn über. Seine weiblichen Verwandten, seine Schwestern und Nichten, gaben das Blut weiter. Aber der königliche Clan, der seit sechs Generationen regierte, verfügte über keinen Erben mehr, daher bestand die Gefahr, dass er von rivalisierenden Clans angegriffen wurde, die selbst den neuen König stellen wollten. Nur Rhiann konnte noch einen Sohn von königlichem Geblüt gebären, denn Linnet hatte schon vor langer Zeit einen Verzichtsschwur geleistet und war inzwischen über das gebärfähige Alter hinaus.

Solange ihr Onkel bei guter Gesundheit gewesen war, hatte Rhiann die Angst, eines Tages zu einer Heirat gezwungen zu werden, unterdrücken können. Aber nun, da der Tod des Königs näher rückte, würde dieser unheilvolle Tag nicht mehr lange auf sich warten lassen. Es gab keinen lebenden Erben mehr. Nur noch ihren Schoß.

Ihr besonderes Blut.

Bei Einbruch der Dämmerung kehrte Linnet zurück. »Ich habe ihm mehr von dem Trank eingeflößt, und trotzdem schlägt sein Herz unregelmäßig. Aber ich wage nicht, ihm noch mehr zu geben.« Müde rieb sie sich über die Augen. »Ich habe alles getan, was in meiner Macht steht, Tochter.«

Rhiann presste ihre zitternden Finger gegen die Wangen. »Aber er muss doch die Krankheit besiegen können, Tante! Bei der Göttin, er ist stark wie ein Pferd. Kämpfen, essen, trinken – das war sein Leben!«

»Vielleicht hat das viele Essen und Kämpfen sein Herz geschädigt«, erklärte Linnet mit einem leisen Lächeln. »Manchmal lodert die Seele heller, als es der Körper ertragen kann, und verbrennt ihn von innen her. Das habe ich schon öfter erlebt.«

Ein Birkenholzscheit im Feuer knackte, Funken sprühten, Ascheflocken schwebten zum Strohdach empor. Rhiann drehte sich zu den Flammen um und schlang die Arme um ihren dünnen Oberkörper. Wurde sie vom Tod verfolgt? Zählte sie zu jenen Unglücklichen, die die bösen Moorgeister heimsuchten? Ihre Geburt hatte ihre Mutter das Leben gekostet, ihr Vater war ihr fünf Jahre später in die Schattenwelt gefolgt. Und dann… dann war der nächste Verlust gekommen… die anderen Toten vor einem Jahr, auf der Heiligen Insel…

Die Kraft von Linnets Blick holte sie in die Gegenwart zurück. Dank des geheimnisvollen Bandes, das zwischen Priesterinnen bestand, spürte Rhiann die Last von Linnets Sorgen schwer auf ihren eigenen Schultern. Sie kannte den Grund dafür. Sie wusste, was Linnet dachte.

Einst war Rhiann das Abbild ihrer Mutter gewesen, und die Barden hatten ihre Schönheit besungen. Sie hatten dasselbe Haar und dieselben Augen gehabt – bernsteinfarben und violett in den Liedern der Barden, hellbraun und blau Rhianns Ansicht nach. Der Bronzespiegel ihrer Mutter lag tief auf dem Grund ihrer geschnitzten Truhe verborgen. Rhianns Finger hatten ertastet, wie hohl ihre Wangen waren und wie stark die Knochen an Hals und Brust hervorstachen. Sie brauchte keinen Spiegel, der ihr verriet, dass sie ihrer Mutter schon lange nicht mehr glich. Ihr breiter Mund verlief wie eine klaffende Wunde über das ausgemergelte Gesicht, die lange Nase ähnelte einem spitzen Schnabel. Linnets Züge zeigten Spuren der Strapazen, die ihr jeder neue Tag brachte, Rhianns spiegelten die Pein wider, die sie Nacht für Nacht durchlitt. Scham und Kummer konnten das Fleisch eines Menschen dahinschwinden lassen, das wusste jeder Heiler. So verhielt es sich auch bei ihr.

Sie hörte Leinenröcke rascheln, und dann strichen Linnets warme Hände über ihr Haar. Ein Kloß bildete sich in Rhianns Kehle. Doch sie durfte ihren Gefühlen keinesfalls freien Lauf lassen, weil sie fürchtete, die Tränenflut würde dann nie wieder versiegen. Sie zog die Schultern hoch und kämpfte gegen das Brennen hinter ihren Augen an. Nach einem Moment zog Linnet seufzend die Hand zurück.

»Es muss doch etwas geben, was wir tun können, Tante!« Rhiann wandte sich, die Fäuste in die Hüften gestemmt, zu ihr um. »Kälte verlangsamt den Blutfluss … auf den Gipfeln gibt es schon Eis …«

Linnet schüttelte den Kopf und tastete nach dem Mondsteinamulett auf ihrer Brust. »Ich habe alles für ihn getan, was ich konnte. Sein Leben liegt jetzt in den Händen der Göttin. Nur sie allein kennt die Irrwege des Schicksals, Tochter.«

Obwohl Linnet wusste, was diese Worte für Rhiann bedeuteten, unternahm sie keinen Versuch, sie zu trösten, das hatte sie schon seit dem Ausbruch der Krankheit des Königs nicht mehr getan. Ein altvertrauter Schmerz durchzuckte Rhianns Brust.

Und dann hörten sie es. Vom Gipfel des Felsens hallte ein gellender Schrei zu ihnen herüber; ein einsamer, gequälter Klagelaut, der an den Ruf der Brachvögel erinnerte. Er kam aus den Gemächern des Königs. Brudes Frau hatte ihn ausgestoßen. Die anderen Frauen des Haushaltes fielen in das Gejammer ein, Schrei um Schrei erfüllte die Luft, ein jeder so scharf, dass er sich direkt in Rhianns Herz zu bohren schien.

Sie fing Linnets Blick auf. Der König war tot.

Die nächsten Stunden verschwammen in einem Meer aus rituellen Klageliedern, den entsetzen Gesichtern der Menschen, die sich in den Gemächern des Königs drängten, und den Tränen seiner Töchter, die Rhianns Hals benetzten. Endlich befahl ihr Linnet, zu Bett zu gehen. Rhiann vermochte kaum noch einen Fuß vor den anderen zu setzen, und als sie ihr vom fahlen Sternenlicht beschienenes Haus erreicht hatte, schickte sie Brica fort und kroch auf ihre Lagerstatt.

Dort vergrub sie das Gesicht in der Decke aus Hirschfell und versuchte, im Schlaf Vergessen zu finden.

Doch ihre Gedanken kamen nicht zur Ruhe. Von nun an würden sie die Augen aller Bewohner von Dunadd auf Schritt und Tritt verfolgen. Sie biss sich auf die Lippe, um sich daran zu hindern, laut den Umstand zu verfluchen, dass sie eine Frau war. Wäre sie doch nur als Mann zur Welt gekommen! Dann würden die Stammesältesten kaum Interesse an ihrer Person zeigen. Würde sie doch nur zu einem der Stämme im Süden gehören, der Gegend, die die römischen Invasoren Britannien nannten! Dort flehten die Könige ihre Götter um Söhne an und zeugten ein Kind nach dem anderen. Niemand scherte sich dort um die Schwestern und Nichten ihrer Herrscher.

Seufzend rollte sie sich auf die Seite und beobachtete durch den Wandschirm aus Flechtwerk vor ihrem Bett die Funken des Feuers. Wäre sie doch nur in die Familie eines Fischers oder eines Bauern hineingeboren worden …

Hör auf zu grübeln, befahl sie sich. *Versuch jetzt zu schlafen.*

Doch der Schlaf würde ihr keinen Frieden bringen, nicht in dieser Nacht. Als Heilerin hätte sie wissen müssen, dass dieser neue Schmerz auch die alten Wunden wieder aufreißen würde; die furchtbaren Bilder erneut heraufbeschwören würde, die sie seit dem letzten Jahr fortwährend quälten und an ihrem Fleisch zehrten. Sie hätte sich einen Trank brauen sollen, um die Visionen zu verscheuchen.

Aber das hatte sie versäumt.

Und so setzten in der dunkelsten Stunde vor der Morgendämmerung die Träume ein. Zuerst sah sie ihren Onkel auf seinem Pferd sitzen; sah sich selbst, wie sie sich an seine Zügel hängte und ihn anflehte, sie doch mitzunehmen. Aber er hatte das Visier seines Helms über die Augen gezogen, trieb seinen Hengst an und jagte davon, mitten im Galopp verwandelte sich sein Pferd in eine Möwe.

Rhiann versuchte, ihm nachzulaufen, denn irgendetwas verfolgte sie, kam rasch näher … doch ihre Beine schienen in einem Sumpf gefangen zu sein, sie stolperte und versank schluchzend im Moor … und dann war da plötzlich Linnet, sie saß vor einem Feuer und spann; spann unaufhörlich, die Wolle bildete zu ihren Füßen schon einen riesigen scharlachroten See … mit einem Mal krochen aus den Strängen Tentakel heraus und schlangen sich um Rhianns Beine …

Von einem Moment zum anderen verschwanden die wirren Bilder. Eine Tür schien sich in der Luft vor ihr aufzutun, eine salzige Brise wehte ihr ins Gesicht. Sie atmete die Luft der Heiligen Insel ein. Sie war dorthin zurückgekehrt.

Ein Teil von ihr begriff, was auf der anderen Seite der Tür lauerte, und versuchte verzweifelt, sich aus dem Traum zu lösen, doch es war zu spät. Viel zu spät. Die Erinnerungen ergriffen von ihr Besitz und zwangen sie, die grauenvollen Ereignisse noch einmal zu durchleben…

…Muscheln knirschen unter ihren Füßen.

Ein dichter Sprühnebel hängt über der Küste. Rote Segel und spitze Schiffsbuge, die sich schwarz gegen das Sonnenlicht abheben, halten auf das Ufer zu. Ein beißender Geruch nach Rauch liegt in der Luft.

Geräusche kommen näher. Schwerter, die klirrend aufeinander treffen. Speere, die durch die Luft schwirren. Der dumpfe Aufschlag von eisernen Spitzen, die sich in warmes Fleisch bohren.

Dort steht ihr Ziehvater Kell und versucht, mit erhobenem Schild eine Schar Männer aus dem Norden abzuwehren. Ihre Augen funkeln blutrünstig. Und dann rollt Kells abgeschlagener Kopf in die Gischt. Ein Auge starrt ins Leere, blicklos zurück auf sein Heim gerichtet.

Dort hinten taumelt ihr kleiner Bruder Talen über den Sand, eine Hand gegen seinen Bauch gepresst. Blasses Gedärm quillt zwischen seinen Fingern hervor. Mit der anderen Hand hält er noch immer sein erstes Schwert umklammert. Und da… eine Frau stürmt auf den Jungen zu; ihre Ziehmutter Elavra, deren angsterfüllte Schreie von plumpen Händen erstickt werden, die sich um ihren schlanken Hals legen…

Dort drüben… dort windet sich ihre Schwester Marda verzweifelt unter einem grunzenden Mann. Seetang hat sich in ihrem kupferfarbenen Haar verfangen…

Schließlich sieht sie nichts mehr, der Göttin sei Dank, nichts mehr, nur noch ihre eigenen Hände, fahl wie die Bäuche toter Fische auf dem dunklen Felsgestein, als sie schluchzend davonriecht. Lauf, Rhiann! Lauf! Weg von dem heißen, kupfrigen Blutgestank, weg von den knisternden Flammen, weg von dem Wutgebrüll.

Rhianns Lider flatterten, als sie sich auf ihrem Lager wälzte und versuchte, sich aus dem Traum zu befreien. Dieses unmenschliche Gebrüll! Sie kämpfte darum, das Bewusstsein wieder zu erlangen, unterdrückte den Schrei, der sich ihr entringen wollte, schlug mühsam die Augen auf und zwinkerte ein paar Mal benommen.

Die gleißende Helligkeit des Traumes war verflogen, stattdessen warf das heruntergebrannte Feuer tanzende Schatten an die Lehmwände. Sie konnte ihre Beine nicht bewegen, sie hatten sich in der Decke verfangen… ihr wurde übel, und der Mageninhalt stieg ihr in die Kehle wie an jenem Tag am Strand.

Der Tag des Überfalls… ja… diese Nacht vor einem Jahr…

Sie schlug eine Hand vor den Mund und begann zu würgen. Die Übelkeit schlug wie eine Welle über ihr zusammen und ebbte dann langsam ab. Einen Moment lang blieb sie nach Atem ringend still liegen. Ihre Familie… ihre geliebte Ziehfamilie… war vor einem Jahr auf grausame Weise ausgelöscht worden. Tagsüber kam es ihr so vor, als läge dieser Tag eine Ewigkeit zurück; in ihren Träumen standen ihr die Ereignisse so deutlich vor Augen, als sei alles erst gestern geschehen.

Kinder von Edelleuten wurden sehr jung zu Ziehfamilien gegeben, um die Familienbande zu stärken, nicht selten galten ihnen deswegen die Zieheltern mehr als die Blutsverwandten. Rhiann, die außer Linnet niemanden mehr hatte, hatte ein besonders inniges Verhältnis zu ihrer Ziehfamilie gehabt. Kell und Elavra hatten sie bei sich aufgenommen, als sie mit ihrer Ausbildung auf der Heiligen Insel begonnen hatte, sie hatten sie zur Edelfrau und Priesterin erzogen. Aber dann war die gesamte Familie zwischen einem einzigen Sonnenauf- und -untergang getötet worden. In einer so unvorstellbar kurzen Zeit.

Nachdem sie ein paar Mal tief durchgeatmet hatte, befreite Rhiann ihre Beine aus dem Deckengewirr und rollte sich, die

Hände zu Fäusten geballt, zu einem Ball zusammen. Obwohl das Blut in ihren Adern rauschte, konnte sie in dem Alkoven neben dem ihren Linnets leise Atemzüge hören: ein schwaches, unschuldiges, vertrautes Geräusch.

So lebendig.

Eine Träne rann in Rhianns Ohr, und sie wischte sie ungehalten fort. Nein, sie durfte nicht weinen. Wenn Linnet auch nur einen einzigen Schluchzer hörte, würde sie Rhianns Wangen streicheln, ihre Hände halten und den ganzen Schmerz ans Licht bringen. So sehr sich Rhiann auch danach sehnte, sich in Linnets Arme zu kuscheln, wie sie es als Kind oft getan hatte – war sie doch nicht im Stande, ihre Qual mit jemandem zu teilen. Niemals.

Es war besser, allein mit allem fertig zu werden. Also schwieg sie. Auch Linnet gab keinen Laut von sich.

Es dauerte lange, bis sich ihr wild pochendes Herz wieder beruhigt hatte. Noch immer peinigten sie die Bilder der furchtbaren Ereignisse. Sie versuchte sie zu verdrängen und konzentrierte sich darauf, ruhig und gleichmäßig weiterzuatmen. *Ein, aus. Ein, aus. Denk an gar nichts. Lass dich in eine große Leere fallen.*

Eine Weile gelang ihr das auch. Aber die Erinnerungen waren immer noch da. Lauerten ganz am Rand ihres Bewusstseins. Sie hob den Kopf.

Seit dem Überfall hatte Rhiann ihr Gesicht, ihre Fähigkeit, Visionen zu empfangen und mit der Geisterwelt in Verbindung zu treten, nahezu vollständig eingebüßt. So wie das Blut ihrer Familie im Sand versickert war, so war auch ihre Macht geschwunden. Ein Jahr lang war sie blind durch jeden neuen Tag gestolpert. Innerlich fühlte sie sich tot und leer. Alles in ihr schien für immer erstorben zu sein.

Aber jetzt spürte sie, wie der Hauch einer Empfindung in ihr aufflackerte. Flüsterten die Geister der Schattenwelt ihr Trostworte zu?

Das Flüstern schwoll zu einem Murmeln an. Und dann ertönte in der Ferne ein langgezogenes Heulen, und der Wind begann unvermutet, mit eisernen Fäusten auf das kleine Haus einzuhämmern. Rhiann sank entmutigt auf ihre Felle zurück. Es war nur ein Sturm aufgezogen, sonst nichts. Keine Vision aus der Schattenwelt war ihr zu Hilfe geeilt. Stürme wie dieser kamen zu dieser Jahreszeit häufig auf; unverhofft und machtvoll fegten sie von der See her über die Moore und den einsamen Felsen hinweg.

Innerhalb von drei Herzschlägen tobte er um Rhianns Haus. Heftige Böen zerrten wie von Sinnen an dem Strohdach, und das Türfell blähte sich knarrend und knackend in seinen Angeln.

Durch einen Spalt in ihrem Fellkokon starrte Rhiann zur Decke empor. Der Himmel weinte um den toten Brude, König der Epidier, um sein Volk und sein Land.

Aber nicht um sie. Niemand würde je um sie weinen.

2. Kapitel

Weit draußen auf der dunklen, tobenden See vor Albas Küste zuckte ein gleißender Blitz über den Himmel und tauchte das Boot, das auf den Wellen tanzte, und die Männer, die darin um ihr Leben kämpften, in ein gespenstisches Licht. »Bei den Eiern des Großen Ebers!«, brüllte ihr Anführer Eremon mac Ferdiad verzweifelt. »Haltet euch fest! Passt auf... jetzt, bei allen Göttern, jetzt!«

Sein Warnruf ging in dem donnernden Getöse unter, mit dem ein weiterer Brecher über den Bug des Bootes hinwegbrandete. Eremon stemmte die Füße mit aller Kraft gegen die Planken des Rumpfes. Als die aufschäumende Gischt wieder in sich zusammegefallen war, wischte er sich Salzwasser aus den Augen.

Angsterfüllt zählte er erneut seine Männer durch. Im schwachen Licht des hinter den Wolken verborgenen Mondes konnte er nicht genau erkennen, wer wer war – mit Ausnahme seines Ziehbruders Conaire natürlich, dessen massige Gestalt unverwechselbar war. Erleichtert stellte er fest, dass keiner seiner zwanzig Männer über Bord gespült worden war. Auch der Fischer, den sie als Führer mit an Bord genommen hatten, kauerte noch an seinem Platz, und sogar Eremons Wolfshund Cù lag immer noch zitternd vor den Füßen seines Herrn.

Eremons Pulsschlag verlangsamte sich, und er spürte, wie sich sein Magen von neuem hob. *Nicht schon wieder…*

Er beugte sich über die Seite und erbrach grüne Galle in die aufgewühlte See. Die Männer um ihn herum folgten seinem Beispiel; die meisten machten sich nicht einmal mehr die Mühe, den Kopf von der Ruderbank zu heben. Der junge Rori schien trotz seiner geringen Körpergröße einen Magen wie ein Sack zu haben, denn ein ganzer Strom von Erbrochenem quoll aus seinem Mund und verfehlte Eremons Füße nur knapp.

So viel zur Wahrung prinzlicher Würde. Eremon wischte sich mit der Hand über den Mund. Der Gestank von Urin und der Anblick von Blut machten ihm nichts aus; das gehörte zu einer Schlacht und dem Leben eines Kriegers untrennbar dazu. Auch große Mengen Wein und Ale vertrug er ohne Probleme. Aber das hier? Das hier war eine andere Welt. Dieses eine Mal konnte sein eiserner Wille seinen Körper nicht beherrschen, so sehr er sich auch bemühte.

Die nächste Welle türmte sich vor ihnen auf, und Eremon befahl den Männern, mit dem Ausschöpfen des Wassers fortzufahren und zu rudern, was das Zeug hielt. Er war kein Seemann, er hatte bislang kaum je in einem Boot gesessen, aber sein Instinkt sagte ihm, dass sie direkt auf diese Brecher zuhalten mussten, wenn sie verhindern wollten, dass das Boot kenterte.

Absurderweise fiel ihm in diesem Moment ein Satz aus einer alten Legende ein, die der Druide seines Vaters ihm einmal erzählt hatte. *Wenn die Götter lächeln, erstrahlt die Sonne; wenn ihre Schwerter aufblitzen, stirbt ein König; wenn sie die Stirn runzeln, zerreißen Blitz und Donner den Himmel.*

Ha! Götter!

Gischt schäumte um seine Füße, und Eremon schüttelte sich mit einer heftigen Kopfbewegung das Haar aus den Augen. Wenn der alte Druide Recht hatte, dann wusste er jetzt, was ihnen allen bevorstand, denn nur ein zorniger Gott konnte einen solchen Sturm schicken, der das ruhige Wasser in ein tosendes Inferno verwandelte.

Sogar der Fischer klammerte sich verzweifelt an seiner Ruderpinne fest. Seine Augen waren glasig vor Entsetzen. Eremon empfand einen Anflug von Schuldgefühl. Der Mann hatte bislang lediglich *curraghs* gesegelt, diese kleinen Boote aus Tierhaut glitten mühelos über solche Wellen hinweg. Aber ihr Boot war größer und schwerer, der Rumpf bestand aus Holzplanken, nicht aus Häuten, es war zu jeder Seite mit zehn Rudern ausgestattet und fuhr unter voll getakelten Segeln. Überdies leistete der Fischer ihnen nur äußerst widerwillig Lotsendienste, denn er war mit Gewalt an Bord des gestohlenen Bootes geschleift worden.

Wenn Eremon geahnt hätte, in was für ein Unwetter sie hineinsegelten, hätte er den Mann vielleicht verschont. Aber der Tag, an dem sie unter einem Pfeilhagel aus Erin geflohen waren, war sonnig und windstill gewesen. Erst am Tag darauf hatte sich der Himmel verdunkelt, Wind war aufgekommen, und der Fischer hatte mit bedenklich gerunzelter Stirn auf die bedrohliche Wolkenbank gedeutet, die sich im Süden zusammenballte.

Die Sturmfront war mit aller Gewalt über sie hereingebrochen; Wind, Wellen und Regen hatten sich in ein entfesseltes Ungeheuer verwandelt, das sie wütend ansprang, das Boot packte und zwischen seinen Kiefern hin- und herschüttelte. Die Männer bemerkten kaum noch, wann der Tag in die Nacht überging, da sie ohnehin nichts mehr um sich herum erkennen konnten. Ihre Welt beschränkte sich nur noch auf Geräusche und andere Sinneswahrnehmungen: das Heulen des Windes, die kalten Regenschwaden, den salzigen Geschmack der Gischt auf ihren Lippen, das Knarren der Takelage, die durch das ewige Rudern entstandenen aufplatzenden Blasen an ihren Händen.

Jetzt schien sich das Sternrad Richtung Morgen zu drehen. Der gesamte Himmel war wolkenverhangen, der gelblich schimmernde Mond schien wie das boshafte, erbarmungslose Auge eines Gottes auf Eremon hinabzustarren. War es Hawen, der Große Eber, der Schutzpatron seines Stammes? Dagda, der Himmelsgott? Nein, wohl eher Manannán, der Herr der Meere und Beschützer Erins. Vielleicht war Manannán ergrimmt, weil Eremon sein Land im Stich gelassen hatte.

Dann nimm nur mich!, rief er dem Auge stumm zu. *Verschone meine Männer!*

Er erhielt keine Antwort. Weder flaute der Wind ab, noch ließ der Seegang nach. Die nächste Welle erfasste das Boot, ein Wasserschwall drang in Eremons Mund und verstopfte seine Nase. Prustend und schnaubend rang er nach Luft und klammerte sich am Ruderholz fest, bis die Woge das Boot wieder freigab.

Cù presste sich so dicht gegen die Planken, wie es ihm möglich war, die schlanken Läufe breit gespreizt, als wolle er sich am Holz festkrallen. Eremon tätschelte den zottigen Kopf und spürte, wie der Hund ihm dankbar die Hand leckte. Dann drehte er sich zu Conaire um. Dieser ruderte unentwegt; seine dicken, sehnigen Arme bewegten die Holzstange mit solcher Kraft vor und zurück, als wäre er noch genauso frisch und ausgeruht wie vor zwei Tagen. Allerdings war Conaire der Einzige, der von der Seekrankheit verschont geblieben war.

Eremon zwang sich zu einem Grinsen, und obwohl Conaires weiße Zähne zur Antwort im Dämmerlicht aufblitzten, stand in seinen Augen etwas anderes zu lesen. Erschrocken begriff Eremon, dass sein Ziehbruder Angst hatte.

Er beugte sich wieder über seine eigene Ruderstange. Das war ein schlechtes Zeichen. Conaire hatte sein ganzes Leben lang vor nichts und niemandem Angst gehabt – vor keinem Menschen und vor keinem Tier. Er stellte sich jedem Kampf, jeder Herausforderung mit einem unbekümmerten Lachen auf den Lippen. Aber auch Conaire war noch nie zuvor auf dem Wasser gewesen. *Er glaubt nicht, dass wir es schaffen,* dachte Eremon verzagt.

Dann hämmerte die nächste Welle auf das Boot ein. Die Männer hielten sich an ihren Rudern fest, wie er es ihnen befohlen hatte, nur Aedan, der junge Barde, wollte seine kostbare Harfe nicht loslassen. Doch dieser Brecher war der bislang größte, er fegte Aedan von seiner Bank und riss ihn wie ein Stück Treibholz mit sich. Einen nicht enden wollenden Moment lang hing er im Heck des Bootes hilflos halb über Bord. Sein Hilfeschrei wurde vom Wind davongetragen.

Eremon stieß Cù weg und sprang über die Ruderbänke hinweg, ohne darauf zu achten, dass er dabei auf seine Männer trat. Conaire war schon bei Aedan angelangt und hielt ihn fest. Gemeinsam zerrten Eremon und er an den Beinen des Barden, bis das Wasser ihn freigab und er zu ihren Füßen zusammensackte. Keuchend starrte Conaire mit leerem Blick durch seine tropfnassen Haare hindurch auf einen Punkt hinter Eremons Schulter. Eremon holte tief Atem und drehte sich um.

Der von Sturm und Wellen gebeutelte Mast war nun doch umgeknickt, Segel und Takelage flatterten nutzlos im Wind. Eremon stieß die Luft zischend wieder aus. Seine Verzweiflung wuchs. Wann hatte diese Tortur ein Ende? Dann blickte er über die Trümmer hinweg auf die zwanzig Augenpaare, die alle Rat suchend auf ihm ruhten.

Auf Rori, dessen rotes Haar ihm am Kopf klebte und der das Kinn tapfer vorgeschoben hatte, obwohl seine Unterlippe bebte.

Auf den grauäugigen Aedan, der seine Harfe an sich drückte, während er von Würgekrämpfen geschüttelt wurde.

Auf den stämmigen Finan, der schon in Schlachten gekämpft hatte, als Eremon ein Baby an der Mutterbrust gewesen war, und der jetzt die Ruderpinne umklammerte, die der völlig verängstigte Fischer im Stich gelassen hatte.

Der Rest von Eremons Kriegerschar kauerte geduckt auf den Ruderbänken. Einige waren noch junge Männer, die sich ihrem Prinzen angeschlossen hatten, weil sie auf Heldenruhm hofften; andere, Veteranen wie Finan, hielten seinem verstorbenen Vater Ferdiad von Dalriada die Treue.

Sie folgten Eremon, obgleich dieser selbst erst zwanzig Sommer zählte, weil sie an ihn glaubten. Sie waren überzeugt, dass er den Königsthron von seinem verräterischen Onkel zurückerobern würde, der ihn Eremon mit dem Schwert und lügnerischer Zunge entrissen hatte. Alles, was Eremon hatte retten können, waren diese zwanzig Männer und ein paar Juwelen und Waffen. Sie hatten nach dem letzten Überraschungsangriff nur mit knapper Not von Erins Küste fliehen können.

Nun wird uns der Tod trotzdem ereilen …

»Lange können wir so nicht weitermachen!«, brüllte Conaire ihm über das Heulen des Sturmes hinweg ins Ohr. »Wir müssen aufhören zu rudern, sonst sind wir morgen früh Fischfutter!«

Eremon zwinkerte ein paar Wassertropfen weg. Conaires Rat klang vernünftig, aber er wusste, dass sie sich nicht auf den Wellen halten konnten, wenn sie mit dem Rudern innehielten, denn dann würde das Boot vermutlich umschlagen. Unschlüssig nagte er auf seiner Unterlippe herum. Er musste eine Entscheidung treffen und zwar schnell.

Mehr zu seiner eigenen als zu Conaires Beruhigung packte er seinen Ziehbruder bei der Schulter. »Wir haben schon zahlreiche Kämpfe bestritten, und diesen hier werden wir auch gewinnen!«, schrie er. »Rudert! Rudert, sage ich!«

Conaire verzog das Gesicht, doch ehe er antworten konnte, hörten sie plötzlich ein ohrenbetäubendes Brausen. Beide Männer blickten auf und sahen einen weiß gekräuselten Wellenkamm, der sich anschickte, todbringend auf sie zuzurollen. Sie bekamen den Mast gerade noch zu fassen, ehe er vollends abbrach, und nachdem die aufstiebende Gischt wieder verflogen war, zappelte diesmal Finan wie ein Käfer auf dem Rücken.

Die Ruderpinne wurde von einem Windstoß erfasst, das Boot gierte, und die See, die nur auf diese Gelegenheit gewartet zu haben schien, packte es und wirbelte es wild um die eigene Achse. Dann neigte es sich zur Seite, und als die nächste Welle unter dem Rumpf anschwoll, blickten die Männer vor

Entsetzen wie gelähmt in die schwarzen Abgründe, die sich vor ihnen auftaten. Einen endlosen Moment lang hielt sich das Boot wacker auf der Wellenkante, während sich jeder an Bord für den langen Sturz und den unausweichlichen Aufprall auf den eisigen Fluten wappnete.

Dann lockerte die Welle ihren Griff, das Boot richtete sich auf und glitt in das Wellental hinab. Finan war auf den Beinen, ehe Eremon das Heck erreichte, und gemeinsam rissen sie das Ruder herum und brachten den Bug wieder in die richtige Position.

»An die Ruder!«, donnerte Eremon. Seine Brust hob und senkte sich heftig. Das Entsetzen, das ihn erfasst hatte, war so groß, dass er darüber seinen rebellierenden Magen vollkommen vergaß. »Diarmuid, Fergus und Colum, schöpft das Wasser aus dem Boot – und ihr anderen rudert, als wären alle Kreaturen der Schattenwelt hinter euch her! Nach Alba!«

Alba mit seinen Küsten, Mooren, Tälern und Bergen. Obwohl sie nach Norden abgetrieben worden waren, statt Kurs Richtung Osten zu nehmen, wusste er, dass sie dem Ziel nahe waren. Aber er konnte jetzt keinen Gedanken daran verschwenden, was sie dort erwarten mochte.

Es gab nur das Hier und Jetzt: Wind, Regen, Dunkelheit und die hungrige See.

3. Kapitel

»Die Bestattungsfeierlichkeiten finden in zwei Tagen in der Morgendämmerung statt.«

Rhiann spürte, wie Linnet neben ihr bei den knappen Worten des obersten Druiden erstarrte. Das Dach des Druidentempels war offen, vom wolkenverhangenen Himmel fiel dämmriges Licht auf den regennassen Boden zwischen den mächtigen Eichenholzpfeilern. Aber das Gesicht Gelerts, des obersten Druiden, lag im Schatten verborgen.

Er hatte gerade ein Opfer für König Brudes Seele dargebracht. Blut verschmierte seine knorrigen Hände und besudelte sein Gewand. Die anderen Druiden bildeten einen Halbkreis vor dem steinernen Altar, auf dem ein Jährlingskalb lag. Am Fuß eines jeden Eichenpfeilers kauerte eine holzgeschnitzte, mit Ocker bemalte und mit verwelkten Blumenkränzen geschmückte Götterstatue und starrte mit leeren Augen ins Nichts. Der Boden vor ihnen war mit vertrockneten Blütenblättern übersät.

»Wir brauchen aber noch Zeit, um die notwendigen Vorkehrungen zu treffen.« Linnets Stimme stand der des Druiden an Kälte in nichts nach.

Gelert tauchte die Hände in eine Bronzeschale mit Wasser, die ihm ein junger Novize hinhielt. »Es ist bereits alles vorbereitet. Die Edelleute werden in zwei Tagen vor dem ersten Tageslicht zur Insel der Hirsche aufbrechen. Wir werden den König dort vor Sonnenaufgang verbrennen.«

»Ich sehe, dass du trotz deiner Trauer keine Zeit verlierst, Gelert.«

Der Druide entließ den Novizen mit einer Handbewegung und trat ins Sonnenlicht hinaus. Rhiann stockte der Atem. Das geschah immer, wenn Gelert in ihrer Nähe war. Die verblassten Tätowierungen auf den Wangen des alten Mannes wurden von den Furchen verzerrt, die sein Gesicht durchzogen. Das Fleisch der Nasenflügel war eingesunken, sein Kopf glich einem Totenschädel. Glattes weißes Haar fiel ihm strähnig auf die Schultern. Am stärksten stießen Rhiann aber seine Augen ab, vor allem dann, wenn sie mit einem schwer zu deutenden Ausdruck auf ihre Person gerichtet waren. Die Wimpern waren fast vollständig ausgefallen, und die Iris schimmerte so gelblich wie die einer Eule.

»Wozu trauern?« Gelert zuckte die Achseln. »Ich wusste, dass er sterben würde. Ich habe es ihm angesehen. Im Gegensatz zu dir habe ich wenig Zeit, nach Frauenart in Trauer zu versinken.« Ein anderer Novize reichte ihm einen Umhang aus Wolfsfell. Gelert schlang ihn um seine knochigen Schultern. »Ich muss mich um wichtigere Angelegenheiten kümmern.«

Linnet verbarg die Hände in den Ärmeln ihres Gewandes. »Zum Beispiel um die Römer, die im Süden unseres Landes ihr Unwesen treiben? Wir alle wissen doch, dass sie nicht bis nach Alba vordringen werden.«

Rhiann schrak zusammen. Sie war so tief in ihrem eigenen Elend versunken gewesen, dass sie den Gerüchten über die Römer keinerlei Beachtung geschenkt hatte. Die Invasoren hielten die Inseln Britanniens schon seit fast vierzig Jahren besetzt, und obwohl sie gelegentlich Vorstöße Richtung Norden unternahmen, schienen sie sich damit zufrieden zu geben, ihre neue Provinz nach und nach auszubluten. Aber Alba? Dieser Teil des Landes war zu rau und zerklüftet, und die Stämme waren zu kriegerisch. Das hatte Rhiann an den Feuern gehört, seit sie ein kleines Kind war. Jeder wusste, dass Alba vor den Römern nichts zu befürchten hatte.

Gelert verzog die Lippen zu einem höhnischen Lächeln. »Ich hatte auch nicht erwartet, dass Frauen etwas von derartigen Dingen verstehen. Deswegen sollten sie sie auch lieber den Männern überlassen.«

Rhiann wusste, dass Linnet ihn nicht wegen seiner Unverschämtheit zurechtweisen würde, denn Gelert sprach stets in diesem Ton mit ihrer Tante. Seinen Hass auf die Schwestern – die Dienerinnen der Göttin – hatte Rhiann schon ihr ganzes Leben lang ertragen müssen. Die Druiden gingen mehr und mehr dazu über, nur noch ihre Schwert-, Donner- und Himmelsgötter zu verehren, obwohl die meisten von ihnen der Göttin noch die gebührende Ehre erwiesen. Nicht so Gelert. Er hätte die gesamte Schwesternschaft am liebsten ein für alle Mal von Albas Antlitz getilgt. In seinen Augen war die Große Mutter Rhiannon, nach der Rhiann benannt worden war, nur die unbedeutende Gemahlin eines Gottes.

Ein Grund mehr für Rhiann, nicht länger untätig dazustehen und zu gaffen wie ein kleines Kind. Sie war gleichfalls eine Priesterin und musste wie eine solche handeln. »Welche Symbole sollen das Totenboot des Königs schmücken?«, warf sie ein und lenkte so das Gespräch auf das eigentliche Thema zurück.

Gelert wandte sich zu ihr um. Seine gelben Augen glühten; eine bösartige Macht lag darin. »Es ist alles geregelt. Während du das Balg dieses Fischers auf die Welt geholt hast, haben meine Brüder und ich die letzte Reise des Königs vorbereitet. Du brauchst uns nur noch mit deiner Gegenwart zu beehren. Es sei denn, du erhebst Einwände?«

Rhiann gab keine Antwort, sondern hob nur das Kinn.

Gelert lächelte ohne jede Wärme. »Ah ja, unsere stolze Ban Cré, unsere Mutter des Landes. Unsere Inkarnation der Göttin, unsere *Hohepriesterin*.« Es gelang ihm immer, ihre Titel mit einer unüberhörbaren Verachtung auszusprechen. »Wir wären alle sehr enttäuscht, wenn du deinem Verwandten diesen Respekt nicht zollen würdest.«

»Natürlich werden wir kommen!«, herrschte Linnet ihn an. »Im Gegensatz zu dir wissen wir, was wir den Toten schuldig sind, die wir geliebt haben.«

Das kam in Rhianns Fall einer Lüge bedenklich nahe, aber *sie* hatte zumindest alles versucht, um das Leben ihres Onkels zu retten. Gelert hatte nichts dergleichen getan. Nachdem der König erkrankt war, hatte der Druide scheinbar sofort Vorkehrungen für dessen Bestattung getroffen. Er hatte es noch nicht einmal für nötig gehalten, damit zu warten, bis die Seele den Körper verlassen hatte.

Rhiann dachte über diesen Umstand nach, als sie gemeinsam mit Linnet das Heiligtum verließ. Sie hatte gewusst, dass Gelert nicht um seinen König trauerte, aber sie hatte ein größeres Maß an Respekt erwartet.

Linnet legte ihr einen Arm um die Taille. »Lass dich von ihm nicht aus der Fassung bringen, Tochter. Seine Worte entströmen nicht der Wahren Quelle.«

»Er hat mich nicht aus der Fassung gebracht«, log Rhiann.

Aber die Erinnerung an den Ausdruck in Gelerts gelben Eulenaugen ließ sie den ganzen Tag nicht los.

Die *bodhran*-Trommeln setzten bei Einbruch der Dämmerung ein, hallten donnernd vom Gipfel Dunadds herab und vermischten sich mit den Klängen der Flöten aus Tierknochen und der Hörner.

Die Druiden hielten ihre eigenen Rituale für den Leichnam des Königs ab, denn er hatte ihre Götter verehrt und hatte der Großen Mutter nur wenig Beachtung geschenkt. Daher nahmen Linnet und Rhiann an der Zeremonie auch nicht teil. Rhiann hatte für die Magie der Druiden ohnehin nicht viel übrig, das lag vielleicht daran, dass diese Magie für sie untrennbar mit Gelert und seiner dunklen Seele verbunden war.

Sie und Linnet saßen vor dem Feuer und verzehrten ihr Abendessen, während draußen das Singen und Wehklagen seinen Fortgang nahm. Nun, da die lange Dunkelheit näher rückte, waren bereits die ersten Schafböcke geschlachtet worden, und der dicke, nahrhafte Eintopf wärmte Rhianns Magen, obwohl sie die Bissen nur mühsam herunterbrachte.

An diesem Tag hatte Brica die alten Binsen, die den Lehmboden bedeckten, durch frische ersetzt, und das Haus duftete angenehm nach Kräutern und den Torfballen, die im Kamin flackerten.

Rhiann musste an die Gemächer des Königs denken, in denen es stets nach Blut und halb garem Fleisch roch und wo die Wände mit glänzenden Speeren und Schilden bedeckt waren. Die Lehmmauern ihres aus einem einzigen Raum bestehenden Rundhauses schmückten die Wandbehänge, die ihre Mutter eigenhändig gewebt hatte. Gebündelte Kräuter und Netze mit Wurzeln hingen von den Balken herab. Vor dem Feuer lag eine Tasche aus Hirschleder, an der gerade genäht wurde, neben der Tür lehnten einige schlammverschmierte Stöcke, die ihr zum Ausgraben der Wurzeln dienten, darüber hingen Webscheren und Messer, deren Klingen in heiligen Quellen geweiht worden waren, zum Schneiden von Kräutern. Auf einem niedrigen Regal reihten sich kleine hölzerne Statuen der Großen Mutter.

Im ganzen Haus war kein Jagdspeer und kein Schild zu finden; kein Zaumzeug wartete darauf, geflickt zu werden, keine halb fertig gestellten *bracae*-Hosen lagen auf dem Webstuhl neben der Tür.

Aber wie lange würde das noch so bleiben? Bald würde ein Mann in ihr Heim eindringen. Und in sie selbst.

4. Kapitel

Noch immer jagten tief hängende Wolkenfetzen über den Himmel hinweg, der im Morgengrauen die Farbe kalter Asche angenommen hatte. Eremon saß alleine im Bug des Bootes.

Eremon, Sohn des Ferdiad. Rechtmäßiger König des Volkes von Dalriada in Erin.

Eremons Mundwinkel verzogen sich bitter. *König über nichts und niemanden traf es besser.* Dann wanderte sein Blick zu seinen im Heck zusammengedrängten Männern. Immerhin war er König von zwanzig treuen Gefährten.

Er blinzelte über die Wellen hinweg, die jetzt leise plätschernd gegen den Rumpf des Bootes schlugen und es auf die Küste zutrieben. Der Sturm lag einen Tag und eine Nacht zurück, und jetzt war klar, dass sie sich irgendwo im Norden der Küste von Alba befanden und nicht auf die offene See hinausgeweht worden waren.

Der Westwind brachte einen beißenden Salzgeruch mit sich, aber in der windstillen Stunde vor Einbruch der Dämmerung hatte Eremon auch den Geruch nach feuchten Kiefern und nasser Erde wahrgenommen. Ganz in ihrer Nähe musste Land sein.

Geistesabwesend kraulte er Cùs Ohren. Er fühlte sich zu mutlos und verzagt, um neue Hoffnung zu schöpfen. Plötzlich schoss ihm ein Gedanke durch den Kopf, und er richtete sich auf. Obwohl sein Schicksal und das seiner Männer besiegelt schien, hatten sie den Sturm überlebt und steuerten Land an. Vielleicht hatte Manannán dieses Unwetter geschickt, um ihn, Eremon, auf die Probe zu stellen; sich davon zu überzeugen, dass er würdig und fähig war, den Thron seines Vaters zurückzuerobern und über Dalriada zu herrschen. Vielleicht konnte er doch noch die Gunst der Götter gewinnen.

Eremons Hand blieb still auf Cùs warmem Kopf liegen, seine Augen begannen zu leuchten. Der Sturm war demnach die erste Prüfung gewesen – weitere würden folgen. Und er würde jede einzelne davon bestehen, bis er nach Erin zurückkehren konnte, um seinen Onkel, den Thronräuber Donn Braunbart, zu töten. Einen Moment lang malte er sich genüsslich aus, wie sein Schwert aufblitzte und sich in die Kehle seines um Gnade winselnden Onkels fraß.

»He, wach auf!« Conaire wedelte mit einer Hand vor Eremons Augen herum, dann hockte er sich neben ihm nieder und reichte ihm ein Stück feuchtes Brot. Cù klopfte mit dem Schwanz auf das Deck, hob den Kopf, schnupperte und rollte sich dann wieder erschöpft zusammen.

Eremon streichelte ihn nachdenklich, dabei beäugte er das bröckelige Brot mit plötzlich aufkeimendem nagendem Hunger. Immerhin hatte er seit zwei Tagen nichts mehr in den Magen bekommen. Er brach ein Stück ab, schob es in den Mund und kaute schweigend.

»Ich hatte nicht mehr zu hoffen gewagt, dass wir diesen Sturm überstehen«, bemerkte Conaire. Er zögerte, dann knurrte er: »Du hattest Recht, was das Rudern betraf.«

Eremon schnaubte und entfernte ein paar Gerstenkörner, die zwischen seinen Zähnen klebten. Das Unwetter bestand in seiner Erinnerung nur noch aus einem verschwommenen Nebel aus Wind, Regen und nacktem Entsetzen. Er wusste, dass sie der Grenze zur Schattenwelt bedenklich nahe gekommen waren, und obwohl die Druiden stets behaupteten, dass diese Welt keinerlei Schrecken barg, war ihm erst an der Schwelle des Todes klar geworden, wie sehr er am Leben hing. Er musterte Conaire verstohlen. Sein Ziehbruder würde sich schwerlich mit solchen Gedanken herumschlagen.

Dann sah er zu seinen Männern hinüber, die ihre Brotrationen verzehrten. Sie waren durchnässt, erschöpft und mit Schrammen und Prellungen übersät, aber sie hatten den Sturm weitgehend unversehrt überstanden. Dafür sollte er den Göttern dankbar sein und es dabei belassen. Er wandte sich an

Conaire. Ein mutwilliger Funke tanzte in seinen Augen. »Du gibst aus freien Stücken zu, dass ich Recht hatte? Dir muss der Mast auf den Kopf gefallen sein.«

Conaire grinste nur und streckte seine langen Beine auf den Planken aus.

Die beiden Männer gaben ein ungewöhnliches Paar ab. Conaire war schon als Kind ein Hüne mit Haar von der Farbe reifer Gerste und den großen blauen Augen seines Volkes gewesen. Neben ihm war sich Eremon stets zu dunkel und zu mager vorgekommen. Seine eigenen Augen schimmerten seegrün – ein Erbe seiner walisischen Mutter, genau wie sein dunkelbraunes Haar, das einem Nerzpelz glich. Beides unterschied ihn von anderen Menschen, obwohl er es hasste, anders zu sein.

Als Junge hatte Conaire seine übersprudelnde Lebensfreude kaum bezähmen können. Eremons Wesen war eine solche Ausgelassenheit fremd, umso mehr, als ihm bewusst wurde, dass er ein Prinz war und eines Tages König sein würde. Conaires Vater war nur ein Viehbauer, und Conaire fiel es nicht schwer, seine Erwartungen zu erfüllen: keinem Kampf aus dem Weg zu gehen, immer einen zotigen Scherz auf den Lippen zu führen, zahllose Humpen Ale zu vertragen und sich mit einer Frau zu vergnügen, sobald er körperlich dazu im Stande war – was in Conaires Fall schon vor seinem elften Geburtstag der Fall gewesen war.

Aber Conaire verfügte über eine Eigenschaft, die sein derber, grobschlächtiger Vater nicht unbedingt gutgeheißen hätte – er spürte es stets, wenn Eremon trüben Gedanken nachhing. Deswegen klopfte er sich jetzt auch ein paar Krümel von den Schenkeln und schlug Eremon dann kameradschaftlich auf die Schulter. »Wann bekommen wir denn endlich wieder festen Boden unter die Füße, Bruder? Meine Eier verfärben sich allmählich blau!«

Der Schlag war so kräftig, dass Eremon sich verschluckte und hustend nach Luft rang. Als er wieder zu Atem gekommen war, war der dumpfe Schmerz über den Verrat seines Onkels und den Verlust seiner Heimat verflogen. Mit Donn würde er später abrechnen. Zuerst musste er sich um wichtigere Dinge kümmern.

Er räusperte sich. »Vielleicht sollten wir erst einmal herauszufinden versuchen, wo wir uns genau befinden.«

»Stimmt.« Conaire sprang über die Ruderbank hinweg und war mit drei Sätzen bei dem Fischer angelangt, der missmutig an einem Stück Brot knabberte.

Eremon registrierte nicht zum ersten Mal, wie behände sich sein Bruder trotz seiner Statur bewegte. Manchmal, nur manchmal wünschte er sich, er wäre wie Conaire. Dann könnte er den Befehlen eines anderen Mannes Folge leisten, statt selbst welche erteilen zu müssen; er könnte hinter dem Banner eines anderen in die Schlacht ziehen und sich auf den Kampf konzentrieren, ohne einen Gedanken an Strategie und Taktik verschwenden zu müssen. Ah, sich einfach nur in der Hitze der Schlacht zu verlieren …

Unwillig schüttelte er die Vorstellung ab. Für ein solches Leben war er nicht bestimmt, und in seiner momentanen Situation tat er gut daran, das nicht zu vergessen. Von dem Augenblick an, da sie in Alba landeten, musste er auftreten wie ein Prinz, nicht wie – möge Hawen dies verhüten – der Verbannte, der er nun war.

Er folgte Conaire, nahm sich aber die Zeit, kurz bei Aedan und Rori stehen zu bleiben. Rori war dünn und blass, seine Sommersprossen leuchteten auf den fahlen Wangen wie Blutspritzer. Aedan sah aus, als könne er sich kaum noch auf den Beinen halten. Dunkle Schatten lagen unter seinen grauen Augen. Doch die beiden jungen Männer lächelten tapfer, als ihr Prinz ihnen aufmunternd auf die Schulter klopfte.

Dann starrte Eremon auf den zottigen Haarschopf des Fischers hinunter. Conaire stand breitbeinig vor ihm, die Hände in die Hüften gestemmt. Offenbar hatte er aus dem Mann nichts Vernünftiges herausbekommen.

»Wo sind wir hier?«, fragte Eremon scharf.

Der Fischer blinzelte zu ihm auf. Sein wettergegerbtes Gesicht verzog sich mürrisch.

»Antworte dem Prinzen, Mann!«, grollte Conaire.

Der Mann senkte den Blick. »Aye, wir atmen schon die Luft von Alba, das ist wahr. Aber die Nebelinsel liegt nördlich von uns. Nur Manannán weiß, wo wir hier gelandet sind.«

Eremon wechselte einen Blick mit Conaire. Sie mussten bald an Land gehen, denn ihr Trinkwasser wurde knapp. Vermutlich würden sie eine der zahlreichen Inseln ansteuern, die von armen Fischern bewohnt wurden. Das kam Eremon gut zupass, denn dort konnten sie ein paar Tage ausruhen und wieder zu Kräften kommen, ehe sie sich auf die Suche nach dem hiesigen Häuptling machten.

»Wir rudern an der Küste entlang, bis wir einen sicheren Anlegeplatz finden; irgendwo, wo nur wenige Leute leben. Ein oder zwei Tage können wir noch durchhalten.« Eremon wandte sich an den Fischer. »Für dich werde ich ein Boot finden, damit du nach Hause zurückkehren kannst, so wie ich es dir versprochen habe.«

»Ausgezeichnet.« Der Mann bleckte sein verrottetes Gebiss. »Dieses Land wird von Wilden bevölkert. Vermutlich werdet ihr alle gleich in der ersten Nacht bei lebendigem Leibe verspeist…« Der Druck von Conaires riesiger Hand auf seiner Schulter brachte ihn zum Schweigen, er schluckte und zog es dann vor, den Mund zu halten.

Egal auf wen sie als Erstes trafen, sie mussten auf jeden Fall den Eindruck von Stärke und Entschlossenheit vermitteln, darüber war sich Eremon im Klaren. Neuigkeiten verbreiteten sich auf diesen Inseln schnell, und es galt, gleich von Anfang an so viel Furcht wie möglich zu verbreiten. Nur so konnten sie sich Respekt verschaffen. Die Geschichte ihrer Ankunft würde von Mund zu Mund gehen und dabei immer bunter ausgeschmückt werden, sodass es sich der Herrscher dieser Gegend zweimal überlegen würde, sie anzugreifen, wenn die Nachricht endlich bei ihm ankam.

Das hoffte Eremon zumindest.

Im Moment sahen sie allerdings alle aus wie eine zerlumpte Flüchtlingsschar. Da musste Abhilfe geschaffen werden. Also befahl er, dass die Männer sich beim Rudern abwechseln sollten, um in der Zwischenzeit ihre Waffen zu säubern, sich zu waschen und ihre Haare zu kämmen und zu flechten. Die Schilde wurden blank gerieben und an den Seitenwänden des Bootes aufgereiht; Speerspitzen, Helme und Kettenhemden sorgsam auf Hochglanz poliert.

Zum fünften Mal vergewisserte sich Eremon, dass die drei mit Eisenbändern verstärkten Truhen noch sicher im Heck festgezurrt waren. Sie enthielten Juwelen, die seine heimlichen Anhänger für ihn zusammengetragen hatten, als immer deutlicher wurde, dass sein Onkel ihm den Thron abspenstig machen wollte – bevor Donn ihn offen angegriffen hatte. Ehe sie an Land gingen, würde er die Schätze unter seinen Männern verteilen.

Der goldene Stirnreif seines Vaters mit dem grünen Stein in der Mitte war in Eremons eigenem Lederbündel verstaut. Dieser Edelstein kam aus einem Land weit im Osten, und Ferdiad hatte einen Sack Gold und seine Lieblingskonkubine dafür hergeben müssen. Seinen aus Bronze und Eisen gefertigten Helm mit dem Bronzeeber, dem Abzeichen seines Stammes auf der Spitze, hatte Eremon in eine eingeölte Tierhaut gewickelt.

Als seine Männer mit ihrer Arbeit fertig waren, sprang Eremon auf eine Ruderbank und musterte sie mit einem anerkennenden Grinsen. »Hübsch wie die Jungfrauen, alle miteinander!« Dann wurde er ernst. »Aber leider werdet ihr beweisen müssen, dass ihr harte Krieger seid, sonst könnte unser aller Leben verwirkt sein, und wir sehen Erin nie wieder.«

»Nicht ohne Kampf.« Finan strich über sein Schwert.

»Nein, kampflos lassen wir uns nicht überwältigen. Aber eine Hand voll Männer kann sich nicht gegen einen ganzen Volksstamm behaupten, auch wenn sie noch so tapfer kämpfen.« Eremon sah jeden seiner Gefährten durchdringend an. »Ihr kennt unseren Plan, und ihr müsst euch strikt daran halten, jeder von euch. Von jetzt an bin ich ein Prinz auf der Suche nach neuen Handelspartnern. Eine solche Lüge verstößt gegen das Gebot der Ehre, ich weiß, aber Hawen der Große Eber wird uns vergeben.« Einer plötzlichen Eingebung folgend zog er das Schwert seines Vaters aus der Scheide und hielt es in die Höhe. »Mein Vater hat dieser Klinge einst einen Namen gegeben, aber ich werde sie heute, hier vor der Küste Albas, neu taufen. Zu Ehren von Manannán, dem Herrn des Meeres, nenne ich es wie Sein eigenes Schwert Fragarach, den Vergelter. Er wird den an uns begangenen Verrat mit Blut vergelten! Dem Blut der Verräter!«

Die Männer brachen in Jubelgeschrei aus, ihre erschöpften Gesichter hellten sich auf. Einige beugten sich vor und trommelten auf ihren Schilden herum, andere verwünschten Donn Braunbart voller Ingrimm. Dann griffen sie wieder zu ihren Ruderstangen.

Kurz darauf erklangen im Heck des Bootes Harfentöne, und Aedan stimmte ein neues Lied an. Für Eremons Geschmack drehten sich Aedans Weisen zu stark um unvergänglichen Ruhm; besonders wenn die Realität ganz anders aussah und sie vielleicht alle bald durch ein feindliches Schwert umkommen würden. Und mit den Frauen, von denen der Barde sang, verhielt es sich ebenso. Eremons Erfahrungen zufolge waren sie nichts als zwitschernde, schillernde Vögel mit einer Vorliebe für Gold und Juwelen, die von einer Blüte zur anderen flatterten.

Doch als er seine gleichmäßig rudernden Männer betrachtete, fiel ihm auf, dass sie jetzt eine neue Entschlossenheit ausstrahlten; eine Zielstrebigkeit, die ihnen kein Sturm und kein Verrat rauben konnte. Er lächelte in sich hinein. Der Hass auf seinen Onkel und der Wunsch nach Rache hatten sie zu einem Kriegertrupp zusammengeschweißt, mit dem man rechnen musste. Am höchsten schätzte er ihre unerschütterliche Loyalität, die sie unter Beweis gestellt hatten, indem sie einwilligten, ihm ins Exil zu folgen.

Exil.

Das Wort brannte auf seiner Zunge. Hätte er nur mehr solcher Männer an seiner Seite gehabt, dann hätte sein Onkel für seinen Verrat teuer bezahlen müssen. Mit der Fingerspitze strich er behutsam über die rasiermesserscharfe Klinge seines Schwertes. *Sehr teuer.* Dann schob er das Schwert seufzend in die Scheide zurück, legte es weg und kehrte an seinen Platz auf der Ruderbank zurück.

In seinem kurzen Leben hatte er schon gelernt, dass man den Herzen der Männer selten trauen durfte. Über Frauenherzen dachte er erst gar nicht nach.

5. Kapitel

Am Tag der Bestattung trat Brica lange vor Morgengrauen mit einem rußenden Talglicht in der Hand an Rhianns und Linnets Lager, um die beiden Frauen zu wecken.

Neben der Feuerstelle streifte die Dienerin Rhiann das Nachtgewand ab und strich dann eine Mischung aus Fett und Ebereschenasche über die blauen Tätowierungen, die Rhianns Bauch und Brüste bedeckten.

Alle Frauen der Epidier wurden während ihrer Pubertät tätowiert, aber nur die Tätowierungen der Ban Cré stellten die verschlungenen Linien der Macht dar, die sich durch Erde und Felsgestein und an den Ufern der Flüsse entlangzogen. Die Muster verbanden die Göttin mittels Rhianns irdischem Körper mit dem Land und seinen Bewohnern. Daher galten ihre Tätowierungen als heilig und mussten unter einer Ascheschicht verborgen werden, wenn sie heute dem König auf seiner Reise in die jenseitige Welt das letzte Geleit gab.

Brica kleidete Rhiann in ein sauberes Leinenhemd und eine knöchellange, mit roten Rosen bestickte Tunika aus grüner Wolle, die an jeder Schulter von einer Spange in Form eines Schwanenkopfes gehalten wurde. Darüber drapierte sie ihren blauen Priesterinnenumhang mit der königlichen Brosche der Epidier am Hals: zwei filigranen Pferden mit Augen aus Bernstein, die dieselbe Farbe hatten wie Rhianns Haar. Bronzeringe glitzerten an ihren Fingern und den schmalen weißen Handgelenken. Um ihren Hals lag ein schwerer Goldreif, dessen Gewicht ihren Kopf nach unten zu ziehen drohte.

Linnet war ähnlich prunkvoll gekleidet, und als sie zum Aufbruch bereit waren, musterte sie ihre Nichte wohlgefällig. Rhiann erwiderte das Lächeln schwach. Sie wusste nur zu gut, dass ihr ein solches Schauspiel wie das heutige Respekt und Macht verschaffte, die sie ohne Gewissensbisse für ihren eigenen Vorteil nutzte.

Aber tief in ihrem Herzen sehnte sie sich danach, barfuß auf Liath' Rücken zu sitzen und die heiße Sonne auf ihrem Haar zu spüren.

»Es wird Zeit«, mahnte Linnet. »Wir müssen gehen.«

Als sie die Götterfiguren mit der aus Mehl und Milch bestehenden Opfergabe besprengten, dachte Rhiann: *Große Mutter, auch wenn du nicht mehr zu mir sprichst – gib mir wenigstens die Kraft, das zu ertragen, was ich heute ertragen muss.*

Im Licht des Mondes und flackernder Fackeln folgte eine stumme Schar von Kriegern zu Fuß, zu Pferde und in Streitwagen dem Handelsweg, der flussabwärts nach Crianan führte. Von dort aus würden sie mit Schiffen und Booten zur Insel der Hirsche übersetzen. Nebel waberte vom Add herüber, legte sich wie eine bleiche Decke über die Marschen und dämpfte das Plätschern des seichten Wassers. Von den Erlen und Weiden, die das Ufer säumten, tropfte Tau herab.

Gelert schritt neben dem Streitwagen her, auf dem die Bahre mit dem Leichnam des Königs lag, daher ließ Rhiann Liath ein Stück zurückfallen. Sie war so in ihre eigenen düsteren Gedanken versunken, dass sie zusammenschrak, als der Druide plötzlich wie aus dem Nichts neben ihr auftauchte. »Du solltest den Leichnam deines Onkels begleiten, wie es deine Pflicht ist.«

Rhiann zog die Schultern hoch. »Ich folge meinem eigenen Willen, nicht dem deinen.«

»Du lässt es wie immer an dem nötigen Respekt fehlen!« Gelert umschloss ihren Knöchel mit einem eisernen Griff. Liath begann zu scheuen, aber niemand in der Menge bemerkte den Zwischenfall. »Nicht mehr lange, Mädchen. Ich habe Pläne mit dir.«

»Du hast keinerlei Macht über mich!«, zischte sie zurück.

»Wir beide wissen, dass das nicht stimmt.« Gelert dämpfte seine Stimme zu einem drohenden Flüstern. »Du bist nicht dumm, auch wenn du mich das gern glauben machen würdest. Ich habe zu lange mit angesehen, wie du deine Pflichten vernachlässigst. Du hättest uns schon vor Jahren einen Erben schenken sollen, anstatt auf dieser Hexeninsel Wurzeln auszugraben und unbedeutende Magie auszuüben.« Er deutete mit seinem Stab zur Bahre des Königs hinüber. »Nun ist er tot, nun zieht sich die Schlinge um deinen Hals zusammen.«

»Der Stamm wird mich nicht zur Heirat zwingen!«, stieß Rhiann hervor. Aber sie wusste, das waren nur hohle Worte, und ihr Magen krampfte sich vor Furcht zusammen.

»Verlass dich nicht darauf, Kind. Ohne König leben wir in ständiger Gefahr, von anderen Clans und Stämmen angegriffen zu werden. Und wenn Gefahr droht, denken die Menschen zuerst an ihre eigene Haut, nicht an die eines bleichen, knochigen Gespenstes wie du eines bist.«

Rhiann folgte seinem Blick; sah die Edelleute der niedrigeren Clans auf prächtigen Pferden vorbeireiten und ihren Wohlstand zur Schau stellen. Sie wusste, dass diese Männer nach Blut lechzten und nur auf eine Gelegenheit lauerten, dem königlichen Clan die Königswürde zu entreißen, auch wenn sie nach außen hin so taten, als würden sie den Toten ehren. Ein möglicher Herausforderer ritt direkt vor ihr, ein junger Heißsporn namens Lorn, dessen helles Haar im Mondschein wie Silber schimmerte. Er und sein Vater blickten aus den gleichen schmalen grauen Augen hochmütig über die Menge hinweg.

Plötzlich gab Gelert ihren Knöchel frei, und obwohl die Druckstelle schmerzte, machte Rhiann keine Anstalten, sie zu massieren.

»Ich bin kein Kind mehr, Druide.« Sie verlieh ihrer Stimme einen stählernen Klang. Eine Priesterinnenausbildung war doch zu so manchem nutze. »Du kannst mich zu nichts zwingen.«

»Vielleicht nicht. Aber du warst schon immer ein pflichtbewusstes Mädchen. Bilde dir nur nicht ein, ich wüsste nicht, welche Last du auf deinen Schultern trägst. Schuldgefühle und Pflichtbewusstsein … eine mächtige Mischung. Eine, die mir die Arbeit abnehmen wird.«

Er wandte sich ab, und Rhiann schlang ihren Umhang enger um sich.

Rhiann stand mit Linnet am Strand der Insel der Hirsche. Das Wehklagen der Frauen und die Klänge der Harfen, Flöten und Trommeln verstummten, als das Boot mit dem Leichnam des Königs in das seichte Wasser hinausgeschoben wurde. Gelerts Stimme klang hinter seiner Pferdemaske merkwürdig verzerrt, als er Wasser aus der heiligen Quelle in alle vier Himmelsrichtungen versprengte und dabei seine Götter anrief.

Der Himmel über den dunklen Hängen der Insel verfärbte sich allmählich rötlich. Im schwachen Licht sah Rhiann, wie eine Mutter ihr vor Hunger schreiendes Baby beruhigte und Aiveen, die Tochter von Talorc, eines Vetters des Königs, hinter dem Rücken ihres Vaters einem Krieger kokette Blicke zuwarf. Brudes tränenüberströmte Tochter rieb sich die Augen und schmierte sich Asche auf die Wangen. Ihre Mutter, die sich zum Zeichen der Trauer das Haar abgeschnitten hatte, hielt den Kopf gesenkt und schluchzte leise.

Plötzlich wurde Rhiann bewusst, dass Gelert verstummt war und alle Augen erwartungsvoll auf ihr ruhten. Talorc wartete mit dem Schwert des Toten in der Hand neben dem Boot. Wie im Traum gefangen trat Rhiann vor, nahm ihm die Waffe ab und watete in die Gischt, um sie auf den Leichnam zu legen.

Das Wasser war eiskalt, aber von Brude selber schien eine flammende Hitze auszugehen. Man hatte ihn in prachtvolle Seidengewänder gehüllt und mit Bernstein- und Glasringen geschmückt. Sein goldener Halsreif war so dick wie seine Handgelenke. Zwei gallische Goldmünzen lagen auf seinen geschlossenen Augen. Doch als Rhiann ihm das Schwert auf die Brust legte, streifte ihre Hand seinen Arm, und sie zuckte zusammen, denn sein Fleisch fühlte sich kalt und klamm an.

Als sie zu ihrem Platz zurückkehrte, spürte sie Gelerts Augen auf sich ruhen. Er witterte ihre Furcht, das wusste sie. Daher gab sie seinen Blick kühl zurück, erhielt jedoch nur ein höhnisches Glitzern aus den Augenschlitzen der Maske zur Antwort.

Nachdem Linnet den Speer des Königs in das Boot gelegt hatte, hob Gelert eine brennende Fackel und flehte Lugh, den Flammenden Speer, an, dem Toten den Weg zu den Ewigen Inseln zu leuchten. Funken sprühten über das Wasser, und als die Sonne hinter den Hügeln aufstieg, beugte sich Gelert vor und steckte den Holzstoß unter dem Leichnam in Brand.

Angefacht von dem Pech, mit dem die neun heiligen Hölzer getränkt waren, schossen die Flammen dröhnend gen Himmel, woraufhin das Klagegeheul der Frauen und die Harfen und Flöten erneut einsetzten. Die Krieger schlugen mit ihren Schwertern gegen ihre mit Hirschleder überzogenen Schilde und übertönten damit noch die Trommeln der Druiden.

Gelert gab den Männern in den mit Stricken am Boot des Königs festgemachten *curraghs* ein Zeichen. Die Ruderer begannen mit aller Kraft zu rudern, die Stricke spannten sich, und das Boot wurde auf das offene Wasser hinausgezogen.

Rhiann starrte die Rauchsäule blicklos an. *Der König war tot.*

Am liebsten hätte sie das Boot eigenhändig ans Ufer zurückgezogen und versucht, Brude wieder zum Leben zu erwecken. Aber er war tot. Und ihr eigenes Schicksal besiegelt.

Die Ruderer der *curraghs* schnitten die Stricke durch und kamen zum Ufer zurück. Schon bald war das brennende Boot nur noch ein von Rauch verschleierter Fleck weit draußen auf dem Wasser. Eine Welle der Furcht schlug über Rhiann zusammen und brachte eine fiebrige Vision mit sich; das Bild ihres unbekannten Ehemannes, der auf ihr lag, mit seinem übel riechenden Bart ihre Haut wund scheuerte und nach Fleisch, Schweiß und Ale stank… vor Entsetzen drohten ihre Beine sie nicht mehr zu tragen. Wie sollte sie einen solchen Angriff auf ihren Körper Nacht für Nacht ertragen, den Rest ihres Lebens lang?

Das halte ich nicht aus, dachte sie verzweifelt. *Ich werde ihnen geben, was sie verlangen, und dann fortgehen. Oder sterben.*

Und dann geschah etwas, was diese niederdrückenden Gedanken mit einem Schlag auslöschte. Etwas … Unvorstellbares.

Inmitten der Rauchschwaden blitzte plötzlich etwas golden und scharlachrot auf. Rhiann legte eine Hand vor die Augen. Da … da war es wieder, so klar und deutlich, dass sie erschauerte. Bei der Göttin – was war das?

Das Singen und Wehklagen brach abrupt ab, und Declan, der Seher, bahnte sich einen Weg durch die Menge und flüsterte Gelert etwas zu. Die Menschen spähten mit offenem Mund auf die See hinaus. Doch die erschrockene Stille hielt nur einen Moment lang an, dann ging ein Raunen durch die Reihen der Zuschauer und schwoll zu einem furchterfüllten Murmeln an, als sich der goldene Blitz ein drittes Mal zeigte. Die Zeit schien stehen zu bleiben.

Doch dieser Tag stand im Zeichen des Todes; alle waren nervös und angespannt, und so erklang schon bald der erste gellende Schrei. »Die Sonne geht noch einmal im Westen auf! Die Götter kommen!«

»Ein Zeichen!«, kreischte eine andere Stimme.

Augenblicklich kam Panik auf und breitete sich inmitten der Menge wie ein Feuer im trockenen Gras aus.

»Die Götter zürnen uns!«, jammerte eine junge Frau. »Wir sind verloren!«

Die Krieger griffen nach den Speeren, die ihre Schildträger ihnen reichten, und zogen ihre Schwerter, aber sie wirkten unschlüssig, da sie nicht wussten, ob sie es mit Feinden aus der Schattenwelt oder mit Menschen aus Fleisch und Blut zu tun hatten. Talorc brüllte ein paar Befehle, die Männer bildeten eine zum Wasser gerichtete Kampflinie, und die Druiden scharten sich enger um Gelert und Declan. Doch als Rhiann spürte, wie Linnet ihre Hand drückte und die Augen schloss, damit das Gesicht zu ihr kommen konnte, tat sie es ihr nach und konzentrierte sich mit allen Sinnen auf das seltsame Licht. *Mutter Göttin, lass mich sehen, nur dieses eine Mal!*

Sie hielt den Atem an ... und dann flackerte ein verschwommenes Bild vor ihrem geistigen Auge auf. Ein scharfer Schmerz durchzuckte sie, als sie versuchte, es festzuhalten. Das Bild wurde klarer, und sie unterdrückte einen Schreckensschrei. Was dort aus dem Westen auf sie zukam, war keine Unheil bringende Sonne aus der Schattenwelt, sondern etwas viel Schlimmeres: ein Boot voller Krieger, die glänzende Schwerter in den Händen hielten. Die goldenen Blitze rührten von dem Sonnenlicht her, das sich in ihren Waffen und Kettenhemden widerspiegelte. Rhiann wurde von einem so namenlosen Entsetzen überkommen, dass sie meinte, ihr Herz würde stehen bleiben. *Ein Überfall! Wie konnte ich zulassen, dass wir erneut Räubern in die Hände fallen!* Im nächsten Moment schoss ihr ein zweiter Gedanke durch den Kopf. *Nein! Das Blut auf dem Sand ... die Schreie ... o Mutter ... nein, nicht noch einmal ...*

Sie hörte ein leises Stöhnen und erkannte erst einen Moment später, dass es aus ihrer eigenen Kehle kam. Linnet neben ihr schwankte leicht, sie drückte Rhianns Hand jetzt so fest, dass es schmerzte.

Das Bild hinter Rhianns Augen wurde immer klarer. Ein junger Mann stand im Bug des Bootes, er hatte dunkles Haar, seine glatte braune Haut wies keine der blauen Tätowierungen auf, die die Männer ihres Stammes trugen, und er war glatt rasiert. Ein *gael*, ein Gäle aus Erin.

Der grüne Umhang des Mannes war zurückgeschlagen, um einen massiv goldenen Halsreif sehen zu lassen. Armringe schimmerten unter den Ärmeln seiner bestickten Tunika. Das Kettenhemd, das er darüber trug, glänzte im Sonnenlicht, und der Edelstein in der Mitte seines Stirnreifes versprühte ein grünes Feuer. In einer Hand hielt er ein Schwert, in der anderen einen scharlachroten Schild, der mit einem Eberkopf bemalt war.

In der Hoffnung, alles möge nur ein böser Traum sein, zwang sich Rhiann, die Augen wieder aufzuschlagen. Aber das Bild war kein Traum. Es war Wirklichkeit.

Das Boot war jetzt so nahe, dass auch diejenigen, die nicht über die Gabe des Gesichts verfügten, erkennen konnten, was die Götter ihnen geschickt hatten: ein stark beschädigtes kleines Schiff mit umgeknicktem Mast, das von Männern mit grimmigen Gesichtern gesteuert wurde.

Sie hielten auf das Ufer zu.

6. Kapitel

Augenblicklich brach am Strand Panik aus. Frauen packten ihre Kinder und rannten auf die schützende Hügelkette zu; die Alten stolperten mit vor Kälte steifen Gliedern hinterher. Rhiann blieb wie erstarrt stehen. Ihre Knie zitterten, als sie sich umdrehen wollte, verlor sie das Gleichgewicht und wäre gestürzt, wenn Linnet sie nicht aufgefangen hätte.

»Alles ist gut«, murmelte Linnet so sanft, als spräche sie mit einem verängstigten Fohlen. »Wir sind in Sicherheit, Tochter. Uns wird nichts geschehen.«

Rhiann rang nach Luft, doch die Angst schnürte ihr die Kehle zu, die Welt begann sich um sie zu drehen, dann wurde ihr schwarz vor Augen.

»Halt!«

Gelerts donnernde Stimme zerriss die Stille. Der oberste Druide nahm die Pferdemaske ab und reichte sie Declan. Dann griff er nach seinem Eichenholzstab und hielt ihn vor sich in die Höhe. Trotz seines Alters war er eine gebieterische Erscheinung, und zum ersten Mal war Rhiann fast dankbar für die geballte Macht, die er ausstrahlte.

Die Gälen hielten mit dem Rudern inne, das Boot trieb ruhig auf dem Wasser, und der Umhang ihres Anführers hob sich vom Himmel ab wie die erste frische Grasnarbe nach einem langen Winter. Dann hob der Mann eine Hand und entbot dem Druiden mit gespreizten Fingern den Friedensgruß.

»Nennt Euren Namen!«, befahl Gelert. Seine Stimme hallte laut und vernehmlich über das Wasser. »Ihr stört die Reise eines Toten gen Westen!«

»Ich bin ein Prinz aus Erin!«, erwiderte der Fremde sofort. Er sprach mit einem fremdartigen Akzent. »Wir sind gekommen, um mit den hiesigen Stämmen Handelsverträge abzuschließen, aber der Sturm hat uns vom Kurs abgetrieben. Lasst uns an Land kommen, dann können wir reden.«

Obgleich Rhiann vor Schock und Angst noch immer benommen war, drangen diese Worte in ihr Bewusstsein vor. Diese Männer waren keine Räuber und Plünderer, auch wenn sie vor Waffen starrten. Räuber überrumpelten ihre Opfer, sie näherten sich nicht ganz offen der Küste, wenn ein Dutzend Speere auf sie gerichtet waren, und sie bedienten sich auch keiner höflichen Floskeln. Trotzdem bebten ihre Schultern noch, als Linnet ihren Griff lockerte.

Gelert beugte sich zu Declan. Die beiden Männer berieten sich eine Weile mit zusammengesteckten Köpfen, dann wandte sich der oberste Druide wieder an die Gälen. »Ihr dürft an Land gehen, Fremder aus Erin«, verkündete er. »Aber Ihr müsst einen heiligen Eid leisten, dass Ihr uns nichts zu Leide tun werdet.«

Ohne zu zögern legte der Mann sein Schwert auf seine flachen Handflächen. »Ich schwöre bei der Ehre meines Vaters und der Hawens, des Großen Ebers und Schutzgottes unseres Stammes, dass wir unsere Waffen nicht gegen euch erheben werden.« Er ließ das Schwert sinken. Ein schiefes Grinsen erhellte sein finsteres Gesicht. »Hätte ich einen Angriff geplant, dann hätte ich mich weniger prunkvoll gekleidet, das versichere ich Euch, ehrwürdiger Druide. Ich bitte um Entschuldigung, weil wir Eure Feierlichkeiten gestört haben.«

Die Menschen rund um Rhiann, die eben noch vor Furcht wie von Sinnen gewesen waren, begannen miteinander zu tuscheln, und diesmal schwang in ihren Stimmen ein Anflug von Bewunderung mit.

Gelert starrte den Mann mit ausdrucksloser Miene an, während die einsetzende Flut das Boot auf das Ufer zutrug. »So sei es, kühner Prinz. Dann werdet ihr uns eure Waffen als Unterpfand für eure friedlichen Absichten aushändigen.«

Das Lächeln des Fremden erstarb. Unter seinen Männern erhob sich ein ärgerliches Gemurmel, das jedoch augenblicklich verstummte, als er eine Hand hob. Rhiann bemerkte, dass die Leute ihm widerspruchslos gehorchten, obwohl viele älter waren als er.

»Meine Männer werden ihre Waffen abgeben«, stimmte der Fremde schließlich zu. Sein Grinsen war so schnell verflogen, wie es gekommen war. »Und Ihr könnt meinen Speer nehmen – aber nicht mein Schwert. Es bedeutet mir mehr als mein Leben.« Er schob die Waffe in die bronzebeschlagene Scheide an seinem Gürtel zurück. Das metallische Klirren war deutlich zu vernehmen. »Streckt mich nieder, wenn ich auch nur eine Hand daran lege. Ich schwöre, dass keiner meiner Männer mich rächen wird.«

Die anderen Gälen zuckten zusammen, schwiegen aber dazu – ganz offensichtlich vertrauten sie ihrem Anführer. Dieser hatte eine wohlüberlegte Antwort gegeben. Ohne triftigen Grund durfte kein Krieger der Epidier ihn und seine Leute angreifen, ohne seine Ehre zu verlieren. Und den Epidiern ging ihre Ehre über alles.

Gelert nickte bedächtig. »Dann mögt ihr an Land kommen.«

Die Epidier wichen zurück, als sich der Rumpf des Bootes in den Sand bohrte. Talorc, ein stämmiger, grauhaariger Krieger, der trotz seines Alters noch kräftige, muskulöse Arme hatte, baute sich vor den Fremden auf, um ihre Waffen entgegenzunehmen, als sie aus dem Boot kletterten.

Rhiann schlang ihren Umhang mit zitternden Fingern enger um sich und trat ein paar Schritte zurück, weil ihr die Nähe dieser seltsamen Männer Unbehagen einflößte. Sie sah, wie der Prinz einen Ring vom Finger zog und ihn dem Druiden hinhielt. »Nehmt dies als Opfer für die Seele Eures Toten«, bat er, dabei verneigte er sich anmutig.

Die gemurmelte Zustimmung der Zuschauer wurde lauter. »Gut gesprochen für einen Gälen«, krächzte eine alte Frau heiser.

»Die Götter müssen ihn zu uns geschickt haben«, fiel eine jüngere ein.

Gelert musterte den Fremden forschend, ehe er den Ring entgegennahm. »Wir werden Eure Gabe bei einer heiligen Quelle opfern. Die Götter werden wohlwollend auf Euch hinabblicken.« Er winkte einen Novizen zu sich. »Bring diese Männer in die Trauerhütte und hol ihnen Fleisch und Ale.« Seine Augen wanderten zu dem Anführer der Gälen. »Wir werden bald nach Hause zurückkehren und können euch daher nur kaltes Fleisch anbieten. Esst und trinkt, dann werden wir reden.«

Der Novize führte die Männer zu einer einzelnen runden Hütte, die auf dem *machair* stand, dem mit Blumen übersäten Grasland hinter dem Strand.

Rhiann betrachtete sie nachdenklich. Nun, da sie die Fremden aus der Nähe sah, fiel ihr auf, dass die Kleidung des Prinzen zwar von guter Qualität, aber zerschlissen und salzverkrustet war. Trotzdem trug er den Kopf so hoch, als sei er in die kostbarsten Tuche gekleidet. Dunkle Zöpfe umrahmten ein Gesicht, das wie aus Stein gemeißelt wirkte. Er hatte eine hohe Stirn, ein energisches Kinn, ausgeprägte Wangenknochen und leicht schräg gestellte Augen, die ihm ein exotisches Aussehen verliehen. Die Augen selbst schillerten eisig grün. Dann bemerkte sie die blutleeren Linien auf der Innenfläche seiner Schwerthand, die davon herrührten, dass er den Horngriff seiner Waffe mit aller Kraft umklammert hatte.

Aha ... er log. Seine Hand verriet, was sein Gesicht verbarg. Ein Mann, der so überzeugend lügen konnte, war gefährlich. Sie fragte sich, ob Gelert ihn wohl schon durchschaut hatte.

Hinter dem Anführer kam der riesigste Mann, den Rhiann je gesehen hatte. Sein heller Haarschopf und die himmelblauen Augen verliehen ihm ein jungenhaftes Aussehen, doch seine Arme waren so dick wie junge Bäume, und eine Narbe zog sich vom Winkel eines Auges seine Wange hinunter. Ein Lächeln spielte um seine Lippen und wurde breiter, als die jungen Frauen zögernd näher kamen, um ihn anzustarren. Aiveen, Talorcs leichtfertige Tochter, war eine der Vordersten; ihre butterblumengelben Zöpfe schwangen verführerisch hin und her.

Ihm folgte ein schüchterner Jugendlicher mit brandrotem Haar und unzähligen Sommersprossen, dann ein Barde, hübsch wie ein Mädchen, mit zarter weißer Haut und grauen Augen. Er hinkte leicht und presste seine Harfe gegen seine Brust, als verleihe ihm das Instrument Kraft. Beide wirkten viel zu jung für eine so gefahrvolle Reise. Doch dann fiel Rhianns Blick auf die Männer, die ihnen folgten: ausnahmslos hartgesottene Krieger in der Blüte ihrer Jahre mit sehnigen, muskulösen Armen, die die Narben zahlreicher Kämpfe trugen. Ihre Rüstungen und Waffen waren sorgsam poliert, obgleich ihre Tuniken und Hosen deutliche Spuren des überstandenen Sturmes aufwiesen.

Händler. Von wegen.

Als sich die Epidier anschickten, den Fremden zu folgen, spürte Rhiann eine leise Berührung an ihrer Hand. »Komm«, sagte Linnet. »Lauf ein paar Schritte, das vertreibt die Furcht aus deinem Körper.«

Aber sie kehrt zurück, dachte Rhiann, ließ aber zu, dass Linnet ihr einen Arm um die Schultern legte. Dann blickte sie zu ihr auf und wappnete sich gegen das Mitleid in Linnets Augen. Widersinnigerweise verabscheute sie es, bemitleidet zu werden, obwohl sie sich nach dem Trost und der Hilfe ihrer Tante sehnte.

Doch Linnets Gesicht war schneeweiß, rote Flecken loderten auf beiden Wangen, und die grauen Augen hatten sich verdunkelt. Sie schien Rhiann überhaupt nicht wahrzunehmen, sondern starrte mit glasigem Blick auf das Wasser hinaus, wo die letzten Rauchschwaden des Scheiterhaufens zum Himmel emporstiegen.

Dann spürte Rhiann, dass ihre Tante von einer Gefühlsregung beherrscht wurde, die sie am wenigsten erwartet hatte.

Von Erregung.

Eremon und seine Männer wurden in die Hütte geleitet und dort alleine gelassen, nur ein Wächter bezog vor der Tür Posten. Offenbar galten die Regeln der Gastfreundschaft in Alba ebenso wie in Erin. Fremde wurden bewirtet, ehe sie ihr Anliegen vortragen durften: das war ein heiliges Gesetz, an das sich alle Stämme hielten.

Kaltes Fleisch war an einem kalten Morgen nicht unbedingt eine geeignete Mahlzeit, aber immer noch besser als altbackenes Brot. Die anderen fielen hungrig über die aus Weidenzweigen geflochtene Platte mit Hischfleisch her, doch Eremon war unter dem stechenden Blick des Wachpostens der Appetit vergangen.

Die wilden blauen Tätowierungen, die über die Wangen und um die Augen des Mannes herum verliefen, ließen ihn so gefährlich erscheinen wie einen angriffslustigen Keiler; eine Wirkung, die durch den lang herabhängenden Schnurrbart noch verstärkt wurde. Eremon rieb sich über sein stoppeliges Kinn. Die Männer seines Volkes pflegten sich regelmäßig zu rasieren, und obgleich die blauen Tätowierungen die Gegner im Kampf sicherlich in Angst und Schrecken versetzten, konnte er gut darauf verzichten.

Conaire schien sich an den Blicken des Wachpostens nicht zu stören. Er stopfte sich große Bissen Fleisch in den Mund und kaute geräuschvoll. Rori, Finan und die anderen folgten seinem Beispiel. Eremon nahm sich ein paar Stücke, um sie an den zu seinen Füßen liegenden Cù zu verfüttern. Der Hund verschlang das Fleisch gierig und leckte seinem Herrn dann die Hand.

Eremon wischte sich die Finger an seiner Hose ab und blickte sich im Raum um.

Obwohl er den Eindruck gewonnen hatte, dass die Schmuckstücke der Albanen nicht so kunstvoll gearbeitet waren wie seine eigenen und ihre Schwerter sich nicht mit denen vergleichen ließen, die in seiner Heimat gefertigt wurden, stellte er fest, dass die Wände dieser Hütte mit wunderschönen, ineinander verschlungenen Mustern bemalt waren und aufwändige

Schnitzereien die Pfosten und Balken verzierten. Bei einigen handelte es sich um Tierfiguren; die Pferde, Hirsche und Eber wirkten so lebensecht, dass er fast meinte, die Muskeln unter der Haut spielen zu sehen. Andere Symbole konnte er nicht deuten; Linien und Kurven, die ihm gut gefielen, obwohl er sie nicht verstehen konnte. Sie fanden sich auch auf dem hohen Tisch vor der Feuerstelle wieder, auf dem Tiegel mit wohlriechendem Öl standen und der mit getrockneten Mädesüßblättern übersät war. Hier war zweifellos der Tote aufgebahrt gewesen.

Der Wächter bewegte sich, die Spitze seines Speeres blitzte in der Sonne auf. Eremon runzelte die Stirn. Er war sich des Gewichts seines Schwertes an seiner Seite nur allzu sehr bewusst. Innerlich hatte er vor Wut geschäumt, als die Epidier von ihnen verlangt hatten, ihre Waffen abzugeben, aber ihnen war keine andere Wahl geblieben. Zu viele Speere waren auf sie gerichtet gewesen. Wenn ihnen der Rauch nicht die Sicht genommen hätte, hätten sie anderswo an Land gehen können…

So viel zu den armen, einfachen Fischern, die diese Inseln bevölkerten.

Er nagte an seiner Lippe. So, wie es aussah, hatte er seine Männer von einer Gefahr in die nächste gestürzt. Seine Ankunft in Alba hatte er sich anders vorgestellt. Und doch hatten ihn die Götter hergeführt, denn das Boot war in dem Sturm nur ein Spielball der Fluten gewesen. Planten sie, ihm zu Ruhm und Ehre zu verhelfen, oder wollten sie ihn vernichten?

Es ist eine Prüfung, mahnte er sich. *Die Götter verlangen einen Beweis für deine Tapferkeit. Erweise dich ihrer Gunst würdig, dann bist du zur Zeit des nächsten Blätterfalls wieder daheim*

Das Fleisch war fast verzehrt, als draußen plötzlich Gesang, lautes Kreischen und Klagen, Trompetenstöße und Trommelgedröhn erscholl. Das Getöse wurde lauter und lauter, bis es von den Wänden der Hütte widerhallte, Cù den Kopf zurücklegte und lauthals zu heulen begann. Als der Lärm verebbte, sah Eremon, dass ihr Wachposten die Augen geschlossen hatte und fieberhaft Worte vor sich hinmurmelte.

Er brauchte nicht zu fragen, was hier vor sich ging, denn auch in Erin wurden die Geister der Toten auf diese Weise vertrieben. Nun konnte die befreite Seele dem Ruf des Gottes Lugh folgen und zu den Ewigen Inseln fliegen.

Kurz darauf tauchte ein Schatten in der Tür auf: der alte Druide, der sie am Strand empfangen hatte. Ihm folgte eine Dienerin, die einen riesigen Trinkbecher mit Bronzerand in den Händen hielt, und der stämmige ältere Krieger, der ihnen ihre Waffen abgenommen hatte. Er war fast so groß und massig wie Conaire. Das Mädchen trat mit dem Becher zuerst zu Eremon. Die Griffe zu beiden Seiten des Gefäßes waren wie sich aufbäumende Pferde geformt, eine kunstvolle Arbeit. Zu Eremons Überraschung war auch das Ale, das es enthielt, ausgezeichnet, es hatte einen moschusartigen Beigeschmack, den er noch nie gekostet hatte.

Sein Gesicht musste widergespiegelt haben, was er dachte, denn der Druide lächelte. »Unsere Frauen brauen das beste Ale in ganz Alba. Die Heideblumen geben ihm seine Würze.« Seine Stimme strafte sein Alter Lügen, sie klang machtvoll und herrisch.

Eremon nickte, woraufhin das Mädchen mit dem Becher zu Conaire ging. Sie war jung und hübsch, und Eremon bemerkte, dass sie errötete, als sie den Blick seines Ziehbruders auffing. Nachdem der Becher an alle seine Männer weitergereicht worden war, verlor der Druide keine Zeit. »So«, sagte er auf eine von einem Wandschirm verdeckte Nische deutend, »jetzt möchte ich wissen, was Euch hierher geführt hat. Kommt, dann können wir ungestört reden.«

Eremon warf Conaire einen mahnenden Blick zu. Dieser wandte sich widerwillig von dem Mädchen ab und folgte ihm, dabei wischte er sich Fettreste von den Lippen. Sie setzten sich zu dem Druiden und dem alten Krieger auf die Fellkissen, die den Lehmboden der Nische bedeckten.

Seiner Pflicht als Gast folgend ergriff Eremon als Erster das Wort. »Ich bin Eremon, Sohn des Ferdiad. Mein Vater ist der Herrscher des großen Königreiches Dalriada in Erin. Dies ist mein Ziehbruder Conaire, Sohn des Lugaid. Wir sind gekommen, um mit unseren Nachbarn Handelsbündnisse einzugehen.«

»Ich bin Gelert, der Mann der Eiche«, gab der Druide zurück. »Mein Vetter Brude, Sohn der Eithne, ist König unseres Stammes, der Epidier. Der König ist … nicht hier. Er treibt im Norden fällige Tributzahlungen ein.«

Die kleine Pause im Satz war Eremon nicht entgangen, außerdem sah er, wie der Krieger den Druiden anblickte, ehe er sich an Eremon wandte. Um einen seiner Arme wand sich ein Fuchsfellstreifen von derselben Farbe wie sein Haar und sein Schnurrbart, obwohl diese inzwischen von Grau durchzogen waren. Aber seine blauen Augen blickten klar, und seine Wangen zeigten eine gesunde Frische. »Ich bin Talorc, Sohn der Uishne und gleichfalls ein Vetter Brudes.« Er verschränkte die Arme vor der Brust und schob das Kinn vor. »Ihr habt gut daran getan, uns aufzusuchen, denn wir sind der bedeutendste Stamm an dieser Küste und verfügen über viele Reichtümer.«

Ich habe euch nicht freiwillig aufgesucht, und Reichtümer sehe ich auch keine, dachte Eremon, bemühte sich jedoch, ein unbeteiligtes Gesicht zu wahren. *Und wo ist euer König wirklich*?

»Ich muss gestehen, ich bin ein wenig verwundert«, sagte er laut. »Eure Totenfeier galt offensichtlich einem Mann, der einen hohen Rang bekleidete – und doch ist Euer König nicht anwesend?«

Gelerts gelbe Augen flammten zornig auf. »Ihr sucht Handelspartner, sagt Ihr?«, bellte er.

Eremon zwinkerte erstaunt und nickte.

»Dann haben die Sturmgötter Euch an den richtigen Ort geführt, Prinz. Unsere Festung Dunadd beherrscht den Handelsweg auf dieser Seite der Berge. Wir treiben mit den Stämmen im Süden Britanniens und denen an der Küste der Nordsee regen Handel. Was habt Ihr uns anzubieten?«

Eremon holte tief Atem. Auf das, was nun kam, war er vorbereitet. »Das Gold, was Ihr hier seht, ist nur ein Bruchteil unserer Reichtümer«, erklärte er, dabei öffnete er seinen Umhang und deutete auf seinen prächtigen Gürtel und den juwelenbesetzten Griff seines Dolches unter dem Kettenhemd. »Unsere Flüsse sind reich an Gold und Edelsteinen, und unsere Berge sind mit Kupfer durchzogen. Bald werden noch mehr meiner Männer eintreffen, um Euch Beweise für unsere Handwerkskunst zu bringen. Wir werden nach und nach alle Stämme Albas aufsuchen und versuchen, mit ihnen zu einer Einigung zu kommen.«

Talorcs Augen ruhten auf dem Goldreif auf Eremons Kopf.

»Gold ist natürlich nicht alles«, fuhr Eremon lächelnd fort. »Wir ernten ungeheure Mengen Gerste und besitzen riesige Viehherden, denn der Wind weht in unserem Land wärmer als bei euch. Wir stellen viele Waren selbst her und verkaufen sie in fremde Länder.«

Nun konnte Talorc nicht länger an sich halten. »So! Aber unsere Hirsche haben das schmackhafteste Fleisch und die dichtesten Felle, wir züchten die besten Jagdhunde weit und breit.« Er schlug sich gegen die Brust. »Unsere Schafe geben viel bessere Wolle als eure, und unsere Frauen sind die schönsten im ganzen Land.«

»Darüber möchte ich mir selbst ein Urteil bilden!«, unterbrach Conaire ihn mit einem breiten Grinsen. »Wie wäre es, wenn ich Euch zeige, wie scharf meine Klinge ist – und eure Frauen von der Güte einer anderen Waffe überzeuge?«

Talorc verzog das Gesicht, dann schlug er sich vor Vergnügen auf die Schenkel. »Für einen *gael* seid Ihr mit einem Scherz schnell bei der Hand«, lachte er, dann schätzte er mit funkelnden Augen die Kraft von Conaires Schwertarm ein. »Ich frage mich, ob Ihr ebenso gut zu kämpfen versteht, junger Draufgänger. Ich habe schon an Viehdiebstählen teilgenommen, als Ihr noch in Eure *bracae* gepisst habt. Was würdet Ihr sagen, wenn ich Euch Euer Schwert zurückgebe und wir …«

Eine knappe Geste des Druiden brachte ihn zum Schweigen. Gelert erhob sich, stützte sich auf seinen Eichenholzstab und runzelte die Stirn. Eremon bemerkte, dass der runde Knauf einem Eulenkopf nachempfunden war, dessen Augen aus glitzernden Jettsteinen bestanden. Als sich der Druide vorbeugte, schienen zwei Pupillenpaare den Prinzen zu fixieren. »Ich bin sicher, meinem Vetter ist gleichfalls klar, dass wir im Moment für derartige… Vergnügen nicht die Zeit haben. Kommt mit uns nach Dunadd. Dort werden wir ein Festmahl auftragen lassen, dann können wir ausführlich über all diese Dinge sprechen.« Aus kalten Augen musterte er Eremon abschätzend von Kopf bis Fuß.

Im Blick des Druiden gefangen verspürte Eremon plötzlich den kindischen Drang, seine Männer zu nehmen und davonzulaufen. Aber wohin? Ein solcher Verstoß gegen die Gebote der Höflichkeit würde großes Misstrauen erwecken. Nein, das wäre dumm und unüberlegt von ihm. Er musste dem Großen Eber vertrauen. Er hatte noch nie gehört, dass das Gesetz der Gastfreundschaft je gebrochen worden wäre, und diese Menschen waren keine Barbaren, auch wenn der Fischer anderer Meinung gewesen war.

»Danke, wir nehmen Eure Einladung gerne an«, hörte er sich sagen. »Aber… müssen wir denn unbedingt den Seeweg wählen?« Er konnte nicht verhindern, dass ihm bei dem Gedanken, erneut schwankende Planken unter seinen Füßen zu spüren, jegliche Farbe aus dem Gesicht wich.

Gelert lächelte dünn. Er schien Eremons Unbehagen zu spüren. »Wir befinden uns hier auf einer Insel. Dunadd liegt auf der anderen Seite der Meerenge in östlicher Richtung. Wir geben euch Lotsen für euer Boot mit, denn in dieser Bucht gibt es zahlreiche tückische Felsen und Riffe. Talorc wird sich darum kümmern.« Er wandte sich ab, dann drehte er sich noch einmal um. »Eines noch. Einen Mond lang ist es uns verboten, über den Toten zu sprechen. Respektiert das und stellt keine Fragen.«

Eremon nickte steif.

Sowie Gelert sich entfernt hatte, lockerte sich die Stimmung im Raum. Talorc klopfte Conaire auf die Schulter und sprang auf. »Kommt«, sagte er. Im Gegensatz zu denen des Druiden stand in seinen hellen blauen Augen keinerlei Arglist geschrieben. »Unsere Diener bereiten jetzt den Aufbruch vor, das wird noch eine Weile dauern. Wir wollen doch das gute Ale nicht vergeuden!«

7. Kapitel

Eremon war froh, dass der Tag klar und windstill war, denn seine Männer standen kurz davor, eine Meuterei anzuzetteln, als er ihnen sagte, dass sie erneut ein Boot besteigen mussten. »Wir sind hier auf einer Insel«, erklärte er ihnen, nachdem sie sich zu ihm ans Feuer gesellt hatten. Talorc hatte die Hütte verlassen, um seinen Leuten ein paar Anweisungen zu erteilen. »Uns bleibt gar keine andere Wahl.«

»Woher sollen wir wissen, ob wir ihnen trauen können?« Das war Finan, argwöhnisch wie immer.

»Wir genießen jetzt den Schutz der Gastfreundschaft«, erwiderte Eremon mit mehr Zuversicht, als er empfand. »Sie werden dieses Gesetz ebenso respektieren, wie wir es tun. Und da ist noch etwas.« Er trank den Rest seines Ales aus. »Sie glauben, dass noch mehr meiner Männer auf dem Weg hierher sind und dass mein Vater ein mächtiger Herrscher ist. Auf eine Blutfehde mit einem König werden sie es nicht ankommen lassen.«

»O doch – sobald sie herausfinden, dass es diesen König gar nicht gibt.« Colum wischte sich Aleschaum von seinem stoppeligen Kinn.

»Dann müssen wir dafür sorgen, dass sie es nicht herausfinden. Der Große Eber weiß, dass wir ohne Verbündete nur Flüchtlinge in diesem Land sind, die ständig um ihr Leben kämpfen müssen. Wir müssen hier zu Einfluss und Macht gelangen, sonst wird es mir nie gelingen, den Königsthron zurückzuerobern.« Er ließ den Blick langsam von einem Mann zum nächsten wandern. Niemand erhob mehr einen Einwand.

Sie verließen die Hütte und gingen über den Strand zu ihrem beschädigten Boot hinunter. Die Krieger der Epidier musterten sie argwöhnisch, ihre Frauen eher abschätzend. Auf dem Weg wurde Eremons Aufmerksamkeit von hoch aufzüngelnden Flammen entlang der dunklen Felsen gefesselt, die die Bucht umschlossen. Er blieb stehen. Die bunt bemalten *curraghs* wurden verbrannt!

Obwohl er der geborene Krieger war, hatte Eremon stets ein in den Augen seines Vaters unmännliches Interesse an den Riten der Druiden gezeigt. Wäre er ein Angehöriger des gemeinen Volkes gewesen, hätte er vielleicht diesen Weg eingeschlagen, aber so hatte Ferdiad seinen Hang zu diesen Dingen schon im Keim mit Schlägen erstickt. So stand er nur da, starrte einen Augenblick lang in die Flammen und bedauerte, dass etwas so Schönes wie diese kleinen Boote durch das Feuer zerstört wurde.

Plötzlich bemerkte er, dass eine Gestalt in einem saphirblauen Umhang mit hochgeschlagener Kapuze ganz in seiner Nähe das Schauspiel ebenfalls verfolgte; jemand, dem die unverwechselbare Ausstrahlung eines Druiden zu eigen war. Aus einem Impuls heraus öffnete er den Mund, um sich zu erkundigen, was die Symbole auf den Booten bedeuteten und warum sie verbrannt wurden.

Doch noch ehe er einen Ton herausbrachte fuhr der Druide zu ihm herum, und Eremon sah tiefblaue Augen in einem blassen Gesicht funkeln, das von einer golden schimmernden Haarflut umgeben war. »Wagt es nicht, mich anzurühren, Mann aus Erin!«

Ihre Stimme traf ihn wie eine glühende Speerspitze. Niemand hatte ihn je so mit vor Verachtung blitzenden Augen in einem eiskalten Gesicht angeblickt. Frauen sahen ihn nie so an. Nicht ihn. Fassungslos stand er da und starrte sie an, als sie ihren Umhang fester um sich schlang und davoneilte. *Bei den Göttern, habe ich etwa einen Druiden beleidigt? Womit?*

Conaire tauchte unvermutet neben ihm auf. »Eremon, hast du mich denn nicht rufen hören? Unsere Führer sind beim Boot, wir warten nur noch auf dich.« Ein lautes Rülpsen hallte in Eremons Ohren wider, dann sah er, wie sein Ziehbruder

der sich entfernenden schmalen Gestalt nachblickte. Conaire legte den Kopf schief und grinste. »Du verlierst wirklich keine Zeit, Bruder.«

Eremon zuckte nur hilflos die Achseln und versuchte, den Zwischenfall zu verdrängen, als er Conaire zum Ufer folgte. Ihr Boot schaukelte schon auf den Wellen, und einer der epidischen Führer wies die Ruderer an, es im Gleichgewicht zu halten, während die Männer an Bord kletterten.

Eine Horde neugieriger Kinder tobte in der Brandung, und die jungen Frauen am Strand betrachteten Eremon voller Interesse und flüsterten sich hinter vorgehaltener Hand etwas zu, als er durch das Wasser watete. Er legte sein Schwert behutsam in das Boot, ehe er sich über den Rand schwang. Das Gemurmel der Frauen schwoll an. Einer der Führer warf ihm einen mürrischen Blick zu.

»Ich bin mit der Sprache hier nicht vertraut«, sagte Eremon freundlich, als er sich auf seiner Ruderbank niederließ. »Was sagen sie denn?«

»Sie nennen Euch mac Greine, Herr.« Ein verächtlicher Unterton schwang in der Stimme des Führers mit. Offenbar teilte er die Begeisterung der Frauen nicht.

Mac Greine. Sohn der Sonne. Eremon wusste nicht, ob er sich geschmeichelt oder peinlich berührt fühlen sollte, denn dieser Name gebührte eigentlich dem Gott Lugh, dem Flammenden Speer. Doch dann gewann sein gesunder Menschenverstand die Oberhand. Wenn diese Leute Ehrfurcht vor ihm hatten, konnte ihm das nur von Nutzen sein.

Und obgleich er es bedauerte, der Druidin zu nahe getreten zu sein, störte es ihn nicht im Geringsten, dass sie und einige ihrer Stammesangehörigen sich anscheinend vor ihm fürchteten.

Die Boote der Epidier waren aus Holz gefertigt, schlank und wendig gebaut, der bemalte Bug war wie ein Tier geformt. Die Pferdefigur war besonders kunstvoll geschnitzt. Was hatte Talorc beim Ale gesagt? *Die Epidier nennt man auch das Volk der Pferde*. Ein edles Tier – Eremon hoffte nur, dass der Stamm seinem Bannersymbol gerecht wurde.

Trotz aller Bedenken spürte er Erregung in sich aufsteigen. Er hatte eine große Dunkelheit hinter sich zurückgelassen, mit der er sich bald würde auseinandersetzen müssen. Zu bald. Aber im Moment befanden sie sich auf dem Weg in ein unbekanntes Land, die Sonne eines neuen Tages war über ihnen aufgegangen, und nur der Große Eber wusste, welche Wege sich ihnen hier öffnen mochten. Vielleicht führten sie zu Ruhm und Ehre, vielleicht ins Verderben.

Ruhig Blut, mein Junge. Denk nur daran, dass du bald wieder nach Hause zurückkehren willst, um dir zurückzuholen, was rechtmäßig dein ist.

Er richtete den Blick gen Westen, wo Erin hinter dem Horizont lag… Erin, seine geliebte Heimat mit den sanft geschwungenen runden Hügeln, den grünen Wiesen und dem milden Wind. Das Heimweh fiel wie ein wildes Tier über ihn her, doch er verschloss diese Tür in seinem Inneren sofort. Er konnte noch nicht zurück, noch nicht. Eines Tages würde der Tag kommen, zur richtigen Zeit und unter den richtigen Umständen.

Er fing den Blick des zweiten Führers auf, der einen umgänglicheren Eindruck machte als sein verdrießlicher Gefährte. Seine Haut war wettergegerbt und zerfurcht, und seine ständig zusammengekniffenen Augen verrieten, dass er auf dem Wasser arbeitete. Vielleicht war er ein Fischer.

»Wie heißt diese Insel?«, fragte Eremon ihn.

Der Mann grinste. Er freute sich sichtlich, sich mit seinem überlegenen Wissen zu brüsten. »Die Insel der Hirsche.«

»Aha.« Eremon legte eine Hand vor die Augen und blinzelte zu den mit Haselsträuchern und Eichen bewachsenen Tälern der Insel hinüber. »Von diesem Ort habe ich sogar in Erin gehört. Ein ausgezeichnetes Jagdgebiet, heißt es.«

Bei dem Wort »Jagd« spitzte Cù die Ohren. Auch Conaire begann zu strahlen.

»Ist das wahr, Mann?«, wollte er wissen.

Der Führer nickte.

»Ein ausgedehnter Jagdausflug mit dem Hund wäre jetzt ganz nach meinem Herzen!«, dröhnte Conaire. »Lässt sich das einrichten?«

Eremon lächelte. »Jetzt befinden wir uns erst einmal auf dem Weg nach Dunadd.«

»Aye, aber wenn Ihr wollt, bringe ich Euch in den nächsten Tagen einmal hinüber«, erbot sich der Fischer, dabei betrachtete er Conaires muskelbepackte Arme mit kaum verhohlenem Neid. »Dort sind die Keiler so riesig, dass sogar Ihr, junger Hüne, Mühe haben werdet, sie niederzustrecken.«

»Ihr seid wahrlich zu beneiden«, stellte Conaire fest.

Der Mann zuckte die Achseln. Sein Gesicht glühte vor Stolz. »Wir stehen unter dem Schutz von Rhiannon und Manannán. Rhiannon ist die Herrin der Pferde, sie schenkt uns die besten Pferde in ganz Alba. Und Manannán füllt unsere Netze mit Fischen und bringt die Händler zu uns.«

»Der große Manannán wird auch bei uns daheim verehrt«, warf Aedan ein.

Der Mann drehte sich auf seiner Ruderbank um und musterte den Barden von Kopf bis Fuß. »So? Aber ich wette, Ihr habt das Auge des Manannán noch nie gesehen, Harfner. Ich schon! Es ist ganz in der Nähe – vielleicht könnt Ihr bald sein Gebrüll hören.«

Jegliche Farbe wich aus Aedans rosigen Wangen. Seine grauen Augen weiteten sich erschrocken. »Ein Auge, das brüllt?«

»Ein gewaltiger Strudel«, erklang die niederschmetternde Antwort. »Er zieht Euch in die Tiefe und speit Euch in der Schattenwelt wieder aus. Das Licht dieser Welt erblickt Ihr dann nie wieder, das kann ich Euch versichern.«

Aedan wurde noch blasser, und Eremon betrachtete ihn mit einer Mischung aus Resignation und Zuneigung. Er hätte den Jungen gerne daheim zurückgelassen, denn eine solche Reise war nichts für sein Hasenherz. Aber Aedan war einfach in das Boot gesprungen, als sie aus Erin geflohen waren, und hatte sich nicht zur Umkehr überreden lassen. »Du wirst Ruhm und

Ehre erringen«, hatte er entschlossen verkündet. »Und ich werde die Kunde von deinen Taten nach Erin zurücktragen, auf dass du nie vergessen wirst.«

Leider hatte ein Pfeilhagel die kurze Rede abrupt unterbrochen, und während ihrer überstürzten Flucht war keine Zeit mehr für lange Diskussionen geblieben. Nun war Aedan hier und musste sich bewähren wie alle anderen auch. Eremon sah ihn fest an. »Aedan, wie wäre es, wenn du die Männer ein wenig aufheitern würdest? Das lenkt sie von ihrem knurrenden Magen ab.«

Dankbar rappelte sich Aedan hoch und gesellte sich zu seinen Kameraden im Heck. Bald erfüllten süße Harfentöne die Luft.

Nachdem er die Ruder ein paar Mal durch das Wasser gezogen hatte, platzten die Blasen an Eremons Händen wieder auf, und er biss vor Schmerz die Zähne zusammen. Als das Boot über die Wellen zu gleiten begann, spürte er ein unangenehmes Kribbeln im Nacken. Er blickte sich über die Schulter hinweg zu dem Boot vor ihnen um – und sah einen Bug in Form eines weißen Schwanes, unter dem eine Gestalt in einem blauen Umhang saß. Dann ließen sie die schützenden Felsen hinter sich, Wind kam auf, das Boot begann zu schaukeln, und ein Schwall eiskalten Wassers ergoss sich über seine Hände.

Conaire, der neben ihm saß, lachte schallend auf. »Weißt du, langsam könnte ich mich daran gewöhnen!«

Seit der unerwarteten Ankunft der Gälen war Linnet still und in sich gekehrt. Rhiann hatte am Strand versucht, sie in ein Gespräch zu verwickeln, aber die Tante hatte ihr nur unzusammenhängende Antworten gegeben. Sie war mit ihren Gedanken eindeutig anderswo. Also machte sie es sich, nachdem sie die Boote bestiegen hatten, unter dem Schwanenbug bequem und versank selbst in Grübeleien.

Während sie über das Wasser starrte, überlegte sie, wieso Linnet so merkwürdig aufgeregt gewirkt hatte. Rhiann selbst hatten diese Fremden eine Todesangst eingejagt – noch jetzt zitterten ihr beim Gedanken an die Gälen die Hände. Und dann hatte dieser lügnerische Rohling sie am Strand auch noch beinahe berührt! Trotz der warmen Sonne begann sie zu frösteln und musste all ihre Kraft aufbieten, um nicht wie ein verängstigtes Kind die Arme um den Oberkörper zu schlingen.

Sie konnte es kaum erwarten, die geschützte Bucht endlich hinter sich zu lassen, denn die offene See übte stets eine beruhigende Wirkung auf sie aus. Als das kristallklare Wasser in dunkelblaue Tiefen überging, sog Rhiann die Salzluft mit tiefen Zügen ein, stieß sie langsam wieder aus und schloss die Augen. Die Selbstbeherrschung, die sie nach außen hin an den Tag legen musste, ließ sich immer schwerer aufrecht erhalten. Sie sehnte sich danach, sich in der Abgeschiedenheit ihres Hauses auf ihr Lager zu werfen und die Welt um sich herum zu vergessen.

Über ihr ertönte ein klagender Schrei. Als sie aufblickte, sah sie einen Brachvogel mit schweren Schwingenschlägen auf die Sumpflandschaft zufliegen, die Dunadd umgab. Sein Ruf klang einsam und wehmütig, und sie versuchte, ihren Geist mit dem des Vogels hoch oben in der Luft zu verbinden. Einen Moment lang gelang es ihr. Sie spürte, wie sie sich von ihrem Körper löste, alle Qual zurückließ …

Doch dann begriff sie, dass ihr Geist felsenfest in ihrem Schädel verankert war und ihre Augen unverwandt auf dem Boot hinter dem ihren ruhten: Dort saßen die Männer aus Erin. Sie waren nah genug herangekommen, dass Rhiann die kupferfarbenen Lichter erkennen konnte, die die Sonnenstrahlen im dunklen Haar ihres Anführers aufblitzen ließen. Wieder packte sie das namenlose Entsetzen, das sie überkommen hatte, als er beinahe ihren Arm berührt hätte.

Ein Krieger, der log. Ein Kindermörder, ein Frauenschänder – genau wie all die anderen.

Plötzlich drehte sich der Mann zu ihr um, als hätte er ihre Gedanken gehört. Unmöglich!

Stirnrunzelnd wandte sie sich ab und betrachtete den blauen Himmel über den Hügeln des Festlandes. Als sie sich wieder umdrehte, war das andere Boot zurückgefallen und der Mann zu einem blattgrünen und bronzefarbenen Fleck auf dem Wasser verschwommen.

Eremons Boot bildete die Nachhut, als sich die kleine Flotte der Küste näherte. Crianan, der Hafen von Dunadd, bestand nur aus ein paar Landestegen und runden Hütten, die am Fuß eines Felsens klebten. Im Süden wurden die Marschen von kleinen Seitenarmen des Flusses durchschnitten, der sich in die Bucht ergoss.

Aber Eremon erkannte die Vorteile dieser Lage sofort. Aufstiebende Gischt verriet, dass die Wellen vom Meer im Norden heranrollten, der Hafen selbst jedoch wurde von einer gewundenen Landzunge geschützt. Auf der anderen Seite dieser Bucht blickte eine von einer Palisade umgebene Festung von einem hohen Felsvorsprung aus wachsam auf das Wasser hinab.

»Ist das Dunadd?«, fragte Eremon.

Der Fischer schüttelte lächelnd den Kopf. »Das ist die Haselstrauchfestung. Dunadd liegt weiter flussaufwärts, wie Ihr gleich sehen werdet.«

Eremon spähte über die Landungsstege, die eng zusammengedrängten Häuser und die auf den Strand hinaufgezogenen *curraghs* und Kanus hinweg, aber so sehr er sich auch bemühte, er konnte die königliche Festung nirgendwo ausmachen, er sah nur weite Flächen Riedgras und Schilf.

Dunadd.

Er hatte diesen Namen auch in Erin schon gehört, er stand für einen bedeutenden Handelsumschlagplatz. Was mochte ihn dort erwarten? Plötzlich wurde ihm bewusst, dass er aufgesprungen war und seine Muskeln angespannt hatte, als ob er sich auf die Flucht vorbereiten würde.

Das Boot machte an einem Landungssteg fest, der mit glitschigen grünen Algen überzogen war, und Eremons Männer sprangen erleichtert an Land. Cù folgte ihnen. Eremon blieb im Boot stehen. Eine böse Vorahnung verdunkelte plötzlich sein Herz wie die Wolken die Sonne. Cù kam zurückgelaufen und blickte seinen Herrn fragend an.

In diesem Moment spürte Eremon, wie ihn der eisige Atem des Schicksals streifte. Er wusste mit einem Mal, dass hier kein bloßes vergnügliches Abenteuer vor ihm lag. Irgendetwas erwartete ihn hier; wollte ihn auf seine Seite ziehen. Etwas, dem er nicht würde widerstehen können.

Ein kalter Schauer lief ihm über den Rücken. Noch hatte er Albas Boden nicht betreten. Vielleicht war sein Schicksal ja doch noch nicht besiegelt.

Die epidischen Führer schlangen die Seile des Bootes um die Pfosten am Steg. Niemand achtete auf ihn. Wieder blickte er über seine Schulter hinweg in die Richtung, in der Erin hinter den Inseln verborgen lag, und dann wieder auf Albas Küste.

Cù jaulte leise. Eremon schloss die Augen und sagte sich, dass er sich wie ein Narr benahm. Eine leichte Brise zerrte an seinem Haar, der vertraute Geruch nach Mist, Torf und frisch gebackenem Brot stieg ihm in die Nase. Dies hier war ein Ort wie jeder andere auch. Conaire würde sich ausschütten vor Lachen, wenn er um seine geheimen Ängste wüsste!

Eremon stieß zischend den Atem aus, dann sprang er entschlossen auf den Steg. *Beim Großen Eber, was soll dieser Unsinn!*, schalt er sich. *Die Seekrankheit muss mir den Verstand vernebelt haben.*

Er kraulte Cù hinter den Ohren und beschleunigte seine Schritte, um seine Männer einzuholen. Talorc wartete schon, um sie nach Dunadd zu führen.

Als Eremon die Festung der Epidier zum ersten Mal zu Gesicht bekam, lag sie im hellen Tageslicht da, und die golden schimmernden Strohdächer auf dem Felsgipfel, die im Wind flatternden Banner und der warme Widerschein des Marschlandes, das Dunadd umgab, verfehlten seine Wirkung auf ihn nicht.

Die Festung war in der Tat beeindruckend. Zwar war das Haus des Königs dem Seewind schutzlos ausgesetzt, aber eine abschreckende Wirkung war weit wichtiger als Bequemlichkeit für die Bewohner. Die Erbauer von Dunadd hatten nur zu gut gewusst, dass die Festung in den Augen etwaiger Angreifer schon aus der Ferne uneinnehmbar aussehen musste.

Das Hufgetrappel der vor ihnen reitenden Epidier schreckte Schwärme von Krickenten auf, die über das Schilf hinwegflatterten und in den Sümpfen niedergingen. Der mit Muschelschalen und Kies bestreute Pfad, der dem Fluss folgte, bildete den einzigen festen Untergrund inmitten der Moorlandschaft.

Als sie sich Dunadd näherten, konnten sie das scharlachrote Banner erkennen, das auf dem höchsten Firstbalken flatterte. »Seht!«, rief Talorc. »Dies ist die weiße Stute der Göttin Rhiannon, das Emblem unseres Königshauses!« Doch Eremon entging der seltsame Ausdruck nicht, der dabei über das derbe Gesicht des Mannes huschte.

Dunadds Palisade wies nur dort Lücken auf, wo die nackte Felswand einen Angriff unmöglich machte. Der kleine Pier, an dem Stakkähne und Kanus festgemacht waren, war in eine Felseinbuchtung in Form eines Walrückens hineingebaut worden. Diese Festung war wahrlich ein kostbares Juwel – und sie wirkte, als sei ihr dies durchaus bewusst, so stolz erhob sie sich über dem Wasser.

»Hast du schon einmal eine strategisch so günstig gelegene Burg gesehen?«, flüsterte Eremon Conaire zu. »Ein einzelner von Sumpf und Moor umgebener Felsen mit Zugang zum Meer!«

Conaires Augen leuchteten auf, als sein Blick über die Felsenfestung wanderte. »Eine echte Herausforderung! Wir würden wie die Schweine abgeschlachtet werden, noch ehe wir die Mauern erreichen.«

»Ich habe nicht vor, Dunadd mit Gewalt einzunehmen«, erwiderte Eremon trocken.

Der Weg wand sich zu einem von Zwillingstürmen bewachten Tor hinauf. Als Eremon hindurchritt, rechnete er damit, dass ihm der typische Lärm und Gestank eines geschäftigen Dorfes entgegenschlagen würde: das Klirren von Schmiedehämmern, Gänsegeschnatter, Kindergeschrei, Frauenstimmen. Doch obwohl er einige Menschen zwischen den Hütten umherhuschen sah, herrschte hier eine seltsam bedrückende Stille, niemand schien in den Speichern und Schuppen zu arbeiten. Das Gemurmel der Leute verstummte, als die Männer aus Erin an ihnen vorbeiritten; sie starrten die Fremden aus großen Augen an, und die Kinder klammerten sich verschüchtert an die Röcke ihrer Mütter.

Talorc deutete auf die Ställe. »Wir züchten die besten Pferde in ganz Alba, wir haben ein Auge für edles Blut. Und dort drüben seht ihr die Waffen- und Eisenschmieden.« Er blieb stehen und hakte die Hände in den Gürtel unter seinem ausladenden Bauch. »Euer Schwert ist ausgezeichnet, Prinz aus Erin, Ihr benötigt die Kunst unserer Waffenschmiede nicht, aber vielleicht könntet ihr jungen Burschen«, er zwinkerte Aedan und Rori zu, »jeder einen guten, soliden Helm gebrauchen. Unsere Nachbarn sind weniger friedfertig als wir, manche von ihnen sind mit dem Schwert schneller zur Hand als ein Bulle eine Kuh besteigen kann.« Er versetzte Rori einen leichten Rippenstoß. Der Junge errötete und senkte den Kopf.

»Unsere eigenen Schwerter und Rüstungen genügen uns vollkommen, vielen Dank«, gab Eremon bestimmt zurück.

»Nun, dann interessieren Euch vielleicht die Arbeiten unseres Bronzeschmiedes. Nicht nur ihr verfügt über geschickte Handwerker.« Er wandte sich an Conaire. »Vielleicht möchtet Ihr ja der Dame Eures Herzens eine Haarnadel aus Bernstein mitbringen, Sohn des Lugaid!«

»Mit einer Nadel komme ich da nicht aus«, erwiderte Conaire grinsend.

Rhiann ließ Linnet bei ihrem Pferd Whinn im Stall zurück und machte sich auf den Weg zu ihrem Haus. Brica stand vor dem Eingang und hüpfte vor Aufregung von einem Fuß auf den anderen. »Ich habe von den Fremden gehört, Herrin! Wo sind sie? Wie sehen sie aus?« Sie verrenkte sich den Hals, um zwischen den Lücken der Häuser hindurchzuspähen.

»Ich glaube, sie sind noch unten im Dorf.« Rhiann hob den Türbehang, und die Dienerin folgte ihr ins Haus. »Du musst dich nicht vor ihnen fürchten, Brica. Sie sind gekommen, um mit uns Handel zu treiben, sonst nichts.« Sie löste die Spange ihres Umhangs und nahm ihn ab.

Brica schnaubte, als sie ihn ihr abnahm; das war die einzige Art, auf die sie je Zweifel an Rhianns Worten zum Ausdruck brachte. »Nun, Fainne sagt, sie kämen aus Erin und hätten viele Schwerter und Speere bei sich. Ich frage mich, was sie wirklich hier wollen.« Ihre schwarzen Augen schossen durch den Raum, als sie den feuchten Umhang zum Trocknen aufhängte. »Vielleicht sind sie auf der Suche nach Verbündeten. Oder …«

»Ich bin sicher, dass wir das noch früh genug erfahren werden.« Rhiann empfand plötzlich eine abgrundtiefe Erschöpfung. »Lady Linnet wird gleich hier sein. Hast du Tee aufgebrüht?«

»Ja, er ist gerade fertig geworden.« Brica machte sich an dem eisernen Topf zu schaffen, schenkte zwei Becher voll und stellte den Topf auf den Dreifuß über dem Kohlenfeuer zurück. Ein säuerlicher Geruch nach Brombeeren stieg davon auf. Dann griff sie nach einem Weidenkorb. »Ich habe Hammeleintopf zubereitet, und Nera hat Bannocks gebacken. Ich werde sie rasch holen, dann könnt Ihr essen.«

Rhiann nickte, und Brica verließ das Haus.

Rhiann trat an das Feuer und rührte in dem Kessel herum, der an Ketten über der Glut hing. Die Stammesältesten und Edelleute mussten sich inzwischen in den Gemächern des Königs versammelt haben, und bald, viel zu bald würde eine Ratsversammlung einberufen werden.

Aber welcher Mann würde zum nächsten König ausgerufen werden; wer würde auf dem Felsblock hoch oben auf dem Gipfel stehen, wer hätte einen Fuß in den kleinen, in den Stein gehauenen Hohlraum geschoben, das Fell eines Hengstes um die Schultern gelegt? Ein Angehöriger eines anderen Clans, der sich dieses Recht im blutigen Kampf erzwungen hatte? Oder ihr eigener Sohn? Er wäre dann noch ein Baby in den Armen eines Regenten, aber nichtsdestotrotz der rechtmäßige König. Beide Möglichkeiten erfüllten sie mit Angst und Schrecken.

Sie zog den Stuhl ans Feuer und saß, beide Hände um ihren Becher mit Tee gelegt, still da, als Brica in den Raum stürzte. »Ein Bote kommt, Herrin!«, keuchte sie.

»Nun, und? Warum bist du so schnell gerannt?«

»Alle sind in heller Aufregung, Herrin!«, stieß Brica hervor. »Ein Krieger galoppiert über die Straße im Süden auf uns zu. Er kommt von Enfrets Festung, und er trägt das Banner, das vor einem Angriff warnt. Ich habe gehört, wie einer der Wachposten einen Boten zum obersten Druiden geschickt hat!«

Rhiann griff wieder nach ihrem Umhang und eilte zum Gemach des Königs hinüber. Auf dem Weg entdeckte sie Linnet in einem Menschenstrom, der sich durch das Pferdetor drängte, denn obwohl der Stamm um König Brude trauerte, hatten die Neuigkeiten über die Ankunft der Gälen viele Leute aus ihren Häusern gelockt. Jeder wollte das Gold sehen, das die Neuankömmlinge bei sich trugen.

Mit vereinten Kräften gelang es Rhiann und Linnet, sich bis zu Gelert und Talorc durchzukämpfen, die mit den Männern aus Erin vor Brudes Haus standen und den Reiter beobachteten, der unten auf das Dorftor zujagte.

Als der Bote sein Pferd zügelte, aus dem Sattel sprang und durch das Dorf zum Felsgipfel hochlief, sah Rhiann, wie Gelerts Augen schmal wurden. Der Seher Declan, der seinen sichelförmigen Stab so fest umklammert hielt, dass die Knöchel seiner Hand weiß hervortraten, runzelte die Stirn. Wie auch immer die Botschaft lauten mochte, die gleich verkündet werden würde, die Druiden waren beunruhigt – und das ließ nichts Gutes ahnen. Rhianns Herz begann erneut zu hämmern.

Endlich machte die Menge dem Boten Platz, der vor den versammelten Edelleuten auf ein Knie sank.

»Nun?«, bellte Gelert. »Wozu diese Eile? Was ist geschehen?«

Der Reiter war so außer Atem, dass er kein Wort hervorbrachte. Seine Hose war mit Schlamm bespritzt, seine Tätowierungen mit Schweiß und Staub verschmiert. Gelert gebot den Umstehenden mit einer scharfen Geste Ruhe.

»Wir haben Neuigkeiten von den Damnoniern im Süden des Landes, Herr«, stieß der Mann schließlich hervor. Seine Augen waren vor Furcht geweitet.

»Was für Neuigkeiten?«

»Die Adlermänner – die Römer!«, keuchte der Bote. »Sie sind jetzt doch in Alba eingefallen!«

8. Kapitel

Gnaeus Julius Agricola, Gouverneur der römischen Provinz Britannien, war sehr zufrieden.

Der albanische Abend war ungewöhnlich mild, und sein Leibsklave rollte die Klappe seines Zeltes hoch, sodass sein Herr den Aufbau des Lagers verfolgen konnte. Auf einen unvoreingenommenen Beobachter hätte das geschäftige Gewimmel von Soldaten, Sklaven, Maultieren und Karren wie ein einziges heilloses Durcheinander gewirkt. Für Agricola war es ein Ausdruck eiserner Disziplin.

Hunderte von ledernen Zelten wurden in ordentlichen Reihen auf dem Lagergelände errichtet. Dazwischen rollten Tausende von Legionären Bettzeug auseinander, entzündeten Feuer und hoben Unratgruben aus. Weit in der Ferne konnte Agricola die Reihen der Männer sehen, die einen Graben rund um das Lager zogen. Über ihnen erhob sich eine halb fertig gestellte hölzerne Palisade, die lange Schatten über den Boden warf.

»Sie werden täglich besser, Herr.« Der oberste Baumeister trat zu seinem Kommandanten. »Wir haben die Aufbauzeit beinah halbiert.«

Der Mann war korpulent, hatte einen widerspenstigen schwarzen Haarschopf, eine Knollennase und ein Doppelkinn. Er war die Zielscheibe des Spottes aller anderen Offiziere, und

Agricola duldete ihn nur, weil er ein technisches und organisatorisches Genie war.

»Danke, Didius.« Agricolas Blick wanderte über die Brustwehr. »Deine neue Torkonstruktion bewährt sich gut – zusätzliche Sicherheit ist den Zeitaufwand allemal wert, und je weiter wir nach Norden vorstoßen, desto dringender werden wir sie brauchen.«

Didius strahlte vor Stolz. Agricola massierte seine schmerzenden Schultern. Die Muskeln waren von dem langen Ritt verkrampft, lockerten sich aber von Tag zu Tag mehr. Er hatte schon fast zu seiner früheren Form zurückgefunden. Das überflüssige Fett, das sich um die Taille herum angesammelt hatte, war schon in den ersten Wochen harten Marschierens dahingeschmolzen. Nur bei Didius half alles nichts. Angewidert betrachtete Agricola den Wanst des Mannes. Wie es aussah, würde seine Geduld auf eine harte Probe gestellt werden.

Die Aufmerksamkeit des Baumeisters wurde vom Lärm am Tor abgelenkt. Ein paar Tiere des Maultiertrosses waren durchgegangen und blockierten den Zugang zum Lager. Mit einem missbilligenden Zungenschnalzen eilte Didius davon, um sich der Sache anzunehmen. Sein roter Helmbusch wehte im Wind.

Agricola schloss die Augen und sog den Duft des Heidekrautes ein, das die Hänge der umliegenden Hügel bedeckte. So kalt und nass dieses Land auch war, es hatte etwas an sich, was ihn in seinen Bann schlug; stärker noch, als es Kleinasien getan hatte, wohin er vorher abkommandiert gewesen war.

Die Dinge entwickelten sich zudem besser, als er zu hoffen gewagt hätte. Der Kaiser hatte ihm just in diesem Monat neue Befehle hinsichtlich des Vorstoßes nach Alba erteilt. Sie mussten dieses raue, unwirtliche Land unbedingt einnehmen, wenn sie eines Tages ganz Britannien beherrschen wollten.

Was für ein herrliches Leben stand ihnen bevor, wenn sie dieses Ziel erst einmal erreicht hatten! Es hatte sechsunddreißig lange Jahre gekostet, die wilden britischen Stämme zu unterwerfen, und mit dem Fall von Wales stand das gesamte

Land vom Osten bis zum Westen unter römischer Herrschaft. Nun war es Zeit, sich dem Norden zuzuwenden. Die dort lebenden Barbaren wären sonst dem Kaiser ein ständiger Dorn im Auge.

Also hatte Agricola einen Überraschungsschlag gegen Alba geführt, war tief in das Land vorgedrungen und bis zum Fluss Tay marschiert, von wo aus er sich dann zum Firth of Forth zurückgezogen hatte. Alle Stämme, die hinter dieser Linie lebten, waren unterworfen worden. Nur die Selgovaer hatten erbitterten Widerstand geleistet, bis ihre große Hügelfestung im Süden dem beständigen Ballistenbeschuss nicht mehr standhalten konnte und in die Hände der Römer fiel, ohne dass diese große Verluste zu beklagen hatten.

In Richtung Osten hatte ihnen die ehrgeizige albanische Überläuferin, die sich mit Haut und Haaren der römischen Sache verschrieben hatte, den Weg geebnet. Sie hatte ihren Einfluss dazu genutzt, die dort ansässigen Stämme davon zu überzeugen, sich den neuen Machthabern zu ergeben und deren Armeen durch ihr Land marschieren zu lassen. Nun lagerten fünftausend der besten römischen Soldaten hier und sammelten Kraft für den nächsten Feldzug, denn allen war klar, dass sich der Norden nicht so leicht erobern ließe.

»Vater!«, rief eine Stimme in seinem Zelt – die seines Schwiegersohnes Publius Cornelius Tacitus. »Komm wieder herein! Ich arbeite gerade an meiner Beschreibung deines Sieges über die Ordovizer. Sie ließen sich nicht von ihren Hügeln im Westen herunterlocken, also hast du dein Heer zu ihnen emporgeführt – und dann?«

Agricola blieb am Zelteingang stehen und lehnte sich gegen einen Pfahl. Die warme Abendbrise vertrieb die Erinnerung, die Tacitus' Worte heraufbeschworen hatte: an die eisigen Winde und wilden Schneestürme jenes langen Winterfeldzuges vor zwei Jahren. »Wir haben sie alle getötet, bis auf den letzten Mann. Aber das weißt du doch alles.«

»Ja, aber meine Aufzeichnungen sind vielleicht die einzigen, die über diesen Kampf existieren, also muss ich alle Einzelheiten festhalten. Haben die Häuptlinge wirklich die Köpfe ihrer Feinde auf ihre Speere gespießt? Wie hart war die Schlacht? Wie konntet ihr die Ordovizer schließlich besiegen?«

Agricola drehte sich um und musterte den jungen Mann ungeduldig. Tacitus saß auf Agricolas Stuhl, hatte die Füße auf einen zusammenklappbaren Kartentisch gelegt und kritzelte auf einem Pergamentbogen herum. Ein Finger war mit schwarzer Tinte verschmiert.

»Wir haben sie alle getötet.« Agricola fuhr sich mit der Hand durch sein sauber gestutztes Haar. »Mehr kann ich dir dazu wirklich nicht sagen.«

»Oh… dann war der Kampf wohl schnell vorüber?« Tacitus klang enttäuscht.

»Ja, und das war auch gut so, denn so konnte ich meine Aufmerksamkeit voll und ganz auf den Norden konzentrieren.« Agricola trat zum Tisch und begann einen Stapel Briefe durchzublättern. »Und da du nun in die Gegenwart zurückgekehrt bist, könntest du dich wieder deiner eigentlichen Arbeit widmen. Wenn ich mich recht erinnere, hast du dich erboten, mich als mein Sekretär zu begleiten.«

Tacitus seufzte, nahm die Füße vom Tisch, zog einen Brief aus dem Stapel und reichte ihn seinem Schwiegervater. »Hier ist eine Nachricht von dem alten Fettwanst in Lindum. Er schreibt, dass sich die Fertigstellung des Forums wegen starker Regenfälle verzögert.«

Agricola zog die Brauen hoch und fuhr mit dem Finger über das erbrochene Wachssiegel. Tacitus hob beide Hände. »Ich weiß, ich weiß! Ich sollte nicht so respektlos von unserem hochverehrten Statthalter sprechen. Aber Vater, in diesem Land regnet es andauernd – wenn wir uns davon aufhalten ließen, würde nie etwas zu Ende gebracht. Er vertändelt zu viel Zeit mit seiner germanischen Hure, das ist das Problem.«

»Wie du schon sagtest – sprich nicht so über den Mann.« Agricola las den Brief rasch durch.

Tacitus schob die restlichen Schreiben seufzend zur Seite, dann schenkte er Agricola ein gewinnendes Lächeln. »Können wir jetzt essen? Ich sterbe vor Hunger. Den Rest erledige ich später.«

»Hauptsache, du bist morgen fertig.« Agricola bedeutete einem Sklaven, die Öllampe neben dem Bett zu entzünden, denn es wurde dunkel im Zelt. »Lass den Legaten ausrichten, dass ich morgen mit ihnen speisen werde, und bring uns etwas zu essen. Und such die Dame – ich möchte, dass sie uns Gesellschaft leistet.«

Der Sklave verneigte sich und verließ das Zelt. Agricola drehte sich um. Als er Tacitus' Gesicht sah, runzelte er die Stirn. »Sieh mich nicht so an, mein Junge! Du weißt, warum ich sie bei Laune halten muss. Ihr haben wir es zu verdanken, dass wir dieses Land so leicht erobern konnten.«

»Eine Hexe ist sie, keine Dame«, murmelte der junge Mann. »Ich traue ihr nicht über den Weg. Mir gefällt nicht…« Er besann sich, brach ab und presste die Lippen zusammen.

»Dir gefällt nicht, dass ich sie in mein Bett genommen habe?«

Tacitus wirkte peinlich berührt. Agricola störte sich nicht daran. Er hatte sich noch nie bemüßigt gefühlt, sich für sein Verhalten zu rechtfertigen. Der junge Mann würde das Argument akzeptieren, dass er aus rein politischen Gründen ein Verhältnis zu dieser Frau unterhielt, da sie ihnen wichtige Informationen verschaffte. Schließlich war er auf die Eroberung des Nordens genauso erpicht wie Agricola selbst – und sei es auch nur, um eine glorreiche Beschreibung dieses Feldzuges verfassen zu können. Agricolas anderen Grund würde er nie verstehen: Diese Frauen der Stämme des Nordens verschafften ihm mehr Vergnügen, als seine Frau, möge Juno sie segnen, es je vermocht hatte. Und diese dunkle Hexe war besser als alle Dirnen, die er je gehabt hatte.

»Du musst ja nicht hier bleiben«, bemerkte er, während er müßig einen anderen Brief überflog. Tacitus schwieg und blickte missvergnügt zu Boden.

In die Stille hinein erklang plötzlich eine Stimme. »Du hast mich rufen lassen?«

Die rauchige Stimme der Frau, die fließend Latein sprach,

passte zu ihrer Erscheinung. Ihr Haar schimmerte so schwarz wie das Gefieder eines Raben, die Augen hatten die Farbe von Ebenholz. Sie trug ein schlichtes, schmuckloses Gewand, unter dem sich üppige Rundungen abzeichneten.

Ohne ihre dunklen Augen von Agricola zu wenden nahm sie ihren Umhang ab und reichte ihn dem wartenden Sklaven, dann trat sie in den Schein der Lampe. Sie begrüßte Tacitus mit einem Kopfnicken, dabei achtete sie darauf, dass das Licht das dünne Leinen ihres Gewandes nahezu durchsichtig erscheinen ließ, sodass der junge Mann jede Einzelheit ihres prachtvollen Körpers erkennen konnte.

Tacitus war alles andere als dumm. Er griff nach den ungeöffneten Briefen, nickte Agricola knapp zu und rauschte aus dem Zelt. Die Frau lächelte träge.

»Du solltest ihn nicht so in Verlegenheit bringen«, tadelte Agricola sie.

»Ich konnte nicht anders. Er ist wirklich allzu zimperlich.« Sie machte einen Schmollmund.

»Er ist ein Tribun und Mitglied meiner Familie. Du solltest ihm den Respekt erweisen, der ihm gebührt.«

Das Schmollen verstärkte sich, bis Agricola lächeln musste. Es faszinierte ihn immer wieder aufs Neue, dass ein Gesicht, das nicht eigentlich schön zu nennen war, so verführerisch wirken konnte. Die Augen unter den schweren Lidern und die vollen, geschwungenen Lippen lenkten von der zu kurz und zu breit geratenen Nase ab.

Ein zweiter Sklave hatte die Abendmahlzeit aufgetragen: geröstete Ente, Gerstenbrot, ägyptische Feigen und gallischen Wein. Ein dritter stand hinter ihm, er hielt eine Schale mit heißem, nach Myrte duftendem Wasser in den Händen. Agricola bedeutete der Frau, auf dem Bett Platz zu nehmen, und sie verzehrten ihr Essen, während der Sklave ihnen die Füße wusch. Dieses Ritual des Füßewaschens war die einzige Sitte der britannischen Stämme, die Agricolas Zustimmung fand.

»Wird dieser verfluchte Boden eigentlich jemals trocken?« Er sah zu, wie Schlamm das Wasser in dem Becken trübte.

Die Frau winkte mit einer Hand ab, während sie sich mit der anderen Feigen in den Mund schob. Sie schien in mehrerer Hinsicht unersättlich zu sein. »Wenn du endlich anderes Schuhwerk tragen würdest! Ich habe dir schon mehrmals angeboten, dir ein paar Stiefel mitzubringen, wie wir sie tragen. Sie sind aus Schaffell – Wolle innen, Haut außen.«

Agricola schüttelte den Kopf. Der Sklave trocknete ihnen jetzt die Füße ab. »Ich bleibe lieber bei meinen römischen Schuhen. Meine Männer sollen nicht denken, dass ich mich zu den hiesigen Sitten bekehren lasse. Du bist ja schon ein Problem für mich.«

Die Frau lächelte, als sie eine Hand ausstreckte, um sein Bein zu streicheln. »Aber du wirst mich nicht wegschicken, nicht wahr? Dazu mache ich dich zu glücklich.«

»Im Bett, ja.« Agricola gab sich nicht dem schmeichelhaften Irrglauben hin, die Frau könne ihn attraktiv finden. Er ging auf die Vierzig zu, eine scharfe Nase, ergrauendes Haar und ein von tiefen Falten durchzogenes Soldatengesicht war nicht das, was sich eine hübsche junge Frau von einem Mann wünschte. Sie wollte seine Macht, sonst nichts, das wusste er, er hatte so etwas in seinem Leben schon unzählige Male erlebt. An den Höfen des irrsinnigen Caligula und des Tyrannen Nero hatte es viele solcher Menschen gegeben, die von einem unstillbaren Machthunger beherrscht wurden. Sie dachte, sie hätte ihn in der Hand, während er nur mit ihr spielte wie eine Katze mit der Maus. Wenn er keine Verwendung mehr für ihren Körper und ihre Informationen hatte, würde er sich ihrer entledigen. Er fragte sich nur, welcher Fall zuerst eintreten würde.

Ihr Lächeln verblasste. »Du weißt genau, dass ich dich auch in anderer Hinsicht glücklich mache! Ich habe dir das Tor nach Alba geöffnet! Wenn meine Leute dir Widerstand geleistet hätten, hättest du dich Schritt für Schritt vorwärts kämpfen müssen.«

Das traf zu – auch wenn er nicht die Absicht hatte, es zuzugeben. »Deine Hilfe ist mir immer willkommen, aber ich belohne dich ja auch reichlich dafür.« Er berührte den Ring an ihrem Finger. Es war eine Gemme; ein Granat in Form des Kopfes des Gottes Merkur. Ferner hatte er ihr feinstes samnitisches Geschirr, kostbare Glaskelche und Amphoren mit Olivenöl, süßem Wein, Feigen und Datteln geschenkt. Er wusste um ihre Gier nach solchen Luxusgütern, und so lange er sie ihr verschaffte, konnte er sich ihrer Loyalität sicher sein.

Er erhob sich, nahm eine Pergamentrolle und ein Schreibgerät vom Tisch, setzte sich wieder und entrollte die Karte auf seinem Schoß.

»Wir befinden uns hier, auf dieser Seite der Meerenge, nicht wahr?« Er deutete auf ein paar primitive Linien auf dem Pergament. Es war keine römische Karte; sie war aufgrund der Berichte von Griechen gezeichnet worden, die ihre Informationen von phönizischen Händlern bezogen hatten.

Die Frau blickte auf die Karte und runzelte die Stirn. »Unsere Ländereien enden hier«, erwiderte sie. »Auf der anderen Seite des Forth leben die Veniconen.« Ein verschlagenes Lächeln spielte um ihre Lippen. »Darüber wollte ich mit dir sprechen. Meine Boten sind zurückgekehrt. Wie es scheint, haben dein kleiner Überfall und meine … Überzeugungskraft die Anführer der Veniconen dazu bewogen, sich zu ergeben.«

Agricola nickte und griff nach seinem Weinkelch. Obgleich dies eine gute Nachricht war, maß er ihr keine allzu große Bedeutung bei. Diese Barbaren änderten ihre Meinung von einer Sekunde zur nächsten, was sie heute sagten, hatte morgen schon keine Gültigkeit mehr. Wenn die Frau Recht behielt, würde ihm das ein wenig Mühe ersparen, mehr nicht. »Was ist mit den Völkern jenseits des Tay?«

Die Lider der Frau flackerten, und Agricola umschloss ihr Handgelenk mit einem festen Griff. »Lüg mich nicht an. Meine Kundschafter finden es ohnehin heraus, und dann ist unsere … Partnerschaft … beendet, hast du mich verstanden?«

Rote Flecken loderten auf ihren Wangen, und insgeheim belustigt beobachtete er, wie sie um Beherrschung rang. Wenn sie zornig war, glitzerten ihre Augen wie schwarze Perlen. Es war ausgesprochen unterhaltsam. Er gab ihr Handgelenk frei.

»Ich habe kaum Neuigkeiten«, gab sie schließlich zu. »Im Norden leben die Vacomager, die Taexalier – und die Kaledonier. Dort gibt es eine Schwachstelle, über die ich noch mehr herausfinden muss. Aber das wird noch einige Zeit dauern.«

Agricola nippte nachdenklich an seinem Wein. Er wusste bereits, dass sich die Kaledonier nicht kampflos unterwerfen würden. Berichten zufolge waren sie so mächtig, dass die Griechen ihren Namen für alle Stämme Albas benutzten.

Die Öllampe flackerte in dem Luftzug, der unter der Zeltklappe hindurchkam. Agricola blickte in die Flamme und tippte mit dem Schreibgerät auf die Karte. Vespasians letzter Befehl hatte gelautet, sich am Ufer des Forth zu sammeln. Das Territorium im Süden hatten sie dank der Hilfe der Überläuferin unter Kontrolle. Der Norden und der Westen aber stellten eine Herausforderung dar. Er hatte gehört, dass die Angehörigen der Hochlandstämme sich die Gesichter tätowierten. Sie galten als äußerst kriegerisch und kampfeslustig.

Er musste dem Kaiser einen ausführlichen Bericht überbringen lassen und dann auf neue Befehle warten. Vielleicht würde Vespasian an dem letzten Eroberungszug ja selber teilnehmen wollen, um dabei zu sein, wenn sie die Grenzen von Alba erreichten und das Land dem römischen Kaiserreich einverleibten. In der Zwischenzeit gab es mehr als genug zu tun. Die gesamte Umgebung musste kartografisch erfasst, die Bevölkerung der eroberten Landstriche gezählt und ein funktionierendes Versorgungssystem ausgearbeitet werden, dessen Grundlage die Vorräte der hiesigen Stämme bilden sollten.

Agricola rollte die Karte wieder zusammen. Seine Armee war seit sechs Monaten ununterbrochen auf den Beinen; die Männer wären froh, wenn sie eine Weile rasten und ein ständiges Quartier aufschlagen könnten.

Die Frau blickte sich mit der einstudierten Gleichgültigkeit im Zelt um, die sie oft an den Tag legte. Agricola griff lächelnd nach ihrer Hand. Rasche Stimmungsschwankungen brachten andere Menschen durcheinander, damit ließen sie sich leichter beherrschen, das hatte er schon vor langer Zeit herausgefunden. Ihre Haut fühlte sich weich und warm an. Er bedeutete dem Sklaven, die Essensreste abzuräumen und das Zelt zu verlassen.

Die Frau lächelte jetzt ebenfalls. Als die Zeltklappe herunterfiel, nahm sie ihm die Karte aus der Hand und legte sie behutsam auf den Tisch. Sie wusste, welchen Wert seine Karten für ihn hatten. Dann löste sie ihr Haar, während er sich rücklings auf das Bett sinken ließ, und ließ die juwelenbesetzten Nadeln eine nach der anderen in eine Bronzeschale fallen. Er fand das leise Klirren unwiderstehlich.

Endlich fiel ihr die üppige Masse ebenholzschwarzer Seide offen bis zur Taille hinab. »Bist du immer noch hungrig, Herr?«, schnurrte sie.

Agricola zog sie zu sich hinab. »Ich habe noch gar nicht begonnen, meinen Appetit zu stillen.«

Er war überrascht, echte Lust in ihren Augen aufblitzen zu sehen. Trotz ihrer Vorliebe für alles Römische war sie im Herzen eine Barbarin geblieben. Diese Menschen ließen sich von dem zügellosen Feuer beherrschen, das in ihrer Seele loderte. Er selbst hatte gelernt, sein inneres Feuer durch eiserne Willenskraft zu löschen, das würde den Angehörigen der wilden Stämme nie gelingen. Und deswegen würde Rom stets triumphieren.

Doch all diese Gedanken schmolzen dahin, als sie sich aufrichtete, ihr Gewand abstreifte und seine Hände zu ihren schweren Brüsten führte. Als sie sich rittlings auf ihn setzte, umgab ihn ihr Haar wie ein Schleier.

Es roch nach dem Moor, von dem das Lager umgeben war.

Die Lampe brannte nur noch schwach, als ein Geräusch an der Zeltklappe Agricola auffahren ließ. Er erkannte die Stimme von Tacitus, der mit dem Wachposten vor dem Zelteingang sprach. Ärger keimte in ihm auf. Er schob die Frau zur Seite und zog sein unordentliches Gewand zurecht.

Als er die Zeltklappe hob, sah er Tacitus im Dämmerlicht stehen. Er war in Begleitung eines Mannes, der das kaiserliche

Abzeichen am Arm trug. Dann trat sein Schwiegersohn in den Schein der Fackel, und Agricola bemerkte das tiefe Entsetzen auf seinem Gesicht.

Tausende Alarmglocken begannen in seinem Kopf zu läuten. War etwas mit seiner Frau? Oder seiner Tochter?

»Was ist geschehen?«, fragte er heiser.

»Unser göttlicher Vater Vespasian.« Tacitus' Stimme klang vor Kummer verzerrt. »Der Kaiser ist tot.«

9. Kapitel

»Was wissen wir genau?« Linnet tätschelte Liath die Nüstern. Die Stute schnupperte an ihren Fingern.

Rhiann lehnte, die Wange gegen eine Hand gelegt, an der Wand des Stalls. »Nicht viel. Der Bote erstattet Gelert gerade Bericht. Ich habe Brica hingeschickt, sie soll herausfinden, was eigentlich geschehen ist. Ich habe es einfach nicht über mich gebracht…« Ihre Stimme versagte.

»Ich verstehe dich.« Linnet streckte eine Hand aus und strich ihrer Nichte eine Haarsträhne aus dem Gesicht.

Die ganze Festung summte vor Neuigkeiten über die Römer. Das Gerede verursachte Rhiann Übelkeit. Ein harter Knoten hatte sich in ihrem Magen gebildet. Doch nicht die Angst vor den Invasoren machte sie krank, sondern der Tod des Königs und die damit verbundenen Auswirkungen auf ihr eigenes Schicksal.

Linnet seufzte. »Ich hätte es dir sagen müssen, Tochter, aber…«

Rhiann richtete sich ruckartig auf. »Du wusstest über die Römer Bescheid? Und hast nicht mit mir darüber gesprochen?«

Linnet zögerte. »*Gewusst* habe ich es nicht«, betonte sie. »Ich habe es aus dem Zittern der Erde und dem Gesang der Vögel herausgehört – es aber nicht in der Seherschale gesehen. Gerade du müsstest doch wissen, dass man selten das sieht, was man zu sehen wünscht.«

Rhiann blinzelte in das Sonnenlicht, das durch die offene Tür in den Stall fiel, und zwinkerte. »Hast du denn etwas über mich und mein Schicksal erfahren, Tante?«

Linnet senkte den Blick. »Nein, Tochter.« Sie griff nach Rhianns Hand. »Aber was auch kommen mag, ich bin für dich da. Immer.«

Rhiann hörte die stählerne Entschlossenheit in Linnets Stimme und betrachtete die schlanken Finger, die sich um ihre eigenen schlangen. Linnets Nägel trugen Spuren irgendeiner aus Beeren hergestellten Farbe. An einem Finger glitzerte der goldene Priesterinnenring.

Sie weiß irgendetwas. Ein scharfer Schmerz schoss durch Rhianns Brust.

Nach dem Überfall und dem Mord an ihrer Ziehfamilie hatte Linnet Rhiann in unzähligen Nächten in den Armen gehalten, ihr Haar gestreichelt und ihr die bitteren Tränke eingeflößt, die sie vom Rand des dunklen Abgrunds zurückbrachten. Doch sobald Rhiann außer Gefahr gewesen war, hatte sich eine Kluft zwischen ihnen aufgetan. Sie waren nicht Mutter und Tochter. Linnet war Priesterin, sah Dinge, die Rhiann verborgen blieben, und musste oft die Pflicht über die Liebe stellen. Und sie wusste, dass der Stamm einen Erben brauchte.

Rhiann sehnte sich verzweifelt nach ihrer Kinderzeit zurück, als sie Linnet in den Wald begleitet und die Tante ihr die Namen aller Pflanzen genannt und ihr erklärt hatte, welche Kräfte sie hatten und welche Krankheiten sie zu heilen vermochten. Damals hatte kein Mann ihr das Leben vergällt. Kein Mann … und auch keine Römer. Sie waren für die kleine Rhiann lediglich Stoff der Geschichten gewesen, die an den Feuern erzählt wurden, keine Menschen aus Fleisch und Blut.

Plötzlich fiel Bricas Schatten über ihr Gesicht. »Die Adlermänner errichten ein Lager«, sprudelte die Dienerin hervor, dabei öffnete und schloss sie erregt die Hände.

Rhiann stieß vernehmlich den Atem aus und blickte auf. »Was sagst du da?«

»Ich habe vor den Gemächern des Königs gestanden und alles gehört. Die Römer sind weit ins Land vorgedrungen, haben dann aber plötzlich Halt gemacht. Sie errichten ein großes Lager mit einer Mauer darum. Sie werden wohl eine Weile dort bleiben, im Schnee können sie nicht weiterziehen.«

»So verhält es sich also.« Linnet straffte sich und trat ins Licht. »Der Göttin sei Dank – sie hat uns Aufschub gewährt.«

Die Männer aus Erin wurden wie hochrangige Gäste behandelt. Die Epidier bewirteten sie mit reichlich Fleisch, Brot und Ale und wiesen ihnen weiche Farnlager in einer großen Hütte zu. Doch eine Woche lang mussten die Verhandlungen über ein Handelsabkommen wegen der Bedrohung durch die Römer immer wieder verschoben werden.

Der Ältestenrat schickte eigene Kundschafter Richtung Süden, um mehr Informationen einzuholen, und diese berichteten, dass die Römer Halt gemacht hatten und ein Winterquartier errichteten. Nach dem ersten Schrecken war den Stämmen von Alba eine unerwartete Atempause beschert worden.

Die Druiden der Epidier opferten den Göttern zum Dank für die lange Monate anhaltende Dunkelheit, die vor ihnen lag, einen weißen Stier. Während dieser Zeit des Schnees und der Stürme konnte keine Armee die Berge überwinden, nicht zu Fuß und nicht zu Pferde.

Aber in Sicherheit durfte sich der Stamm nicht wiegen. Wenn das Eis der Flüsse und Gipfel zu schmelzen begann und die Sonne wieder schien, würden sich auch die Römer wieder in Bewegung setzen.

Ein weiterer Sturm beraubte die Bäume der letzten Blätter, sodass sie sich kahl und schwarz vom wolkenverhangenen Himmel abhoben. Sowie sich das Wetter wieder beruhigt hatte, suchte Gelert Talorc auf, der auf der Wiese am Fluss seine Streitwagenfahrer ausbildete.

»Ich möchte, dass du mit den Gälen auf der Insel der Hirsche jagen gehst.«

Talorc zog die Brauen zusammen und schnallte das Geschirr eines schwarzen Hengstes enger. »Sollte ich nicht besser hier bleiben, um die Festung zu bewachen?«

»Nein, du kannst ruhig gehen und auch eine kleine Gruppe Krieger mitnehmen. Unsere Kundschafter behalten die Römer Tag und Nacht im Auge, wir werden also rechtzeitig gewarnt, wenn sich dort irgendetwas rührt. Diese Jagd ist wichtig für uns.«

»Wieso?« Talorc rückte das Zaumzeug zurecht. Das Pferd schüttelte den Kopf, kaute auf der Trense herum und schnaubte. »Wir haben doch noch genug Fleisch.«

Die über den Himmel hinwegziehenden Wolken spiegelten sich in Gelerts goldenen Augen wider. »Mir ist da ein Gedanke gekommen, wie ich den Stamm schützen kann, aber dazu muss ich mehr über diesen fremden Prinzen wissen. Und nun hör gut zu …«

Die beiden Köpfe, ein roter und ein weißer, rückten enger zusammen.

Conaire war hocherfreut, dass er die sagenumwobene Insel der Hirsche endlich mit eigenen Augen zu sehen bekommen würde, und als Cù die Männer Jagdspeere schnitzen sah, begann er sich vor freudiger Aufregung wild bellend um die eigene Achse zu drehen.

»Das ist mehr nach meinem Geschmack als das untätige Herumsitzen!« Conaire überprüfte, ob sein Eschenholzspeer gerade genug war. Die beiden Männer saßen auf Holzklötzen am Ufer des Flusses. Die Abendluft brachte schon den ersten Hauch Kälte vom Norden her mit sich.

»Ja, ich weiß.« Eremon löste mit seinem Messer die Rinde von seinem Speerschaft. »Aber findest du es nicht merkwürdig, dass sie uns gerade jetzt auf die Jagd schicken? Sie wissen doch noch gar nicht genau, was die Römer wirklich vorhaben.«

»Nein.« Conaire grinste ihn an. »Es gilt als ziemlich sicher, dass die Invasoren vorerst einmal bleiben, wo sie sind. Also haben wir Gelegenheit, ein paar Wildschweine mit Speeren zu spicken, und wenn wir Glück haben, können wir danach mit den Römern dasselbe machen.«

»Ein Kampf gegen die Römer gehört eigentlich nicht zu meinem Plan.«

»Ah, aber du hast mir doch selbst gesagt, wir müssten alles tun, um hier Verbündete zu gewinnen. So lautet doch der Plan, oder?«

»Nun … ja.«

»Ein paar Römer für den Stamm zu töten, wäre doch der beste Weg dazu.«

Eremon strich mit dem Finger über das glatte weiße Eschenholz. »Daran habe ich auch schon gedacht, Bruder. Aber wir wissen, dass die Römer ganz anders kämpfen als wir, deswegen sind sie so schwer zu besiegen. Sie verfügen über eine ungeheure Disziplin … ihre Männer kämpfen wie ein einziger. Mir gefällt die Vorstellung nicht, meine Leute einer solchen Gefahr auszusetzen – und dann auch noch für die Sache anderer.«

»Aber hier bietet sich uns doch genau die Gelegenheit, die wir brauchen! Und außerdem … möchtest du die Römer denn nicht gerne einmal im Kampf erleben? Du hast doch die Schriften der Griechen über ihre Schlachttaktik oft genug studiert!«

Eremon seufzte. »Du hast Recht, aber mir geht das alles zu schnell. Die Römer – wir sprechen von Krieg, Conaire!«

Conaire legte seinen Speerschaft über die Knie, hob einen Stock auf und schleuderte ihn über die Wiese, damit Cù ihn zurückbringen konnte. »Ich glaube nicht, dass es so weit kommt, Eremon. Die Römer werden eine Weile durch die Gegend stolzieren, mit ihren Schwertern herumfuchteln, ein paar Verordnungen erlassen und dann wieder abziehen.«

Eremon musste lachen. »Seit wann weißt du so gut über die Römer Bescheid?«

Cù legte Conaire den Stock vor die Füße. Conaire hob ihn auf und warf ihn ins Schilfdickicht. »Ich gebe nur wieder, was ich in der Festung gehört habe. Schau«, er legte Eremon eine Hand auf die Schulter, »du kannst nicht alles im Leben vorausplanen, auch wenn du dich noch so sehr bemühst. Wir müssen die Dinge nehmen, wie sie kommen. Und ich meine, du solltest alles tun, was dir helfen kann, deinen Thron zurückzuerobern. Deswegen sind wir schließlich nach Alba gereist. Bislang haben wir großes Glück gehabt. Und wir können genauso gut bei einem Viehraubzug umkommen wie im Kampf gegen die Römer.«

»Oder an der Seekrankheit sterben.«

»Oder vor Einsamkeit.« Conaire klopfte sich auf die Leistengegend. »Ich brauche endlich wieder eine Frau!«

Eine Weile saßen die beiden Männer schweigend da. Cù kam angelaufen und rannte dann wieder dem Stock hinterher.

»Trotzdem finde ich die Idee mit der Jagd merkwürdig«, meinte Eremon schließlich, griff nach einer eisernen Speerspitze und drehte sie zwischen den Fingern.

»Du machst dir zu viele Gedanken. Vielleicht wollen sie uns einfach ein paar Tage los sein. Und wir bringen Fleisch mit zurück – vermutlich das letzte dieses Jahres. Wir sollten versuchen, ein bisschen Spaß zu haben, solange wir noch können.«

Eremon erwiderte nichts darauf, aber als er die Spitze an dem neuen Schaft befestigte, verstärkte sich sein Unbehagen noch. Er wäre froh, wenn sie wieder zurück wären und er sich den eigentlichen Gründen widmen konnte, die ihn hierher geführt hatten.

Das allerdings hieß, dass er sich über diese Gründe erst einmal klar werden musste.

10. Kapitel

Rhiann öffnete ein Auge und betrachtete im rötlichen Licht der Morgendämmerung Linnets ruhiges Gesicht. Sie gingen über die Gerstenfelder in der Nähe der Festung und segneten die brachliegende Erde, die nun bis zur Zeit der Blattknospe ruhen würde. Ihr Atem bildete in der kühlen Luft kleine Wölkchen, als sie die Furchen entlangschritten. Getreidestoppeln raschelten unter ihren Füßen.

Rhiann versuchte, die Große Quelle, das allumfassende Feuer des Lebens, von der Erde in ihre Fußsohlen strömen zu lassen, wie Linnet es sie gelehrt hatte. Sie zwang sich, jeden bewussten Gedanken auszulöschen und eins mit dem Land zu werden.

Stell dir vor, du wärst ein Baum, hatte Linnet dem Kind Rhiann vor vielen Jahren eingeschärft. *Deine Wurzeln dringen tief in den Boden ein und stoßen dort auf Wasser. Die Quelle ist Wasser, das durch alle Dinge fließt: Erde und Felsen, Bäume und Büsche, Tiere und Menschen. Wenn du sie spüren möchtest, verwandle dich in einen Baum und schlag deine Wurzeln in die Erde. Dann wirst du dich mit ihr verbinden und die Quelle des Lebens wird durch deinen Körper strömen …*

Rhiann versuchte verzweifelt, sich ihre Beine als Wurzeln vorzustellen. Aber die Verbindung ließ sich nicht knüpfen. Vielleicht würde es ihr gelingen, wenn sie die Stimme der Großen Mutter hören könnte. Sie schloss die Augen, aber wieder überkam sie nur die Erinnerung an Linnets Worte.

Die Quelle trägt viele Gesichter; die Gesichter verschiedener Götter und Göttinnen. Wir verehren Rhiannon, die Hüterin der Stuten; rufen im Kindbett Ceridwen an; Sulis, wenn wir am Bach Wasser schöpfen; Andraste, wenn unsere Männer in den Kampf ziehen. Aber eigentlich sind sie alle eins, Kind … sie verkörpern die Kraft der Großen Mutter, der Göttin allen Seins …

Rhiann bot all ihre Willenskraft auf, um die Berührung der Mutter zu spüren, wie sie es schon so oft getan hatte … sie konzentrierte sich mit aller Macht auf dieses Ziel, bis ihre Augen wieder aufflogen und sie beinahe vor Enttäuschung laut aufgeschrien hätte.

Es war vergebens. Jedes Mal, wenn sie versuchte, diese Verbindung herzustellen, empfand sie dieselbe große Leere. Die Fähigkeit dazu war ihr zugleich mit ihrer Sehergabe nach dem Überfall verloren gegangen.

Sie zog ihren wollenen Umhang enger um sich, denn ein beißender Wind war aufgekommen. *Wenn die Große Mutter nicht mehr zu mir spricht, dann hat sie mir noch nicht verziehen. Wenn ich für Kells, Elavras, Mardas und Talens Tod gebüßt habe, wenn ich dafür bezahlt habe, dass ich sie nicht retten konnte, dass ich nicht rechtzeitig dort war… dann wird Sie zu mir zurückkehren.*

Auf dem Handelspfad erklang Hufgetrappel, und als sie erschrocken aufblickte, sah sie einen Kriegertrupp auf dem Weg nach Cmámen vorbeigaloppieren. Eine Meute kläffender Hunde folgte ihnen dicht auf den Fersen. Ziemlich am Schluss ritt der blonde Hüne aus Erin, der ein paar Jagdspeere in der Hand hielt.

Der dunkle Kopf neben ihm drehte sich im Vorüberreiten zu ihr um.

Vier Tage später kehrte der Jagdtrupp zurück.

Gelert stand zusammen mit Belen, einem der Stammesältesten, in der Werkstatt des Grobschmieds und überprüfte den Vorrat an Speeren und Schilden, als der Ruf vom Wachturm erscholl. Beide Männer traten in die Abenddämmerung hinaus und sahen eine Reihe von Kriegern durch das Tor strömen. Und sie sahen noch etwas.

Vier Jäger trugen eine aus Weidenzweigen gefertigte, mit der Haut eines Rehs überzogene Trage, auf der ein Mann lag. Als die Gruppe näher kam, erkannte Gelert den Verwundeten: Conaire von Erin. Sein blondes Haar war schweißverklebt, und er war mit mehreren Umhängen zugedeckt. Der Prinz hielt seine Hand und neigte den dunklen Kopf ganz nah an Conaires Mund. Er hatte nur Augen für den Verletzten und blickte nicht einmal auf, als er an Gelert vorbeikam. Conaire war bewusstlos, aber der Druide sah, dass er noch atmete.

Gelert wusste nicht, ob er Erleichterung oder Enttäuschung verspüren sollte. Conaire fürchtete die Druiden nicht, und das machte ihn gefährlich.

Er kniff die Augen zusammen und hielt unter den Männern nach Talorcs massiger Gestalt Ausschau, während sich seine

Gedanken überschlugen. Vielleicht hatte sich Conaire auf der Jagd sträflich blamiert. Das wäre ein empfindlicher Schlag für den Stolz des Prinzen, der sicherlich keine Grenzen kannte. Vielleicht würde dieser Zwischenfall dem jungen Draufgänger beweisen, wie sehr er auf Gelerts Unterstützung angewiesen war.

Der Druide musterte die Gesichter der restlichen Jäger. Die Epidier trugen triumphierende Mienen zur Schau, sie waren mit in Blätter gewickelten Stücken Wildschweinfleisch beladen und hielten blutige Speere in den Händen. Aber die Männer aus Erin wirkten bedrückt, sie hatten einen schweren Schlag erlitten.

Gelert war unschlüssig. Würde dieses Ereignis ihm helfen, seine Pläne zu verwirklichen? Waren die Götter ihm gewogen?

Talorc trat zu ihm. Seine Wangen waren mit Asche verschmiert, und er roch nach saurem Schweiß. Borsten hingen an seiner ausgeblichenen Jagdtunika, Blut klebte an seinen sehnigen Armen – ob es Schweine- oder Menschenblut war, konnte Gelert nicht sagen. Er hob die Brauen und sah Talorc in das erhitzte, erregte Gesicht.

Die anderen Männer folgten der Trage den Pfad hinaus, und er blieb mit Belen und Talorc allein zurück.

»Was ist geschehen?«, wollte Gelert wissen.

Talorc schwang sein Schild über die Schulter, stützte sich auf seinen Speer und lächelte breit. »Ha! Ein Raubüberfall, edler Druide! Diese verfluchten Kreonen sind in unser Jagdgebiet eingedrungen. Wir haben sie gestern Abend überrascht, als wir aufbrechen wollten. Die Bande war uns zahlenmäßig überlegen, dennoch konnten wir zehn von ihnen töten. Dieser Eremon – bei der göttlichen Stute, du hättest ihn kämpfen sehen sollen!« Er brach ab, hustete, räusperte sich und spie aus.

Gelert umfasste seinen Stab ungeduldig fester. »Wovon redest du eigentlich?«

»Ich brauche zuerst etwas zu trinken. Kann kaum noch schlucken.« Talorc blickte sich um und nickte dann einer vorbeieilenden Dienstmagd zu. »Mädchen! Bring mir einen Krug

Ale, rasch!« Das Mädchen lief hastig zum nächstgelegenen Haus hinüber.

»Nun sag mir endlich, was geschehen ist!«, fauchte Gelert. »Ist der Sohn des Lugaid bei dem Überfall verwundet worden?«

Talorcs Lächeln verblasste. »Nein. Armer Bursche, ein Keiler hat ihn gestern erwischt. Ein riesiges Ungetüm, es hat Mardon angegriffen. Conaire hat sich dazwischen geworfen. Der Hauer hat seine Eier nur knapp verfehlt, wie es aussieht.« Er schüttelte den Kopf. »Schlimme Sache, aber Lady Rhiann wird ihn wohl gesund pflegen können, denke ich. Wir können in der nächsten Zeit jedenfalls nach Herzenslust Schweinefleisch essen ... ah, gut.« Letzteres galt dem Mädchen, das mit einem großen Humpen zurückgekehrt war. Talorc kippte den größten Teil des Ales mit einem Zug hinunter und wischte sich dann den Schaum von den Lippen. »Wo war ich stehen geblieben?«

Gelerts Stimme klang bedrohlich ruhig. »Du wolltest mir gerade erzählen, dass unser tapferer Prinz den Keiler getötet hat, nehme ich an.«

Talorcs Gesicht hellte sich auf. »Ja, richtig. Hat sich wie ein Wilder auf das Tier gestürzt, nachdem es Conaire niedergestreckt hatte. So einen Speerwurf habe ich noch nie gesehen.« Wieder trank er einen großen Schluck Ale. »Mitten ins Auge«, fügte er dann hinzu. »Der Keiler war sofort tot.«

»Was war mit dem Überfall?«, unterbrach Gelert ihn, dabei spielte er mit den reich verzierten Ringen an seinen dicken Fingern herum.

Talorc reichte dem Mädchen den geleerten Humpen zurück. »Nun ja«, er gab ein grollendes Rülpsen von sich, »wie ich schon sagte – wir hatten gerade den Rückweg angetreten, nachdem wir Conaire verbunden und den Keiler zerlegt hatten. Plötzlich hörten wir Stimmen. Eine Horde Kreonen, die sich nicht die geringste Mühe gaben, leise zu sprechen. Nun, der Prinz aus Erin entwickelte dann einen Plan, wie ich ihn mir selbst nicht besser hätte ausdenken können.«

Das glaube ich dir gern, dachte Gelert, bemüht, sich seine Ungeduld nicht anmerken zu lassen.

»Dieser Mann ist hart wie Stahl«, fuhr Talorc fort. »Sein Bruder liegt blutend auf der Trage, und er erklärt uns kalt und gelassen, wie wir diesen kreonischen Schurken eine Lektion erteilen können, die sie so schnell nicht vergessen werden. Wir verbargen uns zwischen den Bäumen, und Eremon ging allein weiter den Pfad entlang. Sie haben ihn sofort angegriffen, diese Feiglinge. Er hat sie in die Irre geführt, indem er so tat, als versuchte er zu fliehen. Sie verfolgten ihn ... und dann kamen wir aus unserem Versteck und stürzten uns auf sie.« Er schüttelte seinen Speer. »Den Kampf hättest du sehen sollen! Von den zehn Mann, die wir getötet haben, hat Eremon allein fünf niedergestreckt – keiner von uns hat auch nur einen Kratzer davongetragen! Die Kreonen haben dann die Beine in die Hand genommen und sind davongerannt. Gerannt! Ich kann mich nicht erinnern, wann ich zuletzt so gelacht habe.«

Belen beugte sich vor. Die Fuchsschwänze, mit denen sein Pelzumhang besetzt war, fielen nach vorn. »Talorc, du hattest jetzt Gelegenheit, den Prinzen im Kampf zu beobachten. Was hältst du von ihm?«

Talorcs Augen funkelten noch immer vor Freude über ihren Erfolg. »Er hat uns Ehre gebracht und großen Mut bewiesen. Außerdem ist er gerissen wie ein Fuchs und kämpft wie der Gott Arawn persönlich.« Er nickte bedächtig. »Ich hätte ihn und seine Männer lieber auf unserer Seite als gegen uns, wenn die Römer kommen.«

Belen richtete sich auf und warf Gelert einen zufriedenen Blick zu.

Talorc hielt es nicht länger bei ihnen, denn die Neuigkeiten von dem Kampf verbreiteten sich wie ein Lauffeuer im Dorf. Er warf sich seinen Umhang über die Schulter, entschuldigte sich und ging auf die Menschenmenge zu, die sich beim Turm am Tor versammelt hatte. Kurz darauf hörten Belen und Gelert ihn mit dröhnender Stimme von den Heldentaten des Jagdtrupps berichten, während seine Frau mit großen Augen bewundernd an seinem Hals hing.

Belen blickte Gelert viel sagend an. »Seltsame Zeiten, ehrwürdiger Druide, seltsame Zeiten. Ist es möglich, dass die Götter uns diesen Mann geschickt haben; einen Mann mit außergewöhnlichen Fähigkeiten, wie es aussieht? Du hattest Recht, als du von einem günstigen Omen sprachst. Ich werde die Stammesältesten zusammenrufen, und wir werden uns die Geschichte in allen Einzelheiten erzählen lassen.« Er eilte davon; seine gedrungene, massige Gestalt verschwand im Schatten zwischen den Häusern.

Gelert öffnete den Mund, um ihn zurückzurufen, besann sich dann aber. Lief nicht alles genauso, wie er es wünschte? Er hatte zu den Stammesältesten gesagt, die Ankunft der Fremden sei ein Zeichen der Götter, denn er hatte zahlreiche Gründe, Eremon von Dalriada zu seinem Verbündeten zu machen.

Tief in seinem Inneren kämpfte Weisheit mit Gier. Die Weisheit sagte ihm, dass sich dieser Prinz aus Erin vielleicht nicht so leicht manipulieren lassen würde, wie er hoffte. Das doppelte Unheil, das über sie hereingebrochen war – der Tod des Königs und die Bedrohung durch die Römer – hatte Gelert eine einzigartige Gelegenheit verschafft, seine Machtposition zu stärken. Die Menschen waren völlig verängstigt und daher wie Kinder, die Schutz bei ihrem Vater suchen. Aber Gelert war Druide, kein Krieger. Wenn er die eigentliche Macht hinter dem Thron werden wollte, die Geschicke des Stammes nach seinem Gutdünken steuern und König in allem, nicht nur dem Namen nach sein wollte, dann brauchte er einen Mann, der ein Schwert zu führen verstand. Einen Mann, der tief in seiner Schuld stand; der auf die Unterstützung des obersten Druiden angewiesen war, um sich einen Namen zu machen.

Ja, er brauchte einen starken Mann … aber keinen Helden.

Entschlossen unterdrückte er aufkeimende Zweifel und rief sich ins Gedächtnis, wie mächtig und einflussreich er bereits war. Der Prinz verstand zu kämpfen, weiter nichts. Er war lediglich ein Krieger und würde sich so leicht lenken lassen wie ein Ochse im Joch.

Dann war da noch diese Dirne. Rhiann.

Stolz und hochmütig wie ihre Mutter Mairenn, die ihn mit

derselben kühlen Verachtung behandelt und seinen Heiratsantrag vor vielen Jahren rundweg zurückgewiesen hatte. Ihre Tochter war gleichfalls eine Priesterin, ebenso eigenwillig und ungehorsam, und berief sich ständig auf die Macht ihrer so genannten Göttin.

Nun, mit *ihr* würde ihm derselbe Fehler nicht noch einmal passieren. Sie würde sich schon bald seinem Willen fügen müssen, denn seine Götter hatten ihm die Quelle ihres Leides zugeflüstert, er wusste, wie er ihre Qualen schüren konnte, bis sie nicht mehr wagen würde, ihn mit ihren blauen Augen so höhnisch zu fixieren, wie sie es jedes Mal tat, wenn er das Wort an sie richtete.

Mairenns Augen.

Ah ja, der Prinz konnte sich als nützliche Waffe erweisen. Bei diesem Gedanken siegte Gelerts Machthunger über die Vernunft, und er fragte sich, wann sich eine Gelegenheit ergeben würde, den jungen Mann beiseite zu nehmen und ein vertrauliches Gespräch unter vier Augen mit ihm zu führen.

Das Schnitzwerk des Tores, das zu der Felsenfestung führte, warf tanzende Schatten auf Conaires schmerzverzerrtes Gesicht. »Bringt uns zum Haus eures Heilers, schnell!«, rief Eremon den Epidiern zu, die die Trage trugen. Er war so damit beschäftigt, darauf zu achten, dass sie seinen Ziehbruder nicht fallen ließen, dass er kaum darauf achtete, wohin sie eigentlich gingen. Dann stellten die Epidier die Trage ab, und er blickte auf.

Sie standen vor einem kleinen Rundhaus am Rande des Felsens, und eine Frau trat hinter dem Türfell hervor. Eremon erkannte das Haar und die feinen Züge sofort wieder.

Sie ist die Heilerin? Eigentlich dürfte ihn das nicht wundern, denn viele weibliche Druiden verstanden sich auf Heilkünste. Aber dieses Mädchen wirkte so jung und zart, sie konnte nicht älter als achtzehn sein. Ob ihre Kunst ausreichte, seinen Bruder zu retten?

Ohne Eremon eines Blickes zu würdigen, kniete die Frau

neben Conaire nieder, nahm seine Hand, fühlte seinen Pulsschlag, roch an seinem Atem, untersuchte seine Augen und entfernte schließlich die blutverklebten Lumpen, die seinen Unterleib bedeckten. Der Hauer des Keilers hatte Conaires edelsten Körperteil in der Tat nur knapp verfehlt und sich stattdessen in den Oberschenkel gebohrt. Als sie die Wunde betastete, stöhnte Conaire vor Schmerzen und schlug die Augen auf.

Die Frau blickte zu Eremon auf. An Stelle des kalten Widerwillens, den er am Strand in ihren Augen gelesen hatte, war das sachliche Interesse einer Heilkundigen getreten. »Wann ist das passiert?«, fragte sie.

»Vor fast zwei Tagen.« Dann platzte er heraus: »Könnt Ihr ihm helfen?«

Sie runzelte die Stirn, sagte aber nur: »Bringt ihn hinein.«

Eremon nahm das Innere ihres Hauses kaum bewusst zur Kenntnis, registrierte aber, dass die Luft hier vom erdigen, bittersüßen Duft von Kräutern und Wurzeln erfüllt war.

Die Frau erteilte einer kleinen, dunklen Dienerin ein paar knappe Anweisungen: Wasser aufzusetzen, Leinsamen, Moos und Verbände zu bringen. Eremon half ihr, Conaire auf ein Lager in einer Nische zu betten, die von einem Wandschirm aus Flechtwerk vom Rest des Raumes getrennt wurde.

Inzwischen wimmelte das kleine Haus von Menschen. Finan, Rori und sogar Aedan standen hilflos herum, bis die Dienstmagd sie zeternd wie eine kleine knochige Krähe hinausscheuchte. Nur Eremon und die Heilerin blieben zurück.

Eremon beugte sich über Conaire und legte ihm sacht die Hand auf die Stirn. Es war das erste Mal, dass sein Ziehbruder das Bewusstsein wiedererlangt hatte, seit er auf der Überfahrt von der Insel in dem auf den Wellen tanzenden Boot in eine gnädige Ohnmacht gesunken war.

»Als ich sagte, wir müssten unsere Tapferkeit unter Beweis stellen, Bruder, habe ich damit nicht gemeint, dass du versuchen sollst, dich umzubringen.« Eremon bemühte sich, einen leichten Ton anzuschlagen, obwohl seine Brust wie zugeschnürt war.

Conaire rang sich ein Lächeln ab. Ein Schweißfilm glänzte auf seiner Stirn. »Ich dachte, große Taten wären gefordert.« Seine Stimme klang heiser, und er musste husten. »Es war ein gewagter Sprung, nicht wahr?«

Eremon drückte seine Schulter. »Ja, das war es. Aber jetzt möchte ich, dass du deine Kraft dazu nutzt, um gesund zu werden.«

Conaire schloss erschöpft die Augen. Eremon blickte auf und stellte fest, dass die Druidin ihn forschend musterte, während sie einen Lappen in das Bronzebecken neben der Bettstatt tauchte. »Ihr müsst ihm helfen«, sagte er, ohne sich für den flehenden Unterton in seiner Stimme zu schämen. Sollte sie ihn nur für einen Schwächling halten, im Moment kümmerte ihn das nicht.

Sie legte das nasse Tuch behutsam auf Conaires Stirn, ehe sie geradeheraus antwortete: »Die Verletzung selbst ist nicht schwer, sonst wäre er jetzt schon tot. Doch Wunden, die von Keilerhauern herrühren, können böse Folgen haben. Warum das so ist, weiß ich nicht, aber dagegen müssen wir ankämpfen.«

Conaire schlug die Augen mühsam wieder auf. »Ich habe dem Großen Eber schon lange kein Opfer mehr dargebracht, Eremon. Vielleicht zürnt er mir deswegen …«

Eremon griff nach seiner Hand, die schlaff auf der Decke lag. »Dann werde ich ihm an deiner Stelle opfern, und zwar so reichlich, dass sein Auge von nun an nur noch wohlwollend auf dir ruhen wird.«

Conaire versuchte zu lächeln, aber seine Züge verzerrten sich, als er von einer neuen Schmerzwelle geschüttelt wurde.

»Ich werde für ihn tun, was in meiner Macht steht«, murmelte die Druidin. Dann zögerte sie. »Er braucht jetzt vor allem Ruhe. Geht und bringt Euer Opfer dar. Der Tempel liegt oben auf dem Hügel. Ich werde zur Großen Mutter beten, der Göttin allen Lebens.«

Die Augen immer noch auf Conaires Gesicht gerichtet flüsterte Eremon: »Ich danke Euch« und eilte davon, als gelte es, keinen Augenblick mehr zu verlieren.

Die Nacht verstrich mit quälender Langsamkeit, wie alle Nächte, in denen Rhiann den Kampf um ein Menschenleben gewinnen musste. Das Feuer, das heller brannte als sonst, warf gespenstisch tanzende Schatten an die Wände. Rhiann war so in ihrer eigenen Welt versunken, dass sie gar nicht wahrnahm, dass Brica Wasser nachfüllte, ihr mehr Moos brachte oder die blutigen Verbände auswusch.

Für Rhiann als Heilerin galt das Gebot, allen Patienten dieselbe sorgfältige Betreuung zukommen zu lassen, selbst diesem… diesem Eindringling, diesem *Mann*. Sie brauchte dazu nur ihr Wissen einzusetzen, nicht ihre Gefühle. Das fiel ihr nicht schwer. Sie verstand sich auf die Pflege Kranker und Verletzter, diese Fähigkeit hatte sie nicht eingebüßt. Zumindest dies war ihr geblieben.

Sie murmelte die vorgeschriebenen Gebete, während sie einen Trank aus Goldrute und Schafgarbe braute und Efeu in ihrem Mörser zerrieb. Der Mann, der jetzt in Schweiß gebadet war, warf sich im Fieberdelirium auf seinem Lager hin und her und stammelte unzusammenhängende Worte über Verrat, Kämpfe und Erin. Rhiann hörte wie gebannt zu, konnte seinen Reden jedoch keinen Sinn entnehmen. Durchlebte sein verwirrter Geist die Mythen und Legenden seines Landes, oder war er in seine eigene Vergangenheit zurückgekehrt?

Sowie sie seine Wunde erneut gesäubert und verbunden hatte, flößte sie ihm mit Sauerampfer versetzte saure Milch ein, um das Fieber zu senken. Sie wusste, dass dieses innere Feuer die Seele eines Menschen rasch verzehren konnte, sie hatte es schon oft erlebt. Das konnte auch geschehen, wenn die eigentliche Verletzung nur leicht gewesen war.

Wenigstens war dieser Mann robust und kräftig. Seine Arme glichen jungen Baumstämmen, seine Brust war breit und mit Muskeln bepackt. Im Gegensatz zu den Männern ihres eigenen Stammes war seine Haut glatt und unbehaart. Aus irgendeinem Grund brachte ihr das eine Erinnerung zurück, die sie viele Monde lang verdrängt hatte.

Bislang hatte sie erst wenige Männer so gesehen und nur

einen davon nicht in ihrer Eigenschaft als Heilerin berührt – damals, vor vielen Jahre auf der Heiligen Insel. Sie spürte, wie ihr das Blut ins Gesicht stieg. Warum dachte sie ausgerechnet jetzt daran?

Sie zwang sich, den Blick fest auf das Gesicht des Kranken zu richten, um die Erinnerung zu verscheuchen. Er war jünger, als sie bislang gedacht hatte; auf seinem Kinn zeigte sich nur ein leichter Ansatz von Bartstoppeln. Im Schlaf wirkte er wie ein harmloser kleiner Junge, den weichen Mund hätte sie sogar als unschuldig bezeichnet, wenn sie es über sich bringen könnte, einem Mann dieses Attribut zuzubilligen.

Dann fiel ihr Blick auf die Narben auf seinen Armen und seiner Wange, und sie erschauerte. Das war kein unschuldiger Junge – kein Dichter, kein Künstler wie der Mann von der Heiligen Insel in ihrer Erinnerung. Dieser Mann war ein Mörder.

So wie sein Prinz.

11. Kapitel

Tagelang wich Eremon kaum von Conaires Seite. Der einzige andere Ort, den er aufsuchte, war der kleine Tempel auf dem Gipfel des Felsens, wo er ein paar kostbare Ringe gegen Widder eingetauscht hatte, die er täglich opferte.

Dort suchte ihn Gelert eines Morgens in der Dämmerung auf.

Eremon kniete vor der hölzernen Statue des Cerunnos. Schwere graue Wolken, die Regen verhießen, zogen über das offene Dach hinweg. Als er Gelerts Schritte hörte, schrak er zusammen, erhob sich aber höflich. »Ihr verehrt unseren Ebergott Hawen hier nicht«, erklärte er leicht verlegen. »Aber Eure Druiden sagten mir, dass dies«, er deutete auf die Statue, »der Gott der Jagd ist. Auch wir beten ihn an.«

»Kommt.« Gelert warf sich den Saum seines Schaffellumhangs über die Schulter. »Ich möchte mit Euch allein sprechen, und von hier oben aus hat man einen herrlichen Ausblick über das Tal.«

Der alte Mann führte Eremon durch einen Bogengang gegenüber des Haupteinganges auf einen Felsvorsprung hinaus, der in westlicher Richtung auf die See hinausging. Sie kamen an einem roh gehauenen Steinaltar vorbei, der kleiner war als der im Inneren des Heiligtums und von einer schwarzen Schicht getrockneten Blutes bedeckt wurde. Dahinter stand eine Eichenholzbank vor der Außenwand des Tempels, auf der sich Gelert niederließ und Eremon bedeutete, gleichfalls Platz zu nehmen.

Das Marschland war in Nebelschwaden gehüllt, von den Schlammbänken am Flussufer her klang der klagende Schrei einer Lachmöwe zu ihnen herüber. Ein Gänseschwarm stob auf und flog Richtung Süden davon. Gelert saß regungslos da, nur sein weißer Bart bewegte sich unter seinen ruhigen Atemzügen. Eremon beschloss, nicht als Erster das Wort zu ergreifen. Mochte doch der Druide das Schweigen brechen.

»Ihr habt Euch auf der Wildschweinjagd hervorragend bewährt«, begann Gelert schließlich. »Unsere Krieger können Euch gar nicht genug preisen. Sie reden von nichts anderem als Eurer Tapferkeit und Eurem Wagemut. Mich dagegen hat Eure taktische Vorgehensweise im Kampf gegen die Kreonen am meisten beeindruckt.«

Eremon wusste nicht, was er dazu sagen sollte. Gelert war der Letzte, aus dessen Mund er ein Lob erwartet hätte. »Nun, ich … ich bin zum Krieger ausgebildet worden, das ist alles.« Er brach ab und verstummte verlegen.

»Ah ja, Eure Ausbildung.« Unverhofft drehte sich Gelert zu Eremon um und fixierte ihn mit einem durchbohrenden Blick. Seine Augen schimmerten im Schatten der Pfeiler wie glühende Kohlen. »Ich bin kein Narr, junger Mann. Ich weiß sehr wohl, dass Ihr ein Geheimnis hütet.«

Eremon musste all seine Selbstbeherrschung aufbieten, um zu verhindern, dass ihm der Druide sein Schuldbewusstsein vom Gesicht ablas. Er runzelte in gespielter Verwirrung die Stirn. »Ich weiß nicht, wovon Ihr sprecht, ehrwürdiger Druide.«

»Oh, das wisst Ihr sehr wohl. Aber seid beruhigt – ich werde Euch nicht fragen, was für ein Geheimnis das ist.«

Eremon entspannte sich ein wenig, obwohl er es für sicherer hielt, darauf zu schweigen.

»Ich sehe Euch an, dass Ihr von edlem Blut seid.« Gelert tat diesen Umstand ab, als sei er völlig belanglos. »Das Geschick, mit dem Ihr Eure Waffen führt und Eure Männer befehligt – das allein wäre schon Beweis genug, aber meine Druidenaugen sehen mehr. Euer Auftreten, der Stolz, den Ihr ausstrahlt ...«

Letzteres sagte er mit einem Anflug von Abscheu. Eremon ärgerte sich darüber, dass der Druide seine Abstammung und Erziehung so verächtlich abtat, denn beides bedeutete ihm mehr als irgendetwas sonst. Aber natürlich war dies auch alles, was ihm geblieben war. »Ich bin der Sohn eines Königs, wie ich es Euch gesagt habe. Und ich bin hier, um Handel mit Eurem Stamm zu treiben, aber wenn mich der Ältestenrat nicht bald anhört, werde ich mich anderswo umsehen müssen.«

»Ach ja, Handelsbeziehungen.« Gelert schloss die Augen, umfasste seinen Eichenholzstab fester, und seine Stimme nahm den beschwörenden Tonfall an, dessen sich die Druiden bedienten, wenn sie Prophezeiungen verkündeten. Eremon spürte, wie sich seine Nackenhaare aufrichteten. »Hört mich an. Ihr mögt ein Königssohn sein, aber hinter Euch sehe ich eine große Dunkelheit, Eremon von Dalriada. Etwas, was Euch vor sich hertreibt; was wie eine bedrohliche Krähe auf Eurer Schulter sitzt. Der wahre Grund, warum Ihr an unseren Ufern gelandet seid.« Er schlug die Augen wieder auf und sprach mit normaler Stimme weiter. »Ich habe noch nicht herausgefunden, was Euer Geheimnis ist, aber das werde ich bald. Das würde Euch gar nicht gefallen, nicht wahr?«

Eremons Herz hämmerte jetzt wie wild, aber er erwiderte ruhig: »Ich möchte Euch nicht beleidigen, ehrwürdiger Druide, aber ich weiß wirklich nicht, wovon Ihr sprecht.«

Gelert lächelte. »Ich habe Euch einen ... Vorschlag zu machen. Euer Geheimnis liegt Euch sehr am Herzen. Ich kann Euch versprechen, dass ich es nicht nur in meiner Brust bewahren, sondern auch dafür sorgen werde, dass niemand sonst davon erfährt. Vergesst eines nicht«, er beugte sich vor, bis Eremon seinen schalen Atem riechen konnte, »ich bekleide unter den Druiden von Alba einen sehr hohen Rang. Einen besseren Verbündeten als mich werdet Ihr schwerlich finden.«

Eremon traute seinen Ohren nicht, aber wenn er jetzt etwas entgegnete, würde er sich selbst verraten. Mit einem Mal wurde ihm bewusst, dass er Fragarachs Scheide mit aller Kraft umklammerte. Er lockerte seinen Griff.

»Und was verlange ich als Gegenleistung?«, fuhr Gelert fort. »Ihr habt nichts, was Ihr mir geben könntet, und dennoch werde ich Euch zu größerem Ruhm verhelfen, als Ihr Euch je hättet träumen lassen.«

Eremon konnte nicht länger an sich halten. »Worauf«, sagte er langsam, weil sich seine Zunge strohtrocken anfühlte, »wollt – Ihr – hinaus?«

Gelert war noch nicht bereit, zur Sache zu kommen. Er lehnte sich wieder zurück. »Ich muss Euch etwas gestehen, Prinz. Ich wollte damit warten, bis ich mich selbst davon überzeugt hatte, was für ein Mann Ihr seid. Aber Ihr werdet es sicher schon erraten haben. Der Mann, den wir am Tag Eurer Ankunft zu den Ewigen Inseln geschickt haben, war unser König – Brude, Sohn der Eithne.«

Eremon hatte so etwas in der Tat vermutet und fragte sich erneut, weshalb der Druide gelogen hatte. Kein König lebte ewig – und die Epidier hatten bestimmt schon einen Nachfolger gewählt, wer immer dies auch sein mochte.

»Ich wollte Euch die Wahrheit anfangs nicht sagen, denn sein Tod war ein schwerer Schlag für uns. Vor vier Monden, als unsere Krieger auf einem Viehraubzug im Süden waren, suchte uns eine Seuche heim und raffte die Erben des Königs dahin – alle miteinander. Es ist kein Mann von königlichem Geblüt mehr am Leben, der den Thron besteigen kann, keiner, der jung und fähig genug ist. Wenn Brudes Geschlecht erlischt, dann werden die rivalisierenden Clans um die Königswürde kämpfen. Meine Familie, Brudes Familie wird enteignet und vertrieben werden, und schlimmer noch, der ganze Stamm wird auseinanderbrechen. Dieses Risiko dürfen wir nicht eingehen, nicht jetzt, da die Römer uns bedrohen.«

Eremon wusste nicht, was er von dieser Geschichte halten sollte.

»Ich will ganz offen sein«, fuhr Gelert fort. »Ich sehe die Dunkelheit, die Euch verfolgt; das Geheimnis, das auf Euch lastet, und ich werde Euch nicht fragen, was es ist. Aber Ihr seid nicht hergekommen, um Handel zu treiben. Ihr wollt Euch einen Namen machen, das spüre ich. Ihr wollt Eure Fähigkeiten unter Beweis stellen, und wir geben Euch die Gelegenheit dazu. Wir brauchen die Kraft Eurer Männer im Kampf gegen die Römer und die Eure hier in Dunadd. Ihr sollt unsere Leute daran hindern, sich gegenseitig zu töten. Wir brauchen einen Anführer, einen Kriegsherrn, einen Mann, der unsere Clans befehligen kann, aber selbst keinem angehört.«

Eremon spürte, wie das Blut heißer durch seine Adern zu rauschen begann. Seine Gedanken überstürzten sich. Ihm fiel ein, was er zu Conaire gesagt hatte. *Mir geht das alles zu schnell.*

»Also seht mir in die Augen und sagt mir die Wahrheit, mein Junge, dann lasse ich es dabei bewenden. Verfügt Ihr über die bewaffneten Männer, die uns beistehen können, mit denen Ihr geprahlt habt? Werdet Ihr Euer Schwert in unseren Dienst stellen, um uns vor den Römern zu schützen und unseren Stamm zusammenzuhalten?«

Noch nie war Eremons Verstellungsgabe so stark gefordert gewesen wie in diesem Moment, als er in die allwissenden Eulenaugen dieses Druiden blicken – und lügen musste. Aber sein Leben und das seiner Männer hing von seiner Antwort ab. *Großer Hawen, hilf mir jetzt, selbst wenn du es fortan nie wieder tust*!

Plötzlich öffnete die Wolke über ihnen ihre Schleusen, und ein paar kalte Regentropfen spritzten Gelert in die Augen. Er hob eine Hand, um sie wegzuwischen, und brach so den Blickkontakt ab. Eremon holte tief Atem und konzentrierte sich auf die letzte Frage, die er wahrheitsgemäß beantworten konnte. Conaire hatte ihm geraten, jede Gelegenheit beim Schopf zu ergreifen. Seine zwanzig Männer waren zwar keine Armee, konnten sich aber im Kampf gegen die Römer als durchaus nützlich erweisen. Und er konnte seine Fähigkeiten nutzen, um zu verhindern, dass der Stamm sich in verschiedene Lager spaltete – für diese Aufgabe war er sein ganzes Leben lang ausgebildet worden.

»Ja«, sagte er schließlich mit fester Stimme. »Ich bin bereit zu tun, was Ihr von mir verlangt.«

Gelert hatte ihn stirnrunzelnd angeblickt, aber bei Eremons Worten hellte sich seine Miene auf.

»Ihr spracht von einer Belohnung, wenn ich Euch helfe«, fuhr Eremon fort.

Gelert lachte bellend auf. »Reicht es Euch nicht, dass ich Stillschweigen über Euch bewahre?« Er lehnte sich zurück, sodass sein Gesicht im Schatten der Pfeiler lag. »Nun gut. Dann hört mich an, Eremon von Dalriada. Ich bin heute hierher gekommen, um Euch die Hand unserer königlichen Prinzessin anzubieten.«

Mit allem hatte Eremon gerechnet, nur damit nicht. Sprachlos starrte er den Druiden an; unfähig, einen klaren Gedanken zu fassen.

»Wartet!«, fügte Gelert hinzu. »Bei uns wird das königliche Blut nur durch die weibliche Linie weitergegeben. Ihr wärt also selbst niemals König, der Thron ist allein den Söhnen einer Frau aus dem königlichen Geschlecht vorbehalten.«

»Was ist denn mit Euren eigenen Prinzen? Warum ernennt Ihr nicht einen von ihnen zu König Brudes Nachfolger?«

»Wir vermählen unsere königlichen Frauen immer mit Angehörigen anderer Völker. Das wird seit Generationen so gehalten – es stärkt den Zusammenhalt unter den Stämmen. Brudes Mutter war eine Ban Cré der Epidier, aber sein Vater ein Prinz der Trinovanter, die weit im Süden unseres Landes leben.«

Ein Gedanke begann in Eremons Bewusstsein einzusickern, und als ob er ihn gelesen hätte, fuhr Gelert fort: »Ja, das bedeutet, dass der Sohn, den unsere Prinzessin Euch schenkt, eines Tages König wird. Aber nur das Blut seiner Mutter zählt: Seine Loyalität gilt allein uns.«

König! Eremon konnte nicht verhindern, dass sein Herz schneller zu schlagen begann.

»Uns brächte eine solche Verbindung natürlich auch Vorteile. Wenn Ihr unsere Ban Cré heiratet, seid Ihr unser Kriegsherr; Ihr führt unsere Krieger in den Kampf. Die Zeiten sind viel zu gefährlich, als dass wir zulassen dürften, dass unsere Männer erst lange um diese Ehre streiten. Ihr seht, Ihr seid die Lösung unseres Problems.«

»Aber… Ihr kennt doch meine Abstammung gar nicht, Ihr habt nur mein Wort, dass ich von edlem Blut bin! Ihr wisst nichts über mein Volk. Wird der Ältestenrat Eurem Vorschlag überhaupt zustimmen?«

»Unsere Situation zwingt uns, rasch zu handeln, daher können wir es uns nicht erlauben, wählerisch zu sein. Aber denkt an den Tag Eurer Ankunft in unserem Land. Ich habe damals die Stammesältesten davon überzeugt, dass die Götter Euch zu uns geschickt haben. Und wir haben Euch kämpfen sehen. Das muss uns erst einmal genügen.«

Eremon schüttelte den Kopf, um wieder klar denken zu können, und Gelert beugte sich vor. Ein leichter Nieselregen hatte eingesetzt, seine gekrümmte Nase schimmerte feucht. »Gibt es bei Euch auch verschiedene Grade eines Ehegelöbnisses, so wie bei uns?« Als Eremon nickte, fuhr Gelert fort: »Dann werdet Ihr gemäß dem fünften Grad zunächst ein Eheversprechen für ein Jahr abgeben. Die Verbindung kann somit jederzeit gelöst werden, falls Ihr Euch als nicht würdig erweist. Zur Zeit der Blattknospe, wenn die Seewege wieder offen sind, werden wir einen Boten zu Eurem Vater senden. Wenn alles gut geht, Eure königliche Abstammung bestätigt wird und wir mit den Brautgeschenken zufrieden sind, wird das Gelöbnis gemäß des neunten Grades bindend.« Er fixierte Eremon mit seinen gelben Augen. »Versteht mich nicht falsch – nur die Bedrohung durch die Römer zwingt uns zu einem so überstürzten Handeln. Es hat mich viel Mühe gekostet, die Zustimmung des Ältestenrates zu bekommen. Es war vor allem Euer Geschick im Kampf, das den Ausschlag gegeben hat, denn unser Volk ist so verzweifelt, dass es nicht mehr ein noch aus weiß. Dennoch werden wir Euch scharf im Auge behalten, das versichere ich Euch.«

Eremon war von all dem, was gerade auf ihn eingestürmt war, zu benommen, um sich zu fragen, warum sich der Druide eigentlich für ihn eingesetzt hatte. »Was ist, wenn Euch meine Abstammung nicht zufrieden stellt?«

»Wenn Ihr gelogen habt, haben wir wenig verloren«, erwiderte der Druide geradeheraus. »Wir sind auf jeden Fall stärker als zuvor, und hoffentlich wird unsere Prinzessin dann schon ein Kind tragen.«

Eremon hörte einen bislang nicht dagewesenen Unterton aus Gelerts Stimme heraus, eine Art tückischer Bosheit, aber er war zu sehr mit seinen eigenen Gedanken beschäftigt, um darauf zu achten. *Sie wollen also die Kraft meiner Lenden und die meines Schwertes.* Wie der Druide gesagt hatte, überstieg dies seine kühnsten Träume. Hatte ihn der Große Eber aus diesem Grund hierher geführt? Anders konnte es nicht sein. Er musste unbedingt mit Conaire über Gelerts Angebot sprechen. »Wie lange habe ich Bedenkzeit?«

»Nur einen Tag. Ist Euch klar, dass wir Euch eine große Ehre erweisen?«

»Und wenn ich nicht auf Euren Vorschlag eingehe?«

Gelert presste die Lippen zusammen. »Dann werden wir Euch Eurer Wege schicken, Prinz.«

Eremon bezweifelte, dass man ihn in Frieden ziehen lassen würde. Wenn Gelert herausfand, dass er in die Verbannung getrieben worden war, dann würde der Stamm ihn und seine Männer verstoßen, und dann liefen sie ständig Gefahr, von anderen Clans angegriffen zu werden – oder gar von den Epidiern selbst. Immerhin hatten sie sein Gold gesehen...

Er erhob sich und wandte sein Gesicht von dem eisigen Regen ab, der nun über das Marschland hinwegfegte. »Ich werde Euch meine Entscheidung morgen mitteilen.«

»Morgen, und keinen Tag späer.«

Sowie Conaire außer Lebensgefahr war, waren die Männer aus Erin in die Gemächer des Königs umgezogen. Brudes Frau war mit ihren Töchtern zu ihren Verwandten gegangen und das Haus dann mit Öl und wohlriechendem Rauch gereinigt worden. Damals hatte sich Eremon gefragt, weshalb ihnen eine solche Ehre zuteil wurde, aber nach der Unterredung mit Gelert meinte er, den Grund dafür zu kennen.

Er scheuchte die Schar von Dienstboten aus dem Haus, ehe er seinen Gefährten berichtete, was im Druidentempel geschehen war. Conaire, der auf einem mit Fellen bedeckten Lager am Feuer ruhte, stieß einen leisen, lang gezogenen Pfiff aus.

»Was hältst du von dem Vorschlag des Druiden?«, fragte Eremon ihn.

Alle Augen richteten sich auf Conaire, der sein verbundenes Bein verlagerte. Ein Wildschweinhauer hing an einem Lederband an seinem Oberarm. »Es scheint, dass Hawen uns genau die Chance bietet, die wir brauchen, Bruder.«

»Aber wenn ich auf das Angebot eingehe, verpflichte ich uns damit, gegen die Römer zu kämpfen!«

»Das bringt uns mehr Ruhm und Ehre ein als ein paar Viehraubzüge!«, platzte Rori heraus, der seine Aufregung kaum zügeln konnte.

»Wir würden unser Geschick auf Gedeih und Verderb mit dem der Epidier verknüpfen.«

»Du hast doch selbst gesagt, das wäre das Beste, was uns passieren könnte.« Finan kratzte sich am Kopf. »Familienbande sind stärker als ein Handelsbündnis. Die Epidier betrachten uns dann als Angehörige ihres Stammes. Scheint mir ein gutes Angebot zu sein.«

»Und wir müssten nicht mitten in der dunklen Jahreszeit

kreuz und quer durch dieses unwirtliche Land ziehen«, warf Colum ein, dessen Vorliebe für Bequemlichkeit und gutes Essen allgemein bekannt war. »Wer weiß, wie lange es dauern würde, ein Bündnis mit einem anderen Stamm einzugehen?«

»Aber das Wichtigste ist doch, dass du Vater von zwei Königen werden kannst!« Aedans Augen leuchteten. »Du zeugst hier einen Sohn und einen weiteren, wenn du deinen Thron zurückerobert hast. Dadurch gründest du auf beiden Seiten des Meeres eine Dynastie!«

Eremon sah Aedan an, dass er diesen Gedanken bereits in ein Lied zu fassen versuchte, und trotz all seiner Bedenken begann er, sich für die Vorstellung zu erwärmen. Eine Dynastie in Alba und in Erin. Damit würde er seinen eigenen Vater in den Schatten stellen. Und seinen Onkel. »Sagt mir doch, wo der Haken bei dieser Sache sein könnte«, bat er schwach, aber niemand antwortete ihm. Alle malten sich bereits in leuchtenden Farben aus, welche Vorteile es ihnen verschaffen könnte, in den Stamm der Epidier aufgenommen zu werden.

Eremon sah sich in dem prächtigen Haus des Königs um. Es war erbaut worden, um Ehrfurcht zu erwecken. Das spitz zulaufende Dach maß am Scheitelpunkt gut sechs Speerlängen, darunter lag eine Feuerstelle, in der zwanzig Männer Platz fanden. Sie war mit Eisenspießen, an denen ganze Schweine geröstet werden konnten, und riesigen Bronzekesseln an langen Ketten versehen. Um die Feuerstelle herum zog sich ein Ring aus mit Pelzen bezogenen und mit bestickten Kissen bedeckten Holzbänken, auf denen sie gerade saßen. Jedem Mann würde bei der Vorstellung, in diesem Palast zu herrschen, das Herz vor Stolz schwellen. Hier konnte er andere Könige bewirten, Raubzüge planen …

Warum also zögerte er?

Das Angebot des Druiden war die perfekte Lösung seines Problems. Er musste nur dafür sorgen, dass Gelert zur Zeit der nächsten Blattknospe nicht die Wahrheit über ihn herausfand. Vielleicht war das dann auch gar nicht mehr von Bedeutung. Wenn sich seine Position bis dahin gefestigt hatte, konnte er diesen Sturm wahrscheinlich überstehen. Schließlich konnte der alte Mann in der Zwischenzeit sterben. Das Mädchen konnte unfruchtbar sein …

Erst jetzt wurde ihm bewusst, dass er sie noch gar nicht gesehen hatte. Über all dem Gerede über Bluts- und Familienbande und die Gründung von Dynastien hatte er ganz vergessen, dass er *heiraten* würde. Mit einer Frau sein Leben, sein Haus und sein Bett teilen müsste. Niemand schien daran auch nur einen einzigen Gedanken verschwendet zu haben. Für seine Männer war es einfach, ihn wie einen Zuchthengst zu verschachern. Was sollte er nur mit einer Frau anfangen?

Conaire sah ihn eindringlich an. »Dies ist die Gelegenheit, auf die wir gewartet haben, Bruder.« Sein Gesicht, das seit seiner Krankheit unnatürlich blass war, hatte wieder etwas Farbe bekommen. »Der Große Eber ist uns gewogen. Manannán hat uns den Sturm geschickt, der uns hierher brachte. Es ist das Beste für uns alle.«

Das Beste für uns alle.

Ja, das war das Einzige, was für ihn zählen durfte. »Wahrscheinlich hast du Recht«, stimmte Eremon zu. »Du glaubst also nicht, dass das Ganze eine Falle ist?«

»Nein. Die Verlobung kann jederzeit gelöst werden, wenn sie für uns nicht mehr von Nutzen ist.«

Also beschlossen Eremon und seine Männer, dass er einwilligen würde, die Epidierprinzessin zu heiraten.

Wer auch immer sie sein mochte.

12. Kapitel

»Wir wünschen, dass du den Prinzen aus Erin heiratest.«

Die Worte trafen Rhiann wie glühende Pfeile. Sie starrte von ihrem Stuhl am Feuer zu Belen empor. Die schwere Spindel entglitt ihren gefühllosen Fingern. Brica, die bei der Tür an der Getreidehandmühle saß, hielt mit ihrer Arbeit inne.

Dann fiel Rhianns Blick auf Gelert, der hinter Belen in den Raum getreten war, und sie sah, wie der triumphierende Ausdruck aus seinem Gesicht verschwand und einer stillen Freude Platz machte. Er wollte sich an ihrer Qual weiden. Aber dieses Vergnügen würde sie ihm nicht bereiten. Sie erhob sich. Ein paar Klumpen ungesponnener Wolle fielen von ihren Röcken. »Wann soll diese Hochzeit stattfinden?« Ihre Stimme verriet nicht, was in ihr vorging. Mit einer Hand umklammerte sie die Kante ihres Webstuhls.

»In drei Tagen«, erfolgte Belens niederschmetternde Antwort. Als er ihren Gesichtsausdruck sah, fügte er hastig hinzu: »Es handelt sich zunächst nur um ein Eheversprechen für ein Jahr. Wenn die Seewege wieder befahrbar sind, wird der Prinz Boten zu seinem Vater schicken, am Jahresende werden wir dann die endgültigen Riten vollziehen, wenn du einverstanden bist.«

Zorn verdrängte die Furcht in ihrem Herzen. »Und das sagt ihr mir erst jetzt?«

»Als Ban Cré weißt du, wie sehr wir auf die Verstärkung unserer Kriegertruppen durch die Männer aus Erin angewiesen sind«, warf der oberste Druide glattzüngig ein. Er stützte sich auf seinen Eulenstab. »Du hättest schon längst heiraten sollen, Rhiann. Du weißt, dass wir uns nur nicht einig waren, wem wir deine Hand versprechen sollten.« Er lächelte kalt.

»Aber ihr kennt diesen Fremden, diesen *gael* doch überhaupt nicht!«

»Wir wissen, dass er ein tapferer Kämpfer und guter Anführer ist«, erwiderte Belen, die Finger spreizend. »Wir wissen auch, dass er über große Reichtümer verfügt. Der Druide bestätigt, dass er der ist, der er zu sein behauptet.«

Die Kante des Webstuhls bohrte sich schmerzhaft in Rhianns Hand. »Aber… ihr habt euch nicht mit mir beraten! Ich weiß nicht, was für eine Art Mann er ist!« Belen sah sie nur verständnislos an. Wie alle Stammesältesten maß auch er dieser Frage keinerlei Bedeutung bei.

»Wir haben diesen Mann deiner würdig befunden«, entgegnete er stirnrunzelnd. »Was noch wichtiger ist, er hat die Fähigkeiten – und die bewaffneten Männer –, die wir so dringend brauchen. Wir müssen uns nicht nur gegen die Römer zur Wehr setzen, das weißt du. Die anderen Clans werden bald kommen und die Königswürde erstreiten wollen. Unsere Lage ist verzweifelt.«

Augenblicklich keimten Schuldgefühle in ihr auf und dämpften ihren Zorn. Unwillkürlich überlegte Rhiann einmal mehr, dass sie alles tun musste, um ihrem Volk zu helfen.

Pflichtbewusstsein. Furcht. Schmerz.

Dann überwog ihr Selbsterhaltungstrieb, und sie wurde von einem einzigen Gedanken beherrscht. *Du musst so tun, als wärst du mit allem einverstanden.*

Sie neigte den Kopf. »Ich werde sofort meine Vorbereitungen treffen«, murmelte sie. Erst als das Türfell hinter den beiden Männern herabgefallen war, blickte sie auf und lehnte die Stirn gegen die scharfen Klauen des geschnitzten Adlers auf ihrem Dachpfosten.

»Herrin!« Brica sprang auf. »Die Göttin wird sie strafen, wenn sie Euch zwingen! Früher wählte die Königin selbst ihren Gefährten, und einen zweiten, wenn es ihr beliebte …«

»Diese Zeiten sind vorbei.« Sogar in Rhianns eigenen Ohren klang ihre Stimme tonlos. Die Welt um sie herum schien sich von ihr zu entfernen, und sie kam erst wieder zu sich, als sie auf dem Weg zu den Ställen war. Die Heilerin in ihr erkannte, dass sie einen Schock erlitten hatte; einen schweren Schock, der alle ihre Sinne gelähmt hatte.

Kinder spielten kreischend im Hof des Gerbers. Hinter der Schmiede erklang das angstvolle Quieken eines Schweines und verstummte abrupt wieder. Rhiann stolperte durch den Schuppen des Färbers, in dem ein beißender Uringestank in der Luft hing, und fand sich endlich in Liath' Stall wieder.

Sie hatte weder eine Reithose noch einen Umhang bei sich, aber das machte nichts – ehe sie einen zusammenhängenden Gedanken fassen konnte, saß sie schon auf dem Rücken der Stute und lenkte sie zum äußeren Tor des Dorfes. Niemand hielt sie auf, aber wieder spürte sie die durchbohrenden Blicke, die ihr folgten.

Mit angelegten Ohren trabte Liath, von den Händen in ihrer schneeweißen Mähne zurückgehalten, gemächlich voran, bis Rhiann außer Sichtweite der Festung war. Sie musste die Anspannung ihrer Reiterin spüren, denn sowie Rhiann ihren Griff lockerte, galoppierte sie los; flog über die brachliegenden Felder auf Linnets Tal zu.

Sowie sie sich allein inmitten des welken Farns der Hügel wusste, brach sich die so lange unterdrückte Angst in Rhianns Innerem Bahn, sie stieß ein gequältes Keuchen aus, das, als Liath' Beine immer schneller über den Boden wirbelten, zu einem Stöhnen und dann zu einem Wutschrei anschwoll, der sich aus ihrer Kehle löste und scharf die Luft durchschnitt.

Nur am Rande ihres Bewusstseins nahm sie wahr, dass der kalte Wind sich wie tausend Nadeln in ihre bloßen Oberschenkel bohrte, aber der Schmerz war nichts im Vergleich zu der Pein, die ihr das Wissen um ihre eigene Hilflosigkeit bereitete. Sie, die sich immer so viel auf ihren Mut und ihre Stärke eingebildet hatte, konnte nichts tun, um ihrem Schicksal zu entfliehen. Sie war in einer Falle aus Pflichterfüllung, Schuld und Scham gefangen; einer Falle, die ihr Männer gestellt hatten, für die sie nichts weiter als eine Zuchtstute war.

Dann verlangsamte Liath ihre Schritte. Rhiann blickte auf ihre in die reifbedeckte Mähne gekrallten Hände hinab und stellte fest, dass sie tränennass waren. Mit zitternden Knien glitt sie auf den lehmigen, mit Flechten bewachsenen Boden unter einer abgestorbenen Eiche hinab. Liath blies ihr ihren warmen Atem ins Gesicht und senkte den Kopf, um die Beine ihrer Herrin zu lecken.

Rhiann barg das Gesicht am glatten Hals des Pferdes und ließ ihren Tränen freien Lauf.

Als sie auf Linnets Hof ritt, war der wilde Ausbruch vorüber und hatte nur eisige Wut in ihr zurückgelassen. »Wie können sie es wagen?«, murmelte sie, dabei schritt sie erregt in Linnets kleiner niedriger Hütte auf und ab, während ihre Tante über dem Feuer Gänsefingerkrauttee zubereitete. Dann fuhr sie herum. »Wusstest du, was sie mit mir vorhaben?«

»Natürlich nicht!« Linnet goss die Flüssigkeit in zwei Becher und stellte sie zum Abkühlen auf den Tisch, ehe sie zaghaft fragte: »Ist er denn so furchtbar, dieser Mann? Er sieht gut aus, ist noch nicht alt, und er ist ein Prinz. Es könnte schlimmer …«

Nach einem Blick in Rhianns Gesicht blieben Linnet die Worte im Hals stecken.

»Jeder Mann, jeder Gedanke an eine Heirat ist mir zuwider!«, fauchte Rhiann. »Das weißt du genau! Es könnte für mich ohnehin nur einen geben, und selbst dann …« Über sich selbst verärgert verstummte sie mitten im Satz.

Aber es war schon zu spät. »Nur einen? Du meinst, es *gibt* einen Mann in deinem Leben?«

Rhiann biss die Zähne zusammen und schüttelte den Kopf. »*Gab*, nicht gibt. Nur eine kindliche Schwärmerei, sonst nichts.«

»O nein.« Linnet sah sie eindringlich an. »Erzähl mir von ihm.«

Wieder schüttelte Rhiann den Kopf. »Es war der Mann, der mich bei meiner ersten Blutung tätowiert hat, damals, auf der Heiligen Insel. Aber das ist schon Jahre her.«

Linnet ließ sich schwer auf ihren Korbstuhl sinken. »Tochter, es gehört zu den Aufgaben dieser Männer, die Mädchen zu erregen, denn so verleihen sie den magischen Symbolen Macht.«

»Ich weiß, Tante, deswegen habe ich ihn auch schnell wieder vergessen. Er bedeutet mir nichts mehr – seinetwegen sträube ich mich auch gar nicht so gegen eine Ehe.« Rhiann fuhr sich mit der Hand über die Augen. »Aber ich weigere mich, kampflos zuzulassen, dass der Rat mich mit diesem… diesem… schwertschwingenden Mörder vermählt!«

»Nicht alle Männer sind so wie die Räuber, die deine Ziehfamilie getötet haben, Tochter.«

Rhiann wirbelte herum und begann erneut, in der Hütte auf

und ab zu gehen. »Ich kann mich immer noch auf das Gesetz berufen! Keine Frau kann zur Heirat gezwungen werden!«

»Das ist richtig, und wenn du diesen Weg wählst, dann werde ich dir beistehen, das schwöre ich bei der Göttin. Aber …« Linnet biss sich auf die Lippen. »Diese Heirat wäre für uns alle von Vorteil, besonders jetzt, da die römischen Besatzer uns bedrohen. Wenn du dich weigerst, wird der Stamm auseinanderfallen. Ich weiß, es ist eine schwere Entscheidung, ich würde sie dir gern ersparen, das musst du mir glauben. Aber wenn du diese Verbindung nicht eingehst, sehe ich Dunkelheit und unermessliches Leid auf uns zukommen. Das ist die Wahrheit.«

Rhiann drehte sich langsam zu ihr um. »Und warum hast *du* dich dann nicht entschieden, uns einen Erben zu schenken, als du jung warst? In deinen Adern fließt dasselbe Blut wie in meinen! Aber dich hat man nicht einfach so dem nächstbesten Mann ausgeliefert, wenn ich mich recht entsinne!«

Linnet erbleichte. »Bei mir verhielt es sich anders. Deine Mutter war die Ban Cré, nicht ich. Der König hatte damals viele Erben. Mein Blut wurde nicht benötigt.«

Ein Anflug von Kummer flog über ihr Gesicht, doch Rhiann war zu aufgebracht, um es zu bemerken. »Ich will keinen Mann!«, rief sie. »Dieser Prinz ist überheblich und eingebildet … und er lügt! Ich habe es ihm angesehen!«

»Rhiannon hat ihn auf den Wellen zu uns gebracht. Von ihm droht uns kein Unheil, das spüre ich – das spüre ich ganz deutlich.«

Rhiann blieb stehen und ballte die Fäuste. Linnets Definition von Unheil wich stark von ihrer eigenen ab, das wusste sie. Ihre Tante würde allerdings nie zulassen, dass ein Mann Hand an sie legte, wenn sie dies nicht wünschte. Aber darum ging es gar nicht … Linnet verstand nicht … konnte nicht verstehen, dass …

Linnet erhob sich und ergriff Rhianns Hände. »Tochter, Tochter, beruhige dich. Du musst auf die Göttin vertrauen – und mir und den Dingen, die nicht sprechen können. Alles wird gut werden.«

Alles wird gut werden.

Am liebsten hätte Rhiann den Becher zu Linnets Füßen umgestoßen, die Regale von der Wand gerissen und die Tiegel mit Salben und Tinkturen zerbrochen, den Webstuhl zu Boden geschmettert, die Netze mit den getrockneten Wurzeln von den Balken gerissen, die geschnitzten Götterfiguren quer durch den Raum geschleudert und die Schalen mit Bienenwachs und Farben vom Tisch gefegt. *Alles wird gut werden!*

Sie hatte auf der Heiligen Insel Jahre damit verbracht, sich die Kunst anzueignen, die Dinge so zu nehmen, wie sie kamen, und dem Willen der Göttin zu vertrauen. Als Kind war ihr das leicht gefallen. Doch alles, was sie erlernt hatte, war mit dem Schwerthieb ausgelöscht worden, der den Kopf ihres Ziehvaters vom Rumpf getrennt hatte.

Linnet zog sie in ihre Arme. »Bleib heute Nacht hier. Ich werde dir einen Schlaftrunk brauen. Vielleicht schickt dir die Große Mutter einen Traum, der dir hilft, deinen Weg klarer zu sehen.«

Rhiann holte tief Atem. Sie würde heute sowieso nicht zurückgehen, selbst wenn ihr alle *bansidhes* des Schattenreiches auf den Fersen wären. Mochte sich der Ältestenrat ruhig um sie sorgen.

In der Dunkelheit der Nacht verflogen diese stolzen Gedanken, und die Schatten an Linnets Wänden schienen sie immer enger zu umzingeln. Sie kuschelte sich tiefer in die Decken aus Ziegenfell, um ihnen zu entkommen, und endlich zeigte der Trank Wirkung.

Die Große Mutter sandte ihr einen Traum.

Diese Vision war viel älter als der Albtraum von dem Blutbad; sie hatte sie seit ihrer ersten Monatsblutung oft gehabt. Es war ein Geheimnis, ein goldener Traum, von dem sie einst zu hoffen gewagt hatte, er könne eines Tages Wirklichkeit werden.

Rhiann stand umringt von allen Bewohnern Albas in einem sonnendurchfluteten Tal. In den dahinter liegenden dunklen Hügeln lauerte eine große Gefahr, vor der sie die rauen, durchdringenden Schreie der Adler hoch oben auf den Gipfeln der

Berge warnten. Aber Rhiann hielt den heiligen Kessel der Göttin Ceridwen in den Händen und sammelte in ihm die Kraft der Quelle, um das Unheil abzuwenden.

Neben ihr stand eine Gestalt, ein Mann, dessen Gesicht sie nie erkennen konnte, und er hielt ein Schwert in der Hand, das nicht Tod und Verderben brachte, sondern Schutz versprach. Sie waren hier zusammengekommen, so wie schon in vielen Leben zuvor, um die Kräfte der Quelle allen Lebens im Gleichgewicht zu halten.

Im Laufe der Jahre hatte Rhiann diesem Mann in ihrer Fantasie ein Gesicht gegeben: dunkelgoldenes Haar und braune Augen. *Drust.*

Er war fast noch ein Junge gewesen, als er sie auf der Heiligen Insel tätowiert hatte, heute musste er zu einem Mann herangewachsen sein. Um einen anderen konnte es sich in diesem Traum nicht handeln, nur er hatte die schlanken, geschmeidigen Finger eines Künstlers, die nicht dazu bestimmt waren, ein Schwert zu führen und zu töten. Er war bei ihr gewesen, als ihre Blutung das erste Mal einsetzte und der Traum das erste Mal zu ihr kam. Er hatte sie geküsst, sie berührt …

Rhiann seufzte im Schlaf, drehte sich auf die andere Seite und kostete diesen Funken von Glück aus.

Doch dieses Mal änderte sich der Traum plötzlich.

Sie war allein auf einer Waldlichtung. Das Rauschen schwerer Schwingen erfüllte die Nachtluft über ihr, und sie spürte die Angst der Maus, auf die der Schatten der über ihr schwebenden Eule fiel. Die Furcht wuchs und wuchs, bis sie von Panik erfüllt blindlings davonrannte, weil das Geräusch der bedrohlichen Schwingen immer näher kam. »So helft mir doch!«, schrie sie, und plötzlich stand auf dem Pfad vor ihr ein Ungeheuer mit funkelnden Augen und mächtigen Schultern. Einen Moment lang dachte sie, es wolle sie angreifen, doch ihre Füße trugen sie weiter und weiter, und das Ungeheuer wandte sich von ihr ab und stapfte den Pfad entlang auf die Gefahr hinter ihr zu.

Vor sich sah sie die ersten Sonnenstrahlen durch das Laub

der Bäume fallen. Doch hinter ihr entrang sich der Kehle der Eule ein markerschütternder Schrei.

13. Kapitel

Als Linnet bei Sonnenaufgang erwachte, war Rhianns Bettstatt leer, doch zu ihrer Erleichterung stand Liath noch im Stall.

Da sie nicht wusste, wann Rhiann zurückkehren würde, streifte Linnet ihr Arbeitsgewand über und nahm die Musselinsäckchen mit Ziegenkäse ab, die ihre Magd Dercca zum Abtropfen an einen Balken gehängt hatte, ehe sie aufgebrochen war, um ihre Schwester zu besuchen. Doch während sie den Käse in kleine Bastkörbe legte, kreisten ihre Gedanken unaufhörlich um den gestrigen Abend.

Sie konnte Rhiann nicht erzählen, dass sie den Mann aus Erin in einer Vision gesehen und bei seiner Ankunft sofort wieder erkannt hatte. Wenn sie ihrer Nichte das anvertraute, musste sie ihr auch alles andere verraten, was sie vorhergesehen hatte. Linnet spürte, dass sich Rhianns ganzes Leben ändern würde, wenn sie dies tat – und nicht zum Besseren. Dann würde sie nie lernen, was sie lernen musste, bevor sie in die Schattenwelt einging.

Du musst sie auf das vorbereiten, was kommt, aber ihren Weg muss sie selbst gehen, mahnte sich Linnet. Sie hatte gedacht, sie hätte sich längst damit abgefunden, aber sie war auch noch nie auf die Probe gestellt worden. Bis jetzt nicht.

Seufzend zog sie ein paar Thymianzweige aus dem Büschel, das an einem anderen Balken trocknete. Der Überfall damals auf der Heiligen Insel hatte in Rhiann einen abgrundtiefen Hass auf alle Krieger ausgelöst, aber warum sich das Mädchen dermaßen vor der Ehe fürchtete, konnte sich Linnet nicht erklären. Wenn es sich bei dem Bräutigam um einen Mann von Ehre handelte – und das schien der Prinz zu sein –, entsprach er in keiner Hinsicht dem Bild eines grausamen Mörders, das sich so unauslöschlich in das Herz des armen Kindes eingebrannt hatte.

Wenn sich Rhiann natürlich in einen Jungen verliebt hatte, als sie noch sehr jung gewesen war… aber die Tätowierer hatten mit vielen Mädchen zu tun, und viele verliebten sich in den Ersten, der sie auf so intime Weise berührte. Eine solche Liebe war nicht von Dauer. Rhiann sagte, sie sei darüber hinweg, und Linnet blieb nichts anderes übrig, als ihr zu glauben. Was aber den Prinzen aus Erin betraf…

Linnet schürzte die Lippen und begann, die Thymianblätter abzuzupfen. Ein beißender Duft erfüllte den Raum. War der Prinz hier, um ihnen zu helfen, oder würde er sie ins Verderben stürzen? War ihre Vision von ihm eine Warnung gewesen? Sie rief sich den Tag ins Gedächtnis, an dem das Gesicht sie überkommen hatte. Nein, sie spürte, dass er ihnen keinen Schaden zufügen würde. Die Große Mutter hätte ihn nicht unbeschadet das Meer überqueren lassen – dieses Königreich, das viele Menschenleben forderte –, wenn er die Absicht hegte, Rhiann etwas zu Leide zu tun.

Sie bestreute die Käselaibe mit Thymian und wickelte sie wieder ein, dann ging sie zu ihrem Webstuhl und zupfte geistesabwesend an den Kettfäden herum, während sie an Rhianns anklagende Worte vom Abend zuvor dachte.

Das Mädchen hatte, ohne es zu wissen, eine alte Wunde aufgerissen. Denn obwohl Linnet sich einredete, in ihrer selbst gewählten Einsamkeit glücklich zu sein, hatte sie sich einst eine Familie und ein Heim so sehnlich gewünscht, wie Rhiann all dem entkommen wollte. Am Ende war ihr die Gelegenheit verwehrt worden, die sich Rhiann nun bot.

Aber darüber durfte sie mit ihrer Nichte nicht sprechen.

Es war schon nach Mittag, als Rhiann zurückkehrte. Linnet fütterte gerade ihre Ziegen; sie hielt inne, stellte den Eimer auf den Boden und stützte die Ellbogen auf den hölzernen Zaun des Pferchs, als das Mädchen näher kam. Ihre Augen leuchteten noch immer, aber nicht mehr vor Zorn, sondern vor ungläubigem Staunen.

»Komm, du musst etwas essen.« Linnet zog Rhiann zu der alten Bank vor der Hütte und holte ihr ein Honigbannock und einen Becher Milch.

Rhiann aß schweigend. Dann klopfte sie sich die Krümel vom Rock und streckte die Beine in den Hirschlederstiefeln aus. »Du hattest Recht.« Sie hob das Gesicht zur schwach scheinenden Sonne empor. »Die Große Mutter hat mir ein Zeichen geschickt.«

Linnets Herz machte einen Satz. »Was für ein Zeichen?«, fragte sie eifrig. Doch in Rhianns funkelnden Augen entdeckte sie nichts von der Wärme, die sie darin zu finden gehofft hatte.

»Einen Traum, über den ich den ganzen Morgen lang nachgedacht habe.« Rhiann schüttelte den Kopf. »Jetzt ist mir alles klar. Hör zu! Die Mutter hat mir diesen Mann aus Erin geschickt, weil er das Schwert in meinen Händen sein soll – das Schwert, das Gelerts Macht bricht!«

»Wie meinst du das?«

Rhiann erzählte ihr von dem Traum, in dem sie durch den Wald gelaufen war. »Verstehst du denn nicht? Dieses Ungeheuer hatte Ähnlichkeit mit einem Eber, und der Prinz trägt ein Ebersymbol auf seinem Helm – ich habe gesehen, wie er ihn poliert hat, als er seinen kranken Bruder besuchte. Ich hatte solche Angst… aber jetzt sehe ich, wie ich Gelerts Waffe – diesen Prinzen – gegen ihn selbst richten kann.« Sie legte die Hände gegeneinander. »Wenn ich ihn heirate, bekomme ich einen Gemahl mit einer kampferprobten Kriegertruppe und ein Königreich auf der anderen Seite des Meeres. Wenn es mir gelingt, ihn zu beherrschen, kann ich ihn dazu benutzen, Gelerts Sturz herbeizuführen.« Ein grimmiges Lächeln spielte um ihre Lippen. »Zu lange war ich schwach und verzagt, Tante. Jetzt wird mir eine Waffe in die Hand gegeben, und ich werde sie mit derselben Härte zu handhaben wissen, mit der dies ein Mann tun würde.«

Linnet wurde das Herz schwer. Niemand sollte eine Ehe aus so finsteren Beweggründen eingehen. *O Göttin, steh ihr bei!*

Aber immerhin … Rhiann hatte eingewilligt, den Prinzen zu heiraten. Und die furchtbare Verzweiflung in ihren Augen, die Linnet seit vielen Monden fast das Herz brach, war verschwunden. Vielleicht würde die Wunde in Rhianns Seele im Laufe der Zeit heilen, wenn ihr Mann sie gut behandelte.

Bitte, Mutter, lass ihn gut zu ihr sein, den Mann mit den grünen Augen.

Doch dann hob sich ihre Stimmung. Die Schwestern sagten, dass eine seelische Wunde dann am schnellsten heilte, wenn der Betreffende mit der Ursache dafür konfrontiert wurde.

Ein Mann hatte Rhiann zutiefst verletzt. Vielleicht würde ein anderer Mann sie wieder zu der machen, die sie früher einmal gewesen war.

Die meisten Ehen wurden zu Beltane geschlossen, dem Beginn der Sonnenzeit, wo die Bräute unter dem blauen Himmel mit Blumen bekränzt wurden.

Aber als Rhiann zwei Tage später mit Linnet und Dercca zur Festung zurückritt, kam sie zu dem Schluss, dass die Winterzeit genau richtig für ihre Hochzeit war. Raureif glitzerte auf dem welken Riedgras, und die frostige Luft biss sich in ihre Nasen und Finger, bis die Haut vor Kälte brannte. Am fahlen Himmel über den Marschen zog eine lange Linie Gänse gen Süden.

Das Samhainfest stand kurz bevor: das Ende des alten Jahres und der Beginn des neuen, mit dem die lange Dunkelheit hereinbrach und das Land im Schoß der Großen Mutter schlafen würde. Vielleicht war es nun für Rhiann an der Zeit, die Furcht und die Schwäche abzuschütteln, die sie lange in ihren Klauen gehalten hatten.

Samhain war zugleich dic Zeit, in der der Vorhang, der die diesseitige Welt von der jenseitigen trennte, dünn wurde, die dunklen Schatten die Grenze leichter überqueren und die Lebenden heimsuchen konnten. Es würde eine Schattenwelthochzeit werden – eine dunkle Ehe.

Ich tue dies auch für die Große Mutter, dachte Rhiann, die klammen Finger in Liath' Mähne krallend. *Und wenn ich meine Aufgabe gut erfülle und stark bleibe, vergibt sie mir vielleicht, dass ich nicht im Stande war, den Überfall vorherzusehen; dass ich nicht stark genug war, meine Familie zu retten. Vielleicht gibt sie mir dann das Gesicht zurück, und ich kann wieder sehen ...*

Niemand hielt Rhiann auf, als sie durch das Dorf ritt, aber alle Menschen, die zwischen den Häusern Karren be- und entluden oder in den Eingängen standen, verstummten bei ihrem Anblick und starrten sie an. Rhiann spürte Linnets Blick auf sich ruhen, aber sie hielt den Kopf hoch erhoben, und Liath trabte stolz weiter.

Brica empfing sie mit einer neuerlichen Schimpftirade wegen der Hochzeit. »Der oberste Druide schäumt vor Wut!«, rief sie. »Den Gälen gegenüber musste er gute Miene zu bösem Spiel machen, aber sie haben sicher gemerkt, dass etwas nicht stimmt. Die Stammesältesten haben gerätselt, wohin Ihr Euch geflüchtet haben könntet. Danach beratschlagten sie, ob sie Euch zur Ehe zwingen sollten oder nicht. Belen meinte, wenn Ihr Euch so gegen eine Heirat sträubt, sollte man Euch Euren Willen lassen.«

»So, meinte er das? Das überrascht mich sehr.«

»Das ganze Dorf spricht über nichts anderes«, plapperte Brica weiter. »Oh, Herrin, Ihr habt wahrlich für Aufregung gesorgt.«

Rhiann warf Linnet einen Blick zu und lächelte. »Gut! Nun, Brica, ich habe dir etwas zu sagen. Ich werde diesen Prinzen morgen heiraten, wie es der Rat beschlossen hat.« Sie hob eine Hand, als Brica Anstalten machte, Einwände zu erheben. »Es ist meine Pflicht als Ban Cré, das musst du verstehen. Wir werden seine Gegenwart gelegentlich ertragen müssen«, sie unterdrückte ein Erschauern, »aber ich werde dafür sorgen, dass dies so selten wie möglich der Fall ist, darauf kannst du dich verlassen. Sind die Vorbereitungen für das Fest schon im Gange? Gut. Hilf mir, meine Schuhe auszuziehen, und dann geh und sag den Köchen, morgen Abend muss alles bereit sein. Komm sofort zurück – und sprich mit niemandem ein Wort. Ich werde dem Ältestenrat meine Entscheidung auf meine Art mitteilen.«

Sie setzte sich auf den Schemel am Feuer, und Brica bückte sich, um die Riemen ihrer Stiefel zu lösen. Linnet und Dercca packten in der Gästenische hinter dem Wandschirm ihre Bündel aus.

Brica blickte zu ihrer Herrin auf, doch Rhiann betrachtete die Flammen, die im Luftzug tanzten. »Die Göttin hat ihn mir geschickt, Brica, und ich werde ihn dazu benutzen, ihren Ruhm zu mehren. Wenn ich ihn nicht mehr brauche, so mag er dahin zurückkehren, woher er gekommen ist.« Die letzte Bemerkung war nur für ihre eigenen Ohren bestimmt gewesen, aber sie sah, wie Brica zweifelnd den Kopf hin- und herwiegte.

Eremon hatte sich angewöhnt, zusammen mit Cù von einem kleinen Hügel direkt vor dem Pferdetor aus den Sonnenaufgang zu beobachten.

An diesem Morgen sah er zum Schutz gegen die Kälte fest in einen Wollumhang gehüllt zu, wie der oberste Druide vor seinem Tempel das Ritual zum Gruß der Sonne mit wesentlich finstererer Miene durchführte als sonst. Eremon kannte den Grund. Die ganze Festung vibrierte vor Gerüchten, denn die Epidierprinzessin, die Eremon immer noch nicht zu Gesicht bekommen hatte, war scheinbar verschwunden, nachdem man ihr mitgeteilt hatte, dass sie verheiratet werden würde.

Eremon verstand ihr Verhalten nicht. Seine Männer hatten allerdings ihre eigenen Theorien zu ihrer Flucht, angefangen von Eremons bekanntermaßen schlechtem Ruf als Liebhaber bis hin zu seinem offensichtlichen Mangel an Attraktivität, aber sie schwiegen betreten, als er sie darauf hinwies, dass sie vom Stamm verstoßen werden würden und als Flüchtlinge durch das Land ziehen müssten, wenn dieser Handel nicht zustande kam. Nein, der Große Eber war ihm an dem Tag, an dem Er sie an diese Küste geführt hatte, gnädig gewesen. Diese Gelegenheit durfte er sich nicht entgehen lassen. Die Frau musste zurückkommen. Alles andere war undenkbar.

Die Epidier waren erneut auf die Jagd gegangen, um die Speisekammern für das Hochzeitsfest zu füllen, und die in der näheren Umgebung lebenden Edelleute des königlichen Clans waren von ihren Festungen in den Hügeln gekommen, um der Feier beizuwohnen. Eremon hatte eine neue grüne Tunika erhalten, die von Talorcs Frau hastig mit Goldfäden bestickt worden war. Er hatte seine mitgebrachten Schätze prüfend gemustert und schließlich ein schönes silbernes Halsband als Hochzeitsgeschenk ausgewählt, das seiner Mutter gehört hatte. Es wurde erwartet, dass seine Familie später einen üppigeren Brautpreis entrichtete.

Seine Familie. Eremon tastete nach dem zweiten Hauer von Conaires Keiler, den er an einem Band an seinem Oberarm trug. Er spielte ein riskantes Spiel, das wusste er. Aber wenn jemand wie sein Onkel eigenmächtig alle geltenden Regeln außer Kraft setzte, musste sich ein Mann den veränderten Umständen anpassen, oder er würde zugrunde gehen.

Manchmal schämte er sich für all die Lügen, die er den Epidiern aufgetischt hatte, aber er hatte gelernt, praktisch zu denken und skrupellos zu handeln, wenn es erforderlich war. Obwohl das Wohl seiner Männer für ihn an erster Stelle kam, war es ihm doch auch wichtig, dass er mit ihrer Hilfe und seinen Fähigkeiten die Krieger der Epidier für den Kampf ausbilden und damit seinen Teil der Abmachung erfüllen konnte. Das würde die Lüge in den Augen der Götter rechtfertigen.

Er wäre ein guter Kriegsherr. Er war der Mann, den die Epidier brauchten.

Auch heute wurden er und Conaire erneut aufgefordert, zusammen mit den Stammesältesten im Gemach des Königs das Fasten zu brechen, aber der dicke Haferbrei blieb Eremon wie an den beiden vorangegangenen Morgen fast im Hals stecken. Die Ältesten wechselten beunruhigte Blicke miteinander. Kaum jemand sprach ein Wort. Auch Eremon und Conaire sahen sich an, aber Conaire verzog nur die Lippen, zuckte die Achseln und streckte sein schmerzendes Bein aus, um es am Feuer zu wärmen.

Plötzlich verdunkelte ein Schatten die Tür. Eine schwarzhaarige Dienerin stand dort und knickste höflich. Sie kam Eremon bekannt vor, doch er konnte sie nicht einordnen.

»Was gibt es, Weib?«, fragte Gelert gereizt, den Mund mit Bannock voll.

»Verzeiht, wenn ich störe, aber Lady Rhiann ist hier.«

Talorc verschluckte sich und prustete. Ein Krümelschwall ergoss sich über seine Hose. Ein erregtes Raunen ging durch die Reihen. Zu Eremons Überraschung warf ihm die Dienerin einen hasserfüllten Blick zu, aber ehe er sich fragen konnte, was sie gegen ihn haben mochte, wandte sie sich ab, und ein Mädchen – nein, eine Frau – trat in das kalte Sonnenlicht, das durch die Tür in den Raum fiel.

Belen sprang auf. Alle anderen folgten seinem Beispiel, nur Conaire blieb sitzen.

Die Frau kam näher. Sie trug eine safrangelbe Tunika, und das Haar fiel ihr offen bis zur Taille. Eremon konnte sie nicht deutlich erkennen, bis sie im Schein des Feuers stand, und dann stockte ihm der Atem, denn die großen halbmondförmigen Augen, die hohe Stirn und das bernsteinfarbene Haar gehörten der Heilerin. Sie war seine Braut? Mitten in die Stille hinein entfuhr es ihm: »Aber Ihr seid eine Druidin!«

Die Frau richtete ihre ungewöhnlichen Augen auf ihn, und er sah etwas darin aufblitzen, was ihm das Blut in den Adern gefrieren ließ. »Nein, ich bin eine Dienerin der Göttin. Gibt es denn in Erin keine Priesterinnen mehr?«

Sie hatte ihn weder mit seinem Namen noch seinem Titel angeredet, und aus irgendeinem Grund ärgerte er sich darüber.

Gelert trat vor. »Prinz, dies ist Lady Rhiann, die Tochter von Mairenn, der verstorbenen Schwester des Königs.« Er legte eine kleine Pause ein. »Unsere Ban Cré.«

Das Mädchen neigte anmutig den Kopf, doch als sie ihn wieder hob, spielte ein sardonisches Lächeln um ihre Lippen. »Und Ihr seid Eremon, der Sohn von Ferdiad, des Königs von Dalriada in Erin«, deklamierte sie. »Ich bitte um Entschuldigung, wenn ich Euch Ungelegenheiten bereitet habe.«

Ohne ein weiteres Wort – ohne eine gemurmelte Rechtfertigung für ihr Verhalten oder ein verlegenes Händeringen – wandte sie sich an die Ältesten. »Das Hochzeitsfest wird bereits vorbereitet.« Dann sah sie Gelert an, ohne ihre Abneigung zu verbergen. »Lady Linnet ist gekommen, um mit dir die Riten zu vollziehen. Morgen Mittag wird alles bereit sein.«

Eremons Unbehagen wuchs. Während sie Conaire gepflegt hatte, hatte er zwar ihren Namen erfahren, aber kaum ein Wort mit ihr gesprochen, er hatte sich zu große Sorgen um seinen Bruder gemacht. Jetzt zermarterte er sich den Kopf. Hatte er sie irgendwie beleidigt? Unmöglich – sie hatten nur über Conaires Zustand gesprochen, und das auch nur zwischen Tür und Angel, denn immer, wenn Eremon das Haus betreten hatte, hatte sie es verlassen.

Bislang hatte er angenommen, seine Braut sei so plötzlich verschwunden, weil ihre Nerven versagt hatten. Aber auf dem ruhigen Gesicht vor ihm spiegelte sich keine Furcht wider, nur Verachtung. Diese Verbindung war doch sicherlich auch in ihrem Sinne? Immerhin sah er gut aus, war wohlhabend – was konnte sie mehr verlangen? Dann kam ihm plötzlich ein Gedanke. Vielleicht hatte sie ihr Herz bereits anderweitig verschenkt. Vielleicht zählte sie zu jenen Edelfrauen, die davon träumten, aus Liebe zu heiraten. Nun, das war etwas für Hirtentöchter, nicht für Prinzessinnen.

Er warf Conaire einen verwirrten Blick zu. Mit Politik kannte er sich aus, aber wenn es darum ging, mit einer Frau wie Rhiann umzugehen, kämpfte er auf verlorenem Posten. Also tat er das Einzige, was ihm einfiel, und schenkte ihr sein gewinnendstes Lächeln. Doch sie wandte sich nur ab und rauschte in die Morgensonne hinaus.

»Prinz«, sagte Gelert, »wenn die Sonne morgen am höchsten steht, werden wir das Ritual vollziehen. Bringt Eure Männer zum Platz vor dem Tempel.« Er wandte sich ab und verließ das Haus. Die Ältesten folgten ihm, nur Eremon und Conaire blieben zurück.

Conaire pfiff durch die Zähne. »Bei Hawens Eiern! Der Große Eber hat dir eine wahre Schönheit geschickt, Bruder, aber mich hat sie nie so angesehen, als ich auf ihrem Krankenbett lag. Hoffentlich kannst du sie unter der Bettdecke zufrieden stellen, sonst wird sie dich ihre Krallen spüren lassen!«

14. Kapitel

Am Mittag des nächsten Tages hatte sich ein gnädiger Nebel über Rhiann gelegt; so wie die Wolkenbank, die die Sonne verdeckte und den Felsen in ein fahles Dämmerlicht tauchte.

Sie stand neben ihrem Bett, ein Schwarm junger Frauen schwirrte um sie herum, und Linnet erteilte ihnen mit ihrer ruhigen Stimme Anweisungen.

Arme hoch, dann wurde ein feines Leinenhemd über ihren Kopf gezogen. Arme sinken lassen, und sanfte Finger zogen die bestickten Ärmel bis zu ihren Handgelenken hinunter und befestigten das gekräuselte Band unter ihren Brüsten. Arme hoch, und sie streiften ihr ein ärmelloses Unterkleid über die Schultern; Arme sinken lassen, und der Schwall grüner Seide ergoss sich bis zu ihren Füßen. Arme ausstrecken, und sie kleideten sie in das schwere, bestickte Gewand aus karminroter Wolle, befestigten es an jeder Schulter mit einer Brosche, zupften hier eine Falte zurecht, strichen dort den Stoff glatt.

Die beiden Töchter von Talorc flochten ihr Haar zu dünnen Zöpfen und wanden Goldfäden hinein. Dabei kicherten sie unaufhörlich.

»Das ist mein Zopf, Aiveen!«

»Ist er nicht, du lästige Mücke! Außerdem nimmst du viel zu viel Haar!«

»Ruhe jetzt, Mädchen.« Linnet schob eine der beiden zur Seite. Ihre weichen Finger berührten Rhianns Nacken, als sie den strittigen Zopf weiterzuflechten begann. »Atmen, Kind. Du musst ganz ruhig durchatmen.«

Rhiann nickte abwesend, aber sie hatte vergessen, wie man

atmete. Sie wusste nicht mehr, was eine Lunge war. Sie hatte keinen Körper mehr, sie war nur noch ein Lufthauch, kaum noch mit der diesseitigen Welt verbunden.

Dieses Gefühl rührte hauptsächlich von dem *saor* her, dem heiligen Kräutertrank, der ihren Geist von ihrem Körper befreite. Sie nahm ihn immer dann zu sich, wenn sie in einem Ritual die Göttin verkörperte. Normalerweise löste er eine warme Benommenheit in ihr aus; sie fühlte sich, als würde ihr Körper verzögert auf jede Bewegung reagieren. Aber in irgendeinem Winkel ihres Verstandes wusste sie, dass der Nebel heute anders war, noch immer warm, aber schwerer als sonst, er war eher eine Fluchtmöglichkeit als eine Befreiung. Aber das war ihr egal. Für sie zählte nur, dass er ihre Ängste eine Weile dämpfte. Deshalb hatte sie auch die doppelte Menge *saor* getrunken, das wusste Linnet allerdings nicht.

Sie tröstete sich damit, dass das, was ihr bevorstand, eine öffentliche Zeremonie war, keine private Verbindung. Nicht Eremon mac Ferdiad heiratete Rhiann von den Epidiern, sondern der Kriegsherr vereinigte sich mit dem Land. Mit ihrer Hand gewährte sie ihm das Recht, über ihren Stamm zu herrschen – wenn auch nur auf Zeit –, bis ein neuer König herangewachsen war, und im Gegenzug nahm er die heilige Pflicht auf sich, ihr Volk zu beschützen und sein Schwert in ihre Dienste zu stellen.

Sie fragte sich, ob sich jemand die Mühe gemacht hatte, ihm diesen Teil der Abmachung zu erklären.

Auf der anderen Seite des Raumes raschelten die Röcke der Mütter der Mädchen, die am Feuer saßen und den neuesten Klatsch austauschten. Ihre Stimmen klangen bereits schrill von zu viel Met. Es war Sitte, dass die hochrangigen Frauen des Stammes sich an den Hochzeitsvorbereitungen beteiligten, um so der Großen Mutter zu dienen. Bislang waren sie dieser Pflicht nur sehr nachlässig nachgekommen, hatten nur hier und da ein wenig an Rhianns Gewand herumgezupft, bevor sie wieder zu ihrem Met zurückkehrten. Aber als ihr der Hochzeitsschmuck angelegt werden sollte, drängten sich alle Frauen neugierig um sie. Rhiann bemerkte, dass die Augen von Aiveen und ihrer Mutter vor Neid funkelten.

Ein goldener, mit schimmernden Granatsteinen besetzter Gürtel wurde um Rhianns schmale Hüften geschlungen. Dann legte man ihr bronzene Armringe an, einen in Form einer sich windenden Schlange, der andere war mit einem Hirschkopf verziert. Am dritten Finger der linken Hand steckte ihr Priesterinnenring, andere Ringe trug sie nicht. An den Spitzen ihrer Zöpfe wurden kleine klirrende Goldkugeln befestigt, die an ihrer Kopfhaut zerrten. Endlich legte ihr Brica ihren Priesterinnenumhang um die Schultern und hielt ihn mit der königlichen Brosche zusammen, dann trat Linnet vor, um Rhiann den dazu passenden schweren goldenen Halsreif anzulegen. Die Augen in den zurückgeworfenen Köpfen der königlichen Stuten bestanden gleichfalls aus roten Granaten, und als sich der Reif um ihren Hals schloss, kam sich Rhiann, der der *saor* die Sinne vernebelte, so vor, als würde sie im nächsten Moment vom Gewicht all der Wolle, des Leinens, des Goldes und der Bronze zu Boden gezogen werden.

Vielleicht würde sie in der Erde versinken, dachte sie müde, und konnte dann wie die Toten auf ewig in der kalten Stille schlafen.

Doch da ertönte ein Horn, und die vor dem Feuer sitzenden Frauen sprangen aufgeregt auf und riefen sich etwas zu, dann stürmten sie aus dem Haus.

Linnets sanfte Hand legte sich auf Rhianns Schulter.

Unter einem von finsteren Wolken verhangenen Himmel blickt sie zu dem Prinzen auf, dessen Gesicht über ihr schwebt wie ein blasser Mond. Ein grüner Edelstein auf seiner Stirn sprüht Feuer. Wie aus weiter Ferne dringt Gelerts Stimme an ihr Ohr.

Ihre Umgebung verschwimmt vor ihren Augen, wird wieder klar und verschwimmt erneut, nur ein paar Einzelheiten nimmt sie schärfer wahr als je zuvor. Die knorrigen, vom Alter verdunkelten Stämme der Bäume, die den Platz vor dem Druidentempel säumen. Das Licht, das sich in dem Eberemblem auf dem Helm des Prinzen spiegelt. Der feuchte Wind, der mit den Zöpfen in ihrem Nacken spielt. Linnets fest zusammengepresste Lippen.

Die Rufe der Vögel im Moor übertönen schwach das Gemurmel der Menge. *Ich könnte mich ihnen anschließen. Ich könnte mit ihnen davonfliegen.*

Regentropfen glitzern auf Gelerts kahler Stirn. Er tritt zurück, ein Tropfen rinnt in seinen Bart. Seine Augen sind zu Schlitzen zusammengekniffen, die Bosheit darin kann sie heute nicht berühren. Heute kann er ihr nichts anhaben.

Linnet kommt mit dem goldenen Becher auf sie zu und legt Rhianns kalte Hände darum. Linnet segnet den Prinzen mit dem Wasser aus der Heiligen Quelle, während Rhiann zu den Wolken emporstarrt. Eine hat die Form eines Adlerkopfes angenommen. Oder ist es der einer Gans?

Wie bin ich hierher gekommen? Dieser Mann … dieser Mann wird mich nehmen … ich habe Angst …

Die nagende Furcht zerreißt einen Moment lang den Schleier, den der *saor* über ihr Bewusstsein gelegt hat. Der Prinz nimmt aus Linnets Hand das heilige Brot entgegen. Dann zieht er sein Schwert, dreht sich zu der Menge um, legt es auf seine Handflächen. Nein! Sie verdrängt den Schmerz, lässt nicht zu, dass er den Kokon, in den sie sich zurückgezogen hat, noch einmal durchdringt.

Er heiratet nicht mich. Er heiratet die Göttin. Die Göttin … ich bin die Göttin.

Ja, der betäubende Umhang hüllt sie erneut ein, und sie schlingt die Arme fest um sich. Die Angst ebbt ab. Sie blickt auf den Becher in ihrer Hand. Er enthält Met, so bernsteinfarben wie ihr Haar. Sie muss ihn an die Lippen ihres Bräutigams setzen, damit er trinken und eins mit ihrem Land und ihrem Volk werden kann.

Sieh ihn nicht an, während er an dem Met nippt, damit er dich nicht mit seinen grünen Augen verhexen kann. Sieh ihn nicht an.

Die Göttin. Du bist die Göttin.

Ja, er spürt es ebenfalls. Er kann sie nicht länger ansehen, er weiß, dass er nicht mit ihr, Rhiann, sondern mit der Göttin die Ehe eingeht. Dann ist es endlich vorbei, und seine Augen sind wieder unter seinem dunklen Haar verborgen.

Linnet bindet ihre Hände mit einer blutroten Schärpe zusammen. Seine Handflächen sind feucht. Linnet spricht von der Göttin und ihrem Gemahl, dem Beschützer des Landes, der jetzt den traditionellen Ritualen gemäß mit der Erde selbst verbunden ist. Und die Menge überschüttet sie mit getrockneten Weißdornblättern, denn es gibt keine Blumen. Keine Beltaneblumen.

Göttin, bald wird dieser Mann mich nehmen. Ich habe Angst.

»Bitte lass mich doch singen!«

Aedans Worte drangen nur gedämpft an Eremons Ohr, denn er nahm gerade seinen Helm und seinen Stirnreif ab und reichte beides Finan.

»Du solltest es ihm erlauben.« Der ältere Mann zwinkerte Eremon zu. »Schließlich möchte er jedermann seinen neuen Feststaat vorführen.«

Jetzt half Rori Eremon, sein Kettenhemd abzulegen. Wie es sich für den neuen Beschützer des Stammes geziemte, hatte Eremon in voller Rüstung an der Zeremonie teilgenommen, aber er konnte sie nicht den ganzen Abend lang tragen.

»Warum hat Aedan so eine prächtige Tunika bekommen und ich nur diesen Fetzen hier?« Rori blickte von Aedans üppig besticktem Gewand zu seinem eigenen schlichten roten, dessen Farbe sich mit der seiner Haare biss.

Die Männer aus Erin hatten das Fehlen eigener Festkleider damit erklärt, dass die Truhen mit ihren persönlichen Besitztümern bei dem Sturm über Bord gespült worden waren. Die Epidier hatten sie bereitwillig mit Kleidung für die Hochzeit versorgt, allerdings war nicht jeder gleich gut dabei weggekommen.

Aedan schnaubte. »Vielleicht wissen diese Leute den Rang eines Barden gebührend zu würdigen. Er kommt direkt nach seinem Herrn, nicht wahr?«

»Bei Anlässen wie diesem schon.« Eremon fühlte sich merkwürdig erschöpft. Als er vor dem Druidenheiligtum gestanden hatte, vor all diesen Leuten, war ihm plötzlich die Bedeutung des Schwures bewusst geworden, den er zu leisten hatte. Er sollte das Land der Epidier verteidigen, gut – das hatte er ja mit Gelert besprochen. Aber der Gemahl ihrer Göttin werden? Davon war nie die Rede gewesen. Er hatte einen langfristigen Eid leisten müssen, obwohl er doch in einem Jahr bereits wieder in seine Heimat aufbrechen wollte. Aber wie hätte er vor dem versammelten Stamm einen Rückzieher machen können? Also hatte er aus dem Becher getrunken und der älteren Priesterin – der Tante seiner Braut – den verlangten Eid geschworen. Das Mädchen selbst hatte ihn dabei noch nicht einmal angesehen.

Jetzt plagte ihn sein Gewissen. Er hatte früher schon dem Großen Eber und Manannán die Treue geschworen, hatte gelobt, so schnell wie möglich wieder nach Erin zurückzukehren. Nun, diese Göttin der Epidier würde sich eben damit abfinden müssen. Hastig verdrängte er die unbehagliche Befürchtung, sie könne ihm mehr Schwierigkeiten bereiten, als er dachte.

Jemand drückte ihm einen Becher mit Ale in die Hand. »Dein erster Schluck als frisch getrauter Ehemann.« Conaire grinste ihn an und trank einen Schluck von seinem eigenen Ale. »Beim Großen Eber, mein Bein hat mir das lange Stehen ziemlich übel genommen. Aber das hier wird den Schmerz lindern.«

Die Männer standen allein im Haus des Königs, nur ein paar Dienstboten drehten die Spieße, an denen Schweine- und Hirschfleisch über dem Feuer röstete, und stellten Fässer mit Ale und Met an den Wänden auf. Das Fest würde in Kürze beginnen, ein paar Minuten hatten sie noch für sich allein. Cù schlich um das Feuer herum, beobachtete, wie das Fett zischend in die Flammen spritzte, und kabbelte sich mit den alten Hunden des Königs.

»Darf ich denn nun nachher singen?« Aedan ließ nicht locker.

»Von mir aus. Aber wähle deine Weisen sorgfältig aus. Das gilt für euch alle – seht zu, dass ihr euch nicht betrinkt und passt auf, was ihr sagt.«

»Pass du lieber selbst auf, dass du keinen Rausch bekommst, Bruder!« Conaire versetzte ihm einen kameradschaftlichen Rippenstoß. »Dir steht heute Nacht noch einiges bevor.«

»Iss reichlich Fleisch«, kicherte Colum. »Du wirst all deine Kraft brauchen.«

Eremon lächelte gequält, als sich ein Strom zotiger Scherze über ihn ergoss, während die Diener die Becher erneut füllten. Die heutige Nacht. Diesen Teil des Festes hatte er nicht vergessen.

Eine merkwürdige Mischung aus Unbehagen und Verlangen stieg in ihm auf. Hawen, er hatte wirklich schon lange keine Frau mehr gehabt. Aber im Gegensatz zu Conaire hatte er seit ihrer Ankunft in Alba an wichtigere Dinge zu denken gehabt. Seine neue Frau war hübsch, wenn auch für seinen Geschmack zu mager. Soweit er gesehen hatte, waren weder ihre Brüste noch ihre Hüften verlockend gerundet, aber dafür hatte sie ein faszinierendes Gesicht mit hohen Wangenknochen und vollen Lippen. Und herrliches Haar.

Während Finan eine obszöne Geschichte über eine Hochzeitsnacht in seiner eigenen Jugend zum Besten gab und das Ale Eremons ausgedörrte Kehle hinabfloss, dachte er über dieses Haar nach; stellte sich vor, es zu lösen und durch seine Finger gleiten zu lassen. Hmm… die Sache wurde allmählich interessant. In Gedanken glitt sein Blick über ihr Gesicht hinweg, blieb zuletzt auf ihren Augen ruhen, wo die aufgeflammte Begierde abrupt erlosch.

Auch ihre Augen waren ungewöhnlich, groß und leicht schräg gestellt. Aber der Ausdruck darin zerrte an seinen Nerven. Am Strand hatte er Widerwillen darin gelesen, heute Morgen im Gemach des Königs Feindseligkeit. Und während der Zeremonie – das hatte ihn am stärksten aus der Fassung gebracht. Sie hatte an seiner Seite gestanden, aber sie war nicht wirklich dort gewesen. Noch nicht einmal Kälte hatte sich in ihren Augen widergespiegelt; Kälte hätte zumindest auf eine Gefühlsregung schließen lassen. Stattdessen waren sie tot und leer gewesen.

Eremon hatte in seinem Leben schon an vielen Druidenriten teilgenommen und war als Sohn des Königs auch oft zugegen gewesen, wenn die Brüder mit den Göttern in Verbindung traten. Aber er hätte es sich nie träumen lassen, dasselbe unirdische Licht einmal in den Augen seiner eigenen Braut zu lesen. Den Schimmer des Schattenreiches.

Sie war eine Priesterin, also etwas Ähnliches wie ein Druide. Als die Zeremonie zur Hälfte vorüber war, hatte er begriffen, dass das Ganze für sie ebenso der bloße Teil eines Handels war wie für ihn selbst. Er seufzte. Nichts gegen politische Erfordernisse, aber leider schien diese Ehe auf Zeit wenig Vergnügen für ihn bereitzuhalten.

Jahrelang hatte er versucht, Mädchen daran zu hindern, sich in ihn zu verlieben, weil er nicht heiraten wollte. Er war zu sehr damit beschäftigt, mit Conaire zusammen Erin zu durchstreifen und sein kriegerisches Geschick zu schulen. Dank seines Aussehens und seines Ranges hatte es nie an Edelfrauen gefehlt, die ihm schöne Augen machten, aber er hatte lieber den sichereren Weg gewählt und sich mit den Melkerinnen, der Tochter des Schmieds und der Näherin seiner Mutter vergnügt, die so geschickte Finger hatte. Im Umgang mit dieser Epidierprinzessin musste er Vorsicht walten lassen. Besonders heute Nacht.

»Auf die Gesundheit und das Glück unseres Prinzen – endlich ein verheirateter Mann!«, rief Conaire und hob seinen Becher.

Eremon ließ den Blick über die strahlenden Gesichter seiner Gefährten schweifen, die jetzt gleichfalls ihre Becher erhoben, ihm zutranken und der Freuden harrten, die sie heute Abend erwarteten – ein Festmahl, reichlich Ale und Met und Frauen. Zumindest sie genossen das Fest.

»Auf den Prinzen!«

»Den Prinzen! *Slàinte mhór*!«

Rhiann wusste, dass eine der längsten Nächte ihres Lebens vor ihr lag.

Die berauschende Wirkung des *saor* hatte nachgelassen, jetzt empfand sie nur noch Übelkeit und eine innere Kälte, die sie frösteln ließ. Sie wünschte sich verzweifelt, noch mehr davon zu trinken, wieder in den Nebel zu versinken und den Zeitpunkt, wenn sie diesen Saal und die Menschen darin im kalten Licht der Realität betrachten musste, noch eine Weile hinausschieben zu können.

Sie blickte über die ringförmig aufgestellten Bänke rund um das Feuer hinweg. Dienstboten eilten geschäftig umher, trugen Platten aus Weidengeflecht mit Wildschweinfleisch, Lachs mit Wacholderbeeren, gerösteter Gans mit Brombeeren und Honigbrot auf und reichten Körbe mit weichem Käse herum. Andere machten mit Krügen mit Heidekrautale und Met die Runde. Die Rufe nach mehr Ale und mehr Met hallten von den Dachbalken wider, das Stimmengewirr wurde lauter, die Scherze immer derber. Normalerweise wäre Rhiann schon längst zu Bett gegangen, aber heute Abend … heute Abend würde sie lieber den Lärm ertragen als … *das*.

Die Hochzeitshütte war bereits hergerichtet. Da die Häuser immer voller Gäste waren, wurde Frischvermählten diese eine Nacht völliger Ungestörtheit zugestanden. Sie musste dorthin gehen, mit *ihm*. Das Ritual, dem sie sich heute unterzogen hatte, um ihr Volk zu schützen, galt nichts, wenn sie nicht mit diesem Mann in der Hütte verschwand und erst am nächsten Morgen wieder herauskam.

Eine Hand glitt zu ihrer Taille. Sie trug noch immer den juwelenbesetzten Gürtel, aber unter ihrem Leinenhemd hatte sie ihren kleinen Priesterinnenbeutel befestigt. Sie tastete unter der Wolle ihres Gewandes danach, suchte Trost in der Berührung. Um der Leute willen musste sie in diese Hütte gehen. Aber so, wie niemand wusste, was in ihrem Kopf vor sich ging, würde auch niemand wissen, was sich in der Hütte wirklich abspielte.

Denk nicht daran.

Sie hatte mit ihrem neuen Gemahl bislang kaum ein Wort gewechselt. Ein paar Mal hatte er sie mit seinem jungenhaften Lächeln bedacht, doch es war von ihr abgeprallt wie ein Strohpfeil von einem Kettenhemd. Die hohlköpfigen, kuhäugigen jungen Dinger, die ihn anhimmelten, mochten darauf hereinfallen, bei ihr verfing es jedenfalls nicht.

Mit der freien Hand umklammerte sie ihren Metbecher so fest, dass sich die eingravierten Pferde in ihre Handfläche drückten. Sie hatte nicht die Absicht, auch nur höflich zu ihm zu sein. Sie hatte ihr Opfer gebracht, damit war es genug. Er hatte sie ihres Ranges wegen geheiratet, mehr würde er von ihr auch nicht bekommen. Der Ältestenrat hatte sie wie ein Stück Vieh verkauft, aber niemand hatte Macht über ihren Mund, ihre Gedanken, ihr Herz. All dies gehörte ihr ganz alleine.

Eine Dienstmagd reichte erneut eine Platte mit Fleisch herum, der blonde Hüne aus Erin winkte sie zu sich und spießte noch ein riesiges Stück auf sein Messer. Der Prinz aß weniger, aber Rhiann bemerkte, dass er immer wieder rasche, nervöse Schlucke aus seinem Metbecher nahm.

Gut. Trink so viel, dass du das Bewusstsein verlierst. Als ihr einmal mehr entschieden zu deutlich klar wurde, was ihr nach dem Fest bevorstand, verdrängte sie die Vorstellung entschlossen. *Bleib hier, im Hier und Jetzt. Was danach kommt, darf ich mir nicht ausmalen. Ich kann es nicht ertragen.*

Wenigstens musste sie sich Gelerts wegen keine Gedanken machen. Die Druiden hatten das Fest gesegnet, eine kärgliche Mahlzeit zu sich genommen und dann den Saal den Kriegern und ihren Frauen überlassen.

Zu ihrer Rechten hörte sie, wie der Prinz und sein Bruder sich über die Römer unterhielten und Vermutungen über deren Pläne anstellten. Krieg, das war alles, worüber sie reden konnten. Zum Glück hatte er es aufgegeben, sie in ein Gespräch verwickeln zu wollen.

»Nimm noch etwas Fleisch, Tochter.« Linnet, die links neben ihr saß, drückte ihre Hand. »Nach dem *saor* musst du etwas essen.«

»Ich habe keinen Hunger.«

Eine Pause trat ein. »Du hast deine Sache heute gut gemacht. Ich bin stolz auf dich.«

»Was blieb mir denn anderes übrig?«

Linnet seufzte, legte aber eine Hand in Höhe des Herzens leicht auf Rhianns Rücken.

Nach einem Moment drang Wärme durch Rhianns Gewand, durch ihre Haut und erfüllte ihre Brust mit einer tröstlichen Glut. Unwillkürlich erinnerte sich Rhiann daran, dass Linnet immer für sie da gewesen war, ihr Gesicht gestreichelt und ihre heilenden Hände auf aufgeschlagene Knie oder eine fieberheiße Wange gelegt hatte. Tränen brannten in ihren Augen. Diese kleinen, Trost spendenden Gesten waren alles, was sie hatte. Sie gehörten ihr allein. Sie streckte einen Arm aus, legte die Hand in Linnets Schoß und trank einen weiteren Schluck Met.

Die Barden stimmten neben der Tür ihre Harfen. Einer der rangniedrigeren unter ihnen hatte bereits während des Festes ein paar wortlose Melodien gespielt, aber nun war es an der Zeit, die alten Familienweisen vorzutragen, um die Vorfahren der Brautleute zu rühmen und die neuen Verwandtschaftsbande zu festigen. Auch dies war ein Teil des Ehekontraktes: So erfuhr der Prinz aus Erin, was er sich für sein Gold eingehandelt hatte.

Meron, der oberste Barde der Epidier, erzählte die Geschichte von Rhianns Ahnen Beli dem Kühnen, der sein Volk aus dem Osten quer über das Meer nach Alba geführt und dabei mit einer Reihe schauriger Kreaturen gekämpft hatte, um endlich an der Küste landen zu können. Dieses Lied zählte natürlich zu den Lieblingsweisen des Stammes; die meisten Krieger kannten es auswendig. Rhiann sah, dass mehr als einer von ihnen Merons tiefen, melodischen Gesang mit stummen Lippenbewegungen begleitete.

In der Pause, die eintrat, als Meron verstummte, als die Zuhörer aus einer Trance zu erwachen schienen und sich die vom Met glasigen Augen rieben, trat eine schmale Gestalt aus dem Schatten auf die freie Fläche neben dem Feuer.

Es war der Barde aus Erin. Er war so jung, dass er sich noch in der Ausbildung befinden musste. Und hübsch dazu, das war Rhiann bereits am Strand aufgefallen. Mit den dunklen Ringellocken, die sein herzförmiges Gesicht umrahmten, hätte man ihn fast für ein Mädchen halten können, besonders wenn er wie heute glatt rasiert war. Irgendjemand links von ihr machte dann auch prompt eine dementsprechende Bemerkung, auf die schallendes Gelächter folgte, und Rhiann sah, dass Conaire, der blonde Hüne, den unglückseligen Spaßvogel mit seinen Blicken erdolchte.

Der Barde hatte sich einen blauen Umhang ausgeliehen, um seine Tunika zu bedecken, jetzt schlug er ihn mit einer theatralischen Geste zurück und wartete, bis die Unterhaltung im Raum und die Rufe nach mehr Met respektvollem Schweigen Platz machten.

Barden galten unabhängig ihres Alters und ihrer äußeren Erscheinung immer als heilig. Niemand durfte ihnen etwas zu Leide tun, selbst auf dem Schlachtfeld nicht. Schließlich war die gesamte Geschichte ihres Volkes in ihren Köpfen aufgezeichnet – die Verwandtschaftsverhältnisse, die Schlachten, die der Stamm bestritten hatte, die Hochzeiten und Geburten, die Heldentaten einzelner Krieger und vieles mehr. Barden konnten mit Worten töten; sie konnten einen Mann durch Spott und Schmähungen in Schande stürzen, bis er als letzten Weg zur Rettung seiner Ehre den Freitod wählte. Und sie brachten Licht in die langen Nächte, wenn der Wind um die Häuser heulte und alle sich nur noch danach sehnten, endlich wieder die Sonne zu sehen.

Irgendjemand brachte dem jungen Barden hastig einen Stuhl. Er nahm Platz und ließ die Finger liebevoll über die Saiten seiner Harfe gleiten. Das Eis, das Rhianns Herz umgab, schmolz ein wenig angesichts dieser völligen Hingabe an die Musik. Dieser Mann war jedenfalls nicht dazu geboren, ein Schwert zu führen. Er war ein Künstler, der mit seinen Liedern Schönheit schuf, statt sie zu zerstören.

»Ich werde die Weise über die Söhne des Mil singen«, verkündete er, »die Geschichte des ruhmreichsten Vorfahren meines Prinzen, des ersten Eremon, der gemeinsam mit seinen Brüdern Erin eroberte und das Feenvolk, die Túatha dé Danann, vertrieb. Ihr werdet erfahren, dass dieses Geschlecht, dieses Blut, das edelste in unserem ganzen Land ist…«

Und so weiter, und so weiter. Rhiann trank noch einen Schluck Met, und der Barde stimmte sein Lied an.

Sie musste zugeben, dass er eine wunderschöne, klare, reine Stimme hatte. Die Söhne des Mil, zu denen auch der berühmte Barde Amergin zählte, waren vor unzähligen Generationen von Iberia nach Erin gekommen. Rhiann hatte die Geschichte noch nie gehört, und obwohl sie von *seinen* Vorfahren handelte, gab sie sich ganz der Melodie und den süßen Harfenklängen hin und fand in ihrer Schönheit ein wenig Trost. Die Menschen im Saal saßen schweigend da, die Füße zum Feuer hingestreckt, die Hände auf die gefüllten Bäuche gelegt oder um Alebecher geschlossen, und hörten entspannt und aufmerksam zu.

Als sie sich im Raum umsah, fiel Rhianns Blick zufällig auf das scharfe Profil ihres neues Gemahls. Er hatte sich auf seiner Bank aufgerichtet und fixierte den Barden wachsam. Rhiann fühlte sich an einen Hirsch erinnert, der Gefahr wittert. Seltsam.

Sie richtete ihre Aufmerksamkeit wieder auf das Lied, in dem die Beschwörungen des Barden Amergin gerade den Brüdern halfen, die Túatha dé Danann zu verjagen, und diese sich auf ihre unterirdischen Hügel zurückzogen. Dann teilten die Söhne des Mil Erin unter sich auf.

Der Barde fuhr stolz fort:

Und so versammelten die Krieger
Die großen Krieger
Die Goldenen Helden
Ein jeder zehntausend Schwertkämpfer um sich
Und zehntausend Speerwerfer.
Sie verzehrten jeden Abend fünf Keiler
Und verschenkten zwanzig goldene Ringe.
Aber hörtet mich an! Eremon mac Mil
Überstrahlte sie alle.
Und der Glanz seines Goldes
Des Goldes in seinem Schloss
Erleuchtete ganz Erin.

Der Tonfall des Barden veränderte sich, und er hielt kurz inne, um ein paar Töne auf seiner Harfe anzuschlagen.

Rhianns Blick fiel auf die Hand des Prinzen, die auf seinem Knie ruhte. Der juwelenbesetzte Ring, den er an einem Finger trug, glitzerte im Feuerschein, als er eine Faust ballte. Dann sah sie, wie er Conaire etwas zuflüsterte, der dies an einen anderen Mann weitergab. Dieser erhob sich von seiner Bank und verschwand in der Menge.

Die Stimme des Barden klang jetzt gedämpfter.

Und so begann die Fehde
Die Blutfehde
Die größte Familienfehde, die Erin je gesehen hatte
In der Bruder gegen Bruder kämpfte …

Plötzlich begannen seine Finger zu zittern, und seine klangvolle Stimme geriet ins Stocken. Sein Blick wanderte zu seinem Prinzen, und Rhiann, die ganz in seiner Nähe saß, sah, wie der entrückte Ausdruck aus seinen Augen wich und … ja … Furcht Platz machte. Just in diesem Moment taumelte der *gael*, der eben seinen Platz verlassen hatte, auf die freie Fläche vor dem Feuer und packte einen anderen Mann bei den Schultern, als sei er betrunken und könne sich nicht mehr auf den Beinen halten. Der andere Mann fluchte, und dann gerieten beide ins Stolpern, prallten gegen den Barden und stießen ihn von seinem Stuhl.

Schallendes Gelächter erhob sich im Raum. Der Prinz befahl, mehr Ale zu bringen, und die Diener beeilten sich, seinem Befehl Folge zu leisten. Der angeblich Betrunkene wurde mit einem Schwall spöttischer Bemerkungen überschüttet, als er ins Freie torkelte, und Rhiann sah ein paar andere Männer aus Erin zu dem Barden eilen, um ihm aufzuhelfen. Als er sich endlich den Staub von den Kleidern geklopft und seine Harfe auf Schäden überprüft hatte, schenkte ihm die Menge keinerlei Aufmerksamkeit mehr.

Einige der epidischen Dienstboten hatten Flöten und Trommeln mitgebracht und nutzten die Gelegenheit, ein paar ausgelassene Melodien anzustimmen. Die Gäste verlangten mehr Met, denn jetzt wollten sie sich unterhalten, tanzen und sich mit ihren Frauen vergnügen.

Der Prinz erhob sich, nickte Rhiann mit grimmig verzogenem Gesicht zu und bahnte sich dann einen Weg durch die Menge. Sein Bruder folgte ihm auf dem Fuß. Rhiann fand, dass er sich ausgesprochen merkwürdig benahm. Ganz offensichtlich steckte hinter dieser Geschichte von seinen Vorfahren ein Geheimnis, das er verbergen wollte. Vielleicht war er gar nicht von so edlem Blut, wie er behauptete.

»Es ist Zeit, dass wir uns zurückziehen.« Linnet bürstete Krümel von ihren Röcken.

»Ich bleibe noch.«

Linnet musterte ihre Nichte forschend. »Dann bleibe ich auch. Ich werde dich zu deinem Hochzeitslager geleiten.« Ein harter Zug trat auf ihr Gesicht.

»Nein, geh du nur. Du bist müde, das sehe ich dir an.«

»Ich lasse dich hier nicht allein zurück.«

Rhiann legte ihre Hand über die von Linnet und sah ihr in die Augen. »Das macht mir nichts aus, Tante. Bitte tu mir den Gefallen, nur dieses einzige Mal. Geh.«

Linnets Blick hielt Rhiann gefangen, während rund um sie

herum das lärmende Fest seinen Fortgang nahm. »Ich liebe dich«, sagte sie leise.

»Ich liebe dich auch.«

Aber wenn du jetzt gehst, kann ich mich vor der Furcht verstecken, die mich zu ersticken droht. Geh. Bitte geh.

15. Kapitel

Draußen stand der Mond bereits hoch am Himmel. Im Haus des Königs war die Luft heiß, stickig und schwer von den Ausdünstungen verschwitzter Leiber. Metbecher stießen klirrend gegeneinander, ein weiterer Trinkspruch wurde ausgebracht, und Eremon musste zum dritten Mal in ebenso vielen Herzschlägen einen Schluck aus seinem Becher nehmen.

Conaire geriet in sein Blickfeld; sein blondes Haar glich einem verschwommenen Heiligenschein. Jemand hatte Ale auf seiner Tunika verschüttet, sie wies in Brusthöhe einen großen dunklen Fleck auf. Eine Frau hing an seinem Hals, ihre Brüste drückten sich durch den dünnen Stoff ihres Gewandes. Conaire schob sie lachend von sich, während er versuchte, sich durch die Menge hindurchzukämpfen.

Eremon schwankte leicht auf seiner Bank. Er verspürte plötzlich das dringende Bedürfnis nach frischer Luft. Im Schein des Feuers und der Fackeln wirkten die schweißbedeckten, von Met und Ale geröteten Gesichter, die vor ihm auftauchten und wieder verschwanden, seltsam verzerrt. Talorc stand mit dem ziemlich elend aussehenden Rori bei den Bratspießen und flößte ihm unter dem anfeuernden Gelächter der Umstehenden noch mehr Met ein.

Aedan war nirgends zu sehen.

Dieser Dummkopf! Draußen vor der Tür war er vor Eremon auf die Knie gefallen und hatte ihn um Vergebung angefleht, weil er die Weise über die mörderischen Söhne des Mil gesungen hatte, die sich gegeneinander gewandt, sich gegenseitig getötet und so beinahe den Untergang Erins herbeigeführt hatten. Die Geschichte jenes ersten Eremon, der seine Brüder umgebracht hatte, um den Thron an sich zu reißen. Diese Geschichte kam dem, was momentan in seinem Land vor sich ging, entschieden zu nahe.

Aedan hatte sich von seinem glühenden Eifer, mit Eremons Abstammung zu prahlen, so sehr hinreißen lassen, dass er darüber völlig vergessen hatte, weshalb sie hier waren und was sie zu verbergen hatten.

Blutfehden liegen bei uns scheinbar in der Familie. Eremon trank einen Schluck Met und lächelte. Der Barde hatte nur das getan, was er für seine Pflicht hielt. Barden waren dazu da, ihre Herren zu preisen. Eremon konnte ihm deswegen nicht zürnen. Außerdem – wer von den Leuten hier würde schon die richtigen Schlussfolgerungen aus diesem Lied und seiner Reaktion ziehen? Er hatte Aedan nicht getadelt; die Scham, die der junge Mann empfand, war Strafe genug. Er hatte sich davongeschlichen, weil er keinem seiner Gefährten ins Gesicht sehen konnte. Eremon würde ihn bitten, ein Lied über die Hochzeit zu verfassen. Das würde ihn glücklich machen.

Direkt vor ihm saßen Finan und Colum über ein *brandubh*-Brett gebeugt, über ihren Köpfen wurden Ringe und Dolche als Wetteinsatz hin- und hergereicht. Die Druiden hatten ebenso wie die meisten Frauen das Fest längst verlassen.

Eremon rutschte unbehaglich auf seiner Bank herum. Sein Gürtel drückte, denn er hatte entschieden zu viel Wildschweinfleisch gegessen. Man hatte ihm stets die Ehrenportion gereicht, und es wäre unhöflich gewesen, sie zurückzuweisen. Die Trinksprüche seiner neuen Verwandten hatte er gleichfalls nicht ignorieren dürfen. *Ich sollte mich nicht zu sehr betrinken, nicht jetzt. Es ist zu gefährlich.* Er blinzelte zu Conaire hinüber; versuchte ihn stumm dazu zu bewegen, zu ihm zu kommen, aber sein Ziehbruder war plötzlich verschwunden.

Irgendjemand bewegte sich neben ihm. Das Mädchen. Seine Braut. Seine Frau. Sie hatte noch kein Wort mit ihm gesprochen, sondern nur still mit unbewegtem totenblassem Gesicht regungslos an ihrem Platz gesessen. Die Menschen, das Gelächter, die Rufe, das trunkene Gegröle und die anzüglichen Scherze brandeten um sie herum, als wäre sie ein heller Felsen inmitten eines schmutzigen Flusses. Er sah sie an. Ihr Blick war starr auf irgendeinen Punkt im Dunkel des Daches gerichtet. Warum war sie nicht zu Bett gegangen? Sie machte nicht den Eindruck, als bereiteten ihr derartige Feste großes Vergnügen.

Er nahm all seinen Mut zusammen und beugte sich leicht schwankend zu ihr. »Ich werde mich zurückziehen, wenn Ihr das wünscht, Lady. Seid Ihr bereit?« Es kostete ihn große Mühe, die Worte klar und verständlich über die Lippen zu bringen.

Er spürte förmlich, wie sie erstarrte, obgleich sie sich nicht rührte. Warme, lebendige Haut verwandelte sich einen Moment lang in kalten Stein. Dann drehte sie sich zu ihm um. »Nein.« Ihre Stimme klang gepresst. »Ich werde nie bereit sein.« Sie wandte sich wieder ab.

Eremon wusste nicht, was er darauf entgegnen sollte. Sein Kopf fühlte sich an wie mit Wolle gefüllt, er war nicht imstande, einen klaren Gedanken zu fassen. Aber er merkte, dass sie unter einer großen inneren Anspannung stand. Warum nur? Die meisten Frauen fieberten dem Ehebett geradezu entgegen, kaum eine war vollkommen unerfahren. Vielleicht bildete diese hier eine Ausnahme? Sie konnte zweifellos die Eier eines Mannes mit einem Blick zu Eis erstarren lassen. Er wusste, dass er etwas tun … etwas sagen musste … aber was?

»Eremon!« Conaire schlug ihm auf die Schulter und ließ sich ungeschickt neben ihm nieder, immer bemüht, das verletzte Bein zu schonen.

»Wo warst du denn?« Jetzt hörte Eremon selbst, dass er nuschelte. Er schüttelte den Kopf, um die Wirkung des Mets zu vertreiben.

Conaire beugte sich grinsend nah an sein Ohr. »Was glaubst du wohl? Ich war im Stall und habe es mit der Kleinen getrieben, die mir Ale über die Kleider geschüttet hat.«

»Das soll doch wohl ein Scherz sein!«

»O nein.« Conaire strich sich ein paar schweißverklebte Haarsträhnen aus dem Gesicht und deponierte dann einen Strohhalm neben Eremon auf der Bank. »Ihr kleines Missgeschick hat ihr sehr Leid getan. Sie hat sich angemessen dafür entschuldigt.«

Eremon lachte, dann musste er aufstoßen. »Bruder – sie machen mich betrunken.«

»Das habe ich schon bemerkt.«

»Konnte mich nicht weigern… wäre unhöflich gewesen… gegenüber meinen neuen Verwandten.«

Conaire zupfte einen weiteren Strohhalm von seiner Tunika. »Allerdings. Ich fühle mich sehr geehrt, dass du unseretwegen ein solches Opfer gebracht hast.«

»Aber es ist gefährlich. Diese Männer hier…« Er deutete vage durch den Raum.

»Beim Großen Eber, Mann! Du hast ein bisschen Spaß verdient!« Conaire legte Eremon einen Arm um die Schulter. »Außerdem bin ich ja auch noch da. Ich kümmere mich schon darum, dass niemand sich verplappert. Mach dir keine Gedanken.«

»Wir… wirklich?«

»Du kannst dich auf mich verlassen.«

»Du bist ein guter Freund. *Ein guter Freund.*« Eremon tätschelte überschwänglich Conaires Hand.

»Nun, mein Prinz, spar dir deine Kräfte für deine junge Frau auf. Ich werde dich sicher zu deinem Bett bringen, keine Sorge.«

»Zu meinem Bett… ach ja, zu meinem Bett. Ich hätte nicht so viel trinken dürfen.«

»Keine Angst, sie wird nicht viel von dir erwarten.«

»Still. Sie kann dich hören.« Eremon legte einen Finger vor die Lippen.

»Nein, das kann sie nicht. Sie ist nämlich nicht mehr da.«

Rhiann lag stocksteif da und lauschte ins Dunkel. Der Rauch des Apfelholzfeuers erfüllte die Hütte mit einem würzigen Duft und warf Schatten über die Wände.

Das Bett, in dem sie lag, bestand aus einem mit Hirschleder bespannten Holzrahmen, auf dem eine mit weichen Daunen gefüllte Matratze lag. Die nach importiertem Lavendel duftenden Leinenlaken schmiegten sich kühl gegen ihre nackten Beine. Kostbare Felldecken bedeckten sie: Otter, Seehund und Biber. Keine Mühe war gescheut worden, um das Hochzeitslager zu einem Paradies auf Erden zu machen.

Rhianns Hand glitt zu ihrer Taille, zu dem Beutel, der dort hing. Die jungen Mädchen, die ihr geholfen hatten, sich auszukleiden, hatten ihr das Gewand und die Untertunika abgestreift und ihr ihren Schmuck abgenommen. Eine hatte mit einem Kamm aus Silber und Horn ihr Haar gekämmt, bis es im Feuerschein wie kupferfarbene Seide glänzte. Dann hatten sie sie unablässig kichernd mit mit Honig versetztem Öl eingerieben, doch als sie das Band ihres Hemdes lösen wollten, hatte Rhiann ihre Hände weggestoßen, und nach einem Blick in ihre Augen hatten die Mädchen ihr ihren Willen gelassen. Sollten sie sie doch für schüchtern und prüde halten, das kümmerte Rhiann nicht. Sie wollte nur, dass sie sie endlich allein ließen.

Nun lag sie im Halbdunkel und wusste nicht, was sie tun sollte.

Ich sitze in der Falle.

Ihr Atem ging in flachen Zügen, nur mühsam gelang es ihr, Luft in ihre Lungen zu pumpen. Ein Teil von ihr, der sich von ihrem Körper gelöst zu haben schien, flüsterte ihr zu: *Du bist eine Edelfrau. Eine Priesterin. Du weißt, was du zu tun hast.*

Aber genau das wusste sie eben nicht. Ihre Gedanken gingen wirr durcheinander. Die Zeit verstrich so quälend langsam, wie sie es immer tat, wenn das, was ein Mensch mehr als alles andere auf der Welt fürchtete, unmittelbar bevorstand. Sie hatte den Gedanken an diesen Moment, das Wissen darum, dass er einmal kommen würde, stets entschlossen verdrängt, und nun war es plötzlich so weit.

Sie musste sich dem stellen, was jetzt kam. Es im hintersten Winkel ihres Verstandes zu begraben half ihr nichts mehr, denn jetzt ging es nicht mehr um Gedanken, Erinnerungen und

Ängste, sondern um einen Mann, sein Fleisch, seinen Atem, seine Kraft.

Rhiann presste die Handballen gegen ihre Augen. Sie konnte aufstehen und davonlaufen.Doch dann hatte sie für nichts und wieder nichts geheiratet, und ihrem Volk war in keiner Weise gedient. Nein, Flucht war keine Lösung, so verlockend sie ihr auch erschien.

Sie konnte nur eines tun: die eisenharte Disziplin einer Priesterin nutzen, die sie auf der Heiligen Insel gelernt hatte, um eine unsichtbare Mauer um sich herum zu errichten. Sie musste die Kraft, die sie sonst benötigte, um das Gesicht zu beschwören, einsetzen, um alle Gedanken und Gefühle auszuschalten. Sie wusste, dass sie dazu imstande war…

Draußen auf dem Pfad hörte sie unsichere Schritte und Männerstimmen näher kommen.

Mit einem Mal schien die Zeit still zu stehen.

16. Kapitel

Eremon wurde von einer Gruppe betrunkener Männer vorwärts gedrängt. Talorc versuchte, ihm einen weiteren Becher Met in die Hand zu drücken, und verspritzte dabei etwas davon auf seiner Tunika. »Hier, trink noch einen Schluck, Gemahl der Göttin… wirst deine Kraft gleich brauchen…«

»Nein… nein, nichts mehr.« Eremon stolperte und wäre beinah der Länge nach zu Boden gestürzt. Talorc lachte und schlug ihm mit einer klebrigen Hand auf die Schulter.

Hinter ihm schwankten seine Männer und der größte Teil der Epidierkrieger die Pfade zwischen den Häusern entlang, dabei sangen sie aus vollem Halse. Ein paar blieben stehen, um den Mond anzuheulen, der hinter den am Himmel entlangziehenden Wolken schimmerte, ehe sie in Gelächter ausbrachen, als zur Antwort Hundegebell erscholl. Eine Frauenstimme forderte die Männer keifend auf, endlich Ruhe zu halten.

»Lasst mich los«, lallte Eremon. »Ich kann allein laufen.«

»Wir sind da! Wir sind da!«, brüllte Talorc den anderen überflüssigerweise zu.

Eremon lehnte sich gegen die Wand der Hochzeitshütte. Seit er in die kalte Luft hinausgetreten war, drohte seine Blase zu platzen. Die Männer umringten ihn, Conaire nahm ihn bei den Schultern und verkündete feierlich: »Möge der Hauer des Keilers heute Nacht steil in die Höhe ragen!« Seine Augen funkelten im Mondlicht. Die Umstehenden grölten von neuem los.

»Ha!«, prustete Talorc. «Und möge die Weiße Stute warm und feucht für ihren Hengst sein, eh?« Er umarmte Eremon. Sein Atem stank nach Ale. »Dein Same ist auch der unsere, Bruder. Auf das Haus des Ferdiad!«

»Das Haus des Ferdiad! *Slàinte*!«

Als Talorc ihn freigab, kratzte sein Bart an Eremons Wange. »Heute Nacht vereinigt sich unsere Kraft mit eurer. Gemeinsam werden wir diese räudigen Hunde nach Rom zurückjagen, wo sie hingehören!«

»Zurück nach Rom mit ihnen!« Unter weiterem grölendem Gelächter begannen die Männer den Heimweg anzutreten. Conaire drückte noch einmal hastig Eremons Schulter, dann war auch er verschwunden.

Den Göttern sei Dank! Endlich sind sie weg!

Mit einem Mal fand sich Eremon allein auf dem Pfad zwischen den dunklen Schatten der Häuser wieder. Er nestelte an seiner Hose herum und grunzte vor Erleichterung, als er, noch immer gegen die Hütte gelehnt, den Kopf auf einen Arm gebettet, seine Blase entleerte. Als er fertig war und den Kopf wieder hob, drehte sich die Welt bedenklich um ihn.

Ich muss betrunkener sein, als ich dachte.

Nun, die Aufgabe, die ihm jetzt bevorstand, war nicht schwer zu erfüllen. Er wusste, dass er auf diesem Gebiet über einige Fähigkeiten verfügte. Dieses Mädchen in der Festung seines Vetters hatte es ihm oft genug versichert… wie hatte sie doch gleich geheißen? Das war vor zwei Monden gewesen – zwei Monden! Bei der Erinnerung breitete sich in seiner Lendengegend plötzlich ein sengendes Feuer aus, und sein benebelter Verstand wurde ein wenig klarer. Er holte tief Atem, schob das Türfell zur Seite und betrat die Hütte.

Der Raum war klein. In der Mitte brannte ein Feuer, daneben befand sich auf einer Seite die Bettstatt, auf der anderen eine niedrige Holzbank. Unter den Pelzdecken zeichnete sich eine dunkle Gestalt ab, ihr Haar floss über die Kissen.

Eremon blieb neben der Bank stehen und versuchte, sich die Stiefel auszuziehen, aber er schwankte so stark, dass er sich darauf niedersinken ließ und das Schuhwerk im Sitzen von den Füßen zerrte. Dann nestelte er ungeschickt an der Brosche herum, die seinen Umhang zusammenhielt, legte seinen Gürtel und sein Schwert ab, zog sich seine neue Tunika über den Kopf, wobei die Goldstickerei an seinen Wangen kratzte, und streifte schließlich die Hose ab. Sie verhedderte sich an seinen Knöcheln, und als es ihm endlich gelungen war, sich von ihr zu befreien, stellte er erstaunt fest, wie hart seine Männlichkeit bereits war. *Bei den Göttern! Ganze zwei Monde!* Endlich nahm er seinen Halsreif und die Ringe ab, nur das Band mit dem Keilerhauer an seinem Arm ließ er an. Vielleicht würde ihm der Talisman Kraft verleihen.

Die ganze Zeit lag das Mädchen regungslos, das Gesicht zur Wand gekehrt, da.

Sie ist nervös und ängstlich. Eremon setzte sich schwer auf das Bett und schlug die Pelzdecken und das Laken zurück. Alles, was er erkennen konnte, war ihr weißes Hemd und das prachtvolle Haar, das über das Kissen flutete. Dann fiel sein Blick auf ein perlweiß schimmerndes Stück Haut. Eine Schulter, die der Schlitz am Hals des Hemdes freigab.

Seine Lenden begannen schmerzhaft zu pochen, ihm stockte der Atem. *Ganz ruhig jetzt.*

Normalerweise hätte ihm eine leise Stimme in seinem Kopf zugeflüstert, langsam und behutsam vorzugehen, um ihr keinen Schreck einzujagen. Aber heute Abend war Eremon vom Met benebelt und wurde von einer heißen Welle des Verlangens überrumpelt. Was pflegte Conaire immer zu sagen? *Du nimmst alles viel zu ernst. Versuch doch, das Leben zu genießen.* Nun, heute Nacht würde er den Rat seines Bruders befolgen.

Er streckte eine Hand aus, strich über den weichen Stoff des Hemdes, das sich über ihrer Hüfte spannte, und ließ die Finger bis zu dem spitzenbesetzten Rand hinuntergleiten, wo sie auf weiche, warme Haut trafen – das erste Zeichen von Leben, das er in dieser kalten Schönheit spürte.

Sie zeigte keine Reaktion; schien zu Eis erstarrt zu sein. Vor jungfräulicher Scheu? Angst? Unsicherheit? Die würde gleich vergehen, dafür gedachte er zu sorgen.

Ganz langsam ließ er die Hand unter ihr Hemd gleiten, strich über ihren Schenkel, über die sanfte Wölbung ihrer Hüfte, kostete das Gefühl der samtigen Haut unter seinen Fingerspitzen aus. Sein Atem ging immer rascher, er konnte kaum noch an sich halten.

Dann spürte er es. Ein leises Erschauern, das durch ihren Körper lief. Er hatte gewusst, dass es ihm gelingen würde, sie zu erregen. Ermutigt streckte er sich auf dem Lager aus, schmiegte sich an sie und umfasste ihre Schulter.

Göttin des Lichts, Herrin der Wälder, Spenderin des Lebens, Botin des Todes, Sie mit den drei Gesichtern. Großer Rabe des Krieges, Mutter des Landes, Göttin des Lichts, Herrin der Wälder, Spenderin des Lebens, Botin des Todes, Sie mit den drei Gesichtern. Großer Rabe des Krieges, Mutter des Landes …

Wie aus weiter Ferne nahm Rhiann wahr, dass er sich auf das Bett setzte.

Es macht mir nichts aus. Ich muss meine Pflicht erfüllen.

Sie spürte die Hitze seines Körpers, als er näher an sie heranrückte.

Es macht mir nichts aus.

Dann berührte die fremde Hand ihre Haut – und etwas in ihr zerbrach.

Nein! Er wird etwas nehmen, was ich ihm nicht geben will! Niemals!

Schlagartig verflog die Benommenheit, in der sie Schutz gesucht hatte. Sie versuchte verzweifelt, sie festzuhalten, ihren nackten Körper darin einzuhüllen, aber es war zu spät…

Sie ist wieder am Strand. Muscheln knirschen unter ihren Füßen.

Diesmal ist der Schrei hinter ihr mehr als nur ein bloßer Schrei. Sie krabbelt den Hang empor… sie ist fast in Sicherheit… und dann schließt sich eine eiserne Hand um ihren Knöchel.

Dann spürt sie Hände an ihrem ganzen Körper; sie packen sie bei den Schultern, zerren sie auf die Grasnarbe zurück. Mehr Hände halten sie fest, mit größerer Kraft, als sie sie je gespürt hat, drücken sie auf den Boden nieder. Ihre Wange wird in eine Wasserpfütze gepresst, ihre Finger krallen sich in schlammigen Untergrund. Von abgrundtiefer Panik erfüllt, öffnet sie den Mund, um zu schreien, doch im selben Moment trifft sie eine Faust gegen die Schläfe, Sterne explodieren vor ihren Augen, dann wird sie grob auf den Rücken gewälzt. Sie hört, wie ihre Kleider zerrissen werden. Ihre Haut fühlt sich plötzlich kalt an, sie spürt den Wind auf ihren Brüsten, ihrem Bauch. Auf den Händen, die ihre Schultern umklammern, sprießen schwarze Haarbüschel, die Nägel sind abgebrochen und schmutzig. Über ihr ertönt das gutturale Lachen eines Mannes, und das Gewicht eines Bullen lastet plötzlich auf ihr und raubt ihr den Atem. Ein schwarzer Bart bedeckt ihr Gesicht, der Geruch nach verrottetem Tang steigt ihr in die Nase. Ein feuchter Mund, glitschig und stinkend wie ein toter Fisch, legt sich auf den ihren, Zähne bohren sich in ihre Lippen, bis sie Blut schmeckt. Über ihr ertönen höhnische Anfeuerungsrufe. Sie kann sich nicht bewegen, kann nicht schreien, kann nicht denken, kann nicht atmen, kann nichts fühlen, kann nichts sehen… bis eisenharte Hände ihre Knie auseinanderzwingen, Finger sich in ihre Haut graben. Sie versucht die Beine zusammenzupressen, aber der Mann ist viel stärker als sie, reißt sie wieder auseinander, und sie hasst sich für ihre Schwäche. Sie ist hilflos… hilflos… Etwas rammt in sie hinein, bohrt sich in ihren Körper… Aber es ist ihr *Körper… er kann nicht in ihn eindringen…*

Dann spürt sie, wie sie aufgespießt wird.

Das riesige harte Ding stößt in sie hinein, wieder und wieder… ein sengender Schmerz schießt durch ihren Körper, scheint sie zu zerreißen. Und dann fühlt sie, wie sie mit flüssiger Schande überschwemmt wird; spürt, wie ihr Schoß zur Antwort Blut weint...

Zwischen zwei Atemzügen zersplitterte das Eis, das Rhianns Bewusstsein umgab, unter den Fingern des Prinzen und machte glühendem Zorn Platz. Mit der Kraft eines in die Enge getriebenen Tieres warf sie sich herum, riss den Beutel an ihrer Hüfte auf, und im nächsten Moment hielt sie einen Dolch in der Hand, der im schwachen Licht Funken sprühte.

Die Spitze des Dolches bohrte sich leicht in die weiche Haut von Eremon mac Ferdiads Kehle.

Ihre Augen loderten auf, als jegliche Farbe aus seinem Gesicht wich und er sie voll ungläubigen Schreckens anstarrte. Ein einzelner Blutstropfen quoll aus der winzigen Wunde.

Er war hilflos... hilflos! Eine wilde Freude durchströmte sie, das Blut rauschte heiß und voller Leben durch ihre Adern.

»Wenn du mich noch ein Mal, ein einziges Mal nur anrührst«, zischte sie, »dann werde ich dich töten!«

17. Kapitel

Die Nacht war vorüber. Rhiann saß zusammengekauert und vor Kälte fröstelnd auf der Bank, die sie an die offene Tür geschoben hatte, und sah zu, wie sich die erste Morgenröte am Himmel zeigte. Dann blickte sie auf den Dolch zwischen ihren klammen Fingern hinab und bemerkte, dass er im grauen Licht des neuen Tages stumpf und leblos wirkte. Jetzt versprühte er keine feurigen Funken mehr.

Sie fühlte sich erschöpft und ausgebrannt. Die heiße Wut war so schnell verflogen, wie sie von ihr Besitz ergriffen hatte. Sie hatte sie den Rest ihrer Kraft gekostet. Doch geistig war sie so hellwach wie schon lange nicht mehr. Die Apathie, in der sie nach dem Überfall versunken war, war von ihr abgefallen.

Das musste in dem Augenblick geschehen sein, als sie den Dolch zog, nachdem sie noch einmal die Qualen durchlebt hatte, die die Männer am Strand ihr zugefügt hatten, jeden einzelnen peinvollen Herzschlag davon. Bislang hatte sie sich diese Bilder noch nie in ihr Gedächtnis zurückgerufen. Ihre Albträume endeten stets mit jenem Schrei hinter ihr, dann zwang sie sich mit Gewalt zum Aufwachen. Und jetzt das – eine einzige Berührung des Prinzen hatte diesen Wachtraum ausgelöst, der etwas in ihr verändert hatte.

Sie drehte sich um und spähte in die dämmrige Hütte. Der Prinz saß gegen die Wand gelehnt auf dem Boden, so weit von ihr entfernt wie nur möglich. Nachdem er aus dem Bett geklettert war und sich wieder angekleidet hatte, hatte er sich noch lange bemüht, wach zu bleiben. Stundenlang hatte Rhiann gespürt, wie sein Blick auf ihr ruhte, während sie in ihren Umhang gehüllt an der Tür saß. Doch schließlich hatte ihn der Alkohol überwältigt. Jetzt schlief er, der Kopf war ihm auf die Brust gesunken, die Beine hatte er weit von sich gestreckt.

Wieder musterte sie den Dolch nachdenklich, wog ihn kurz in der Hand. Sie konnte ihn mühelos in diese verletzliche Brust stoßen, wenn sie wollte. Dann seufzte sie und blickte zum Himmel empor. *Wenn ich das täte, wäre ich nicht besser als er.*

Der nächtliche Gefühlsaufruhr, die helle Flamme aus Schmerz und Wut und der überwältigende Triumph, den sie empfunden hatte, als sie ihm die Klinge an den Hals gesetzt hatte – all das hatte das erste fahle Tageslicht fortgeschwemmt. Ihr Verstand meldete sich wieder zurück, und der erste rationale Gedanke, der ihr in den Sinn kam, war die Erkenntnis, dass sie eine Waffe gegen ihren neuen Ehemann gerichtet und sein Blut vergossen hatte. Nur einen Tropfen zwar, aber das änderte nichts an der Tatsache.

Niemand würde verstehen, was sie dazu getrieben hatte. Wie denn auch? Vergewaltigung in der Ehe war nicht zulässig, aber er hatte sie ja nicht vergewaltigt. Und niemand außer ihr wusste, was während des Überfalls am Strand wirklich geschehen war, noch nicht einmal Linnet. Dieses Wissen hatte Rhiann tief in ihrem Inneren vergraben.

Der Mann aus Erin war der Beschützer ihres Volkes, seine

einzige Hoffnung. In dem Moment ihrer eigenen Befreiung hatte sie ihr Versprechen gebrochen, das Vertrauen des ganzen Stammes enttäuscht. Ein Teil von ihr schämte sich für das, was sie getan hatte. Ein anderer Teil konnte nicht umhin, eine tiefe Befriedigung zu empfinden. *Ich habe einen Augenblick lang den Verstand verloren, das ist alles. Ich hätte ihn doch nie wirklich getötet.*

Sie warf Eremon einen unsicheren Blick zu. Würde er sie für verrückt erklären? Sie vor dem gesamten Stamm bloßstellen, sie verstoßen? Oder würde er schweigen und sie auf seine Art bestrafen? Plötzlich durchzuckte sie die Erkenntnis, dass sie gar nicht wusste, wie Eremon von Erin wirklich war. Sie war viel zu sehr mit sich selbst beschäftigt gewesen, um sich darüber Gedanken zu machen. Gehörte er zu den Männern, die ihre Frauen schlugen? War er einfältig? Oder nur gleichgültig? Nun, sie würde es bald herausfinden.

Verlier jetzt nicht die Nerven. Denk noch einmal in Ruhe über alles nach. Sie strich mit der Fingerspitze über den Dolch.

Er hatte die ganze Nacht in der Hütte ausgeharrt, genau wie sie selbst. Immerhin hatten sie aus ganz bestimmten Gründen geheiratet, und diese Verbindung brachte ihm ebenso viele Vorteile wie den Epidiern. Was zwischen ihnen beiden tatsächlich geschah, brauchte niemand zu erfahren. Aber wie lange würde das so bleiben? Wenn er sie verstieß, war sie den Klauen dieser Ehe entronnen, aber ihr Volk befand sich dann erneut in großer Gefahr, vor allem, wenn die Römer kamen.

Als sie Kleidergeraschel hörte, senkte sie den Kopf und verbarg den Dolch unter ihrem Bein. Es wäre unklug, ihn gleich wieder daran zu erinnern, was in der Nacht zuvor zwischen ihnen vorgefallen war. Gleich darauf traten zwei mit Stiefeln bekleidete Füße in ihr Blickfeld.

»Lady.« Seine tiefe Stimme klang rau von Alkohol und Schlafmangel.

Rhiann holte tief Atem, hob langsam den Blick und wappnete sich gegen das, was sie gleich sehen würde. Seine Kleider waren zerknittert, aber er hielt sich sehr gerade und trug den

Kopf hoch erhoben. Der kleine Kratzer an seinem Hals war blutverkrustet. Seine Zöpfe hatten sich gelöst, dunkle Locken fielen ihm in die Stirn. Endlich konnte sie seinen Augen nicht länger ausweichen und sah ihn an. Was würde sie darin lesen? Abscheu? Hass?

Doch mit dem, was in seinen grünen Augen stand, hatte sie nicht im Entferntesten gerechnet – Verwirrung, Neugier und … Mitleid? »Lady«, wiederholte er. »Ich möchte mich für mein unverzeihliches Benehmen gestern Nacht entschuldigen.«

Rhiann verschlug es vor Überraschung die Sprache.

»Ich war betrunken und wusste nicht, was ich tat. Seid versichert, dass ich Euch nie wieder anrühren werde, so wie Ihr es wünscht.«

Sie öffnete den Mund, um etwas zu erwidern, brachte aber keinen Ton heraus.

Er rückte sein Schwert zurecht, dann blickte er zum Himmel empor. »Mit Rücksicht auf die Abmachung zwischen unseren beiden Stämmen möchte ich vorschlagen, dass mein … ungebührliches Verhalten unter uns bleibt. Ihr habt von mir nichts Derartiges mehr zu befürchten, das verspreche ich Euch.«

Rhiann hätte vor ungläubiger Erleichterung beinahe laut aufgelacht. Aber er bot ihr einen Ausweg aus ihrer misslichen Lage an, also schlang sie ihren Umhang enger um die Schultern und nickte steif. »Ich werde kein Wort darüber verlieren.« Sie überlegte, ob sie noch etwas hinzufügen sollte, aber ihr fiel nichts ein.

»Gut«, erwiderte er knapp. »Und was unser Zusammenleben betrifft …«

»Man erwartet von mir, dass ich zusammen mit Euch und Euren Männern in die Gemächer des Königs ziehe.« Ihre Stimme zitterte bei den letzten Worten leicht, und er sah sie forschend an. Rhiann hob das Kinn. »Aber ich werde mein eigenes Haus behalten, ich brauche Ruhe, um meinen Pflichten als Heilerin und Priesterin nachgehen zu können. Ich werde den größten Teil meiner Zeit dort verbringen.«

»Ich verstehe.«

Einen Moment lang herrschte Schweigen zwischen ihnen.

»Nun, ich muss mich um meine Pflichten kümmern«, sagte er schließlich. »Lady…« Er verneigte sich anmutig, wandte sich ab und ging davon. Die Schnallen an seinem Gürtel klirrten bei jedem Schritt leise.

Rhiann stieß vernehmlich den Atem aus und sank auf der Bank zusammen. Sie hatte gerade eingewilligt, ein Geheimnis zu teilen. Mit ihrem Mann. Also bestand jetzt all ihren Wünschen und Plänen zum Trotz eine Art Band zwischen ihnen.

Zwischen ihr und dem Prinzen aus Dalriada.

Der Stein schwirrte durch die eisige Luft über den Marschen und landete in einer mit einer dünnen Eisschicht überzogenen Pfütze, ohne Schaden anzurichten. Der Schwarm schwarz gestreifter Gänse erhob sich unter lautem Geschrei in die Luft, flatterte über den Add hinweg und ließ sich in den Hügeln im Norden nieder.

»Bei Hawens stinkenden Eiern!« Fluchend schlug sich Conaire mit seiner Lederschleuder gegen den unverletzten Oberschenkel.

»Wenn du noch lauter brüllst, verscheuchst du sie uns noch alle.« Eremon duckte sich im Schilf und blies auf seine kalten Hände.

»Ich verfüge nicht über deine Geduld, Bruder. Gänsejagd ist nicht nach meinem Geschmack, ich ziehe es vor, auf Pirsch nach Wildschweinen zu gehen.« Conaire kauerte sich auf die Fersen, wobei er sein schmerzendes Bein noch immer schonte, und begann in seinem Ranzen herumzuwühlen.

Eremon drehte seine Schleuder zwischen den Händen. »Geduld… ja, die zählt zu meinen größten Tugenden.«

Es gelang ihm nicht, die Bitterkeit in seiner Stimme zu unterdrücken. Conaire blickte auf. Er hielt eine mit Wildschweinleder überzogene Holzflasche in den Händen. »Spielt sie immer noch die Spröde?«

Eremon nickte. Mit einem Finger fuhr er über die kleine Narbe an seinem Hals. Er hatte behauptet, sich beim Rasieren geschnitten zu haben, denn er konnte Conaire nicht erzählen, was sich vor einer Woche in der Hochzeitshütte wirklich abgespielt hatte. Dazu schämte er sich zu sehr – nicht wegen seines Benehmens, er hatte sich nichts vorzuwerfen, auch wenn er dem Mädchen gegenüber etwas anderes behauptet hatte. Aber wie konnte er zugeben, dass die Ehe noch gar nicht vollzogen war? Oder dass eine Frau ihn mit einem Messer bedroht und verletzt hatte? Diese Schande konnte er nicht ertragen. Und was Talorc und die anderen Epidier betraf, so würde er ihren so hart erworbenen Respekt augenblicklich verlieren, wenn diese Geschichte bekannt wurde. Dann würden sie ihn nicht länger als ihren Anführer akzeptieren, er könnte sich in diesem Land niemals einen Namen machen und würde nie in Glanz und Glorie nach Erin zurückkehren …

»Das legt sich im Laufe der Zeit, da bin ich ganz sicher.« Conaire zuckte die Achseln. »Vermutlich ist sie einfach nur ängstlich und prüde, das ist alles.«

Sie ist eine Wahnsinnige, das ist alles. Aber nein, wahnsinnig war sie wohl nicht. Irgendetwas musste ihr in ihrer Vergangenheit zugestoßen sein, und dadurch war sie so geworden – sie war misshandelt worden, so viel war ihm klar. Allein diese Erkenntnis hatte am darauffolgenden Morgen seinen Zorn ein wenig gedämpft.

Der plötzliche Anflug von Mitleid, der ihn überkommen hatte, als er auf die zusammengekauerte Gestalt auf der Bank herunterblickte, hatte ihn selbst überrascht. Bisher hatte sie auf ihn nur kalt und abweisend gewirkt, aber in diesem einen flüchtigen Moment war sie nur ein verängstigtes Kind gewesen. Dann hatte sie stolz das Kinn erhoben, und der Eindruck war verflogen. Sie hütete irgendein Geheimnis, so viel stand fest.

Was kümmert dich das?, schalt er sich selbst. *Du hast keine Zeit, auf solche Narreteien Rücksicht zu nehmen.* Rhiann von den Epidiern war ein Rätsel, das besser ungelöst blieb. Er rang sich ein Lächeln ab. »Ich hoffe nur, diese Verbindung erweist sich als so lohnend, wie ich gedacht habe.«

»So schlimm?« Conaire trank einen Schluck Holunderbeerale und hielt Eremon die Flasche hin. »Vielleicht brauchst du ein paar Lektionen in den Künsten der Liebe, Bruder.«

Eremon gab das Grinsen nicht zurück, und das Funkeln in Conaires Augen erlosch, als er sich mit dem Handrücken über den Mund fuhr. »Komm schon! Die Epidier brauchen einen Thronerben, den musst du ihnen verschaffen. Wenn die Sache so schlimm ist, beiß einmal die Woche die Zähne zusammen, leg dich auf sie und denk an Erin. Hier wimmelt es von Frauen, die nichts gegen ein bisschen Spaß einzuwenden haben. Die Magd Garda sagt, in der ganzen Festung spricht man nur über dich – dass du bislang noch nicht den Reizen einer von ihnen erlegen bist, spornt die Frauen nur zusätzlich an, dich zu verführen. Also greif zu, und genieß es.«

Eremon trank einen Schluck Ale. Ein geistesabwesender Ausdruck war in seine Augen getreten. Dann kam er wieder zu sich, und ein echtes Lächeln flog über sein Gesicht. »Du hast Recht. Außerdem müssen wir uns mit wichtigeren Dingen befassen. Komm.«

Die beiden Männer folgten dem Pfad, der sich zwischen mit Raureif überzogenen Büscheln roten Mooses entlangwand. »Ich habe beschlossen, den Ältestenrat zu bitten, von allen Häuptlingen der Epidier eine bestimmte Anzahl Krieger anzufordern«, erklärte Eremon seinem Bruder. »Wir können sie problemlos in Dunadd unterbringen.«

»Willst du ein stehendes Kriegsheer aufbauen? Das ist hier nicht üblich, Eremon. Genau wie bei uns daheim befehligt jeder Häuptling sein eigenes Gefolge.«

Der beißende Wind, der über das Marschland wehte, traf sie nun mit voller Wucht. Eremon klemmte seine Schleuder unter eine Achsel, um erneut auf seine Hände zu blasen. »Für organisierte Viehraubzüge mag diese Vorgehensweise ausreichen, aber im Kampf gegen die Römer – wir haben es mit einer riesigen Besatzerarmee zu tun, Bruder! Die Epidier müssen ihre Kampfstrategie umstellen, oder sie werden sterben.«

»Ich glaube nicht, dass der Ältestenrat von dem Vorschlag,

Krieger anderer Stämme zu Hilfe zu holen, sonderlich begeistert sein wird. Denk daran, dass sie gefürchtet haben, ein rivalisierender Clan könnte sie zum Kampf um die Königswürde herausfordern.«

»Mein Plan ist der beste Weg, das zu verhindern.« Eremon blieb stehen und ließ den Blick über das Schilf schweifen. »Schau einmal dort! Sind das nicht Schwäne?« Einen Moment lang hielten die beiden Brüder nach einem Pfad Ausschau, der Richtung Süden führte, sie stießen auf einen und schlugen ihn ein, dabei setzten sie ihre Unterhaltung mit gedämpfter Stimme fort.

»Wenn wir diese Leute beherrschen und lenken wollen, müssen wir die jungen Krieger zu uns holen und sie dazu bringen, sich mir gegenüber ebenso loyal zu verhalten wie ihren Stammeshäuptlingen. Sie können sich hier nicht ständig bei ihren Ältesten Rat holen, sondern sie werden sich gegenseitig bespitzeln, was mir die Mühe erspart, dies selbst zu tun.«

»Du hast das alles wie immer gründlich durchdacht, nicht wahr?«

Eremon schnaubte. *Was soll ich denn sonst in den langen Nächten tun, in denen meine Frau mir den Rücken zukehrt?* »Es gibt noch einen anderen Grund für meine Entscheidung«, fuhr er fort. »Ich muss die Männer zu einer einheitlichen Kampftruppe ausbilden. Du kennst ja die Schriften der Griechen. Die Römer kämpfen wie ein Mann. Wir nicht.«

Conaire seufzte. »Das weiß ich. Aber was ist passiert, als wir diese Technik in Erin erproben wollten? Die Formation ist sofort auseinandergebrochen, die Männer haben sich in alle Winde zerstreut, aber beim Großen Eber – sie haben gekämpft wie die Löwen! Wer denkt denn an Strategie, wenn er nach Blut lechzt? Für die Ehre kämpft jeder Mann alleine.«

»Dann wird auch jeder für sich alleine sterben.«

Jetzt blieb Conaire mit einem Mal wie angewurzelt stehen. »Da sind tatsächlich Schwäne. Rasch!« Er kauerte sich nieder und zog Eremon mit sich. »Jetzt ganz ruhig, sonst…«

»Mir brauchst du das nicht zu sagen, du großer, schwerfälliger Bär.«

Die beiden Männer befestigten die Schleudern an ihren Handgelenken und begannen den Pfad entlangzukriechen. Durch eine Lücke im Schilf sahen sie schließlich vier weiße Schatten auf einem dunklen See dahingleiten.

Eremon legte sorgfältig einen Stein aus dem Beutel an seinem Gürtel in die Schlinge und zielte. Aus dem Mundwinkel heraus flüsterte er: »Von wie vielen Frauen hat diese Garda genau gesprochen?«

Es war schon heller Morgen, als sie durchgefroren, jeder einen Schwan über die Schulter geworfen und mit knurrendem Magen nach Dunadd zurückkehrten. Als sie sich dem Haus des Königs näherten, winkte Eremon zwei vorübereilende Mägde zu sich.

»Hier.« Er nahm den Schwan von der Schulter und reichte ihn einem der Mädchen. Auf seinen Wink hin gab Conaire seine Beute der zweiten Magd. »Bringt diese beiden Vögel zu Lady Rhiann. Sagt ihr, die Federn wären ein Geschenk von mir. Von mir persönlich, verstanden?«

»Ja, Herr.« Die Mädchen kicherten und blickten verschämt von den Schwänen zu Conaire.

Als die beiden außer Sicht waren, bemerkte Eremon, dass sein Bruder die Brauen hochgezogen hatte, und zuckte die Achseln. »Ein Versuch kann nichts schaden. Schließlich ist sie auch nur eine Frau.«

Das Samhainfest war angebrochen, das bedeutendste der vier Feuerfeste, denn es stand für das Ende des alten Jahres und die Geburt eines neuen.

Schon seit Tagen trieben die Hirten große Viehherden von den Sommerweiden auf die Felder rund um Dunadd herab. Dort kamen sie in Pferche, bis die Druiden entschieden, welche am Leben bleiben und sich vermehren und welche geschlachtet werden sollten. Die Luft war von ihrem ängstlichen Muhen und dem scharfen Geruch ihres Dungs erfüllt.

Nicht nur das Vieh strömte von den abgelegenen Tälern zur

Festung. Auch viele Menschen fanden sich dort ein, denn der gesamte Stamm musste sich zu Samhain versammeln. Es war eine gefährliche Zeit, denn der Schleier zwischen der diesseitigen und der jenseitigen Welt wurde dünn: Sterbliche konnten ins Feenreich gelockt werden, die Toten wandelten wieder inmitten der Lebenden umher, unheimliche Geschöpfe, die jede beliebige Gestalt annehmen konnten, suchten das Land heim.

Zum Schutz dagegen musste sich das gesamte Volk zusammenfinden, um von der Göttin gesegnet zu werden, mit den Vorfahren in Verbindung zu treten und die Mächte zu beschwichtigen, die ihnen Unheil zu bringen drohten.

Am Abend vor Samhain saß Rhiann still an ihrem eigenen Feuer. Sie trug nur ein Gewand aus ungefärbter Wolle und als einzigen Schmuck einen Kranz aus Vogelbeeren auf dem Kopf. Ihr Körper fühlte sich viel leichter an als am Tag ihrer Hochzeit, da man sie mit Gold behängt und in schwere Wolle gekleidet hatte. Diese Zeremonie war ein weltliches Ritual gewesen, das materielle Dinge erfordert hatte, um sie an die Erde zu binden. Heute aber durfte sie nur das Notwendigste vom Schattenreich trennen.

»Herrin.« Brica trat neben sie und hielt ihr einen irdenen Becher mit einer dunklen Flüssigkeit hin. Der *saor*.

Rhiann leerte den Becher, dabei kämpfte sie die aufsteigende Übelkeit nieder. Samhain war die heiligste aller Nächte, der Beginn eines neuen Jahres. Die Göttin musste die Furcht ihres Volkes vor der langen Dunkelheit beschwichtigen. Aber würde dies zugleich die Nacht von Rhianns Enttarnung werden? Würden heute alle bemerken, dass sie nicht mehr von der Kraft der Großen Mutter erfüllt war? Dass die Gabe des Gesichts von ihr genommen worden war?

Seufzend erhob sich Rhiann und trat zu den heiligen Figuren auf ihrem Regal. Ihre Finger schlossen sich um eine davon; ein Abbild der Göttin Ceridwen in ihrer Verkleidung als alte Vettel, die den Kessel der Wiedergeburt in den Händen hielt. Behutsam schob Rhiann die kleine Figur in den Beutel unter ihrem Gewand.

Brica hob das Türfell und spähte hinaus. Rhiann betrachtete das schwarze, mit Sternen übersäte Dreieck über ihrem Kopf. Ihre Eskorte würde bald hier sein.

Brica kam zur Feuerstelle zurück und löschte die letzte Glut der Kohlen in der Grube. Das Haus wurde in Dunkelheit getaucht, mit dem letzten Licht ging auch das alte Jahr dahin. Das neue Jahr begann, wenn Rhiann im Tal der Vorfahren im Norden das Heilige Feuer entzündete und Reiter mit brennenden Fackeln ins Dorf und in die Festung zurückkehrten, um in jedem Kamin die Glut neu zu entfachen.

Jemand klopfte mit einem Stab dreimal gegen die Wand neben der Tür.

»Mutter des Landes, Herrin der Weißen Stute. Dein Volk wartet darauf, dass du das Leben spendende Feuer entzündest. Komm!«

Merons Stimme hallte zu den kalten Sternen empor. Von ihrem Platz auf dem Gipfel des alten Hügels aus konnte Rhiann das unter ihr gähnende schwarze Loch der Feuergrube sehen, das mit den neun heiligen Hölzern gefüllt war. Obwohl der Mond dunkel war und die Hunderte von Menschen, die sich hier versammelt hatten, ehrfürchtig schwiegen, konnte sie die Gegenwart der Menge spüren, deren Atem die eisige Luft erfüllte.

Der *saor* begann im Rhythmus der Trommelschläge, die Merons Gesang begleiteten, durch ihre Adern zu pulsieren, und als sein Lied zu Ende ging, stimmte Gelert eine Hymne an die Toten an, deren Seelen in dieser Nacht in der diesseitigen Welt umherwandelten.

Inzwischen befand sich Rhiann in jenem Schwebezustand, in dem sie wenig wahrnahm und noch weniger empfand. Trotzdem spürte sie, wie sie ein Hauch von Kummer zart wie ein Schwalbenflügel streifte, als sie für das Festmahl der Toten einen Honigkuchen für ihre Ziehfamilie niederlegte. Mehr nicht.

Irgendwo ganz nah am Rande ihres Bewusstseins konnte sie die Gegenwart der Göttin spüren, zum Greifen nah und doch außerhalb ihrer Reichweite. Aber die sengende Hitze, die sie früher bei diesem Anlass einzuhüllen pflegte, war nun kaum mehr als eine laue Wärme, die wenig dazu beitrug, das Eis um ihr Herz schmelzen zu lassen. Sie hoffte nur, die Zuschauer würden nichts bemerken; hoffte, dass sie in ihren Augen die Majestät einer Priesterin verkörperte, durch die die Göttin zu ihrem Volk spricht…

Linnet berührte sie am Ellbogen, denn zu ihren Füßen hatten zwei Druiden inzwischen das Anmachholz entzündet, und einer reichte ihr eine pechgetränkte Fackel. Rhiann hielt sie in die Flammen, bis sie Funken sprühend Feuer fing, dann hob sie sie in die Höhe.

Da kamen ihr trotz der eisigen Furcht in ihrem Inneren die rituellen Worte wie von selbst über die Lippen, und ihre Priesterinnenstimme hallte laut und vernehmlich durch das Tal.

»Mein Volk, hör mich an!«, rief sie. »Das Land kehrt nun in meinen Schoß zurück, um erneut geboren zu werden. Felder und Wiesen, Flüsse und Wälder, alles wird in den langen Schlaf sinken, aber in meiner Dunkelheit wird aus Alt wieder Neu, aus Alt wieder Jung werden! Nehmt dieses Feuer als Symbol des immer währenden Lichts, dessen Glut wieder hell aufflammen wird, wenn die Sonne zurückkehrt. Fürchtet nichts! Denn ich bin immer bei euch!«

Von der flachen Talsohle aus sah Eremon die Fackel in einem hohen Bogen durch die Luft fliegen, als Rhiann sie in die Grube warf. Er konnte den Blick nicht von ihr abwenden, auch dann nicht, als die in dunkle Umhänge gehüllten Reiter unter Lobpreisungen auf die Weiße Stute mit brennenden Fackeln nach Dunadd zurückritten.

Es war das erste Mal, dass er seine neue Frau die Göttin verkörpern sah, und als er hörte, wie sich ihre Stimme veränderte, als sie zu der Menge zu sprechen begann, tiefer und klangvoller wurde, richteten sich seine Nackenhaare auf. Doch dann setzten die Trommeln und Flöten ein, die ersten Menschen begannen um das hoch auflodernde Feuer herumzutanzen, und da bemerkte er, dass die nachlassende Spannung innerhalb der Menge, das Gelächter und die ausgelassene Freude sie vollkommen unbeteiligt ließen. Sie blieb regungslos oben auf ihrem Hügel stehen und wirkte in ihrem hellen Gewand und mit dem im Sternenlicht fahl schimmernden Haar wie eine aus Eis geformte Statue: kalt, unnahbar, unerreichbar.

Eremon erschauerte und wandte sich fröstelnd ab.

Met und Ale flossen nun in Strömen. Eremon füllte seinen Becher aus einem der Fässer, hüllte sich fester in seinen Umhang und ließ sich etwas abseits der Menge am Fuß des mit Raureif überzogenen Hanges des schmalen Tals nieder. So viel war in so kurzer Zeit geschehen, dass er die Gelegenheit nutzen wollte, um einmal gründlich über alles nachzudenken. Das konnte er schon immer am besten.

Der Tanz, dazu bestimmt, die ruhelosen Samhaingeister zu vertreiben, wurde immer wilder und zügelloser. Eremon grinste, als er sah, wie das Mädchen namens Garda Conaire in das Gemenge zog. Sie stellte seinem bedauernswerten Ziehbruder schon seit Wochen nach.

»Herr?«

Eremon schrak zusammen und blickte auf. Direkt neben ihm stand ein anderes Mädchen. Sie war ihm schon ein paar Mal aufgefallen; hauptsächlich wegen der Art, wie ihr Blick ihm immer folgte. Sie hatte große, blaue Augen, üppige Rundungen und dichtes blondes Haar. Da er ihren Namen nicht kannte, lächelte er ihr nur aufmunternd zu.

»Ich bin Aiveen, Herr, Talorcs Tochter. Ich wollte mit Euch sprechen.«

Ein keckes kleines Ding. Bislang hatte noch keine Frau gewagt, sich ihm auf diese eindeutige Weise zu nähern, obgleich er heute Abend zum ersten Mal nichts dagegen einzuwenden hatte. Die fröhliche Stimmung wirkte ansteckend, und er hatte nicht vergessen, was Conaire an diesem Morgen draußen im Moor zu ihm gesagt hatte. Er trank einen Schluck Met und hielt ihr dann aus einem Impuls heraus den Becher hin. »Dann sprich mit mir, Tochter des Talorc.«

Sie ließ sich neben ihm nieder, griff nach dem Becher und nippte an dem Met, ohne den Blick von Eremon abzuwenden. »Gefällt Euch das Fest, Herr?«

»Natürlich. Und jetzt, da ich Gesellschaft habe, gefällt es mir sogar noch besser.«

Sie lächelte verschämt, senkte in gespielter Schüchternheit den Blick und wandte den Kopf zur Seite. Aha, so war das also! Die Jagd hatte begonnen. Erst würde sie sich spröde geben, dann ein paar kokette Bemerkungen machen, schließlich würde ihr Bein wie zufällig das seine berühren … mit plötzlich aufkeimendem Überdruss fragte er sich, ob er das altbekannte, vorhersehbare Spiel überhaupt mitspielen wollte. *Wenn du an dieser Einstellung festhältst, mein Freund, wirst du noch viele Monde lang mit dicken Eiern herumlaufen.*

Sein Blick wanderte an ihrem Gesicht herunter bis zu der Stelle, wo sich ihre vollen Brüste unter dem Stoff ihres Gewandes abzeichneten. Dabei fiel ihm auf, dass die Kapuze ihres Umhangs mit Schwanenfedern gesäumt war.

Er runzelte die Stirn. »Wo hast du die denn her?« Er schnippte mit dem Finger gegen eine weiße Feder.

Zum ersten Mal wirkte sie verunsichert. »Meine Mutter hat sie als Geschenk für mich erhalten. Ich dachte …«

Eremon lachte unwillkürlich auf und fuhr sich mit der Hand durch das Haar. »Ich verstehe.«

So ging Rhiann also mit seinen Geschenken um. Er blickte zu ihr hinüber. Sie stand noch immer auf dem Hügel; ihre Silhouette zeichnete sich still und blass gegen den Feuerschein ab. Sie schien unendlich weit weg zu sein. Vielleicht war jeder Versuch, den Eiskokon, mit dem sie sich umgab, zum Schmelzen zu bringen, von vornherein zum Scheitern verurteilt.

Aiveens Bein berührte sacht das seine, und er beschloss, Rhiann aus seinen Gedanken zu verbannen. Er lehnte sich zurück, stützte die Ellbogen auf den Boden neben seinem Umhang und lächelte das Mädchen an. »Die Federn stehen dir gut.«

Grübchen zeigten sich in ihren Wangen. Sie war sicher, ihrem Ziel ganz nah zu sein. »Danke, Herr.«

»Nenn mich nicht ›Herr‹.« Mit einem Finger strich er ihr langsam über die Wange. »Mein Name ist Eremon.«

»Danke… Eremon.« Aiveen ließ seinen Namen genüsslich auf der Zunge zergehen, was zwischen seinen Beinen eine wohlige Wärme auslöste. Dann trank sie noch einen Schluck und reichte ihm den Becher zurück. »Feiert Ihr Samhain in Eurer Heimat auf dieselbe Weise wie wir?«

»Weitgehend.« Er blickte zu den Tänzern, den Feuern und den Musikantengruppen hinüber. »Aber bei uns gibt es keine Priesterinnen.«

Aiveens Brauen zogen sich zusammen. Es missfiel ihr sichtlich, an Rhiann erinnert zu werden. Eremon verwünschte im Stillen seine Dummheit. Er streckte rasch eine Hand aus, strich mit dem Handrücken über ihren Arm und spürte, wie sie unter der Berührung erschauerte. Dann legte sie sich gleichfalls zurück und stützte sich auf einen Ellbogen, dabei spannte sich der feine Wollstoff ihres Kleides enger über ihren Brüsten. Als Eremon sie ansah, trat ein wissendes Lächeln auf ihr Gesicht.

»Und was macht Ihr, wenn das Fest vorüber ist?« Ihre Stimme klang jetzt tief und kehlig.

Diesen Tonfall kannte er nur zu gut. Sie würde es ihm leichter machen, als er gedacht hatte. Ein wenig zu leicht für seinen Geschmack, aber das machte die ganze Sache einfacher. Wenn sie zu denen gehörte, um die ein Mann nicht erst lange kämpfen musste, dann würde sie auch nicht zu viel von ihm erwarten. »Wir preisen die Götter mit unseren Körpern. Und was tut ihr?«

Aiveen lachte, dabei entblößte sie gleichmäßige weiße Zähne, die im Feuerschein wie Perlen schimmerten. »Dasselbe.«

»Und wann beginnt man hier mit diesen… Zerstreuungen?«

Sie sah ihm direkt in die Augen. »Die Frauen reden schon über Euch. Sie sagen, sie würden aus Euch nicht schlau, sie denken, Ihr fändet keinen Gefallen an unseren Mädchen.«

»Bislang hat noch keine zu erkennen gegeben, dass sie Gefallen an *mir* findet.«

»Vielleicht fehlt es ihnen an Mut. Mir nicht.«

»Nein, dir nicht.« Wieder streichelte er ihre Hand. »Und was wirst du den anderen Frauen jetzt über mich sagen?«

»Dass Ihr keinen Gefallen an unseren Mädchen findet, was sonst?«

Eremon lachte. Wenigstens war sie schlagfertig, das machte das Ganze interessanter. »Du hast meine Frage nicht beantwortet.«

»Welche Frage?«

»Wann?«

Sie nahm ihm den Metbecher aus der Hand und stellte ihn auf den Boden, dann erhob sie sich. Ihre Augen glitzerten triumphierend. Natürlich, einem Mädchen wie ihr bedeutete es viel, seine erste Eroberung zu werden. Flüchtig dachte er an ihren Vater, doch dann schob er den Gedanken beiseite. Er war ein Prinz, es war eine Ehre für sie, wenn er ihr seine Gunst schenkte, Talorc würde sich darüber freuen.

»Eremon von Erin hat es nicht nötig, auf irgendetwas zu warten.« Aiveen streckte ihm eine Hand hin und zog ihn hoch. »Ist Euer Umhang warm?«

Er beugte sich vor und legte ihr beide Hände auf die Taille. Durch den Stoff hindurch spürte er die Hitze ihrer Haut. »Nicht sonderlich, aber du wirst trotzdem nicht frieren, das verspreche ich dir.«

Als sie die Feuer hinter sich ließen und auf die dunklen Hänge dahinter zusteuerten, warf Eremon noch einen letzten Blick über seine Schulter. Die einsame Gestalt auf dem Hügel hatte sich nicht von der Stelle gerührt. Stumm stand sie im silbrigen Sternenlicht da und blickte auf die ausgelassene Menge und die flackernden Feuer hinab.

»Eremon«, erklang ein Flüstern in der Dunkelheit. Er wandte sich ab und folgte der lockenden Stimme.

18. Kapitel

LANGE DUNKELHEIT, ANNO DOMINI 79

Am Tag, an dem sie mit dem Einsalzen des Fleisches für den Winter begannen, lag schon der erste Hauch von Schnee in der Luft. Es war eine schwere, blutige Arbeit, aber Rhiann genoss die körperliche Anstrengung. Sie überwachte die Frauen in den Pökelschuppen. Eine Seite dieses Schuppens ging auf den Schlachthof hinaus, und die dünne Luft war vom Atem der Rinder und Schafe, den Flüchen der Männer und den angstvollen Lauten der Tiere erfüllt, die durch die Gatter getrieben wurden.

»Hier, Herrin.« Einer der Knechte reichte ihr ein Tuch, mit dem sie sich die Finger säubern konnte, nachdem sie ein paar Stücke Fleisch in einen mit Meersalz gefüllten Trog gepresst hatte.

Ihre Anwesenheit hier war nicht zwingend erforderlich. Sie hatte das zum Schlachten bestimmte Vieh bereits gesegnet, und auf das Einsalzen des Fleisches verstanden sich die älteren Frauen der Festung besser als sie. Bald würden die Schneestürme einsetzen, und dann war sie viele Monde ans Haus gefesselt, wo sie außer Näharbeiten kaum Beschäftigung hatte.

Sie unterdrückte ein Gähnen und sah, dass die Dienstboten ihr verstohlene Blicke zuwarfen. Das Letzte, was sie wollte, war, ihnen noch mehr Nahrung für Gerüchte zu liefern. Da sie jung verheiratet war, konnten die dunklen Schatten unter ihren Augen und ihre ständige Müdigkeit der Meinung der Leute nach nur eines bedeuten. Wenn sie nun die Wahrheit ahnten …

Sie war so damit beschäftigt, die letzten Beeren zu sammeln, aus der letzten Milch Kochkäse zu machen und die Korngruben zu segnen, ehe sie mit Tondeckeln verschlossen wurden, dass sie ihren Mann kaum je zu Gesicht bekam. Sie sorgte dafür, dass für den Prinzen und seine Männer regelmäßig Mahlzeiten zubereitet wurden, die sie aber nur selten mit ihnen gemeinsam einnahm. Zumeist entschuldigte sie sich damit, in ihrem eigenen Haus Kranke betreuen zu müssen. Und wenn sie doch einmal in den Gemächern des Königs aß, saß sie mit Brica für sich auf der den Frauen vorbehaltenen Seite des Feuers in der Mitte des Raumes. Nur des Nachts musste sie Eremons Nähe ertragen, denn sie mussten ein Bett in einer Nische im oberen Stock des Hauses teilen.

Aber – und das konnte sie immer noch kaum fassen – er rührte sie nie an, machte noch nicht einmal Anstalten dazu. Er saß des Abends lange mit seinen Männern zusammen, dann schob er den Wandschirm vor dem Lager zurück, auf dem sie eng gegen die Wand gepresst lag, und kroch unter die Decke, er achtete jedoch peinlich darauf, so viel Abstand von ihr zu halten wie möglich. Sie konnte noch nicht einmal die Wärme spüren, die sein Körper ausstrahlte.

Zuerst hatte sie starr und verkrampft vor Anspannung wach gelegen, darauf gewartet, erneut seine Hand auf ihrer Schulter zu spüren und sich gefragt, was sie dann nur tun sollte, denn das Haus war voller Menschen. Jede Nacht hörte sie, wie er sich von einer Seite auf die andere wälzte, und wusste, dass auch er keinen Schlaf fand. Aber er berührte sie nie. Nach einiger Zeit trugen ihnen ihre umschatteten Augen und ihre zunehmende Gereiztheit immer häufiger wissende Blicke ein, und es wurde unverhohlen darüber getuschelt, was sie beide des Nachts wohl wach hielt. Für Rhiann war das eine nicht endende wollende Tortur, aber es gab noch etwas Schlimmeres.

Inzwischen konnte sie nicht umhin, sich selbst einzugestehen, dass Eremon von Dalriada trotz allem ein Mann von Ehre war, der zu seinem Wort stand.

Ihre Augen brannten und tränten von dem beißenden Wind, und sie musste zwinkern, um wieder klar sehen zu können. Weitere Köpfe drehten sich in ihre Richtung. *Göttin, steh mir bei!*

Sie tauchte einen Finger in ein Pökelfass und leckte ihn ab. »Maire«, sagte sie zu der neben ihr stehenden Magd, »füge noch ein paar Schöpfkellen Salz hinzu. Und, Anga, wir müssen dieses Jahr mehr Stiere als sonst räuchern. Hundert mehr dürften genügen.«

Sie ließ das Tuch zu Boden fallen, schlang ihren Umhang um sich und ging auf das Tor zu, das zum Mittelpfad des Dorfes führte. Ihre Nase lief, und ihre Hände schmerzten vor Kälte. *Ich werde Brica bitten, mir ein heißes Fußbad zu bereiten.*

In diesem Moment überdeckte ein süßlicher Duft den Geruch nach Blut und Schnee, und eine juwelengeschmückte Aiveen eilte in Begleitung einiger Dienerinnen an ihr vorbei. Der Grund für ihre Eile war nicht zu übersehen – Eremon und seine Männer hatten gerade das Tor passiert. Als die Gruppe auf dem Weg durch das Dorf an ihr vorbeikam, sah Rhiann, wie Conaire etwas zu seinem Bruder sagte. Eremon antwortete mit seinem üblichen sardonischen Lächeln, und Aiveen warf den Kopf in den Nacken und brach in glockenhelles Gelächter aus, das den geschäftigen Lärm im Dorf übertönte.

Rhiann verzog angewidert das Gesicht. Über Ehrgefühl mochte der Prinz ja verfügen, aber an Verstand schien es ihm zu mangeln, wenn er sich von so einem Mädchen den Kopf verdrehen ließ.

Am Tag, als der erste Schnee fiel, suchte der oberste Druide Eremon im Haus des Königs auf.

»Nein, Rori, du musst dich unter der Klinge wegducken, nicht zurückweichen!« Eremon stieß sich vom Dachpfosten ab und packte Roris Schwertarm.

Colum, der Gegner des Jungen, stützte sich atemlos grinsend auf sein Schwert, während die anderen Paare auf der freien Fläche neben der Feuerstelle, von der die Bänke entfernt worden waren, mit ihren Übungen fortfuhren. Auf der anderen Seite spielten Conaire und Aedan *fidchell*. Von dem dampfenden Kessel über dem Feuer stieg ein würziger Duft nach geschmortem Wildbret auf. Cù war unter Conaires Stuhl angebunden und hatte mürrisch den Kopf auf die Pfoten gelegt.

»Sieh genau her«, befahl Eremon Rori. »Das ist der Schlag,

den Colum eben geführt hat. Ich führe ihn dir noch einmal ganz langsam vor. Und nun zeig mir, was du gerade getan hast. Du bist zurückgesprungen, so…« Eremon holte mit seinem Schwert aus und berührte mit der Spitze die empfindliche Haut unter Roris Achselhöhle. »Siehst du? Deine gesamte Seite war ohne Deckung. Nur weil Colum seine Angriffstaktik geändert hat, heißt das noch lange nicht, dass du die Verteidigungsstellung aufgeben sollst, die ich dir beigebracht habe.«

Rori errötete bis zu den Wurzeln seines roten Haares. »Nein, Herr.«

»Mach diesen Fehler in der Schlacht, und du wirst aufgeschlitzt wie ein Fisch, der ausgenommen werden soll.«

»Ja, Herr.«

Ein Schatten erschien in der Tür. Eremon blickte auf und sah Gelert auf der Schwelle stehen. Er wandte sich wieder an Rori. »Jetzt wiederholst du die ganze Übung noch einmal. Colum, tausche mit Fergus den Platz. Ich möchte den Jungen jetzt gegen einen anderen Gegner kämpfen sehen.«

Er drehte sich um und ging zu dem Druiden hinüber, dessen scharfer Blick durch den Raum schweifte. Über seinen hellen Gewändern trug er einen Mantel aus Bärenpelz. »Ihr verwandelt das Gemach unseres Königs in ein Schlachtfeld«, stellte er fest.

Eremon wischte sich mit seiner zusammengeknüllten Tunika den Schweiß von der Stirn und klemmte sie sich dann unter den Arm. Sie alle hatten ihre Obergewänder abgelegt, weil es neben dem Feuer zu heiß war. »Deshalb bin ich hier. Möchtet Ihr einen Becher Ale?«

Der Druide winkte abwehrend ab, aber Eremon nahm den Becher entgegen, den eine junge Magd ihm reichte, und trank ihn mit einem Zug leer. Er machte keine Anstalten, seine Tunika wieder überzustreifen. Gelert betrachtete seine schweißglänzende Brust mit offenkundigem Abscheu. »Belen erzählte mir, Ihr hättet den Ältestenrat dazu überredet, einem sehr ungewöhnlichen Plan zuzustimmen, während ich im Norden war. Ihr wollt Krieger von anderen Stämmen zu uns holen.«

Eremon gab dem Mädchen den Becher zurück. »Das ist richtig.«

»Das ist eine heikle Angelegenheit, Prinz. Wir versuchen, unseren Thron zu verteidigen, da müssen wir die rivalisierenden Clans nun wirklich nicht noch dazu einladen, sich bei uns häuslich niederzulassen.«

»Ich habe dem Ältestenrat triftige Gründe für meinen Entschluss genannt, und deswegen hat er zugestimmt. Wir haben es hier nicht mehr nur mit Trupps von Viehdieben zu tun, mit denen wir fertig werden müssen. Veränderte Umstände erfordern neue Maßnahmen.«

Gelerts Augen blitzten zornig auf. »Ihr greift eigenmächtig in die Angelegenheiten des Stammes ein! Ihr hättet erst zu mir kommen und Eure Pläne mit mir besprechen sollen, so lautet unsere … Abmachung.«

Eremon bohrte die Spitze seines Übungsschwertes in den Lehmboden und stützte sich auf das Heft. Der Druide rührte sich nicht von der Stelle, nur ein Muskel begann auf seiner Wange zu zucken.

»Ich befasse mich mit den Angelegenheiten des Stammes, ja«, erwiderte Eremon. »Aber in Zeiten wie diesen besteht zwischen Krieg und Politik kein Unterschied.« Er blickte über die Schilde hinweg, die die Wände des Raumes bedeckten. »Es ist seltsam, aber in Erin konzentrieren die Druiden ihre nicht unbeträchtlichen Kräfte allein auf die Geisterwelt und überlassen alles, was mit Kriegsführung zu tun hat, Männern wie mir.« Er musterte Gelert mit einem kühlen Blick. »Wollt Ihr mir zu verstehen geben, dass die Dinge hier anders liegen? Wenn dem so sein sollte, werde ich Belen und den Ältestenrat bitten, dass wir ein paar Grundregeln festlegen.«

Gelert betrachtete ihn eine Weile aus verschleierten Augen. »Die Seewege werden in wenigen Monaten wieder befahrbar sein.« Seine Stimme klang samtweich. »Ich muss mir dann von Euch beschreiben lassen, wo die Festung Eures Vaters liegt, damit wir einen Boten zu ihm schicken können.«

Eremon neigte zustimmend den Kopf. »Wir werden zu gegebener Zeit darüber sprechen. Aber in den nächsten Wochen und Monden gibt es viel zu tun, vor allem, wenn die zusätzlichen Krieger eintreffen. Wenn Ihr gestattet, möchte ich jetzt mit meinem Übungsprogramm fortfahren.«

Gelert umklammerte seinen Stab so fest, dass die Knöchel seiner Hand weiß hervortraten. Dann wandte er sich zur Tür. »Dann bis zur Zeit der Blattknospe, Prinz.«

Eremon sah ihm nachdenklich nach. Conaire trat neben ihn. »War es klug, ihn so vor den Kopf zu stoßen, Bruder?«

»Er scheint zu vergessen, wo sein Platz ist. Eine Abmachung, hah! Ich bin nicht sein Hund, der springen muss, wenn er pfeift. Vielleicht ist es an der Zeit, dass er erkennt, was er sich wirklich eingehandelt hat, als er mir sein Angebot unterbreitete.« Eremon warf seine Tunika auf eine Bank. »Komm! Nimm dein Schwert. Ich muss jetzt schwitzen, um den Druidengestank von meiner Haut zu waschen.«

Rhiann hob das wohlgenährte Baby auf ihre Hüfte. »Bei der Göttin, ist er schwer geworden! Er nimmt jetzt gut an Gewicht zu.« Sie kitzelte den Kleinen unter dem Kinn. Er kicherte und bohrte den Kopf in ihre Schulter.

»Jetzt ja, dank Eurer Medizin, Herrin.« Aldera, die Frau des Schmiedes Bran, lächelte ihren Sohn liebevoll an. Sie standen vor der Tür von Brans Haus.

»Ich möchte trotzdem, dass du ihm noch einen Monat länger jeden Tag einmal dieses Pulver in Stutenmilch auflöst. Brica, hast du Aldera das Päckchen gegeben?«

»Ja, Herrin.« Brica hielt ihren Umhang über Rhianns Kopf und betrachtete stirnrunzelnd die dünne Schicht neuen Schnees auf dem Pfad.

In diesem Moment sah Rhiann Gelert vom Haus des Königs durch das Pferdetor kommen. Sein Gesicht war wutverzerrt. Ein paar noch in der Ausbildung befindliche Novizen folgten ihm. Als der Druide auf einer Höhe mit den Frauen war, verlangsamte er seine Schritte.

»Ehrwürdiger Druide.« Aldera knickste höflich.

Gelert nickte ihr zu, dann richtete sich sein scharfer Blick auf Rhiann, die noch immer das Baby auf dem Arm trug. Seine Augen blieben mit voller Absicht auf ihrem Bauch haften, und Rhiann küsste das Kind ebenso absichtlich auf das flaumige Köpfchen.

Sie wusste, dass Gelert nur wenig entging und dass er zweifellos bemerkt hatte, wie mager sie war und wie erschöpft und verhärmt sie aussah. Ja, das zufriedene Lächeln, das über sein Gesicht huschte, ehe er seinen Weg fortsetzte, bestätigte ihre Vermutung. Er wollte wissen, ob sie bereits ein Kind erwartete. Und vor allem wollte er sie leiden sehen.

Während sie auf den sich entfernenden Rücken und das strähnig bis auf die Schultern fallende Haar des Druiden starrte, erwog sie flüchtig, ihm ihre wahre Situation zu schildern, nur um das verschlagene Lächeln von seinem Gesicht zu wischen. Es würde ihr eine tiefe innere Befriedigung verschaffen, ihm zu zeigen, dass alle seine Bemühungen, ihr Leid zuzufügen, fehlgeschlagen waren… aber nein. Zu diesem Zeitpunkt würde es ihr und dem Stamm nur schaden, wenn sie die Wahrheit über ihre Beziehung zu dem Prinzen enthüllte.

Als sie und Brica sich von Aldera verabschiedeten und den Heimweg antraten, schoss ihr plötzlich ein erschreckender Gedanke durch den Kopf. Wenn ihre jetzige Ehe für ungültig erklärt wurde, würde sie Gelert unverzüglich mit einem anderen Mann verheiraten. Und dieser Mann würde zweifellos weniger bereitwillig auf seine ehelichen Rechte verzichten als der Prinz aus Erin.

Bei der Vorstellung stieg Übelkeit in ihr auf, und sie blieb wie erstarrt stehen. Brica sah sie verwundert an. »Herrin?«

»Ich muss ein paar Schritte gehen.«

Brica blickte zu den dunklen Wolken am Himmel empor. »Drinnen am Feuer ist es aber behaglich und warm.«

»Ich brauche keine Wärme, ich brauche frische Luft.«

Brica biss sich auf die Lippe. »Ihr müsst auf Eure Gesundheit achten, Herrin. Ihr schlaft viel zu wenig…« Sie brach ab, und Rhiann sah, wie ihr scharf geschnittenes Gesicht sich vor

Zorn rötete. Brica schlief noch immer in ihrem eigenen Bett. Sie ging natürlich auch davon aus, dass der Prinz Rhiann jede Nacht dazu benutzte, um seine Lust zu stillen.

»Ich schlafe jetzt mehr als früher, und außerdem ist frische Luft genauso wichtig wie Ruhe, wie du wohl weißt – auch wenn du dir alle Mühe gibst, das zu vergessen.« Rhiann sagte es obenhin, als spräche sie im Scherz, aber Brica verzog schmollend die Lippen.

Dann legte die kleine Frau das Päckchen auf den Boden und nahm ihren Umhang ab. »Zieht wenigstens meinen Umhang unter Euren eigenen. Ich habe es nicht mehr weit.«

Rhiann fügte sich widerwillig. Brica hüllte sie in beide Umhänge ein und zog dann die Kapuze über Rhianns Kopf. »So ist es besser.«

»Danke, Brica.« Der Wind auf dem Gipfel von Dunadd wehte eisig kalt, denn er kam von den Bergen vom Norden. Insofern musste sie Brica Recht geben.

Sie musste sich neuerdings alle möglichen Dinge über andere Leute eingestehen, dachte sie, als sie sich abwandte. Ein kaltes, von dunklem Haar umrahmtes Gesicht tauchte einen Moment lang vor ihrem geistigen Auge auf.

»Cù!« Eremon stieß einen gellenden Pfiff aus und wartete darauf, dass der Hund zu ihm zurückgerannt kam. Aber alles, was er hörte, war ein leises Kläffen, das von den Häusern unterhalb des Druidentempels kam. »Dummer Hund!«, brummte er, wischte sich ein paar fedrige Schneeflocken von der Stirn und dachte sehnsüchtig an sein warmes Feuer und an Conaire, der mit dem *fidchell*-Brett auf ihn wartete. Aber der Hund war noch jung, er war noch nicht in die Meute des Königs eingegliedert, und Eremon wollte nicht, dass er in seinem Übermut irgendjemanden belästigte.

Er folgte dem Gekläff durch das Tor hinaus, zwischen den Häusern hindurch, über ihm bislang unbekannte, von gefrorenem Matsch überzogene Pfade, bog um eine Mauerecke und stand plötzlich vor einem Rundhaus, dessen Türfell zurückgeschlagen war. Dieses Haus kannte er. Er ging langsam, fast furchtsam darauf zu, denn Cùs tiefes Knurren, das drinnen zu hören war, bereitete ihm Sorgen.

Es war das Haus seiner neuen Frau. Sie stand allein am Feuer, kehrte der Tür den Rücken zu und beugte sich nach vorn. Mit beiden Händen umklammerte sie ein Leinentuch, das Cù gepackt hielt und an dem er wie wild zerrte. Sein Schwanz peitschte hin und her, und jedes Mal, wenn er den Kopf schüttelte, knurrte er laut.

Bei den Göttern! Das hatte Eremon gerade noch gefehlt. Er machte Anstalten, in den Raum zu treten, um Cù von ihr wegzuziehen, doch dann blieb er plötzlich wie angewurzelt stehen, denn er hörte ein Geräusch, das er noch nie zuvor vernommen hatte. Die Prinzessin lachte.

Augenblicklich presste sich Eremon eng gegen die Wand. Cù jaulte leise auf und zerrte stärker an dem Tuch.

»Du bist wirklich ein kräftiger Bursche.« Rhiann kicherte. »Aber du wirfst mich ja fast um.« Wieder lachte sie; es war ein volles, kehliges Lachen, das in krassem Gegensatz zu ihren kalten, verschlossenen Zügen, ihrem mageren Körper und der Art, wie sie sich jedes Mal duckte, wenn man sie ansprach, stand.

Aber dieser Moment währte nicht lange. Einen Atemzug, bevor Cù Eremon bemerkte, fuhr sie herum. Auf dem blassen Oval ihres Gesichtes zeichneten sich Erschrecken und aufkeimende Verlegenheit ab.

Eremon trat einen Schritt auf sie zu, verzweifelt bemüht, seine Würde zu wahren. Sie hatte ihn dabei ertappt, wie er sie heimlich beobachtete! »Es tut mir Leid, wenn der Hund Euch belästigt hat, Lady.«

Cù ließ das Tuch fallen, sprang an Eremon hoch und stieß mit den Pfoten so heftig gegen die Brust seines Herrn, dass dieser zurücktaumelte. Als er sich wieder gefangen hatte, hatte sich das Mädchen hinter einen kleinen Arbeitstisch aus Eichenholz zurückgezogen, der an der Wand neben dem Regal mit ihren Salben und Tränken stand. Sie hatte das Gesicht abgewandt; Eremon konnte nur eine flammend rot angelaufenene Wange sehen.

Er zermarterte sich den Kopf, um eine halbwegs glaubwürdige Ausrede für sein plötzliches Auftauchen zu finden. »Ich … äh … das trifft sich gut, ich wollte ohnehin mit Euch sprechen.«

»Tatsächlich?« Sie wickelte sich das Tuch um eine Hand, packte den Griff eines dampfenden Tiegels und goss eine Masse, die wie flüssiges Bienenwachs roch, in eine irdene Schale. Eremon kam es so vor, als zitterten ihre Hände dabei leicht.

»Es geht um die zusätzlichen Krieger, die ich angefordert habe«, erklärte er, dabei trat er vorsichtig näher an das Feuer. Über der Glut rösteten Gerstenbannocks. Er sog den Duft genießerisch ein.

»Zusätzliche Krieger?«

»Wollt Ihr mir weismachen, das hätte sich noch nicht in der gesamten Festung herumgesprochen?« Er blickte sie stirnrunzelnd an, und sie hob das Kinn.

»Ich pflege nicht mit den anderen Frauen zu klatschen.«

»Ja, das ist mir auch schon aufgefallen.« Eremon ging langsam um die Feuerstelle herum, dabei versuchte er bewusst, abrupte Bewegungen zu vermeiden. Cù hatte sich vor dem Feuer auf dem Boden ausgestreckt. »Jeder Clan schickt fünfzig Männer hierher; sie werden in Dunadd und den umliegenden Festungen untergebracht. Ich werde sie zu einer einheitlich kämpfenden Armee ausbilden.«

»Fünfzig Krieger von jedem Clan! Aber das sind über fünfhundert Männer!«

»Selbst diese Truppe kann den Römern kaum mehr Schaden zufügen als ein Floh einem Stier, aber es ist ein Anfang. Zu Imbolc werden sie hier sein.«

»Zu Imbolc? Aber da beginnt der Schnee doch gerade erst zu schmelzen, und die Stürme haben noch große Kraft.«

Eremon betrachtete die kleinen, mit Ocker bemalten Figürchen auf dem niedrigen Regal neben der Tür. Daneben lagen ein paar Muscheln und getrocknete Anemonen. »Ich werde die große Halle im Haus des Königs räumen lassen und die Männer gruppenweise darin ausbilden. So oft es geht, werden wir die Übungen im Freien abhalten. Wir müssen auch die Streitwagenschwadronen drillen ...«

»Ihr wollt die Männer im Freien ausbilden?« Rhianns Stimme klang ungläubig.

»Ja.« Eremon streckte eine Hand aus und strich über die glatte Schale einer gesprenkelten Kaurimuschel. »Armeen mögen ja während der langen Dunkelheit eine Marschpause einlegen, aber wir werden die paar Schritte bis zu den Flusswiesen wohl noch bewältigen können.«

Als sie daraufhin schwieg, drehte er sich mit wachsender Verärgerung zu ihr um. »Sowie das Wetter umschlägt, werden die Römer ihr Lager abbrechen. Glaubt Ihr wirklich, sie wären nur gekommen, um die Köpfe kurz über eure Grenzen zu stecken und mit ihren Standarten zu winken? Wir müssen uns auf einen Kampf gefasst machen, und darauf sollten wir uns vorbereiten. Das ist die einzige Möglichkeit, die wir haben.« Er hatte einen geschlagenen Tag damit verbracht, den Ältestenrat davon zu überzeugen.

»Ihr habt Recht.« Sie nickte. »Die Römer planen, unser Land zu erobern und uns zu unterwerfen.«

Er zog erstaunt die Brauen hoch. »Und woher wisst Ihr das?«

»Ich bin eine Priesterin.«

»Ihr habt es vorhergesehen?«

Eine kleine Pause trat ein. »Meine Tante hat es gesehen.«

»Ich verstehe.« Das war ein interessanter Punkt. »Wir müssen ein andermal ausführlicher darüber sprechen. Jetzt möchte ich Euch erst einmal bitten, Euch zu überlegen, auf welche Häuser Ihr die Männer verteilen könnt. Und sorgt dafür, dass die Vorräte aufgestockt werden.«

Ein Löffel fiel klirrend auf den Tisch. »Ich?«

»Ja, wer denn sonst? Immerhin seid Ihr die Königin Eures Stammes, oder etwa nicht? Es ist mir mittlerweile gelungen, aus Eurem zugegebenermaßen sehr komplizierten System von Verwandtschaftsverhältnissen halbwegs schlau zu werden. Und obwohl wir eine höchst ungewöhnliche Ehe führen ...« Bei dieser

Bemerkung schlug sie die Augen nieder. »Obwohl wir eine höchst ungewöhnliche Ehe führen, seid Ihr immer noch die Frau des Kriegsherrn. Ich muss zumindest auf diesem Gebiet auf Eure Unterstützung zählen können.«

Wenn schon auf keinem anderen. Er sprach die Worte nicht laut aus, aber die Bitterkeit, die ihm die Kehle zuschnürte, überraschte ihn selbst.

Ihr Kopf fuhr herum, als habe sie seine stummen Gedanken gehört. »Ich werde mich um die Unterbringung der Männer kümmern. Wir haben für den Fall einer Belagerung bereits mehr Vorräte angelegt als sonst, aber ich werde veranlassen, dass so viel eingelagert wird wie nur irgend möglich.«

Eremon verspürte einen Anflug von Erleichterung. Sie würde ihm also zur Seite stehen. »Gut. Ich denke, wir könnten auch zusätzliche Kleidung brauchen.« Er klopfte gegen sein Bein. Cù sprang auf und kam zu ihm. »Ich danke Euch.«

Sein Unbehagen war zurückgekehrt, aber sie rührte nur ihre Bienenwachssalbe um, ohne den Kopf von der Schale zu heben. »Ihr müsstet wissen, dass für mich das Wohlergehen meines Stammes stets an erster Stelle steht.«

Als Eremon das Rundhaus verließ, fragte er sich unwillkürlich, ob er ihr Lachen je wieder zu hören bekäme. Es würde ihm in kalten Winternächten das Herz erwärmen.

19. Kapitel

Die längste Nacht des Jahres wurde mit lautem Getrommel verabschiedet, dazu wurden Mondkuchen mit Haselnüssen und gerösteten Eicheln verzehrt. Dann brach nach einer Woche voller Schnee- und Graupelstürme ein klarer Tag an.

Rhiann holte ihre Reithosen aus der Truhe, in der sie einen Monat lang unberührt gelegen hatten, schüttelte sie aus, zog dann eine Tunika aus Schaffell über ihr Wollhemd und schlang die Riemen ihrer Schneestiefel um ihre Waden. Sie hielt es im

Haus des Königs einfach nicht länger aus. Die Räume stanken nach altem Schweiß, ungewaschenen Männerkörpern und Hammeleintopf – einem Gericht, das sie nicht mehr sehen konnte. Vom ewigen Sticken und Nähen im Feuerschein waren ihre Augen rot und entzündet und ihre Finger völlig verkrampft.

Als Liath sah, dass sie ihren Reitumhang trug, warf sie den Kopf zurück und scharrte mit den Hufen. »Bist du es auch leid, im Stall zu stehen, meine Schöne?« Rhiann tätschelte der Stute die weichen Nüstern. »Zu viel schimmelige Gerste und zu wenig frische Luft, nicht wahr? Dann wollen wir dir mal ein wenig Bewegung verschaffen.«

Trotz der tief hängenden Wolken am Himmel hatte es kaum geschneit, und das wenige, was liegen geblieben war, hatte sich in einen schlammigen Matsch verwandelt, der das Vorankommen erschwerte. Aber Rhiann wollte ohnehin nicht auf den befestigten Wegen des Tales bleiben. Sie hatte etwas anderes vor. Sie schlug erst den Weg nach Süden ein, dann trieb sie Liath vom Pfad herunter, ritt die Hänge im Osten empor und gelangte schließlich in die Wälder.

Dort gab es viele Stätten, die dem Alten Volk heilig waren: Felsblöcke, in die seltsame Spiralen eingemeißelt waren, und ein aus Stein gehauenes unterirdisches Tor zum Schattenreich. Auf einer verborgenen Lichtung mitten im Wald lag ein heiliger See, der von einer langsam fließenden Quelle gespeist wurde, und dessen Wasser immer klar und ruhig war.

Liath trabte fröhlich durch die Schneeverwehungen, die für ihre kräftigen Beine kein Hindernis darstellten. Inmitten des mit Raureif überzogenen Geästs der Bäume regte sich kaum etwas, nur ein Rotkehlchen stimmte seinen trillernden Gesang an, und ein paar andere Vögel fielen ein. Ihr Lied klang weit in die klare Luft hinaus.

Rhiann band Liath an einer Eberesche bei der Quelle an. Zerschlissene Leinentuchstreifen wanden sich um die Zweige – die Opfergaben des letzten Jahres – und flatterten im Wind, der von den Höhen herunterwehte. Dann breitete sie am Ufer des Sees eine Lederdecke aus und beugte sich über das Wasser. Die Oberfläche war nicht gefroren, nur auf dem Moos am Rand glitzerte eine dünne Eisschicht.

Sie nahm eine Girlande aus getrockneten, in der Sonnenzeit gepflückten Ringelblumen aus ihrem Bündel, dann holte sie einen kupfernen Armreif hervor: eine gallische Arbeit, sie hatte bewusst etwas ausgewählt, was nicht von den Römern stammte. Zuletzt zog sie den Stopfen aus einer kleinen Phiole mit nach Rosen duftendem Öl. Sie tupfte sich einen Tropfen davon auf das geistige Auge auf ihrer Stirn, dann murmelte sie: »Elen, Hüterin des Wassers, gesalbt trete ich an deinen Schrein. Erhöre meine Bitte.« Sie legte die Blumen auf das Wasser und warf den Armreif in die tiefste Stelle des Sees. Er drehte sich ein paar Mal um sich selbst und versank dann in der Tiefe.

Dann holte sie tief Atem, schloss die Augen und versuchte, jeden Gedanken aus ihrem Bewusstsein zu tilgen. Sie hatte absichtlich weder *saor* noch irgendwelche anderen Kräuter zu sich genommen, mit denen sich das Gesicht beschwören ließ. Sie wollte herausfinden, ob ihr das auch aus eigener Kraft gelang; ob sie erfahren konnte, was ihrem Volk bevorstand, wenn die Zeit der Blattknospe kam.

Sie erinnerte sich noch gut an die Macht, die sie stets durchströmt hatte, wenn sie auf der Heiligen Insel in die silberne Seherschale geblickt hatte ... an die Säule aus Licht und Wärme, die sich über ihrem Kopf gebildet und durch ihren ganzen Körper gedrungen war. Wenn es ihr doch nur gelingen würde, ihre Sehergabe zurückzuerlangen ...

Doch dazu musste sie vor allem ruhig und gleichmäßig durchatmen. Wieder und immer wieder.

Schon bald verklangen das Plätschern der Quelle, die sich in den See ergoss, und Liath' schnaubender Atem alles, was sie hörte, waren ihr eigener Herzschlag, ihre Atemzüge und das Rausches ihres Blutes. »Göttin allen Seins, Sie mit den drei Gesichtern, Herrin der Wälder, ich erflehe deine Gunst. Im Namen Deines Volkes, zeig mir, welche Schritte ich auf dem Weg zurück zu Dir tun muss.« Sie schlug die Augen wieder auf und beugte sich über das Wasser, dabei konzentrierte sie sich mit allen Sinnen auf den Rhythmus ihres Atems und ihres Herzschlags.

Die Oberfläche des Sees verfärbte sich, Schatten huschten darüber hinweg. Waren das rote Umhänge … Schwerter … ein Schiff? Ihre Kehle schnürte sich zu, als sie sich immer tiefer über das schimmernde Wasser beugte.

Ja … ja … ich sehe …

Aber endlich musste sie erkennen, dass der See ihr nur ihr eigenes, vom Sonnenlicht umgebenes Gesicht zeigte, über dem der Schatten der Äste der Eberesche eine bizarre Krone bildete. Rhiann sank auf die Fersen zurück und biss sich auf die Lippe, als Enttäuschung und Verzweiflung sie zu überwältigen drohten.

Auf dem Heimritt stolperte Liath ein paar Mal, obwohl sie zuvor so sicher gegangen war. Rhiann war so in ihre eigenen trüben Gedanken versunken, dass sie nicht bemerkte, wie die Stute den Pfad verließ, der hügelabwärts führte. Endlich ging ihr auf, dass sie sich verirrt hatten, und sie zügelte die Stute. »Liath, wo sind wir nur?«

Das Pferd wieherte zur Antwort leise und schüttelte seine Mähne. Rhiann drehte sich im Sattel um, spähte in alle Richtungen, suchte nach einem Orientierungspunkt. Zum Glück versperrte ihr kein Laubwerk die Sicht, und zwischen den kahlen Ästen konnte sie in der Ferne einen großen Felsvorsprung sehen, den sie wiedererkannte – es war ein Beobachtungsposten für Kundschafter. Sie war nur ein wenig zu weit Richtung Norden geraten, das war alles. Wenn sie zu dem Ausguck hinüber und von dort aus hügelabwärts ritt, würde sie auf den Weg gelangen, der nach Dunadd zurückführte.

Noch lange Zeit später haderte sie mit dem Schicksal, das sie an jenem Tag zu diesem Felsen geführt hatte. Wäre der Himmel nicht so klar gewesen oder wäre sie später aufgebrochen oder hätte Liath nicht den Pfad verlassen, dann hätte sie nie gesehen, was sie gesehen hatte.

Zuerst roch sie den Rauch. Sie brachte Liath zum Stehen.

Am Fuß des Felsens bewegte sich etwas. Das mussten Wachposten sein, die dort am Feuer saßen. Sie würde sie fragen, ob es irgendwelche Neuigkeiten gab. Aber warum machte sie sich dann nicht sofort bemerkbar? Warum glitt sie lautlos von Liath' Rücken und schlich auf die Männer zu? Warum? Rhiann wusste selbst keine Antwort auf diese Fragen.

In der Nähe des Felsens sah sie zwei Pferde. Eines war ein großer schwarzer Hengst namens Dòrn – die Faust.

Das Hochzeitsgeschenk ihres Stammes für ihren Gemahl.

Auf dem Boden unter dem Felsvorsprung, wo kein Schnee lag, brannte ein Feuer. Daneben war ein Kuhfell ausgebreitet, auf dem ein Mann und eine Frau in inniger Umarmung lagen, sie spürten weder die beißende Kälte, noch bemerkten sie Rhiann, die starr vor Schreck neben einem Baum stehen geblieben war. Die Frau, deren gelbes Haar über die Felldecke flutete, war Aiveen. Der Mann, dessen Arme sie umschlangen, war Eremon.

Rhiann vermochte sich nicht von der Stelle zu rühren, aber sie konnte den Blick auch nicht von den beiden abwenden. Sie schien jegliche Kontrolle über sich verloren zu haben.

Die schwache Wintersonne tauchte die beiden Körper, die sich so geschmeidig bewegten wie Otter in einem Strom, in ein fahles Licht. Rhiann hatte noch nie gesehen, dass zwei Menschen einander so eng umschlungen hielten, als wollten sie miteinander verschmelzen. In der Festung hatte sie zwar ab und an Pärchen an Häuserwänden, im Stall oder im Kornspeicher überrascht, sich aber stets sofort zurückgezogen, denn das Stöhnen und die unterdrückten Schreie waren für sie unauslöschlich mit grausamen Schmerzen verbunden.

Jetzt jedoch blieb sie regungslos stehen. Ihre Wangen brannten vor Wut und Scham, dennoch übte der Anblick des Liebespaares eine seltsame Faszination auf sie aus. Die Küsse und Liebkosungen wurden leidenschaftlicher, sie sah die runden Brüste des Mädchens aus der Tunika auftauchen; sah, wie Eremons Hände sie umfassten, registrierte benommen, wie stark sich seine dunkle Haut von Aiveens weißer abhob …

Übelkeit stieg in Rhiann auf, als die Küsse immer hungriger wurden. Dann drückte Eremon das Mädchen auf die Decke zurück und schob ihren Rock hoch, dieser Teil des Aktes war Rhiann nur allzu gut bekannt. Das Geräusch, mit dem nacktes Fleisch aufeinander traf, und die hohen, spitzen Schreie brachten ihr ihre eigenen grausamen Erinnerungen mit furchtbarer Klarheit zurück… das heisere Keuchen und Grunzen, die Schmerzensschreie aus ihrem eigenen Mund, der nach verfaultem Fisch stinkende Atem des schwarzbärtigen Mannes…

Ekel und Abscheu gärten in ihrem Magen wie saure Milch. Sie wollte davonlaufen, ehe sie sich übergeben musste, ehe die dunklen Erinnerungen vollends zum Leben erwachten. Aber sie konnte ihre Beine nicht bewegen, ihre Füße schienen am Boden festgefroren zu sein.

Aiveen stöhnte und schrie dann leise auf, doch diesmal verriet Rhiann ihr Instinkt, dass dieser Schrei anders war als ihr eigener vor einem Jahr. Er klang tief und kehlig, nicht hoch und schrill, dieser kündete von Lust, nicht von Schmerz.

Das alte Trauma verflog plötzlich, und ihr geschärfter Geist nahm jede Einzelheit der Szene in sich auf, die sich ihr darbot. Statt der rauen, roten Haut ihres Angreifers damals auf der Heiligen Insel sah sie Eremons braune, sehnige, schweißglänzende Arme und Aiveens Hände, die sich in seine harten Muskeln krallten. Statt zottiger schwarzer Haare sah sie Eremons dunkle Zöpfe, die Aiveen ins Gesicht fielen.

Das Stöhnen wurde lauter, die Stöße immer heftiger, und Rhiann spürte, wie ihr eigener Atem flacher ging. Dann stieß Eremon einen lauten Schrei aus und sackte über Aiveens sich unter ihm windenden Körper zusammen, endlich war gnädigerweise alles vorbei.

Das Eis, das Rhianns Füße an den Boden fesselte, zerbrach und gab sie frei.

Sie taumelte zu Liath zurück, ohne auf die Zweige zu achten, die unter ihren Füßen knackten. Ein Schluchzen würgte sie in der Kehle. Nachdem sie sich in den Sattel geschwungen hatte, riss sie die Stute herum und trieb sie zwischen den Bäumen hindurch; fort, nur fort von der Übelkeit erregenden Szene hinter ihr. Doch als der Hang steiler wurde und Liath' Hufe auf dem lockeren Schlamm wegzurutschen begannen, brachte Rhiann das Pferd abrupt zum Stehen, sprang zu Boden, sank auf die Knie und übergab sich in den Schnee. Sie würgte und würgte unter heftigen Krämpfen, bis sie nur noch grüne Galle erbrach.

Am ganzen Leibe zitternd wischte sie sich über den Mund, richtete sich auf und lehnte sich leicht gegen Liath' Beine. Die Stute beugte sich zu ihr herunter und stieß sie leicht mit dem Kopf an. Rhiann vergrub die Finger in ihrer windzerzausten Mähne und starrte blicklos ins Nichts.

Der Wald um sie herum war totenstill.

Alle Vögel waren davongeflogen.

Wie in Trance ritt sie nach Dunadd zurück, blind für die Schönheit des sich zu Ende neigenden Tages. Die letzten Sonnenstrahlen fielen durch eine Lücke zwischen den Wolken und tauchten jeden Stein, jeden Ast in einen goldenen Glanz.

Doch Rhiann bemerkte nichts davon. Die Wut, die sie erfüllt hatte, war kühler Verärgerung gewichen; statt flüssigem Feuer schien jetzt Eis durch ihre Adern zu rinnen. Eremon konnte tun und lassen, was ihm beliebte. Er war durch nichts an sie gebunden. Sein Geschmack war zwar mehr als fragwürdig, aber was hatte sie denn erwartet?

Während ihr all diese Gedanken durch den Kopf gingen, stiegen vor ihrem geistigen Auge gleichzeitig Bilder auf; Bilder von einer Klarheit, die sie in dem heiligen See zu sehen gehofft hatte. Aber sie zeigten nicht den Mann mit dem schwarzen Haar und den schmutzigen Fingernägeln. Sie zeigten auch nicht Eremons über Aiveens Körper gewölbten Rücken oder Aiveens volle weiße Brüste und ihr blondes Haar, das über die Felldecke floss. Diese Bilder waren anders; sie wühlten Rhianns Innerstes auf, und so sehr sie sich auch bemühte, sie ließen sich einfach nicht verscheuchen.

Eremons Hände, mit denen er das Mädchen so liebevoll

streichelte, als wolle er ein scheues Füllen beruhigen. Eremons Finger, die liebkosend über Aiveens Haut glitten. Eremons Lippen, die ihre bloße Schulter so zart berührten wie ein Schmetterling, der sich auf einer Blüte niederlässt.

Rhiann hatte so etwas mit Drust auf der Heiligen Insel erlebt, als er sie tätowiert hatte. Diese Zeit schien unendlich lang zurückzuliegen, denn danach war die große Dunkelheit gekommen, die alle Empfindungen in ihr ausgelöscht hatte und sie innerlich tot und leer zurückgelassen hatte.

20. Kapitel

Zu Imbolc opferten die Frauen Brigid, der Göttin der Blattknospe, sie gossen Ströme von Schafsmilch in den Add und versenkten ein paar Fässchen mit der ersten Butter in den Tümpeln der Marschen.

Als die Göttin ihre Gebete erhörte und das Land aus dem Schlaf der Langen Dunkelheit erweckte, trafen die Abgesandten der anderen Clans ein.

An einem Tag, an dem Graupelschauer über das Land zogen, ließ Eremon die Männer auf der Ebene unten am Fluss antreten, um seine neue Armee zu inspizieren. Einige waren kaum dem Knabenalter entwachsen, sie hielten ihre Bogen fest umklammert, ihre Wangen waren glatt und rosig, ihre Augen vor Staunen geweitet. Anderen sah man an, dass es sich um erfahrene Veteranen handelte, ihre Hände und Arme wiesen zahlreiche Narben auf, und ein zynischer Zug spielte um ihre Lippen. Auch die Söhne einiger Häuptlinge waren gekommen; sie trugen bunt karierte Umhänge und goldene Halsreifen und hatten den Kopf stolz erhoben. Sie musterten Eremon – und einander – mit scharfen, wachsamen Augen. Eremon wusste, was sie hergeführt hatte. Sie waren hier, um ihn abzuschätzen, so wie er sie abschätzte, damit sie ihren Vätern hinterher berichten konnten, was von diesem *gael* zu halten war.

Auch Eremon hatte sein bestes Gewand angelegt, trug jeden Armring und jede Brosche, die er besaß, dazu seinen Helm mit dem Eberemblem und seinen schimmernden Schild. Er hielt Fragarach in einer Hand. Kleine Schneeflocken glitzerten auf dem Heft.

Gegen Talorcs Streitwagen gelehnt hielt er eine flammende Rede. Er sprach von der unersättlichen Gier der Römer nach immer mehr Land – und übertrieb seine Beschreibung ihrer Reichtümer. Er versprach den Männern, aus ihnen einen Hammer zu formen, der den Gegner mit einem Hieb zerschmettern würde. Er sagte, dass sich ihnen hier die Gelegenheit bot, zum stärksten, angesehendsten und wohlhabendsten Stamm von ganz Alba aufzusteigen, und dass es nur wenigen Generationen beschieden war, sich einen Namen machen zu können, dessen Ruhm die Barden auf ewig besingen würden.

Während der Wind messerscharf über die Wiese fegte, die schmelzenden Flocken auf zottigen Schaffellumhängen haften blieben und der Schlamm auf den Stiefeln aus Kuhhaut festfror, sah Eremon ein Licht in den Augen der Männer aufleuchten. Sie nickten und grunzten zustimmend, er musste einen erleichterten Seufzer unterdrücken. Sie würden vorerst mit ihm an einem Strang ziehen, sie würden abwarten und ihn beobachten, und so blieb ihm Zeit, um sie ganz auf seine Seite zu ziehen.

In diesem Moment erklang vom Fluss her ein lauter Schrei, und alle Köpfe fuhren herum. Am Rand der Wiese war ein Streitwagen aufgetaucht und jagte mit halsbrecherischer Geschwindigkeit auf sie zu. Er wurde von zwei schwarzen Pferden gezogen, die durch die wirbelnden weißen Flocken zu fliegen schienen. Der Wagen schwankte und holperte gefährlich auf dem unebenen Untergrund, doch der Fahrer feuerte die Rappen unermüdlich an, knallte die Zügel über ihre Rücken und machte keine Anstalten, sein Tempo zu verlangsamen, als er sich der Menge näherte, sondern beschrieb stattdessen einen weiten Bogen um sie herum. Die aus Korbgeflecht gefertigten Seiten des Streitwagens und die eisernen Räder waren scharlachrot bemalt und hoben sich wie Blutflecken auf Schnee vom grauen Himmel und der weißen Wiese ab.

Eremon verfolgte das Schauspiel stirnrunzelnd. Niemand konnte bei diesem Wetter mit einem Streitwagen durch das Land fahren. Er musste getragen worden sein – getragen! Wer auch immer der Eigentümer sein mochte, er legte es ganz offensichtlich darauf an, Eindruck zu schinden.

Der Wagen vollführte eine scharfe Kurve, doch der Krieger, der hinter dem Fahrer stand, hielt sich mühelos auf den Beinen, dann sprangen die um Eremon gescharten Männer zur Seite, als das Gefährt schlitternd vor dem Prinzen zum Stehen kam und die Pferde sich im Geschirr aufbäumten.

Mit einer geschmeidigen Bewegung sprang der Krieger vom Wagen und blickte sich herausfordernd um. Seine grauen Augen funkelten. Er war ungefähr im selben Alter wie Eremon, etwas größer, aber nicht so breit in den Schultern. Besonders auffällig an ihm war sein Haar; es hob sich wie flüssiges Silber von seiner kostbaren purpurroten Tunika ab. Sein Halsreif bestand aus ineinander verflochtenen Gold- und Bronzesträngen, sein Umhang war mit den vier Borten besetzt, die ihn als Sohn eines Häuptlings auswiesen – obgleich sein Auftreten und das stolz vorgeschobene Kinn dies deutlich genug verrieten.

Er blickte Eremon an. »Seid Ihr der Sohn des Ferdiad?«

Eremon gab den Blick kühl zurück. »Ganz recht. Und wer seid Ihr?«

Der Mann grinste, was unter seinen eiskalten Augen eher wie ein Zähnefletschen wirkte. »Ich bin Lorn, Sohn der Bettna. Mein Vater ist Urben von der Sonnenfestung.« Er schüttelte seinen Speer. »Ich bin gekommen, um meinem Stamm im Kampf gegen unsere gemeinsamen Feinde beizustehen.«

»Ich danke Euch, dass Ihr Euch uns angeschlossen habt«, erwiderte Eremon.

»Ich danke *Euch*, dass Ihr uns unterstützt«, entgegnete Lorn spitz. »Euer Schwertarm wird uns im Kampf gegen die römischen Hunde gute Dienste leisten.«

Aus den Augenwinkeln heraus beobachtete Eremon die anderen Häuptlingssöhne. Ihre Reaktionen fielen unterschiedlich aus. Einige fühlten sich von Lorns Worten ermutigt und blitzten Eremon herausfordernd an. Andere betrachteten den Neuankömmling mit unverhohlenem Misstrauen. Eremon musste an Hunde denken, die einander steifbeinig und mit gesträubtem Nackenfell beschnüffeln. Das normale Verhalten junger Krieger. Er entspannte sich ein wenig.

»Eure Druiden waren derselben Meinung, deswegen haben sie mich zum Kriegsherrn ernannt«, fuhr er fort. Er hatte dem jungen Laffen genug Aufmerksamkeit geschenkt; er wollte nicht die Unterstützung der Männer verlieren, bei denen seine Worte offenbar auf fruchtbaren Boden gefallen waren. Nachdenklich musterte er die Menge.

»Vergesst eines nicht – dies ist ebenso mein Kampf wie der eure!«, rief er dann. »Ich bin euer Waffengefährte. An dem Tag, an dem ich mit der Ban Cré die Ehe einging, habe ich mich ganz eurer Sache verschrieben. Von nun an wird es kein ›mein‹ und ›dein‹ mehr für uns geben. Wir werden alle die gleichen Rationen erhalten, die gleichen Härten und Entbehrungen ertragen und – so Manannán uns gnädig ist – das gleiche Blut vergießen. Wir haben nur einen gemeinsamen Feind, und der ist das Römische Reich. Nur wenn wir Seite an Seite kämpfen, werden wir die Römer in den Staub zwingen.«

Die meisten Männer brachen in jubelnden Beifall aus und bedachten die Römer mit einem Schwall von Verwünschungen. Als sie durch das Tor ins Dorf zurückströmten, wo sie ein Willkommensfest erwartete, scherzten und lachten sie bereits kameradschaftlich miteinander. Lorn jedoch machte aus seinem Unmut kein Hehl, und Eremon bemerkte, dass sich ein paar andere Häuptlingssöhne wie Unheilskrähen um ihn scharten.

»Auf den müssen wir ein Auge haben«, flüsterte Conaire ihm zu.

»Allerdings.« Eremons Blick folgte dem silbernen Kopf, bis er inmitten der Häuser verschwand. »Ich habe so das Gefühl, er lässt sich durch Worte nicht einschüchtern.«

»Gut«, grollte Conaire. »Vielleicht hat er vor meinen Fäusten mehr Respekt.«

Eremon beschloss, vorsichtshalber mehr über den Mann in Erfahrung zu bringen. »Wer ist dieser Lorn, der Mann mit dem hellen Haar?«, fragte er Rhiann am Tag darauf, als sie mit einem Butterfässchen im Arm aus dem Melkschuppen kam.

Sie senkte den Kopf und wich seinem Blick aus. »Lorn? Sein Clan ist nach dem unseren der mächtigste in der Gegend – als unser Clan noch über Macht verfügte«, berichtigte sie sich.

»Und das bedeutet…«

»Das bedeutet, dass er der aussichtsreichste Bewerber um den Königsthron war und sein Clan große Hoffnungen in ihn gesetzt hat.«

In den nächsten Wochen hallte die gesamte Ebene unterhalb der Festung von Schwertergeklirr und den heiseren Schreien der Kämpfenden wider. Streitwagen jagten den Handelsweg hinauf und hinunter, die Luft war von Pferdegewieher und den dumpfen Geräuschen erfüllt, mit denen die Pfeile der Bogenschützen und die Speere der Speerwerfer auf die Zielscheiben trafen.

Das harte Training machte hungrig, deshalb ließ Rhiann eine Reihe von Gruben ausheben, in denen ganze Schweine gegart werden konnten. In steinernen Wassertrögen wurden riesige Stücke Rindfleisch gekocht, und alle Frauen waren unablässig damit beschäftigt, Brot zu backen und große Kessel mit Gerstengrütze zuzubereiten. Das Haus des Königs stank nach Männerschweiß; laute Männerstimmen hallten ständig durch die Räume. Nur des Abends zogen sich die fremden Krieger in ihre Quartiere in der Festung, im Dorf und in den umliegenden Gehöften zurück.

Ständig wurden Waffen geölt, repariert oder neu geschmiedet, Männer stolzierten in voller Kriegsrüstung umher, bis sich Rhiann vorkam, als lebe sie in einem Militärlager. Wenn sie die Augen schloss, konnte sie immer noch die Speerspitzen unten auf der Ebene in der Sonne glitzern sehen, und sogar in der dämmrigen Abgeschiedenheit des Melkschuppens hallte ihr der Kampflärm in den Ohren wider.

Doch ihre Träume kreisten nicht um Schlachten, noch nicht einmal um bewaffnete Krieger. Des Nachts suchten sie ganz andere Bilder heim. Eremon und Aiveen im Wald in leidenschaftlicher Umarmung verstrickt.

Eines Nachts fuhr sie aus dem Schlaf hoch, sah immer noch Eremons braune Haut auf dem weißen Körper des Mädchens, hörte immer noch das lustvolle Stöhnen …

Von der großen Halle unter ihr drang Schnarchen und unterdrücktes Gemurmel zu ihr hoch. Neben sich hörte sie die tiefen, gleichmäßigen Atemzüge des schlafenden Eremon. Ihr Verstand war augenblicklich hellwach, als habe er sich viele Stunden lang auch im Schlaf mit ganz bestimmten Dingen befasst. Mit der Hellsichtigkeit, die diese dunklen Stunden oft mit sich brachten, erkannte sie plötzlich ganz klar, was ihre Träume ihr sagen wollten.

Wie kann er die Waffe in meiner Hand sein, wenn ich keinerlei Macht über ihn habe? Wenn ich ihn stets zurückstoße, wird es mir nie gelingen, ihn nach meinen Wünschen zu lenken.

Aiveen war nicht die Einzige, die sich seiner Gunst erfreute. Vor ein paar Tagen hatte Rhiann mit angehört, wie Eremon und Conaire sich lachend über die Mädchen unterhielten, mit denen sie sich während ihres Besuches in einer der Festungen im Norden vor kurzer Zeit vergnügt hatten. Jedes Mal, wenn Eremon bei einer dieser Frauen lag, hatte diese sein Ohr, und nicht Rhiann.

So weit kann ich nicht gehen, das bringe ich nicht über mich.

So weit musste sie vielleicht gar nicht gehen. Ihr fiel wieder ein, was er damals in ihrem Haus zu ihr gesagt hatte – er hatte sie daran erinnert, dass sie die Frau des Kriegsherrn war. Ja, es gab einen Weg. Ein Gedanke formte sich in ihrem Kopf und nahm sogleich Gestalt an.

Vielleicht, nur vielleicht hatte die Göttin ihr an jenem Tag in den Wäldern doch ein Zeichen geschickt. Rhiann hatte sie am heiligen See angefleht, ihr den richtigen Weg zu weisen, und kurz darauf hatte sie Eremon und Aiveen beim Liebesspiel überrascht. Vielleicht war das das Zeichen, um das sie gebeten hatte.

Sie hatte ihre Sehergabe eingebüßt und würde ihrem Mann weder eine richtige Gemahlin sein noch ihm ein Kind schenken. Aber sie konnte eine andere Aufgabe erfüllen; vielleicht die einzige Rolle spielen, für die sie noch geeignet war.

Mit einem Schwert kann ich nicht kämpfen. Aber ich kann meinen Verstand benutzen.

Trotz des kampfesdurstigen Funkens, der an jenem ersten Tag in ihren Augen aufgeflackert war, hatten die jungen Edelleute erwartet, ihre Zeit hauptsächlich mit Festen und Jagen zu verbringen. Sie murrten über die unaufhörlichen Feldübungen, denn obwohl das Wetter täglich besser wurde, konnten sich noch immer innerhalb kürzester Zeit Wolken vor die Sonne schieben und einer jener eisigen Stürme losbrechen, die von den Bergen oder der See her über das Tal hinwegfegten.

Bei jeder sich bietenden Gelegenheit war Lorns Stimme die lauteste, die sich gegen Eremon erhob. Eremon war zum Kriegsherrn ernannt worden und fragte daher keinen seiner Männer nach seiner Meinung, sondern erwartete Gehorsam; dennoch stritt sich Lorn mit ihm über die Frage, wie viele Krieger zu Bogenschützen und wie viele zu Schwertkämpfern ausgebildet werden sollten, und behauptete, die in Erin üblichen Kampftechniken seien für die längeren albanischen Schwerter nicht geeignet. Wie eine Stechmücke versetzte er Eremon kleine giftige Stiche und wiegelte die anderen Männer auf, ohne selbst jemals offen zu rebellieren.

Dann verlor Eremon nach einem nervenzermürbenden Tag, an dem Lorns Männer seine Befehle missachteten und die Formation auflösten, die er ihnen eindrillte, endgültig die Geduld. Er würde diese Sache jetzt ein für alle Mal ausfechten; er konnte dieses ständige Untergraben seiner Autorität nicht länger dulden. Lorn gehörte offenbar nicht zu den Männern, die die Vernunft oder das Wohl ihres Stammes über ihren eigenen Ehrgeiz stellten.

»Sohn des Urben!«, grollte er. »Ich habe dir und deinen Männern befohlen, diese Formation einzuüben, bis ihr sie im Schlaf beherrscht! Befänden wir uns in einer Schlacht, wärst du jetzt schon tot!« Der silberne Kopf fuhr hoch, denn Eremon hatte mit ihm gesprochen wie mit einem kleinen Kind.

Lorns Augen flammten auf. »Befänden wir uns in einer Schlacht, dann würden auf meinem Speer jetzt zehn Köpfe stecken und auf deinem kein einziger!«, prahlte er.

Die Umstehenden, die einen Kampf witterten, ließen sofort ihre Waffen sinken und rückten näher.

»Du lehrst uns, wie Feiglinge zu kämpfen!«, brüllte Lorn, der sich für das Thema erwärmte. Er warf den Kopf in den Nacken und starrte in die Runde. »Führ diesen Hieb so, vollführe eine Drehung, halt deinen Schild so! Wir sind Epidier, geborene Krieger, wir kämpfen mit dem Herzen!« Er schlug sich auf die Brust. »Wir greifen an, wir tanzen, wir fliegen! Wir trampeln nicht in einer Reihe vorwärts wie ein Heer hirnloser Ameisen. Wie Römer!«

Eremon bohrte die Spitze seines Übungsschwertes in den Boden. »Ich lehre euch, wie ihr siegen könnt!«, rief er so laut, dass jeder es hören konnte. »Ja, unsere Herzen sind das Feuer in der Esse – aber die römische Disziplin ist der herabsausende Schmiedehammer! Wir müssen die Taktik des Gegners erlernen, um sie gegen ihn einsetzen zu können. Die Römer kämpfen wie ein einziges wildes Tier: Jeder Mann ist Teil eines Beines, einer Klaue, eines Reißzahns. Wir müssen eine ebenso einheitliche Formation bilden wie sie, wenn wir sie besiegen wollen.«

Daraufhin ging ein Raunen durch die Menge, aber Eremon konnte nicht sagen, ob es Zustimmung oder Protest bedeutete. Er wandte sich an Lorn. »Sohn des Urben, du hörst mir jetzt gut zu. Ich habe hier das Kommando, und es schert mich nicht im Geringsten, was für erlauchtes Blut in deinen Adern fließt! Du wirst meinen Befehlen Folge leisten, oder bei den Göttern, ich schicke dich mit eingekniffenem Schwanz zu deinem Vater zurück!«

Mit einem Wutschrei warf Lorn sein Schwert zur Seite, stürzte sich auf Eremon und riss ihn zu Boden. Als er kopfüber in dem überfrierenden Schlamm landete, durchströmte Eremon eine tiefe Befriedigung darüber, dass der Moment der Entscheidung endlich gekommen war. Er bäumte sich auf, warf Lorn ab, setzte sich auf seine Brust und versetzte ihm einen kräftigen Fausthieb gegen das Kinn. Die umstehenden Männer brachen in anfeuerndes Gebrüll aus, und Eremon erhaschte einen flüchtigen Blick auf Conaire, der seine liebe Mühe hatte, sie mit weit ausgebreiteten Armen zurückzutreiben, um Platz für die Kämpfer zu schaffen.

Doch dann rissen sich drei von Lorns Gefährten los und warfen sich auf Eremon, der Lorns Gesicht mit Faustschlägen bearbeitete. Der Angriff raubte Eremon den Atem, und plötzlich fand er sich am Boden unter einem Haufen sich windender Männerleiber wieder. Lorns Faust schoss aus dem Nichts auf ihn zu und traf hart gegen seine Schläfe.

Einen Moment lang tanzten Sterne vor Eremons Augen, doch dann übertönte ein mächtiger Schrei das Getöse, und Conaire stürmte wie ein wütender Stier auf die Kämpfenden los. Eremon hörte dumpfe Grunzlaute, als Conaires riesige Fäuste durch die Luft wirbelten, dann wurden seine Gegner einer nach dem anderen von ihm heruntergerissen und mit einem wuchtigen Hieb zu Boden gestreckt, bis nur noch Lorn übrig war.

Aus einer Platzwunde über seinem Auge tropfte Blut auf Eremons Wange. »Ergib dich!«, kreischte Lorn. Seine Hände krallten sich um Eremons Hals. »Ergib dich, du Hurensohn aus Erin!«

»Hüte deine Zunge, Großmaul!«, keuchte Eremon, dann wand er ein Bein unter dem Körper seines Gegners hervor und stieß ihm das Knie mit aller Kraft zwischen die Beine. Der junge Mann schrie erneut auf, diesmal vor Schmerz, und Eremon nutzte seinen Vorteil, nahm seine letzte Kraft zusammen und wälzte sich halb herum, sodass sie beide seitlich im Schlamm landeten. Dann riss er eine Hand los, holte aus und versetzte

Lorn einen Faustschlag auf den Mund. Ein Regen von Blutstropfen ergoss sich über ihn, und der eiserne Griff um seine Arme lockerte sich.

Beide Männer rappelten sich hoch. Doch Lorn war noch nicht zum Aufgeben bereit. Er nahm die Ringerhaltung an. *So willst du das Spiel also spielen!* Eremon nahm gleichfalls die Grundhaltung an, und einen Moment lang standen die beiden Gegner nur da und musterten sich stumm.

Doch Eremon verfügte über einen entscheidenden Vorteil, den Lorn nicht kannte. Seit seinen Kindertagen war Conaire sein Partner beim Ringen gewesen, und um gegen den wesentlich größeren und stärkeren Ziehbruder gewinnen zu können, hatte Eremon lernen müssen, auf Geschick statt auf rohe Kraft zu setzen.

So bemerkte er das unmerkliche Zittern in den Beinmuskeln seines Gegners einen Moment, bevor Lorn auf ihn lossprang, und als der Epidier gegen ihn prallte, ließ sich Eremon nach hinten fallen und machte sich Lorns eigenen Schwung zunutze, sodass sie sich beide einmal überschlugen, Eremon wieder auf Lorns Brust zu sitzen kam und die Arme des Gegners mit den Knien in den Boden drückte.

»Und jetzt ergibst du dich!«, keuchte er.

In Lorns Augen loderte nackter Hass auf. Einen Moment lang starrten die Männer sich an. Diesmal tropfte Eremons Blut auf Lorns aufgeschürfte Wange. Endlich senkte Lorn den Blick, Eremon gab ihn frei und erhob sich.

Er reckte sich, wobei er die Zähne zusammenbeißen musste, um nicht vor Schmerz aufzustöhnen, wischte sich Schmutz vom Gesicht und bewegte den Unterkiefer, um festzustellen, ob er gebrochen war. Dann holte er tief Atem. »So, und nun möchte ich, dass ihr euch alle noch einmal in dieser Formation aufstellt.«

Hinter ihm rappelte sich Lorn mühsam hoch. »Nein!«

Eremon drehte sich um. Blut strömte über Lorns Gesicht, und ein Auge verfärbte sich dunkelviolett. Aber er hielt sich gerade und straffte die Schultern. »Ich werde nicht hier bleiben und einen Römer aus mir machen lassen.« Er spie einen Klumpen Blut und Speichel auf den Boden. »Ich bin ein Prinz der Epidier und werde so kämpfen, wie es mein Vater und seine Vorväter getan haben. Mann gegen Mann! Angespornt von Kampfeslust und Siegeswillen! Nicht in geordneten Reihen, wo man jeden Schritt so sorgfältig abwägen muss wie ein altersschwacher Druide!«

Eremon hörte ihn an, ohne mit der Wimper zu zucken. Diese Anschuldigungen würden mit Sicherheit noch häufiger erhoben werden. Er konnte nicht erwarten, dass die Männer von heute auf morgen mit altvertrauten Traditionen brachen. »Wir brauchen jeden starken Arm, den wir haben, Sohn des Urben«, sagte er ruhig. »Die Epidier müssen eine Einheit bilden, sonst werden wir unterliegen.«

Lorn schien einen Moment lang zu schwanken, dann wurden seine hellen Augen hart. »Ich diene meinem Stamm am besten, indem ich mich weigere, einem *gael* zu folgen und wie ein Feigling zu kämpfen!«, bellte er, machte auf dem Absatz kehrt und ging quer über das Feld auf die Palisade zu. Seine Anhänger folgten ihm, ohne sich noch einmal umzudrehen. Die restlichen Männer aus Lorns Clan blickten unschlüssig zu Eremon hinüber, doch dann ließen sie einer nach dem anderen ihre Übungsschwerter fallen und liefen dem Sohn ihres Häuptlings hinterher.

Kurz darauf hörte Eremon Hufgetrappel auf dem südlichen Pfad und sah die Speere von Lorn und seinem Gefolge aufblitzen, als sie davongaloppierten und Dunadd hinter sich ließen.

»Jetzt fehlen uns fünfzig Mann«, meinte er zu Conaire. »Wir müssen Verstärkung von den anderen Clans anfordern.«

Doch als die Sonnenstrahlen das silberne Haar ein letztes Mal in der Ferne aufleuchten ließen, seufzte er leise. *Er verfügt über Mut und Entschlossenheit; er würde einen guten Anführer abgeben. Aber es kann nur einen geben.*

21. Kapitel

Spät an diesem Abend brütete Eremon gerade über dem *fidchell*-Brett, als ein Kundschafter von einem der weiter entfernt gelegenen Posten eintraf. Er war mit Schlamm bespritzt und atemlos vom schnellen Ritt, sein finsteres Gesicht verriet, dass er schlechte Nachrichten brachte.

Die Römer hatten ihre Truppen wieder in Marsch gesetzt.

Das große Lager bestand zwar noch, aber Soldatentrupps überquerten den Forth, und was noch schlimmer war, sie schienen Dauerquartiere zu errichten. »Sie sind kleiner als das Feldlager, Herr«, berichtete der Kundschafter, »aber aus festem Holz erbaut, mit Palisaden und Gräben … der Bote konnte keine genaueren Angaben machen.«

Sowie der Mann zu essen und ein Lager für die Nacht erhalten hatte, trat in der Halle bedrückte Stille ein. Das Gelächter der Männer verstummte, Eremons und Conaires Spiel war vergessen, Rhiann und Brica saßen schweigend über ihre Näharbeiten gebeugt.

»O ihr Götter!« Eremon schlug sich plötzlich mit der Faust in die Hand, sprang auf und ging vor dem Feuer auf und ab. »Ich habe nicht vor, geduldig wie eine Ente in den Marschen hier sitzen zu bleiben und darauf zu warten, dass ein römischer Pfeil mich trifft! Ich muss wissen, was sie vorhaben – und wann wir mit einem Angriff rechnen müssen.«

»Vielleicht könnten wir das Kundschafternetz verstärken«, meinte Finan.

»Wir würden sie trotzdem erst bemerken, wenn es zu spät ist.« Eremon schüttelte den Kopf. »Nein, wir brauchen mehr Informationen. Irgendwie muss ich mehr über sie herausfinden.«

»Wir könnten in das Land der Veniconen vordringen«, schlug Conaire vor. »Und da einen Soldaten gefangen nehmen. Ich bringe ihn dann schon zum Reden.«

Eremon fuhr sich mit der Hand durch das Haar. »Römer gehen nie allein auf Streifzüge, Bruder. Außerdem können wir nicht riskieren, ihnen geradewegs in die Arme zu laufen.«

Einen Moment lang herrschte Schweigen. Dann löste sich plötzlich Rhianns schlanke Gestalt aus dem Schatten. »Aber wir können sie überlisten.«

Zwanzig männliche Augenpaare richteten sich auf sie; auf zwanzig Gesichtern malte sich ungläubige Überraschung ab. Eremon wusste, dass er selbst am fassungslosesten wirken musste. Rhiann hatte noch nie von sich aus das Wort ergriffen, und sie hatte sich schon gar nicht ungebeten in Männerangelegenheiten gemischt.

In ihrem Gewand aus grüner Wolle und mit dem langen, offenen Haar wirkte sie sehr jung und verletzlich. Doch dann sah sie Eremon direkt an, und er las in ihren Augen eine kühle Berechnung, die ihr Äußeres Lügen strafte. »Ihr habt keine blauen Tätowierungen auf der Haut. Ihr könnt euch als Britannier aus dem Süden ausgeben.«

Eremon sah Interesse in den Augen seiner Männer aufflackern und hob eine Hand, um seine Einwände vorzubringen.

»Ja«, dachte Rhiann da schon laut weiter, »ihr könnt den südlichen Teil des Landes unbehelligt durchqueren, genau wie ich. Ich gebe euch als meine Eskorte aus.«

»Und wo sollen wir hingehen?«, unterbrach Eremon sie. »Umherwandernde Fremde erwecken genauso großes Misstrauen wie eure bemalten Gesichter. Du sprichst von einem gefährlichen Unterfangen, nicht von einem vergnüglichen Abenteuer!«

Rhianns Augen sprühten Funken. »Ich habe eine Base, sie gehört zum Stamm der Votadiner und lebt in einer Festung an der Ostküste. Ich habe sie viele Jahre nicht gesehen, aber sie wird sich sicherlich über meinen Besuch freuen. Die Römer haben das Land der Votadiner bereits besetzt; dort werden wir also mehr über die Stärke ihrer Truppen, ihre Aufstellung und ihre Absichten erfahren können …«

»Der Plan wird nicht aufgehen.« Eremon wusste, dass er barsch und unfreundlich klang. Sie hatte ihn monatelang behandelt, als sei er Luft für sie, und auf einmal steckte sie ihre Nase in Kriegsgeschäfte. »Wir kommen aus feindlichem Gebiet – wir werden niemanden täuschen können.« Er wandte ihr zum Zeichen, dass das Thema für ihn beendet war, den Rücken zu.

»Es wird gelingen«, widersprach sie, dabei drängte sie sich an ihm vorbei und sah ihm herausfordernd ins Gesicht. Seine Männer wechselten viel sagende Blicke miteinander. Dann zog Rhiann einen halb verkohlten Zweig aus der Feuergrube und begann damit auf dem Lehmboden vor Eremons Füßen herumzukratzen. Eremon starrte sie einen Moment lang erstaunt an, dann betrachtete er die provisorische Karte, die im Feuerschein Gestalt annahm.

»Wir fahren mit Booten diesen See hinunter bis zum Meer und legen an der Westküste unterhalb des Clutha an. Soweit wir wissen, befinden wir uns dann südlich der römischen Reihen. Danach reiten wir die Flusstäler hoch – hier – und stoßen aus südlicher Richtung auf die Festung meiner Base. Auf diese Weise sieht es so aus, als kämen wir aus den Gebieten, die die Römer bereits erobert haben.« Sie ließ den Zweig fallen und wischte sich Ruß von den Händen. Ihre Augen funkelten. »Ich bin eine Edelfrau aus dem Tiefland, die nach Norden reist, um ihre Familie zu besuchen. Zum Beltanefest vielleicht, das wäre ein guter Vorwand.« Sie ließ den Blick von einem seiner Männer zum nächsten wandern. »Wenn mich nur eine kleine Eskorte begleitet, wird niemand Verdacht schöpfen.«

Eremon schwieg; fest entschlossen, es nicht vor seinen Leuten zu einer Auseinandersetzung mit seiner Frau kommen zu lassen. Doch während er ihr zuhörte, musste er zugeben, dass der Plan funktionieren konnte. Es war ein Wagnis … aber genau die Art kühner Tat, die die Epidier beeindrucken würde. Wenn er Erfolg hatte, würde ihm das den Respekt der Krieger der anderen Clans eintragen, und er konnte seine Vormachtstellung ausbauen. Außerdem war es genauso gefährlich, einfach den Kopf in den Sand zu stecken und gar nichts zu tun – wenn nicht gar gefährlicher. Wenn er nur selbst auf diesen Gedanken gekommen wäre! Er sah Conaire an. Die Brüder wechselten einen Blick stummen Einverständnisses.

»Ich halte das für einen guten Vorschlag«, verkündete Conaire, als müsse er Eremon überzeugen. »Wir wissen, dass die Römer ziemlich zügig durch diese Gebiete marschiert sind. Also scheint es nicht zu Kämpfen gekommen zu sein. Eine Dame mit einer kleinen Eskorte, die – wie Ihr ganz richtig bemerkt habt, Lady – würde kaum Aufsehen erregen.«

»Du vergisst eine Kleinigkeit.« Eremon verschränkte die Arme vor der Brust. »Ja, die Römer haben diese Gebiete schnell durchquert – aber das bedeutet, dass die dort ansässigen Stämme mit ihnen sympathisieren. Sonst wären die Adler auf stärkeren Widerstand gestoßen.«

»Das mag sein«, warf Rhiann rasch ein, »aber wir werden nie erfahren, wie ernst die Lage wirklich ist, wenn wir nichts unternehmen. Vielleicht haben die Votadiner sich ergeben, um ihr Leben zu retten. Meine Base gehört zur Schwesternschaft, und sie wird uns helfen, selbst wenn die Männer ihres Stammes mit den Römern gemeinsame Sache machen.«

Eremon erwiderte nichts darauf. Ihre Ausführungen faszinierten ihn stärker, als er zugeben mochte, obwohl er immer noch Bedenken hegte.

Rhiann meldete sich erneut zu Wort. »Das ist die einzige Möglichkeit, an die Informationen zu gelangen, die wir brauchen. Der Plan ist perfekt. Ich finde, du solltest mir danken, statt mit mir zu streiten!«

Eremon bemerkte, dass sich Finan und Colum ein Lächeln verbissen und Conaires Mundwinkel belustigt zuckten. Rori blickte Eremon und Rhiann entsetzt an.

»Es besteht eine reelle Chance, dass wir trotz aller Risiken Erfolg haben, Bruder.« Conaire wurde wieder ernst. »Die Römer werden einer Frau und ein paar leicht bewaffneten Begleitern kaum Beachtung schenken.«

»Nun …« Eremon tat so, als hätten Conaires Worte den Ausschlag für seine Entscheidung gegeben. »Wir können nicht tatenlos darauf warten, dass sich die Schlinge um unseren Hals zuzieht. Wir müssen handeln – zum Wohl der Epidier. Ich sage, wir wagen es.« Er schenkte Rhiann ein gönnerhaftes Lächeln, doch sie runzelte nur die Stirn. Ihr Ärger war geradezu greifbar zu spüren.

Ausgezeichnet, dachte er. *Merk dir gut, wer hier das Sagen hat – Lady.*

»Rori, Colum, Fergus und Angus, ihr werdet uns begleiten«, ordnete er knapp an. »Finan, du bleibst hier und führst die Ausbildung der Männer fort. Ich möchte, dass sie bis zur Sonnenzeit eine geordnete Kampftechnik beherrschen – wenn uns überhaupt noch so viel Zeit bleibt.«

Rhiann hatte zwar ihren Mann von ihrem Plan überzeugen können, aber der Ältestenrat reagierte mit Entsetzen darauf. Tharan, der Stammesälteste, erklärte ihn für schieren Wahnsinn, und selbst Talorc weigerte sich, Rhiann gehen zu lassen, und wollte sich nicht umstimmen lassen.

»Lady«, entrüstete sich Belen, »unsere Ban Cré sollte nicht in den Bergen herumreiten und sich zahlreichen Gefahren aussetzen. Sie sollte hier bleiben und ...« Er brach ab, aber Rhiann war sein bedeutungsvoller Blick auf ihren Bauch nicht entgangen.

Ja, das Getuschel hatte bereits begonnen, denn sie war nun schon seit sechs Monden verheiratet, und noch immer gab es keinerlei Anzeichen für eine Schwangerschaft. Was ein weiterer Grund für sie war, auf dieser Reise zu bestehen, denn Neuigkeiten über die Römer würden die Aufmerksamkeit des Rates von ihrer Person ablenken. Für eine Weile jedenfalls.

Sie richtete den Blick auf Eremon, der jetzt glattzüngig einwarf, dass er und seine Männer ihr Ziel auch ohne sie erreichen könnten und er es in der Tat vorzöge, sie hier zurückzulassen. Rhiann hätte ihm am liebsten ins Gesicht geschlagen, um das selbstzufriedene Lächeln daraus zu vertreiben.

Doch am Ende kam ihr derjenige zu Hilfe, mit dessen Unterstützung sie zuallerletzt gerechnet hätte.

Die Versammlung wurde im Druidentempel abgehalten,

denn es war ein schöner, trockener Tag; der erste Hauch von Wärme lag bereits in der Luft. Gelert, der im Schatten einer Säule stand, ergriff plötzlich das Wort und verkündete, dass sie die Männer begleiten sollte. »Es ist so, wie die Ban Cré es sagt: Die Römer werden sie nicht anrühren. Sie haben nicht genug Soldaten, um das ganze Land mit Gewalt einnehmen zu können, daher versuchen sie, die hiesigen Häuptlinge auf ihre Seite zu ziehen, indem sie sie mit Wein und Öl bestechen. Wenn sie sich ihrer Unterstützung sicher sind, ziehen sie weiter. Aus diesem Grund werden der Prinz und seine Gemahlin in den eroberten Landstrichen nur auf wenige Römer treffen. Lady Rhianns Rang sichert ihr zudem den Schutz aller Stämme. Sie muss den Prinzen begleiten.«

»Ihr... Ihr befürwortet dieses riskante Unternehmen, ehrwürdiger Druide?«, stammelte Belen verblüfft.

»Unbedingt.« Gelert trat vor und richtete sich zu seiner vollen Höhe auf. Die Morgensonne ließ sein weißes Gewand und Haar flimmern. »Die Römer werden weiter und weiter in unser Land vordringen, bis sie am Ende unsere Kinder in ihren Betten abschlachten werden. Wir müssen alles tun, um das zu verhindern.« Seine Stimme nahm einen gebieterischen Klang an. »Die Götter verlangen römisches Blut! Wir müssen es ihnen geben, sonst wird uns ihr Zorn treffen!«

Seine Worte verfehlten ihre Wirkung auf Rhiann, aber sie sah einen Anflug von Furcht über die Gesichter der Ältesten huschen.

»Die Götter wünschen, dass wir unsere Zustimmung zu dieser Reise geben?«, brummte Talorc, der sein Unbehagen kaum verbergen konnte.

Gelert wirbelte herum und breitete vor dem Altar die Arme aus. Die weiten Ärmel seines Gewandes glichen weißen Flügeln, das Sonnenlicht fiel durch die dünne Wolle. »Sie sprechen zu mir«, zischte er. »Sie sprechen zu mir durch das Feuer. Sie sagen, dass diese Reise der Sicherheit unseres Stammes dient.« Er fuhr wieder herum. Sein Gewand flatterte im Luftzug und hing dann schlaff von seiner hageren Gestalt herunter. »Die

Ban Cré muss ihre Pflicht gegenüber ihrem Volk tun und der Prinz seinen Eid erfüllen. So lautet meine Entscheidung!«

Gelerts Worte brachen den Widerstand des Ältestenrates, und als die Sonne hoch am Himmel stand, gaben sie ihre Zustimmung zu der Reise nach Süden.

Als sie den Tempel verließ, blickte sich Rhiann noch einmal um. Gelert kehrte dem Altar den Rücken zu. Ihre Blicke kreuzten sich flüchtig, und sie sah, wie ein triumphierendes Lächeln um die Lippen des Druiden spielte.

Über ihre eigene Sicherheit hatte er kein Wort verloren.

22. Kapitel

ZEIT DER BLATTKNOSPE, ANNO DOMINI 80

Weit weg, auf den Orkneyinseln an der Nordspitze Albas, saß ein König allein im Dunkeln und brütete vor sich hin. Der Wind, der vom Norden her über das flache Land rund um seine Burg wehte, heulte um die dicken Mauern.

Der Mann hatte dunkle, struppige Haare und schwarze Augen wie alle Bewohner der Orkneyinseln. Doch wenn seine Untertanen vor sein Antlitz befohlen wurden, sahen sie noch eine andere Art von Dunkelheit in seinen Zügen, und dem Feuer, das in seinen Augen loderte, fehlte jegliche Wärme. Er hatte die Statur eines Bullen, und um die Schultern trug er den Pelz des großen weißen Bären, der aus den Eiswüsten im tiefen Norden kam.

Dieser König verfügte über eine große Macht; er herrschte mit eiserner Faust über die Inseln und einen beträchtlichen Teil der Küste des Festlandes. Aber all dies reichte ihm nicht, bei weitem nicht.

Als er sich in seiner dunklen nur von einer flackernden Fackel und einem qualmenden Torffeuer erleuchteten Halle umblickte, kam ihm seine Macht verschwindend gering vor.

Ihn verlangte es nach den warmen Tälern des Festlandes, den riesigen Wäldern und üppigen Weiden und den Reichtümern, die über die Handelswege befördert wurden.

Er ballte die Hand, die in seinem Schoß lag, zur Faust und starrte in die Flammen. Er, Maelchon, Abkömmling von Königinnen, war hier am Ende der Welt begraben und musste sich mit den Brosamen zufrieden geben, die von den Tischen der reichen und einflussreichen Stämme Albas fielen. Er dachte an den kaledonischen König Calgacus, diesen arroganten Emporkömmling, der stets mit seinen Juwelen, seinen Pferden und seinen riesigen Viehherden prahlte …

Maelchon zog seinen Gürtel höher und verlagerte sein Gewicht auf dem Thron, dann lächelte er plötzlich in sich hinein. Sie alle mussten sich auf eine große Überraschung gefasst machen. Schon bald würde ihn jeder, vom König bis hin zum einfachen Bauern, fürchten und um seine Gunst winseln.

Diese Vorstellung löste die altvertraute Hitze in seiner Lendengegend aus. Jedes Mal, wenn er über seine Pläne nachgrübelte, konnte er seine Ungeduld kaum noch zügeln. Aber er musste abwarten, musste an sich halten, wenn nichts schief gehen sollte. Nur fiel es ihm unendlich schwer, sich zu beherrschen. Das lag nicht in seiner Natur.

Maelchon war jetzt so erregt, dass seine Hose unangenehm über der Wölbung zwischen seinen Beinen spannte. Er wusste, dass er irgendetwas tun musste, ehe dieser unerträgliche Zwang, langsam vorzugehen, ihn in den Wahnsinn trieb. Er konnte seine Frau rufen lassen, ein jämmerliches, nutzloses Geschöpf zwar, aber zumindest zu einem zu gebrauchen … oder er konnte seinen Druiden zu sich befehlen und mit ihm zusammen nach seinem *broch* sehen.

Er betrachtete das dämmrige Licht, das unter dem Türbehang in den Raum kroch, und nickte dem Wachposten zu, der hinter seinem Thron im Dunkeln wartete. Dem Licht nach zu urteilen, sah es so aus, als bliebe ihm für beides Zeit. Viel mehr gab es in diesem vermaledeiten Land ohnehin nicht zu tun.

Kelturan, der Druide, trat vor seinen Thron. Er war ein hoch gewachsener, hagerer Mann mit bleichem Gesicht, schütterem Haar und tief in den Höhlen liegenden Augen, denen nur sehr wenig entging. In einer Hand hielt er seinen Amtsstab aus Eichenholz, der noch aus seinen Jugendtagen stammte, denn Eichen wuchsen auf diesen Inseln nicht, nur zähe, verkrüppelte Ebereschen, die dem ewigen Wind zu trotzen vermochten. »Ihr wünscht, dass die Bautrupps ihre Arbeit wieder aufnehmen, nicht wahr, Herr?«

Maelchon lächelte, weil der Druide seine Gedanken gelesen hatte – was im Übrigen der einzige Grund war, weshalb er ihn bei sich behielt. »Ganz recht. Mir ist zu Ohren gekommen, dass der Kaledonierkönig über eine Verteidigungsstrategie gegen die römischen Invasoren nachdenkt. Es liegt etwas in der Luft, Kelturan. Unsichere Zeiten könnten auf uns zukommen.« Er trank einen Schluck Ale, dann musterte er den angeschlagenen Becher aus Walfischknochen voller Abscheu. Wo waren die goldenen Kelche, die Trinkhörner mit Bronzerand, die Juwelen? Die Antwort darauf kannte er nur zu gut: in den Schatzkammern von Männern wie Calgacus, die in ihren Tieflandfestungen unermessliche Reichtümer horteten.

»Hinter massiven Steinmauern fühlt man sich immer sicherer«, murmelte Kelturan, obwohl er sehr gut wusste, dass ihnen die Inseln bislang immer ausreichenden Schutz geboten hatten. »Ich werde die Arbeiter gleich morgen früh zurückrufen.«

»Ich möchte jetzt zum Turm hinübergehen«, sagte Maelchon. Er sah dem Druiden an, dass er an den kalten Wind draußen dachte, doch als er dem König in die Augen blickte, erstarb jeglicher Protest auf seinen Lippen – so wie es sich gehörte.

»Ja, Herr, lasst mich nur schnell meinen Umhang holen.«

»Du wirst sofort mitkommen, Kelturan.«

»Ja, Herr.«

Sie traten aus der Halle in das nasskalte, übel riechende Dorf hinaus. Zwei Wächter folgten Maelchon, die allerdings nur dazu dienten, das gemeine Volk zu beeindrucken. Maelchon brauchte hier, in seinem Reich, keinen Angriff zu fürchten. Seine Untertanen hatten kein Rückgrat. Sie verneigten sich vor ihm und huschten eilig davon, als er zwischen den primitiven, am Strand verstreuten Hütten entlangschritt.

Dort erhob sich am Ufer wie ein grimmiger, grauer Felsen der Rohbau eines runden Turms, viermal so hoch wie ein gewöhnliches Haus. Seine Mauern waren so dick wie eine Manneslänge. Er war fast fertig gestellt, nur das Dach fehlte noch, und in der Mauer klaffte eine breite Lücke, durch die man die Treppen und Galerien sehen konnte, die sich vom Boden über zwei Stockwerke zogen. Bald würden die Dielenbretter für den Fußboden eintreffen. Das Holz kostete Maelchon mehr als alles, was er je erworben hatte, aber das war ihm egal.

Die massiven Mauern des Turms und seine Höhe zeugten von Maelchons Macht. Sie bewiesen, dass er kein unbedeutender Provinzkönig war, den man übergehen und auf den man herabblicken durfte. Und wenn sein Plan aufging, dann würde er bald über die nötigen Mittel verfügen, um das Innere des Turms mit Schnitzwerk, kostbaren Wandbehängen und Möbeln auszustatten, bis sich das Gebäude mit jedem Schloss in Alba messen konnte. Dann würde er hier in all seiner Pracht auf dem Thron sitzen, die anderen Prinzen von Alba zu sich befehlen und sich an ihrem ungläubigen Staunen weiden. Irgendwann einmal würde er zum Festland übersetzen und alles Land bis hin zum Forth einnehmen: das der Kaledonier, der Taexalier, der Vacomager. Schließlich würde er sich eine Braut von edelstem Blut suchen.

Er hütete diese Vorstellung in seinem Inneren wie einen verborgenen Schatz.

»Herr?«

Die Stimme des Druiden riss Maelchon aus seinen angenehmen Tagträumen, und er winkte unwillig ab. »Ich gehe allein hinauf. Warte hier.«

Er stieg die Stufen des Turmes empor, ohne dabei vor Anstrengung außer Atem zu geraten, denn das Alter hatte seinen Tribut noch nicht gefordert, und das Wissen, der Besitzer dieses mächtigen Bauwerks zu sein, verlieh ihm zusätzliche Kraft. Er trat auf eine steinerne Galerie hinaus und blickte über die noch nicht ganz fertig gestellte Mauer hinweg über das Meer hinaus.

Seine Hände schlossen sich um die groben Steine, er spürte ihre Kraft und kostete das Gefühl seiner Macht aus. Er hatte den Arbeitern vorgeschrieben, wie sie jeden einzelnen Stein zu legen hatten, und genauso war es auch geschehen. Man konnte allem und jedem seinen Willen aufzwingen – den meisten Menschen sehr leicht, den meisten Dingen ebenso. Sogar der Druide gehorchte ihm, obwohl er angeblich über magische Kräfte verfügte. Hah! Ein wahrer König hatte keine Zeit für die Spielchen der Druiden. Für ihn gab es nur eine Form von Macht – die über Leben und Tod.

Er ging zur landwärts gelegenen Seite des Turms und blickte auf die Menschen in seinem Dorf herab, diese elenden Kreaturen, die er zutiefst verachtete. Wie immer stieg bei ihrem Anblick heiße Wut in ihm auf.

Diese Inselbewohner waren zu nichts zu gebrauchen, sie zahlten Tribute und produzierten Nahrungsmittel, sonst nichts. Er hasste sie für ihre Primitivität. Eines Tages würde er den ihm zukommenden Platz unter den Edelleuten dieses Landes einnehmen, die ihn deutlich spüren ließen, dass sie sich ihm überlegen fühlten.

Dann wird alles anders, dachte er. *Dann wird mein Wille Gesetz sein.*

23. Kapitel

Rhiann sah, wie sich Eremons Schultern anspannten, als er sich über den Rand des Bootes beugte und sich übergab. Die anderen Männer aus Erin litten gleichfalls unter der Seekrankheit, nur der große Blonde, Conaire, war davon verschont geblieben.

Sie streckte die Beine aus und stemmte die Füße gegen die Wand des *curraghs*. Sie zumindest war froh, auf See zu sein. Niemand machte hier viel Aufhebens um sie, denn sie hatte Brica unter dem Vorwand, um ihre Sicherheit besorgt zu sein, daheim zurückgelassen. Nach den endlosen Monaten, die sie im Haus hatte verbringen müssen, tat es gut, sich wieder frei zu fühlen, sie war Gelerts Eulenaugen und den Pflichten, die sie in der Festung zu erfüllen hatte, fürs Erste entronnen.

»Erzählt mir mehr von Eurer Base.« Blass, aber sichtlich bemüht, gefasst zu wirken, gesellte sich Eremon zu ihr in den Bug des Bootes.

Seit er den Seegöttern ein paar Speerspitzen und Ringe geopfert und um eine sichere Reise gebetet hatte, bevor sie an Bord gegangen waren, wobei Gelert sie mit unbeteiligter Miene und der Ältestenrat mit sorgenvoll gerunzelter Stirn beobachtet hatten, hatten Eremon und Rhiann noch kein Wort miteinander gewechselt.

»Da gibt es nicht viel zu erzählen«, erwiderte Rhiann nun. »Mein Vater war ein Votadiner, und Samana ist von seiner Seite her mit mir verwandt. Ihr Vater stammte aus dem Volk der Silurer…«

»Die im Westen Britanniens leben? Dort habe ich auch Verwandte.«

Rhiann drehte sich um und sah ihn an. »Ihr habt Verwandte an dieser Küste?«

»Abgesehen von denen, die mir die Ehe mit Euch eingetragen hat?« Als sich sein Mund zu einem schiefen Lächeln verzog, erkannte sie, dass nur Bitterkeit darin lag, keinerlei Wärme. »Meine Mutter gehörte gleichfalls zu den Silurern. Von ihr habe ich meine Haarfarbe und meine dunkle Haut geerbt.«

Rhiann blickte zu den Bergen hinüber, die sich am See entlangzogen. »Meine Base wurde auch auf der Heiligen Insel ausgebildet«, fuhr sie fort, ohne auf seine Bemerkung einzugehen. Seine Familie interessierte sie nicht. »Sie ist zwei Jahre älter als ich, daher habe ich nicht viel mit ihr zu tun gehabt. Sie war sehr… temperamentvoll… und sie fand an den Ritualen nicht so viel Gefallen wie ich. Nachdem sie zur Priesterin geweiht wurde, verließ sie die Insel. Ich habe sie seit fast vier Jahren nicht mehr gesehen.«

Eremon runzelte die Stirn. »Also habt Ihr kein enges Verhältnis zu ihr. Wie könnt Ihr dann sicher sein, dass wir ihr trauen können?«

Rhiann tat seine Bedenken mit einer Handbewegung ab. »Sie ist eine Priesterin, ihre Loyalität gehört den Schwestern, und sie ist mit mir verwandt. Sie würde ihr Volk niemals verraten; es müssen die Männer der Votadiner gewesen sein, die sich vom Gold der Römer haben blenden lassen.«

»Ich hoffe, Ihr behaltet Recht.« Eremon begann unbehaglich auf seinem Platz hin- und herzurutschen. »Ihr habt nicht zufällig ein Heilmittel gegen Seekrankheit bei Euch?«

»Dagegen hilft nur die Zeit, fürchte ich. Ihr werdet Euch schon daran gewöhnen.«

Eremon erhob sich mit einem angespannten Lächeln und verschwand im hinteren Teil des Bootes. Kurz darauf hörte sie ihn erneut würgen. Zu schade, dass sie keinen Trank aus Gänsefingerkraut mitgenommen hatte. Es war das wirksamste Mittel gegen Seekrankheit, das sie kannte.

Die Epidier legten endlich bei einem kleinen Dorf an. Es bestand lediglich aus ein paar Fischerhütten, die sich um einen baufälligen Pier drängten, und wurde von einer grünen Landzunge vor den Meeresstürmen geschützt.

Die hier lebenden Damnonier waren ein unabhängiges, kampfeslustiges Volk. Da sie an ihrer windigen Küste allein auf sich gestellt waren, kümmerten sie sich nur um ihre eigenen Belange und nicht um die der neuen römischen Machthaber. Rhiann und ihre Begleiter tauschten ein paar bronzene Armreifen gegen zottige Pferde und genug Brot, Käse und Trockenfleisch für eine Woche ein.

Rhiann nutzte die Gelegenheit, um den quälenden Husten zu lindern, der den Sohn des Häuptlings plagte, was ihr die willkommene Information eintrug, dass die Römer über zu wenig Soldaten verfügten, um jeden Winkel der wilden, zerklüfteten Hügellandschaft zu kontrollieren. Agricola hatte den größten Teil seiner Truppen weiter nach Norden geführt, wo er mit stärkerem Widerstand rechnete.

»Unser König hat sich ergeben, sowie er ihre Schwerter sah«, grollte der alte Häuptling, dabei stocherte er mit einem Hirschknochensplitter zwischen seinen Zähnen herum. »Die im Landesinneren ansässigen Clans sind eine Horde von Feiglingen!«

Rhiann nahm den Becher Blaubeertee entgegen, den die Frau des Häuptlings ihr reichte, und streckte die Füße näher zum Feuer hin. Während der zwei Tage auf See hatten sie gutes Wetter gehabt, aber jetzt waren dunkle Regenwolken am Himmel aufgezogen, und die ersten Tropfen prasselten auf das Strohdach nieder.

Im Verlauf des Gesprächs stellte sich heraus, dass der alte Häuptling seines behäbigen Gebarens zum Trotz einen tief sitzenden Hass gegen die Römer und den Damnonierkönig hegte, der sich kampflos ergeben hatte.

»Vielleicht brauchen wir in naher Zukunft selbst Verbündete, um uns gegen die Römer zur Wehr zu setzen«, murmelte Eremon und nippte an seinem Tee.

Die Augen des Mannes leuchteten auf. »Sie verlangen mehr Korn und Fleisch, als wir entbehren können. Sie bluten uns aus. Aber in den Buchten entlang der Küste leben viele, die so denken wie wir. Wenn der richtige Zeitpunkt käme und wir einen starken Anführer hätten, dann würden wir alle mit Freuden gegen die Adlermänner kämpfen.«

Später, als sie ihre neuen Pferde sattelten und beluden, bestand der Häuptling darauf, ihnen seinen besten Jäger als Führer mitzugeben. »Er wird euch helfen, den Adlern aus dem Weg zu gehen«, versicherte er Eremon. »Aber er kann euch nur bis zur Grenze des Votadinergebietes begleiten. Von da aus müsst ihr euch allein durchschlagen. Möge Manannán euch beistehen!«

»Wir müssen Euch Eure Freundlichkeit entgelten«, warf Rhiann ein.

Der Häuptling wehrte ihr Angebot kopfschüttelnd ab. »Mein Sohn atmet jetzt so leicht wie schon seit vielen Monden nicht mehr. Benutzt euer Gold lieber, um gegen die Besatzer zu kämpfen!«

Rhiann nickte und fing über die Schulter des alten Mannes hinweg Eremons Lächeln auf.

Während Rhiann in den stickigen Räumen von Dunadd eingesperrt gewesen war, hatte sie davon geträumt, unter freiem Himmel schlafen zu können. Die Wirklichkeit sah jetzt anders aus – knorrige Wurzeln bohrten sich in ihren Rücken, ihr ganzer Körper schmerzte, wenn sie eine Nacht lang auf dem harten Boden gelegen hatte, und ständig regnete es in das provisorische Zelt aus Tierhäuten hinein. Außerdem saßen die Männer jeden Abend noch lange am Feuer und unterhielten sich lachend und lärmend, deshalb fand Rhiann kaum Schlaf.

Zum Glück erwiesen sich die zottigen Pferde als schneller und ausdauernder, als es der erste Eindruck hatte vermuten lassen, und nachdem sie sich ein paar Tage lang an dem frischen jungen Gras in den Tälern gelabt hatten, trabten sie munter dahin, und die Gruppe kam rasch voran.

Die ersten beiden Tage lang bekamen sie keine Menschenseele zu Gesicht. Sie folgten dem damnonischen Führer durch die mit Eichen und Birken bewachsenen verborgenen Täler, in denen sich schon das Grün der ersten Blätter zeigte. An einem verhangenen Morgen ertönte jedoch von der Kuppe einer Hügelkette her plötzlich der Warnpfiff des Jägers, der die Gegend auskundschaftete. Eremon befahl seinen Männern, Halt zu machen, und kroch durch den gelben Ginster hindurch zum Rand des Felsens hinüber. Rhiann tat es ihm nach.

Der Flintsteinhang fiel hier steil ab, und unter ihnen erstreckte sich ein Tal, das vom schimmernden Band eines schmalen Flusses durchzogen wurde. Im Süden wurde das Tal breiter, und dort sah Rhiann in der Ferne Stahl, Bronze und karminrote Umhänge aufleuchten.

Römische Umhänge.

Und römische Rüstungen, die sämtliche Gliedmaßen, den Kopf und den Brustkorb bedeckten.

Albanische Krieger verzierten ihre Schilde, ihre Schwertscheiden und die Köcher für ihre Pfeile so, wie es ihnen selbst gefiel. Sie legten Wert darauf, sich voneinander durch bunte Bänder, die sie in ihre Zöpfe flochten, durch Bordüren an ihren Umhängen oder durch aufwändig bestickte Tuniken zu unterscheiden… doch diese Römer sahen alle gleich aus. Aus der Entfernung wirkten sie wie Ameisen, die in einheitlicher Formation einem strikten Befehl folgten, ohne einen eigenen Willen erkennen zu lassen.

Welche Absicht sie in diesem Tal verfolgten, lag auf der Hand. In der Mitte nahmen zwei hohe, lang gestreckte Holzgebäude Form an, darum herum wurde eine hohe Palisade hochgezogen. Rhiann konnte das Muhen der Ochsen hören, die immer neues Baumaterial herbeischafften. Der würzige Duft frisch geschlagenen Holzes stieg ihr in die Nase.

»Sie nennen das Befestigungsanlagen«, erklärte der damnonische Führer, der neben ihnen kauerte und einen Pfeil an die Sehne seines Bogens legte. »Darin werden die Soldaten untergebracht.«

»Gibt es noch einen anderen Weg?«, fragte Eremon ihn.

»Ja. Wir müssen ein Stück zurückreiten, dann kommen wir in ein anderes Tal – es ist viel schmaler und mit dichtem Buschwerk bewachsen, deshalb können die Römer dort keine Quartiere errichten. Aber der Abstieg ist schwierig.«

»Darauf können wir keine Rücksicht nehmen«, erwiderte Eremon knapp. »Hier kommen wir jedenfalls nicht weiter. Lady, kommt mit.« Er und der Jäger kletterten den Hang hinunter, um die anderen Männer über die Lage zu informieren. Rhiann beobachtete die Soldaten unter ihr noch einen Moment lang. Sie nahmen sich in ihrem Land so… fremdartig aus.

Rhiann wusste, dass die Römer ihre seltsamen, nicht greifbaren Götter mit Ölen und Gold gnädig zu stimmen versuchten, aber sie verehrten weder die Bäume, Flüsse und Quellen, noch besänftigten sie die Geister der Tiere, die ihnen Nahrung lieferten. Sie konnte die Wunde, die sie dem Land zufügten, förmlich spüren; meinte die Narbe zu sehen, die sie auf der Erde hinterließen.

Wehen Herzens wandte sie sich ab und ließ das Tal hinter sich zurück, aber sie wusste, dass der Hass gegen die römischen Besatzer sie von nun an nicht mehr loslassen würde.

Am späten Nachmittag des dritten Tages verabschiedete sich ihr Führer von ihnen, um zu seinen Leuten zurückzukehren. Sie waren keinem Römer mehr begegnet, und als sie auf einen breiten Pfad stießen, der sich am Fuß einer Granithügelkette entlangzog, beschlossen sie, ihm ein Stück zu folgen. Auf dem Schlammboden waren keinerlei Fußspuren zu entdecken, daher hielt Eremon den Weg für sicher. Sie wollten die Felsen umrunden, bis sie eine sichere Aufstiegsmöglichkeit fanden.

Doch als sie sich aus dem Schatten der Bäume lösten und ins Licht der letzten Sonnenstrahlen hinausritten, hörte Rhiann plötzlich einen lauten Ruf. »Halt!«

Göttin, das war Latein! Rhiann hatte den Druiden ein paar Worte dieser Sprache abgelauscht, war aber noch nie jemandem begegnet, dessen Muttersprache Latein war.

Ein Römer.

Sie waren entdeckt und verfolgt worden.

Hufgetrappel ertönte, gefolgt vom Stampfen zahlreicher Füße im Matsch. Rhiann erstarrte.

»Haltet euch ein Stück hinter ihr«, zischte Eremon seinen Männern zu. »Unternehmt nichts, egal was geschieht.«

Sie sollen hinter mir zurückbleiben? Dann begriff Rhiann, dass Eremon Recht hatte. Wenn die Männer vorwärtsstürmten, um ihr zu Hilfe zu eilen, würden die Römer ihnen sofort feindliche Absichten unterstellen. Sie bemühte sich, Ruhe zu bewahren, aber sie kam sich so alleine in der Mitte des Pfades furchtbar verletzlich vor.

Ihre Anspannung übertrug sich auf das Pferd, es scheute und warf schnaubend den Kopf zurück. Dann spürte sie Eremon an ihrer Seite, der in die Zügel griff und das Tier beruhigte. Als sie in sein mühsam beherrschtes Gesicht blickte, schlug eine Welle der Panik über ihr zusammen, die sich in ihren Augen widerspiegeln musste. In Eremons eigenen Augen brannte ein kaltes Feuer, er nickte ihr kurz ermutigend zu und senkte dann den Blick, als ein berittener römischer Soldat mit gezücktem kurzem Schwert auf sie zukam. Sein roter Umhang flatterte hinter ihm im Wind.

»Stell dir vor, er wäre ich«, murmelte Eremon, ehe der Reiter zehn Schritte vor ihnen sein Pferd zügelte.

Was sollte das denn heißen?

Der Rest der römischen Patrouille kam um die Biegung und formierte sich, die Hände an die Griffe ihrer Schwerter gelegt. Die sinkende Sonne fing sich in ihren Helmen, den Stahlplatten, die ihre Brust, Schultern, Schienbeine und Unterarme bedeckten, und den Spitzen ihrer Speere. Sie wirkten hart und entschlossen. Ihre Schwerter waren einfach gearbeitet, aber scharf, und die Augen der Männer blickten kalt.

Eine eisige Hand schloss sich um Rhianns Herz, sie musste all ihre Willenskraft aufbieten, um sich das nackte Entsetzen nicht anmerken zu lassen, das sie zu überwältigen drohte.

Der berittene Soldat musterte sie von Kopf bis Fuß, dann betrachtete er ihre Begleiter abschätzend. An ihren Sätteln hingen Jagdbogen; Eremon hatte dafür gesorgt, dass noch nicht einmal eine Dolchspitze irgendwo an ihnen zu sehen war und dass ihre Schwerter ganz unten in ihrem Gepäck verstaut worden waren.

Die glitzernden Augen unter dem Stahlhelm richteten sich wieder auf Rhiann. »Was habt Ihr hier zu suchen?«, fragte der Römer herrisch. Er bediente sich des britannischen Dialekts, der ihrer eigenen Sprache so weit ähnelte, dass sie ihn verstehen konnte.

Der Tonfall des Offiziers und sein hochmütiger Blick erinnerten sie plötzlich an jemanden. Ihr Blick wanderte flüchtig zu Eremon und blieb dann wieder auf dem arroganten römischen Gesicht haften. Beides zusammen reichte aus, um sie in

Wut zu versetzen, und ihre Furcht ließ nach. Sie lockerte den Druck ihrer Schenkel und saß so ruhig und aufrecht auf dem Rücken des Pferdes, wie es ihr möglich war. *Stell dir vor, er wäre ich.*

»Was soll das heißen?« Ihre Stimme hallte von der Felswand wider. »Wir sind friedliche Reisende! Lasst uns gefälligst passieren!«

Sie hielt dem Blick des Offiziers einen langen Moment kühl stand, obwohl sie kaum zu atmen wagte. Eremon hatte sich nicht von der Stelle gerührt, aber sie sah, wie sich seine Finger fester um die Zügel ihres Pferdes schlossen.

»Laut Befehl des Gouverneurs ist es den Angehörigen der Stämme untersagt, ihr Gebiet zu verlassen. Wer seid Ihr?«

»Ich bin eine Prinzessin der Votadiner und kehre in meine Heimat zurück, nachdem ich ein Jahr bei Verwandten meiner Mutter verbracht habe.«

»Der Votadiner, sagt Ihr?«

»Ganz recht. Wir haben eine anstrengende Reise hinter uns, wie Ihr seht, ich bin erschöpft und außerdem völlig durchnässt. Mein Vater ist der Bruder des Königs, und er wird nicht erfreut sein, wenn er erfährt, dass Ihr mich aufgehalten habt. Jetzt lasst mich durch!« Es gelang ihr, ihrem Tonfall genau die richtige Mischung aus Befehlsgewohntheit und aufsteigender Hysterie zu verleihen.

Der Römer hatte sich ein wenig entspannt. Er lehnte sich im Sattel zurück, legte sein Schwert quer über seine Oberschenkel und musterte sie ungeduldig. »Still jetzt, Mädchen! Spar dir deine Forderungen für deine eigenen Leute auf und wetz deine scharfe Zunge nicht an mir. Du wirst bald feststellen, dass sich hier während deiner Abwesenheit einiges verändert hat – wenn ich du wäre, würde ich nach Hause reiten und dort bleiben.«

Die einbrechende Dämmerung warf die ersten blauen Schatten über den Weg. Der Offzier warf Rhiann und ihrer Eskorte einen gereizten Blick zu. Er wollte offenbar keine Zeit mehr mit ihnen verschwenden – ihn zog es in die Sicherheit seines befestigten Lagers zurück. Sie musste seiner Entscheidung etwas nachhelfen.

Sie löste die Zügel aus Eremons Hand und trieb ihr Pferd vorwärts. »Wie lautet Euer Name, Soldat? Ich werde meinem Vater von Eurem unerhörten Benehmen berichten, und er wird sich bei Eurem Kommandanten beschweren! Wir sind wertvolle Verbündete der Römer, wie Ihr wohl wisst, ich frage mich, was er sagen wird, wenn er erfährt, dass Ihr mich bis zum Einbruch der Dunkelheit hier festhaltet, von Eurer Unhöflichkeit ganz zu schweigen, und ich …«

»Genug!«, bellte der Offizier. »Bei Jupiter, Weib, setzt Euren Weg fort und sagt Eurem Vater, was Ihr wollt!« Er zischte einen Befehl in lateinischer Sprache, worauf die Truppe geschlossen kehrtmachte und begann, den Pfad hinunterzumarschieren. Der Reiter wendete sein Pferd und folgte ihnen.

Die Sonne versank hinter den Felsen, und die Männer aus Erin waren plötzlich in dunkelviolette Schatten getaucht. Sie alle atmeten erleichtert auf. Eremon wandte sich mit vor Anspannung starrem Gesicht zu Rhiann. Auch ihr Herz begann, vor Erleichterung schneller zu schlagen. Ihre fest gegen den Pferdeleib gepressten Knie begannen zu zittern.

»Das hast du gut gemacht.« Eremon schüttelte den Kopf. »Ich dachte, deine unangenehmste Seite schon zu kennen, aber offenbar habe ich mich getäuscht.«

Ehe sie etwas erwidern konnte, drängte Conaire sein Pferd an das ihre heran. »Was für eine Vorstellung, Lady!« Seine Zähne blitzten im Dämmerlicht. »Ihr seid für jeden Kriegertrupp eine wertvolle Verstärkung.«

Rhiann merkte, wie sie das Lächeln wie von selbst zurückgab, und unerklärlicherweise durchströmte sie bei seinen Worten eine wohlige Wärme.

»Habt ihr ihre Rüstungen gesehen?«, fragte Rori, der noch immer in die Richtung starrte, in der die Römer verschwunden waren. »Sie haben ausgesehen wie … wie Fischschuppen!«

»Ich habe mehr darauf geachtet, worauf ihre Speere gerichtet waren, mein Junge«, gab Conaire zurück. »Auf uns!«

Ein angeregtes Stimmengewirr erhob sich. Rhiann befand sich mitten dazwischen. Eine seltsame Hochstimmung hatte von ihr Besitz ergriffen. Sie hatte es geschafft – sie hatte sie alle gerettet! Sie war so stark wie jeder Mann. Jetzt hatte sie allen bewiesen, dass auf sie Verlass war.

Just in diesem Moment legte sich plötzlich ein Schleier vor ihre Augen, in ihren Ohren begann es zu rauschen, und sie spürte, wie sie seitlich wegkippte. Das Letzte, was sie hörte, war Eremons Stimme. »Passt auf! Die Lady!«

Dann wurde die Welt schwarz um sie.

24. Kapitel

Auf einer Waldlichtung kam Rhiann wieder zu sich, und das Erste, was sie sah, war Eremons von Haselkätzchen, die von den Ästen über ihm herabhingen, umrahmtes Gesicht. Er drückte ihr ein feuchtes Tuch auf die Stirn. »Gut, Ihr seid also wieder wach. Ich habe mir die Freiheit genommen, Euch an einen sichereren Platz als diesen offenen Pfad zu schaffen.«

Rhiann versuchte sich aufzusetzen. Er half ihr, sich gegen den Baumstamm zu lehnen. »Hier.« Er reichte ihr einen Becher Wasser. »Trinkt das, dann fühlt Ihr Euch gleich besser.«

Sie gehorchte, dann schloss sie die Augen und lehnte den Kopf gegen den Baum hinter ihr, weil ihr erneut schwindelig wurde. Ihr Hinterkopf schmerzte. »Bin ich sehr hart auf dem Boden aufgeschlagen?«

»Nein. Ich habe Euch aufgefangen«, erwiderte Eremon mit unüberhörbarer Belustigung in der Stimme. »Aber Euer Gewicht hat mich aus dem Sattel gerissen, und dabei seid Ihr mit dem Kopf gegen mein Kinn geprallt. Es tut mir Leid.«

Rhiann verdrängte das unerfreuliche Bild von ihnen beiden ineinander verschlungen am Boden. Vermutlich war ihr Rock dabei bis zu den Knien hochgerutscht. »Ich bin noch nie ohnmächtig geworden.«

»Ihr musstet Euch auch noch nie gegen einen Römer behaupten.«

»Ich bin schon mit ganz anderen Männern fertig geworden!«

Er schwieg einen Moment, dann erwiderte er trocken: »Aha. Es war übrigens meine Schulter, die Euren Sturz abgemildert hat, müsst Ihr wissen.«

Rhiann lief vor Scham dunkelrot an. Sie schämte sich zutiefst dafür, all diesen Männern einen Beweis weiblicher Schwäche geliefert zu haben. »Vielen Dank. In ein paar Minuten können wir weiterreiten.«

»Seid Ihr sicher?«

»*Ich* bin die Heilerin hier.« Sie hielt die Augen absichtlich geschlossen, bis sie trockene Zweige unter seinen Füßen knirschen hörte, als er sich entfernte.

Sie waren noch immer einen halben Tag von der Eichenfestung entfernt, in der Rhianns Base lebte, als sie auf die ersten kleinen Ansiedlungen trafen, die darum herum verstreut lagen.

Die Häuser waren mit festen Strohdächern gedeckt und weiß getüncht. Die dunkle, fruchtbare Erde der Felder war frisch gepflügt, und in den Pferchen tummelte sich wohlgenährtes Vieh, das noch nicht auf die Sommerweiden getrieben worden war. Diese Gehöfte wurden immer zahlreicher, je mehr sie sich ihrem Ziel näherten, und endlich stellte Eremon fest: »Die Votadiner scheinen ein wohlhabender Stamm zu sein.«

Sie sahen die große Festung lange, bevor der Geruch der Kochstellen zu ihnen herüberwehte, denn sie thronte hoch oben auf einem einzelnen Hügel, der sich von dem flachen Land abhob wie ein sich am Strand sonnender Seehund. Der Gipfel war von einem alten Wall und einer Holzpalisade umgeben. Ein Turm überblickte das Ackerland im Westen, der andere ging im Osten auf das Meer hinaus.

Der Pfad wurde breiter, wand sich spiralförmig den Nordhang des Hügels hinauf und endete vor einem Tor mit zwei mächtigen Wachtürmen. Aber das Tor stand offen, und die Wächter stützten sich lässig auf ihre Speere. Auch auf dem schmalen Fußweg, der entlang der Palisade verlief, waren kaum Wachposten zu sehen. Die Menschen hier fühlten sich hinter den römischen Linien offenbar sicher.

Rhiann bat den Wächter, einen Boten zu ihrer Base zu senden. Während sie auf Antwort warteten, trat sie zu Eremon an den Rand des Pfades, wo er zur Ebene hinunter abfiel. Hier kam der Wind direkt vom Meer und brachte einen Rest der Kälte der letzten Monde mit sich.

»Die Festung liegt strategisch ausgesprochen günstig«, stellte Eremon fest und tätschelte den Hals seines Pferdes. »Von dort aus muss man viele Meilen über Land sehen können.«

»Die Votadiner waren schon immer ein reiches Volk. Aber jetzt scheint es ihnen noch besser zu gehen als früher.«

»Es sieht nicht so aus, als hätten sie den Römern Widerstand geleistet und wären mit Gewalt unterworfen worden.«

»Nein«, erwiderte Rhiann nachdenklich. »Wir sollten lieber vorsichtig sein.«

»Dieser Rat kommt ein wenig zu spät.« Eremon grinste, und Rhiann spürte, wie ihre Mundwinkel ohne ihr Zutun zur Antwort zu zucken begannen.

»Lady.« Ein schmächtiger, dienstbeflissener Mann kam auf sie zu. »Mein Name ist Carnach. Meine Herrin Samana lässt ausrichten, dass sie sich sehr über den unerwarteten Besuch ihrer Base freut. Sie hat mir aufgetragen, Euch zu ihr zu bringen.«

Als sie das Dorf auf dem Hügel durchquerten, entdeckten sie noch mehr Anzeichen für blühenden Wohlstand. Überall befanden sich neue Häuser im Bau; größtenteils Kornspeicher und Lagerhäuser verschiedener Größe. Offenbar beabsichtigten die Votadiner, ihr Handelsnetz auszuweiten.

Aber als sie die Dorfmitte erreichten, stockte Rhiann vor Schreck der Atem. Sie hatte ihre Verwandte nur einmal zusammen mit ihrem Vater besucht, als sie noch sehr jung gewesen war. Damals war das riesige Haus des Königs, größer noch als das von Dunadd, das Herzstück der Hügelfestung gewesen. Daneben hatte eine uralte knorrige Eiche gestanden, die der Festung ihren Namen gegeben hatte.

Der Baum stand noch da, aber das Haus war verschwunden und von einem halb fertig gestellten rechteckigen Gebäude ersetzt worden, das anscheinend mehrere sich aneinander anschließende Räume beherbergte. Rhiann starrte es sprachlos an. Obwohl es aus demselben Material erbaut worden war wie die Rundhäuser ihres Stammes, konnten sich ihre Augen nicht an die geraden Wände und Ecken gewöhnen – und schon gar nicht an die roten Ziegel, mit denen das schräge Dach gedeckt war.

Carnach führte sie in einen großen quadratischen Raum. Die Wände waren mit leuchtenden Farben gestrichen, der Boden mit Fliesen ausgelegt, auf dem zierliche Eichenholzmöbel standen. Es gab keine Bratspieße über der Feuerstelle, keine Schilde und Speere an den Wänden, keine Tierhäute und Felle, keinen über dem Feuer brodelnden Kessel. Alles war hell und luftig; Licht fiel durch viereckige Löcher in den Wänden herein, die mit einem durchsichtigen Material bespannt waren, das Rhiann nicht kannte. Später fand sie heraus, dass es sich um hauchdünnes, eingeöltes Leder handelte. Sie hatte ihr erstes Fenster gesehen.

Immer noch starr vor Staunen fuhr sie unwillkürlich zusammen, als sie an der inneren Tür ein leises Rascheln hörte, sie drehte sich um… und stand zum ersten Mal seit vier Jahren wieder ihrer Base Samana gegenüber.

Rhiann fiel sofort auf, dass das hübsche Mädchen von einst zu einer voll erblühten schönen Frau herangereift war. Samanas um den Kopf geschlungenes Haar bildete eine seidig glänzende, rabenschwarze Krone; ihre Augen waren gleichfalls schwarz und an den Augenwinkeln leicht nach unten gezogen. Auf der Heiligen Insel hatte sie deshalb immer ein wenig mürrisch und trotzig gewirkt. Dem Gesicht der erwachsenen Frau verliehen diese Augen einen ganz ungewöhnlichen Reiz, zumal sie ein safrangelbes Gewand trug, das ihre Haut wie Honig schimmern ließ, und sich die Lippen mit Beerensaft gefärbt hatte. Rhiann spürte, wie ein Ruck durch alle Männer im Raum ging.

»Base!« Samana schwebte durch den Raum, ergriff Rhianns Hand und küsste sie auf beide Wangen. Rhiann wurde von einer Wolke schweren, süßen Apfeldufts eingehüllt. »Komm, setz dich.«

Nachdem alle auf den im Raum verteilten fremdartigen Stühlen Platz genommen hatten, klatschte Samana in die Hände und befahl, ihnen Erfrischungen zu bringen, dann richtete sie ihre dunklen Augen wieder auf Rhiann. »Es ist lange her, Base. Und nun kommst du plötzlich unerwartet zu mir und bringst mir ein paar hübsche junge Männer als Geschenk mit – Männer aus Erin, so lautete doch deine Botschaft.« Sie lächelte den Männern einem nach dem anderen zu, aber auf Eremon blieb ihr Blick etwas länger ruhen.

Rhiann fixierte sie scharf. »So lautete meine Botschaft nicht, Samana. Deine Priesterinnenausbildung kommt dir noch immer zugute, wie ich sehe.«

»Die Gaben, die die Mutter uns schenkt, verlieren wir nicht so leicht wieder, Base.«

Carnach betrat den Raum. Er hielt ein Tablett in den Händen, und Samana wies ihn an, jedem einen leeren Bronzekelch zu reichen und den silbernen Krug auf einem kleinen dreibeinigen Eichentisch abzustellen. Als sich der Haushofmeister zurückgezogen hatte, fügte sie hinzu: »Aber nun stell mir doch deine Gefährten vor. Ich möchte die Namen derer, die ich bewirte, kennen.« Während sie sprach, erhob sie sich und griff nach dem Krug, dabei fing sich das Sonnenlicht, das durch die offene Tür fiel, in den Ringen an ihren Fingern und dem goldenen Armband an ihrem schmalen Handgelenk.

»Das sind meine Leibwächter«, erwiderte Rhiann. »Denn ich habe gehört, dass die Bemalten bei ihren Brüdern im Süden nicht mehr willkommen sind. Dein Volk hat neue Gäste, wie es aussieht.«

»Meinst du die Römer?«

»Wen sonst?«

Samana stand jetzt vor Eremon und lächelte auf ihn hinab. »Du bist so ernst wie eh und je, Base. Wir können später darüber sprechen, jetzt möchte ich erst einmal die Namen meiner Gäste erfahren.«

Rhiann gab widerwillig nach. »Außerhalb dieser Mauern ist dieser Mann der Kommandant meiner Leibwache – innerhalb von ihnen mein Gemahl Eremon, Sohn des Ferdiad von Dalriada.«

»Dein Mann? Das ist ja eine wunderbare Neuigkeit!« Samana füllte Eremons Becher mit Met, und sogar von ihrem Platz aus konnte Rhiann das Feuer spüren, das zwischen ihnen knisterte. »Dann sind wir ja miteinander verwandt!« Samana beugte sich zu Eremon, um ihm einen Begrüßungskuss zu geben, dabei berührten ihre Lippen die seinen eine Spur länger, als es die Höflichkeit gebot.

Nachdem sie auch Conaire Met eingeschenkt hatte und zu den anderen trat, fing Rhiann den belustigten Blick auf, den Eremon und sein Ziehbruder wechselten.

Sowie Samana wieder Platz genommen hatte, stellte Rhiann ihren Becher auf dem kleinen Tisch ab und beugte sich vor. »Base, was ist hier geschehen? Warum lebst du in diesem Haus? Wo sind der König und die Stammesältesten?«

Samanas Gesicht umwölkte sich, aber sie erwiderte obenhin: »Es ist nicht sehr höflich, mich mit Fragen zu überschütten, Rhiann. Ich könnte dich ja auch fragen, was dich zu mir führt.«

»Lady«, warf Eremon glatt ein, »verzeiht, dass wir Euch so überfallen haben. Hinter uns liegt eine lange Reise, in deren Verlauf wir in eine gefährliche Situation geraten sind. Ich schlage vor, wir beantworten uns gegenseitig alle Fragen, wenn wir uns ein wenig ausgeruht haben.«

Sowohl Rhiann als auch Samana drehten sich zu Eremon um und starrten ihn an; Rhiann mit wachsender Verärgerung, Samana, das konnte sie deutlich sehen, mit sehr viel wärmeren Gefühlen.

»Selbstverständlich.« Samanas Züge entspannten sich. »Dein Mann beschämt uns, Rhiann. Ich habe Gastquartiere für euch herrichten lassen. Carnach kann euch den Weg zeigen. Wenn ihr euch gewaschen und ausgeruht habt, werden wir essen, und dann können wir alles Wissenswerte über einander herausfinden.«

Rhiann und Eremon wurde eine kleine Gasthütte in der Nähe von Samanas Haus zugewiesen, den anderen Männern eine zweite. Eremon entschuldigte sich, sobald er sein Bündel auf den Boden geworfen hatte, und ging zu Conaire hinüber, so genoss Rhiann das Ritual des Füßewaschens alleine. In der Hütte stand ein Krug mit mit Wasser versetztem Wein, den sie nicht anrührte, und fremdartige römische Öllampen erleuchteten den Raum. Erst nachdem sie die kleinen Götterfigürchen, die sie mitgebracht hatte, über ihrem Bett aufgereiht hatte, fühlte sie sich ein wenig besser.

Jetzt blickte sie auf die Dienerin hinunter, die ihr mit einem Schwamm die Füße säuberte. »Sag mir – weißt du, wo sich der König und die Ältesten aufhalten?«

Das Gesicht der Frau verriet nicht, was sie dachte. »Lady, die Römer sind gekommen und haben sie mitgenommen. Lady Samana ist jetzt die Königin hier.«

»Sie herrscht hier?«

Die Dienerin senkte den Kopf und konzentrierte sich auf ihre Tätigkeit. »Ja, Herrin.«

Rhiann hätte ihr gerne noch weitere Fragen gestellt, aber die Frau würde wahrscheinlich behaupten, überhaupt nichts zu wissen, daher unterließ sie es. Besser, sie erfuhr die ganze Geschichte aus dem Mund ihrer Base.

Als die Nacht hereinbrach, geleiteten Fackelträger die kleine Gruppe den Pfad zu Samanas Haus hinauf. Diesmal wurden sie in einen anderen Raum geführt, den die Öllampen, die an den bemalten Wänden flackerten, in ein goldenes Licht tauchten. Samana hatte an der Tradition der Stämme festgehalten, Gästen niedrige Bänke als Sitzgelegenheiten anzubieten, aber sie benutzte dreibeinige Tischchen, um die Speisen darauf abzustellen.

Eine Schar von Dienern trug silberne Platten, römische Tonschalen und bronzene Krüge auf. Die Speisen waren größtenteils nach albanischer Art zubereitet: in Honig und Thymian gekochte Seebrassen und geröstete Gans mit Holzäpfeln, aber es gab auch aus Rom importierte Oliven und Feigen, einen seltsamen Vogel aus dem Osten, den Samana als Fasan bezeichnete, und ein Gericht aus Rindfleisch und Austern in einer stark nach Fisch riechenden Sauce, die Samana *garum* nannte.

Rhiann schwieg während des Essens, denn die Ironie der ganzen Situation – da hatten sie diese lange Reise unternommen, um herauszufinden, wie sie die Römer besiegen konnten, und nun saßen sie da und verzehrten römische Gerichte – verursachte ihr Übelkeit.

Samana unterhielt sich vornehmlich mit Eremon und fragte ihn über seine Heimat Erin aus. Rhiann verfolgte interessiert, wie er einigen unbequemen Fragen geschickt auswich. *Demnach spielen wir alle heute Abend mit unseren Worten*, dachte sie und nippte an ihrem Met.

Hatte sie sich geirrt, was diese Reise betraf? Konnte sie Samana wirklich trauen? Sie dachte an ihre gemeinsame Zeit auf der Heiligen Insel zurück. Ihre Base hatte den Luxus schon immer geliebt – es war Samanas Mutter, die Schwester des Königs gewesen, die darauf bestanden hatte, dass das Mädchen in den Orden eintrat. Samana selbst hatte sich nie mit dem spartanischen Leben einer Priesterin abfinden können.

Wenn sie diesen Wesenszug ihrer Base berücksichtigte, wunderte es Rhiann nicht sonderlich, dass Samana sich von den Luxusgütern der Römer hatte in Versuchung führen lassen. Schließlich waren die meisten Edelleute von Britannien und sogar viele aus Alba dieser Versuchung gleichfalls erlegen. Aber nach römischen Reichtümern zu gieren hieß noch lange nicht, dass man sich auch bereitwillig unter das Joch der Römer zwingen ließ.

Rhiann entspannte sich ein wenig. Der König und sein Gefolge mussten sich freiwillig als Geiseln zur Verfügung gestellt haben. Samana machte vermutlich das Beste aus der Situation, in die sie ohne eigenes Zutun geraten war. Immerhin hatte sie sich damals eifrig in ihre Studien vertieft, die Lehren der

Schwestern übernommen und große Begabung für Magie und das Beschwören des Gesichts gezeigt, auch wenn es um ihre Heilkünste nicht so gut bestellt gewesen war. *Sie ist eine Priesterin, ihre Loyalität gehört immer zuerst der Schwesternschaft*, dachte sie. *Wenn sie von Männern eine ebenso geringe Meinung hat wie ich, dann sollten wir uns zusammentun und unsere beschränkten Kräfte vereinen.*

Doch gerade als sie sich anschickte, die unvermeidliche Frage zu stellen, ergriff Eremon das Wort. Er trank einen Schluck Wein, lehnte sich zurück und stieß einen betont zufriedenen Seufzer aus. »Das war ein wahres Festmahl, Lady. Ich habe noch nie so viele römische Speisen gekostet.«

»Ich danke Euch. Auch wir müssen schließlich Vorteile aus der Eroberung unseres Landes ziehen.«

»Eroberung?«

Ein kummervoller Ausdruck trat auf Samanas Gesicht. »Eine schlimme Geschichte, Prinz. Nachdem mein Vater vor einigen Jahren starb, wurde ich in die Obhut meines Onkels, des Königs, gegeben. Wir haben schon immer gute Handelsbeziehungen mit unseren römischen Kontaktmännern in Britannien unterhalten. Als wir dann erfuhren, dass zehntausend römische Soldaten – zehntausend, stellt Euch das vor – auf unsere Grenzen zumarschierten, da entschied mein Onkel, dass die Sicherheit unseres Stammes für ihn oberstes Gebot war.« Sie schüttelte den Kopf. »Ich war natürlich entsetzt, zumindest am Anfang. Ich fand, wir sollten kämpfen – aber was zählt schon die Stimme einer Frau gegen die so vieler Männer?« Sie trank einen Schluck Wein. »Ehe ich mich versah, gingen Boten zwischen unserem Ältestenrat und diesem römischen Kommandanten – diesem Agricola – hin und her. Endlich schloss mein Onkel mit ihm einen Vertrag.«

»Haben eure Krieger denn überhaupt nicht daran gedacht, sich zur Wehr zu setzen?«, warf Rhiann ein.

Samana wandte sich seufzend zu ihr um. »Nein, Base. Vielleicht hast auch du schon herausgefunden, dass man vielen Männern nicht über den Weg trauen darf.« Sie warf Eremon einen um Verzeihung heischenden Blick zu, dann sah sie Rhiann wieder an. »Wie ich schon sagte – wir unterhielten schon seit langem Handelsbeziehungen zu den Römern. Ihr Kommandant wollte sich weder in unsere Stammespolitik einmischen noch unsere Sitten und unsere Lebensweise ändern. Sie wollten irgendwann weiterziehen und haben versprochen, uns bis dahin nicht zu behelligen ...«

»Sie wollten irgendwann einfach weiterziehen?« Rhiann wusste, dass ihre Augen vor Zorn funkelten. »Was glaubst du denn, wo all diese Soldaten hinwollen, Samana? Zu einem Viehmarkt?«

»Der Ältestenrat hat beschlossen, zum Besten unseres ganzen Volkes Frieden mit den Besatzern zu schließen, Rhiann. So konnten wir das bewahren, was wir besaßen, statt es in Feuer und Rauch aufgehen zu sehen.« Sie hielt inne und fuhr sich mit der Hand über die Augen. »Hast du nicht gehört, was mit den Selgovaern geschehen ist? Ihre Hügelfestung wurde mit diesen *ballistae*, diesen Eisenbolzen beschossen, und alle Bewohner wurden niedergemetzelt, auch die Frauen und Kinder. Mein Onkel wollte uns dieses Schicksal ersparen.«

»Wo befindet sich der König jetzt?«, fragte Eremon sanft.

»Ah ja, das ist das Schlimmste von allem.« Samana schniefte. »Agricola lud den König und die Ältesten in sein Lager ein – und nahm sie dann als Geiseln. Unsere Krieger hier lechzten nach römischem Blut, wie Ihr Euch wohl denken könnt. Aber sie konnten und können nichts unternehmen, sonst wird der König hingerichtet. Die Edelleute sind in ihre Festungen zurückgekehrt und scheinen zufrieden damit zu sein, vorerst alles so zu lassen, wie es ist. Sie hoffen, dass der König frei gelassen wird, wenn Agricola seinen Feldzug beendet hat.«

»Wenn er seinen Feldzug beendet hat?« Rhiann wusste, dass ihre Stimme schroff klang, aber die falschen Tränen brachten sie in Rage. Sie hatte Samana noch nie weinen sehen.

»Ja, Rhiann – entweder wird er zurückgetrieben, oder er erobert das ganze Land.«

»Wie steht Ihr zu alledem?«, warf Eremon versöhnlich ein.

Wieder seufzte Samana tief. »Ich versuche aus dem, was mir geblieben ist, das Beste zu machen.«

Rhiann blickte sich im Raum um, musterte die Öllampen und kostbaren Krüge und zog die Brauen hoch, ohne sich die Mühe zu machen, ihren Sarkasmus zu verbergen.

»Ich bin die nächste Verwandte des Königs – außer mir war niemand da, der die Verantwortung hätte übernehmen können, denn die anderen Edelmänner mussten sich darum kümmern, dass in ihren eigenen Festungen alles seinen gewohnten Gang geht. Ich verstehe wenig von Regierungsgeschäften, aber ich sorge hier für Sicherheit und mehre unseren Wohlstand, bis der König zurückkehrt.«

»Dazu gehört sicher auch, dass du deiner Vorliebe für die Bauweise der Römer freien Lauf lässt?« Rhiann nippte an ihrem Met.

Der Blick, mit dem Samana sie bedachte, war hart wie Stahl. »Du irrst dich, Rhiann! Der König selbst gab diesen Bau in Auftrag, ehe er gefangen genommen wurde. Ich kann doch nicht in einem halb fertig gestellten Haus leben, und ich wollte die kostbaren Hölzer und Fliesen auch nicht verkommen lassen. Meine Leute verstehen das.«

Rhiann dachte an all die deutlich sichtbaren Zeichen für den Wohlstand der Votadiner. O ja, die Leute – vor allem die Angehörigen der herrschenden Klasse – würden das nur zu gut verstehen.

Sie glaubte nicht einen Moment lang daran, dass Samana unter ihrer Situation so litt, wie sie behauptete. Sie liebte den Luxus, den ihr das Abkommen mit den Römern sicherte, und sie lebte unbehelligt in ihrem eigenen Haus. Aber waren Gier und Eitelkeit mit Verrat gleichzusetzen?

»So.« Samana wischte sich über die Wangen und lächelte Eremon zu. »Jetzt müsst Ihr mir aber endlich verraten, was Euch zu mir führt.«

»Das ist eine kurze Geschichte«, erwiderte Eremon. »Wir wollen mehr über die Römer herausfinden, das ist alles. Wie viele sich hier in der Gegend befinden und wo genau …«

»Ich schließe daraus, dass Ihr beabsichtigt, ihnen Widerstand zu leisten.«

Rhiann öffnete den Mund, um Eremon einen Wink zu geben, Samana nicht zu viel zu verraten, aber Eremon sagte rasch: »Ja, das tun wir.«

Wieder lächelte Samana ihm zu und berührte leicht seine Hand. »Ich wünschte, wir hätten Männer Eures Schlages hier gehabt, Vetter. Vielleicht wäre dann alles ganz anders gekommen.«

»Werdet Ihr uns also helfen?«

Samana blickte in die Runde. »Ich werde Euch alles sagen, was ich weiß, und versuchen, noch mehr Informationen zu beschaffen. Aber bitte«, sie presste eine Hand gegen die Stirn, »nicht heute Abend. Es hat mich sehr belastet, über all diese Dinge zu sprechen. Wenn Ihr mich jetzt entschuldigt ...« Sie erhob sich.

Alle Männer im Raum sprangen auf, nur Rhiann blieb sitzen.

»Nein, bitte, esst, trinkt und vergnügt euch, so lange es euch beliebt.«

Sie schwankte leicht, und Eremon streckte einen Arm aus, um sie zu stützen. »Lasst mich Euch in Euer Gemach geleiten, Lady. Ich möchte nicht, dass Ihr auch noch ohnmächtig werdet.«

»Danke, Vetter.« Samana nickte Rhiann zu. »Die Göttin muss dir diesen Mann geschickt haben. Höflichkeit und Willensstärke: eine seltene Kombination.«

Rhiann lächelte, doch ihre Züge wirkten starr. Samana verschwand, schwer auf Eremons Arm gestützt, durch eine andere Innentür. Die Männer wandten keinen Blick von ihr, bis sie nicht mehr zu sehen war.

Als Eremon zurückkehrte, machte er einen ungewöhnlich vergnügten Eindruck, und sein Gesicht war gerötet. Rhiann erhob sich gleichfalls, entschuldigte sich und zog sich zurück. Der Schein der Fackeln rund um Samanas Haus überstrahlte das Sternenlicht, und als sie ihre im Dunkeln gelegene Hütte erreichte, blieb sie einen Moment lang auf der Schwelle stehen und ließ sich vom Mondschein überfluten.

Die Reise hatte eine beunruhigende Wendung genommen. Konnte sie Samana trauen? Konnte sie *Eremon* trauen? Wie wenig sie doch von ihm wusste! Vielleicht hatte sie sich von ihrem Wunsch, ihren Stamm zum Kampf gegen die Römer anzustacheln, zu übereiltem Handeln hinreißen lassen. Vielleicht hätte sie bei ihren Kräutern, ihren Pflichten als Priesterin und ihrer Stickerei bleiben sollen. *Schluss jetzt, Rhiann*, schalt sie sich. *Du hast die Sache begonnen, jetzt musst du sie auch zu Ende bringen.* Sie müsste darauf achten, einen kühlen Kopf zu bewahren, denn sie hatte bereits den Einfluss dunkler Mächte gespürt, die diese Festung zu beherrschen schienen.

Als Eremon endlich zu Bett kam, schienen diese Mächte schlagartig an Kraft zu gewinnen, bis sie schließlich die gesamte Hütte umschlossen.

Eremon sprach kein Wort mit ihr, aber das war nichts Ungewöhnliches. Doch nicht nur Rhiann lag noch stundenlang wach, sondern auch er wälzte sich lange Zeit schlaflos von einer Seite auf die andere. Vielleicht spürte er es auch.

25. Kapitel

Am nächsten Morgen schützte Samana Kopfschmerzen vor und ließ sich nicht blicken. Stattdessen brachte einer ihrer Männer die Gäste zu dem blühenden Hafen der Votadiner am Forth hinunter. Hier hatte ein römisches Handelsschiff angelegt, und Rhiann und ihre Begleiter saßen auf ihren Pferden und beobachteten den Strom von mit Olivenöl, Wein, Fischsauce und Feigen gefüllten Amphoren, die auf die Karren der wartenden Votadiner verladen wurden. Die Luft war von rauen lateinischen Worten erfüllt, mit denen sich die dunkelhaarigen Seeleute verständigten, als sie die langen, spitz zulaufenden Gefäße zum Pier trugen.

Ihre Stimmen erinnerten Rhiann an den Soldaten, der sie angehalten hatte, und sie erschauerte. Wäre diese Sprache eines Tages in ihrem ganzen Land zu hören? Würden die Weisen der Barden verklingen, der melodische Dialekt ihres Stammes für immer verstummen? Nein! Lieber würde sie sterben als zuzulassen, dass alles, worauf die Epidier so stolz waren, ein für alle Mal zerstört wurde.

Am Nachmittag gingen die Männer auf die Jagd, und als Samana immer noch nicht aufgetaucht war, beschloss Rhiann, die Sache selbst in die Hand zu nehmen. Dem kriecherischen Haushofmeister schien ihr unangekündigter Besuch zu missfallen, aber er bat Rhiann, in der kleinen Empfangshalle zu warten, und ging seine Herrin suchen.

Es dauerte lange, bis Samana erschien. Sie sah strahlend gesund aus; ihre Kopfschmerzen mussten auf wundersame Weise verflogen sein. Sie trug ihr Haar offen, und in ihrem schlichten blauen Gewand ohne ihren auffälligen Schmuck erinnerte sie Rhiann wieder an das Mädchen, das sie auf der Heiligen Insel gekannt hatte. Sie befahl einem Diener, Nesseltee zu bringen, und plauderte über belanglose Dinge, bis der Tee serviert wurde und der Mann sich zurückzog.

Da sie wusste, dass sie auf Samanas Hilfe angewiesen waren, wenn sie an Informationen gelangen wollten, wagte Rhiann nicht, ihr all die Fragen zu stellen, die ihr auf dem Herzen lagen. Eremon hätte ihr geraten, behutsam zu Werke zu gehen.

»Nun, Base.« Rhiann nippte an ihrem Tee. »Vier Jahre ist es jetzt her – und du siehst besser aus als je zuvor.«

Samana lächelte, dann legte sie Rhiann eine Hand auf den Arm und musterte sie besorgt. »Ich wünschte, ich könnte dasselbe von dir behaupten, Rhiann. Du bist so dünn und blass. Ich habe gehört, was auf der Heiligen Insel geschehen ist. Es muss furchtbar für dich gewesen sein.«

Rhiann zog ihren Arm mit einem Ruck weg und stellte ihre Tasse ab. »Ja. Die Erinnerung lässt mich bis heute nicht los.«

Samana seufzte. »Weißt du, ich denke oft an meine Zeit bei den Schwestern zurück.«

»Tatsächlich? Du konntest doch gar nicht schnell genug von ihnen wegkommen.«

Die Bemerkung klang schärfer, als sie beabsichtigt hatte, und Samanas dunkle Augen blitzten auf. »Zu viele Gebete und zu wenig Vergnügen – du weißt, dass dieses Leben nichts für mich war. Außerdem drehte sich ja ohnehin nur alles um dich. Wir anderen konnten nur darauf warten, dass du geruhtest, uns an deinen Visionen teilhaben zu lassen.« Sie lächelte, als habe sie nur einen Scherz gemacht, aber in ihrer Stimme schwang ein schwer zu deutender Unterton mit. Rhiann musste an Samanas Verhalten damals vor so vielen Jahren denken. Schon damals war diese dunkle, wilde Base ihr ein Rätsel gewesen.

»Und jetzt genießt du dein Leben?«, fragte sie spitz.

Samana legte ihre schlanken, eleganten Hände um einen silbernen Krug. »O ja, das tue ich, und ich schäme mich deswegen nicht. Ich bin von schönen Dingen umgeben.« Sie fixierte Rhiann mit ihren dunklen Augen. »Und ich nehme mir schöne Männer in mein Bett. Was könnte ich mir mehr wünschen?«

Rhiann errötete und wandte den Blick ab. Samana lachte leise. »Oh, Rhiann, ich vergaß, wie empfindlich du bist. Außerdem spielen in deinem Leben sicher andere Dinge eine bedeutendere Rolle – deine Pflichten als Ban Cré lassen dir vermutlich gar keine Zeit, dir Gedanken über Männer zu machen.«

»Nun, wie du siehst, bin ich mit einem gut aussehenden Mann verheiratet und brauche mir deshalb gar keine Gedanken zu machen.« Rhiann meinte, an ihren eigenen Worten zu ersticken.

»In der Tat. Du hast großes Glück, Base.« Samana zögerte. »Außerdem scheint dein Gemahl ein sehr tapferer Mann zu sein.«

»Ja«, stimmte Rhiann zu, die wenig Lust verspürte, sich noch weiter über Eremon auszulassen. Sie wollte endlich auf den wahren Grund für ihren Besuch in der Eichenfestung zu sprechen kommen. »Ich muss zugeben, Samana, dass ich es bewundernswert finde, wie rasch du deinen Kummer über das traurige Schicksal deines Onkels überwunden hast. Deine Geschichte gestern Abend war sehr ergreifend.«

Sie hielt den Atem an, denn sie wusste, wie unverschämt ihre letzte Bemerkung gewesen war – aber jeder, der Augen im Kopf hatte, musste gesehen haben, dass Samana Theater spielte. Jeder, der Augen im Kopf und keine Schwellung zwischen den Beinen hatte, um genau zu sein.

Zu ihrer Überraschung lachte Samana nur. »Wirklich, Rhiann«, meinte sie dann, die Maske der Höflichkeit fallen lassend, »lass uns jetzt doch ganz offen miteinander reden.«

»Das wäre eine angenehme Abwechslung, Samana.«

»Du hast dich verändert, seit ich dich das letzte Mal gesehen habe. Das Leben fern der Heiligen Insel hat dich härter gemacht, wie es scheint. Vielleicht finden wir ja jetzt doch noch einen Weg, um miteinander auszukommen.«

Rhiann trank einen Schluck Tee. »Was wolltest du mir denn sagen?«

Samana drehte ihren Becher zwischen den Händen und lehnte sich entspannt auf ihrem Stuhl zurück. »Wir waren beide mit Königen verwandt, für die wir wenig Liebe empfanden und die uns ohne Zögern mit jedem stinkenden, behaarten Häuptling verheiratet hätten, wenn er nur genug Vieh für uns bezahlt hätte. Erzähl mir nicht, dass der Tod deines Onkels ein schwerer Schlag für dich war!«

Jedenfalls nicht so, wie du meinst, dachte Rhiann.

»Warum also sollte ich so tun, als würde ich Tränen um meinen Onkel oder diese Horde lüsterner alter Männer vergießen, die mich wie einen Sack Gerste verkauft hätten?«, fuhr Samana fort. »Es war ein Schlag für mich, ja, aber ich habe das Beste daraus gemacht. Mein Volk lebt in Sicherheit und ist nicht in seinen Betten abgeschlachtet worden. Es geht uns besser als je zuvor. Ich selbst genieße größere Freiheiten als jede andere Prinzessin in Alba. Willst du mir weismachen, dass du mich nicht darum beneidest?«

Diese Frage hatte sich Rhiann noch gar nicht gestellt. Würde sie gerne mit Samana tauschen? Niemals. »Freiheit, Samana? Du hast deine alten Herren gegen neue eingetauscht. Nennst du das Freiheit?«

»Was redest du?«, erwiderte Samana ungeduldig. »Die Römer mischen sich nicht in meine Angelegenheiten ein. Wenn ich einer dieser hitzköpfigen Prinzen wäre, der vor Stolz auf seine Abstammung, seine Vorfahren und seinen Rang überfließt, dann würde ich mit meinem Schicksal hadern. Aber wir beide wissen, Rhiann, dass eine Frau im kleinen Finger mehr Verstand hat als ein Mann im ganzen Körper. Ich habe mir mein Los nicht ausgesucht, aber ich akzeptiere es, ich und mein Volk haben nur Nutzen von der momentanen Lage. Wenn wir jetzt Widerstand leisteten, verlören wir alles, was wir besitzen, und unser Leben dazu.«

Rhiann schüttelte den Kopf. »Ich *bin* eine Frau, und ich verstehe dich trotzdem nicht, Samana. Du bist eine Priesterin. Das Land ist unsere Mutter, das weißt du so gut wie ich. Wie kannst du tatenlos zusehen, wie die Römer auf ihrem Körper herumtrampeln und sich von ihrem Fleisch nähren? Wie kannst du die Schändung der Bäume und die Entweihung der Quellen ertragen?«

Samana lächelte. »Du warst der Göttin immer eine ergebenere Dienerin als ich, Rhiann. Sie hat mich nicht mit denselben Gaben gesegnet wie dich. Aber auch ich verfüge über gewisse Fähigkeiten, und ich nutze sie gut. Ich ehre die Große Mutter auf meine Weise.«

Rhiann bemerkte, wie sich Samanas Lippen bei ihren letzten Worten unmerklich verzogen, und wandte den Blick ab. Sie holte tief Atem und trommelte mit den Fingern auf ihrem Knie herum. »Wie dem auch sei … wirst du uns helfen?«

Samana zögerte einen Moment lang. »Ja, natürlich, Base«, entgegnete sie dann. »Aber das wenige, was ich dir erzählen kann, kann warten, bis wir wieder alle beieinander sind. Nein!« Sie schnitt Rhianns Protest mit einer Handbewegung ab. »Ich habe dir deinen Willen gelassen, nun respektiere du den meinen. Morgen Abend werden wir noch einmal zusammen essen, dann können wir über diese Dinge sprechen.«

»Morgen? Warum nicht heute Abend?«

»Weil mir meine Kopfschmerzen immer noch zu schaffen machen und ich früh zu Bett gehen werde. Außerdem muss ich mich um ein paar dringende Stammesangelegenheiten kümmern – ich habe nicht die Zeit, stundenlang in den Hügeln herumzureiten wie du.«

Rhiann musterte Samanas erhitztes Gesicht und ihre funkelnden Augen argwöhnisch, aber sie konnte ihre Base zu nichts zwingen.

»Um dich versöhnlich zu stimmen, werde ich Carnach bitten, dich morgen durch unser Stammesgebiet zu führen und dir jede Kleinigkeit zu zeigen, die mit den Römern zu tun hat. Würde dir das gefallen?«

»Sprich nicht mit mir wie mit einer deiner hirnlosen Eroberungen, Samana!«

»Du hast eine scharfe Zunge bekommen, Rhiann.« Samana erhob sich. »Ich freue mich schon auf weitere Gespräche dieser Art, aber nun musst du mich entschuldigen. Wir sehen uns dann morgen.«

Später an diesem Abend saß Rhiann auf dem Bett in ihrer Hütte, zog einen Hirschhornkamm durch ihr Haar und sah zu, wie die Strähnen im Feuerschein schimmerten.

Sie hatte Eremon zwei Tage lang kaum zu Gesicht bekommen, was ihr normalerweise kein Kopfzerbrechen bereitet hätte, aber an dem Tag, an dem sie gemeinsam den Hafen besichtigt hatten, war ihr aufgefallen, dass ihn irgendetwas stark beschäftigt hatte. Er hatte zahlreiche Fragen gestellt und seine üblichen Scherze gemacht, aber dennoch war er nicht bei der Sache gewesen.

Rhiann ließ den Kamm sinken, als ihr ein neuer Gedanke durch den Kopf ging. Bedauerte Eremon nun, wo er gesehen hatte, welche Vorteile ihm ein Friedensschluss mit den Römern bringen konnte, dass er sich mit einem Eid an die Epidier gebunden hatte? Mit einem Mal wurde ihr bewusst, wie dünn das Band war, das ihn an ihr Volk fesselte. Er schien ein Mann von Ehre zu sein, aber seine eigene Person und seine Männer würden für ihn immer an erster Stelle stehen – natürlich!

Was, wenn er dachte, er könne mehr dabei gewinnen, wenn er sich einem der Stämme anschloss, die sich ergeben hatten? O Göttin! Sie war so darauf erpicht gewesen, selbst über ihr Schicksal zu bestimmen, dass sie überhaupt nicht daran gedacht hatte, was für Folgen es haben konnte, wenn sie sich freiwillig in die Hände dieser Männer begab. Immerhin waren sie trotz allem Fremde für sie.

Ihre Gedanken kreisten um die Hinweise auf Eremons Vergangenheit. Wenn er hier war, um sich einen Namen zu machen, wie sie vermutete, dann war es ihm egal, wie er sein Ziel erreichte. Sobald er es erreicht hatte, würde er zweifellos sofort in seine Heimat zurückkehren. Rhiann erstarrte. Sie konnte einfach nicht glauben, dass ihr all dies nicht schon viel früher klar geworden war. *Gut, wenn er geht, bin ich wenigstens von ihm befreit.* Sie konnte nur beten, dass er die Epidier so lange gegen die Römer beschützte, wie dieser Schutz erforderlich war. Was er danach tat, ging sie nichts an.

Als sie ein leises Geräusch hörte, blickte sie auf und sah Eremon an der Tür stehen. Er wirkte angespannt, und sie bemerkte, dass er leicht zitterte, aber das mochte eine Täuschung gewesen sein, ein Spiel der Flammen im Luftzug.

»Ich wollte nur rasch etwas holen.« Er ging durch den Raum und griff nach seinem Umhang, der über seinem Lederpack lag, dann begann er darin herumzuwühlen. »Die Männer und ich wollen noch einmal zum Hafen. Wir hoffen, aus diesen römischen Händlern etwas herauszubekommen, was uns weiterhilft. Ich werde vermutlich sehr spät zurückkommen.« Seine Stimme klang seltsam gepresst, als könne er nur mühsam atmen.

Rhiann legte den Kamm auf die Pelzdecke auf dem Bett. »Eremon, wir müssen vorsichtig sein. Wenn Ihr noch einmal zum Hafen reitet, um die Römer auszufragen, könnte jemand Verdacht schöpfen.«

Eremon richtete sich auf, und sie sah, wie ihm Röte ins Gesicht schoss. Seine Augen funkelten wild, schienen aber ins Leere zu blicken. »Erteilt mir keine guten Ratschläge! Außerhalb dieser Wände mag ich Euer Diener sein, hier drinnen aber mit Sicherheit nicht!« Er warf sich den Umhang über die Schultern, schob einen Dolch in seinen Gürtel und stürmte aus der Hütte.

Was war nur in ihn gefahren?

Rhiann erhob sich, ging gleichfalls zur Tür, schlug den Türbehang zurück und blickte zum Himmel empor. Die Wolken hatten sich alle verzogen, der Mond stand wie eine silberne Scheibe am samtschwarzen Himmel.

Aber als sie dort stand und Eremons schroffe Worte noch immer an ihr nagten, spürte sie plötzlich wieder die Gegenwart jener bedrohlichen Macht, die sie schon am Tag zuvor vage wahrgenommen hatte. Da sie durch den Ritt zum Hafen und die Unterredung mit Samana abgelenkt gewesen war, hatte sie das Unbehagen, das sie überkommen hatte, erfolgreich verdrängt, aber nun, in der stillen Einsamkeit der Nacht, kehrte es mit einem Schlag zurück und wuchs mit jedem Moment.

Irgendwelche seltsamen Kräfte waren hier am Werk, flüsterten ihr etwas zu, lockten sie zu sich. Sie spürte es tief in ihrer Magengrube; eine unnatürliche Wärme, die sich in ihrem ganzen Körper ausbreitete, feucht, schwer und animalisch. Rhiann schloss die Augen, hielt sich am Türpfosten fest und beugte sich vor. Plötzlich sah sie es mit ihrem geistigen Auge: eine vibrierende Energie in Form von dichten Nebelschwaden, dunkel wie getrocknetes Blut, die über die Pfade zwischen den Häusern krochen. Sie schlängelten sich unter Türbehängen hindurch, waberten um Ecken und schlangen sich um die Füße der wenigen Menschen, die noch draußen unterwegs waren.

Obwohl Rhiann tief in ihrem Herzen wusste, dass diese Magie nicht für sie bestimmt war, stieg Furcht in ihr auf, und mit einem stummen Schrei wehrte sie den Zauber ab. *Nein! Weich von mir!*

Die Nebelfinger hielten inne und lösten sich auf, und an ihrer Stelle erhob sich ein eisiger Wind, blies über den Pfad und wehte ihr ein paar schweißfeuchte Haarsträhnen aus dem Gesicht.

Rhiann schüttelte die erdrückende Ahnung ab und atmete tief durch. Was auch immer da nach ihr gegriffen hatte, es war verschwunden und würde sie heute Nacht nicht noch einmal heimsuchen. Magie konnte nur dann von einem Menschen Besitz ergreifen, wenn dieser ihr aus freien Stücken Einlass gewährte. Das hatte sie nicht getan.

Sie blieb noch stundenlang auf der Schwelle der Hütte stehen und sah zu, wie die Sterne die unheilvolle Energie in einer Welle kalten, silbernen Lichts mit sich trugen.

Der kleine Raum war in ein rötliches Licht getaucht. Kein Windzug drang unter dem Vlies vor der Tür herein, und die Luft war vom schweren Duft süßer, reifer Äpfel erfüllt.

Samana lag auf dem Rücken, den Kopf weit nach hinten gebogen. Ihr schwarzes Haar flutete wie glänzende Seide über das Kissen. Schweiß rann über ihre Brüste, und der Mann über ihr senkte den Kopf, um ihn von ihrer Haut zu lecken, dabei entrang sich ihm ein tiefes, kehliges Stöhnen. »Nicht aufhören!«, keuchte sie, und er drang tief in sie ein, und sie schlug ihre Nägel in seine Haut; fügte dem Muster aus roten Linien, das seinen Rücken überzog, weitere tiefe Kratzer hinzu. Ihre Lippen trafen sich, ihre Zungen verschmolzen miteinander, und sie hob die Hüften, um ihn noch tiefer in sich aufzunehmen, und schlang ihre weißen Beine um seinen Leib.

Er rollte sich herum und zog sie mit sich. Eng umschlungen wälzten sie sich auf dem Bett, angetrieben von einem verzehrenden Hunger, der sie zu verbrennen drohte. Endlich schob Samana ihn zurück. Ihr Haar fiel wie ein dunkler Vorhang über sie beide, als sie einen Moment innehielt, um Atem zu schöpfen.

Seine Augen waren geschlossen, seine schweißbedeckte Brust hob und senkte sich heftig. Samana ließ beim Liebesspiel immer eine Öllampe brennen, damit die Männer sich an ihrer Schönheit weiden konnten, vor Verlangen nach ihr fast den Verstand verloren, aber dieser hier wollte sie nicht bewundernd betrachten. O nein, er wollte sich in ihr verlieren. Und so trieb sie ihn dazu an, wie die Peitsche den Sklaven antreibt, schürte seine Begierde, bis die Lust seine Sinne vernebelte.

Er drückte sie wieder auf das Lager zurück, umklammerte mit beiden Händen ihre Schultern, fand die warme, feuchte Öffnung und drang erneut in sie ein. Sie lächelte, als sie unter seinen kraftvollen Stößen erschauerte. Es verschaffte ihr immer eine immense Befriedigung, die eisenharten Muskeln eines Mannes unter ihren Fingern zu spüren, und sie kostete das Gefühl aus, so viel geballte Kraft zu beherrschen.

Sie spreizte die Beine weiter, zog ihn in sich hinein, führte ihn zum Mittelpunkt ihrer Macht und umklammerte ihn mit ihren Schenkeln so fest, dass es kein Entkommen für ihn gab. Dann hob sie den Kopf und schlug die Zähne in seine Schulter, und seine Stöße wurden heftiger, fordernder, er krallte die Finger in ihr schwarzes Haar und zog ihren Kopf nach hinten.

Mit einem wilden, unbeherrschten Schrei erreichte er den Höhepunkt. Sie folgte kurz darauf, vergrub das Gesicht an seiner Schulter und kreischte in ihrer Ekstase wie eine Wildkatze. Als alles vorüber war, sackte er über ihr zusammen und drückte sie mit dem Gewicht seines Körpers auf das schweißfeuchte Lager nieder.

Nach einer Weile bemerkte sie, dass seine Atemzüge ruhig und gleichmäßig gingen. Er war eingeschlafen.

Samana dagegen fühlte sich hellwach. Ein triumphierendes Lächeln spielte um ihre Lippen. Eine Weile beobachtete sie das Spiel der tanzenden Schatten an ihren Wänden, dann schloss sie die Augen, löste ihren Geist von ihrem Körper und sandte ihn hinaus in die Nacht, um sich zu vergewissern, ob ihr lustvoller Zauberbann das ganze Dorf ergriffen hatte.

Sie war schon immer im Stande gewesen, die Auswirkungen ihrer Magie zu beobachten, und so schwebte sie nun über Türschwellen, lauschte mit tiefer Befriedigung den wollüstigen

Schreien, die sie den Menschen in dieser Nacht entlockte – und vernahm mit noch größerer Wonne die gelegentlichen Schmerzensschreie, die das Blut heißer durch ihre Adern rauschen ließen.

Doch dann sah sie die Frau, die kalt und still im Sternenlicht auf der Schwelle der Gästehütte stand. Samana lachte in sich hinein, als sie bemerkte, dass der Zauber hier abgewehrt worden war und seine Macht verloren hatte.

Eine Hand ihres Körpers fuhr mit den Fingernägeln sacht über den Rücken des schlafenden Eremon.

26. Kapitel

Als Eremon am nächsten Morgen aufwachte, war Rhiann schon fort. Er fragte einen der Diener, wo sie hingegangen war, und bekam zur Antwort, sie habe ihr Pferd genommen und sei zum Strand hinuntergeritten. Niemand wusste, wann sie zurückkommen würde.

Eremon wusch sich das Gesicht mit dem Wasser, das in einer Tonschale auf dem Tisch bereitstand, und rieb sich seine verquollenen Augen. Sein Kopf fühlte sich an, als hätte er Samanas gesamte Weinvorräte auf einmal ausgetrunken, dabei waren es nur zwei Becher gewesen. Sein ganzer Körper kribbelte noch immer vor innerer Anspannung, was er als äußerst unangenehm empfand. Er kam sich vor, als wäre ihm seine Haut mit einem Mal zu eng geworden.

Eremon massierte seine verspannten Nackenmuskeln, dann setzte er sich auf das Bett, um sein Haar zu kämmen. Rhianns Base hatte sich wahrhaftig als Überraschung entpuppt. Er lächelte in sich hinein. Diese üppigen Rundungen und die sinnlichen Augen lösten wohl in jedem Mann augenblicklich den Wunsch aus, sie in sein Bett zu nehmen. Es sah ihm zwar nicht ähnlich, derartigen Gefühlen sofort nachzugeben, aber er war trotzdem froh, dass er ihrer Aufforderung Folge geleistet hatte.

Beim Großen Eber! Aiveen und sie unterschieden sich voneinander wie ein sanftes, flauschiges Kätzchen von einer geschmeidigen Wildkatze. Sie hatte ihm eine Nacht bereitet, die er so schnell nicht vergessen würde!

Von plötzlicher Ruhelosigkeit ergriffen stand er auf und begann, in seinen Sachen herumzuwühlen. Nach einer solchen Nacht sollte er sich eigentlich erschöpft und ausgelaugt fühlen, aber er konnte noch nicht einmal lange genug still sitzen, um sein Haar zu flechten! Endlich fand er eine saubere Tunika, streifte sie über den Kopf, fuhr noch einmal mit den Fingern durch sein Haar und gab dann den Versuch auf, ein paar schweißverklebte Knoten entwirren zu wollen.

Mit einem Mal erkannte er, dass er weder Lust hatte, sich an diesem schönen Morgen eingehender auf dem Stammesgebiet der Votadiner umzusehen noch mit seinen Männern sprechen mochte. Es gab nur eines, was er jetzt gerne tun wollte.

Samana auf der Stelle noch einmal zu nehmen.

Es war schon später, als er gedacht hatte, und als er zu der Hütte kam, in der Conaire und der Rest seiner Männer untergebracht waren, fand er dort niemanden mehr vor.

»Lady Samana hat ihren Jäger schon sehr früh losgeschickt«, teilte ihm der Diener mit, der die Waschschüsseln leerte. »Ich glaube, er reitet mit Euren Leuten zu einem der verlassenen römischen Lager. Das ist ein weiter Weg, sie werden so schnell nicht zurückkommen.«

»Warum hat man mich nicht geweckt?«

»Die Herrin hat uns befohlen, Euch schlafen zu lassen.«

»So, hat sie das?«

»Sie hat auch gesagt, wenn Ihr wach seid, sollt Ihr zu ihr kommen, um mit ihr gemeinsam das Fasten zu brechen.«

Demnach gab es für ihn jetzt nur eines zu tun. Er fand Samana in ihrer Empfangshalle vor, wo sie am Fenster stand und sich stirnrunzelnd über ein hölzernes Schreibpult beugte. Sie trug wieder ihr safrangelbes Gewand, und das Licht, das durch die Fenster fiel, warf einen rötlichen Schimmer auf ihr schwarzes Haar und ließ die goldenen Ringe an ihren Fingern aufblitzen.

»Lady.« Er verneigte sich höflich.

Sie trat lächelnd auf ihn zu. »Aber, aber. Außer uns ist niemand hier. Kein Grund, mich ›Lady‹ zu nennen.« Sie vergrub eine Hand in ihrem Haar, zog seinen Kopf zu sich herab und presste ihre Lippen auf die seinen. Bei der ersten Berührung flammte das Feuer, das in der Nacht zuvor jeden klaren Gedanken aus seinem Bewusstsein getilgt hatte, erneut hell auf, er zwang ihre Lippen auseinander, damit seine Zunge hungrig ihren Mund erforschen konnte.

Als sie sich voneinander lösten, zitterte er am ganzen Leib, so intensiv waren die Gefühle, die sie in ihm auslöste, aber er war noch genug bei Verstand, um sich abzuwenden und seine Aufmerksamkeit darauf zu konzentrieren, sich einen Becher von dem Ale einzuschenken, das auf dem Tisch stand. Dabei verwünschte er sich innerlich, weil er sich wie ein unerfahrener Knabe benahm. Jede Faser seines Körpers vibrierte vor Lust. Er trank das Ale in einem Zug aus und füllte den Becher ein zweites Mal.

Samana betrachtete ihn mit offenkundiger Bewunderung, was ihm, wie er sich eingestehen musste, entschieden mehr zusagte als Rhianns kalte Abneigung. Vielleicht gehorchte ihm sein Körper deswegen nicht mehr.

Sie bot ihm eine Platte mit Brot und Käse an. Ihre dunklen Augen ruhten nachdenklich auf ihm, als er sich bediente. Schließlich fragte er mit vollem Mund: »Warum hast du dafür gesorgt, dass meine Männer heute ohne mich losgeritten sind?«

Ihr Lächeln wurde breiter. Sie stellte die Platte auf den Tisch zurück. »Du hast zu all deinen anderen Vorzügen auch noch einen klugen Kopf auf deinen Schultern. Ich wollte mit dir allein sprechen.«

»Das hättest du auch letzte Nacht tun können.« Noch während er die Worte aussprach, spürte er, wie eine sengende Hitze durch seine Adern strömte. *Jetzt benehme ich mich wirklich wie ein unerfahrener Knabe!*

»Ich denke, letzte Nacht hatten andere Dinge Vorrang.« Samana nahm sich ein Stück Käse und knabberte daran.

»Ich bin hier, um so viel wie möglich über die Römer herauszufinden. Deswegen sollte ich meine Männer begleiten …«

»Oh, sie werden nicht viel zu sehen bekommen.« Samana winkte lässig ab. »Du erfährst mehr, wenn du hier bleibst. Du musst mir vertrauen.«

»Du sprichst in Rätseln, Samana. Worauf willst du hinaus?«

Samana legte den Käse auf die Platte zurück und wischte sich die Hände an ihrem Gewand ab. »Wir müssen das nicht hier drinnen besprechen«, sagte sie. »Es ist ein herrlicher Tag. Lass uns ein wenig auf der Mauer spazieren gehen.«

Der Wind wehte Eremon das Haar ins Gesicht und ließ das Banner der Votadiner an dem Pfosten über der Palisade flattern. Weit in der Ferne schimmerte das Meer im Sonnenlicht wie geschmolzenes Gold.

»Du schlägst also allen Ernstes vor, dass ich mit dir in ein römisches Lager gehen soll? Dem Feind direkt in die Arme laufen?« Er lehnte sich mit dem Rücken gegen die Palisade und betrachtete Samana mit leisem Argwohn.

»Dir wird nichts geschehen, dafür verbürge ich mich.« Samana griff nach seinem Arm. Der Wind erfasste ihren Rock, sodass sich ihre Beine deutlich unter dem dünnen Stoff abzeichneten. »Ich habe einen hochrangigen Kontaktmann in der Verwaltung. Ich muss ihn ohnehin aufsuchen, um mit ihm über die neuen Steuern zu sprechen, die die Römer uns auferlegen wollen. Du kannst mich als mein Leibwächter begleiten.«

»Einen ›Kontaktmann‹, Samana?«

Sie lächelte geheimnisvoll. »Man muss seine Feinde kennen, wenn man sie überlisten will, so lautet eine der wichtigsten taktischen Regeln, nicht wahr?« Sie klemmte seine Hand in ihre Ellbogenbeuge und schmiegte sich an ihn. »Eremon, du weißt, dass die Römer den größten Teil Britanniens eingenommen haben, und du kannst dich darauf verlassen, dass sie ihre Truppen nicht abziehen werden. Du hast sie nicht gesehen. Ich schon. Es sind hervorragende Soldaten, und sie haben sich nie aus den Gebieten vertreiben lassen, die sie erobert haben. Sie werden sich auch aus unserem Land nicht vertreiben lassen.«

»Aber wir können sie daran hindern, noch weiter vorzurücken.«

»Dann werden wir mit ihnen ewig im Krieg liegen. Denn sie werden niemals aufgeben, das muss dir klar sein.«

Eremon schob sie ein Stück von sich weg und musterte ihr zu ihm emporgewandtes Gesicht forschend. Im Sonnenlicht schimmerten ihre Augen wie mit einem dünnen Goldfilm überzogen. »Also bist du der Meinung, wir sollten uns ergeben, so wie es euer König getan hat, Samana?«

»Natürlich nicht. So etwas würde ich dir nie vorschlagen. Was ich meine, ist Folgendes: Schließt Frieden mit den Römern. Du hast genug Einfluss, um die Stämme im Norden davon zu überzeugen, dass es das Beste für beide Seiten ist, ein Friedensabkommen zu treffen.«

»Ein Abkommen! Ich bin nicht hierher gekommen, um mich zu einer Marionette der Römer machen zu lassen!«

»Du verstehst mich nicht. Alba unterscheidet sich von dem Rest Britanniens – es ist rau und zerklüftet und schwer zu überwachen. Alles, was wir tun müssen, ist nachgeben – vorübergehend. Agricola wird nicht viele Soldaten hier stationieren; er wird nur die gesamte Insel für seinen Gottkönig in Rom beanspruchen, um seinen Herrn zufrieden zu stellen, und uns dann den Rücken kehren.«

»Woher weißt du das alles?«

»Mein Freund hat es mir erzählt.«

»Samana, ich weiß genug über die Römer, um dir eines versichern zu können: Wenn sie dein Land besetzen, dann bist du nicht mehr frei. Ich möchte nicht Teil eines fremden Kaiserreiches sein. Kein Mann aus Erin würde ein solches Los akzeptieren.«

»Außergewöhnliche Bedrohungen erfordern außergewöhnliche Gegenmaßnahmen, Eremon.« Samana warf den Kopf in den Nacken. »Männer! Sie denken immer nur an Ehre, nie an praktische Erwägungen. Wir müssen ja nur so tun, als würden wir uns ihnen ergeben. Die Römer haben nicht vor, hier in Alba Straßen zu bauen oder große Städte zu errichten – sie hassen dieses Land. Also geben wir vor, auf ihrer Seite zu stehen, bis sie das Interesse an uns verloren haben, und dann gehört Alba wieder uns.« Sie lächelte triumphierend.

Eremon schob ihre Hand von seinem Arm. Der Duft ihres Körpers und der Druck ihrer Brüste machten es ihm nahezu unmöglich, klar und logisch zu denken. Sie übte eine seltsame, unvermutete Macht auf ihn aus. »Es ist ein riskantes Spiel, von dem du da sprichst.«

»Du bist übervorsichtig.« Samana ging zur Palisade, drehte sich um und sah ihn flehend an. »Du bist hergekommen, um Informationen zu sammeln, und ich verschaffe dir die Gelegenheit, sie direkt von der Quelle zu beziehen. Nur ich kann dir helfen, dein Ziel zu erreichen. Als mein Leibwächter hast du in dem Lager nichts zu befürchten, das schwöre ich dir. Wenn dich das, was du dort erfährst, zu der Überzeugung bringt, dass es das Beste wäre, mit den Römern einen Pakt zu schließen wie wir, dann ist es gut. Wenn nicht, hast du nichts verloren, aber viel gewonnen.«

Eremon blickte ihr tief in die Augen; versuchte zu erkennen, ob sie log; versuchte, sich des Reizes ihres Körpers zu entziehen und sich auf seinen sonst so scharfen Verstand zu verlassen.

»Es ist ein gewagtes Unterfangen«, schnurrte sie. »Denk nur, welchen Ruhm es dir eintragen würde!«

Sie schien seine Gedanken gelesen zu haben. Wie konnte sie wissen, wonach es ihn mehr verlangte als nach allem andern, sogar mehr noch als nach ihrem Körper. *Ruhm und Ehre …*

Er wog das Für und Wider eines solchen Abkommens ab. Er hatte zwar nicht die Absicht, mit irgendjemandem dort in dem römischen Lager zu verhandeln, aber dennoch … die Krieger der Epidier waren den Invasoren in einer Schlacht noch nicht gewachsen. Ein solcher Vertrag, den er selbstverständlich nicht einzuhalten gedachte, könnte die Sicherheits Dunadds gewährleisten, bis er seine eigene Armee für den Kampf gerüstet hatte. Doch dann schüttelte er unwillig den Kopf. Nein, das war Wahnsinn. Er wollte nur Informationen, sonst nichts. Im Moment jedenfalls nicht.

»Warum hast du mich für diese Rolle ausersehen, Samana? Wenn dir so viel daran liegt, dass die Stämme des Nordens einen Pakt mit den Römern schließen, dann wende dich doch mit deinem Anliegen an einen ihrer Prinzen.« Er verschränkte die Arme vor der Brust, weil der Wind an seinem Umhang zerrte.

Samana schnaubte abfällig. »Die Prinzen von Alba! Ihr Land und ihr Vieh ist ihr ganzer Stolz, und deswegen wird ihr Herz immer über ihren Verstand siegen. Aber du«, sie legte eine Hand gegen seine Wange, »du bist zu großen Taten bereit; du denkst wie ein König. Und da ist noch etwas.«

»Was?«

Sie ließ die Hand sinken. »Wenn wir kämpfen, werden die Römer siegen, daran besteht kein Zweifel. Wie lange wird dann dein eigenes Land unbehelligt bleiben, Eremon? Sie werden ihren gierigen Blick bald auf Erin richten, und was meinst du, was dann geschehen wird?«

Eremon blickte Richtung Westen und stieß vernehmlich den Atem aus. »Wenn die Epidier herausfinden, dass ich mich mit den Römern getroffen habe, werden sie mich als Verräter hinrichten.«

»Sie werden erst davon erfahren, wenn du bereit bist, es ihnen zu verraten. Und dann werden sie über die Neuigkeiten, die du ihnen bringst, zu erfreut sein, um dir Vorwürfe zu machen. Sie werden dich wie einen Helden feiern.«

»Was ist mit Rhiann?«

»Sag ihr einfach, was du vorhast und warum.« Samana verzog das Gesicht. »Immerhin bist du ihr Mann. Oder muss der große Prinz bei allem, was er tut, seine Frau um Erlaubnis fragen?«

Der Stachel verfehlte seine Wirkung nicht. »Natürlich nicht«, erwiderte Eremon barsch, zögerte und nagte an seiner Lippe.

Conaire warf ihm auch immer vor, zu vorsichtig zu sein, vielleicht hatte er ja Recht. Vielleicht hatte die wilde Nacht in Samanas Bett ihn verändert, denn er hörte sich sagen: »Ich werde dich begleiten, aber nur, um an Informationen zu gelangen. Bezüglich eines Abkommens kann und will ich dir nichts versprechen. Und du wirst die ganze Zeit bei mir bleiben.«

»Traust du mir nicht?«

»Ich traue ihnen nicht.«

Nachdem sie vom Strand zurückgekehrt war, setzte sich Rhiann auf das Bett und hörte sich schweigend an, was Eremon ihr zu sagen hatte, dabei strich sie mit den Fingern geistesabwesend über die trocknenden Salzflecken auf ihrem Umhang. Sie ließ ihn seine Erklärungen und Rechtfertigungen vorbringen, ohne ihn zu unterbrechen, obwohl sie erkannte, dass Samanas Magie hinter seinem Plan steckte. Unwillkürlich musste sie an den Gestank nach altem Schweiß und Samen denken, den er verströmt hatte, als er letzte Nacht in die Hütte zurückgekehrt war.

Zumindest wusste sie jetzt, woran sie war.

Als sie endlich etwas erwiderte, würgte sie der Abscheu in der Kehle. »Warum bringst du dich in Gefahr, indem du alleine gehst?«

»Weil ich die Rolle ihres Leibwächters spielen soll, ein einzelner Mann erregt keine Aufmerksamkeit. Außerdem habe ich noch einen Grund, niemanden sonst mitzunehmen.«

»Ja?« Rhiann nahm den wollenen Schal ab, den sie sich um den Hals gewickelt hatte.

»Ich weiß genau, wie du über mein Vorhaben denkst, aber wenn man bedenkt, was ich dabei gewinnen kann, lohnt sich das Risiko. Für mich. Meine Entscheidungen bringen meine Männer ständig in Gefahr, obwohl du dir kaum vorstellen können wirst, wie sehr mich das belastet. Dieses eine Mal habe ich einen Entschluss getroffen, der nur mich betrifft.«

»Du willst dich um keinen Preis umstimmen lassen, nicht wahr? Du weißt, wie dringend du in Dunadd gebraucht wirst, und trotzdem setzt du die Sicherheit der Epidier durch dein übereiltes Handeln aufs Spiel.« *Zumal dich dein Unterleib und nicht dein Verstand dazu getrieben hat*, fügte sie in Gedanken hinzu. Aber das durfte sie nicht laut aussprechen, er würde sie nur für eifersüchtig halten.

Er senkte den Blick und tappte mit den Fingern gegen die geschnitzte Lehne eines Stuhles neben dem Feuer. »Was ich tue, tue ich doch nur für die Epidier.«

»Nein.« Rhiann hob das Kinn. »Du tust es für dich – gib es doch wenigstens zu!«

Ein Hauch von Schuldbewusstsein flog über sein Gesicht, dann hatte er sich wieder in der Gewalt und straffte sich. »Ich sage nur noch eines zu diesem Thema: Ich bleibe bei meiner Entscheidung, egal was du oder auch Conaire dagegen einzuwenden habt!«

Rhiann zuckte die Achseln und drehte sich zur Wand. Sie wollte es nicht zum Streit kommen lassen, weil sie wusste, dass sie unterliegen würde. Eine eisige Hand schien sich um ihr Herz zu schließen. »Dann wollen wir es dabei belassen. Aber ich glaube trotzdem, dass du einen großen Fehler machst.«

»Dann ist es allein mein Fehler.«

Eremon rechnete nicht damit, dass Rhiann kommen würde, um sich von ihm zu verabschieden, aber als er sich von seinem Pferd zu Conaire beugte, um seine Hand zu ergreifen, ertappte er sich dabei, wie er nach ihr Ausschau hielt.

Er musste insgeheim zugeben, dass er sich auf ein ziemlich verwegenes Unternehmen eingelassen hatte, und er war selbst nicht mehr sicher, was er sich eigentlich davon versprach. Das beunruhigte ihn, denn für gewöhnlich war er von der Richtigkeit seines Handelns felsenfest überzeugt. Seit ihrer Ankunft in Samanas Festung schien sich vieles verändert zu haben. Rhiann verhielt sich noch kälter und abweisender als sonst, während er seine Lust bei Samana stillte. Es war eine ebenso berauschende wie beunruhigende Situation.

Ein ganzes Leben lang hatte er sich von seinem Verstand leiten lassen, hatte für lange Zeit im Voraus Pläne geschmiedet –

bis sein Onkel den geregelten Lauf seines Schicksals abrupt und unwiderruflich unterbrochen hatte. Vielleicht sollte er sich jetzt einfach einmal von dem unberechenbaren Fluss des Lebens in diesem fremden, wilden Land davontragen lassen.

Er blickte zu Samana hinüber, die ruhig und gelassen auf ihrem Pferd saß. Sie trug einen prächtigen grünen Umhang, der in der Sonne leuchtete. Sie sah nicht so aus, als bräche sie zu einem gefährlichen Ausflug in ein feindliches Lager auf. Einen Moment lang keimte Misstrauen in ihm auf.

Aber die Römer sind nicht ihre Feinde.

Conaire musterte ihn aus umwölkten Augen. »Zum letzten Mal – mir gefällt nicht, was du da vorhast.«

Eremons Pferd begann unruhig zu tänzeln. Er beruhigte es, dann rang er sich ein Lächeln ab. »Zweifelst du etwa an meinem Geschick im Umgang mit dem Schwert?«

»Nicht einen Moment«, erwiderte Conaire. »Aber ich habe mein Leben lang an deiner Seite gekämpft. Ich bin der Einzige, der deine Schwächen kennt und weiß, wie er sie decken muss.«

»Mein Freund, wir begeben uns in ein Lager, in dem fünftausend Römer leben. Wenn es zu einem offenen Kampf kommen sollte, könntest noch nicht einmal du mich retten. Aber mach dir keine Sorgen, ich werde meine Zunge im Zaum halten und mich dümmer stellen, als ich bin.«

Sie hatten dieses Gespräch während der letzten beiden Tage viele Male geführt, und Conaire erhob keine weiteren Einwände mehr, obgleich sich sein Gesicht verdunkelte. Eremon legte seinem Ziehbruder eine Hand auf die Schulter. »Ich habe nachgegeben, als du von mir verlangt hast, mich von meinen Männern so weit bis zum Lager begleiten zu lassen, wie es sicher für sie ist. Jetzt erfüll du mir auch eine Bitte. Ich möchte, dass du hier bleibst und ein Auge auf Rhiann hast. Du bist der Einzige, dem ich sie anzuvertrauen wage. Pass auf, dass ihr nichts zustößt, und bring sie zu ihrem Volk zurück, falls es … notwendig sein sollte.«

»Du hast mein Wort darauf, Eremon. Ich vertraue Rhiann.«

Bei den letzten Worten warf Conaire Samana einen viel sagenden Blick zu.

Eremon unterdrückte seinen aufkeimenden Ärger. Er wusste, dass sein Bruder seine Beziehung zu Samana nicht billigte. Aber Conaire hatte gut reden – er war nicht in einer so unerträglichen Ehe gefangen.

Er wendete sein Pferd. »Ich sehe dich dann in einer Woche wieder.«

»Sei vorsichtig!«, rief Conaire ihm nach.

Während er den Pfad hinunterritt, spürte Eremon Conaires Blick zwischen seinen Schulterblättern; er brannte heißer als die Morgensonne. Trotzdem blickte er sich nicht um.

27. Kapitel

Das Römerlager lag drei Tagesritte entfernt in nordwestlicher Richtung, wo sich der Fluss Forth in seinen großen Meeresarm ergoss. Der größte Teil des Weges führte über flaches, frisch gepflügtes Ackerland. Eremon fühlte sich auf der offenen Fläche unter dem klaren Himmel alles andere als wohl und wünschte beinahe, ein schweres Unwetter würde aufziehen und Regenschwaden die leuchtenden Farben ihrer Umhänge hinter einem grauen Vorhang verbergen, aber nichts dergleichen geschah. Die Zeit der Blattknospe war in diesem Jahr früh angebrochen, und die Bauern waren eifrig mit der Aussaat beschäftigt. Die Sonne stand hell am Himmel, über den weiße Wolkenfetzen dahinjagten.

Die beiden römischen Patrouillen, die ihnen begegneten, machten keine Anstalten sie aufzuhalten, sobald sie Samana sahen. Eremon empfand diesen Umstand als noch beunruhigender als die stechenden schwarzen Augen, die ihn von Kopf bis Fuß musterten. Aber nun war es zu spät, es gab kein Zurück mehr.

»Auf eine Frage habe ich bislang noch keine Antwort gefunden«, sagte Eremon am zweiten Tag zu Samana. Sie ritten nebeneinander an einem Feldrand entlang.

»Auf welche denn?«

»Warum sind die Römer erst so rasch vorgerückt und haben dann so plötzlich Halt gemacht?«

Samana zögerte unmerklich. »Das kann ich dir erklären«, erwiderte sie dann. »Die Soldaten im Lager haben tagelang von nichts anderem gesprochen. Zur Zeit des letzten Blätterfalls starb ihr Kaiser, dieser Vespasian. Er stand Agricola sehr nah, und er hat ihm den Befehl gegeben, möglichst schnell in unser Land vorzudringen. Nach seinem Tod folgte ihm sein Sohn Titus auf den Thron, der hatte offenbar ganz andere Sorgen, als die Eroberung Albas voranzutreiben. Er befahl Agricola, die Truppen vorerst Halt machen zu lassen.«

»Nun, damit wäre dieses Rätsel gelöst. Trotzdem hätte ich mir gewünscht, dass etwas Wichtigeres Agricola aufgehalten hätte – eine schwere Krankheit vielleicht oder Probleme im Süden des Landes.«

»Darüber sind keine Gerüchte im Umlauf.«

»Dann hoffe ich nur, dass Titus noch lange mit anderen Dingen beschäftigt ist.«

Eremon hatte nicht die Absicht, seine Männer näher als unbedingt nötig an das Römerlager heranzuführen, und trotz Roris Protest wies er sie an, in einem verborgenen Tal hoch oben in einer Hügelkette südlich des Forth zurückzubleiben und dort auf seine Rückkehr zu warten. Dann ritten Samana und er allein weiter und bauten ihr provisorisches Lederzelt an diesem Abend in einem dichten Haselwäldchen in der Nähe der Furt eines kleinen Flusses auf.

Die abendliche Brise wehte leises Pferdegewieher zu ihnen herüber, und in der Ferne konnte er schwaches Stimmengewirr hören. Sie waren dem Feind jetzt so nah, zu nah …

Diese Erkenntnis löste eine eisige Furcht in ihm aus, und er fragte sich zum ersten Mal, ob er nicht doch einen Fehler gemacht hatte.

»Dein prüder kleiner Schwiegersohn ist also nach Rom zurückgekehrt?« Der Mond war schon lange aufgegangen, aber Samana war trotz des Rittes durch die Nacht noch immer hellwach. Sie studierte Agricolas Karten und trank dabei große Schlucke von ihrem Wein.

»Tacitus soll Titus meine volle Unterstützung zusichern.«

»Und wie sehen deine weiteren Pläne aus?«

»Im Moment kann ich nur darauf warten, dass der Kaiser den Befehl bestätigt, weiter ins Land vorzustoßen. Aber ich habe ohnehin genug damit zu tun, meine neuen Grenzen in deinem Land zu festigen.« Agricola lehnte sich in seinem Feldstuhl zurück und massierte sich den Nacken. »Ich zweifle nicht daran, dass du dich auf das Lesen von Karten ebenso gut verstehst wie ich, Samana. Ich sehe noch immer keine greifbaren Resultate. Die Könige der Taexalier und der Vacomager machen keine Anstalten, sich zu ergeben.«

Samana nippte an ihrem Wein und sah ihn durch ihre dichten Wimpern hindurch an. »Ich werde dir bald Resultate liefern. Aber ich brauche mehr Zeit.«

»Ich dachte, eine Frau in deiner Position wüsste über ihre Nachbarn im Norden besser Bescheid. Kann es sein, dass es mit deiner viel gerühmten Macht gar nicht so weit her ist, meine schwarze Hexe?«

Wie sie dieses Wort hasste! Samana stellte ihren Weinbecher ab, ergriff seine Hand und schob sie in ihr Gewand, sodass er eine verhärtete Brustwarze unter seinen Fingern spüren musste. »Nun, du weißt genau, dass ich dir mehr verschaffe als nur Informationen. Bring etwas Geduld auf, um auf das eine zu warten. Das andere kannst du sofort haben.«

Agricola erwiderte nichts darauf, griff aber mit seiner freien Hand nach dem Weinbecher und rückte ihn zur Seite, damit der Wein nicht überschwappen und die Karten ruinieren konnte. Samanas Lächeln wurde starr. Fluch über diesen Römer! Er war anders als alle Männer, mit denen sie bislang zu tun gehabt hatte – sein Verstand behielt immer die Oberhand über seinen Unterleib. Sie würde all ihr nicht unbeträchtliches

Geschick aufbieten müssen, um ihr Ziel zu erreichen. Zum Glück brauchte sie bei ihm keine Lust vorzutäuschen. Seine Macht übte einen unwiderstehlichen Reiz auf sie aus, über dem sie sogar sein zerfurchtes Gesicht und sein schütteres graues Haar vergaß.

Sie setzte sich auf seinen Schoß und schmiegte sich an ihn. »Zufällig habe ich auch noch ein Geschenk für dich.«

Agricola hob eine Braue. Samana spielte mit der Brosche, die seinen Umhang zusammenhielt, und fuhr sich mit der Zunge über ihre bemalten Lippen. »Im Lager wird gemunkelt, du würdest schon ein Auge auf Erin auf der anderen Seite des Meeres werfen.«

»Schon möglich.«

»Hättest du Verwendung für einen Prinzen aus diesem Land, der dir den Weg ebnen könnte?«

Agricola blickte auf ihre Finger hinab, die über seine Brust glitten. »Möchtest du wissen, ob ich an einem Feigling interessiert wäre? Einem Mann, der sein Volk um seines eigenen Vorteils willen verkaufen würde?«

Sie schwieg und lächelte nur, denn sie kannte ihn.

»Ein solcher Mann wäre mir sehr willkommen.«

Darüber musste Samana lachen. Sie stellte immer wieder fest, dass sie sich den Römern von Tag zu Tag zugehöriger fühlte.

»Aber deine Männer sind keine Feiglinge, egal was sie sonst für Fehler haben, Samana. Warum sollte sich dieser Prinz mit mir verbünden? Wie bist du überhaupt auf ihn gekommen?«

»Er hat in den Stamm der Epidier eingeheiratet. Seine Frau ist meine Base. Mit seiner Loyalität gegenüber Alba ist es also vermutlich nicht sonderlich weit her …«

»Dann habt ihr beide ja etwas gemeinsam.«

Samana überhörte die anzügliche Bemerkung. »Durch seine Frau besitzt er einigen Einfluss, der noch dazu ständig wächst, soweit ich weiß. Er ist ein mutiger Krieger und guter Stratege. Wenn du ihm beweist, über welche Macht du verfügst, wird er die restlichen Stämme im Norden davon überzeugen, einen

Vertrag mit dir zu schließen, wie es die Votadiner auf meinen Rat hin getan haben, da bin ich ganz sicher.«

Agricola betrachtete sie abschätzend. »Wird er auch die Epidierkönige und ihre Edelleute bedenkenlos in den Tod schicken, meine Hübsche? Weiß er über deine Intrigen Bescheid?« Sie wich seinem Blick aus, und er lachte. »Und was gewinnst du bei diesem Handel?«

»Ich möchte in einem römischen Land leben, das ist alles. Mit Straßen, richtigen Städten und …«

»Und Prunk und Luxus, ich weiß. Und wenn es zum Krieg kommt, soll dann vielleicht ein gewisser Prinz aus Erin über die Besiegten herrschen, mit dir als Königin an seiner Seite?«

Samana blickte mit großen Augen zu ihm auf, in denen wohldosiertes Entsetzen stand. »O nein, wie kannst du so etwas denken! Ich würde auf jeden Fall bei dir bleiben – das musst du doch wissen!«

»Ich habe eine Frau. Würdest du deinen Rang, dein bisheriges Leben wirklich aufgeben, um mich als Lagerdirne auf meinen Feldzügen zu begleiten?«

Sie bezwang ihren auflodernden Zorn, ehe er ihn bemerkte, und streichelte stattdessen die Haut unter seinem Ohr. Als sie ihm antwortete, klang ihre Stimme heiser, so wie er es mochte. »Wenn die Stämme einen Pakt mit dir schließen, bist du der Herr über ganz Britannien. Dann brauchst du nicht mehr durch das Land zu marschieren. Ich werde dort leben, wo du es wünschst.«

Agricola überdachte ihre Worte einen Moment lang, dabei kratzte er sein stoppeliges Kinn. »Du hast diesen Verräter vermutlich mitgebracht und irgendwo in der Nähe versteckt, wie ich dich kenne.«

»Ja.«

»Gut, dann bring ihn her.« Er machte Anstalten, sie von seinem Schoß zu schieben.

»Du möchtest doch sicher nicht, dass ich schon gehe«, schnurrte sie. »Ich habe ja noch gar keine Belohnung bekommen.«

Er musterte sie nachdenklich, aber leider ohne jeden Funken von Verlangen. Dann packte er sie um die Taille, stellte sie auf die Füße und ging zu den Lederbündeln hinüber, die seine persönlichen Besitztümer enthielten. Er wühlte darin herum, dann warf er ihr einen kleinen, glänzenden Gegenstand zu.

»Es ist zwar schon spät, aber ich muss noch zu einer Besprechung. Dort neben meinem Bett steht eine kleine Mahlzeit bereit. Bring deinen Prinzen morgen Abend zu mir. Je weniger Männer ihn sehen, desto besser.« Mit diesen Worten wandte er sich ab und verließ das Zelt.

Samana blickte auf ihre Hand hinab. Darin lag ein Ring; der Ring einer Priesterin, in den die drei Gesichter der Großen Mutter eingraviert waren. Und dann bemerkte sie, dass er mit etwas Dunklem verkrustet war. *Blut.* Sie versuchte, Bewunderung für Agricolas Raffinesse aufzubringen, aber mit einem Mal war ihr der Appetit vergangen. Sie ließ den Ring auf dem Tisch neben dem Bett zurückfallen und verschwand in der Dunkelheit.

Kurz vor Anbruch der Morgendämmerung schlüpfte Samana wieder neben Eremon unter die Decke. Im nächsten Moment schlossen sich seine Finger mit eisernem Griff um ihre Arme, und er richtete sich im Dunkeln über ihr auf.

»Wo in Hawens Namen habt Ihr gesteckt, Lady?«

Seine Stimme klang barsch, ohne den rauen Unterton von Begierde, an den sie sich schon so gewöhnt hatte. »Du tust mir weh!«

»Ich werde dir gleich noch mehr weh tun, wenn du mir nicht augenblicklich erklärst, wo du warst!«

»Das werde ich ja! Lass mich los!« Er gab sie frei, und sie sank schwer atmend zurück. »Ich bin zu einem der Vorposten geritten, um Bescheid zu geben, dass ich morgen mit dir ins Lager kommen werde.«

»Bist du dort so gut bekannt, dass du einfach so mitten in der Nacht auftauchen kannst, ohne Verdacht zu erregen?«

»Ich bin eine Frau, Eremon. Sie würden schwerlich auf mich

schießen, wenn sie sehen, dass ich alleine bin. Außerdem besitze ich als Königin ihrer engsten Verbündeten ein Siegel, das ich vorzeigen kann.«

»Niemand wundert sich, wenn du im Dunkeln und ohne Eskorte im Lager erscheinst? Es liegt doch auf der Hand, dass es sich dann kaum um einen offiziellen Besuch handeln kann, oder? Wenn du dort über so viele Freiheiten verfügst, werden sie sich doch morgen sicher wundern, warum du einen Leibwächter mitbringst.«

Samana seufzte. Je näher sie der Wahrheit kamen, desto wichtiger wurde es, sein Misstrauen zu zerstreuen, damit er ihren Plan nicht noch in letzter Minute vereiteln konnte. »Wenn du es unbedingt wissen willst – ich unterhalte eine… freundschaftliche Beziehung zu einem der Lagerschreiber, den ich schon oft besucht habe. Nachts, meine ich.«

Als er keine Antwort gab, stützte sie sich auf einen Ellbogen und presste ihre Brust gegen seinen Arm. Der Wildschweinhauer bohrte sich in ihre Haut. »Tu nicht so, als wärst du schockiert, Eremon. Ich bin davon überzeugt, dass du die Gunst vieler Frauen genießt, warum also soll ich mich dann nicht mit mehreren Männern vergnügen?«

Eremon schnaubte. »Weil es sich um Römer handelt, Samana.«

»Römer haben nichts anderes zwischen den Beinen als du!« Sie barg ihren Kopf an seiner Brust, doch er machte keine Anstalten, sie in die Arme zu schließen. »Es war eine kurze Affäre, sie liegt schon viele Monde zurück. Ich habe durch ihn viel erfahren, was meinem Volk nützlich war.«

Eremon schwieg noch immer.

»Eremon!« Samana verlor die Geduld. »Warum hast du denn meine Base geheiratet? Du hattest wohl auch deine Gründe dafür – du erhoffst dir etwas von dieser Verbindung. Also bist du um keinen Deut besser als ich!«

Nach einer Weile seufzte er, und sein Körper entspannte sich. »Wenn du es so ausdrückst, klingt alles ganz anders. Wenn man einmal davon absieht, dass die Römer unsere Feinde sind.«

»Du betrachtest sie als Feinde. Ich habe mich entschieden, nicht gegen sie zu kämpfen, hast du das vergessen?«

»Du bist eine gefährliche Frau, Samana.«

Sie lächelte im Dunkeln, ihre Hand glitt zu seinen *bracae* hinunter und umschloss seine Männlichkeit unter der dünnen Wolle. Der Zauber, den sie über ihn geworfen hatte, musste seine Kraft inzwischen weitgehend verloren haben, aber er hatte ihr genug Zeit verschafft, um sicher zu gehen, dass er sich an sie gebunden fühlte – und dass das Verlangen nach ihrem Körper seinen ansonsten so scharfen Blick trübte, wenn es um ihre Person ging.

Die Macht dieses Zaubers hatte sie selbst überrascht, denn Magie vermochte nur bereits existierende Begierden zu verstärken. Als sie Eremon mit ihrem Zauberbann belegt hatte, hatte sie nicht ahnen können, wie viel unentdeckte und unbefriedigte Leidenschaft in diesem Mann schlummerte. An der Küste Albas hatte der Prinz aus Erin das, was er suchte, offenbar bisher noch nicht gefunden, was ihren Plänen äußerst dienlich gewesen war.

Bei diesem Gedanken wurde ihr Lächeln breiter, und ihre Lippen pressten sich fordernd auf die seinen.

28. Kapitel

Am Tag von Eremons Abreise bekam Conaire Rhiann nicht zu Gesicht, doch als er kurz vor Einbruch der Dämmerung atemlos von dem langen Ritt in die Festung zurückkehrte, verspürte er plötzlich den dringenden Wunsch, sich auf die Suche nach ihr zu machen.

Noch mehr wunderte er sich über das Mitleid, das er für sie empfand. Es war in ihm aufgekeimt, als er bemerkt hatte, welche Sorgen und Bedenken sie quälten, seit sie von Eremons wahnwitzigem Plan erfahren hatte. Er hätte nie gedacht, der Frau seines Bruders überhaupt jemals irgendwelche Gefühle entgegenzubringen, ganz bestimmt gehörte sie nicht zu der Sorte Frauen, die leicht Mitleid erweckten. Aber seit sie diese Reise in den Süden vorgeschlagen und gegenüber dem Ältestenrat durchgesetzt hatte, wuchs sein Interesse für sie mit jedem Tag.

Sie schien zu denken wie ein Mann, für Conaire eine neue, aber nichtsdestotrotz faszinierende Vorstellung. Sie und Eremon hegten ganz offensichtlich keine besonders freundlichen Gefühle füreinander, obwohl Conaire keine Ahnung hatte, warum das so war. Rhiann hatte eine scharfe Zunge, aber sie war nicht für jeden Mann so leicht zu haben wie Aiveen und Garda. Was also stimmte zwischen den beiden nicht? Die Entschlossenheit, mit der sie sich gegen den Ältestenrat behauptet und der Mut, mit dem sie der römischen Patrouille die Stirn geboten hatte, hatten ihn sehr beeindruckt. Vielleicht sollte Eremon aufhören, sie als Frau zu sehen – was ihr eindeutig missfiel – und sie stattdessen als verlässliche Gefährtin betrachten. Es gab genug andere Mädchen, die er in sein Bett nehmen konnte.

Er seufzte, als er von seinem Pferd stieg und dem Stalljungen die Zügel reichte. Eremon verfügte zweifellos über viele Fähigkeiten, aber von Frauen verstand er überhaupt nichts – sonst hätte er sich nie mit Samana eingelassen. Obwohl Conaire einem Abenteuer mit ihr selbst nicht abgeneigt wäre, hatte die Votadinerkönigin etwas an sich, was ihm Unbehagen einflößte. Sie sah aus, als wäre sie eine heißblütige, leidenschaftliche Gespielin, und das reizte ihn. Aber ihn störte die Veränderung, die er an Eremon festgestellt hatte, seit er sich mit ihr abgab.

Conaire hatte schon viele Frauen gehabt, aber noch keiner tiefere Gefühle entgegengebracht. Hatte die Anziehungskraft, die Samana auf Eremon ausübte, sein Urteilsvermögen beeinträchtigt? Conaire kam sich bei diesem Gedanken wie ein Verräter an seinem Bruder vor, aber als er im schwindenden Licht den Pfad zur Festung emporstieg, gestand er sich ein, dass er sich auch über ihn ärgerte. Eremon und er waren noch nie getrennte Wege gegangen, schon gar nicht, wenn sich einer von ihnen in Gefahr begab.

Plötzlich erkannte er, dass seine Schritte ihn geradewegs zu Rhianns Hütte geführt hatten. Er starrte das Türfell einen Moment unschlüssig an, und als er drinnen Geräusche hörte, schob er es entschlossen zur Seite und betrat den Raum.

Rhiann schüttelte gerade ein paar Tropfen von ihren Röcken und reichte ihren feuchten Umhang einer Dienerin. Sie sah erschöpft aus, und Conaire, der nicht wusste, wie er beginnen sollte, platzte heraus: »Ich bin neugierig, wie Ihr es geschafft habt, an einem so schönen Tag so nass zu werden, Lady.«

Sie blickte überrascht auf, dann trat ein wachsamer Ausdruck auf ihr Gesicht. »Im Wald ist es immer noch ziemlich feucht.« Sie deutete auf den Korb neben der Tür. »Ich habe Kräuter gesammelt. Hier wachsen andere Heilpflanzen als bei uns.«

Conaire scharrte verlegen mit den Füßen. Einen Moment lang herrschte Schweigen zwischen ihnen, dann fragte Rhiann zögernd: »Sind sie fort?«

»Ja, sie sind heute Morgen losgeritten.«

Rhiann nickte, und jetzt bemerkte Conaire, wie unnatürlich blass sie war. »Dann wünsche ich Euch noch einen schönen Abend.« Sie wandte sich ab und trat zum Bett.

»Äh …«, begann er, dabei unterdrückte er gerade noch den Impuls, sie am Arm zu fassen. Er wusste, dass er jetzt mit ihr besser nicht über Eremon sprechen sollte. Der Schmerz, der sich in ihrem Gesicht widerspiegelte, warnte ihn davor.

Verzweifelt suchte er nach ein paar unverfänglichen Worten, was für ihn eine ganz neue Erfahrung war. »Ich habe Euch nie dafür gedankt, dass Ihr mich und mein Bein gerettet habt, Lady.« Grinsend tätschelte er seinen vernarbten Oberschenkel und registrierte erleichtert, dass die Farbe in ihr Gesicht zurückkehrte.

»Eure kräftige Konstitution hat mir die meiste Arbeit abgenommen … trotzdem danke.«

»Ich würde Eure Hilfe gern noch einmal in Anspruch nehmen, wenn Ihr gestattet.«

Misstrauen flackerte in ihren Augen auf. »Inwiefern?«

»Nun ja …« Conaire fuhr sich mit der Hand durch das Haar. »Das Warten zerrt an meinen Nerven. Wir könnten heute Abend zusammen essen, wenn Ihr nichts dagegen habt.«

Er brach ab, weil er wusste, dass sie seinen Vorschlag gleich zurückweisen würde, aber zu seiner Überraschung zögerte sie nur kurz und zuckte dann die Achseln. »Warum nicht? Das wird uns helfen, die Zeit totzuschlagen.«

Conaire grinste. Ihm war nicht entgangen, dass sie jetzt weniger von Sorgen gequält und irgendwie … zugänglicher wirkte. Aber er hatte sie bislang ja auch nur in Eremons Gesellschaft gesehen.

Sie nahmen die Abendmahlzeit zusammen ein. Die römischen Stühle waren durch niedrige Holzbänke ersetzt worden. Als das Essen aufgetragen wurde, stellte Conaire verblüfft fest, dass sich auf den Platten gute, deftige, nahrhafte Speisen türmten: geröstetes Schweinefleisch mit Sauerampfer, Seemannsgold und Lachs. Statt Wein wurde Ale serviert.

Rhiann beobachtete ihn mit einem leisen, fast schalkhaften Lächeln. »Ich habe den Koch angewiesen, die Speisen so zuzubereiten, wie wir es gewöhnt sind. Nicht nach römischer Art!«

Conaire lachte. »Ich habe von all diesen fremdartigen Gewürzen schon Magendrücken bekommen. Und dieser Wein! Der Schädel brummt am nächsten Morgen doppelt so schlimm wie nach Ale.«

»Das hängt davon ab, wie viel man davon trinkt«, gab sie trocken zurück.

Conaire hätte sich nie träumen lassen, dass er sich ausgerechnet mit Rhiann einmal so unbefangen unterhalten würde, wie er es mit Eremon tat, aber schon bald vergaß er, dass sie von edlem Geblüt und die Frau seines Bruders war. Bislang war er nur immer darauf aus gewesen, Frauen möglichst schnell in sein Bett zu ziehen; er hatte nie den Wunsch verspürt, ein ernstes Gespräch mit ihnen zu führen, und er fand diese neue Erfahrung faszinierend.

Am nächsten Abend lud sie ihn erneut ein, ihr beim Essen Gesellschaft zu leisten, und am darauf folgenden ebenfalls. Er stellte fest, dass es ihm gelang, sie ab und an zum Lachen zu bringen, obwohl die dunklen Schatten unter ihren Augen verrieten, wie ihr in Wahrheit zumute war. Schließlich erbot er sich sogar, sie zu begleiten, wenn sie ihre Kräuter sammeln ging.

So ritten sie zusammen aus, unterhielten sich und aßen abends zusammen.

Und warteten.

Ein rauer Befehl hallte durch die Dämmerung. Eremons Hand fuhr instinktiv zu seinem Schwert, doch dann fiel ihm ein, dass er die Waffe bei Conaire zurückgelassen hatte. Er hatte nur einen Speer bei sich, wie es der Eskorte einer Dame zukam, die ihren Verbündeten einen Besuch abstattet.

Samana zügelte ihr Pferd und erwiderte etwas in fließendem Latein. Über ihnen flackerte eine Fackel auf, und als Eremon aufblickte, sah er zwei römische Soldaten auf einem Erdwall stehen. Die Flammen tanzten über ihre polierte Lederrüstung, die Spitzen ihrer Spieße und die hölzerne Palisade hinter ihnen hinweg. Um bis hierher zu gelangen, hatten Samana und er bereits zwei Vorposten passieren und sich zwischen einer Reihe ähnlicher Erdwälle hindurchschlängeln müssen. Nun standen sie endlich vor dem Tor des Lagers.

Dieses wurde knarrend geöffnet, und als Samana ihn in das eigentliche Lager führte, bemerkte er: »Man scheint dich hier gut zu kennen.«

»Ich habe dir doch gesagt, dass ich dieses Lager oft besucht habe.« Samana drängte ihr Pferd näher an das seine heran. »Vertrau mir«, hauchte sie ihm ins Ohr. Aber die Furcht hatte Eremons Sinne geschärft, und ihr nach Honig schmeckender Kuss trug wenig dazu bei, seine Bedenken zu zerstreuen.

Nachdem sie die Pferde einem Soldaten übergeben hatten, folgte Eremon Samana über eine freie, mit zertretenem Heidekraut und Gras bewachsene Fläche zu dem Schein unzähliger Fackeln hinüber. Dort blieb er wie angewurzelt stehen, denn seine Beine gehorchten ihm mit einem Mal nicht mehr.

Hunderte und Aberhunderte ordentlich aufgereihter Lederzelte erstreckten sich bis weit ins Dunkel hinein. Vor jedem brannte ein Feuer in einer kleinen Grube und beleuchtete aufgestapelte Lederschilde, Speere und Helme. Fackeln warfen ihren flackernden Schein über die Gänge zwischen den Zelten und die dort umherhuschenden Soldaten. Auf einer Seite wieherten Pferde, auf der anderen muhten Ochsen in ihrem Pferch. Weiter hinten in der Dunkelheit konnte er die Umrisse eines weiteren Erdwalls und einer Palisade erkennen.

»Die Lager werden immer nach demselben Schema errichtet«, flüsterte Samana. »Die Truppen kennen die Position der Offiziere und Einheiten genau, so weiß im Fall eines Angriffs jeder Soldat sofort, wo er sich einzufinden hat. Ist das nicht großartig?«

Eremon hörte die ehrfürchtige Bewunderung in ihrer Stimme und folgte ihr noch widerwilliger als zuvor tiefer in das Lager hinein.

Sie führte ihn zwischen den Gruppen von Soldaten hindurch, die vor ihren Zelten kauerten und in über den Feuern brodelnden Töpfen herumrührten. Aus allem Himmelsrichtungen erschollen Rufe und Gelächter, Rüstungen und Waffen klirrten. In jedem Zelt mussten ungefähr zehn Männer untergebracht sein, das machte auf das gesamte Lager hochgerechnet dann… nein, er wollte die genauen Zahlen gar nicht wissen. Noch nie zuvor hatte er so viele Krieger auf einem Haufen gesehen.

Samana trat auf einen breiten Pfad hinaus, der anscheinend direkt zur Mitte des Lagers führte. Dort sah Eremon ein größeres Zelt, auf dessen Spitze eine Standarte mit dem Adleremblem flatterte. Sein Magen krampfte sich zusammen, als das Licht der Fackeln auf das Banner fiel, und er fragte sich mit wachsender Besorgnis, wem er gleich gegenübertreten musste.

Die Wachposten zu beiden Seiten des Zelteingangs ließen ihre Speere sinken, als sie Samana sahen. Eremons Instinkt riet ihm, augenblicklich kehrtzumachen und die Flucht zu ergreifen, aber dazu war es zu spät. Jetzt galt es vor allem, keinerlei Aufmerksamkeit zu erregen. Er senkte den Blick, als er Samana in das Zelt folgte, und sah niemandem ins Gesicht.

Ein dreibeiniges Kohlebecken tauchte das Innere in ein warmes Licht. Eremon erhaschte einen Blick auf ein niedriges Bett und ein paar ordentlich übereinander gestapelte Lederranzen in einer Ecke, bevor seine Aufmerksamkeit von dem Mann gefesselt wurde, der sich von seinem Stuhl an einem hohen Tisch erhob. Die drei anderen Männer, die bei ihm saßen, rührten sich nicht.

Der erste Mann reichte Eremon nur knapp bis über das Kinn, und sein Haar wurde bereits schütter, aber sein markantes Gesicht mit den kalten, befehlsgewohnten Augen verriet Eremon, dass er es mit einem erfahrenen Kriegsmann zu tun hatte. Dunkle Augen bohrten sich in die seinen, als versuche der Mann, Eremons Gedanken zu ergründen, bevor er das Wort an ihn richtete.

»Ihr seid ein Prinz aus Erin, aber Ihr habt in einen der Stämme Albas eingeheiratet.« Der Mann sprach fließend Britisch, aber sein Akzent verriet den Römer.

Samana hatte ihn getäuscht! Eremon warf ihr einen verstohlenen Blick zu, aber sie stand am Tisch und beschäftigte sich angelegentlich mit ein paar Pergamentrollen. Was für ein Narr er gewesen war! Doch trotz des Schocks über Samanas Verrat besann er sich auf seinen Stolz, als er die Verachtung im Gesicht des anderen Mannes las. »Und Ihr seid ein Römer, dessen Gier keine Grenzen kennt«, gab er scharf zurück. »Ihr seid in ein Land eingefallen, das nicht zu Eurem Kaiserreich gehört!«

Der Mann lächelte nur und sagte etwas auf Lateinisch zu Samana. Sie trat zu ihnen, um sie einander vorzustellen, aber sie wagte nicht, Eremon dabei in die Augen zu sehen. »Dies ist Eremon mac Ferdiad von Dalriada in Erin. Und dies …«

Der Mann unterbrach sie und riss die Führung des Gesprächs wieder an sich. »Ich bin Gnaeus Julius Agricola, Statthalter der Provinz Britannien.«

Eisige Furcht stieg in Eremon auf, als der Römer fortfuhr: »Vergebt mir meine Unhöflichkeit, aber ich befinde mich mit meiner Armee schon so lange auf diesem Feldzug, dass ich darüber vergessen habe, wie man erlauchte Gäste gebührend empfängt.«

Eremon gewann seine Fassung rasch zurück. »Ich wusste nicht, dass ich Euch hier treffen würde, Gnaeus Julius Agricola. Die Kunde von Euren Taten ist bis zu uns nach Erin gedrungen.«

Agricola hob die Brauen. »Das ist ein hohes Lob für mich.«

»Die Flüchtlinge, die an unseren Ufern gelandet sind, sind da anderer Meinung.«

Als Agricola weitersprach, klang seine Stimme noch immer freundlich, obgleich seine Augen jetzt kalt wie Stahl waren. »Wenn man ein Amt neu übernommen hat, muss man sich erst einen Namen machen.« Er griff nach einem silbernen Krug und schenkte einen Becher voll Wein. »Ihr seid jung, Prinz, ich bin sicher, Ihr versteht das. Vielleicht seid Ihr ja selbst noch dabei, Euch einen Namen zu machen.« Er blickte auf, lächelte und reichte Eremon den Becher. »Aber genug davon – wartet einen Augenblick.« Er wandte sich zu seinen Männern um, setzte das Gespräch mit ihnen fort und ließ Eremon einfach stehen.

Eremon spürte, wie sich brennende Röte auf seinen Wangen ausbreitete. Er wusste nicht, was er lieber täte – Agricola dieses selbstgefällige Lächeln vom Gesicht zu wischen oder Samana bei den Armen zu packen und kräftig zu schütteln. Endlich salutierten die Offiziere und verließen das Zelt, dabei musterten sie Eremon neugierig.

Agricola ging zur Zeltklappe und rief nach einem Wächter. »Ich habe ein Nachtlager für Euch herrichten lassen«, sagte er zu Eremon, dann blickte er Samana mit der Andeutung eines Lächelns an. »Und für Euch, Lady. Oder würdet Ihr es vorziehen, ein Lager zu teilen?«

Eremon stellte den Becher auf den Tisch und trat an Samanas Seite. »Wir bleiben zusammen. Was habt Ihr nun vor? Wollt Ihr von meinen Leuten ein Lösegeld fordern?«

»Ihr täuscht Euch in mir.« Agricola schüttelte den Kopf. »Ich möchte nur mit Euch reden. Und Euch etwas zeigen. Würdet Ihr unser Lager nicht gerne bei Tageslicht besichtigen?«

Eremon hielt seinem Blick unverwandt stand. »Selbstverständlich.«

»Euer Wunsch soll erfüllt werden. Genießt jetzt unsere Gastfreundschaft, morgen werde ich nach Euch schicken lassen.«

Eremon und Samana wurde ein Zelt zugewiesen, das fast so geräumig war wie Agricolas eigenes, und sowie sie alleine waren, packte Eremon Samana bei den Schultern. Er war unfähig, seine Wut noch länger zu bezähmen. »Was in Hawens Namen ist in dich gefahren? Was glaubst du eigentlich, was du hier tust?«

Sie machte keine Anstalten, sich seinem Griff zu entziehen. »Es war der einzige Weg, dich hierher zu locken. Er möchte mit dir über ein Abkommen sprechen, wie ich dir gesagt habe.«

»Aber du hast mir nicht gesagt, dass ich den obersten Feldherrn der gesamten in Britannien stationierten Armee treffen würde! Und du hast ihm verraten, wer ich bin! Möchtest du, dass ich auf der Stelle getötet werde?«

Samanas Atem ging schwer. »Nein. Und dies ist der einzige Weg, um dich am Leben zu halten. Begreifst du denn nicht? Dir bleibt keine andere Wahl. Du musst dich mit ihm verbünden. Er verkörpert die Macht in diesem Land!«

Die heiße Wut, die von Eremon Besitz ergriffen hatte, wurde plötzlich von der kalten Erkenntnis verdrängt, dass Samana mit Agricola im Bunde stand. Wenn er sie verärgerte, konnte sie ihn hinrichten lassen …

Mit einem Mal verflog der Nebelschleier, in dem er seit seiner Ankunft in Samanas Festung gefangen war. Er kam sich vor, als wäre er aus einem langen Traum erwacht. Eremon holte tief Atem, und als er ihn wieder ausstieß, spürte er, wie sein Verstand wieder klar und logisch zu arbeiten begann. Er empfand Bitterkeit und tiefe Scham über sein törichtes Verhalten, aber er wusste jetzt, dass diese Gefühle zumindest echt waren.

»Hör dir an, was er zu sagen hat, Eremon«, beschwor Samana

ihn. »Überzeuge dich selbst davon, über welch ungeheure Macht er verfügt. Du bist nicht dumm – deswegen habe ich dich ja hierher gebracht.«

Eremon gab sie angewidert frei. »Agricola braucht meine Unterstützung für ein Abkommen mit den Stämmen im Norden, ist das richtig?«

»Ja.« Samana rieb sich die Arme, dabei musterte sie ihn argwöhnisch.

»Was wirst du tun, wenn ich sie ihm verweigere?«

Samana streckte eine Hand aus und legte sie über sein Herz. »Ich war nicht ganz aufrichtig zu dir.«

Er schnaubte. »Das habe ich inzwischen schon gemerkt.«

»Ich musste dich irgendwie hierher locken, damit du dir anhörst, was er dir vorschlagen will. Aber nun kann ich dich auch in den Rest meines Planes einweihen.«

»Ich höre.«

»Ich möchte, dass du Agricola persönlich unterstützt, egal ob die Stämme einen Vertrag mit ihm schließen oder nicht.«

»Du verlangst allen Ernstes von mir, dass ich die Epidier verrate?«

»Was verbindet dich denn mit ihnen? Sie bedeuten dir doch nichts. Du darfst jetzt nur an dich denken!«

Eremon ließ sich schwer auf die Pritsche sinken und blickte sich im Zelt um. Der Tisch mit den Klauenfüßen, der kostbare Weinkrug, die Öllampe und die Platte mit Feigen, all dies erschien ihm fremd und wenig erstrebenswert.

»Ich bin genau wie du davon überzeugt, dass die Stämme kämpfen werden«, fuhr Samana fort. »Und die Römer werden sie besiegen. Aber wie ich schon sagte – sie werden nicht auf Dauer hier bleiben. Dann werden neue Herrscher gebraucht werden. Herrscher wie wir!«

Eremons Kopf fuhr hoch. Samana kam zu ihm und kniete sich neben ihm nieder. »Denk nach, Eremon. Du kannst mehr Land und größere Macht erlangen, als du es dir je hättest träumen lassen! Als Gegenleistung musst du den Römern nur weismachen, du stündest auf ihrer Seite.«

»Ich hege nur den Wunsch, irgendwann einmal in mein eigenes Land zurückzukehren. Mehr Land brauche ich nicht.«

»Hast du so wenig Ehrgeiz?« Samanas Augen glitzerten. »Stell dir nur vor, was wir beide gemeinsam alles erreichen könnten!«

»Und was wird aus Rhiann?«

»Was soll aus ihr werden? Das überlasse ich dir. Ich habe jedenfalls nicht die Absicht, mich in einen Kampf gegen die Römer verstricken zu lassen – meine Wahl habe ich bereits getroffen. Aber Rhiann folgt nicht ihrem Verstand, sondern ihrem Herzen, diese schwächliche Närrin!«

Für Eremon klang das überhaupt nicht nach der Rhiann, die er kannte. Samana griff nach seiner Hand und presste sie gegen ihre Wange. »Eremon, Eremon! Auch ich bin eine Prinzessin. Ich kann dir die Hilfe geben, die du benötigst. Mein Volk ist mächtig, und es wird dich unterstützen, wenn ich es wünsche. Und ich bereite dir Vergnügen im Bett, nicht wahr?«

»Natürlich. Aber ich kann doch Rhiann nicht einfach im Stich lassen.«

»Du hast mir selbst erzählt, sie wäre zu dieser Ehe gezwungen worden. Sie wird froh sein, wenn sie dich los ist und sie zu ihren Kräutern, ihrem Pferd und ihren… *Bauern* zurückkehren kann.«

Die Verachtung in ihrer Stimme verwunderte ihn. »Du hasst sie!«

Samana gewann ihre Fassung sofort zurück, erhob sich und strich ihren Rock glatt. »Sie bedeutet mir nichts. Du dagegen schon.« Als sie auf ihn hinabblickte, wurde ihr Gesicht so weich, als lägen sie zusammen im Bett. »Wir gehören zusammen, du und ich. Wir könnten ein Königreich erschaffen, das Erin und Alba umfasst, stell dir das nur einmal vor. Was für eine Macht wir erlangen könnten!«

»Und wenn ich mich weigere?«

Samanas Züge verhärteten sich, und sie zuckte die Achseln. »Dann geh nur zurück zu Rhiann und deinem kalten Ehebett – und zu einer Zukunft, die für dich nichts weiter bereit hält als einen römischen Speer mitten durchs Herz!«

29. Kapitel

Als Rhiann erfuhr, dass Eremon Conaire zu ihrem Schutz in der Festung zurückgelassen hatte, als sei sie ein unvernünftiges Kind, war sie zunächst außer sich vor Zorn. Doch im Laufe der Tage geschah etwas Unerwartetes. Sie begann, für seine Gegenwart dankbar zu sein.

Während der Monate, die sie mit Eremon verbracht hatte, war sie ständig auf der Hut vor ihm gewesen, diese Belastung hatte an ihren Kräften gezehrt. Conaires Scherze, obwohl sie oft gezwungen wirkten, und seine umgängliche Art hatten ihre Abwehr zermürbt, und zwar wusste sie, dass tief in ihm ein gewalttätiger Krieger schlummerte, doch in seinem offenen Gesicht und den blauen Augen war nichts davon zu lesen.

Ohne ihn hätte sie das untätige Herumsitzen um den Verstand gebracht, aber das ließ sie ihn natürlich nicht merken. Noch nie hatte sie sich so sehr wie in einer Falle gefangen gefühlt. Der Käfig ihrer Ehe war schon schlimm genug, obwohl sie sich bis zu einem gewissen Grad damit abgefunden hatte. Aber dieses Warten, ohne zu wissen, ob sie in Gefahr schwebte … und all das wegen eines Mannes, ein und desselben noch dazu …

Immer wieder überkam sie der Drang, ihr Pferd zu nehmen und nach Hause zurückzureiten. Aber obwohl sie sich über ihre eigene Schwäche ärgerte, brachte sie es nicht über sich, Eremon seinem Schicksal zu überlassen. Selbst wenn sie nach Dunadd zurückkehrte, war sie noch immer an ihn gebunden, denn der Ältestenrat würde ihr Verhalten sicherlich scharf rügen. Nachdem sie gesehen hatte, wie ausgezeichnet er die Männer ausbildete, wusste sie ebenso gut wie die Stammesältesten, welch wertvolle Hilfe er den Epidiern im Kampf gegen die Römer wäre.

Allerdings nur, wenn er auch weiterhin zu seinem Eid stand.

Er würde sie doch hoffentlich nicht so bedenkenlos verraten, wie es Samana offenbar mit ihren Angehörigen getan hatte?

Mittlerweile war Rhiann zu der festen Überzeugung gelangt, dass ihre Base mit Rom im Bunde stand.

Sie hatte Eremon ihren Verdacht noch vor seiner Abreise anvertrauen wollen, hatte es aber nicht gewagt, weil er gedacht hätte, aus ihr spräche bloße Eifersucht – was nicht der Fall war. Immerhin hatten sie allein aus politischen Gründen geheiratet, und Affären außerhalb solcher Ehen waren eher die Regel als die Ausnahme.

Nein, es traf sie nur, dass er sie hier zurückgelassen hatte. Ihre Unzufriedenheit rührte nur von dieser erzwungenen Warterei her, das redete sie sich immer wieder ein.

Der Soldat führte Eremon durch das Lager, das gerade zum Leben erwachte. Der Rauch der neu entzündeten Feuer bildete in der kühlen Luft kleine Wölkchen, und die raue Sprache der Besatzer, die sich so sehr vom melodischen Klang seiner eigenen unterschied, hallte ihm in den Ohren wider.

Ein gutes Stück von den Toren des Lagers entfernt erstreckten sich die mit Heidekraut bewachsenen Hänge eines Hügels bis hoch zu dem felsigen Gipfel, der sich über einer weitläufigen Ebene am Ufer des Flusses erhob. Die Speere zweier Wachposten am Fuß des Hügels glitzerten im ersten Tageslicht. Sie flankierten Eremon und geleiteten ihn einen steilen Pfad empor, an dessen Ende sich die Silhouette eines Mannes vom grauen Himmel abhob. Eremon kam sich vor wie ein Gefangener, der vor seinen Häscher geführt wird, und erkannte voller Entsetzen, dass es sich genauso verhielt. Agricola würde ihn niemals gehen lassen, wenn er ihm seine Unterstützung verweigerte.

»Ich hoffe, Ihr hattet eine angenehme Nacht«, begrüßte ihn Agricola, als Eremon vor ihm stand.

Das Lager lag jetzt unter ihnen, und obwohl feine Morgennebelschwaden darüber hinwegzogen, konnte Eremon die ungeheuren Ausmaße erkennen. Es nötigte ihm widerwillige Bewunderung ab, dass die Römer so solide Unterkünfte errichteten, obwohl sie nur für begrenzte Zeit hier lagern würden.

Die Soldaten waren besser untergebracht als viele Menschen bei ihm daheim, die in armseligen Hütten hausten. Er wandte sich an Agricola, wohl wissend, dass er jetzt die überzeugendste Vorstellung seines ganzen Lebens abliefern musste.

»Die hatte ich in der Tat, vielen Dank. Eure Gastfreundschaft ließ sich leichter ertragen, als ich gedacht hatte.«

Agricola lächelte. Trotz seines Alters wirkte er zu dieser frühen Stunde frisch und ausgeruht. Das Soldatenleben schien ihm gut zu bekommen, und er blickte mit offenkundigem Stolz über sein Lager hinweg. »Ich wollte Euch zwei Dinge zeigen, Mann aus Erin. Das Erste ist dieses Lager. Seht nur, wie perfekt es organisiert ist und wie viele Männer darin leben. Seht, wie gut bewaffnet sie sind und wie diszipliniert sie sich verhalten. Was sagt Ihr dazu?«

»Ich muss zugeben, dass ich beeindruckt bin.«

»Ausgezeichnet. Dann möchte ich, dass Ihr den Bemalten, den Männern aus Alba, genau berichtet, was Ihr hier gesehen habt. Wir sind ihnen zahlenmäßig weit überlegen, und wir werden sie besiegen, komme, was wolle. Ich beabsichtige, ganz Alba zu unterwerfen und unter römische Herrschaft zu stellen, das sage ich Euch ganz offen. Im Süden des Landes ist mir dies bereits gelungen, es wird mir auch hier gelingen.«

»Ich werde es ihnen ausrichten.«

»Wenn die Angehörigen der Stämme Widerstand leisten, werden sie allesamt entweder getötet oder versklavt werden. Aber wenn sie mit uns Frieden schließen, werden sie in das größte und mächtigste Reich eingegliedert, das die Welt je gesehen hat.« Agricola deutete über das Lager. »Sie werden Straßen, Bäder, Wasserleitungen, Tempel und vieles mehr bekommen. Sie werden mit Waren aus allen Teilen des Reiches beliefert – mit Gewürzen, kostbaren Tuchen und Juwelen. Sie werden ein friedliches, geordnetes Leben führen. Die Viehdiebstähle unter den verschiedenen Clans und die ständigen blutigen Auseinandersetzungen werden dann ein für alle Mal der Vergangenheit angehören.«

Eremon versuchte, sich seine Gefühle nicht anmerken zu

lassen, aber Agricola schien zu spüren, dass er geringschätzig die Lippen verzog, denn er drehte sich zu ihm um. »Ich weiß, dass die Menschen hier ihre Freiheit über alles stellen. Aber woraus besteht diese Freiheit? Aus unaufhörlichen Kämpfen und Kriegen? Aus dem Hungertod nach einer schlechten Ernte?«

»Freiheit bedeutet, nicht vor einem fremden Herrscher kriechen zu müssen.«

»Im Frieden liegt die wahre Freiheit. Und wir bringen euch Frieden, Sohn des Ferdiad! Frieden, den ihr nutzen könnt, um eure Felder zu bestellen und eure Kinder großzuziehen. Unsere Lebensweise gewährleistet den Menschen Sicherheit und Wohlstand, und wir wollen die ganze Welt daran teilhaben lassen.«

Eremon zwang sich, eine unbeteiligte Miene beizubehalten. »Die Menschen auf diesen Inseln sind nicht allzu erpicht darauf, Eure Lebensweise zu übernehmen, Agricola, wie Ihr wohl wisst. Zum Glück denke ich ein wenig anders darüber.«

»Ja, das hat mir Samana auch gesagt – Ihr seid ein Mann, der stets einen kühlen Kopf bewahrt und sich nicht von dem Feuer in seiner Brust leiten lässt wie so viele dieser törichten Britannier. Sie wissen nicht, was das Beste für sie ist; sie betrachten Krieg als Spiel. Deswegen brauchen sie eine starke Hand, die sie lenkt – die Hand Roms!«

Auch in Eremons Brust brannte tatsächlich ein heißes Feuer. Aber Samana hatte in einem Punkt Recht. Er bewahrte stets einen kühlen Kopf, vor allem, wenn es um Leben und Tod ging so wie jetzt. Sein Herz hämmerte mit jedem Schlag schmerzhaft gegen seine Rippen, aber er bezwang sich und unterdrückte die hitzigen Worte, die sich ihm auf die Lippen drängten.

Agricola betrachtete ihn mit schief gelegtem Kopf. »Seid Ihr also einverstanden, als mein Bote zu fungieren und die Stämme im Norden von den Vorteilen eines Friedensabkommens mit uns zu überzeugen?«

Eine Welle der Erleichterung schlug über Eremon zusammen. Wie es aussah, würde er doch noch einmal glimpflich davonkommen. »Ja, ich werde die Stammesältesten von Euren Absichten unterrichten und ihnen klar machen, über welche Macht Ihr verfügt. Aber ich bin keiner ihrer Prinzen, sondern ein angeheirateter Fremder. Es gibt viele verschiedene Stämme. Ich kann Euch nicht versprechen, dass sich alle mit Euren Plänen einverstanden erklären.«

»Darüber bin ich mir durchaus im Klaren. Ich bin auf eine Schlacht vorbereitet, ich werde sie eben mit Gewalt unterwerfen, wenn sie sich mir widersetzen.«

Eremon ballte unwillkürlich die Fäuste. Am liebsten hätte er sich auf diesen skrupellosen Feldherrn gestürzt und die Welt ein für alle Mal von ihm befreit. Aber er wusste, dass es viele Römer gab, die seinen Platz einnehmen würden – zu viele. Außerdem würden ihn die Wächter aufhalten, ehe er sein Vorhaben ausführen konnte.

Warum soll ich für Alba sterben?, überlegte er. *Ich brauche nur heim nach Erin zu gehen.*

Agricola nahm ihn am Arm und blickte ihm forschend ins Gesicht. »Ihr seid ein vernünftiger Mann, wie ich sehe. Kommen wir zum zweiten Punkt, den ich mit Euch besprechen möchte.«

Er ließ die Hand sinken und bedeutete Eremon, ihm zu folgen. Sie schlängelten sich zwischen dunklen Granitbrocken hindurch, bis das Gelände wieder abzufallen begann. Eremon erblickte eine Reihe kleiner niedriger Hügel, hinter denen am Horizont in purpurrotes Licht getauchte Berge aufragten.

Agricola streckte einen Arm aus. »Erin liegt westlich von hier, nicht wahr?«

Eremons Unbehagen erwachte von neuem. »Ja.«

»Ich denke daran, meinen Eroberungsfeldzug dort fortzusetzen.«

Das Unbehagen verwandelte sich in nacktes Entsetzen. Übelkeit stieg in ihm auf.

»Eure Ankunft hat mich auf einen Gedanken gebracht«, fuhr Agricola fort. »Es ist leichter für uns, Frieden zu schließen, wenn uns ein Herrscher dieses Landes zur Seite steht und uns den Weg ebnet. Als Gegenleistung für seine Unterstützung gestatten wir ihm, seine Macht zu behalten oder gar noch zu vergrößern.«

»Er wäre also König und Gefolgsmann zugleich«, stellte Eremon fest, dabei registrierte er dankbar, dass seine Stimme vollkommen ruhig klang.

»Ja. Eine solche Regelung brächte sowohl ihm als auch uns Nutzen. Wie es aussieht, hat Fortuna Euch mir genau zum richtigen Zeitpunkt geschickt, nicht wahr, Eremon von Dalriada?«

»Ihr wollt damit sagen, dass Ihr mich für dieses Amt ausersehen habt?«

Agricola nickte. »Mit Hilfe meiner Truppen könnt Ihr Euch ganz Erin untertan machen, wenn Ihr das wünscht. Mit uns als Verbündeten würde diese Eroberung viel schneller vonstatten gehen als mit der Unterstützung der Stämme Albas.«

»Welche Vorteile erhofft Ihr Euch davon?«

»Eure Anhänger sorgen für Frieden im Land, und wir müssen nicht mehr so viele lästige Aufstände niederschlagen. So verliere ich nicht unnötig viele meiner Männer, und am Ende habe ich trotzdem das Ziel erreicht, das ich mir gesteckt habe: ganz Erin und Alba im Namen Roms in Besitz zu nehmen.«

Eremon starrte zum fernen Horizont hinüber, wo sein Heimatland lag. Dunkle Wolken zogen sich inzwischen über den Bergen zusammen. Der Tag würde nicht mehr lange klar bleiben.

Agricola legte ihm eine Hand auf die Schulter. »Ich verstehe, dass all dies für Euch völlig überraschend kommt. Ich verstehe auch, dass euch Barbarenprinzen die Ehre über alles geht. Aber was versteht Ihr unter Ehre? Leben, Besitz und Land zu retten, nehme ich an. Denkt über mein Angebot nach. Ihr habt bis morgen Abend Bedenkzeit, dann möchte ich Eure Antwort hören.« Er zog seine Hand weg, wandte sich ab und ging Richtung Lager davon.

Eremon bemerkte, dass die Wachposten, die ihnen gefolgt

waren, augenblicklich näher rückten. Am Westrand der Hügelkette waren weitere Wächter postiert, die jeden Gedanken an Flucht sofort vereitelten. Er betrachtete Agricolas sich entfernenden Rücken. Ihm war bewusst, dass der Römer mit ihm spielte wie eine Katze mit der Maus. Wenn er nicht auf Agricolas Vorschlag einging, würde er getötet oder gefangen genommen werden. Ersteres war noch dazu entschieden wahrscheinlicher.

Aber erst als er seiner von hier aus unsichtbaren Heimat den Rücken kehrte, erkannte er voller Entsetzen, dass ein Teil von ihm ernsthaft erwogen hatte, Agricolas Angebot anzunehmen. *Ich könnte jetzt sofort nach Erin zurückkehren*, füsterte ihm eine leise Stimme zu. *Ich könnte meinen Onkel umbringen und meine Leute befreien.*

Dann flammte irgendwo tief in ihm ein anderer, dunklerer Gedanke auf. *Ich könnte mein Königreich vergrößern; könnte ein mächtiger, gefürchteter Mann werden ... vielleicht sogar Großkönig von Erin ...*

Abscheu vor sich selbst überkam ihn, und er schüttelte die Vorstellung energisch ab, drehte sich um und sah gerade noch Agricolas roten Umhang im Lager unter ihm verschwinden.

Beim Großen Eber, was sollte er nur tun? Jetzt bot sich ihm die Möglichkeit, mit einem Schlag alles zu erreichen, was er anstrebte. Nur wusste er selbst nicht mehr, was er eigentlich wirklich wollte.

Als der römische Feldherr in sein Zelt zurückkehrte, fand er Samana dort auf dem Bett vor.

»Du spielst mit dem Feuer, Samana«, warnte er, nachdem er seinen Umhang einem Sklaven gereicht hatte. »Was, wenn dein Prinz dich hier sieht? Ich gehe doch davon aus, dass er von deinen anderen Beziehungen nichts weiß?«

Samana nahm sich eine Traube von der Platte neben dem Bett und schob sie in den Mund. »Ich habe Sicherheitsvorkehrungen getroffen. Vor diesem Zelt und vor unserem stehen Wachposten.«

»Ich vertraue darauf, dass seine Gefühle für dich ihn dazu bringen, mir die Treue zu schwören, das weißt du. Bring also meine Pläne nicht unnötig in Gefahr.«

Samana leckte sich Saft vom Kinn. »Dann behalte ihn nicht zu lange hier. Irgendeiner deiner Männer wird sich früher oder später verplappern.«

»Morgen wird er mir seine Antwort geben. Lautet sie Ja, wird er ohnehin hier bleiben. Falls nicht … wird er dieses Lager nicht lebend verlassen.«

»Glaubst du, er wird tun, was du von ihm verlangst?«

»Er ist zumindest in Versuchung geraten, das habe ich ihm angesehen. Und du sagtest, es sei ihm nicht gegeben, sich zu verstellen.«

»Nein, er bildet sich zu viel auf seine absolute Aufrichtigkeit ein. Keiner der Bewohner dieser Inseln ist ein guter Lügner.«

»Außer dir.«

»Außer mir.« Sie glitt vom Bett, kam zu ihm und schlang die Arme um seinen Hals. »Ich muss ein römisches Baby sein, das in der Wiege vertauscht wurde. Deswegen musst du mich auch mitnehmen, wo immer du hingehst.«

»Was würde dein Prinz dazu sagen?«

»Ich kann ihn in dein Netz verstricken, bis er in deinem Namen nach Erin segelt, dann gibt es für ihn kein Zurück mehr. Er wird schwerlich alles aufgeben, was er dort gewinnt, und meinetwegen nach Alba zurückkehren.«

»Du bist zu bescheiden, Samana.«

Sie zuckte nur die Achseln.

»Also liegt dir in Wahrheit gar nichts an ihm?« Agricola lächelte. »Du tust all das nur mir zuliebe?«

Samana schürzte die Lippen. »Natürlich. Aber wenn du mich nicht willst, werde ich mit ihm gehen. Er ist also nur die zweite Wahl, verstehst du?«

»Allerdings. Du brauchst immer einen Mann, der dir dein Bett wärmt.«

»Nur Macht ist mir noch wichtiger.« Sie küsste seine Mundwinkel. »Und die könntest du mir doch wenigstens verschaffen, wenn du tatsächlich so grausam sein solltest, mich wegzuschicken. Setz mich als Königin ein.«

»Das bist du doch schon.«

»Ich meine als Königin von ganz Alba. Wenn du die Stämme im Norden unterworfen oder ausgelöscht hast.«

Agricola löste ihre Arme von seinem Hals. »Ich werde dir nichts versprechen, weil du sonst in deinen Bemühungen nachlässt.« Er umschloss ihre Brust und streichelte die Brustwarze durch den dünnen Stoff hindurch. »Von meinem Reich zu sprechen erregt mich immer, ich habe dich gestern Nacht vermisst.« Er drückte sie auf die Knie. »Heute Morgen stehen noch Truppeninspektionen an. Viel Zeit bleibt mir also nicht.«

Eremon blieb auf dem Hügel stehen, bis die Sonne ganz hinter den im Westen aufziehenden Wolken verschwunden war. Nach außen hin wirkte er vollkommen ruhig und gefasst, aber in seinem Inneren loderte ein Feuer, und während die Zeit verstrich, schämte er sich immer stärker dafür, Agricolas Vorschlag nicht rundheraus abgelehnt zu haben.

Seine Gedanken überschlugen sich. Was war das Beste für Erin? Das Beste für seine Männer? Das Beste für ihn selbst? So ungern er es auch zugab, ein Gesicht ging ihm nicht aus dem Sinn – feine, von bernsteinfarbenem Haar umrahmte Züge und große blaue Augen. Sie wollte ihn nicht als Mann, aber sie brauchte ihn als Führer ihres Stammes. Konnte er sie einfach so im Stich lassen? Er verdrängte das Bild und beschwor stattdessen das von lose herabfallendem schwarzem Haar und Apfelduft herauf. Die andere Wahl, wie Samana es ausgedrückt hatte.

Allerdings war eine Entscheidung zwischen zwei Frauen von wesentlich geringerer Bedeutung als andere Dinge. Seine Männer. Sein Land. Sein Stolz.

Seine Wächter begannen sich zu langweilen. Sie kauerten sich in seiner Nähe auf dem Boden nieder und begannen, mit ein paar Knochenstückchen zu würfeln. Er hörte, wie sie sich lachend miteinander unterhielten, und allmählich dämmerte ihm, dass er ihre Sprache verstand. Er drehte sich um und sah die Männer genauer an. Beide hatten dunkles Haar wie die Römer, aber ihre Augen schimmerten hellgrau. Dann fiel ihm ein, dass die römischen Invasoren Britannien schon seit über dreißig Jahren besetzt hielten.

Einer der Soldaten fing seinen Blick auf und stieß seinen Kameraden an. Sie strahlten eine nahezu greifbare Feindseligkeit aus. Diese Männer waren von Römern gezeugt worden, und obwohl sie Britisch sprachen, schämten sie sich für das Blut ihrer Mütter, statt stolz darauf zu sein. »Du steckst in einer hübschen Klemme, was, Prinz?«, höhnte einer.

Der andere lachte. »Unser Feldherr hat dich genau da, wo er dich haben will, darauf kannst du dich verlassen.«

Eremon kehrte ihnen den Rücken zu.

»Ihr armseligen Barbarenkönige meint, ihr hättet hier das Sagen«, murmelte der erste Wächter so laut, dass Eremon ihn hören musste. »Aber unser Feldherr wird dir alles nehmen, was du besitzt, Prinzlein. Deine Frau hat er ja schon.«

Der andere Mann prustete vor Lachen. »Jeder hier im Lager hat diese Hexe schon gehabt.«

Ein kalter Schauer lief Eremon über den Rücken, und er musste an die schwer zu deutenden Blicke denken, die Agricola und Samana gewechselt hatten. An die Art, wie die anderen Wachposten sie ansahen.

»Unser Präfekt Marcellus sagt, sie kann mit ihrer Zunge wahre Wunder vollbringen«, fuhr der erste Soldat fort. »Weißt du, wovon ich spreche, Prinz? Oder lässt sie nur wahre Männer in diesen Genuss kommen?«

Eremon fuhr herum und durchbohrte ihn mit einem kalten Blick. »Sprich nie wieder so über diese Frau, oder ich ramme dir ein Schwert in die Kehle, sobald ich wieder eines in den Händen halte!«

»Das versuch nur!«, zischte der erste Mann. »Mit euren Raubzügen, Fehden und Duellen ist es bald vorbei. Unsere Armee wird euch in Grund und Boden stampfen, wir werden uns erst zufrieden geben, wenn ganz Alba unser ist. So hat es unser Kommandant beschlossen, und so wird es geschehen, Prinz. Warte nur ab.«

In der fünften Nacht konnte Rhiann die Ungewissheit nicht länger ertragen. Sie schritt im Feuerschein in ihrer Hütte auf und ab; konnte nicht essen, nicht schlafen, nicht still sitzen. Hatte Eremon sie alle verraten? Marschierten die Römer bereits auf die Eichenfestung zu, um sie gefangen zu nehmen? Im hellen Tageslicht erschien ihr dieser Gedanke unvorstellbar, aber des Nachts wurde sie zunehmend von Zweifeln gequält.

Plötzlich fiel ihr Blick auf ihre Tasche mit den Heilkräutern, und sie blieb wie angewurzelt stehen. Natürlich! Sie hatte hier untätig herumgesessen und gewartet, obwohl sie etwas besaß, mit dessen Hilfe sie sich Gewissheit über die Gefahr verschaffen konnte, die ihnen vielleicht drohte.

Dann nahm sie ihr ruheloses Auf- und Abgehen wieder auf. Nein, es war zu riskant, viel gefährlicher als das Heraufbeschwören des Gesichts. Bei dieser Trance musste die Priesterin nämlich die Hülle ihres Körpers verlassen.

Linnet würde ihr Vorwürfe machen, wenn sie wüsste, dass sie die Sporen des Roggenpilzes in ihrem Besitz hatte. Diese wurden von den Druiden und Priesterinnen nur äußerst selten eingesetzt; nur dann, wenn sie in eine tiefe Trance fallen wollten. Der Gebrauch zog schmerzhafte körperliche Reaktionen nach sich, und außerdem konnte es vorkommen, dass der Geist nicht in seinen Körper zurückfand, sondern auf ewig im Schattenreich umherirren musste.

Sie blieb vor den aufgereihten Götterfigürchen stehen, deren Gesichter im Schatten lagen. Eine Flamme züngelte auf und beleuchtete Ceridwens Augen. Blickten sie … mitleidig? Nein, wahrscheinlich eher missbilligend.

Aber es war der einzige Weg. Nun, da ihre Kräfte so geschwunden waren, konnten ihr nur die Sporen ihre Sehergabe zurückbringen. Rhiann blieb erneut stehen. Der Ausgang ihres Vorhabens war ungewiss, aber alles war dieser nervenzermürbenden Warterei vorzuziehen.

In ihrer Waschschüssel war nur noch ein kleiner Rest Wasser, aber sie wollte nicht im Dunkeln in der Festung umherschleichen, um neues zu holen. Es musste reichen. Sie schürte das Feuer, bis hohe Schatten über die Wände huschten und tanzten, dann nahm sie eine kleine Rolle aus Birkenrinde aus einem Geheimfach der Tasche, entrollte sie, schüttete ein wenig von dem getrockneten Pulver in einen Becher und vermischte es mit Wasser. Dann ließ sie sich mit untergeschlagenen Beinen vor dem Feuer nieder und atmete so bewusst, wie sie es auf der Heiligen Insel gelernt hatte; sog die Luft ein, bis sie sie in ihren Zehen spürte, und stieß sie langsam wieder aus, wieder und wieder, bis das Zittern nachließ, das sie überkommen hatte, und sie ihre Herzensenergie freisetzen konnte.

Diese absolute Konzentration war wichtig, damit sich die Seele nicht von der Schnur lösen konnte, die sie mit dem Körper verband und sich nicht in einem Meer tückischer Trugbilder verlieren oder sich von den Träumen von ihrem Weg ableiten lassen würde, die ihr böse Geister vorgaukelten.

Als sie deutlich spürte, wie die Säule ihres Seelenlichts durch ihren ganzen Körper und dann in den Boden strömte und sie fest und unlöslich in der Erde verankerte, trank sie den Becher mit einem Zug leer, erhob sich, legte sich auf das Bett und starrte ins Feuer.

Sie wusste nicht, wie viel Zeit verstrichen war, als die Flammen plötzlich hoch aufzulodern begannen.

Zuerst löste sich ihr Geist von den Umrissen ihres Körpers, zog sich zusammen, wurde kleiner und kleiner und wogte auf und ab wie Tang auf dem Meer, während die dunklen Wände, die sie umgaben, immer höher und bedrohlicher um sie herum aufzuragen schienen. Sie verlor das Gefühl in den Fingern und Zehen, aber ihre Zunge brannte mit einem Mal fürchterlich.

Als ihr Geist auf die Größe einer Nadelspitze geschrumpft war, begann er durch einen dunklen Tunnel zu rasen, über dessen Wände Irrlichter zuckten. Die wilde Musik des Schattenreiches klang süß in ihren Ohren, lockte, rief sie… *Komm zu uns! Komm! Befrei dich von allem, was dich mit der diesseitigen Welt verbindet, lass los …*

Aber sie widerstand dem Flehen und dem unerträglichen Drang, ihm nachzugeben, indem sie sich darauf besann, was man sie während ihrer Priesterinnenausbildung gelehrt hatte: Dämme den Fluss ein, der dich mitreißt, indem du *durch* die Schnur atmest; sieh, wie sie dich immer noch mit deinem Körper verbindet; sieh, wie stark sie in der Erde, deiner Mutter, verankert ist; sieh, wie das silberne Licht pulsiert und mit jedem Atemzug stärker wird …

Ja … die Schnur hält, ist unzerreißbar … ich kann zurückkehren … ich werde zurückkehren … Der Tunnel öffnete sich und schleuderte sie ins Licht hinaus, während sie mit dem letzten Aufflackern ihres Bewusstseins wahrnahm, wie sich ihr Körper, den sie in der dunklen Hütte zurückgelassen hatte, auf dem Bett in Krämpfen wand, ihre Arme und Beine wild zuckten und ihr der Schweiß in Strömen über die Haut rann.

Normalerweise entfaltete sich in dieser Trance das Bild, das sie zu sehen wünschte, erst nach und nach vor ihrem geistigen Auge, aber diesmal schien sie plötzlich einen kräftigen Stoß zu erhalten, und die goldene Wärme, die sie umgab, wich kaltem Tageslicht, in dem sie zwei Gestalten ausmachen konnte.

Als sie näher zu ihnen hinschwebte, erkannte sie Eremon und einen Mann mit langer Nase und glatt rasiertem Gesicht – einen Römer. Sie standen unter einem wolkenverhangenen Himmel und sprachen miteinander, aber sie konnte nicht sagen, ob das Gespräch freundschaftlich oder feindselig verlief. Sie wagte sich noch näher heran. Aha, jetzt konnte sie Eremon deutlich sehen. Er lächelte.

Ihr Körper, der noch immer durch die Schnur mit ihrem geschrumpften Geist verbunden war, schien von einem Schlag getroffen zu werden und bäumte sich auf, dann folgte sie Eremon weiter auf seinem Weg, schwebte hilflos über ihm, als der Tag in die Nacht überging.

Er trat aus dem Dunkel in warmen Feuerschein hinaus, befand sich jetzt im Inneren eines Zeltes. Samana war dort, sie zog einen Kamm durch ihr schwarzes Haar und lächelte. Dann aßen sie zusammen, und dann… nein! Rhiann versuchte sich zurückzuziehen, aber es gelang ihr nicht. Irgendetwas in ihr wollte sehen, was weiter geschah; sie wollte nicht loslassen.

Vielfarbige Lichtbänder wanden sich jetzt um Eremons Kopf. Rhiann spürte die Wut, die in ihm tobte, mit schmerzhafter Deutlichkeit. Was hatte das nur zu bedeuten?

Jetzt stieß er Samana auf das Bett nieder, schlug ihre Röcke hoch und entblößte üppige honigfarbene Schenkel. Übelkeit durchflutete Rhianns in der Hütte zurückgebliebenen Körper und sickerte allmählich in ihr Bewusstsein ein.

Voller Qual beobachtete sie, wie Eremon in Samana eindrang, sah das Feuer, das in seinen Augen brannte, als er sie ins Gesicht schlug, und hörte Samanas wollüstiges Keuchen. Wie konnte sie nur? Eremons Hand hatte einen weißen Abdruck auf ihrer Wange hinterlassen, und trotzdem glitzerten die Augen ihrer Base vor Erregung.

Gnädigerweise wurde das Bild vor Rhianns geistigem Auge mit einem Schlag dunkel, und im nächsten Moment fand sie sich in ihrem Körper auf dem Bett in der Hütte wieder. Der ganze Raum drehte sich um sie. Benommen lag sie da und starrte in das Feuer. Ein scharfer, sengender Schmerz durchzuckte sie, ihre Haut schien plötzlich in Flammen zu stehen, und dann rollte sie sich auf den Boden und übergab sich heftig in ihre Waschschüssel.

Die Zeit schien still zu stehen, während sie von Krämpfen geschüttelt würgte und würgte und endlich halb besinnungslos auf das Bett zurückkroch. Die Sporen verursachten jedem, der sie einnahm, Übelkeit, aber die Heftigkeit ihrer Reaktion darauf erschreckte sie.

Sie blieb still liegen, bis die Welt um sie herum wieder klar wurde und das Gefühl in ihre Beine zurückkehrte.

Die Bilder, die sie gesehen hatte, wirbelten in ihrem Kopf durcheinander. Sie versuchte, sich auf die erste Szene zu konzentrieren und die zweite vorerst zu verdrängen. Eremon hatte gelächelt, als würde er diesem Römer Respekt entgegenbringen. War das der Beweis für seinen Verrat? Sollte sie fliehen?

Ihre Gedanken kreisten unaufhörlich um diese Fragen, bis endlich das erste Licht des neuen Tages in die Hütte fiel.

Später fand Conaire sie zusammengekauert auf einem kleinen Felsvorsprung unterhalb der Mauern der Hügelfestung, der von einigen Eichen abgeschirmt wurde. Es war ein verborgenes Fleckchen, wo niemand sie störte, sie hatte sich in den letzten Tagen angewöhnt, von hier aus die Straße im Westen zu beobachten und ihren Gedanken nachzuhängen.

»Wir werden bald Gewissheit haben«, sagte sie, als sie Conaire sah. Er setzte sich neben sie, den Rücken gegen einen Baum gelehnt. Nachdem er einen Blick in ihr Gesicht geworfen hatte, tätschelte er unbeholfen ihre Schulter. Eine solche Geste wäre noch vor einer Woche undenkbar gewesen. Aber die Zeit der Ungewissheit fern der Heimat hatte sie einander näher gebracht, als es in Dunadd je möglich gewesen wäre.

»Er wird zurückkommen, Rhiann.« Zum ersten Mal sprach er sie mit ihrem Namen an. »Niemand ist so ehrlich und zuverlässig wie Eremon. Er hat in seinem Leben zu viel Verrat gesehen, um anders als ehrenhaft handeln zu können.«

Rhiann warf ihm einen verstohlenen Blick zu, denn ihr war nicht entgangen, dass sich seine Mundwinkel bei dem Wort »Verrat« bitter verzogen hatten, und unwillkürlich musste sie an die Bitterkeit denken, die auch Eremons Lächeln immer anzuhaften schien. Sie hätte gerne den Grund dafür gekannt. »Aber wie stark ist seine Bindung an unser Land und unseren Stamm wirklich, Conaire? Wie stark ist deine eigene? Ich bin nicht blind, ich weiß, dass Eremon sich hier lediglich einen Namen machen will, und ich weiß auch, dass du mir keine ehrliche Antwort geben würdest, sollte ich dich fragen, was ihn dazu treibt. Aber was soll ich tun, wenn er zu dem Schluss kommt, dass er mit Roms Hilfe sein Ziel schneller erreicht?«

Conaire schüttelte den Kopf. »Er hat dich geheiratet, dadurch hat er sich an dich und deinen Stamm gebunden. Er hat geschworen, den Epidiern im Kampf gegen die Römer beizustehen, und er wird diesen Eid nicht brechen, Rhiann. Nicht der Eremon, den ich kenne.«

Rhiann ließ sich nicht so leicht überzeugen. »Conaire, wie gut weißt du über die Praktiken der Druiden Bescheid?«

Ihre Frage wunderte ihn offenbar. »Ich habe keine Ahnung davon und möchte auch gar nichts darüber wissen.« Er grinste. »Es reicht mir, die Weisen der Barden über das Schattenreich zu hören. Ich komme noch früh genug selbst dorthin.«

Rhiann gab das Lächeln zurück. »Aber du weißt doch, was es mit dem *Gesicht* auf sich hat, oder nicht?«

»Allerdings.«

Sie malte geistesabwesend mit dem Finger ein paar Kringel in den Schmutz. »Letzte Nacht habe ich es heraufbeschworen. Ich habe Eremon und einen Römer gesehen. Sie unterhielten sich und lächelten einander dabei zu wie Freunde.«

»Vielleicht hast du dich geirrt. Nicht alles, was das Gesicht einem zeigt, entspricht der Wahrheit.«

»Was ich sehe, stimmt fast immer.«

»Aber du konntest nicht hören, was sie gesagt haben …«

»Er hat gelächelt, Conaire!«

Conaire dachte nach. Die im Wind raschelnden Blätter warfen flackernde Schatten über sein Gesicht. »Konntest du seine Augen sehen? Aus der Nähe, meine ich?«

»Das nicht, aber …«

»Dann besagt dieses Lächeln gar nichts.« Erleichterung schwang in Conaires Stimme mit. »Ich bin der Einzige, der sofort merkt, wenn Eremon lügt, aber nur, wenn ich ihm in die Augen sehe.«

»Du meinst, er hat gelogen?«

»Rhiann, vielleicht haben sie ihn zu etwas gezwungen, was er nicht tun wollte. Vielleicht musste er zum Schein so tun, als ginge er auf alle Vorschläge des Römers ein. Ich bin sicher, dass du so etwas selbst schon oft getan hast, genau wie er. Eremon kann sich sehr gut verstellen.«

Rhiann runzelte die Stirn und schlang die Arme um ihre Knie. »Das klingt aber ziemlich weit hergeholt, Conaire.«

»Nicht, wenn man Eremon so gut kennt wie ich. Und ihm vertraut.« Conaire berührte sie sacht am Arm. »Wie steht es mit dir? Vertraust du mir, Rhiann?«

Sie blickte in seine treuherzigen blauen Augen. »Es fällt mir schwer, es nicht zu tun.«

»Dann warte noch ein paar Tage, ehe du etwas unternimmst.«

»Wenn du so fest an seine unerschütterliche Loyalität gegenüber meinem Stamm glaubst, warum reitest du dann nicht los, um ihn zu retten?«

»Hat es denn so ausgesehen, als würde er in Gefahr schweben?«

Das Bild von Eremon und Samana auf dem Bett schoss Rhiann durch den Kopf. »Nein, eigentlich nicht. Ich konnte keine unmittelbare Gefahr spüren.«

»Dann schlage ich Folgendes vor. Er hat mir aufgetragen, hier zu warten, bis er zurückkommt, und das werde ich auch tun – ich denke, wenn wir seinen Anordnungen Folge leisten, werden wir am ehesten am Leben bleiben. Er wird einen Weg finden, um zu uns zurückzukehren, Rhiann, und wenn ihm das nicht gelingt, kann ich ihm auch nicht mehr helfen. Aber dann wäre es sein letzter Wunsch, dass ich dich sicher zu deinem Volk zurückbringe.«

Rhiann starrte ihn ungläubig an. *Warum? Eremon liegt doch gar nichts an mir.*

»Aber er wird zurückkommen, Rhiann«, sagte Conaire mit fester Stimme, schloss die Augen und lehnte den Kopf gegen die raue Rinde der Eiche. »Zu uns beiden.«

30. Kapitel

Eremon schrak aus einem unruhigen Schlummer hoch. Beim Großen Eber, er wollte doch gar nicht wieder einschlafen! Er wollte nur abwarten, bis Samana tief und fest schlief, und nun hatte er ihr noch dabei Gesellschaft geleistet!

Er richtete sich auf und löste sich behutsam aus ihrer Umklammerung, sie murmelte nur etwas Unverständliches, rollte sich auf die Seite und atmete ruhig und gleichmäßig weiter. Der kühle Luftzug, der unter den Zeltwänden ins Innere wehte, verriet ihm, dass es kurz vor Tagesanbruch sein musste. Zu diesem Zeitpunkt wollte er schon längst wach sein. Sich selbst verwünschend rückte er näher an den Tisch neben dem Bett heran, neben dem seine Kleider in einem unordentlichen Haufen auf dem Boden lagen.

Als er geräuschlos in seine Tunika und seine Hosen schlüpfte und dann seine Stiefel anzog, fiel sein Blick auf die zur Hälfte geleerte Platte mit Speisen auf dem Tisch. Die Öllampe war fast heruntergebrannt, doch im schwachen Licht sah er Samanas kleinen Dolch noch in der gerösteten Ente stecken.

Lächelnd zog er das Messer heraus und schob es in seinen Stiefel. Dann blickte er Samana an. »Ihr seid Eurer selbst ein bisschen zu sicher, Lady«, flüsterte er, ehe er sich leise erhob. Es war an der Zeit, aus dem Römerlager zu verschwinden.

Er trat in dichten Nebel hinaus. Die an den rund um das Zelt eingeschlagenen Pfählen befestigten Fackeln flackerten nur noch schwach im leisen Wind. Er spähte um die Ecke und schrak zusammen, als sich eine Gestalt im Nebel materialisierte – ein fest in einen wollenen Umhang gewickelter Soldat! Agricola hatte also offenbar einen Wachposten vor das Zelt gestellt. Nun, damit hatte Eremon gerechnet. Als der Mann ihn anrief, überlegte er fieberhaft und versuchte ihm dann klar zu machen, dass er die Latrinengrube aufsuchen wollte. Eine andere Ausrede fiel ihm nicht ein, und es ging ihm ja vor allem darum, erst einmal von Samana wegzukommen.

Als sie zwischen den Zelten hindurchgingen, hörte er, wie sich die Soldaten drinnen zu rühren begannen und mit ihren Löffeln in ihren Kochtöpfen herumrührten. Die Luft war kalt und feucht, und er schlang seinen Umhang fester um sich. Viel Zeit blieb ihm nicht.

Die Latrinengrube war ein langer Graben, der am Rand des Lagers entlang verlief und durch grobe Sackleinwandbahnen von den Zelten getrennt wurde. Eremon verschwand hinter diesem Vorhang… der Soldat folgte ihm. Ohne zu überlegen drehte sich Eremon um und stieß dem Mann den Dolch bis zum Heft in die Kehle. Der Soldat keuchte erstickt auf und brach dann zusammen. Angeekelt beförderte Eremon den Leichnam mit ein paar Fußtritten in die stinkende Grube, wo er vor dem Morgengrauen wohl kaum gefunden werden würde.

Er wischte sich die blutigen Hände an seiner Tunika ab, huschte um die Latrinengrube herum und schlüpfte zwischen den Pfählen hindurch, an denen die Sackleinwand befestigt war. Jetzt lag nur noch eine breite Gasse zwischen ihm und den Reihen angebundener Ochsen, hinter denen sich die Palisade erstreckte und im Nebel verschwand. Der Himmel verfärbte sich schon hellgrau, aber Eremon war sicher, dass er im Halbdunkel in seinem braunen Umhang kaum bemerkt werden würde, selbst wenn man nach ihm suchte. Was jetzt noch nicht der Fall sein konnte.

Einen Moment lang blieb er stehen und dachte über den Erdwall und die Palisade nach. Zum Glück waren die Befestigungen römischer Lager eher dazu gedacht, Feinde am Eindringen zu hindern, nicht ihnen die Flucht zu erschweren. Die Brustwehr auf seiner Seite war nicht allzu hoch. Er stieß vernehmlich den Atem aus. »Wenn ich falle, dann soll es so sein«, murmelte er zu sich selbst. »Lieber von einem römischen Schwert durchbohrt werden, als zum Verräter werden.«

Trotzdem schloss er die Augen, legte einen Finger auf den Wildschweinhauer an seinem Arm und betete inbrünstig zum Großen Eber, zu Manannán und sogar zu Rhianns Göttin.

Um die Epidier und vielleicht sogar Erin retten zu können, musste ihm die Flucht gelingen.

Didius saß auf seinem Pferd. Einer seiner Begleiter schnallte sein Bündel hinter ihm am Sattel fest. Während das Tier schnaubte und mit den Hufen scharrte, rieb er missmutig seine aufgesprungenen Hände. Das raue Klima des Nordens war

Gift für seine Durchblutung und seine Eingeweide. Er litt unter heftigem Durchfall, seit sie die zivilisierten Gebiete im Süden verlassen hatten – wenn man irgendeinen Teil dieses Landes als zivilisiert bezeichnen konnte.

Über seine Schulter hinweg warf er dem Tor des Lagers, das sich soeben hinter ihm geschlossen hatte, einen sehnsüchtigen Blick zu. Heute musste er den Standpunkt für einen neuen Wachturm an Agricolas Grenze festlegen, doch bis dorthin waren es zehn Meilen, daher musste er bereits vor Tagesanbruch aufbrechen. Als ob dieses Land nicht schon im hellen Tageslicht noch kalt und feucht genug wäre!

Didius seufzte. In diesem verwünschten Nebel konnte er ohnehin kaum etwas erkennen. Wenn das Wetter nicht umschlug, war der ganze unangenehme Ritt umsonst, und er musste unverrichteter Dinge zu Agricola zurückkehren. Der Gedanke an den harten Blick seines Befehlshabers ließ ihn erschauern, gleich darauf wurde er von einem so heftigen Hustenanfall geschüttelt, dass seine Hängebacken bebten.

Elende Kälte!

Und das war noch nicht alles, was ihm das Leben hier unerträglich machte. Wieder spähte er zu den Bäumen hinüber. Obwohl sie in dem gesamten Gebiet auf keinerlei Schwierigkeiten gestoßen waren und sich die einheimischen Stämme ohne Gegenwehr ergeben hatten, wurde Didius die nagende Furcht nicht los, die in seinem Magen brannte, als habe er flüssiges Blei getrunken. Was, wenn sie auf einige dieser blau bemalten Wilden aus dem Norden trafen? Die Zenturios machten sich einen Spaß daraus, ihm in allen Einzelheiten zu beschreiben, was diese Barbaren ihren Gefangenen antaten. Dabei spielten innere Organe eine ganz besondere Rolle. Ach, wenn er doch sicher und geborgen in seinem eigenen Heim säße!

Während die beiden Soldaten sein Pferd am Rand des Lagers entlangführten, rief er sich wie jeden Morgen die Schönheit seiner Heimat Gallien ins Gedächtnis: die Trauben, die langsam an den Weinreben reiften, den Duft der frisch gepflügten Erde, die roten Ziegel, die im warmen Sonnenlicht über weiß getünchten Wänden schimmerten. Am meisten sehnte er sich nach seinem Haus, seinem Stolz und seiner Freude. Es war zwar relativ klein, aber dafür ließen sich die Fußböden im Winter dank einer geschickt ausgetüftelten Vorrichtung beheizen, und im Sommer blieb es in den Räumen stets angenehm kühl, dafür sorgten verborgene Luftschächte. Sein größter Stolz war allerdings der Springbrunnen in der Mitte des Hauses, von dem aus kleine Kanäle in jeden Schlafraum geleitet wurden, sodass den Bewohnern immer frisches Wasser zur Verfügung stand.

Er seufzte erneut. Die Konstruktion eines solchen Hauses war eine Aufgabe, die seiner würdig war. Stattdessen musste er sein Talent jetzt damit verschwenden, in diesem eisigen Land am Ende der Welt Befestigungsanlagen, Dämme und Straßen zu entwerfen. Aber um seinem Vater, einem altgedienten Soldaten, eine Freude zu bereiten und seiner Familie Ehre zu machen, hatte er sich der Armee angeschlossen. Vielleicht würde er ja bald in eine wärmere Region versetzt werden, nach Afrika oder nach Makedonien …

In diesem Moment riss ihn die unheimlichste Erscheinung, die er je gesehen hatte, aus seinen Träumen: eine hoch gewachsene, in einen Umhang gehüllte Gestalt, die plötzlich wie ein rächender Geist aus dem Graben vor dem Lager auftauchte und sich auf den ihm am nächsten stehenden von Didius' Begleitern stürzte. Die nächsten Sekunden schienen so langsam zu verstreichen wie Stunden.

Didius sperrte vor Überraschung den Mund auf, doch als er das unverkennbare schmatzende Geräusch hörte, mit dem sich eine Klinge in Fleisch bohrt, gefolgt von dem schmerzerfüllten Grunzen des Soldaten, entrang sich ihm ein entsetztes Keuchen. »Du dort!« Der zweite Soldat duckte sich unter den Hals des Pferdes, doch der Mann im Umhang ließ den Leichnam seines Opfers zu Boden fallen und hielt im nächsten Moment ein Schwert in der Hand. Der Fremde war Didius jetzt so nahe, dass er das lange Haar und die karierten Hosen sehen konnte.

Es war dieser Wilde! Der, über den sämtliche Offiziere sprachen! Er war entkommen!

Didius holte tief Atem, um zu schreien, brachte aber nur ein Quieken heraus. Schwerter klirrten, keuchende Atemzüge waren zu hören, dann schlug auch der zweite Römer dumpf auf dem Boden auf und rührte sich nicht mehr.

Jetzt blickte der Wilde erst das Pferd und dann Didius an. Didius erstarrte vor Furcht. Im schwachen Licht glitzerten die Augen des Mannes so kalt wie die Klinge des gestohlenen Schwertes. Didius begriff, dass er dem Tod ins Gesicht blickte.

Plötzlich brach am Tor hinter ihnen Lärm los, und im Lager erklangen aufgeregte Rufe. Das Weiße in den Augen des Mannes blitzte auf, als er sich umblickte, und ehe Didius irgendetwas unternehmen konnte, sprang er hinter ihm auf den Rücken des Pferdes. Seine harten Beine pressten Didius' eigene gegen den Leib des Tieres.

Didius wand und krümmte sich verzweifelt. Nackte Angst würgte ihn. Er hörte, wie das Tor geöffnet wurde; hörte, wie in seiner eigenen Sprache Alarm gegeben wurde. Dann traf ihn etwas Hartes am Hinterkopf, und eine gnädige Dunkelheit hüllte ihn ein.

Während das Pferd durch den Nebel jagte, konzentrierte sich Eremon darauf, die Geschwindigkeit beizubehalten und dabei nicht das Gleichgewicht zu verlieren. Ein Sturz würde seinen sicheren Tod bedeuten. Außerdem war sein Vorsprung nicht sehr groß. Hoffentlich dauerte es einige Zeit, bis die Römer die Verfolgung aufnahmen. Mit etwas Glück waren sie zu überrumpelt, um etwas zu unternehmen, bevor sie Agricola von seiner Flucht berichtet hatten.

Zum Glück waren die Römerpferde große, kräftige Tiere, er schätzte, dass das, was er gestohlen hatte, sie beide mühelos eine Zeit lang tragen konnte.

Es kostete ihn einige Mühe, den ohnmächtigen Römer vor sich festzuhalten. Merkwürdig, dieser Impuls, aus dem heraus er den Mann bewusstlos geschlagen und mitgenommen hatte, statt ihn einfach vom Pferd zu stoßen. Es musste eine Eingebung der Götter gewesen sein. Aber warum? Wahrscheinlich, weil ihnen der Mann nützliche Informationen liefern konnte. Vielleicht würde ein römischer Gefangener auch dazu beitragen, nach seiner Eskapade das Vertrauen der Epidier zurückzugewinnen.

Sie erreichten jetzt den Rand des offenen Feldes und näherten sich dem Wald. Selbst im Nebel verlor Eremon die Orientierung nicht. Im Wald musste er sein Tempo verlangsamen, aber es gab keinen anderen Weg. Doch kurz bevor er zwischen den Bäumen verschwand, spürte er, wie ein paar Tropfen auf sein Gesicht fielen. Er blickte auf. Es fing an zu regnen, und dem Klang nach würde es einen heftigen, lang anhaltenden Schauer geben.

Eremon lächelte zufrieden. Der Regen würde seine Spuren verwischen. Samana wusste zwar, wo er seine Männer zurückgelassen hatte, aber sie würde bei diesem Wetter kaum einen Fuß vor ihr Zelt setzen, es sei denn, Agricola zwang sie dazu.

Seine Lippen kräuselten sich verächtlich. Nun, da ihm die Flucht gelungen war, ließ er seiner Wut freien Lauf, die seit gestern in ihm brodelte. *Du Narr! Du hast dich benommen wie ein brünftiger Hirsch! Und jetzt hast du herausgefunden, dass deine Kuh auch noch von vielen anderen besprungen wurde!*

Er hatte seine wahren Gefühle verbergen müssen, als er von den Soldaten auf dem Hügel beobachtet worden war und als er mit Samana zusammen essen und das Lager hatte teilen müssen – obgleich er einen Teil seiner Wut zwischen ihren Schenkeln abreagiert hatte. Aber jetzt brannte seine Brust unter seinen feuchten Kleidern. Hatte Samana ihn verzaubert? Wahrscheinlich, denn der Hass, den er jetzt empfand, war ebenso verzehrend wie zuvor sein Verlangen nach ihr. Seine Haut kribbelte, als er an ihre Magie dachte, und er schüttelte sich, um die Erinnerung daran loszuwerden.

Regen und Nebel waren so dicht, dass er kaum die Hand vor Augen sehen konnte, als er ein schmales Flüsschen durchquerte und hügelaufwärts ritt. Doch endlich erreichte er das

Tal, in dem seine Männer lagerten. Colum und Fergus tauchten vor ihm auf.

»Wir müssen weg!«, stieß Eremon hervor. »Lasst alles zurück, nehmt nur eure Schwerter mit!«

Die Männer kannten ihn gut genug, um keine Fragen zu stellen, obwohl alle den immer noch im Sattel zusammengesunkenen Römer neugierig beäugten. Eremon spürte, wie der Mann sich rührte, packte ihn am Haar und drehte sein Gesicht zu sich hin, um ihm zu befehlen, sich hinter ihn zu setzen, doch der Römer verdrehte nur vor Entsetzen die Augen und verlor erneut das Bewusstsein.

Eremon gab seinen Gefährten ein paar knappe Anweisungen. Der Römer wurde auf der Kruppe des Tieres festgebunden, und kurz darauf verließen sie das Tal durch den höher gelegenen Zugang, gelangten auf den Gipfel der Hügelkette und galoppierten davon.

Rori wich während des Gewaltritts nicht von Eremons Seite. Ihm brannte offenbar eine Flut von Fragen auf der Zunge, doch nach einem Blick in das Gesicht des Prinzen zog er es vor, den Mund zu halten.

Sie ritten Tag und Nacht Richtung Süden und machten nur Rast, damit die Pferde verschnaufen konnten. Von etwaigen Verfolgern war nichts zu sehen, aber Eremon gönnte seinen Gefährten trotzdem keine Ruhe. »Wir müssen Conaire und Rhiann erreichen, ehe ein Bote von Samana in der Festung eintrifft. Dann müssen wir so schnell wie möglich nach Dunadd zurückkehren!«

31. Kapitel

Am siebten Tag hatten Rhiann und Conaire es aufgegeben, sich mit irgendwelchen anderen Tätigkeiten ablenken zu wollen. Sie warteten einfach nur ab und behielten das Umland vom Felsvorsprung am Fuß der Festung aus im Auge.

Die Sonne ging bereits unter, als sich Conaire plötzlich aufrichtete und eine Hand vor die Augen legte. Rhiann hatte sich neben ihm zusammengerollt und döste vor sich hin, da sie die letzten Nächte kaum geschlafen hatte. Ein einzelner Reiter kam den Weg entlang, der zwischen den Feldern hindurchführte. Als er sich ihnen näherte, ließ er sein Pferd in einen leichten Trab fallen, und Conaire erkannte Roris rotes Haar.

»Rhiann!«, zischte er, woraufhin sie zusammenschrak und augenblicklich hellwach war. Dann stand er auf, winkte Rori vom Schatten der Bäume her zu und rief etwas in ihrem eigenen Dialekt. Rori blickte ihn argwöhnisch an, dann erkannte er, wen er vor sich hatte, und trieb sein Pferd vom Pfad herunter in den Windschatten des Felsens. Er war offensichtlich erschöpft, nass und mit Schlamm bespritzt, sein Pferd hatte Schaum vor dem Maul und rollte mit den Augen. »Eremon schickt mich, um euch zu holen«, keuchte er.

Rhiann reichte ihm ihre Wasserflasche. Rori trank dankbar ein paar Schlucke. »Er ist allein in das Römerlager gegangen, dort aber irgendwie verraten worden – was genau geschehen ist, wollte er nicht sagen. Vor zwei Tagen konnte er entkommen, wir sind Tag und Nacht geritten, um etwaige Verfolger abzuschütteln.«

»Ihr werdet verfolgt?« Conaire hielt das Pferd am Zügel.

»Wir haben niemanden gesehen, aber Eremon sagt, wir müssten unbedingt vor Lady Samana oder ihren Boten hier sein. Mehr hat er nicht verraten.«

»Wo ist er jetzt?«, erkundigte sich Conaire.

»Er und die anderen lagern einen Tagesritt südwestlich von hier. Agricola befindet sich nördlich von uns. Als wir das Lager verlassen haben, hielt Eremon es für das Beste, Richtung Süden zu reiten, bis wir die große Hügelkette erreichen, an der wir auf dem Hinweg vorbeigekommen sind.« Trotz seiner Erschöpfung warf sich Rori in die Brust. »Ich habe mich freiwillig erboten, euch zu holen. Eremon fürchtet, sie könnten ein Kopfgeld auf ihn ausgesetzt haben. Aber ich bin ein guter Reiter und weiß, wie man jede mögliche Deckung ausnutzt.«

Conaire klopfte dem jungen Mann auf die Schulter. »Das hast du ja jetzt bewiesen, mein Junge.« Er wandte sich an Rhiann. »Wir müssen sofort aufbrechen. Am besten gehen wir gleich zu den Ställen und holen unsere Pferde. Hast du irgendetwas in deiner Hütte zurückgelassen, was du dringend brauchst?«

Rhiann schüttelte den Kopf. Sie hatte sich angewöhnt, ihre Tasche überallhin mitzunehmen, falls sie auf Kräuter stieß, die sie sammeln wollte, und sie hatte auch ihre Götterfigürchen und andere persönliche Dinge stets bei sich, weil sie Trost daraus zog. Conaire tat ohnehin keinen Schritt ohne sein und Eremons Schwert.

Als sie das Tor passierten, würdigten sie die votadinischen Wachposten kaum eines Blickes. Sie waren an Rhianns und Conaires Kommen und Gehen gewöhnt, und sie hatten auch keinen Befehl erhalten, während Samanas Abwesenheit ein wachsames Auge auf die Epidierkönigin und ihre Eskorte zu haben. Offenbar hielt ihre Herrin die beiden für ungefährlich.

Rhiann, Rori und Conaire benahmen sich so unauffällig wie möglich, bis sie die Pferde außer Sichtweite der Festung geführt hatten. Dann saßen sie auf, und Rori führte sie von dem breiten Pfad hinunter in die Hügellandschaft im Süden hinein.

Sie erreichten Eremon beim nächsten Tagesanbruch; müde, durchgefroren und mit vom langen Ritt schmerzenden Knochen. In dem bläulichen Halbdunkel des Wäldchens mit den hohen Birken konnte Rhiann die Männer anfangs kaum voneinander unterscheiden, doch dann machte sie Eremon aus, der neben Conaires Pferd stand und leise, aber eindringlich auf seinen Bruder einsprach. Der Klang seiner Stimme brachte Rhiann mit einem Schlag die Erinnerung an all ihre Ängste, die schlaflosen Nächte und ihre Vision zurück. Heiße Wut ergriff von ihr Besitz und drohte ihr den Atem zu rauben.

Kurz darauf stand er neben ihrem Pferd und blickte zu ihr auf. Rhiann hielt den Blick starr zwischen die Ohren ihres Pferdes gerichtet, dann trieb sie es plötzlich vorwärts, bis sie sich auf einer Höhe mit Conaire befand. »Reiten wir jetzt heim?«

Die anderen Männer verstummten. »Ja, Lady.« Conaires Stimme hatte wieder den höflichen, respektvollen Klang von früher angenommen. »Und zwar so schnell wie möglich.«

»Gut«, erwiderte sie. »Werdet Ihr dann an meiner Seite reiten?«

Eremon hatte sich in den Sattel geschwungen und lenkte sein Pferd an das von Conaire heran. Rhiann sah, dass ein dunkles Bündel über der Kruppe seines Hengstes lag. »Ja, Bruder, kümmere du dich bitte um die Lady. Pass auf, dass sie nicht zurückfällt.«

»Ich kann besser reiten als mancher Mann!«, zischte Rhiann empört, doch Eremon achtete nicht auf sie.

Sie ritten ein gutes Stück Richtung Westen, ehe sie sich nach Norden wandten, denn Eremon erklärte, dass sich der größte Teil von Agricolas Truppen an der Mündung des Forth an der Ostküste befand. Bei jeder kurzen Rast wurde der römische Gefangene, als der sich Eremons Bündel entpuppte, an einen Baum gebunden.

Rhiann begann, ihm regelmäßig Essen und Wasser zu bringen, denn die Furcht in seinen dunklen Augen erweckte ihr Mitleid, obwohl er ein Feind war. Außerdem schien es Eremon zu missfallen, dass sie sich um den Römer kümmerte, und sie war auf ihn immer noch so wütend, dass es ihr ein diebisches Vergnügen bereitete, ihn zu verärgern.

Die Druiden hatten ihr ein paar Brocken Latein beigebracht; genug, um mit fremdländischen Händlern zu verhandeln, und so brachte sie den Namen des Gefangenen und seinen Rang heraus.

Sie erfuhr, dass er kein Krieger war, sondern ein Baumeister.

Bis ihr erster Zorn verflogen war, vermied sie jegliches Gespräch mit den Männern und hielt sich stets abseits von ihnen, wenn sie miteinander flüsterten. Doch nach zwei Tagen erkannte sie, dass sie ihren Seelenfrieden nur wiederfinden würde, wenn sie sich berichten ließ, was genau im Lager der Römer geschehen war. Als sie zu zweit nebeneinander einen steilen, gewundenen Pfad entlangritten, zügelte sie ihr Pferd und wartete, bis der Prinz an ihrer Seite war.

Er warf ihr einen fragenden Blick zu. »Heißt das, dass du dir endlich anhören willst, was ich zu sagen habe?«

Rhiann nickte.

»Dann hör gut zu.« Eremon dämpfte seine Stimme. »Agricola persönlich befehligt dieses Lager, Rhiann.«

Das also war der Mann gewesen, den ihr das Gesicht gezeigt hatte! »Was ist passiert, Eremon? Ich habe ein Recht darauf, es zu erfahren.«

Er seufzte und zog die Schultern hoch. Obwohl ihm seine Erschöpfung deutlich anzusehen war, verhärtete Rhiann ihr Herz gegen ihn. Seinetwegen hatte sie schließlich auch einige schlaflose Nächte verbracht.

»Er verlangte von mir, dass ich versuchen soll, die Stämme dazu zu überreden, einen Pakt mit ihm zu schließen. Und ... und er bot mir an, mich mit einer römischen Legion als Unterstützung nach Erin zurückzuschicken und mich dort als Regenten einzusetzen.« Die letzten Worte überschlugen sich geradezu.

Rhiann schnappte nach Luft, und als er nicht weitersprach, musterte sie ihn scharf. »Er hat dich also vor eine schwierige Entscheidung gestellt. Warum hast du seinen Vorschlag zurückgewiesen? Denn das musst du ja wohl getan haben, sonst wärst du nicht geflohen.«

»Ich hätte nicht im Traum daran gedacht, auf sein Angebot einzugehen!«, fuhr er sie an, doch sie sah einen Anflug von Schuldbewusstsein über sein Gesicht huschen. »Ich saß in der Falle«, erklärte er dann etwas freundlicher. »Hätte ich ihn merken lassen, was ich wirklich dachte, hätte er mich sofort hinrichten lassen. Er gab mir einen Tag Bedenkzeit, aber mir gelang die Flucht, ehe ich ihm eine Antwort geben musste. Ich glaube, er dachte, ich würde mich tatsächlich auf seine Seite schlagen.«

Das passte zu ihrer Vision und dem, was Conaire gesagt hatte. Aber einen Punkt hatte er bei seinem Bericht wohlweislich ausgelassen. »Was hatte Samana mit der ganzen Sache zu tun?«

Befriedigt registrierte sie, wie sich seine Züge verhärteten. »Sie stand die ganze Zeit mit Agricola im Bunde, sie hatte nie die Absicht, sich von ihm loszusagen.«

Warum hatte Eremon dann trotzdem noch mit ihr geschlafen?

Als hätte er ihre Gedanken gelesen, fügte er hinzu: »Ich musste mich auch Samana gegenüber verstellen. Also ... ging ich auch mit ihr so um wie immer.« Er räusperte sich und verlagerte sein Gewicht im Sattel. »Rhiann, hast du dich nicht darüber gewundert, dass wir bislang kaum römische Patrouillen gesehen haben? Auch auf dem Hinweg sind wir kaum einer begegnet.«

Sie schüttelte den Kopf.

»Wir befinden uns noch immer auf dem Gebiet der Votadiner, das ist der Grund dafür.« Eremons Stimme klang bitter. »Agricola ist sich seiner Verbündeten so sicher, dass er es noch nicht einmal für nötig befindet, das Land von Patrouillen durchstreifen zu lassen. Er nutzt diesen zweifelhaften Frieden, um auf der Linie zwischen dem Clutha und dem Forth eine Reihe von Befestigungsanlagen zu errichten. Von seiner Basis im Osten aus greifen seine gierigen Finger schon nach Westen. Es wird nicht mehr lange dauern, bis er den gesamten Süden unterjocht hat. Dann wird er sich uns zuwenden.«

»Und du glaubst, dass Samana aus freien Stücken ein Bündnis mit ihm eingegangen ist und nicht auf Wunsch des Königs?«

Eremon verzog das Gesicht. »Davon bin ich sogar überzeugt.« Er schlang sich die Zügel um die Finger. »Rhiann, ich gebe zu, dass ich mich in vieler Hinsicht geirrt habe. Und ... es tut mir Leid.« Er schien noch mehr sagen zu wollen, presste dann aber die Lippen zusammen, trieb sein Pferd an und ließ sie ein Stück hinter sich zurück.

Sie war so verblüfft, dass sie für die Schönheit des großen Tals, das sich unter ihr ausbreitete, keinen Blick hatte. Der große Eremon entschuldigte sich? Gestand ihr gegenüber einen Irrtum ein? Conaires Worte kamen ihr wieder in den Sinn, die einen Eremon beschrieben, der ihr fremd war. *Der beste aller Brüder, der beste aller Freunde …*

Gedankenverloren ritt sie den schmalen Pfad hinunter. Aber zum ersten Mal seit Tagen spürte sie, wie das Eis in ihrem Inneren zu schmelzen begann.

Eremon und Rhiann konnten nicht wissen, dass sie keine Verfolger fürchten mussten. Agricola tat Eremons Flucht gegenüber seinen Männern als belanglos ab.

»Was kann er uns schon anhaben?«, meinte er, als seine Befehlshaber, die an diesem Morgen durch den Alarm aus dem Schlaf gerissen worden waren, ihm aufgeregt Bericht erstatteten. »Wir befinden uns ohnehin bald im Krieg. Wenn wir dem Prinzen aus Erin das nächste Mal gegenübertreten, dann im Kampf Mann gegen Mann.«

»Was ist mit Didius?«, fragte einer von ihnen.

Agricola zuckte die Achseln. »Er war dumm genug, sich überwältigen zu lassen … wir werden seiner Familie mitteilen, er sei in der Schlacht gefallen – die einzige Ehre, die *ihm* je zuteil geworden wäre, wäre ohnehin sein Heldentod gewesen.«

Samana nahm die Nachricht weit weniger gelassen auf. Sie schäumte vor Wut, stampfte mit den Füßen auf und stieß wilde Verwünschungen aus. »Gib mir ein paar deiner Männer mit. Wir können ihn noch einholen«, bat sie Agricola. »Oder schicke deinen schnellsten Boten zu meiner Festung, dort kann ich ihn festnehmen lassen. Und meine Base gleich dazu!«

Agricola schüttelte den Kopf. »Er ist mir den Aufwand nicht wert, Samana. Durch ihn habe ich bereits vier Männer verloren. Ich werde nicht das Leben weiterer aufs Spiel setzen, indem ich sie ihm hinterherschicke. Ihr werdet Euch damit abfinden müssen, dass dieser Fisch aus Eurem Netz entkommen ist, Lady.«

Ein schwarzes Feuer brannte in Samanas Augen. »Nein, das werde ich nicht! Ich finde mich niemals mit einer Niederlage ab!«

Agricola umschloss ihr Handgelenk mit eisernem Griff. »Du gehörst immer noch mir, Samana. Seit wann bin ich nur zweite Wahl? Wir werden diesen Krieg gewinnen, du benötigst diesen Prinzen ohnehin nicht mehr.«

Samanas Atem ging schwer. »Natürlich, Herr«, erwiderte sie, sich mühsam beherrschend. »Aber ich werde unverzüglich nach Hause zurückkehren. Ich muss mich davon überzeugen, dass nichts zu Schaden gekommen ist, während die Barbaren dort gehaust haben.«

Agricola gab sie frei. Das war wieder die Samana, die er kannte – »nichts«, hatte sie gesagt, nicht »niemand«.

Die tiefe Gleichgültigkeit, die sie anderen Menschen entgegenbrachte, hatte ihn schon immer beeindruckt.

32. Kapitel

An einem klaren Morgen erhoben sich in der Ferne die Berge des Hochlands über der breiten Clutha-Ebene. Eremon hatte sich links vom Fluss gehalten und nicht gewagt, ihm in zu großer Nähe zu folgen. Wenn Agricola entlang der Landzunge Festungen errichtete, dann mussten hier in der Gegend Truppen stationiert sein – und der Fluss bot ihnen eine gute Möglichkeit, Nachschub herbeizuschaffen.

Bislang hatten sie Glück gehabt. Nachdem sie das gebirgige Terrain im Osten verlassen hatten, suchten sie in den kleinen Wäldern des ebenen Landes und den Erlenhainen Deckung, die die schmalen Seitenarme des Flusses säumten. Die plötzliche Wärme hatte die Blätter sprießen lassen, und die Bäume boten ihnen jetzt größeren Schutz als auf ihrem Ritt Richtung Osten.

Aber Eremon war dennoch ständig auf der Hut. Sie befanden sich jetzt im Gebiet der Damnonier, und diese Stämme waren in blutigen Schlachten unterworfen worden, ehe sich ihre Könige ergeben hatten, daher bestand hier eine wesentlich größere Gefahr, auf Soldaten zu treffen.

Bald verbreiterte sich der Fluss zu einem träge dahinfließenden grünen Strom und beschrieb eine Biegung gen Westen, um dort ins Meer zu münden. In einem Waldstück zwischen zwei Hügeln suchte Rhiann erneut ein Gespräch mit Eremon. »Es führen nur wenige Wege über diese Berge. Ich kenne einen, der uns zu einem See und von dort aus nach Dunadd bringt. Um dorthin zu gelangen, müssen wir uns vom Clutha aus Richtung Norden wenden, bis wir ihn erreichen. Dieser See ist fast so groß wie das Meer.«

Sie ritten gerade die Böschung des Flusses Elm hinunter, der in den Clutha mündete, als der Wind schwache Schreie zu ihnen herübertrug und sie in der Talsohle Rauch aufsteigen sahen.

»Halt!«, befahl Eremon leise. Nachdem sie die Pferde an ein paar Birken angebunden hatten, schlichen Conaire und er davon, um auszukundschaften, was dort unten vor sich ging. Inzwischen waren die Schreie in qualvolles Schluchzen übergegangen, und der Rauch verdunkelte den klaren Himmel.

Rhiann bemerkte, dass ihre Handflächen feucht geworden waren, wischte sie an ihrem Kleid ab und biss die Zähne zusammen, als ein weiterer gellender Schrei die Luft zerriss. Als Eremon und Conaire zurückkamen, glomm ein stählerner Funke in ihren Augen, den Rhiann noch nie zuvor dort gesehen hatte.

»Fergus.« Eremon erteilte ein paar knappe, abgehackte Befehle. »Bring den Römer dort zu den Bäumen hinüber, lass ihn dort sein Wasser abschlagen oder was er immer sonst tun will. Aber achte darauf, dass der Knebel fest sitzt, und halte dein Schwert stets griffbereit.«

Nachdem Fergus den Gefangenen zu ein paar abgestorbenen Eichen hinübergeschleift hatte, spie Conaire auf den Boden. »Dort unten haben ein paar Soldaten ein Gehöft überfallen. Große Kerle in groben Uniformen. Keine Männer aus Alba.«

»Haben sie den Leuten etwas… etwas angetan?« Sogar in ihren eigenen Ohren klang Rhianns Stimme schwach und zaghaft.

»Allerdings«, erwiderte Eremon. In seinen Augen stand nackte Mordlust zu lesen, er schien sie gar nicht bewusst wahrzunehmen. »Wir können die Menschen nicht mehr retten, aber wir können diesen Wölfen eine Lektion erteilen!«

»Eremon!«, widersprach Rhiann entsetzt. »Wir sollten uns nicht unnötig in Gefahr begeben!«

Er ging auf ihren Einwand gar nicht ein. Seine Hand schloss sich um Fragarachs Heft, und er presste die Lippen zusammen. »Mein Schwert lechzt nach römischem Blut.«

»Meines auch«, stimmte Conaire zu, und in seinen entschlossenen Zügen konnte Rhiann nichts mehr von dem umgänglichen, mitfühlenden Mann erkennen, mit dem sie sich angefreundet hatte. Alle Männer schienen auf einen Kampf zu brennen.

»Unser größter Vorteil ist der Überraschungseffekt«, erklärte Eremon. »Wir sind sechs berittene Männer gegen zehn Fußsoldaten. Wir können sie von hier oben aus im Sturm angreifen und sie im Tal niedermetzeln. Ich möchte, dass keiner Halt macht und sich auf einen Zweikampf einlässt. Unsere Schwerter sind länger als ihre, und wir sitzen zu Pferde. Streckt so viele nieder, wie ihr könnt, und macht sofort wieder kehrt.« Er legte eine Hand vor die Augen. »Ein Stück weiter östlich führt ein schmaler Weg zu einer Furt. Überquert sie und schlagt euch in die Hügel. Wir treffen uns auf der anderen Seite wieder.«

Colum schlug mit der flachen Hand gegen sein Schwert und grinste. »Endlich gibt es etwas zu tun!«

»Eremon«, warf Rhiann ruhig ein, »was ist mit mir?«

Jetzt sah er sie direkt an, und das kampfeslustige Funkeln in seinen Augen erlosch.

»Ich möchte diesen römischen Hunden auch gerne das Fell gerben«, meldete sich Rori zu Wort. »Aber wenn du einverstanden bist, kann ich mit der Lady einen Bogen um sie schlagen und die Furt durchqueren.«

Eremons Gesicht hellte sich auf. »Rori, du bist ein tapferer und findiger junger Mann!« Rori widerlegte seine Worte, indem er errötete. »Aber warte, bis du hörst, dass wir angreifen«, fügte Eremon hinzu. »Wir lassen niemanden in deine Nähe kommen.«

Ein Blick auf die Männer genügte, um Rhiann davon zu überzeugen, dass sie sich nicht umstimmen lassen würden, egal was sie sagte. Eremon wirkte so zielstrebig und entschlossen wie schon seit Tagen nicht mehr, und die Priesterin in ihr verstand, dass er nur tat, was er tun musste. Vielleicht wollte er auf diese Weise die Schuld tilgen, die er durch seinen unbedachten Ausflug in das Römerlager auf sich geladen hatte.

Fergus kehrte mit Didius zurück, und Eremon befahl, ihn auf Roris Pferd zu binden. Danach brachen Rori und Rhiann auf und ritten am Fuß des Hügels entlang. Rhiann zwang sich, sich nicht mehr umzublicken.

Die Grashalme vor Eremons Mund zitterten unter seinen Atemzügen leicht. Er lag auf dem Bauch hinter den Bäumen, die die kleine Ansiedlung umringten, und zählte die gegnerischen Soldaten noch einmal durch.

Sie hatten andere Waffen bei sich als die Patrouille, der sie vor zehn Tagen begegnet waren, und waren so hellhäutig und hellhaarig wie die Menschen, die an den Küsten des Nordens lebten. Samana hatte ihm erzählt, dass in Agricolas Armee auch Söldner aus anderen Teilen des Reiches dienten. Vielleicht waren diese Männer hier Bayern.

Ein holpriger Pfad führte vom Hügel hinab zwischen zwei Rundhäusern hindurch, deren Dächer lichterloh brannten. Durch den Rauch hindurch konnte Eremon drei Soldaten erkennen, die Säcke mit Korn auf einen Karren luden. Vier andere trieben ein paar magere Rinder aus einem halb verfallenen Pferch heraus. Die restlichen drei waren anderweitig beschäftigt; Eremon sah, wie sich einer vom leblosen Körper einer Frau herunterwälzte, deren Haut sich weiß vom roten Lehmboden abhob. Die beiden anderen wechselten sich bei einem kleinen Mädchen ab, das schreiend in einem Hauseingang lag. Die Leichen der Männer lagen neben den brennenden Häusern verstreut. Eremon musste an sich halten, um nicht aufzuspringen, loszurennen und zu versuchen, wenigstens das Kind zu retten. Doch in diesem Moment rollte sich der letzte Mann von dem Mädchen herunter, zog seine Tunika zurecht und bückte sich dann, um der Kleinen die Kehle durchzuschneiden.

Eremon kroch zu seinen im Schatten der Bäume wartenden Männern zurück und schwang sich grimmig in den Sattel. Mit einer Kopfbewegung befahl er ihnen, ihm zu folgen, dann zog er leise sein Schwert und schwang es über den Kopf.

Sie konnten die Rufe der Soldaten und das Rumpeln des Karrens deutlich hören, demnach standen alle zehn jetzt dicht beieinander. Eremon holte tief Atem und stieß seinem Pferd die Fersen in die Flanken.

Das Tier brach aus dem Geäst hervor und jagte auf die Siedlung zu. Conaire galoppierte neben Eremon den Pfad entlang und riss dabei seine Waffe aus der Scheide, dann stießen sie beide den gellenden Kriegsruf von Dalriada aus.

»Der Große Eber! Der Große Eber!«

Sie donnerten um eine Biegung. Lehmbrocken spritzten auf. Die Soldaten standen wie erstarrt da, nacktes Entsetzen spiegelte sich in ihren Augen wider. Im nächsten Moment ließen sie die Säcke fallen und versuchten, ihre Schwerter zu ziehen, aber es war schon zu spät.

Eremon und seine Männer sprengten die Gegner auseinander wie eine riesige Faust und rissen einige zu Boden, wo sie unter den Hufen der Pferde zermalmt wurden. In dem Durcheinander bäumte sich Eremons Hengst auf, und er starrte in das wilde bärtige Gesicht eines der Soldaten, der sein kurzes Schwert hob, um einen Streich gegen den Bauch des Tieres zu führen. Speicheltröpfchen glitzerten auf seinen Lippen.

Ein roter Schleier legte sich vor Eremons Augen, und mit einem Mal schienen sich die Züge des Mannes in Agricolas höhnische Fratze zu verwandeln. Mit einem durchdringenden Schrei packte er Fragarach mit beiden Händen und trennte dem Gegner mit einem mächtigen Schlag den Kopf vom Rumpf. Blut schoss aus der klaffenden Wunde, der schwere

Körper sackte in sich zusammen und geriet unter die Hufe des Pferdes. Im selben Moment stürzte sich ein anderer Mann mit hoch erhobenem Schwert auf ihn. Eremon blieb kaum Zeit, sein Pferd herumzureißen, doch Conaire hatte gerade seinen Gegner mit einem Hieb niedergestreckt, drehte sich im Sattel um, holte aus und schlitzte dem Soldaten mit seinem Schwert den Arm bis auf den Knochen auf.

Der Mann brüllte vor Schmerz auf. Sein eiserner Helm rutschte ihm vom Kopf, Eremon nutzte seinen Vorteil sofort und ließ seine Klinge auf den ungeschützten Schädel des Gegners niedersausen. Ein Ekel erregendes Krachen war zu hören, dann sank der Mann leblos zu Boden. Eremon wechselte schwer atmend einen Blick mit Conaire, ehe sie weiterritten.

Vor sich sah er Colum mit einem Gegner ringen, der versuchte, ihn aus dem Sattel zu zerren. Doch da eilte ihm schon Angus zu Hilfe und trieb sein bluttriefendes Schwert unterhalb des Nackenschutzes des Helms tief in den Hals des Mannes. Fergus ritt bereits weit vor ihnen, und Eremon nahm sich nur einen Moment Zeit, um sich zu vergewissern, dass auch Colum und Angus jetzt Conaire hinterhergaloppierten, ehe auch er sein Pferd auf das Flussufer zutrieb.

Er wandte sich noch einmal kurz im Sattel um, um das Bild aufzunehmen, das sich ihm jetzt bot. Acht Männer waren tot; einige lagen hinter dem Karren, zwei vor den davor gespannten Ochsen, der Rest zwischen den Leichen ihrer Opfer. Die letzten beiden Söldner lebten noch, waren aber zu schwer verletzt, um sich in Sicherheit bringen zu können, sondern krochen nur mit schmerzverzerrten Gesichtern mühsam den Pfad entlang.

Eremon holte tief Atem, ehe er die Furt durchquerte. Wasser spritzte unter den Hufen seines Pferdes auf, das Rauschen seines Blutes dröhnte in seinen Ohren, und Fragarach schien in seiner Hand zu vibrieren.

Rhianns Kehle war so trocken, dass sie schmerzte.

Aus der Ferne drangen Schwertergeklirr und laute Schreie

zu ihr herüber. Diese Geräusche kannte sie nur allzu gut. Sie krallte die Finger in die zottige Mähne ihres Pferdes und presste das Kinn fest auf die Brust, als könnte sie die furchtbaren Laute so ersticken.

Sie war so in ihren Erinnerungen gefangen, dass sie kaum bemerkte, wie die Schreie allmählich verstummten. Erst Roris eindringliche Stimme riss sie aus ihrer Benommenheit. »Beeilt Euch, Lady!«

Rhiann blickte auf. Sie hatten die Furt erreicht, und Rori war schon fast auf der anderen Seite angelangt. Schaum kräuselte sich um die Beine seines Hengstes, während er besorgt den Pfad am anderen Ufer musterte. »Ich kann den Prinzen schon direkt vor mir hören. Beeilt Euch!«

Rhiann trieb ihr Pferd zwischen den tief hängenden Zweigen der Weiden hindurch in das leise plätschernde Wasser hinein. Aber als der Kies unter den Hufen der Stute knirschte, das Tier ans Ufer kletterte und Rori ihr aufmunternd zunickte, hörte sie plötzlich ein schwirrendes Geräusch, und im nächsten Moment schlug ein Speer direkt neben ihr im Boden ein und blieb zitternd in der Erde stecken. Rhiann schrak zusammen und schrie vor Schreck laut auf, woraufhin ihr Pferd zu scheuen begann.

Sie hörte Rori fluchen, als sein Hengst, der auch noch die Last des Römers zu tragen hatte, vor Angst durchzugehen versuchte und er all sein Geschick aufbieten musste, um das Tier wieder unter Kontrolle zu bekommen. Rhiann duckte sich tief über den Hals ihrer sich aufbäumenden Stute und versuchte sie weiterzutreiben, dann vernahm sie zu ihrer Erleichterung Eremons Stimme in der Ferne. »Reitet weiter! So schnell ihr könnt! Alle!«

Hinter Rhiann erklangen jetzt die gefürchteten lateinischen Rufe, dann das Platschen zahlreicher Füße, die die Furt durchquerten. Sie blickte unter ihrem Ellbogen hindurch und sah einen roten Umhang, Rüstungen, die in der Sonne blitzten, und Männer, die sich aus dem Schatten der Bäume lösten, die sie gerade hinter sich gelassen hatten.

Eine eisige Faust schloss sich um ihr Herz, sie stieß dem Pferd die Fersen mit aller Kraft in die Flanken, aber obwohl es jetzt wieder in Galopp verfiel, war sie gefährlich weit zurückgefallen …

Das Dornengestrüpp, das den Pfad säumte, riss an ihrem Haar, und alles, was sie erkennen konnte, war ein Gewirr von Zweigen und das tanzende Geflirr von Sonnenlicht und Schatten. Ein weiterer Speer schwirrte durch die Luft, ihre Stute wieherte laut auf und geriet ins Stolpern. Sie war getroffen worden!

Jetzt ertönte hinter ihr Hufgetrappel, das rasch näher kam, und sie wusste, dass der Kommandant der römischen Truppe ihr auf den Fersen war. Vermutlich war er ein Mann mit so stechenden grausamen Augen wie der Römer, der sie vor vielen Tagen hatte aufhalten wollen.

»Eremon! Eremon!« Die Zweige peitschten ihr ins Gesicht und zerrten an ihren Zöpfen, bis ihr das Haar in die Augen fiel und sie gar nichts mehr sehen konnte. Das Trommeln der Hufe hinter ihr wurde immer lauter, denn ihr Pferd hatte zu lahmen begonnen.

Dann schlang sich ein harter Arm um ihre Taille und zog sie auf ein anderes Pferd herüber. Instinktiv setzte sie sich zur Wehr; versuchte die Nägel in das Gesicht über ihr zu schlagen.

»Beim Eber, Frau, gib jetzt Ruhe!« Rhiann blickte auf und starrte in Eremons Augen, in denen sie ebenfalls nackte Angst las. »Jetzt duck dich!« Er drückte ihr Gesicht nach unten, sie schlang die Arme um den Hals seines Pferdes und presste ihre Wange gegen das verschwitzte, schlammverschmierte Fell. Sie spürte, wie sich die Muskeln des Tieres anspannten, als Eremon es herumriss, dann drang Schwerterklirren an ihr Ohr.

Der berittene Soldat hinter ihnen stieß einen lauten Fluch aus, diesmal auf Britisch, und dann hörte Rhiann nur noch Grunzen und keuchende Atemzüge und spürte, wie Eremons Körper jedes Mal ein Zittern durchlief, wenn der Römer einen Hieb gegen Fragarach führte.

Eine rasche Bewegung, eine weitere Verwünschung, dann schlug etwas Schweres auf dem Boden auf.

Eremon riss das Pferd erneut herum und stieß ihm die Fersen in die Flanken. »Ya!« Er ließ die Zügel über den Hals des Hengstes klatschen, wobei er Rhianns Nase nur knapp verfehlte. Dann wirbelten die Hufe wieder über den Boden, und sie sah den Pfad unter sich dahinfliegen.

Dicht hinter sich konnte sie Eremon schwer atmen hören, doch in ihren Ohren klangen seine Atemzüge so süß wie Musik.

Nachdem Eremon den Zenturio vom Pferd gestoßen hatte, verlor sich der Pfad rasch in einem Engpass, der zum Fuß der Hügel führte. Vielleicht betrachtete Agricola ihn als natürliche Barriere, denn obgleich Eremon vorsichtshalber erst die Geschwindigkeit verringerte, als sie den Loch Beacon erreicht hatten, war von den Besatzern nichts mehr zu hören oder zu sehen.

Der See war von hohen Bergen umgeben, zwischen denen nur ein schmaler felsiger Pfad hindurchführte. Die Reiter ritten unter einem kleinen Wasserfall hindurch, wandten sich bei Einbruch der Dämmerung Richtung Westen und gelangten in ein hoch gelegenes, wolkenverhangenes Tal, wo Eremon endlich Halt machen ließ.

Erst jetzt gab er Rhiann frei, sie glitt aus dem Sattel und ließ sich auf den feuchten Teppich aus Farn und Moos sinken, zu erschöpft, um auch nur ein Wort über die Lippen zu bringen. Nach einer Weile flackerte zwischen den dunklen Bäumen ein Feuer auf, und Eremon kam mit seinem warmen Umhang und einem Becher in den Händen zu ihr hinüber. »Hier, nimm ihn, er wird dich wärmen.«

»Nein, sonst frierst du doch selbst.« Rhiann bemerkte, dass ihre Zähne beim Sprechen aufeinanderschlugen.

Eremon kauerte sich neben ihr nieder. »Das kommt vom Schock, das ist uns allen anfangs so ergangen. Sieh doch, du zitterst ja.« Er legte ihr den Umhang um die Schultern, und sie kuschelte sich dankbar hinein.

»Danke.« Diesmal wich sie seinem Blick nicht aus. »Vielen Dank.«

Eremon wusste genau, was sie meinte. Er blickte auf den Becher in seiner anderen Hand hinunter, ehe er ihn ihr reichte. »Ich hätte dasselbe für jeden anderen Mann hier getan. Du gehörst zu meiner Kriegertruppe, oder nicht?«

»In der du keine Frau gebrauchen kannst.« Sie nahm den Becher, nippte an dem Met und spürte, wie die Wärme allmählich in ihre Gliedmaßen zurückkehrte. »Ich hätte nicht so weit zurückbleiben dürfen … das war sehr töricht von mir.«

Eremon klopfte getrockneten Schlamm von seinem Oberschenkel. »Unser Angriff auf die Männer, die den Hof überfallen haben, hat dich aus der Fassung gebracht, das ist alles.«

Rhiann erwiderte nichts darauf. Im schwindenden Licht sah sie, dass sein rechter Arm bis zum Ellbogen blutverschmiert und seine Tunika mit Spritzern übersät war, über die sie lieber nicht länger nachdenken wollte. Da sie während des Rittes so eng gegen ihn gepresst worden war, klebte das Blut jetzt sicher auch auf ihrer Haut. Sie schluckte hart.

»Ich hörte in der Festung, dass du einen Überfall miterlebt hast, bei dem deine Ziehfamilie getötet wurde«, begann Eremon vorsichtig.

Am liebsten hätte sie dies geleugnet. Sie wollte ihn nicht mit der Nase auf ihre größte Schwäche stoßen. Aber er hatte ihr das Leben gerettet. »Ja«, flüsterte sie. »Ich habe alles mit angesehen.«

Er nickte nur knapp. »Krieg und Tod sind Alltag für mich. Trotzdem tut es mir Leid, dass unser Angriff auf diese Soldaten schlimme Erinnerungen in dir geweckt hat.«

Rhiann seufzte. »Was du tust, tust du, um mein Volk zu schützen, das weiß ich. Trotzdem flößen solche Szenen mir noch immer Angst und Schrecken ein. Ich kann nichts dagegen tun.« Ihre Hochzeitsnacht fiel ihr wieder ein. Dachte er jetzt auch daran? »Mir tut es Leid, dass ich so unvorsichtig war.«

»Nein, der Fehler lag bei mir. Ich hätte mich vergewissern müssen, dass du sicher ans andere Ufer gelangst.«

»Es war meine Schuld. Ich habe uns alle in Gefahr gebracht.«

Das Feuer flackerte auf und beleuchtete das schiefe Grinsen

auf seinem Gesicht. »Ich glaube, für heute Abend haben wir uns genug Vorwürfe gemacht. Alle beide.«

»O nein.« Rhiann holte tief Atem, denn es fiel ihr schwer, die nächsten Worte über die Lippen zu bringen. »Ich habe mich geirrt, Eremon. Ich war zu fest davon überzeugt, dass Samana ihr Priesterinnengelübde heilig sein müsste. Aber ich habe mich getäuscht. Wir hätten nie hierher kommen dürfen, wir haben diese Reise nur auf mein Betreiben hin unternommen.«

Er hob die Brauen, und sie zog die Schultern hoch. »Ich werde mir nie wieder anmaßen, dir in derartigen Dingen Ratschläge zu erteilen.«

Eremon legte ihr nur freundschaftlich eine Hand auf die Schulter. »Wenn ich diesem Versprechen Glauben schenken würde, würde ich dich nie wieder irgendwohin mitnehmen. Und jetzt schlaf, wir bleiben bis zum Morgengrauen hier.«

Er richtete sich auf und wandte sich ab.

Rhiann sah ihm mit widersprüchlichen Gefühlen nach.

33. Kapitel

In seinem kalten Königreich im Norden empfing Maelchon den Zimmermann Gelur in seiner dunklen Halle. Kelturan hatte seinen Befehl befolgt und Anweisung gegeben, mit den Arbeiten am Turm fortzufahren. Gelur war der beste Zimmermann des Reiches und darüber hinaus ein geschickter Steinmetz, daher hatte Maelchon ihm die Aufsicht über den Bau übertragen.

Für einen Mann von diesen Inseln war Gelur ungewöhnlich groß. Sein Haar schimmerte tiefschwarz mit einem Stich Blau darin, und seine Haut war mit Blatternarben übersät, weil er als Kind diese Krankheit überlebt hatte. »Herr«, begann er unsicher, dabei verdrehte er nervös die Hände. Maelchon musterte ihn befriedigt und wartete stumm ab, um die Angst des Mannes noch zu schüren.

»Was willst du, Zimmermann?«, zischte er schließlich.

»Herr, es ist mir nicht möglich, die Arbeit am Turm jetzt schon fortzusetzen. Die Männer müssen mit der Aussaat fertig werden und zum Fischen hinausfahren, sonst werden wir Hunger leiden.«

Er verschwieg, dass der Wohlstand seiner Familie von den Bau- und Steinmetzarbeiten herrührte, die er für die reichen Bewohner des Festlandes ausführte, und dass er noch vor Beginn der Sonnenzeit einen wichtigen Auftrag zu Ende bringen musste. Maelchon wusste dennoch darüber Bescheid, denn Kelturan verfügte über zahlreiche Spione.

Er beugte sich auf seinem Thron vor. Der mächtige Stuhl war zu Zeiten seines Großvaters angefertigt worden, beide Lehnen waren geschmeidigen Ottern nachempfunden, deren Augen aus schimmerndem Bernstein bestanden.

»Du nimmst dir zu viel heraus, Gelur«, warnte er. »Du wirst unverzüglich mit der Arbeit beginnen. Mehr habe ich dazu nicht zu sagen.« Er drehte sich zu dem Tisch neben ihm um, auf dem wie üblich sein großer Alebecher stand.

Gelur rührte sich nicht von der Stelle; er verneigte sich nicht ehrerbietig und zog sich nicht zurück, wie Maelchon es erwartet hatte. Er blieb stehen und sah seinen König fest an. »Ich muss Euch dennoch um Aufschub bitten, Herr.«

Maelchon blickte überrascht auf. Er bewunderte solchen Mut, auch wenn er fehl am Platz war. Trotzdem hätte er den Mann für seine Unverschämtheit bestraft, wenn er ihn nicht noch brauchen würde.

Er dachte einen Moment nach, dabei trommelte er mit den Fingern auf den Köpfen der Otter herum. »Ich werde darüber nachdenken«, erwiderte er schließlich. »Aber du wirst dich meiner Entscheidung fügen.«

Gelur zögerte kurz, dann verneigte er sich. Aber als er sich zur Tür wandte, hielt Maelchon ihn zurück. »Eines noch, Zimmermann. Richte deiner schönen Frau meine besten Wünsche aus. Hat sie nicht erst kürzlich ein Kind zur Welt gebracht? Einen Sohn, wie ich hörte?« Er lächelte.

Jetzt trat ein angsterfüllter Ausdruck auf Gelurs Gesicht. »Ja, Herr. Das werde ich tun, Herr.«

Sowie er den Raum verlassen hatte, erstarb Maelchons Lächeln, und er starrte die Wand vor ihm mit brennenden Augen an.

An diesem Abend nahm er die Abendmahlzeit gemeinsam mit seiner Frau ein. Sie saß wie immer so weit von ihm entfernt wie möglich und hatte die schmalen Schultern Schutz suchend hochgezogen.

Maelchon betrachtete sie über den Rand seines Weinbechers hinweg. Sie war jung und kränklich, hatte eine so blasse Haut wie eine Ertrunkene und strähniges Haar von der Farbe von Seetang. Die sich scharf unter der Haut abzeichnenden Knochen verliehen ihrem Gesicht einen spitzen Ausdruck, der ihn abstieß. Er ging des Nachts nicht oft zu ihr, denn sie war schwächlich, und wenn ihr etwas zustieß, würde ihr Stamm eine Blutfehde beginnen, obgleich sie es seiner Meinung nach nicht wert war. Sie stammte von einem unbedeutenderen Zweig der Caerenier ab – sie war noch nicht einmal eine Prinzessin von königlichem Geblüt!

Nun, bald würde er jede Braut wählen können, die er begehrte. Die edelsten Familien des Landes würden ihm ihre Töchter widerstandslos überlassen. Niemand würde wagen, ihn zurückzuweisen. Die Erinnerung an üppiges rotgoldenes Haar flammte in ihm auf. Niemand würde ihn *diesmal* zurückweisen!

Wie immer entfachte der Gedanke an diesen Tag, an dieses ungewöhnliche Haar ein verzehrendes Feuer in seinen Lenden. Also rückte er seinen Stuhl zurück und lächelte seiner Frau zu, die unter diesem Lächeln erstarrte wie eine magere, blasse Häsin, die außerhalb ihres Baus auf einen Fuchs trifft.

Maelchon hatte seine Dienstboten weggeschickt, und Kelturan war wie gewöhnlich früh zu Bett gegangen. Sie waren allein. Er erhob sich und ging um den Tisch herum zu ihr hinüber. Ihre Augen schossen wild durch den Raum, aber es gab keine Fluchtmöglichkeit. Sie stieß einen leisen, wimmernden Laut aus.

Sie starb fast vor Angst. Ausgezeichnet.

»Willst du dich mir widersetzen, meine Liebe? Du weißt ganz genau, was ich will.« Mit einem schwieligen Daumen strich er über ihre Wange, dann krallte er die Finger in ihr Haar und riss ihren Kopf grob hoch, sodass sie gezwungen war, ihm ins Gesicht zu blicken. Ja, er sah Angst in ihren Augen, aber auch Hass.

Hass erregte ihn fast noch stärker als Furcht. So klein und schwach dieses Mädchen war, in ihr glomm ein stählerner Funke; ein Funke, der von dem Hass herrührte, den er in ihr genährt hatte.

Plötzlich zerrte er sie mit einem Ruck von ihrem Stuhl hoch und warf sie zwischen den halb geleerten Platten und Alebechern auf den Tisch. Seine Hände waren so kräftig, dass er sie mühelos mit der einen festhalten und mit der anderen ihre Tunika und ihr Hemd hochschieben und sein Geschlecht entblößen konnte.

Sie setzte sich jetzt zur Wehr, so gut sie konnte. Darauf hatte er gehofft. Ihre Schläge und kratzenden Nägel schürten seine Lust nur noch. Seine Männlichkeit ragte jetzt steif und rot in die Höhe.

Endlich konnte er nicht mehr länger an sich halten, drang mit einem kräftigen Stoß in sie ein und genoss das schmerzliche Stöhnen, dass sie nicht unterdrücken konnte. Er spürte ihre zarten Knochen unter seinem mächtigen Körper, und das Wissen, dass er sie so leicht zermalmen konnte wie die eines Vogels, löste eine dunkle Wut in ihm aus, die seine Lust ins Unerträgliche steigerte. Wie immer begannen ihn die verschwommenen Erinnerungen zu peinigen.

Das schimmernde Haar, in dem sich die Sonnenstrahlen fingen, das Licht, das in den meerblauen Augen strahlte, der volle, lockende Mund …

Diese Bilder verstärkten die schwelende Wut, bis das Verlangen, etwas zu zerstören, jemandem Schmerzen zuzufügen, ihn überwältigte, er die Kontrolle über sich verlor und wie von Sinnen in den sich unter ihm windenden Körper hineinstieß.

Als er schließlich keuchend von ihr abließ, machte sie keine Anstalten, sich zu bedecken. Ihre Schenkel waren mit Blut aus Wunden verschmiert, die niemals zu heilen schienen. Sie war gar keine richtige Frau, nur das verkümmerte Zerrbild davon.

Maelchon zog seine Hose hoch und ließ sich auf seinen Stuhl zurückfallen. Er nahm kaum zur Kenntnis, dass seine Frau vom Tisch glitt und geräuschlos davonhuschte.

Einen Moment lang starrte er ins Feuer und kostete das Gefühl des auf seiner Haut trocknenden Schweißes, seiner abgehackten Atemzüge und seines wild hämmernden Herzens aus. Aber dieser innere Friede würde nicht lange anhalten, das wusste er nur zu gut.

Wie immer würde der unstillbare Hunger nach Ruhm und Macht erneut über ihn herfallen, an ihm nagen und ihn peinigen, bis er meinte, fast den Verstand zu verlieren.

Aber bald würde seine Stunde schlagen. Bald würde er all das an sich reißen können, was ihm zustand. Vielleicht ließ sich der Hunger in seinem Inneren dann stillen.

34. Kapitel

Hinter dem unteren Tor von Dunadd waren alle Augen auf den kleinen, untersetzten Mann in dem zerrissenen Umhang gerichtet, der gerade von dem römischen Pferd gehoben wurde.

Als der Gefangene auf den Füßen stand, reichte er Rhiann kaum bis zur Schulter, und so überwanden die Kinder des Dorfes ihre Furcht vor ihm rasch und kamen neugierig näher. Der Mann versuchte, stolz den Kopf zu heben und sie mit Nichtachtung zu strafen, aber da ihn alle Umstehenden um einiges überragten, erzielte er nicht den gewünschten Effekt.

Während er den Blick über die hoch gewachsenen, kriegerischen Männer schweifen ließ, die Eremon mit Fragen bestürmten, und der unverständlichen Sprache lauschte, sah Rhiann, wie schiere Panik seine Züge verzerrte. Seine dunklen Augen wurden groß, ein Kreis höhnischer Gesichter spiegelte sich in ihnen wider.

Die Zeit der Blattknospe neigte sich dem Ende zu, was die Situation für ihn noch schlimmer machte, denn jetzt waren Tage und Nächte gleich lang, und daher wurde nun der jährliche Pferdemarkt abgehalten. Nachdem die Gerste ausgesät war, waren die Menschen aus den entlegendsten Ecken des Stammesgebietes der Epidier, den Bergen und den fernen Inseln nach Dunadd gekommen, um Zuchtstuten und Deckhengste zu erwerben und den Streitwagenfahrern die im letzten Jahr geborenen Fohlen anzubieten. Sie kamen auch, um ihre Tribute in Form von Pelzen und Wolle abzuliefern und dafür Korn und Eisenwaren, Farben und Kräuter einzuhandeln, die neuesten Neuigkeiten zu erfahren und Ehen zu arrangieren. Das Dorf wimmelte von Menschen; die Ebene am Fluss war mit Pferdekoppeln und Zelten übersät, von denen manchmal auch das Banner eines Clans aus der Umgebung wehte.

Die Menge, die täglich die Tore von Dunadd passierte, war beträchtlich angewachsen, und alle Vorübergehenden betrachteten den Römer wie ein exotisches Tier.

Schmutzige Hände streckten sich nach Didius aus, um seinen Umhang, seine glatt rasierte Haut und das kurz geschnittene Haar zu befingern. Lachend drängten sich die Menschen um ihn, bis der Römer wie ein verängstigtes Pferd mit den Augen rollte, dass das Weiße darin zu sehen war.

Seine Angst nahm noch zu, als Eremon Fergus bedeutete, ihn durch das Dorf zu führen und in das Haus des Königs zu bringen. Rhiann und die anderen Männer folgten ihm. Die Kinder hüpften neben ihnen her und begannen Didius bald mit den Schimpfnamen zu verhöhnen, die sie seit vielen Monden ihren Vätern ablauschten.

»Elender Besatzer!«

»Mörderischer Hund!«

Dann flog ein Schlammbrocken durch die Luft und traf

Didius hinter dem Ohr. Er stolperte, und Fergus und Angus stießen ihn lachend weiter. Rhiann wirbelte herum und schalt den Übeltäter zornig aus. »Cran! Fort mit dir! Ein solches Benehmen sollte unter deiner Würde sein!«

Der Junge und seine Spielgefährten ergriffen die Flucht. Ein letzter Stein prallte gegen die Wand des nächstgelegenen Hauses.

Rhiann drehte sich um und sah, dass Eremon, eine Hand auf sein Schwert gelegt, dastand und sie beobachtete. »Warum versuchst du diesen Römer zu beschützen?«, fragte er mit unwillig gerunzelter Stirn.

Rhiann zögerte, denn sie wusste selbst nicht recht, warum sie Mitleid mit dem Mann empfand. »Er ist nicht wie die anderen. Er ist ein Baumeister, kein Soldat. Ich kann mir gut vorstellen, was jetzt in ihm vorgeht.«

Als sie sah, wie sich Eremons Lippen zu einem belustigten Lächeln verzogen, fauchte sie: »Warum hast du ihn überhaupt erst mitgenommen? Warum hast du ihn nicht gleich getötet, dann wäre die Sache erledigt gewesen?«

Sein Lächeln erstarb. »Das kann ich ja immer noch nachholen. Aber ich hoffe, ihm erst noch ein paar nützliche Informationen entlocken zu können. Er sieht nicht aus, als würde er sich verstockt zeigen, wenn man ihn ein bisschen härter anfasst.«

»Krieg ist eine Sache, Grausamkeit eine andere, Eremon.«

»Ich weiß selber, was ich zu tun habe, Lady. Ihr tätet gut daran, das nicht zu vergessen.«

Trotz dieser harten Worte band Eremon Didius los, sobald sie das Haus des Königs erreicht hatten. Aber er befahl dem Schmied Bran, ein paar eiserne Fußfesseln anzufertigen. So konnte der Römer zwar seine Arme bewegen, aber die schweren Ketten an den Knöcheln machten eine Flucht unmöglich.

Im letzten Tageslicht pflückte Rhiann eine Hand voll Waldmeister, der unter einer mächtigen Eiche unten am Fluss wuchs, richtete sich auf und presste stöhnend eine Hand ins

Kreuz. Als Eremon sie vom Pferd gehoben hatte, waren ihre Muskeln völlig verhärtet gewesen, und der anstrengende Ritt hatte die Haut an den Innenseiten ihrer Schenkel wund gescheuert, sodass sie noch drei Tage später leicht humpelte. Aber ihr war keine Ruhe vergönnt.

Als sie zu ihrem Haus zurückgekehrt war, hatte sie dort Brica vorgefunden, die einen stetigen Strom von Frauen von den umliegenden Festungen abzuwehren versuchte. Alle wollten sich mit Heilkräutern eindecken, die es in den Bergen nicht gab.

Wegen der Reise nach Süden hatte Rhiann nach der langen Dunkelheit ihre Vorräte noch nicht aufstocken können, und gerade jetzt standen viele kurzblühende Pflanzen in voller Blüte. Also hatte sie sich ein heißes Schwarzwurzbad bereitet, um ihre verkrampften Muskeln zu lockern, saubere Kleider angezogen und sich dann mit ihrem Grabstock und ihrer Tasche auf den Weg gemacht.

Zwei Tage lang suchte sie in den Wäldern und am Fluss nach Wurzeln und Kräutern. Sie war froh, etwas Zeit für sich zu haben, denn sie musste über all das nachdenken, was sich auf ihrer Reise zugetragen hatte – vor allem über das, was sie über Eremon von Dalriada in Erfahrung gebracht hatte.

Plötzlich entdeckte sie ein paar Julisilberkerzen, und als sie sich mit den fedrigen Blättern in einer Hand und dem Waldmeister in der anderen wieder aufrichtete, schwirrte etwas an ihrer Wange vorbei und bohrte sich in den Baum hinter ihr.

Es war ein mit weißen Schneehuhnfedern versehener Pfeil.

Rhiann sprang erschrocken zurück und ließ die Blätter fallen. Im selben Moment kreischte jemand: »Große Göttin, Mutter allen Seins!«, und eine schmale Gestalt kam mit einem Bogen in der Hand aus dem Unterholz gestürmt.

»Ich habe Euch nicht gesehen!«, quiekte sie. »Vergebt mir, Lady! Vergebt mir!«

Rhiann presste eine Hand gegen ihr wild hämmerndes Herz und lehnte sich gegen den Baumstamm. »Du hättest mich beinahe umgebracht!«

Die Frau – denn die Stimme gehörte einer Frau, wenn auch die äußere Erscheinung dies nicht vermuten ließ – hob eine zitternde Hand. »Ich wollte Euch nicht verletzen. Ich habe nur geübt. O bitte, lasst mich nicht prügeln!«

Das war eine so seltsame Bitte, dass Rhianns Schreck augenblicklich verflog und sie ihre Angreiferin genauer betrachtete. Sie war ungefähr in Rhianns Alter, aber damit schien die Ähnlichkeit auch schon zu enden. Sie war klein und trug Männerkleidung – abgewetzte Hirschlederhosen und eine grobe Tunika von unbestimmbarer Farbe, die ihr viel zu groß war. Über die Schulter hatte sie einen Köcher mit Pfeilen geschlungen, in ihrem Gürtel steckte ein Dolch, der ihr fast bis zum Oberschenkel reichte.

Ihr Haar war nachlässig geflochten und unter einen alten Lederhelm gestopft, nur ein paar helle Strähnen kringelten sich auf ihren Wangen. Unter dem Helm lugte ein herzförmiges Gesicht mit einem spitzen, energischen Kinn hervor, das vor Schmutz starrte, weshalb die weit auseinander stehenden Augen besonders intensiv zu leuchten schienen. Obgleich die Frau das seltsamste Geschöpf war, das Rhiann je gesehen hatte, kam ihr irgendetwas an ihr merkwürdig vertraut vor.

»Wer bist du?« Rhianns Stimme klang jetzt freundlicher, weil die kleine Gestalt in den sackartigen Kleidern und dem Helm sie zum Lachen reizte. Sie hatte sich noch nie auf eine so absurde Weise mit jemandem bekannt gemacht.

Die Fremde verbeugte sich unbeholfen. »Mein Name ist Caitlin, Lady. Ich komme von Fethachs Hof in den südlichen Bergen.« Sie überlegte kurz, dann fügte sie hinzu: »Ich bin die beste Bogenschützin meines Stammes.«

Um Rhianns Mundwinkel zuckte es verräterisch. »Daran hege ich keinen Zweifel, aber ich würde es lieber sehen, wenn du dein Geschick gegen Feinde einsetzt und nicht gegen mich.«

Die Frau schwenkte ihren Bogen. »Das habe ich auch getan, Lady. Ich habe einen der Adlermänner getötet.« Als ihre Tunika an ihrem Unterarm herabrutschte, bemerkte Rhiann einen großen blaugrünen Bluterguss auf der hellen Haut.

»Einen Römer?« Ihre Neugier war geweckt.

Caitlin nickte. »Ich habe ein Wolfsrudel verfolgt und dabei eine Patrouille entdeckt, die sich unvorsichtigerweise zu weit in unser Tal vorgewagt hatte.« Sie grinste. »Sie sind mit einem Mann weniger in ihr Lager zurückgekehrt.«

»Du jagst auch Wölfe?«

Caitlins Zähne schimmerten in dem schmutzigen Gesicht. »Ein Wolfsfell fehlte mir noch in meiner Sammlung. Deswegen bin ich auch nach Dunadd gekommen – es ist das erste Mal, dass ich etwas zu verkaufen oder einzutauschen habe.«

Demnach war das Mädchen noch nie hier gewesen. Warum wurde Rhiann dann das Gefühl nicht los, sie zu kennen? Sie zuckte die Achseln. »Und gefällt es dir hier?«, fragte sie, sich nach ihrer Tasche bückend.

»O ja.« Caitlin blickte über ihre Schulter, obwohl niemand in der Nähe war. »Aber meine Familie weiß nicht, warum ich wirklich gekommen bin. Wir haben gehört, dass der gälische Kriegsherr eine Armee zusammenstellt, um gegen die Römer zu kämpfen. Ich möchte ihm meinen Bogen zu Füßen legen.« Sie sagte das so feierlich, dass sich Rhiann ein Lächeln verbiss. Obwohl sie nicht wie eine Angehörige der Kriegerklasse gekleidet war, handhabte das Mädchen ihre Waffe mit großem Geschick. Vielleicht war ihre Behauptung nicht nur Prahlerei gewesen.

»Ich weiß, dass der Kriegsherr jeden guten Kämpfer braucht, den er bekommen kann«, versicherte Rhiann ihr. »Wenn du wirklich so gut bist, wie du sagst, wird er sicher Verwendung für dich haben.« Sie warf sich die Tasche über die Schulter und lächelte. »Nun, Caitlin vom Hof des Fethach, ich hoffe, du wirst hier gute Geschäfte machen. Vielleicht sehen wir uns ja unter weniger abenteuerlichen Umständen wieder. Ich bin Rhiann …« Sie zögerte einen Moment; unschlüssig, ob sie ihre Titel nennen sollte. Allmählich begriff sie, dass sie viele Menschen dadurch unbeabsichtigt abschreckte. »Ich bin die Heilerin von Dunadd«, war alles, was sie hinzufügte.

Caitlins Augen wurden groß, und sie blickte zu Boden. »Ich

nehme morgen an dem Wettbewerb im Bogenschießen teil, Lady. Wenn jemand sehen will, wie gut ich treffe, soll er kommen und mir zuschauen. Und auf mich setzen.« Wieder blitzten ihre weißen Zähne auf.

Rhiann lachte. »Ich bezweifle nicht, dass du dich gegen alle Konkurrenten behaupten wirst. Vielleicht schaue ich mir den Wettbewerb ja selber an. Ich würde dich gerne gewinnen sehen.«

35. Kapitel

»Agricola! Was hat das zu bedeuten?« Belen und die meisten anderen Mitglieder des Ältestenrates waren aufgesprungen und redeten aufgeregt durcheinander.

Eremon bemerkte, wie der Kopf des in einer Ecke im Schatten sitzenden Gelert hochfuhr, und spürte, wie die Augen des Druiden ihn durchbohrten.

»Es ist so, wie ich es sage«, erwiderte er ruhig. »Ich habe Agricola persönlich getroffen.«

»Ihr habt uns also verraten?« Tharan erhob sich halb von seiner Bank und stampfte mit seinem Stab auf. Sein Umhang aus Bärenfell rutschte ihm von den Schultern.

»Nein«, gab Eremon zurück, merkte aber selbst, dass er mit der Antwort unmerklich gezögert hatte. Rasch berichtete er, was sich in dem Lager zugetragen hatte.

»Ihr wart zwei Tage lang ein Gast des römischen Feldherrn?«, donnerte Tharan. »Und da sollen wir Euch noch vertrauen?«

»Ich war sein Gefangener«, berichtigte Eremon ihn.

»Bei der Weißen Stute!« Talorc verschluckte sich fast an seinem Ale, als er wutentbrannt aufsprang. »Ist das eine Art, unseren Prinzen zu behandeln? Er ist aus einem römischen Lager mit fünftausend Soldaten entkommen! Was für eine Tat! Und da zweifelt ihr noch an der Wahrheit seiner Worte?«

Sein Ausbruch löste leises Gemurmel und Füßescharren aus.

»Das ist wahr«, gab Belen zu. »Und er ist zu uns zurückgekehrt.«

»Aye! Um uns zu verraten!«, ertönte eine Stimme aus der Menge.

»Hört mich an!« Eremon tippte mit seinem Schwert gegen seine Füße. »Ich verstehe eure Zweifel. Aber hört mich jetzt an. Agricola hat mich in der Tat aufgefordert, euch zu verraten.«

Daraufhin brach ein solcher Tumult aus, dass Eremon eine Hand heben musste, um Ruhe zu gebieten. »Aber ich habe abgelehnt!«, rief er. »Er bot mir an, mich in Erin als Regenten einzusetzen. Meine Antwort bestand in meiner Flucht, außerdem habe ich drei seiner Männer getötet, um meine Ablehnung zu bekräftigen.« Ungeduldig stieß er sein Schwert in den Lehmboden. »Ich habe euch bewiesen, wo meine Loyalität liegt. Ich habe Agricolas Angebot ausgeschlagen, obgleich er mir mehr Macht verschafft hätte, als ich es mir je hätte träumen lassen. Aber ich liefere euch noch einen Beweis dafür, dass ich kein Verräter bin!«

Im Raum herrschte mit einem Mal Schweigen. Eremon fuhr etwas leiser fort: »Ich habe eine Botschaft von den Damnoniern erhalten. Agricola errichtet quer durch ihr Territorium eine Linie von Festungswerken, diese Linie hat das Meer schon fast erreicht. Daher schlage ich Folgendes vor: Ich werde mit unserem Kriegertrupp zu unseren damnonischen Verbündeten stoßen, mit ihnen die neueste, am weitesten westlich gelegene Festung angreifen und sie bis auf die Grundmauern niederbrennen. Erkennt ihr das als Beweis meiner Loyalität an?«

Eine kurze Pause trat ein, dann bekundeten die Männer murmelnd ihre Zustimmung.

»Ich akzeptiere das als Beweis«, nickte Talorc.

»Aye«, stimmte ein anderer Mann zu. »Bringt uns römische Köpfe auf euren Speeren mit, dann wird niemand mehr an Euch zweifeln, Prinz.«

»Wir sollten nicht zulassen, dass sich unsere Männer in eine solche Gefahr begeben«, protestierte Tharan, und zwei ältere Krieger schlossen sich seiner Meinung an. Aber die jüngeren, heißblütigen Männer sprachen sich für einen Angriff aus und überstimmten am Ende die Zweifler.

Als sich die Halle lange Zeit später endlich geleert hatte und der Boden mit leeren Alebechern übersät war, ließ sich Eremon erschöpft auf eine Bank sinken und barg einen Moment lang seinen schmerzenden Kopf in den Händen. Sollte er denn nie zur Ruhe kommen? Nein … er konnte es sich nicht erlauben, sich auszuruhen.

Die Idee zu diesem Angriff war ihm schon auf dem Rückweg von Samanas Festung gekommen, und die Nachricht der Damnonier lieferte ihm nun einen willkommenen Vorwand. Er hatte schon vorausgesehen, wie die Epidier die Neuigkeit von seinem Treffen mit Agricola aufnehmen würden. Und obwohl ein erneutes riskantes Unternehmen das Letzte war, wonach ihm der Sinn stand, blieb ihm keine andere Wahl. Er hatte mehrere gute Gründe dafür.

Die unterste Stufe der Treppe zur Galerie knarrte, und er schrak zusammen. »Die Überraschungen, die Ihr uns bereitet, nehmen kein Ende, Prinz.« Eremon blickte auf und sah in Gelerts gelbe Augen. »Ihr handelt stets anders, als ich es erwartet habe. Ich habe mich Euch als Ratgeber angeboten, aber Ihr weist meine Hilfe immer zurück. Ich möchte doch gerne wissen, warum.«

Eremon war zu müde, um sich auf einen Streit mit ihm einzulassen. »Ich habe mich einverstanden erklärt, Eurem Volk zu dienen, aber nicht Euch persönlich, Druide.«

Die blutleeren Lippen des alten Mannes verzogen sich zu einem bösen Lächeln. »Ihr dient unserem Stamm, indem Ihr Euch heimlich mit dem Feind trefft?«

»Ihr habt gehört, was geschehen ist – genau wie alle anderen hier. Ich habe so gehandelt, wie ich es zu diesem Zeitpunkt für richtig gehalten habe, und ich brauche Euch nicht um Erlaubnis zu fragen. Ich weiß selbst, was ich tue.«

Der Druide glitt zur Tür und blieb dort einen Moment stehen, eine knorrige Hand gegen den Türpfosten gelegt, den gebeugten Rücken Eremon zugewandt. »Das sehe ich, Prinz. Das sehe ich.«

Rhiann erfuhr von dem geplanten Überfall erst durch den Dorfklatsch.

An einem Tag, der so warm war wie in der Sonnenzeit, suchte sie mit Brica zusammen eine alte Frau auf, die Rhiann stets mit dem besten Heidehonig belieferte. Als sie ihre Körbe mit den kleinen versiegelten Tontiegeln gefüllt hatten, verließen sie das Zelt und blieben an einem Stand stehen, an dem Tuchballen, bestickte Bänder und Quasten feilgeboten wurden. Zwei Frauen aus der Festung standen bereits dort und betasteten einige Längen weichen Wollstoffs. Ihrem Gespräch entnahm Rhiann zu ihrer großen Befriedigung, dass Aiveen während ihrer Abwesenheit mit einem Häuptling der Kreonen verheiratet worden war.

»Dieser Stoff ist zu dünn«, meinte dann die eine Frau zu ihrer Begleiterin. »Ich brauche gute, dicke Wolle für einen neuen Umhang für meinen Mann. Er wird während dieses Streifzugs im Freien schlafen müssen, und das gute Wetter wird nicht lange anhalten.«

Rhiann spitzte die Ohren. »Wovon sprichst du?«, erkundigte sie sich neugierig.

»Von dem Überfall auf die neue Festung der Besatzer, Lady«, erwiderte die zweite Frau, die Rhiann erst jetzt bemerkte. »Sie liegt im Land der Damnonier. Der Prinz plant, sie dem Erdboden gleichzumachen. Aldera sagt, sie bekommt Bran kaum noch zu sehen, er ist Tag und Nacht in seiner Schmiede und fertigt neue Waffen an …«

Rhiann wandte sich ab und drückte Brica ihren Korb in die Hand. »Bring ihn bitte zum Haus zurück.«

»Ja, Herrin.« Brica nickte, und Rhiann eilte davon.

Nach langem Suchen fand sie Eremon endlich am Rand der Menge, die sich um den Exerzierplatz drängte. Er stand auf der Deichsel eines Streitwagens und schützte seine Augen mit einer Hand vor der Sonne, während er gespannt den Wettkampf der Bogenschützen verfolgte. Conaire stand neben ihm und spähte über die Köpfe der Zuschauer hinweg. Ein weiterer Pfeil traf die Mitte der Zielscheibe, und lauter Jubel brandete auf.

»Du willst mit den Kriegern eine Festung überfallen, wie ich höre?« Rhiann war außer Atem, weil sie so schnell gelaufen war. Eremon gönnte ihr nur einen flüchtigen Blick. Offenbar war er mit anderen Dingen beschäftigt.

»Ja«, erwiderte er knapp.

»Warum hast du mir nichts davon gesagt?«

Erneut erklang begeisterter Beifall, der Eremons Aufmerksamkeit wieder auf das Feld lenkte. Conaire grinste. »Beim Großen Eber, die Kleine hat es schon wieder geschafft.« Er schüttelte ungläubig den Kopf.

»Weil es dich nicht betrifft«, erklärte Eremon Rhiann. »Diesmal ziehe ich in den Kampf, statt die Eskorte einer Dame zu spielen und mich bescheiden im Hintergrund zu halten.«

»Du bist ja heute in einer reizenden Laune.« Sie hatte die Worte gar nicht laut aussprechen wollen, sie waren ihr einfach entschlüpft.

Er blickte wieder auf sie hinab, und jetzt glitzerten seine Augen belustigt. »Ich bitte demütigst um Entschuldigung.«

Rhiann ignorierte den Sarkasmus. »Eremon, warum bringst du dich und deine Männer schon wieder in Gefahr? Wir sind doch gerade erst knapp mit dem Leben davongekommen!«

Eremon wischte sich mit dem Handrücken den Schweiß von der Stirn. »Weil Agricola jetzt am allerwenigsten mit einem Angriff rechnet. Ich kenne nun den Süden des Landes, ich weiß, wie die Römer ihre Festungen bauen, und die Damnonier können mir sagen, wo genau die letzte errichtet wird. Es ist an der Zeit, dass die Krieger beweisen, was sie gelernt haben. Ah!« Er brach ab, als Conaire sich zu ihm umdrehte und seinen Arm anstieß.

»Sie hat gewonnen!«, verkündete er. »Du schuldest mir einen Armring, Bruder. Du hast dich täuschen lassen, weil das Mädchen so klein und schmächtig ist, aber sie hat viel Kraft. Und sie kann mit Pfeil und Bogen umgehen wie ein alter Jäger. Hat immer genau ins Ziel getroffen. Hast du so etwas schon einmal gesehen?« Er verschwand in der Menge, die sich jetzt um die Siegerin scharte. Rhiann hatte schon geahnt, von wem er da sprach. Caitlin hatte mit ihrer Schießkunst scheinbar nicht nur geprahlt.

Sie wandte sich wieder an Eremon, fest entschlossen, sich diesmal nicht vom Thema abbringen zu lassen. »Ich hoffe nur, du lässt dich nicht von rein persönlichen Gründen leiten.« Er sah sie verwirrt an, doch sie hielt seinem Blick unverwandt stand. »Du bringst doch die Männer nicht in Gefahr, weil du dich wegen der Vorkommnisse in Agricolas Lager schuldig fühlst?«

Der Hieb hatte gesessen, das sah sie ihm an. »Immer die Priesterin«, entgegnete er ruhig. »Aber du irrst dich. Warum sollte ich mich schuldig fühlen? Ich bin doch zu euch zurückgekommen, oder nicht?« Jetzt sah er sie eindringlich an, und sie war es, die als Erste den Blick senkte.

»Rhiann.« Eremon verlor allmählich die Geduld. »Ich verstehe dich nicht. Die Reise in den Süden war doch deine Idee. Du hattest deine Gründe dafür, und du hast deine Sache gut gemacht, das muss ich zugeben. Aber was glaubst du, warum ich diese Männer zu einer Kriegertruppe ausbilde? Ich will mich nicht nur verteidigen können, ich will *angreifen*. Wir müssen Agricola begreiflich machen, dass er, sollte er sich auf dieser Seite der Berge blicken lassen, mit einem wesentlich unfreundlicheren Empfang rechnen muss als dem, den ihm die Votadiner, diese Feiglinge, bereitet haben.«

Rhiann stieß mit der Fußspitze leicht gegen das Rad des Streitwagens. Wie konnte sie ihm klar machen, dass sie Angst um sie alle hatte? Um Conaire mit seinen anzüglichen Scherzen und dem unverschämten Grinsen und um den schüchternen kleinen Rori, der kaum wagte, das Wort an sie zu richten, sie aber dennoch nach Kräften beschützt hatte?

»Ach so«, stellte Eremon gedehnt fest. »Du möchtest nur

nichts verpassen, das ist alles. Du kannst es nicht ertragen, von irgendetwas ausgeschlossen zu werden.«

Rhiann lief vor Wut rot an. Eine derartige Frechheit verdiente keine Antwort. Sie schluckte die böse Bemerkung hinunter, die ihr auf der Zunge lag, machte auf dem Absatz kehrt und stolzierte davon.

»Rhiann, es tut mir Leid. So warte doch!«

Sie blieb stehen, drehte sich aber nicht um. »Ja?«

»Ich brauche deine Hilfe bei diesem Römer – er scheint dir zu vertrauen. Ich möchte, dass du ihn über die Bauweise ihrer Befestigungsanlagen befragst. Sein Wissen könnte uns weiterhelfen.«

Rhiann zögerte. »Ich werde mein Bestes tun. Aber du musst ihn gut behandeln.«

»Ich werde mein Bestes tun«, erklang die wenig befriedigende Antwort.

Eremon sah der würdevoll davonschreitenden Rhiann mit leiser Belustigung nach. Er musste zugeben, dass er ihre Haltung insgeheim bewunderte. Sie hielt sich so kerzengerade, wie er es noch bei keiner Frau gesehen hatte – zweifellos das Ergebnis ihrer Priesterinnenausbildung. Bis zu der Reise in den Süden hätte er nie gedacht, dass er überhaupt einmal irgendetwas an ihr bewundern würde.

Doch dann war sie der römischen Patrouille beherzt entgegengetreten, außerdem hatte sie sich bei ihm für ihren Irrtum bezüglich Samana entschuldigt, was ihn sehr gewundert hatte… Eremon schüttelte nachdenklich den Kopf. Sie war alles andere als dumm, hinsichtlich seiner Gründe für den geplanten Angriff lag sie allerdings vollkommen falsch.

Was ihn dazu trieb, waren beileibe keine Schuldgefühle. Die waren verflogen, nachdem er die räuberischen Söldner niedergemetzelt hatte und das Hirn eines Mannes auf seine Tunika gespritzt war. Nein, er hatte sich aus einem ganz anderen Grund zu diesem Überfall entschlossen. Aus Furcht.

Er blickte zum klaren blauen Himmel empor und spürte,

wie ein leichter Wind, der die erste echte Wärme der Sonnenzeit mit sich brachte, sein Haar verwehte. Bald, schon sehr bald würde keine Gefahr mehr bestehen, dass plötzliche Stürme aufzogen. Die Seewege würden wieder befahrbar sein, und die Epidier würden einen Boten zu seinem Vater senden und die Wahrheit erfahren – wenn nicht schon vorher ein fahrender Händler alles ans Licht brachte. Ehe das geschah, musste er einen großen Sieg vorzuweisen haben. Er musste den Epidiern beweisen, dass sie auf ihn angewiesen waren.

Eremon seufzte. Die Last der Sorgen drohte ihn fast zu ersticken. Zumindest konnte er sie mit Conaire teilen. Er hielt in der Menge nach seinem Ziehbruder Ausschau. Endlich sah er Conaires mächtige Gestalt auf sich zukommen.

»Du solltest diese Bogenschützin in unsere Truppe aufnehmen«, meinte er. »Sie verfehlt fast nie ihr Ziel.«

Eremon lächelte. »Dir ist doch sicher nicht entgangen, dass sie eine *Frau* ist, oder?«

Conaire schnaubte. »Eine Frau! Das kann man unter all dem Schmutz kaum erkennen. Außerdem bist du hergekommen, um zu sehen, ob sich unter den Leuten aus den Bergen ein paar gute Kämpfer befinden. Sie ist die beste Bogenschützin, die ich je gesehen habe. Du wärst verrückt, sie nicht zu nehmen, ob Frau oder nicht!«

»Schon gut, schon gut.« Eremon sprang von dem Streitwagen herunter. »Aber jetzt komm mit in die Festung zurück. Wir müssen unseren Angriff planen – und beim Großen Eber, das muss der am besten durchdachte Plan meines ganzen Lebens werden.«

36. Kapitel

Didius wurde von seinem Lager in einer Ecke der Halle im Haus des Königs geholt und zur Befragung ins Freie geführt. Rhiann behauptete Eremon gegenüber, dies sei notwendig, weil die alten Binsen, die den Boden bedeckten, zusammengekehrt und durch frische ersetzt werden müssten. In Wirklichkeit wollte sie möglichst viele Zuschauer anlocken, weil sie hoffte, so vermeiden zu können, dass Didius geschlagen oder gequält wurde.

Ein Diener brachte eine Bank für sie und einen Stuhl für Didius zum Pferdetor. Eremon baute sich mit verschränkten Armen neben dem Gefangenen auf, Conaire stand auf der anderen Seite, hatte eine Hand an sein Schwert gelegt und seine finsterste Miene aufgesetzt.

Eremons Männer bildeten einen Halbkreis um den Römer, zahlreiche Edelleute sowie Dienstboten höheren Ranges hatten sich ebenfalls zu ihnen gesellt. Sogar Talorc hatte sich von seinem Morgenmahl losgerissen, er stand hinter Conaire und nagte an einem Hammelknochen herum.

Rhiann lächelte Didius zu. Der Römer war jetzt sauber gewaschen, und die schwarzen Ringe rund um seine Augen, die er sich bei dem rauen Ritt zugezogen hatte, verblassten allmählich. Er trug eine epidische Tunika, die ihm bis über die Knie reichte und deren Ärmel so lang waren, dass es aussah, als habe er keine Hände. Er weigerte sich beharrlich, Hosen zu tragen, deshalb war die bloße Haut über den Hirschlederstiefeln blau vor Kälte. Misstrauisch blickte er zu Eremon auf.

»Hab keine Angst«, sagte Rhiann in ihrem stockenden Latein. »Wir brauchen nur Informationen von dir. Niemand wird dir etwas zu Leide tun.«

Didius musterte sie argwöhnisch. »Informationen?«

»Ja.« Sie lächelte. »Wir haben dir Essen und ein Lager für die Nacht gegeben. Du brauchst dich nicht vor uns zu fürchten.«

Die Augen des Römers wanderten wieder zu Eremon. Die nackte Angst darin rührte Rhiann. Ganz offensichtlich hatte sich Didius noch nicht von seiner ersten Begegnung mit dem Prinzen erholt.

»Er wird dir nichts tun«, fügte sie hastig hinzu. »Ich gebe dir mein Wort darauf. Wir wollen nur etwas über die …«, sie suchte nach dem richtigen Wort, »... die Befestigungsanlagen erfahren.«

Didius' Züge verzerrten sich vor Schreck. »Ich soll meine eigenen Leute verraten?«

Rhiann überlegte, was sie darauf antworten sollte, aber ihr fiel nichts ein. Schließlich würde sie sich ebenfalls weigern, wenn sie an seiner Stelle wäre. Also versuchte sie es auf eine andere Weise. »Wir wollen die Bauten nur zerstören. Sag mir, wie viele Männer dort untergebracht sind und wo genau, dann werden wir sie verschonen.«

Sie zweifelte selbst an der Wahrheit dieser Worte, denn sie hatte Eremons Gesicht gesehen, bevor er die räuberischen Soldaten angegriffen hatte. Aber wenn sie ihr Volk und ihre Freunde retten konnte, war eine kleine Lüge kein zu hoher Preis dafür.

Ihr Herz wurde schwer, als sie den störrischen Ausdruck auf dem Gesicht des Römers sah. Eremon hatte einmal behauptet, Didius sei ein Feigling. Vielleicht hatte er ja doch mehr Rückgrat, als sie alle dachten.

»Nein.« Didius hob das Kinn. »Tötet mich nur. Ihr seid elende Barbaren, denen nichts heilig ist. Ihr ...«

Er brach ab, weil Eremon sein Schwert zog, das Haar des Römers packte und seinen Kopf nach hinten bog, sodass sich ihm die stoppelige Kehle ungeschützt darbot. Rhiann hätte beinahe laut aufgeschrien, beherrschte sich aber.

»Rhiann.« Eremons Stimme klang trügerisch sanft. »Sag ihm, dass ich ihm jeden Finger einzeln abhacken werde, wenn er uns nicht verrät, was wir wissen wollen.«

»Das ist nicht dein Ernst!«

Er warf ihr einen warnenden Blick zu. »Sag es ihm.«

Rhiann tat, wie ihr geheißen. »Er antwortet, lieber stirbt er.«

»Das lässt sich einrichten. Aber lang anhaltende Qualen haben schon ganz andere Männer dazu gebracht, ihre Meinung zu ändern. Sag ihm das.«

»Lass ihn erst los.«

Eremon gab Didius frei und trat einen Schritt zurück. Behänder, als es irgendjemand vermutet hätte, sprang der kleine Mann von seinem Stuhl auf, ohne sich damit aufzuhalten, zu husten oder sich den Hals zu reiben. Seine Ketten klirrten, als er sich vor Rhianns Füßen zu Boden warf, den Saum ihres Kleides packte und sein Gesicht darin vergrub. »Gnade!«, flehte er. »Gnade, Lady! Stellt mich unter Euren Schutz!«

Eremon war mit einem Satz bei ihm. Sein Gesicht war dem von Rhiann jetzt ganz nah, sein Schwert nur einen Hauch vom Hals des Römers entfernt.

Rhiann funkelte Eremon finster an. »Mylord«, sagte sie so kalt und förmlich, als würde nicht ein Mann in ihr Gewand schluchzen und ein anderer mit gezogenem Schwert neben ihr stehen, »ich muss Euch um eine Gunst bitten.«

Eremon runzelte die Stirn. »Was für eine Gunst?«

»Als mein Gemahl werdet Ihr sie mir doch sicher gewähren. Gebt Ihr mir Euer Wort, dass Ihr meinen Wunsch erfüllen werdet?«

Eremon schien sich mit einem Mal der Zuschauer bewusst zu werden, die die kleine Szene gespannt verfolgten. Er straffte sich und schob sein Schwert in die Scheide zurück. Aber der Blick, mit dem er Rhiann bedachte, enthielt eine stumme Warnung – eine Warnung, die sie missachtete.

Was konnte er anderes tun, als zuzustimmen? Großzügigkeit galt als höchste Tugend von Königen – und Prinzen. Und so nickte er ihr dann auch steif zu.

»Dann bitte ich Euch, mir diesen Römer für meinen eigenen Haushalt zu überlassen. Ich möchte ihn zu meinem Leibdiener machen.«

Ein Raunen lief durch die Menge. »Mit etwas Zeit und Geduld kann ich vielleicht sein Vertrauen erringen, wenn ich ihn gut behandele«, fügte sie rasch hinzu. Eremons Augen bohrten sich in die ihren. Hundert Dinge standen darin, die er ihr gerne gesagt hätte, aber in Gegenwart anderer für sich behalten musste. Sie dankte der Göttin dafür, dass sie die Voraussicht besessen hatte, die Befragung des Gefangenen in aller Öffentlichkeit stattfinden zu lassen.

Endlich verneigte sich Eremon leicht. »Wie Ihr wünscht, Lady. Möge er Euch treu dienen.« Dann wandte er sich an die Menge. »Wir wissen, wo diese Festung liegt, und wir kennen die Bauweise der Römer. Wir werden sie auch ohne die Hilfe dieses Mannes dem Erdboden gleichmachen.« Er blickte auf Didius hinab. Seine Lippen kräuselten sich verächtlich. »Sagt ihm wenigstens das!« Dann warf er sich seinen Umhang über die Schulter und stolzierte davon. Conaire blickte Rhiann an und zog eine Augenbraue hoch, ehe er seinem Ziehbruder folgte.

Rhiann blieb regungslos sitzen und hielt den Kopf stolz erhoben, bis sich die Zuschauer zerstreut hatten. Didius lag noch immer zu ihren Füßen.

»Du bist jetzt in Sicherheit«, sagte sie endlich in ihrer eigenen Sprache und berührte ihn leicht am Arm. Als er aufblickte, bemerkte sie, dass sein Gesicht nicht so verquollen und tränenverschmiert war, wie es die zuckenden Schultern hatten vermuten lassen. Stattdessen blickten seine Augen hellwach und klar.

»Du gehörst jetzt mir«, erklärte sie langsam auf Lateinisch, dabei lächelte sie freundlich. »Solange du mir dienst, bist du sicher. Du wirst unsere Sprache erlernen. Dann können wir miteinander reden.«

Er nickte. Allmählich kehrte die Farbe in seine Wangen zurück.

Als sie sich umdrehte, um ihn zu ihrem eigenen Haus zu führen, bemerkte sie eine schmale Gestalt neben sich. »Lady?«

Es war Caitlin, die sich ihren Helm unter den Arm geklemmt hatte. Unter der Schmutzschicht war sie blass, und Rhianns geübtes Auge entdeckte einen dunklen Bluterguss am Kinn, der zuvor noch nicht dagewesen war. Das Mädchen – in Gedanken bezeichnete sie Caitlin unwillkürlich immer als Mädchen – wurde offenbar misshandelt. »Ich habe dir noch gar nicht zu deinem Sieg gratuliert.«

Caitlin betrachtete Didius mit großen Augen, dann blickte sie zum Haus des Königs hinüber, in dem Eremon und Conaire verschwunden waren. »Ich wusste nicht, dass der Prinz Euer Gemahl ist«, sagte sie mit gedämpfter Stimme. »Im ganzen Lager spricht man von ihm und dem Kriegertrupp, den er zusammenstellt.« Sie holte tief Atem, um sich Mut zu machen. »Glaubt Ihr, er erlaubt, dass ich mich ihm anschließe?«

Rhiann betrachtete den Bluterguss nachdenklich. »Du weißt, dass du dann deine Heimat verlassen und hier leben musst? Wirst du denn deine Familie nicht vermissen?«

Caitlin senkte den Blick. »Es ist gar nicht meine leibliche Familie«, gestand sie. »Aber trotzdem wird es ihnen nicht gefallen, wenn ich weggehe, denn ich versorge sie mit Fleisch, und die Felle der Tiere, die ich erlege, bringen ihnen Wohlstand. Deswegen bin ich auch zu Euch gekommen. Ich habe gehofft, Ihr würdet mir helfen, weil Ihr immer so freundlich zu mir gewesen seid.« Sie lächelte schüchtern, und irgendetwas an diesem Lächeln erregte Rhianns Aufmerksamkeit. Wieder überkam sie das unbestimmte Gefühl, dieses Mädchen von irgendwoher zu kennen.

Sie legte Caitlin eine Hand auf den Arm. »Mein Gemahl hat von allen Clans der Umgebung eine bestimmte Zahl Krieger gefordert, deswegen kann ihm deine Familie wohl schwerlich die Dienste einer so geschickten Bogenschützin verweigern. Jeder ist verpflichtet, den Kriegsherrn im Kampf gegen die Römer nach Kräften zu unterstützen.« Sie sah Caitlin eindringlich an. »Dein Wunsch wird in Erfüllung gehen.«

Die beiden Frauen wechselten einen Blick stummen Einverständnisses, dann stülpte sich Caitlin sichtlich erleichtert den Helm wieder auf den Kopf.

Rhiann vermied es, Eremon um etwas zu bitten, bis sie meinte, sein Zorn über ihren Streit um den Römer müsse allmählich verraucht sein. Eremon würdigte sie selbst zwar kaum eines Blickes, ging aber bereitwillig auf ihren Wunsch ein, Caitlin in seine Truppe aufzunehmen, und hörte mit einem leisen Lächeln zu, wie das Mädchen ihm feierlich den Treueeid leistete.

Als sie die Halle verließen, spürte Rhiann, wie Caitlins glühende Begeisterung merklich nachzulassen begann. Nachdem sie die Prellungen und Blutergüsse ein weiteres Mal betrachtet und die aufflackernde Furcht in Caitlins Augen gesehen hatte, beschloss sie, ihren geplanten Ausflug in den Wald zu verschieben und das Mädchen stattdessen in das Lager am Fluss zu begleiten, damit sie Fethach ihre Entscheidung nicht allein mitteilen musste.

Die hellhaarige, hellhäutige Caitlin unterschied sich von den dunklen, schmuddeligen, mürrischen Mitgliedern ihres Clans wie schimmernde Bronze von stumpfem Eisen. Was sie gesagt hat, stimmt, dachte Rhiann, während sie zusah, wie der finster dreinblickende Fethach Caitlin ihr bescheidenes Bündel vor die Füße warf. Es war unmöglich, dass in Caitlins Adern das Blut dieser Menschen floss. Aber wie war sie dann zu ihnen gekommen?

Caitlin kehrte dem unordentlichen Zelt den Rücken, ohne sich noch einmal umzublicken. Ihr Verhalten mochte manchem Beobachter herzlos erscheinen, zumal Fethachs Frau jetzt das obligatorische Klagegeheul anstimmte und ein paar Tränen hervorquetschte, aber Rhiann, die Caitlin scharf im Auge behielt, konnte sich mittlerweile recht gut vorstellen, was für ein erbärmliches Leben das Mädchen bei diesen Leuten geführt haben musste.

Auf dem Weg zurück zum Haus des Königs brachte sie das Gespräch erneut auf Caitlins Herkunft. Das Mädchen winkte nur ab. »In unserem Tal gab es vor langer Zeit einen Kampf zwischen epidischen Kriegern und damnonischen Räubern. Nachdem alles vorüber war, fand Fethachs Frau mich unter dem Leichnam eines der Männer. Ich war noch ein Baby, und so nahmen sie mich an Kindes Statt an.«

»Mehr weißt du nicht?« Rhiann fiel die katzenhafte Geschmeidigkeit auf, mit der das Mädchen sich bewegte, wenn es sich unbeobachtet wähnte – die Anmut einer Jägerin. Nein, es war ihr sicher nicht bestimmt, ihr Leben in der Abgeschiedenheit der Berge zu vergeuden. Sie war zu Höherem berufen, das spürte Rhiann mit all ihren Sinnen.

»Fethachs schwachsinnige Schwester sagte mir einmal, ich wäre in eine Decke aus feinster blauer Wolle gewickelt gewesen. Außerdem trug ich ein Halsband aus Muscheln – aber das habe ich zerbrochen, als ich klein war.« Caitlin lächelte. »Ich habe Kriegerblut in mir, das weiß ich. Ich habe es schon immer gewusst. Jetzt bekomme ich endlich die Gelegenheit, es zu beweisen.«

Eremon prüfte die Speerspitze vorsichtig mit dem Finger und lächelte, als ein Blutstropfen aus seiner Fingerkuppe quoll.

»Das ist das Beste, was wir in der kurzen Zeit zu Stande bringen konnten«, knurrte Bran, dabei wischte er sich mit der Hand Ruß aus dem Gesicht.

»Du hast meine Erwartungen bei weitem übertroffen«, erwiderte Eremon. Zufrieden musterte er die Speerschäfte aus hellem Holz, die Stapel frisch beschlagener Schildbuckel, die noch in die Werkstatt des Zimmermanns gebracht werden mussten, und die Haufen blitzender Pfeilspitzen auf dem Boden.

Als er die Schmiede verließ, um zu überprüfen, wie gut die Speere ausbalanciert waren, erscholl am Tor eine Trompetenfanfare. Eine Gruppe Männer ritt gerade am Wachturm vorbei. Unter dem Helm des Anführers quoll silbernes Haar hervor.

Lorn stieg vom Pferd und kam auf ihn zu. »Wir haben von Eurem geplanten Überfall auf die römische Festung erfahren, Prinz.« Der junge Krieger hielt den Blick starr auf einen Punkt hinter Eremons Schulter gerichtet. »Mein Vater hat mir aufgetragen, meine Waffen und die meiner Männer in Eure Dienste zu stellen.«

Du sollst ein Auge auf mich haben, das ist der eigentliche Grund, dachte Eremon. Er wusste, dass die Krieger der Sonnenfestung gute Kämpfer waren. Die Verstärkung wäre ihm durchaus willkommen gewesen, wenn er nicht fürchten müsste, dass es bald zu Zwistigkeiten kommen würde. Lorn betrachtete Eremon als Rivalen. Er würde seinen Befehlen bestimmt nicht widerspruchslos gehorchen, das machte ihn zu einem schwachen Glied in einer Kriegertruppe, die wie ein Mann handeln musste.

»Es wäre mir eine Ehre, Euch an meiner Seite zu wissen«, erwiderte er bedächtig. Was konnte er schon anderes sagen? Lorns Vater zählte zu den einflussreichsten Edelleuten der Epidier. Vermutlich hatte ihn nur die Furcht vor Vergeltungsmaßnahmen seitens Eremons neuer Familie davon abgehalten, ihm den Thron streitig zu machen.

Lorn blickte Eremon jetzt direkt an. Tiefe Abneigung stand in seinen hellen Augen zu lesen. »Wann brechen wir auf?«

»In vier Tagen. Heute Abend werde ich den Häuptlingssöhnen meinen Plan erläutern.«

»Ich werde zur Stelle sein.« Lorn nickte seinen Männern zu, und sie folgten ihm den Dorfpfad entlang zu den Häusern ihrer Verwandten.

Eremon sah ihm nach. Er wusste, warum der alte Urben Lorn zu ihm geschickt hatte. Ein Mann büßte seine Macht rasch ein, wenn er nur untätig in seiner Festung saß. Urben wollte nicht, dass Eremon Ruhm erlangte, ohne dass sein Sohn einen Anteil daran hatte.

Er machte kehrt und ging zu dem Haus zurück, dabei nagte er nachdenklich an seiner Lippe, während er versuchte, etwaige Risiken abzuwägen. Lorn war ein impulsiver Hitzkopf, der sich Eremon nur widerwillig unterordnete – wenn überhaupt. Aber er befehligte eine Schar ausgezeichneter Krieger, und sein Vater war ein mächtiger Mann.

Endlich gestand er sich seufzend ein, dass es keinen Ausweg aus seiner misslichen Lage gab. Er konnte Lorn nicht zu seinem Vater zurückschicken, das wäre eine Schande für Urbens gesamten Clan und würde den Ältestenrat gegen ihn aufbringen. Ein solcher Zwist konnte gar zu einer Stammesfehde führen.

Plötzlich sah er Agricolas Gesicht vor sich, die höhnisch verzogenen Lippen, den Ausdruck unauslöschlicher Verachtung in seinen Augen. *Ihm* käme eine Spaltung der Stämme sehr gelegen, auf diese Weise bauten die Römer ihre Vormachtstellung stetig aus.

»Aber den Gefallen tue ich dir nicht«, murmelte Eremon, hob den Speer und trieb ihn direkt neben seiner Türschwelle tief in den Boden.

Von bösen Vorahnungen erfüllt, stand Rhiann auf der Palisade und blickte auf die jubelnde Menge vor den Toren von Dunadd hinab. Der Pferdemarkt war vorüber, doch keiner der Besucher hatte das Schauspiel des Abmarsches der Kriegertruppen versäumen wollen, und so waren sie alle noch geblieben.

Eremon führte zweihundert der am besten ausgebildeten Krieger an. Obwohl der Tag wolkenverhangen war, schimmerten die frisch polierten Kettenhemden, Helme und Speerspitzen im fahlen Licht, als die Männer durch das Tor marschierten und dabei Kriegslieder sangen.

Die Furcht vor den Römern, die viele Monde lang stetig angewachsen war, hatte sich in Kampfgeist verwandelt, und der kriegerische Funke, der die Kämpfer beseelte, schien auf die gesamte Zuschauermenge überzuspringen.

Linnet hörte ihre Nichte seufzen. »Alles wird gut werden, Tochter«, murmelte sie, ohne den Blick von den Reihen der Männer unter ihr abzuwenden.

Rhiann verschränkte die Arme vor der Brust. »Ich begreife immer noch nicht, was ihn dazu treibt. Dieses Unternehmen ist entschieden zu gefährlich.« Weit in der Ferne an der Spitze der Truppen sah sie Eremons dunkles Haar unter dem Helm mit dem Eberemblem im Wind wehen.

»Er kann nicht anders handeln«, erwiderte Linnet. »Er will sich einen Namen machen, und das möglichst schnell. Das musst du doch verstehen.«

Rhiann ließ die Arme sinken. »Seit wann hast du dich zur glühenden Verteidigerin meines Gemahls aufgeschwungen, Tante?«, neckte sie Linnet, dann verzog sie schmollend die Lippen. »Kann ich mich nicht wenigstens bei dir über ihn beklagen? Das ist es doch, was Ehefrauen für gewöhnlich tun.«

Linnet lächelte leise. »Ich denke, es passt dir nicht, dass du hier bleiben musst. Deine Reiselust scheint geweckt worden zu sein, deswegen ärgerst du dich, weil er dich nicht mitgenommen hat.« Sie streckte eine Hand aus und strich Rhiann eine Haarsträhne hinter das Ohr zurück, wie sie es oft tat.

»Genau das hat *er* auch gesagt«, murrte Rhiann. Doch dann spürte sie, wie Linnets Hand erstarrte, und sie sah, dass ihr Blick starr auf jemandem unter ihnen haften blieb.

»Wer ist diese Frau?«

Rhiann folgte ihrem Blick. Unten winkte ihr eine vertraute Gestalt in Hirschlederhosen wild zu. Rhiann war es gelungen, Caitlin vor ihrem Aufbruch dazu zu bewegen, ein heißes Bad zu nehmen und sich mit Seifenkraut den Schmutz abzuschrubben, der sich während der letzten Jahre in ihre Haut gefressen hatte. Brica hatte die hölzerne Wanne hinter dem Wandschirm in Rhianns Haus zweimal naserümpfend leeren und wieder füllen müssen, bis das Wasser klar blieb.

Jetzt waren die Züge des Mädchens deutlich zu erkennen. Sie hatte ihren Helm unter den Arm geklemmt, das saubere Haar fiel ihr schimmernd über den Rücken. »Das ist Caitlin«, erklärte Rhiann, dabei erwiderte sie das Winken freundlich. »Eine Bogenschützin von einem kleinen Hof im Süden. Sie ist hergekommen, um sich Eremons Truppen anzuschließen. Wie ich hörte, verfügt sie über ein außergewöhnliches Geschick im Umgang mit Pfeil und Bogen.«

Jegliche Farbe war aus Linnets Gesicht gewichen. »Wo genau kommt sie her?«

Rhiann dachte angestrengt nach. »Sie erzählte mir, der Hof, auf dem sie lebt, würde direkt unter Maiden's Hill in der Nähe des Loch Beacon liegen.« Verwirrt blickte sie auf Caitlin hinab, die vergnügt inmitten der Fußsoldaten marschierte, dann sah sie Linnet an. »Kennst du sie? Mir kommt es nämlich die ganze Zeit schon so vor, als hätte ich sie schon einmal gesehen; erst recht, nachdem wir sie von dem ganzen Schmutz befreit haben. Aber sie sagt, sie wäre noch nie hier gewesen. Ihre Herkunft ist allerdings eine ungeklärte Frage.«

»Wie meinst du das?«

»Sie weiß nicht, wer ihre wahren Eltern sind, sie ist ein Findelkind.« Rhiann zwang sich zu einem Lächeln, weil Linnets Blässe ihr Angst einjagte. »Eigentlich ist das ganze Mädchen ein einziges Geheimnis. Aber du wirst sie mögen, sie …«

Rhiann brach ab, denn Linnet wandte sich abrupt ab und zog sich die Kapuze ihres Umhangs über den Kopf, obwohl der Tag warm und sonnig war. »Ich muss gehen.«

Rhianns geschultem Priesterinnenblick entging das leise Zittern in Linnets Stimme nicht, und sie merkte, dass sich ihre Tante nur noch mühsam beherrschte. »Tante, was ist denn?«

Sie streckte eine Hand aus, aber Linnet wich zurück. Die Falten der Kapuze verbargen ihr Gesicht. »Lass mich. Ich muss gehen.«

Rhiann runzelte die Stirn, als sich Linnet zwischen den jubelnden Menschen auf der Palisade hindurchdrängte, die Treppe hinunterstieg und verschwand. Dann richtete sie ihre Aufmerksamkeit wieder auf die Krieger, aber Caitlins schmale Gestalt war in den Reihen der Männer nicht mehr auszumachen. Nur der Klang der Trompeten wehte zu Rhiann herüber.

37. Kapitel

Der Stein drückte sich schon seit Stunden schmerzhaft in Eremons Rippen. Aber er hatte wichtigere Dinge im Kopf, also verlagerte er sein Gewicht nur ein wenig, sodass sich der Stein an einer anderen Stelle in seine Haut bohrte. »Dort drüben, seht ihr?« Er dämpfte seine Stimme zu einem Flüstern.

Der Häuptling der Damnonier, der neben ihm auf dem Boden lag, versuchte seinen mächtigen Bauch in eine bequemere Lage zu bringen. »Ja, ich sehe es.«

Sie hatten sich zwischen den Bäumen auf dem Kamm eines niedrigen Hügels verborgen. Auf der anderen Seite des Flusses, der in den Clutha mündete, erhob sich eine mit Eichen und Ulmen bewachsene Hügelkette, auf deren nacktem Gipfel sich die halb fertige Palisade der römischen Festung wie ein lückenhafter Hirschhornkamm vom Himmel abhob. Männer und Ochsen schleppten Holz aus dem Wald am Fuß der Hügel über einen schmalen Pfad zu dem Bauwerk hoch.

»Jeden Tag dasselbe Spiel«, bemerkte Conaire. »Sowie es hell wird, holen sie Holz aus dem Wald am Fluss. In ein, zwei Tagen wird die Palisade fertig sein.«

Eremon bedachte den Damnonierhäuptling mit einem breiten Grinsen. »Wir sind dir zu großem Dank verpflichtet, Kelan. Wenn du uns nicht rechtzeitig Bescheid gegeben hättest, wären wir erst hier eingetroffen, wenn sie ihre Verteidigungsanlage schon fertig gestellt hätten, das hätte unser Vorhaben erheblich erschwert.«

Der alte Mann leckte sich Schweiß von der Lippe. »Ich sagte Euch doch schon bei unserem ersten Treffen, dass mein Volk auf Vergeltung sinnt. Als die Adlermänner begannen, so nah bei unserem Dorf eine Festung zu errichten, war das Maß des Erträglichen voll.« Er schüttelte seinen zottigen Kopf. »Aber meine Männer haben auf den Ruf eines Prinzen gewartet, sonst hätten sie nie zu den Waffen gegriffen. Unsere eigenen Prinzen denken gar nicht daran, zum Kampf aufzurufen. Sie haben sich mit römischem Silber kaufen lassen!«

»Elende Feiglinge sind sie!« Diese unterdrückte Verwünschung kam von einem jüngeren Krieger neben dem Häuptling, der sich seinen Helm so tief ins Gesicht gezogen hatte, dass nur die glitzernden dunklen Augen zu sehen waren.

»Ruhig, Neffe«, mahnte der Häuptling. »Spar dir dein Feuer für den Augenblick auf, wo du unsere Männer in meinem Namen in die Schlacht führst. Ich möchte stolz auf dich sein.«

»Wir werden alle Grund haben, stolz auf uns zu sein«, versicherte Eremon ihm. »Agricola will uns unter seinen Stiefeln zermalmen. Aber wir werden ihm die Füße an den Knöcheln abhacken, wieder und immer wieder, bis er uns in Ruhe lässt.«

Sie krochen bäuchlings vom Gipfel des Hügels herunter und

richteten sich erst auf, als sie außer Sichtweite der Römer waren, um zu den anderen Männern zurückzueilen. Um nicht entdeckt zu werden, hatte sich der Kriegertrupp in kleine Gruppen aufgeteilt, die sich zwischen den Bäumen verborgen hatten.

»So«, sagte Eremon, als sich die Anführer der einzelnen Gruppen um die in den harten Flusslehm gekratzte Karte geschart hatten. »Ich habe die Feinde beobachtet, so lange ich es wagen durfte. Wir müssen sie unbedingt angreifen, ehe sie die Palisade fertig gestellt haben.«

»Haben wir genug Männer?« Finan stützte sich auf sein Schwert.

Eremon nickte. »Wir sind den Römern zahlenmäßig ebenbürtig, weil es Kelan hier gelungen ist, sehr viele damnonische Krieger zusammenzubringen. Hat jeder den Plan im Kopf? Das ist eure letzte Gelegenheit, Fragen zu stellen.«

Während er sprach, blickte er Lorn an, dessen Wangen verräterisch rot leuchteten. Eremon hatte ihm kein Kommando über einen der Truppenflügel übertragen, dennoch nahm Lorn an solchen Lagebesprechungen teil, als sei dies sein gutes Recht. »Ich sehe nicht ein, warum wir zu einer derartigen List greifen müssen«, beschwerte er sich jetzt. »Wenn wir den Römern zahlenmäßig ebenbürtig sind, sollten wir sie offen angreifen, wie es eines Kriegers würdig ist.«

Eremon holte tief Atem. »Dieses Thema ist für mich erledigt. Du wirst dich an meinen Plan halten, oder du nimmst an dem Überfall nicht teil!«

Lorn schob kampfeslustig das Kinn vor. »Ich befehlige meine eigenen Männer, Ihr könnt mich nicht davon abhalten, sie in den Kampf zu führen.«

»Ich habe den Oberbefehl über die gesamte Truppe, und deswegen wirst du meine Anordnungen befolgen. Du und deine Männer bleiben dicht bei Kelans Neffen, verstanden?«

Zur Antwort setzte Lorn nur seinen Helm auf und wandte sich ab.

Später bezogen Eremon und Conaire in einem Dornendickicht auf einer Anhöhe ein Stück von der Festung entfernt Posten. »Es war vielleicht ein Fehler, diesen Heißsporn mitzunehmen«, meinte Conaire, dabei betastete er die Spitzen seiner Wurfspeere.

Eremon hob seinen Schild mit dem Eberkopf und spähte zwischen den Zweigen hindurch. »Ich weiß, Bruder. Aber ich möchte auch nach diesem Überfall mit den anderen Clans in Frieden leben, und ich habe versucht, dafür zu sorgen, dass er möglichst wenig Schaden anrichten kann.«

Conaire schnaubte. »Trotzdem ist der Bursche so gefährlich wie ein in die Enge getriebener Wolf. Er kann immer noch zuschnappen.«

Eremon blickte zu den kleinen Gestalten in der Ferne hinüber, die einen Graben rund um die Festung aushoben. »Dann hoffe ich nur, dass er nach den Römern schnappt und nicht nach mir.«

»Herrin!« Brica kam atemlos in den Stall gestürzt. Vor Rhiann blieb sie stehen und scharrte mit den Füßen, ein untrügerisches Zeichen dafür, dass sie etwas auf dem Herzen hatte.

»Was gibt es, Brica?« Rhiann duckte sich unter Liath' Hals hinweg und watete durch das Stroh zur Stalltür.

Die kleine Frau holte tief Atem. »Herrin, ich weiß, dass ich nicht gerade hier mit Euch sprechen sollte. Aber – es geht nicht anders!«

»Beruhige dich, Brica, und erzähl mir, was geschehen ist.«

Brica schüttelte den Kopf, wobei ein paar schwarze Haarsträhnen unter ihrem Kopftuch hervorrutschten. »Ich habe den Mund gehalten, als Ihr gezwungen wurdet, *ihn* zum Mann zu nehmen. Ich habe geschworen, Euch zu dienen, denn Ihr seid die Verkörperung der Göttin. Aber all die Männer… so viele Männer! Mörder, Blutvergießer… sie stinken förmlich nach Blut!«

Die Frau hatte während der letzten Monde von kaum etwas anderem als der erzwungenen Heirat gesprochen, trotzdem hätte Rhiann nie gedacht, dass ihr die Sache so nahe ging. »Ja, ich weiß«, erwiderte sie sanft und legte den Striegel, den sie in der Hand hielt, auf einen Schemel. »Aber wir müssen uns mit der Situation abfinden, so gut wir können, und ...«

»Nein!« Brica zitterte jetzt, aber nicht vor Angst, sondern vor Wut, wie Rhiann plötzlich erkannte. »Das kann ich nicht! Jetzt hat der Prinz auch noch diesen Mörder... diesen Kinderschlächter hierher gebracht. Einen Römer! Und er befindet sich mit mir unter einem Dach!«

Ach, so war das. Rhiann nickte bedächtig. »Ich kann mir denken, dass dir das nicht gefällt, aber glaub mir, er ist vollkommen harmlos. Er ist noch nicht einmal ein Krieger, sondern ein Baumeister.«

»Trotzdem.« Brica senkte den Blick. »Ich kann die Gegenwart dieser Männer nicht länger ertragen. Auch die des Prinzen nicht. Ich diene Euch jetzt seit fast zwei Jahren, aber ein solches Opfer würde die Große Mutter nicht von mir verlangen, das weiß ich genau.«

»Was hast du also vor?«

Brica schien die Fassung zurückgewonnen zu haben. »Ich will auf die Heilige Insel zurückkehren, Herrin. Ich habe lange über alles nachgedacht, und ... ich bin zu dem Schluss gekommen, dass ich Euch nicht länger dienen kann.«

»Ich verstehe.« Rhiann musterte die kleine Frau forschend. »Brica, ich würde dich nie zwingen, gegen deinen Willen bei mir zu bleiben. Ich war immer sehr zufrieden mit dir.«

»Danke, Herrin.« Bricas Stimme klang tonlos. »Heute Abend bricht eine Händlergruppe in ihre Heimat auf. Ich kann sie bis zum Gebiet der Caerenier begleiten. Dort habe ich Verwandte, die mich zur Heiligen Insel bringen werden.«

Rhiann nickte. »Geh mit meinem Segen. Ich möchte dir gern ein paar Geschenke für die Schwestern, für Nerida und Setana mitgeben. Wirst du sie mitnehmen?«

»Ja, Herrin.«

Gedankenverloren machte sich Rhiann auf den Weg zu ihrem Haus. Sie konnte nicht behaupten, dass sie Brica vermissen würde. Die Dienerin behandelte sie, als wäre sie die

Göttin persönlich und keine Frau aus Fleisch und Blut, was das Leben mit ihr oft nicht einfach machte.

Rhiann seufzte. Sie würde Ersatz für Brica brauchen, vielleicht diesmal eine jüngere Frau. Rhiann hatte Caitlin angeboten, zu ihr zu ziehen, wenn sie von dem Kriegszug zurückkehrte, weil das Mädchen keinerlei Verwandtschaft in Dunadd hatte. Ein aus einer Priesterin, einer halb wilden Kriegerin und einem Römer bestehender Haushalt war auch für jemanden mit starken Nerven eine beträchtliche Herausforderung. Sie brauchte eine Dienerin mit Mut und Verstand. Wer konnte diese Voraussetzungen erfüllen?

Dann kam ihr die Erleuchtung. Natürlich – Eithne! Die Tochter der Fischerfamilie.

Die Damen der Festung würden von ihr erwarten, eine Frau von höherem Rang zu ihrer Dienerin und Gefährtin zu erwählen, vielleicht die Tochter eines Handwerkers – die des Bronzeschmieds oder des Zimmermanns zum Beispiel. Aber Eithne war flink und gescheit, nicht so ernst und in sich gekehrt wie Brica. Ja, Eithne war eine gute Wahl.

Nachdem sie diesen Entschluss gefasst hatte, machte Rhiann kehrt und ging zum Stall zurück. Sie würde Liath nehmen und Eithne aufsuchen, um ihr ihren Vorschlag zu unterbreiten. Es war ein schöner Nachmittag für einen Ausritt. Außerdem musste sie Linnet möglichst bald einen Besuch abstatten. Ihre Tante hatte weder eine Erklärung für ihren überstürzten Aufbruch gegeben noch war sie nach Dunadd zurückgekehrt.

Dass ihr seltsames Verhalten mit Caitlin zusammenhing, war offensichtlich. Aber inwiefern, das blieb ein ebenso großes Rätsel wie das Mädchen selbst.

»Bei Mars, was ist das?« Der Soldat richtete sich im Sattel auf, um besser sehen zu können, und spähte über die Ochsen hinweg, die vom Fluss her auf die Festung zutrotteten.

Sein Kamerad zügelte sein Pferd und beobachtete zwei unbeladene Ochsen, die sich an einem Karren vorbeidrängten. »Eine Viehherde, Herr. Eine ziemlich große sogar.«

»Diese verwünschten Damnonier haben behauptet, sie hätten alle überschüssigen Tiere an uns abgeliefert.«

Der zweite Mann trieb sein Pferd an den Rand des Pfades. »Die Karren sind mit Getreidesäcken beladen. Gerste und Roggen, nehme ich an.«

»Sie haben auch gesagt, sie könnten kein Getreide mehr entbehren!« Der erste Römer, ein Dekurio, runzelte die Stirn. »Wir brauchen diese Vorräte dringend. Wie viele Krieger bewachen sie?«

»Mindestens dreißig, würde ich sagen. Sie umzingeln die Herde und die Karren von allen Seiten.«

»Dreißig! Es ist ihnen nicht gestattet, sich zu so großen Gruppen zusammenzuschließen.« Der Dekurio wendete sein Pferd. »Zieh die Hälfte einer Zenturie von der Festung ab, dazu die Hälfte der Männer, die den Graben ausheben, und bring sie hierher. Ich will mir dieses Vieh holen.«

»Wer hat hier das Sagen?«, bellte der Dekurio auf Britisch, nachdem er sein Pferd kurz vor der Stelle zum Stehen gebracht hatte, wo der feste Untergrund in Schlamm und Morast überging. Die Rinder stapften durch den Matsch und muhten verwirrt, denn die einheimischen Krieger hatten sich auf die andere Seite der Herde zurückgezogen, sowie sie die Infanterietruppe näher rücken sahen.

Einer der Männer zügelte sein unruhiges Pferd. »Ich!«, rief er über den Lärm hinweg.

»Diese Tiere zählen zu dem Tribut, den wir von euch gefordert und nicht erhalten haben«, fuhr der Römer fort. »Treibt sie also unverzüglich zur Festung hoch.«

Der Damnonier lachte. Seine dunklen Augen funkelten herausfordernd. »Wenn du sie haben willst, römischer Hund, dann musst du sie dir schon holen.« Plötzlich zückte er ein Schwert, wirbelte es über den Kopf und stieß einen markerschütternden Kriegsruf aus, der von seinen Männern aufgenommen wurde.

Der Dekurio befahl seinen Truppen scharf, sich zu formieren. Die Soldaten bildeten rund um die Herde herum eine geschlossene Reihe, die Schilde wirkten wie eine undurchdringliche Mauer, die Spieße waren zum Angriff erhoben …

Doch dann bäumte sich ein Teil der Rinder plötzlich auf, Klingen blitzten, und eine Horde wild dreinblickender Barbaren warf die Umhänge aus Tierhaut ab, mit denen sie sich getarnt hatte, und stürzte sich auf die Römer.

»Halt!«, schrie der Dekurio, als die Kriegerschar unter lautem Gebrüll die Schilderlinie wie eine mächtige Faust zersprengte. »Haltet ein!«

Als der Rest von Eremons Truppe zu Fuß vom höher gelegenen Gelände heruntergestürmt kam, waren bereits weitere hundert Römer vom Graben und von der Brustwehr ihren in Bedrängnis geratenen Kameraden auf der Ebene zu Hilfe geeilt.

Während er mit dem schweren Schwert in der Hand auf sie zueilte, registrierte Eremon kühl und sachlich, dass seine Bogenschützen von zwei Seiten aus einen Pfeilhagel auf die Festung abfeuerten, und sein Herz schwoll vor Stolz so sehr, dass er aus voller Kehle seinen Kriegsruf anstimmte: »Der Große Eber! Der Große Eber!«

Seine Männer hielten ihre Stellung am Tor, keiner verließ den ihm zugewiesenen Posten, um einen eigenmächtigen Vorstoß zu unternehmen. Die völlig überrumpelten Verteidiger der Festung konnten nichts anderes tun, als sich in Kämpfe Mann gegen Mann verstricken zu lassen.

Eremon streckte zwei Gegner nacheinander nieder. Die Römer waren jetzt in der Unterzahl, sie kämpften in dichten Menschenknäueln am Tor oder im Graben, und so wagte er es, kurz zu verschnaufen und über die Ebene am Flussufer hinwegzublicken.

Was er dort sah, ließ ihm das Blut in den Adern gefrieren. Die dort unten befindlichen Römer sollten seinem Plan zufolge von den Männern bei der Viehherde von der Festung fortgelockt werden, sodass Eremon und seine Truppen die dort zurückgebliebenen Wachposten überwältigen und den Bau in Brand stecken konnten. Doch stattdessen blitzten inmitten der umherirrenden Rinder Schwerter im Sonnenlicht auf, und in der Ferne konnte er den Kriegsruf der Epidier hören.

»Lorn, du elender Hundesohn!«, knirschte Eremon. Zu mehr blieb ihm keine Zeit, denn die zurückweichenden Römer strömten jetzt den vom Fluss zur Festung führenden Pfad empor, und die Kommandanten gaben den Truppen Befehl, sich neu zu formieren, als sie bemerkten, dass ihre Festung angegriffen wurde. Plötzlich hatte sich das Blatt gewendet, und sie drangen scharenweise auf Eremons Männer ein.

Während er Lorn mit jedem Schwerthieb stumm verwünschte, suchte Eremon fieberhaft nach einem Ausweg aus dieser Klemme. Überall um ihn herum wurden epidische und damnonische Krieger von den zurückkehrenden römischen Soldaten niedergemetzelt, die gemeinsam versuchten, Eremons Männer gegen die Palisade zu drängen.

Die Spitze eines Schwertes ritzte die Haut von Eremons Arm auf, doch als er herumfuhr, um sich mit seinem Schild zu verteidigen, hatte Conaire den Angreifer schon mit seiner Klinge durchbohrt. Da stürmten bereits zwei andere auf ihn los, und er führte ein paar vergebliche Hiebe gegen ihre übereinander geschobenen Schilde, ehe es ihm gelang, sie auseinander zu zwängen und einem Mann sein Schwert in den Unterleib zu treiben. Der Römer schrie gellend auf. Eremons Klinge hatte seine Hauptschlagader getroffen; ein Blutstrahl spritzte hoch, traf Eremon in die Augen und blendete ihn einen Moment lang. Der zweite Gegner stolperte über die Beine seines verwundeten Kameraden, Conaire streckte ihn mit einem mächtigen Hieb nieder, dann packte er Eremon am Arm und zog ihn zu sich hin.

»Wir müssen uns zurückziehen!«, brüllte er.

»Wohin denn?« Eremon spie Blut aus. Die Römer hatten sie fest umzingelt und trieben sie rückwärts auf den Graben zu.

Doch plötzlich erschollen weitere durchdringende Kriegsrufe, und albanische Krieger lösten sich aus allen Richtungen aus der Deckung der Bäume und stürmten auf die Römer los, die jetzt zwischen zwei Flügeln von Eremons Truppen zusammengedrängt wurden. Eremons Krieger, denen der Sieg zum Greifen nah schien, vergaßen die Disziplin, die er ihnen mühsam eingebleut hatte, und stürzten sich mit neu erwachtem Kampfgeist auf die Mauer römischer Schilde.

Mitten in der erbitterten Schlacht musste Eremon vor den wirbelnden Hufen eines Römerpferdes zurückweichen, das sich vor ihm aufbäumte. Lorn saß auf seinem Rücken, feuerte die Epidier an und schwang dabei sein Schwert.

Eremon blickte ihm fest in die Augen, während rund um ihn herum der Kampf weitertobte. »Du solltest die Soldaten ablenken, bevor du einen Bogen schlägst und zu uns stößt!«

Lorn wischte sich mit der Schulter Blut von der Wange und beruhigte das scheuende Pferd. »Ich sollte davonlaufen! Aber Urbens Sohn läuft vor keinem römischen Bastard davon! Ich bin ein Albaner, ich kämpfe offen gegen meine Feinde!«

»Durch deine Schuld hätten wir alle umkommen können!«, herrschte Eremon ihn an. »Deinetwegen haben die Römer vorzeitig zum Rückzug geblasen und mich und meine Männer zur Festung zurückgetrieben! Ist dir eigentlich klar, was du da angerichtet hast?«

Lorns helle Augen sprühten Feuer. Schweiß rann ihm über das Gesicht. »Allerdings!«, rief er laut, dabei ließ er den Blick über das Gemetzel rund um sie herum schweifen. »Ich habe uns zum Sieg verholfen!«

Im nächsten Moment war er verschwunden, und inmitten des Kampfgemenges sah Eremon nur noch sein silbernes Haar aufleuchten.

Agricola erfuhr von dem Überfall, als er gerade eine Truppeninspektion durchführte.

Samana saß zurückgelehnt auf einem Stuhl am Rand des Feldes. Vor der sengenden Sonne schützte sie ein Sonnenschirm – eine griechische Erfindung, die sie zu schätzen gelernt hatte. Doch als ein Bote sein Pferd nah an das von Agricola heranlenkte, ihm etwas zuflüsterte und sie die Erschütterung sah, die sich auf seinem Gesicht abzeichnete, beugte sie sich neugierig vor.

Während er später mit seinen Befehlshabern in seinem Zelt alle Einzelheiten und Folgen des Überfalls erörterte, wahrte er eine steinerne Miene. Erst als er mit Samana allein war, ließ er seiner Wut freien Lauf.

»Mögen die Götter diese Bastarde zerschmettern!« Er schritt erregt im Zelt auf und ab und schlug immer wieder mit dem Griff seines Dolches in seine Handfläche.

Samana hatte ihn noch nie zuvor die Beherrschung verlieren sehen. »Ich bin fast sicher, dass der Prinz aus Erin diesen Überfall ausgeführt hat«, bemerkte sie. »Sie müssen auf dem Rückweg von meiner Festung die Gegend ausgekundschaftet haben. Du hättest sie verfolgen und auslöschen sollen, als du die Gelegenheit dazu hattest. Ich habe dir doch geraten …«

Agricola fuhr zu ihr herum. Seine dunklen Augen glühten im Schein des Kohlebeckens. »Ich wäre Euch dankbar, wenn Ihr Eure Meinung für Euch behalten würdet, Lady!«

Samana unterdrückte eine erboste Antwort, die ihr auf der Zunge lag. Der Ausdruck seiner Augen jagte ihr Angst ein. Wer konnte schon wissen, was er in seinem Zorn mit ihr anstellen würde?

Agricola kehrte ihr wieder den Rücken zu und ging zur Zeltklappe. Seine Schultern waren vor Ärger angespannt.

Samana wartete einen Moment, dann schnurrte sie mit ihrer kehligsten Stimme: »Ihr solltet jetzt wirklich unverzüglich weiter gen Norden vorstoßen, Herr, und Eremon und seinen Rebellen eine Lektion erteilen. Wenn nicht, wird er Euch bald erneut angreifen.«

Agricola schwieg lange Zeit. Nur seine schweren Atemzüge waren zu hören. Dann entspannten sich seine Schultern langsam. »Das werde ich nicht tun.«

»Nein?«, vergewisserte sich Samana ungläubig.

Als er sich wieder zu ihr wandte, wirkte er ruhig und gefasst, nur seine Lippen waren grimmig zusammengepresst. »Ich habe Befehl aus Rom, die Grenze hier zu befestigen, diesen Befehl werde ich befolgen. Es kommt mir nicht zu, mich auf einen persönlichen Rachefeldzug zu begeben.«

»Das kann ich einfach nicht glauben!«

Agricola sah sie an. »Samana, ich lasse mich nicht von Emotionen leiten, sondern von der Vernunft. Ich habe keine Lust, mich von deinem Prinzen in ein Katz-und-Maus-Spiel verwickeln zu lassen, denn ich habe das Land noch nicht fest genug unter Kontrolle. In den Bergen sind meine Männer für ihn eine leichte Beute.«

Samana bemühte sich, das Feuer zu ersticken, das in ihr schwelte. »Dann erlaubt mir wenigstens, größeren Druck auf meinen … Kontaktmann im Norden auszuüben. Eine weitere Ladung Luxusgüter wird ihn dazu bewegen, uns über die Entwicklung der Dinge auf dem Laufenden zu halten.«

Agricolas Blick war verschleiert. »Tu, was du für richtig hältst, Samana. Wenn der Kaiser mir die Erlaubnis erteilt, weiter in den Norden Albas vorzudringen, dann haben wir auf diese Weise die Stämme wenigstens schon von innen her zermürbt. Dann gibt es nur noch ein Ziel für uns.«

»Was für ein Ziel?« Samana kannte die Antwort, aber sie berauschte sich immer wieder an diesen Worten.

Ein eiskalter Glanz schimmerte in seinen Augen. »Ich werde sie aufstacheln und verhöhnen und sie alle zu einem bestimmten Ort locken, den ich selbst auswähle.«

Der schneidende Unterton in seiner Stimme erregte sie. Sie stellte ihren Weinkelch ab, trat zu ihm und schmiegte sich eng an ihn. »Und dann?«, fragte sie atemlos.

»Dann werde ich sie vernichten.«

38. Kapitel

Als Rhiann in Linnets Hof ritt, schleppte Dercca, die Magd ihrer Tante, gerade einen Eimer Wasser zur Hütte. Die sinkende Sonne warf lange Schatten über den Boden und überzog die moosbewachsenen Wände mit einem goldenen Schimmer.

»Lady Rhiann!« Dercca fuhr erschrocken zusammen. Etwas Wasser ergoss sich über ihr Kleid. Sie stellte den Eimer ab und schnalzte unwillig mit der Zunge, als sie den nassen Wollstoff von ihren Beinen löste.

»Guten Abend, Dercca.« Rhiann schwang sich von Liath' Rücken. »Ist meine Tante hier? Ich habe lange nichts von ihr gehört.«

»Ja, Herrin.« Dercca nahm den Eimer wieder auf, ohne Rhiann in die Augen zu sehen. »Sie ist bei der heiligen Quelle. Möchtet Ihr ein paar Honigkuchen?«

Die letzten Worte hatte sie viel zu schnell hervorgestoßen, Rhiann sah sie über die Schulter hinweg prüfend an, als sie Liath' Zügel locker um den Zaun schlang. Jetzt fiel ihr auch auf, dass Derccas Reaktion auf den Anblick einer häufigen Besucherin ausgesprochen ungewöhnlich war.

»Mit deinen Honigkuchen kannst du mich immer in Versuchung führen, Dercca, aber ich muss wirklich dringend mit meiner Tante reden.« Sie musterte die Frau forschend. »Ist alles in Ordnung?«

»O ja, Herrin.« Dercca lächelte breit, doch auf ihren Wangen leuchteten verräterische rote Flecken.

»Dann will ich dich nicht länger von deiner Arbeit abhalten.«

Stirnrunzelnd schlug Rhiann den Pfad ein, der von Linnets Hütte zur heiligen Quelle führte. Sie gab sich keine Mühe, ihre Schritte zu dämpfen, doch als sie die Quelle erreichte, sah sie Linnet auf dem steinernen Rand sitzen und ins Wasser starren, als habe sie sie nicht gehört. Blickte sie in die Zukunft?

Nein, denn als Rhiann bei einigen hohen Birken stehen blieb, schrak Linnet zusammen und blickte auf.

Rhiann trat einen Schritt zurück, so sehr erschreckte sie das verhärmte Aussehen ihrer Tante.

Unter den eng um den Kopf geflochtenen Zöpfen wirkten Linnets Augen riesig und dunkel in dem spitzen, blutleeren Gesicht. Schwarze Schatten lagen darunter.

»Tochter!« Farbe kehrte in Linnets Wangen zurück, und sie erhob sich. »Was tust du denn hier?«

»Ich wollte dich besuchen. Hast du meine Nachrichten nicht erhalten? Ich habe dir zwei geschickt.«

Linnet zwinkerte, als erwache sie aus einem tiefen Schlaf. »Oh, ich … doch, das habe ich.«

»Warum bist du denn dann nicht zu mir gekommen? Oder hast mir wenigstens geantwortet?«

Linnet blickte in das Wasser. »Weil ich so viel zu tun hatte, dass ich keine Zeit dazu gefunden habe.«

Rhiann kauerte sich am Rand der Quelle nieder, der mit glatten Flusskieseln umlegt war. Irgendetwas stimmte mit ihrer Tante nicht.

»Hast du Neuigkeiten von den Kriegertruppen?« Linnet fischte ein Blatt aus dem Wasser. Ihre Hände zitterten leicht.

»Noch nicht. Hast du etwas *gesehen*?«

»O nein.« Linnet ging um die Quelle herum und sammelte die Blumen auf, die sie während des Rituals dort verstreut hatte.

»Mehr hast du mir nicht zu sagen?« Rhiann erhob sich, trat zu Linnet und ergriff ihre Hand. »Du zitterst ja! Was ist geschehen?«

Da sah sie den Anflug einer Gefühlsregung über das Gesicht ihrer Tante huschen.

Es war Furcht.

»Tante, ich mache mir Sorgen um dich! Ich frage dich noch einmal – was ist geschehen?«

Linnet seufzte und entzog ihr ihre Hand. »Rhiann, dieses Mädchen … diese Caitlin … als man sie fand … gab es da irgendwelche Dinge, anhand derer man etwas über ihre Herkunft hätte herausfinden können?«

»Nun, ich glaube, sie sagte, sie wäre in eine blaue Decke eingewickelt gewesen, und sie trug ein Halsband aus Muscheln, aber das hat sie vor langer Zeit schon zerbrochen.«

Linnet wurde aschfahl, und der Schmerz, der in ihren Augen aufflackerte, traf Rhiann mitten ins Herz. »Du weißt, wer sie ist, nicht wahr, Tante? Du hast sie erkannt. Ich habe lange darüber nachgedacht, und mir scheint, dass sie uns sehr ähnlich sieht. Ist sie eine entfernte Verwandte?«

Linnet rang erstickt nach Atem, wandte sich ab und schlang die Arme um den Oberkörper, wie Rhiann es selbst oft tat.

Rhianns Blut begann in ihren Adern zu rauschen. Hier gab es so viel Kummer und Leid, sie konnte es fast greifbar spüren. Offenbar war das Geheimnis, das Caitlin umgab, größer, als sie gedacht hatte. Linnet war zu Tode erschrocken, innerlich zerrissen und außer sich vor Furcht.

Warum?

Es gab nur eine Antwort darauf. Einen Moment lang war Rhiann versucht, einfach davonzulaufen und Linnet und ihre Geheimnisse hier zurückzulassen. Niemand musste etwas über Caitlins Herkunft erfahren. Wen kümmerte das schon?

Mich kümmert es.

»Tante«, sagte sie mit ihrer Priesterinnenstimme, dem gebieterischen Tonfall, den sie Linnet gegenüber noch nie angeschlagen hatte. »Tante, sag mir, wessen Kind sie ist.«

Linnets Schultern begannen zu beben, die Blumen entglitten ihren Händen und fielen zu Boden. Dann hob sie den Kopf, drehte sich um und sah Rhiann an wie ein Tier, das in eine Falle geraten ist. »Sie ist meine Tochter.«

Die Worte hallten in Rhianns Kopf wider, und sie krallte die Finger in ihren Rock. »Nein!«

Linnet erwiderte nichts darauf, sondern sah sie nur schweigend an, und da wusste Rhiann, dass sie die Wahrheit sagte.

»Ich dachte, sie wäre tot!«, schrie Linnet plötzlich auf.

Rhiann schüttelte den Kopf, um die dumpfe Benommenheit zu vertreiben, die sie überkommen hatte. »*Du* hast ein Kind? Du hast ein Kind und hast mir nie etwas davon gesagt?«

»Ich dachte, sie wäre tot«, flüsterte Linnet noch einmal.

Rhiann schüttelte noch immer den Kopf. »Natürlich! Sie sieht aus wie ich, warum ist mir das nicht gleich aufgefallen?«

Linnet fuhr zusammen, als habe Rhiann ihr einen Schlag versetzt.

»Große Göttin! In ihr fließt königliches Blut!« Ein scharfer Schmerz durchzuckte Rhiann, als ihr die volle Bedeutung dieser Erkenntnis bewusst wurde. *Dann hätte man sie verheiraten können, nicht mich. Dann war ich doch nicht die Einzige, die dem Stamm einen Erben schenken kann.*

Linnet barg das Gesicht in den Händen, und endlich drang ihr Kummer zu Rhianns vor Schock wie gelähmten Sinnen durch. Zugleich spürte sie, wie sich erneut eine Kluft zwischen ihnen auftat. »Tante … das ist noch nicht alles, nicht wahr?«

Linnet ließ langsam die Hände sinken. Ihr Gesicht war tränenüberströmt, die Furcht darin war schierer Panik gewichen. »Rhiann, sie ist sogar … näher mit dir verwandt, als du denkst.« Feine Schweißperlen traten auf ihre Stirn, während sie darauf wartete, dass Rhiann das Ausmaß ihrer Worte klar wurde.

Endlich begriff Rhiann.

Ihr Vater. Linnet und ihr eigener Vater!

»O nein!« Stöhnend wandte sie sich ab und stolperte blindlings davon, doch dann spürte sie, wie Linnets Hände nach ihren Schultern griffen und sie festhielten.

»Rhiann, du musst versuchen, mich zu verstehen …«

»Dich zu verstehen?« Rhiann riss sich los und fuhr herum. Schock und Schmerz verwandelten sich mit einem Mal in heißen Zorn. »Was gibt es da zu verstehen? Du behauptest, du hättest meine Mutter geliebt! Trotzdem hast du sie betrogen!«

Linnet schien sich innerlich zu krümmen. »Nein, das stimmt nicht. Hör mich an!«

»Ich denke nicht daran! Alles, was du mir je erzählt hast, war gelogen! Alles nur Lügen!« Ein Kloß hatte sich in ihrer Kehle gebildet, und sie brachte die nächsten Worte nur mühsam heraus. »Wann ist das passiert? Wann hast du bei ihm gelegen? Ist Caitlin älter als ich? Oder jünger?«

»Sie ist sechs Monate älter als du.«

»Also hast du meiner Mutter ihren Mann gestohlen!«

»Nein.« Linnet holte tief Atem. Sie zitterte jetzt am ganzen Leib. »Sie hat ihn nie geliebt, Rhiann. Sie musste ihn heiraten, um das Bündnis unseres Stammes mit den Votadinern zu besiegeln. Ich habe ihr nichts genommen, woran ihr Herz hing, das hätte ich nie getan. Du kannst ja nicht wissen, wie nahe deine Mutter und ich uns gestanden haben …«

»Nein, das kann ich nicht. Wie sollte ich das auch begreifen können? Ich hatte ja nie eine Schwester. Aber das hat sich ja nun anscheinend geändert.« Rhianns Stimme brach. Tränen rollten ihr über die Wangen, und sie wischte sie ungeduldig weg. »Wie konntest du nur? Ausgerechnet du?«

Linnet packte Rhiann bei beiden Armen. Auch in ihren Augen glitzerten Tränen. »Tochter, bitte! Als dein Vater von den Votadinern zu uns kam, verliebte ich mich in ihn. Ich konnte meine Gefühle lange unterdrücken … doch dann war ich einmal schwach, einmal nur. Aber glaub mir, es wäre nie dazu gekommen, wenn sie ihn ebenfalls geliebt hätte. Verstehst du mich denn nicht? Sie hatte alles, wonach ich mich sehnte: ein Heim, einen Mann, ein Kind …«

Rhiann machte sich mit einem Ruck los. »Aber du hast doch auf all das um deines Glaubens willen verzichtet! Du wolltest nie an Heim und Familie gebunden sein!«

Ein bitteres Lächeln spielte um Linnets Lippen. »Nein, Rhiann. Ich flüchtete mich in meinen Glauben, nachdem ich alles verloren hatte – das Kind, den Mann und deine Mutter.«

»Aber dir war doch allein schon die Vorstellung verhasst, Ehefrau und Mutter zu sein! *Göttin*! Ich habe dich beneidet. Ich habe dich um dein Leben in der Abgeschiedenheit, ohne Familienbande und Verpflichtungen glühend beneidet. Du hast mich belogen, du hast mich dazu gebracht, genauso zu denken wie du!«

»Ich habe dich nie gelehrt, ein Leben als Frau und Mutter zu verabscheuen, Rhiann. Und da ich deine Mutter nicht betrogen habe, habe ich auch dich nicht betrogen.«

»Das sind doch alles nur hohle Worte! Ich kenne dich nicht mehr!«

»Ich bin dieselbe, die ich immer war. Rhiann!« Linnets Stimme wurde weich, und ihre Augen füllten sich erneut mit Tränen. »Es war mein Schmerz, mein Verlust. Ich musste mit all dem fertig werden, ich habe mehr darunter gelitten, als du dir vorstellen kannst. Vergiss das nicht. Was glaubst du denn verloren zu haben, seit du die Wahrheit kennst?«

Was ich verloren habe? Die Worte hallten in Rhianns Ohren wider. »Alles«, flüsterte sie, dann rieb sie sich mit den Händen über das Gesicht. »Ich muss jetzt gehen.«

»Aber es wird schon dunkel. Bleib doch hier. Wir müssen miteinander reden.«

»Nicht jetzt… ich kann nicht.« Rhiann hob ihren Umhang vom Boden auf und ging auf den Rand der Lichtung zu.

»Rhiann…«

Rhiann blieb stehen und drehte sich um. Linnets reglose Gestalt war von einem goldenen Schein umgeben; die Tränen auf ihrem Gesicht glitzerten im Licht der letzten Sonnenstrahlen. »Schick sie zu mir, wenn sie zurück ist. Sag ihr, wer sie ist, und schick sie zu mir.«

Rhiann nickte kühl. »Das werde ich tun. Sie hat ein Recht darauf, die Wahrheit zu erfahren.«

Während des Heimritts nahm sie verschwommen den Wechsel der dunklen Schatten unter den Bäumen und des silbernen Mondlichts auf ihren fest in Liath' Mähne gekrallten Händen wahr. Dunkelheit und Licht, Dunkelheit und Licht tanzten vor ihren Augen und verwirrten sie.

Der zaghafte innere Friede, den sie in den letzten Monaten gewonnen hatte, hatten Linnets Enthüllungen zunichte gemacht. Sie hatte keine Mutter mehr, denn die Mutter, der sie von ganzem Herzen vertraut hatte, hatte sie belogen. Die ganze Zeit lang war die Frau, die sie geliebt hatte, der sie auf unsicheren Kleinkindbeinchen überallhin gefolgt war, nicht die gewesen, für die sie sich ausgegeben hatte. Sie hatte Rhianns leibliche Mutter hintergangen, ihren Vater verführt… und schlimmer noch, sie hatte Rhiann, die sie doch angeblich wie eine Tochter liebte, nicht in ein so bedeutendes Geheimnis eingeweiht. Der Schmerz über diesen Verrat wütete in ihrem Inneren wie ein Feuer.

Noch ein Gedanke nagte an ihr. Sie hatte eine nahe Blutsverwandte; eine Schwester. Noch dazu eine Schwester, in deren Adern das Blut des Königs floss und die daher an ihrer statt den nächsten Thronerben gebären könnte.

Schatten und Mondschein, Dunkelheit und Licht, Lüge und Wahrheit.

Als sie die Tore Dunadds erreichte, war der Mond hinter den Hügeln versunken. Sie stolperte den Pfad zu ihrem Haus hoch. Ihre Seele war so dunkel wie der Nachthimmel, an dem jetzt nur noch die kalten Sterne leuchteten.

39. Kapitel

Eremon sandte einen Boten zum Ältestenrat, der von seinem Sieg berichten sollte, und bat ihn auch, Rhiann persönlich von den Ereignissen in Kenntnis zu setzen.

Rhiann war zutiefst erleichtert, als sie hörte, dass es kaum Verluste gegeben hatte und ihre Freunde in Sicherheit waren. Aber dennoch flackerten die Ängste und Zweifel wieder auf, die sie ständig plagten. Nun würde Caitlin nach Hause zurückkehren.

Linnet hatte nichts von sich hören lassen, noch wusste niemand in Dunadd von dem Bruch zwischen ihr und ihrer Nichte. Doch für Rhiann war mit einem Schlag alles anders geworden. Sie verbrachte die Tage nach ihrer Unterredung mit Linnet in einem Zustand lähmender Benommenheit, aus dem sie nicht erwachte.

Aber dann traf an einem sonnigen Tag Eithne mit ihren in ein Bündel geschnürten Besitztümern ein, und Rhiann war gezwungen, sich aus ihrer Erstarrung zu lösen, um dem Mädchen ihre neuen Pflichten zu erklären.

Rhiann hatte Eithne schon von Didius erzählt, und zu ihrer Erleichterung zeigte das Mädchen mehr Neugier als Furcht, als sie ihn zum ersten Mal sah. Didius wirkte sehr verzagt und verschüchtert, er saß nur auf seiner Pritsche und starrte die Wände an. Er hätte auf niemanden einen bedrohlichen Eindruck gemacht.

»Eithne, ich habe eine sehr wichtige Aufgabe für dich«, sagte Rhiann, nachdem Eithne ihre wenigen Habseligkeiten auf einem Regal verstaut hatte. Sie führte das Mädchen zu Didius' Lager, lächelte den Römer an und erhielt einen argwöhnischen Blick zur Antwort. »Das ist Eithne«, stellte sie auf das Mädchen deutend vor. Didius nickte nur.

»Eithne, ich möchte, dass du Didius unsere Sprache beibringst. Ich weiß nicht, wie lange er hier bleiben muss, aber er wird uns nie von Nutzen sein, wenn wir uns nicht mit ihm verständigen können – außerdem glaube ich, es würde ihm die Zeit hier ebenfalls erleichtern.«

Eithnes schwarze Augen wurden groß, und sie musterte den Römer neugierig.

Rhiann lächelte. »Das oberste Gebot in diesem Haus lautet, dass du immer offen deine Meinung sagen sollst. Fühlst du dich der Aufgabe gewachsen, mit der ich dich betraut habe?«

»O ja, Herrin. Wenn es zum Wohl des Stammes geschieht, ist es mir eine Ehre, ihn unsere Sprache zu lehren.« Sie hob stolz das Kinn.

»Gut. Es ist wirklich sehr wichtig, wie ich schon sagte.«

»Aber warum wollt Ihr ihm seine Zeit hier leichter machen, Herrin? Er ist ein Feind!«

Rhiann wählte ihre Worte sehr sorgfältig. »Die *Römer* sind unsere Feinde, das ist richtig. Aber die Göttin lehrt uns, Mitleid zu zeigen, Eithne, und diese Lehre wird in diesem Haus befolgt. Alle Menschen sind Ihre Kinder – selbst die Römer, obwohl sie das nicht zu wissen scheinen. Ich würde mich gegen jeden Römer zur Wehr setzen, der versucht, mir oder denen, die ich liebe, etwas zu Leide zu tun. Aber von Didius haben wir nichts zu befürchten, das weiß ich. Und da die Große

Quelle unsere Welt im Gleichgewicht hält, wird es uns vielleicht irgendwie vergolten, wenn wir Mitleid mit ihm haben. Verstehst du das?«

Eithne lächelte schüchtern. »Nicht ganz, Herrin.«

»Dann will ich mich deutlicher ausdrücken. Didius verfügt über Informationen, die uns helfen können, aber ich werde nicht zulassen, dass er gefoltert wird, damit er sie uns verrät. Wenn wir – du und ich – sein Vertrauen erringen können, können wir auch ohne Anwendung von Gewalt ans Ziel kommen. Verstehst du jetzt, was ich meine?«

Eithnes Lächeln wurde breiter. »O ja! Ich werde mein Bestes tun.«

»Davon bin ich überzeugt. Zeig einfach auf verschiedene Gegenstände und sag ihm die Worte vor. Er ist ein kluger Mann, er wird rasch lernen.« Rhiann blickte freundlich auf Didius herab. »Eithne wird dir unsere Sprache beibringen«, sagte sie auf Lateinisch.

Als Didius finster das Gesicht verzog, kauerte sie sich neben ihm nieder. »Du musst sie lernen, damit du dich verständlich machen kannst. Kaum jemand hier beherrscht Latein.« Sie schenkte ihm ihr aufmunterndstes Lächeln. Er musste doch einsehen, dass es auch für ihn von Vorteil war, ihre Sprache zu sprechen. Endlich nickte er.

Rhiann erhob sich mit einem leisen Seufzer. »Eithne«, sagte sie zu dem Mädchen, »geh bitte frisches Wasser holen. Dann kannst du mit dem Unterricht beginnen.«

Eithne griff nach dem irdenen Krug, der neben der Feuerstelle stand, und verließ den Raum. Kurz darauf kam sie aufgeregt in die Hütte zurückgestürmt. »Herrin, Herrin!«, rief sie atemlos. »Die Krieger sind zurück!«

Rhiann nahm ihren Umhang und eilte mit Eithne zum Tor des Dorfes hinunter. Sie konnte die Reiter an der Spitze der Truppen schon den Torweg entlangkommen sehen. Etwas Rotes leuchtete an den Flanken ihrer Pferde auf.

Als sie sich durch die Menge gekämpft hatten und die Stufen zum Turm emporgeklettert waren, ritt Eremon gerade unter ihnen vorbei. Mit dem Helm und dem Schild mit dem Eberemblem bot er einen prächtigen Anblick. Er hielt einen römischen Helm mit breitem Nackenschutz und bronzenen Wangenklappen in einer Hand, der in der Sonne glänzte. Außerdem war ein quadratischer, rot bemalter Schild mit einem gelben Adlersymbol an seinem Sattel befestigt.

Die Zuschauer brachen in Jubelrufe aus, als sie ihn und Conaire sahen, der hinter ihm aus dem Schatten der Tortürme in das Sonnenlicht ritt.

Zu Rhianns Überraschung ritt Caitlin an Conaires Seite. Sie hielt eine römische Standarte in die Höhe, die an einem mit Quasten besetzten Stab befestigt war. Sogar aus der Entfernung konnte Rhiann erkennen, dass sich Conaire dieses eine Mal nicht in der Bewunderung der Menge sonnte, sondern den Blick nicht von ihrer Base … nein, ihrer *Schwester* abwandte – von ihrem schimmernden Haar, den funkelnden Augen und der anmutigen Linie ihrer Schultern.

Als er Rhiann oben auf dem Turm stehen sah, winkte er ihr zu und grinste.

Als die Abenddämmerung ihre Schatten über das Marschland warf, opferten Eremon und die Druiden die römischen Beutestücke in einem tiefen, stillen Teich in der Nähe des Flusses. Unter den Fanfarenklängen der Kriegstrompeten weihte er die schimmernden Helme und Schwerter Manannán, um ihm für den Sieg über die Feinde zu danken.

Als die Nacht hereinbrach, begann auf der Flussebene eines der größten Feste des Jahres. Der Himmel war klar und mit Sternen übersät, und ein leichter Hauch von Frost lag in der Luft, doch niemand schien die Kälte zu bemerken.

Nur Rhiann war nicht im Stande, sich in der Erleichterung und dem Triumphgefühl zu verlieren, das jeden Mann, jede Frau und jedes Kind erfüllte. Seit Generationen hatte die Furcht vor den Römern wie eine dunkle Wolke über ihnen geschwebt; den Bestien, mit denen Mütter ihre unartigen Kinder erschreckten und die sie in Albträumen heimsuchten. Nun hatten die Epidier einen Sieg über sie errungen. Die Römer waren keine Bestien, sondern nur Menschen, und Menschen konnte man töten.

Die siegreichen Krieger glühten vor Stolz, als sie ihren mit großen Augen lauschenden Bewunderern die Schlacht in allen Einzelheiten beschrieben, und die Barden huschten von Mann zu Mann, um deren Schilderungen zu Weisen und Gedichten zu verarbeiten, damit diese Heldentaten noch ihren Kindern und Kindeskindern überliefert werden konnten. Zwei Gruppen von Horn- und Flötenspielern suchten einander lautstark zu überbieten, und die ersten Feiernden begannen bereits zwischen den beiden hoch auflodernden Feuern zu tanzen.

Rhiann erblickte Caitlin, die von einer Schar junger Männer umringt wurde, wobei sich Conaires goldener Schopf am dichtesten zu ihr beugte und er sein Bestes tat, um mit seinen mächtigen Schultern etwaige Rivalen zurückzudrängen.

Eremon saß in der Mitte der Bänke, die aus dem Haus des Königs herbeigeschafft worden waren. Talorc, Belen und viele andere tranken ihm ständig zu. Dies war seine Nacht, und als Rhiann, die am Rand eines der Feuer saß, an ihrem Met nippte und den prahlerischen Geschichten der umsitzenden Männer lauschte, entnahm sie ihnen, dass die Schlacht sowohl durch Strategie als auch durch Stärke gewonnen worden war. Demnach hatte sich Eremon als Kriegsherr bewährt; hatte bewiesen, dass er ein fähiger Führer seines Volkes war. Die Epidier in ihrer Nähe sprachen mit unüberhörbarer Hochachtung von ihm. Wie es aussah, hatte er mit seinem kühnen Angriff auf die römische Festung endgültig ihren Respekt errungen.

Jubel brandete auf, und die Menge teilte sich, um den Dienstboten Platz zu machen, die auf einer hölzernen Trage den ersten gerösteten Keiler brachten. Das Tier wurde einmal um eines der Feuer herumgetragen und dann unter begeisterten Rufen und Getrommel in der Mitte der Festwiese abgesetzt, um zerteilt zu werden. Declan überwachte diese Prozedur aufmerksam, denn jedes Stück Fleisch musste einer bestimmten Person zugeteilt werden, vom obersten Druiden über die Stammesältesten bis hin zu den Vettern des Königs. Die Keule blieb dem tapfersten Krieger des Stammes vorbehalten, doch als der Druide einen Diener anwies, sie Eremon vorzusetzen, erhob sich in seiner Nähe plötzlich lautes Stimmengewirr.

Rhiann verrenkte sich den Hals, um zu sehen, was da vor sich ging. Lorn hatte sich zu dem Braten durchgedrängt. »Das Ehrenstück gebührt mir!«, rief er laut und vernehmlich. »Ich und meine Männer haben den Epidiern den Sieg gebracht!«

Er drehte sich herausfordernd zu Eremon um. Das Gesicht des Prinzen aus Erin verdunkelte sich, als er sich langsam von seinem Platz erhob. »Das ist eine Lüge!« Seine Stimme klang ruhig, aber so bestimmt, dass augenblicklich Stille eintrat. »Der Angriff wurde unter meinem Befehl erfolgreich durchgeführt. Einem Befehl, den du missachtet und uns dadurch alle in Gefahr gebracht hast.«

»Ihr wagt es, mich einen Lügner zu nennen?«, brüllte Lorn. »Ihr beschmutzt meine Ehre und die meines Clans! Ich verlange, dass Ihr das sofort zurücknehmt. *Nehmt Eure Worte zurück!*« Er riss sein Schwert aus der Scheide.

»Was hat das zu bedeuten?«, grollte Talorc, der sich mit den Ellbogen einen Weg durch die Menge bahnte und vor den beiden Männern stehen blieb. Er funkelte Lorn böse an. »Wir haben die Lieder der Barden gehört, wir wissen, wie sich der Kampf zugetragen hat. Zieh deine Herausforderung zurück!«

»Nein!« Lorns Augen sprühten Feuer. »Er hat mir kein Kommando über einen Truppenflügel übertragen, weil ich nicht zu Ränken und Listen greifen, sondern mich auf den Mut und Kampfgeist der Epidier verlassen wollte! Ich habe uns den Sieg gebracht, doch er beansprucht den Ruhm für sich! Das Ehrenstück gebührt mir!«

»Was habt Ihr dazu zu sagen, Prinz?« Talorc wandte sich jetzt an Eremon, und Rhiann sah, dass in den Augen des alten Kriegers eine deutliche Warnung zu lesen stand. »Nehmt Ihr Eure Anschuldigung zurück? Wenn ja, wollen wir es dabei belassen und mit dem Mahl beginnen.«

Im Feuerschein wirkte Eremons Gesicht hart und angespannt. »Ich wiederhole noch einmal, dass Lorn lügt. Er hat mir nicht gehorcht und hätte unser aller Tod verschulden können. Einen solchen Mann nehme ich nicht in Schutz.«

Rund um Rhiann herum schnappten die Leute erschrocken nach Luft, verließen ihre Plätze und wichen vor den Streithähnen zurück. »Rori.« Eremons Stimme war noch immer ganz ruhig. «Hol mein Schwert und meinen Schild, rasch.« Rhiann trat näher zu Conaire hin, der seinen Ziehbruder am Arm packte und sich zu ihm beugte. »Eremon«, hörte sie ihn murmeln, »dieser Bursche ist ein guter Kämpfer.«

Eremons Augen blickten kalt. »Ich weiß. Ich habe es selbst gesehen.«

»Aber Eremon… er hasst dich. Er will dich nicht nur besiegen, er will dich töten!«

»Auch das ist mir klar.«

»Dann kämpf dieses eine Mal nicht allzu bedacht.«

»Sondern?« Eremon neigte den Kopf zur Seite, ein leises Lächeln spielte um seine grimmig verzogenen Lippen.

»Kämpfe mit aller Entschlossenheit, zu der du fähig bist.«

Eremon nickte Conaire zu, als Rori völlig außer Atem mit Schwert und Schild zurückkehrte.

Lorn umkreiste eines der Feuer wie ein gereizter Wolf, doch sowie er sah, dass Eremon bewaffnet war, stürmte er so wild auf ihn los, dass die Männer, die sich um den Prinzen geschart hatten, zur Seite springen mussten und dann zum Rand der Zuschauermenge zurückwichen. Erst jetzt bemerkte Rhiann, dass sie Conaires Arm umklammerte und ihre Nägel in seine Haut grub.

Mit einem lauten Kriegsruf sprang Lorn auf eine der verlassenen Bänke und sprang auf Eremon zu, der sich zur Seite warf. Klirrend trafen die Schwerter der beiden Gegner aufeinander, einmal wich der eine zurück, dann wieder der andere. Die Klingen blitzten im Feuerschein, und die Zuschauer stolperten über die Füße ihrer Nachbarn, wenn sie versuchten, den Kämpfenden auszuweichen.

Rhiann verstand nichts von der Kunst des Schwertkampfes, aber sie erkannte den Unterschied zwischen den beiden Männern: Lorn hieb wild auf den Gegner ein, aus jeder seiner Bewegungen sprach deutlich die nackte Wut, die ihn antrieb. Eremon dagegen kämpfte vorsichtiger, jeder Streich schien wohlüberlegt zu sein.

»So geht das nicht«, hörte sie Conaire murmeln. »Zeig mehr Feuer!«

Dann sprang Lorn wieder auf eine Bank, Eremon tat es ihm nach und trieb den epidischen Prinzen mit einer Reihe von Hieben zurück, bis er auf einer Pfütze verschütteten Mets ausglitt und hart auf dem Boden aufschlug.

Den Zuschauern stockte der Atem, als Lorn ihm nachsetzte, um seinen Vorteil unverzüglich auszunutzen. Rhiann spürte, wie sich Conaires Armmuskeln unter ihren Fingern anspannten. Sie stellte sich auf die Zehenspitzen, um besser sehen zu können, konnte aber nur Lorns Rücken und Eremons Beine unten auf dem Boden erkennen. Wieder klirrten die Schwerter, dann erklang ein unterdrückter Schmerzensschrei.

Wessen Schrei, *wessen Schrei*?

Da gelangte Eremon wieder auf die Füße und trieb den mit dem Rücken gegen die Bank gedrängten Lorn in die Enge. Im Feuerschein sah Rhiann, dass seine Tunika am Arm zerrissen und blutgetränkt war. Jetzt waren seine Wangen gerötet, und seine Augen glühten.

Eremon blickte auf seinen blutigen Arm. Das Weiße seiner Augen schimmerte im flackernden Licht, und dann schien etwas in ihm zu zerreißen, er stieß einen gellenden Kampfschrei aus und ging wie entfesselt auf Lorn los. Lorn setzte sich verzweifelt zur Wehr. Seine Zuversicht schwand angesichts dieses heftigen Angriffs merklich, da er sich jetzt voll und ganz auf seine Verteidigung konzentrieren musste, ließ seine Aufmerksamkeit nach.

Er prallte mit einem Bein gegen die Kante der Bank und stolperte. Es war nur ein kurzer Moment der Unachtsamkeit, doch er reichte Eremon, um dem Gegner sein Schwert an die Kehle zu setzen. Der Kampf war vorüber.

Mit einem Mal herrschte Totenstille. Rhiann sah, wie die Klinge zitterte, während Eremon um Beherrschung rang.

Kein jubelnder Beifall erklang, niemand klopfte Eremon anerkennend auf die Schulter. Nur die keuchenden Atemzüge der Kämpfer waren zu hören. »Du siehst, Sohn des Urben«, stieß Eremon schließlich hervor, »du brauchst sowohl Eis als auch Feuer, wenn du siegen willst.«

Mit zusammengepressten Lippen schob Lorn mit einer Hand das Schwert an seiner Kehle zur Seite, schob seine eigene Waffe in die Scheide zurück und wandte sich ab, ohne jemanden eines Blickes zu würdigen. Die Menge wich vor ihm zurück. Alle spürten, dass Eremon keinen wirklichen Sieg errungen hatte, denn ein solcher Zwist brachte in diesen Zeiten große Gefahren mit sich, und Lorn war ein allseits respektierter Krieger, sein Vater ein angesehener Häuptling.

Das Fest nahm seinen Fortgang, aber die Musik und die Gespräche klangen jetzt merklich gedämpfter als zuvor. Rhiann beobachtete, wie Eremon mit grimmigem Gesicht seine Wildschweinkeule verzehrte. Die Männer blickten ihn jetzt nicht mehr bewundernd an, sondern saßen in kleinen Gruppen beieinander und unterhielten sich leise.

Später untersuchte Rhiann in ihrem Haus die Wunde an seinem Oberarm. Sie hatte all ihre Überredungskunst aufbieten müssen, damit er ihr die Verletzung zeigte, denn er hatte die Feuer erst verlassen wollen, als er lange genug mit den Edelleuten getrunken und versucht hatte, ihre Besorgnis angesichts des Zerwürfnisses mit Lorns Clan zu zerstreuen. Jetzt sah sie auch, warum seine Tunika vor Blut starrte. In seinem Arm klaffte ein tiefer, aber sauberer Schnitt.

»Du warst nicht allzu überrascht, als Lorn dich herausgefordert hat.« Sie legte das Stück Moos weg, mit dem sie das Blut abgetupft hatte, und griff nach einer beinernen Nadel und einem Flachsfaden.

»Nein.« Eremon zuckte beim ersten Stich zusammen, hielt aber still. »Das hat er mir schon auf dem Heimweg angedroht. Er hat nur auf eine günstige Gelegenheit gewartet.«

»Die Leute waren nicht gerade froh darüber, dass du gewonnen hast. Aber über Lorns Sieg hätten sie sich auch nicht gefreut.«

»Ich weiß.« Eremon schüttelte den Kopf. »Dieser Bruch hat uns geschwächt, aber mir blieb keine andere Wahl. Hätte ich nachgegeben, hätte ich ihn heute Abend gleich zum neuen Anführer der Epidier erklären können.«

Rhiann erwiderte nichts, sondern konzentrierte sich darauf, die Wundränder sorgfältig zusammenzunähen.

»Rhiann«, meinte Eremon dann, »ich möchte dir gern von unserem Angriff auf die Festung erzählen. Ich dachte, es würde dich vielleicht freuen zu hören, dass sich das Training mit den Männern ausgezahlt hat – hundertfach und mehr!« Er hielt den Atem an, als sie zum tiefsten Teil der Wunde kam. »Die Krieger haben Mut und Disziplin bewiesen. Sie haben meine Befehle genau befolgt … wir stürmten das Tor und hätten die Festung mühelos eingenommen, wenn … nun, wenn Lorn nicht gewesen wäre. Ich weiß jetzt, dass ich eine Armee aus ihnen machen kann, mit der man rechnen muss. Wenn Agricola Richtung Westen vorrückt, wird er nicht mehr den Haufen undisziplinierter Wilder vorfinden, mit dem er rechnet.«

Wollte er, dass sie den Überfall nachträglich billigte? Sicher nicht. »Ich finde immer noch, dass es ein wahnwitziges Unterfangen war«, erwiderte sie vorsichtig, legte die Nadel weg und wischte sich Blut von den Fingern. »Aber es hat sich offenbar ausgezahlt, wie du schon sagtest.«

»Du verteilst dein Lob nicht gerade großzügig, stimmt's?«

»Noch mehr Lobpreisungen wirst du doch wohl nicht verlangen. Mich wundert es, dass du nach diesem Abend überhaupt noch durch die Tür passt.«

Er kicherte, dann zuckte er erneut zusammen, als sie den Arm zu verbinden begann. »Nun, wenn das jemals der Fall sein sollte, brauche ich ja nur zu dir zu kommen.«

Rhiann seufzte. Die Anspannung der letzten Tage und der Zweikampf hatten an ihren Nerven gezerrt. »Du weißt, dass du deine Sache gut gemacht hast, Eremon. Hunderte von Männern hier haben dir bestätigt, dass du dich bewährt hast. Ich freue mich über deinen Erfolg und fühle mich jetzt in der Tat ein wenig sicherer. Bist du nun zufrieden?«

Eremon wandte den Kopf und starrte sie an. Seine Augen blickten hell und wach. »Irgendetwas ist während meiner Abwesenheit vorgefallen. Irgendetwas, was dich aus dem Gleichgewicht gebracht hat.«

Rhiann biss sich auf die Lippen, als sie die Enden des Verbandes verknotete. Er würde bald die Wahrheit über Caitlin herausfinden; alle würden es erfahren. Sollte sie ihm jetzt schon alles sagen? Doch dann stieg Zorn in ihr auf. Sie hasste es, dass er ihr immer anmerkte, wenn sie etwas bewegte; hasste es, dass er sie nicht in Ruhe ließ.

»Ich bin müde, Eremon.« Sie erhob sich und räumte die Bronzeschale, die Nadel und das Verbandszeug weg. »Ich werde heute Nacht hier schlafen, die Männer werden bis in die frühen Morgenstunden lärmen und singen.«

Nachdem er sich bedankt und sich verabschiedet hatte, wobei sein Blick forschend auf ihrem Gesicht ruhte, stieß sie zischend den Atem aus.

Für einen Mann hat er scharfe Augen. Zu scharf für meinen Geschmack.

Sie wachte auf, weil sie merkte, wie das Türfell zur Seite geschoben wurde. Als sie sich auf einen Ellbogen stützte und hinter dem Wandschirm hervorspähte, sah sie Caitlin am Feuer stehen und ihren Umhang ablegen. Rhiann streifte rasch ein Gewand über und ging zu ihr.

Caitlin, die jetzt auf einer Bank vor dem Feuer saß, blickte überrascht auf. »Rhiann! Wir hatten nach dem Kampf noch gar keine Gelegenheit, miteinander zu sprechen. War es nicht aufregend? Ich wusste natürlich, dass Eremon gewinnen würde, ich habe ihn ja während der Schlacht kämpfen sehen. Obwohl ich mit den Bogenschützen im Wald gelauert habe, konnte ich ihn ganz deutlich erkennen … ich meine, Lorn ist auch ein guter Kämpfer, aber kein Gegner für Eremon!«

Rhiann blickte in Caitlins erhitztes Gesicht – Linnets Gesicht, ihr eigenes Gesicht. Sie setzte sich auf einen Stuhl und sah zu, wie Caitlin ihre Stiefel abstreifte; eine Bewegung, die ihr bald so vertraut sein würde wie die Art, wie Eithne den Kopf schief legte, wenn sie Korn mahlte.

Plötzlich überkam sie ein seltsames Gefühl der Zuneigung und löschte etwas von der Bitterkeit aus, die auf dem Heimritt von Linnets Hütte in ihr aufgewallt war.

Schwester.

»Caitlin«, unterbrach sie das aufgeregte Geschnatter und blickte dem Mädchen in die strahlenden Augen. »Ich muss dir etwas sagen.«

40. Kapitel

Rhiann erfuhr nie, was sich zwischen Linnet und Caitlin bei ihrer ersten Begegnung abspielte. Beim ersten Tageslicht kleidete sich Caitlin, die ihrer Aufregung kaum Herr wurde, hastig an, obwohl sie kaum geschlafen hatte.

»Meinst du, ich sollte lieber etwas anderes anziehen?«, fragte sie Rhiann ängstlich, während sie ihr Haar kämmte. Rhiann brühte Brombeertee auf und drückte Caitlin einen Becher in die Hand. Ihre Hände zitterten leicht, aber Caitlin war zu sehr mit ihren eigenen Angelegenheiten beschäftigt, um es zu bemerken.

So ruhig, wie es ihr möglich war, erwiderte sie: »Auf Kleidung achtet sie nicht, nur auf den Menschen, Caitlin.«

»Bist du sicher? Du hast doch gesagt, sie ist eine große Priesterin. Was, wenn sie mich für unzivilisiert und ungebildet hält?«

»Das wird sie nicht, das ist nicht ihre Art.« Tränen, die sie nur mühsam zurückhalten konnte, brannten in Rhianns Augen. »Sie ist eine sanfte, gütige Frau, und sie wird stolz sein, dich zur … Tochter zu haben.«

»Hoffentlich.« Caitlin trank einen Schluck Tee und stellte

den Becher dann auf den Boden. »Ich bin ja so nervös! Komm doch mit, Rhiann!«

Rhiann schüttelte den Kopf. »Nein. Das ist eine Angelegenheit, die nur euch beide angeht.«

»Hat sie dir denn sonst gar nichts erzählt?«

Rhiann zögerte. Sie hatte Caitlin weder gesagt, dass sie und Linnet ihretwegen eine Auseinandersetzung gehabt hatten, noch hatte sie dem Mädchen verraten, wer ihr Vater war. Diese Enthüllung überließ sie Linnet. Warum sollte sie Caitlins unerwartetes Glück trüben? »Nur, dass sie all die Jahre geglaubt hat, du wärst tot. Alles andere fragst du sie besser selbst.« *Ich bin ja davongelaufen, statt zu versuchen, noch mehr über dich herauszufinden.*

Rhiann schob Caitlins zittrige Finger beiseite, entwirrte ihren unordentlichen Zopf und begann, ihn neu zu flechten. »Linnet wird dem Ältestenrat natürlich berichten müssen, wer du wirklich bist.« Ihre sonst so geschickten Hände waren heute wie gelähmt, dennoch brachte sie einen dicken Zopf zu Stande, den sie um Caitlins Kopf wand und mit beinernen Nadeln feststeckte.

»Sollte ich nicht lieber die juwelenbesetzte Nadel nehmen, die du mir geschenkt hast?« Caitlin hüpfte aufgeregt von einem Fuß auf den anderen.

Rhiann packte sie bei den Schultern und schüttelte sie leicht. »Nein! Sie wird dich so lieben, wie du bist.« Bei den letzten Worten stockte ihr beinahe der Atem.

»Ach, Rhiann! Wir sind Basen!« Caitlin schlang die Arme um Rhiann und drückte sie an sich. Rhiann erstarrte unwillkürlich, denn niemand außer Linnet hatte sie je umarmt, seit sie die Schwestern auf der Heiligen Insel verlassen hatte. Aber Caitlin hatte sie schon wieder losgelassen und stopfte hastig ein paar Kleider in ihre Ledertasche.

Sie verabschiedete sich leise von Rhiann und verschwand im Morgengrauen. Ihre Gürtelschnalle klirrte leise. Rhiann blieb in der Tür stehen und sah zu, wie die Sonne aufging. Weit draußen im Moor erklang der klagende Ruf eines Brachvogels.

Sie wird stolz darauf sein, dich zur Tochter zu haben.

Rhiann barg ihr Gesicht in den Händen. Etwas von dem Eis, das sich nach der Begegnung mit Linnet um ihr Herz gelegt hatte, begann zu schmelzen.

Linnet kehrte zwei Tage später mit Caitlin an ihrer Seite in die Festung zurück. Rhiann sah sie durch das Tor kommen, als sie sich gerade auf den Weg zum Fluss machte, aber sie war noch nicht bereit, Linnet gegenüberzutreten, deshalb wandte sie sich rasch ab und eilte davon.

Sie lief ziemlich weit flussabwärts und pflückte gerade Schwarzwurz, der in der feuchten Erde unter den Weiden wuchs, als sie Hufschlag auf dem Handelspfad hörte. Aus den Augenwinkeln heraus erkannte sie Dòrns unverwechselbares schwarzes Fell. Sie erstarrte; ihre Hand schloss sich fester um die fleischigen Blätter. In der anderen hielt sie ihr Kräutermesser. Eremon hatte gesagt, dass er an diesem Morgen nach Criànan reiten wollte. Wenn sie sich tief genug duckte, sah er sie vielleicht nicht.

Doch der Hufschlag verlangsamte sich und verstummte, dann knirschten Stiefel auf dem Boden. »Bist du sicher, dass du nicht in Wahrheit ein Flussgeist bist?«, neckte Eremon sie. »Du verbringst neuerdings deine gesamte Zeit knöcheltief im Matsch.«

Rhiann richtete sich auf, warf ihm einen argwöhnischen Blick zu und zog die Füße nacheinander aus dem Schlamm, bis sie nach ihrer Tasche greifen konnte. »Du hast die Neuigkeiten wohl schon gehört?«

»Ja, wir alle wissen Bescheid.« Eremon schlang die Zügel um eine abgestorbene Erle und ließ sich auf einem Baumstumpf nieder. »Linnet hat alle Mitglieder des Ältestenrates, die sich in der Festung aufhielten, zusammengerufen und ihnen alles erzählt. Du bist jetzt sicher sehr glücklich.« Die letzte Feststellung klang wie eine Frage.

Rhiann hockte sich auf den Boden und wischte Lehm von den Blättern, ehe sie sie ausbreitete. »Ich habe es erfahren, während du weg warst... es war ein großer Schock für mich.«

»Ein Schock bestimmt, doch sicher ein erfreulicher.«

»Selbstverständlich.« Wenn er doch endlich weiterreiten und sie allein lassen würde!

»Soso.« Er klang seltsam zufrieden. »Das hat dich also an dem Festabend so beschäftigt.«

Stirnrunzelnd blickte sie zu ihm auf. »Wie meinst du das? Caitlin ist meine… ich bin stolz darauf, dass sie mit mir verwandt ist.« Das zumindest entsprach der Wahrheit, und sie wusste, dass ihre Worte aufrichtig klangen.

Aber Eremon nagte an seiner Lippe, und seine Augen bohrten sich in die ihren. »Verzeih, wenn ich mich irre, aber wenn sie Linnets Tochter ist, dann hat sie doch denselben Rang wie du, weil königliches Blut in ihren Adern fließt. Abgesehen davon, dass du die Ban Cré bist, meine ich.«

»Ja«, erwiderte sie durch zusammengebissene Zähne hindurch, während sie die Blätter in ihrer Tasche verstaute. Was gingen ihn ihre Verwandtschaftsverhältnisse an? Warum war er überhaupt hier?

»Aber du bist natürlich nicht eifersüchtig, weil Caitlin jetzt rangmäßig mit dir auf einer Stufe steht.«

»Eifersüchtig!« Rhiann lachte bitter auf. »Wenn du wüsstest, wie viele Nächte ich wach gelegen und mir gewünscht habe, es gäbe eine Frau, die diese Bürde mit mir teilen kann. Ich wäre froh gewesen, als Nichte einer anderen Frau geboren worden zu sein.« Sie schüttelte den Kopf, dann erhob sie sich. »Du bist nicht so scharfsichtig, wie du glaubst, Eremon.«

»Irgendetwas hat dich verletzt, das merke ich dir an.«

»Was geht dich das an?«

Er gab keine Antwort, sondern sah sie nur an. Sie konnte förmlich hören, wie es in seinem Kopf arbeitete.

Ärgerlich nahm sie ihre Tasche und schlug einen morastigen Pfad ein, der in das Schilf führte. Sie wusste, dass er ihr nicht folgen würde, denn er trug seine neuen Stiefel, die sie selbst für ihn angefertigt hatte. Leider verlief ihr Abgang nicht so würdevoll, wie sie gehofft hatte, denn ihre Füße verursachten deutlich vernehmbare schmatzende Geräusche im Schlamm.

»Rhiann.« Sie blickte über ihre Schulter. Er lehnte jetzt an dem Baumstamm. »Eifersüchtig bist du vielleicht nicht, aber du fürchtest dich vor irgendetwas.«

»Wovor denn?« Sie drehte sich um, ohne daran zu denken, was für ein Bild sie abgeben musste. »Du bildest dir zu viel ein. Versuch nicht immer, in mein Herz zu blicken.«

Er zuckte nur die Achseln. »Versuchst du nicht dasselbe ständig bei mir? Warum nimmst du dir Rechte heraus, die du mir verwehrst?«

Rhiann suchte fieberhaft nach einer Antwort, doch er stieg schon auf den Baumstumpf, um sich in Dòrns Sattel zu schwingen, und packte die Zügel. »Was auch immer du fürchtest… es ist besser, du stellst dich dieser Furcht, als dich hier im Moor zu verstecken. Ich hätte dir mehr Mut zugetraut.« Mit einem höflichen Nicken lenkte er den Hengst auf den Pfad zurück.

Rhiann sah ihm schwer atmend nach. So ungern sie es auch gerade von ihm hörte… was er gesagt hatte, entsprach der Wahrheit. Sie versuchte tatsächlich, sich zu verstecken. Nachdenklich blickte sie zu Dunadd hinüber.

Ich bin wütend auf Linnet, aber Furcht… wovor sollte ich mich denn fürchten?

Rhiann wartete den Einbruch der Dunkelheit ab, bevor sie nach Hause zurückkehrte. Sie schaute kurz in den Stall und stellte erleichtert fest, dass Linnets Pferd Whin verschwunden war. Doch ehe sie in ihrem Haus Zuflucht suchen konnte, hallte das Getuschel der Frauen in ihren Ohren wider, die mit ihren Babys im Arm vor ihren Türschwellen standen und den neuesten Klatsch austauschten.

Linnet hatte Caitlin als ihre Tochter anerkannt, den Namen des Vaters hatte sie jedoch verschwiegen. Die Leute nahmen an, dass das Mädchen bei den Beltanefeuern oder irgendeinem geheimnisvollen Priesterinnenritual gezeugt worden war. Es wurde von einer Priesterin ohnehin erwartet, dass sie ein solches Kind zu Zieheltern gab, also klang Linnets Behauptung auch in dieser Hinsicht überzeugend. Nur Rhiann wusste, dass sie das Baby allein wegen seiner Abstammung fortgegeben hatte.

Rhiann war erleichtert, ihr Haus verlassen vorzufinden. Eithne war vermutlich im Haus des Königs, um für Eremons Männer das Essen vorzubereiten, wahrscheinlich hatte sie Didius mitgenommen. Aber gerade als sie ihren Umhang an einen Haken hängte, hörte sie draußen eilige Schritte.

»Rhiann!« Caitlin warf sich in Rhianns Arme. »O Rhiann, ich hätte in den letzten Tagen so gern mit dir geredet. Alles war wie ein Traum!«

»Beruhige dich erst einmal. Du kommst ja kaum dazu, Luft zu holen.«

Caitlin ließ sich auf einen Schemel am Feuer fallen und klemmte die Hände zwischen die Knie. »Linnet – ich kann an sie nicht als an meine Mutter denken – war so glücklich, mich zu sehen, Rhiann. Sie hat geweint!«

Rhianns Herz krampfte sich zusammen. »Hat sie das?« Sie setzte sich ebenfalls. »Und du auch, wie ich vermute.«

»Nein – ich war viel zu aufgeregt.«

»Magst du sie denn?«

»O ja.« Doch dann runzelte Caitlin die Stirn. »Aber sie ist eine große Dame. Ich weiß manchmal gar nicht, wie ich mit ihr reden soll.«

»Sie ist sanft und gütig, das habe ich dir doch gesagt.«

»Das ja, aber sie ist auch stark. Sie ist dir so ähnlich, Rhiann.«

Rhianns Kehle war mit einem Mal wie zugeschnürt. »Ja, das haben mir schon viele Leute gesagt.«

»Sie hat mir erzählt, dass ich durch einen unglücklichen Zufall verloren ging. Sie wollte mich zu den Votadinern schicken, um mich dort wie eine Edelfrau erziehen zu lassen, weil sie dort Verwandte hatte. Aber ihr Diener muss bei diesem Überfall umgekommen sein, und ich war danach nicht mehr auffindbar. Sie ließ mich lange Zeit suchen, bis sie davon überzeugt war, dass ich tot sein musste.« Caitlin schüttelte den Kopf. »Dabei habe ich die ganze Zeit ganz in ihrer Nähe gelebt. Fethachs Frau wollte mich offensichtlich behalten.« Mit schmerzlich zusammengezogenen Brauen sah sie Rhiann an. »Warum, Rhiann? Sie hat mir immer nur Abneigung entgegengebracht, seit ich vom Kleinkind zu einem jungen Mädchen herangewachsen war. Warum hat sie mich nicht zu meiner Mutter zurückgebracht? Wie konnte sie nur so grausam sein?«

»Viele Menschen tun nicht das, was sie tun sollten, Caitlin. Sie denken immer nur an sich.«

Caitlin seufzte, dann gähnte sie. All das Neue, das in den letzten Tagen auf sie eingestürmt war, hatte sie offenbar sehr angestrengt. »Und dann kamen wir her, und sie sagte all diesen Männern, wer ich bin. Alle haben mich angestarrt, Rhiann, und dann erklärte dieser nette Druide Declan die Geschichte für wahr. Die Ältesten waren stumm vor Staunen. Doch dann sahen sie mich alle auf einmal mit ganz anderen Augen an.«

»Das glaube ich gern. Hat Linnet dir erklärt, was für einen Rang du jetzt in der Stammeshierarchie bekleidest?«

Caitlin nickte und nahm sich ein Bannock von der Kaminplatte. »Schon, aber ich habe gar nicht richtig zugehört; ich gebe um solche Dinge nicht viel. Für mich zählt nur, dass ich endlich jemanden habe, der zu mir gehört.« Sie biss in ihr Haferbrot, dann sah sie Rhiann erschrocken an. »Du hältst mich doch nicht für undankbar, oder Rhiann?«

»Nein«, beruhigte Rhiann sie. »Wir beide denken gleich.«

»Das kommt, weil wir Basen sind«, nuschelte Caitlin mit vollem Mund, schluckte den Bissen hinunter, beugte sich vor und griff nach Rhianns Hand. »Das alles muss auch für dich ein Schock gewesen sein, Rhiann. Aber ich werde nie versuchen, dir deinen Rang streitig zu machen, das musst du mir glauben. So etwas brächte ich nie fertig.«

Das Blut rauschte in Rhianns Adern. »Solcher Versicherungen bedarf es zwischen uns nicht, Base.«

Schwester.

Das Wort hing unausgesprochen zwischen ihnen in der Luft. Aber Rhiann wusste, dass die Wahrheit Caitlin verwirren und Schuldgefühle in ihr auslösen würde, und sie wollte ihre

Freude darüber, ihre Mutter wiedergefunden zu haben, nicht trüben. Vielleicht ergab sich später einmal eine Gelegenheit …

Nur eines gab es noch zu besprechen. »Caitlin …« Sie hielt inne, um ihre nächsten Worte sehr sorgfältig zu wählen. »Hat Linnet dir genau erklärt, welche Position du jetzt im Stamm einnimmst? Du und ich, wir sind beide aus königlichem Geblüt, aber nur ich kann Ban Cré sein, weil ich zur Priesterin ausgebildet worden bin.«

Caitlin nickte. »Ich weiß, und ich danke den Göttern dafür, denn ich habe wirklich nicht den Wunsch, mich mit den Geistern der Schattenwelt zu befassen, Rhiann.«

Rhiann lächelte gezwungen. »Aber dieses Blut bringt noch eine andere Verpflichtung mit sich, Caitlin.« Sie holte tief Atem. »Eine von uns muss den nächsten König zur Welt bringen.«

Caitlins Gesicht verdunkelte sich nicht, wie sie befürchtet hatte, sondern strahlte vor Stolz. »Ich verstehe, Rhiann, obwohl ich es immer noch kaum glauben kann.«

Rhiann sah sie verblüfft an. »Du freust dich darüber?«

»Wer würde sich nicht darüber freuen? *Ich* kann die Mutter des nächsten Königs werden … eines Sohnes, der zu einem Krieger heranwachsen und seinem Volk Ehre machen wird.« Als sie Rhianns ungläubiges Gesicht sah, brach sie ab. »Mach dir keine Sorgen, Rhiann. Du kannst dich darauf verlassen, dass ich nur einen Mann zum Gemahl wählen werde, der würdig ist, einen König zu zeugen. Ich bin zwar in armseligen Verhältnissen aufgewachsen, aber ich weiß, was ich meiner neuen Stellung schuldig bin. Er wird um mich kämpfen müssen und zwar hart.« Sie grinste spitzbübisch.

Rhiann stützte das Kinn in eine Hand und sah zu, wie Caitlin ihr Bannock verschlang. Sie fragte sich, ob sie diese Kindfrau, die das Leben mit so ganz anderen Augen betrachtete als sie selbst, je verstehen würde. Wahrscheinlich nicht. Trotzdem hoffte Rhiann, dass Caitlin sich nie ändern würde. Sie mochte sie so, wie sie war.

Schwester.

41. Kapitel

Es ist besser, dich deiner Furcht zu stellen, als dich zu verstecken.

Du bist ihr so ähnlich, Rhiann.

Manche Menschen denken nur an sich.

All diese Worte – Eremons, Caitlins und ihre eigenen – gingen Rhiann von morgens bis abends im Kopf herum, während sie sich damit beschäftigte, die Beltaneriten vorzubereiten.

Beltane bedeutete den Beginn der Zeit der Fruchtbarkeit, wo überall neues Leben entstand. Rhiann wusste, dass sie vor dem Beltanefest ihren Zwist mit Linnet beilegen musste. Der Bruch zwischen ihnen schmerzte wie eine eiternde Wunde, ähnlich wie damals, als ebenso bittere Worte und eine ebenso qualvolle Wut sie den Schwestern auf der Heiligen Insel entfremdet hatte. Das durfte nicht noch einmal geschehen... nein! Das wäre mehr, als sie ertragen konnte.

Die warme Erde, der süße Duft des sprießenden Korns, das Haus, das jetzt von Caitlins und Eithnes Lachen erfüllt war... all das nahm sie nicht wahr, weil sie in einer lähmenden Dunkelheit gefangen war.

Sie beschloss zu warten, bis ihr Zorn abgekühlt war, denn sie erinnerte sich voller Scham an einige Dinge, die sie zu Linnet gesagt hatte. Aber die Zeit verstrich, und die Wut und der Schmerz über Linnets Verrat ließen nicht nach, sondern brannten immer heißer in ihr.

Sie unternahm lange Ausritte, weil sie hoffte, die Schönheit und der Friede der beginnenden Sonnenzeit würden eine beruhigende Wirkung auf ihr aufgewühltes Gemüt haben; sie galoppierte mit Liath über die Felder, bis sie beide schweißbedeckt und atemlos waren. Aber nichts half.

Eine Eigenschaft, die Linnet und ich teilen, ist Starrsinn. Rhiann trieb Liath einen der Hügel hinauf, von denen Dunadd umgeben war, und betrachtete den Rauch der Feuer, der sich träge in der Luft kräuselte. Dann seufzte sie. In Wahrheit war alles allein ihr Fehler. Linnet war nicht starrsinnig.

Warum ist sie dann nicht zu mir gekommen?

Nach all den Dingen, die ich ihr an den Kopf geworfen habe? Warum sollte sie?

Irgendwo tief in ihr flehte eine Kinderstimme, in der eine Qual mitschwang, die Rhiann nicht verstand: *Ich brauche sie. Überwinde dich und geh zu ihr.*

»Ich kann nicht!« Sie wendete Liath und galoppierte den Hügel wieder hinunter.

Am nächsten Tag gingen Rhiann und Eithne nach Criànan, um Eithnes Familie zu besuchen. Ihr kleiner Bruder litt an einem quälenden Husten. Nachdem Rhiann ihm einen Trank aus Huflattich gebraut hatte, nahm sie ihre Kräutertasche und ließ Eithne bei ihrer Mutter zurück.

Eithnes Familie lebte in der Nähe der Otterbucht, einer von dunklen Felsen umgebenen, verborgenen Bucht mit ruhigem, von Seetang bedecktem Wasser. Jetzt herrschte Ebbe, und Rhiann kletterte über die freigelegten Steine und sammelte Stränge des purpurroten und braunen Tangs auf, denn daraus ließ sich Farbe gewinnen.

Als sie zu dem kleinen hellen Sandstreifen zurückkehrte, blieb sie einen Moment lang mit halb geschlossenen Augen stehen und sah zu, wie das Sonnenlicht goldene Funken auf den Wellen tanzen ließ.

»Rhiann!«

Beim Klang der vertrauten Stimme fuhr sie herum.

Linnet stand hinter ihr. Der Widerschein des Wassers verdunkelte ihre Augen. »Ich bin nach Dunadd gekommen, um dich zu suchen. Caitlin sagte mir, dass du hier bist.«

Beim Anblick der hohen Gestalt, des ruhigen, klaren Gesichts und der geliebten Augen zerbrach etwas in Rhiann. Am liebsten wäre sie auf Linnet zugerannt und hätte sich in ihre Arme geworfen. Aber schon wurde dieser Drang von einem stärkeren Impuls verdrängt – Linnet wegzustoßen, die Liebe zu ihr zu unterdrücken, weil sie ihr nur Kummer und Leid bringen würde. Rhiann rang nach Atem, wandte sich ab und stolperte davon.

»Rhiann!« Linnets Stimme klang rau vor Qual. »Sprich mit mir! Habe ich denn nicht genug gelitten?«

Rhiann blieb stehen. Ihre Kehle schnürte sich zu. »*Du* hast gelitten? Du hast oben auf deinem Berg gesessen, nur das getan, was dir beliebte, dir genommen, wen du wolltest und dich hinterher des Beweises dafür entledigt, weil du dich geschämt hast! Du willst gelitten haben?«

Warum kamen ihr all diese Worte über die Lippen, ohne dass sie sie aussprechen wollte? Warum brannte die Wut in ihr immer noch so lichterloh wie an jenem Tag, als sie Linnet an der Quelle aufgesucht hatte? Die Zeit hatte die Wunde nicht geheilt… würde sie nie heilen. »Lass mich in Ruhe!«, stieß sie hervor und wandte sich erneut ab.

»Nein!« Linnets Schrei zerriss die Luft. »*Ich will nicht noch eine Tochter verlieren*!«

Rhiann wirbelte zu ihr herum. »Aber wir haben einander doch schon verloren!« Tränen brannten in ihren Augen. »Du sagst, du liebst mich, und trotzdem hast du so viele Geheimnisse vor mir gehabt. Du hast mich aus so vielen Teilen deines Lebens ausgeschlossen!«

Linnet sah sie aus umwölkten Augen an und hob nur hilflos die Hände.

Der Schmerz in ihrem Inneren wuchs zu einer riesigen Welle an, die Rhiann mit sich fortzureißen drohte. »Ich habe es in deinen Augen gesehen – all die Dinge, die du mir nicht anvertraut hast. Wie Caitlin, wie die Sache mit meinem Vater! Warum hast du nichts unternommen, um zu verhindern, dass man mich zur Heirat zwingt? Warum hast du zugelassen, dass sie mich gegen meinen Willen verheiraten? Warum hast du mich nicht beschützt?«

»Rhiann…«

»Nein!« Rhianns Mund zuckte, sie hielt nur mit Mühe die Tränen zurück. »Als ich dich am nötigsten brauchte, warst du nicht da! Als Gelert mich mit seinem Hass verfolgt hat… als der Ältestenrat mich wie eine Zuchtstute verkauft hat… als der Prinz in mein Bett kam… als diese Männer mich mit Gewalt genommen haben…« Sie rang nach Luft und presste eine Hand auf den Mund. Ihren verräterischen Mund.

Linnets Augen weiteten sich vor Schreck. »*Was?*« Sie kam auf Rhiann zu und packte sie bei den Armen. »Was hast du da gerade gesagt?«

Doch Rhiann brachte keinen Ton mehr heraus. Linnet und sie starrten einander an; konnten einander in die Seele blicken, in diesem Moment brachen alle Schranken zwischen ihnen, und die Wahrheit sprang wie ein Funke von Rhiann auf Linnet über.

Rhiann sah, wie ein Sturm hinter Linnets Augen aufzog. »Nein!«, stöhnte sie. »Nein! Nein!«

Das Stöhnen verwandelte sich in einen erstickten Aufschrei, doch Rhiann, gefangen im kristallenen Netz des Schmerzes, den sie beide teilten, wusste, dass es nichts half, die Augen vor der Wahrheit zu verschließen. Sie hatte selbst versucht, die Tatsachen zu leugnen, hatte es immer wieder vergeblich versucht.

Diese Erkenntnis löste ihr endlich die Zunge. »Doch!« Schiere Erleichterung durchströmte sie. *Soll mich das Feuer doch verzehren… mich zu Asche verbrennen… dann werde ich endlich frei sein.* »Die Männer, die meine Familie überfallen haben, haben nicht nur getötet, sondern auch meinen Körper genommen. Sie haben mich gepfählt, aufgespießt, zerrissen. Sie haben mich mit ihren Nägeln und Zähnen gebrandmarkt. Sie haben mich vergewaltigt… mich zerstört…«

Linnets vor Entsetzen verzerrtem Gesicht haftete nichts Menschliches mehr an. »Mein kleines Mädchen…«, flüsterte sie nahezu unhörbar.

»Nein«, erwiderte Rhiann tonlos. »Es gibt kein kleines Mädchen mehr.«

Dann spürte sie, wie Linnet zusammensackte und sie, Rhiann fest an sich gedrückt, auf den Sand sank. Aber diesmal umfingen die Arme ihrer Tante sie nicht wie sonst voller Liebe, sondern die Muskeln zitterten vor nur mühsam unterdrückter Wut, Schuld und einem Kummer, der in ihr wütete wie ein langer, dunkler Sturm.

Sie presste Rhiann an sich, als wolle sie sie in ihren eigenen Körper hineinsaugen; als wolle sie sie nie wieder loslassen.

So fegte der Sturm über sie beide hinweg, und ihre Tränen vereinigten sich zu einem Fluss, der sie davontrug.

42. Kapitel

Als Rhiann die Augen aufschlug, sah sie blaue Wolle an ihrer Wange und Sand zwischen ihren Fingern. Ihr Kopf ruhte in Linnets Schoß, ihre Tante wiegte sie sanft in den Armen und sang dazu ein leises Lied. Ihre Hände strichen sacht über Rhianns Haar.

Endlich spürte Linnet, wie Rhiann sich regte. »Die Göttin muss mich mit Blindheit geschlagen haben.« Ihre Stimme klang ruhig, jeglicher Gefühlsregung beraubt. »Sie muss mich mit Blindheit geschlagen haben, weil ich nichts gemerkt habe.«

Rhiann richtete sich auf. »Ich wollte es dir nicht sagen.«

Linnet nickte. »Du dachtest, wenn du nicht darüber sprichst, wenn du dich niemandem anvertraust … dann würdest du alles vergessen, könntest dir einreden, es wäre nie geschehen.« Sie legte die Arme um Rhiann und barg ihren Kopf an ihrer Schulter. »Ach, Kind! War ich so mit meinen Visionen und meinen Grübeleien über die Zukunft – unser aller Zukunft – beschäftigt, dass ich nicht gemerkt habe, was direkt vor meiner Nase geschah? Was dem Menschen zugestoßen ist, der meinem Herzen am nächsten steht? Du hast Recht. Ich habe dich im Stich gelassen.«

Rhiann erinnerte sich an die unzähligen Nächte, in denen Linnet nach dem Überfall an ihrem Lager gesessen, ihr Tränke eingeflößt und ihre Hände gestreichelt hatte. »Nein, Tante. Ohne dich wäre ich von der Schwelle des Schattenreiches nicht zurückgekehrt. Ich wollte sterben, ich wollte diese Welt verlassen, aber du hast mich zurückgeholt.«

»Und dir dadurch noch mehr Leid zugefügt. Ich habe zugesehen, wie du gegen deinen Willen verheiratet worden bist, obwohl du… obwohl du all dies durchgemacht hast.« Linnet seufzte. »Jetzt weiß ich auch, warum dir diese Ehe so zuwider war. Ich war blind, Rhiann. Wahrlich blind. Verzeih mir.«

Jetzt, wo Linnet die Worte aussprach, nach denen sich Rhiann so oft gesehnt hatte, erkannte sie, dass sie sie nicht brauchte. Sie schwieg einen Moment. »Weiß sonst noch jemand über Caitlin Bescheid?«, fragte sie dann.

»Nur Dercca.«

»Und als sie verloren ging?«

»Niemand wusste davon. Ich habe es nie jemandem erzählt.«

Rhiann richtete sich auf. »Caitlin meinte, wir wären uns sehr ähnlich, du und ich. Wir verfügen beide über die Kraft, unseren Schmerz vor anderen zu verbergen. Je größer dieser Schmerz ist, desto besser verbergen wir ihn. Wie solltest du wissen, was mir zugestoßen ist? Du kannst niemandem ins Herz blicken, der genauso stark ist wie du.«

Linnets Blick glitt über Rhianns Gesicht. »Du bist weise, Tochter. Aber ich glaube, in diesem Fall haben wir beide einen Fehler gemacht.« Sie wischte etwas Sand von Rhianns Wange.

»Tante, ich verstehe immer noch nicht, warum du Caitlin verstecken musstest. Wenn meine Mutter meinen Vater nicht geliebt hat, dann hättet ihr doch beide euer Lager teilen können, mit wem ihr wolltet.«

»Das trifft vielleicht auf die Hirten in ihren Hütten zu, Rhiann. Aber in unserem Fall ging es um den Erhalt einer Dynastie. Ich musste bei allem, was ich tat, an meinen Bruder, den König, und an sein Bündnis mit den Votadinern durch deinen Vater denken. Es galt, sich an bestimmte Regeln zu halten. Ehen wurden vorherbestimmt, und auch die Geburt von Kindern unterlag diesen Regeln. Ich konnte nicht vor der Ban Cré ein Kind von deinem Vater zur Welt bringen, weil dann erhebliche Zweifel an ihrer Fruchtbarkeit aufgekommen wären.«

»Aber du hättest das Kind abstoßen können, wenn du gewollt hättest. Das nötige Wissen dazu hattest du ja.«

»Das schon. Aber ich wusste nicht, ob ich jemals mit einem

anderen Mann ein Kind haben würde, und ich ... als ich Caitlin in mir trug, konnte ich sie hören, Rhiann. Ich hörte die Musik ihrer Seele, und ich brachte es nicht über mich, sie zu ...« Sie zögerte, dann fuhr sie fort: »Ich zog mich in die Abgeschiedenheit zurück. Als Priesterin war es für mich nicht schwer, Ausreden zu finden, auch deiner Mutter gegenüber. Als ich das Kind zur Welt brachte, war deine Mutter mit dir schwanger. Ich konnte sie nicht derart beschämen, Rhiann. Sie hätte sofort gewusst, wessen Kind es war. Ich dachte, wenn ich Caitlin ein paar Jahre fortschickte, ein paar Jahre nur, dann hätte deine Mutter eine ganze Schar von Kindern, und dann könnte ich es wagen, Caitlin zurückzuholen.« Sie schluckte hart. »Aber sie ging verloren, und ich fand nie heraus, was aus ihr geworden war. Nur wenige Monde später verlor ich auch deine Mutter.« Sie senkte den Kopf. »Du warst alles, was mich noch am Leben hielt.«

Rhiann legte ihr eine Hand auf den Rücken, auf die Stelle, wo sich ihr Herz befand, und ließ sie dort liegen. Nun, da ihr eigenes Leid von ihr genommen war, vermochte sie auch das volle Ausmaß von Linnets Schmerz zu erfassen. »Ich verstehe, Tante. Es tut mir Leid, was ich im Zorn zu dir gesagt habe.«

»Du hast nichts gesagt, was ich mir nicht selbst schon Tausende von Malen gesagt habe. Aber ich habe meine Erinnerungen in einem anderen Leben ... einer anderen Zeit begraben. Deswegen habe ich geschwiegen.«

»Ich weiß.« Rhiann lächelte traurig. »Die Kluft zwischen uns wurde immer größer. Als du mir die Wahrheit über Caitlin erzähltest, dachte ich, du wärst mir nun ganz entglitten. Ich hatte solche Angst ...«

»Du hattest Angst, sie würde deinen Platz in meinem Herzen einnehmen.«

Rhiann stockte der Atem. »Ja.« Es fiel ihr jetzt leicht, sich die Wahrheit einzugestehen. Deswegen hatte sie der Verrat so tief getroffen, deswegen hatte die Wunde nie heilen wollen. Deswegen hatte die Wut so heiß in ihr gebrannt und nicht abkühlen wollen. Eremon hatte Recht gehabt. Sie war die ganze Zeit lang von dieser Angst beherrscht worden und hatte es nicht erkannt.

Linnet griff nach ihrer Hand und küsste sie. »Niemand könnte je deinen Platz einnehmen. Du wirst nie wissen, wie groß meine Liebe zu dir ist, so wie ich nie erfahren werde, wie sehr deine Mutter mich geliebt hat. Wenn ich auf diese Liebe vertraut hätte; wenn ich ihr genug vertraut hätte, um ihr von dem Baby zu erzählen, dann hätte sie Caitlin vielleicht akzeptiert.«

»So wie ich dir genug hätte vertrauen müssen, um dir von der Vergewaltigung zu erzählen«, sagte Rhiann leise.

»Ja. Manchmal frage ich mich, ob wir eigentlich überhaupt irgendwelche Erkenntnisse aus unseren früheren Leben mit in unser jetziges hinübernehmen. Wir scheinen immer wieder dieselben Fehler zu machen.« Linnet seufzte. »Aber wenigstens können wir einige davon rückgängig machen. Nun, wo ich Bescheid weiß, werde ich alles daransetzen, dich aus dieser Ehe zu befreien. Ich dachte, du hättest dich damals nur vor der Hochzeitsnacht gefürchtet. Nein, ich werde dich nicht einen Augenblick länger als nötig in den Händen dieses Prinzen lassen!«

Rhiann zuckte unmerklich zusammen. »Tante, ich muss dir noch etwas sagen. Er ist nie in mein Bett gekommen. Ich ... ich sagte ihm, er solle mich nicht anrühren, und das hat er auch nie getan.«

Linnet sah sie ungläubig an. »Ist das wahr?«

»Es klingt seltsam, aber es stimmt. Und ... ich hätte nie gedacht, dass diese Worte einmal über meine Lippen kommen würden, aber ich möchte, dass diese Ehe bestehen bleibt. Wenn er unserem Stamm helfen soll, muss ich ihn bei seinen Feldzügen gegen die Römer unterstützen.« Als Linnet die Stirn runzelte, fuhr Rhiann hastig fort: »Es ist nur dem Namen nach eine Ehe, auf mehr kann ich kaum hoffen. Ich bin jetzt nicht mehr die Einzige, die aus dem Geschlecht des Königs übrig geblieben ist. Caitlin wird uns einen Thronerben schenken.«

Die Besorgnis in Linnets Augen wuchs, aber sie sagte nur: »Das wäre ein Segen für uns alle.«

»Ja.« Rhiann erhob sich und streckte Linnet eine Hand hin, um ihr aufzuhelfen. »Tante … trotz all meiner Ängste habe ich Caitlin wirklich ins Herz geschlossen. Sie ist so ganz anders als alle anderen Menschen, die ich kenne.«

Caitlins breites Grinsen flammte vor ihr auf, und trotz der abgrundtiefen Erschöpfung, die sie überkommen hatte, keimte ein Anflug von Hoffnung in ihr auf. Sie sah hinter der Dunkelheit, die sie umgab, ein kleines Licht aufblitzen.

»Ja«, wiederholte sie. »Wir haben viel verloren, aber wir haben Caitlin gewonnen.«

Beltane kam, das Fest des Feuers und der Erneuerung. Die Luft war vom Duft feuchter, fruchtbarer Erde, Rauch und Blumen erfüllt. Rhiann sog den würzigen Geruch mit tiefen Zügen ein. Sie liebte es, wenn die Dämmerung hereinbrach und der Boden die Wärme der Sonne freigab, die er tagsüber gespeichert hatte.

Nur sechs Monate waren vergangen, seit sie zu Samhain auf demselben Hügel im Tal der Vorfahren gestanden und das Eis, das die Steine überzog, im silbernen Mondlicht geglitzert hatte. Damals hatte sie sich innerlich kalt und leer gefühlt, war verängstigt und zutiefst verunsichert gewesen. Und furchtbar allein.

Jetzt erklang rund um sie herum Musik und Gelächter, und die Wärme der Beltanefeuer liebkoste ihre bloße Haut. Ein rosiges Licht schimmerte am Himmel und kündigte die hellen Nächte an, die jetzt kamen, bis die Sommersonnenwende und somit der längste Tag des Jahres nahte. Sie trug heute keinen Kranz aus Ebereschenbeeren, sondern aus cremefarbenen Weißdornblüten.

Als sie den Blick über die unter ihr versammelte Menge schweifen ließ, entdeckte sie darunter viele Freunde. Caitlin, die lachte, als Conaire ihr eine Blüte aus dem Haar zupfte; Eithne, deren schwarze Augen groß und rund geworden waren und die vor Freude in die Hände klatschte; Rori, der vergeblich versuchte, ihre Aufmerksamkeit auf sich zu lenken; Aedan, der mit verträumtem Gesicht über die Weisen nachgrübelte, die er über dieses Fest dichten wollte. Und sie sah Eremon, der ihr sein übliches schiefes Lächeln schenkte, als er ihren Blick auf sich ruhen spürte.

Jemand berührte sie am Arm. Es war Linnet. Rhiann stellte erfreut fest, dass der angespannte, verhärmte Ausdruck, der das letzte Jahr lang ständig auf Linnets Gesicht gelegen hatte, verflogen war. Sie nahm an, dass dasselbe auch für sie selbst zutraf.

Als Meron, der Barde, seinen Gesang anstimmte, drückte Linnet Rhianns Hand. »Wie hübsch du heute aussiehst, Tochter«, murmelte sie. »Deine Wangen leuchten wieder so rosig wie früher. Du bist zu neuem Leben erblüht, genau wie das Land.«

»Ich bin im Morgengrauen mit den Jungfrauen zur Quelle hinuntergegangen und habe mich mit dem jungen Tau gewaschen«, erwiderte Rhiann lächelnd. Aber sie wusste, wie sehr sie sich verändert hatte, denn nachdem Eithne ihr Haar mit Goldbändern durchflochten und ihre Lippen mit *ruam* gefärbt hatte, hatte sie in den Tiefen ihrer geschnitzten Truhe nach ihrem Bronzespiegel gesucht und sich zum ersten Mal seit einer vollen Drehung des Sonnenrades wieder bewusst betrachtet.

Das Gesicht, das ihr aus dem Spiegel entgegenblickte, wirkte ein wenig schwermütig, aber nicht mehr gehetzt und gequält. Es war wieder das Gesicht der Rhiann, die sie kannte, mit vollen Wangen und Lippen, ein Gesicht, dem die lange Nase jetzt Anmut und Würde verlieh. In ihren Augen stand noch immer tiefer Kummer zu lesen, aber jetzt leuchtete auch ein kleines Licht darin, das früher nicht dagewesen war, und die dunklen Schatten unter ihren Lidern waren verblasst.

Im Tal wurden Viehherden zwischen den reinigenden Feuern hindurchgetrieben, Gelert schlachtete ein neugeborenes Lamm und opferte das Blut der Erde, um die Götter gnädig zu stimmen und dazu zu bewegen, ihnen eine gute Ernte zu bringen. Einer der Druiden verlas dann die Vermählungsregeln, während die einander versprochenen Paare Hand in Hand über die niedrigen Flammen am Rand des Feuers sprangen, ehe sie vor Rhianns Angesicht traten, um den Segen der Großen Mutter zu empfangen. Rhiann tupfte ihnen eine Paste aus Wasser, Erde und Asche auf die Stirn und bat Rhiannon, ihnen viele Kinder zu schenken.

Während sie dieser Pflicht nachkam, entfaltete der *saor* allmählich seine volle Wirkung, doch im Gegensatz zum letzten Samhainfest fühlte sie sich dieses Mal nicht wie betäubt, sondern von all ihren Sorgen und Ängsten befreit. Eine wohlige Wärme durchströmte sie, und ihr Geist schwebte träge über die Feuer hinweg, über denen Hirsche geröstet und die heiligen Beltanekuchen gebacken wurden.

Beltane war kein den Toten geweihtes Fest wie Samhain. Keine Schar durchscheinender silbriger Geister wandelte heute zwischen den Lebenden umher. Dies war die Nacht neuen Lebens, die Nacht der Fruchtbarkeit, der Wärme, der Feuer und des Lachens, der Farben und der Freude. Der Same der Hoffnung, den sie seit jenem befreienden Gespräch mit Linnet im Herzen trug, ging auf, schlug Wurzeln und begann zu wachsen.

Jetzt sang Meron das allein der Göttin, der Großen Mutter geweihte Lied, und als seine Stimme zu den Sternen emporstieg, blickte Rhiann über die Menschen unter ihr hinweg und sah von jedem einzelnen Kopf einen dünnen Lichtstrahl aufsteigen.

Die Strahlen vereinigten sich in der Luft zu einem schimmernden Gespinst, und plötzlich wusste Rhiann, was sie da sah – Liebe, die der *saor* für ihre weltlichen Augen sichtbar machte.

Meron sang:

Ihr Atem schenkt uns den Wind
Ihre Tränen uns die Ströme
In Ihrem Schoß liegt unsere Kraft
Und Liebe lautet Ihr Gebot

Beim Klang dieser Worte schwoll das goldene Lichtnetz zu einer mächtigen Welle an, die auf den Hügel zurollte und über Rhiann hinwegbrandete. Die Menge fiel in Merons Lied ein; Hunderte und Aberhunderte Stimmen begannen der Großen Mutter zu huldigen.

Da spürte Rhiann kaum wahrnehmbar die Gegenwart derjenigen, die größer war als sie alle. Sie wusste, dass ihre Gestalt hoch oben auf dem Hügel jetzt von einem überirdischen Glanz umgeben war. In diesem Moment erfüllte eine tiefe Freude ihr Herz; die Freude des Hirsches, der durch den Wald läuft; des Lachses, der aus dem Wasser schnellt; des Adlers hoch oben in den Lüften. Jetzt musste sie die Macht der Göttin festhalten und für ihr Volk bewahren.

Sie hielt den Atem an, um nur ja nicht zu versagen.

Aber es gelang ihr, die Welle über die Menge im Tal hinwegfließen zu lassen, sodass die Menschen in ihren goldenen Schein getaucht wurden. Auch wenn die Göttin nicht mehr zu ihr sprach, würde jeder in dieser Nacht Ihre Gegenwart spüren.

Wie lange sie Welle um Welle empfing und weiterleitete, konnte Rhiann hinterher selbst nicht mehr sagen. Die Menge sang aus vollem Halse, bis sie sich völlig verausgabt hatte; gefangen in dem berauschenden Gefühl, eins miteinander zu sein. Endlich erstarb Merons Stimme, die Musiker stimmten eine wilde, mitreißende Melodie an, und die Menschen erwachten aus ihrer Trance und begannen ausgelassen zu tanzen.

Rhianns Kräfte schwanden, und sie wäre in sich zusammengesunken, hätte Linnet sie nicht aufgefangen. »Gut gemacht, Kind!«

Durch den Schleier vor ihren Augen sah Rhiann Eithne mit einem Becher Met in der Hand auf sich zukommen. Sie sank auf den geschnitzten Stuhl nieder, der hinter ihr stand, und nippte vorsichtig an dem belebenden Getränk, bis ihre Benommenheit verflog.

Linnet beugte sich lächelnd über sie. »Geh jetzt«, drängte sie, dabei deutete sie zu Caitlin, Conaire und Eremon hinüber, die am Fuße des Hügels inmitten der umherwirbelnden Tänzer standen. »Sie warten auf dich, Tochter. Heute Nacht sollst du mit deinen Freunden feiern.«

Eithnes strahlendes Gesicht und ihre leuchtenden Augen tauchten wieder vor ihr auf. Der *saor* strömte heiß durch ihre Adern. »Und was ist mit dir?« Sie blickte zu Linnet auf.

»Ich werde euch jungen Leuten von hier oben aus zuschauen. Jetzt geh!«

Der Wunsch, sich unter die ausgelassene Menge zu mischen, wurde durch den *saor* noch verstärkt, dazu kam, dass sie sich aus ihrer ein Jahr währenden Erschöpfung gelöst hatte und endlich mit sich im Reinen war, seit sie Linnet ihr furchtbares Geheimnis anvertraut hatte. Außerdem fühlte sie sich nach den Anstrengungen dieses Abends ausgelaugt und beschwingt zugleich.

»Rhiann!«, hörte sie Caitlin rufen.

Eremon dachte an ein anderes Fest vor sechs Monaten zurück. Damals hatte er mit Aiveen auf dem gefrorenen Boden gelegen. Jetzt standen Caitlin und Conaire neben ihm, lachten und johlten und stießen sich, trunken vom Met, immer wieder an, bis Conaire nachgab und den Hügel hinuntertaumelte.

Eithne saß sittsam im Gras und verzehrte ihren Beltanekuchen, aber sie schlug immer wieder eine Hand vor den Mund, um ein Kichern zu unterdrücken. Rori saß dicht neben ihr. Weiter hinten entdeckte Eremon Aedan, der inmitten eines Kreises anderer Männer tanzte. Der Schein des Feuers verlieh seinem dunklen Haar einen kupferfarbenen Glanz. Finan und Colum lehnten an einem der Metfässer, und Angus und Fergus drängten sich zu einem der Bratspieße hindurch, um sich noch eine Portion Hirschfleisch zu holen.

Den Platz an seiner Seite nahm diesmal Rhiann ein.

Er warf ihr einen verstohlenen Blick zu, denn er konnte kaum glauben, dass es sich um dieselbe Frau handelte, die zu Samhain wie eine zu Eis erstarrte, von kaltem Mondlicht übergossene Statue bleich und unerreichbar in ihrem ungefärbten Gewand dort oben auf diesem Hügel gestanden hatte. Heute trug sie einen Blütenkranz auf dem Kopf, ihr Kleid leuchtete so grün wie die jungen Blätter, und ihr scharlachroter Umhang war mit Goldfäden bestickt.

»Rhiann, warum tanzt du nicht?« Conaire packte ihre eine Hand, Caitlin die andere, und gemeinsam zerrten sie Rhiann mit sich, ohne auf ihre Proteste zu achten. Im nächsten Moment wirbelten die drei in einem selbst erfundenen Tanz am Fuß des Hügels entlang.

Obwohl der Met seine Sinne benebelt hatte, versetzte der Anblick Eremon einen Stich. Er hatte Rhiann noch nie tanzen sehen. Conaire hielt sie jetzt an den Händen und drehte sie um die eigene Achse, während Caitlin sie begeistert anfeuerte und der Klang der Hörner und Flöten immer wilder wurde. Dann warf Rhiann den Kopf zurück, blickte zu Conaire auf und lachte. Der Met und die Hitze des Feuers hatten ihre Wangen rosig gefärbt, ihr bernsteinfarbenes Haar schien im Schein der Flammen zu glühen, ihre Augen funkelten hell und klar.

Ihr Körper zeichnete sich unter dem dünnen Stoff ihres Gewandes deutlich ab, und Eremon bemerkte plötzlich fast erschrocken, um wie viel voller und runder er geworden war. Er hatte Rhiann seit vielen Monaten nicht mehr richtig angeschaut. Aber es stimmte. Sie sah lange nicht mehr so hager und verhärmt aus wie früher.

Jetzt fiel ihm erst auf, wie schön sie war.

Rhiann machte sich von Conaire los, kam zu ihm zurück und ließ sich außer Atem neben ihm ins Gras fallen, während Conaire und Caitlin weitertanzten und noch unmöglichere Verrenkungen vollführten, bis sie vor Lachen nach Luft rangen.

»Lady.« Rori beugte sich zu Rhiann, um ihren Metbecher erneut zu füllen. Sie dankte ihm und leerte den Becher in einem Zug.

»Du trinkst wie ein Mann«, neckte Eremon sie.

Sie legte den Kopf zur Seite. »Das ist auch das Einzige, was ich je wie ein *Mann* tun werde.«

Nun, da Eremon sie aus der Nähe sah, bemerkte er auch, dass ihre Augen leicht glasig blickten. Sie hatte viel getrunken, und hatte sie nicht überdies vor diesem Ritual einen Kräutertrank zu sich genommen? Er lächelte in sich hinein. Konnte es sein, dass Rhiann leicht betrunken war?

Er leerte seinen eigenen Becher, dann zog er herausfordernd eine Braue hoch. Sie richtete sich mühsam auf, griff nach dem Krug und schenkte ihnen beiden nach. »Wenn du glaubst, mich in irgendetwas übertreffen zu können, Prinz von Erin, dann irrst du dich!«

Eremon unterdrückte ein Lächeln. »Reine Prahlerei! Ich muss dich auf meinen nächsten Streifzug mitnehmen.«

Conaire und Caitlin rannten den Hang hoch, und Conaire ließ sich mit einem erleichterten Seufzer zu Boden fallen. Beide waren außer Atem. »Oh, Rhiann!« Caitlins Wangen glühten. »In den Bergen war das Beltanefest nie so schön!«

»Das Beste kommt sogar noch«, meinte Conaire, der unter halb geschlossenen Lidern hervor auf Caitlins Mund starrte.

Sie gab seinen Blick hochmütig zurück. »Wenn du dir einbildest, ich würde heute Nacht mit *dir* hier draußen auf dem Boden die Göttin ehren, Conaire mac Lugaid, dann vergiss es.« Sie streckte die Nase in die Luft. »Ich stehe jetzt rangmäßig höher als du!«

Einen Moment lang herrschte verblüfftes Schweigen, dann brach Eremon in schallendes Gelächter aus, und um Caitlins Mundwinkel zuckte es verräterisch, als sie Conaires verdutztes Gesicht sah.

»Das ist dir noch nie passiert, Bruder – ein Mädchen hat *dir* einen Korb gegeben«, prustete Eremon.

»Das wurde auch höchste Zeit«, warf Rhiann ein, woraufhin die anderen drei sich erstaunt zu ihr umdrehten.

»Ganz meiner Meinung, Base!« Caitlin grinste. »Ihr Männer aus Erin haltet euch alle für unwiderstehlich, findest du nicht auch, Rhiann?«

Rhiann warf Eremon einen viel sagenden Blick zu. »Das kann man wohl sagen.«

»Nun, Bruder«, wandte sich Conaire an Eremon, »wenn die Damen nur über uns herziehen, wenn sie zusammen sind, dann müssen wir sie eben trennen.« Er nahm Caitlins Hand in die seine, sprang auf und zog sie mit sich hoch. Ihr schmales Handgelenk verschwand in seiner riesigen Faust. »Komm, wir gehen wieder tanzen.«

»Nein, bitte nicht, ich kann nicht mehr«, wehrte Caitlin lachend ab.

»Dann lass uns etwas essen. Der Wildschweinbraten riecht köstlich.«

»Hmm …« Sie musste den Kopf in den Nacken legen, um zu ihm aufblicken zu können.

»Na komm schon, ich besorge dir auch ein besonders knuspriges Stück Bauchfleisch.« Conaire zog Caitlin mit sich zur Talsohle hinunter, und die beiden verschwanden in der Menge.

»Herrin?«, meldete sich Eithne schüchtern zu Wort. »Braucht Ihr mich noch? Ich möchte auch gerne etwas essen.« Sie sprach mit Rhiann, doch ihre Brombeerenaugen ruhten auf Rori.

»Nein, nein.« Rhiann winkte ab. »Geh nur und amüsier dich, Eithne.«

Nachdem sich Eithne und Rori entfernt hatten, stützte sich Eremon auf seinen unverletzten Arm. Er konnte Conaires goldenen Schopf, der alle Umstehenden überragte, in der Nähe der Bratspieße sehen. »Wie es aussieht, hat deine Base das Herz meines Bruders erobert.«

Rhiann folgte seinem Blick. »Bei der Göttin! Sie ist doch nur eine Liebelei für ihn! Aber wenn er ihr Leid zufügt – dann werde ich ihn umbringen«, verkündete sie gewichtig, dann musste sie aufstoßen.

Eremon musterte sie forschend, als sie sich mit ausgebreiteten Armen rücklings ins Gras sinken ließ. Er versuchte, nicht auf ihre Brüste zu starren, die sich unter dem dünnen Stoff ihres Kleides verlockend rundeten, und er versuchte, die Schreie zu überhören, die aus der Dunkelheit hinter ihnen kamen – und die unverkennbar nicht von wilden Tieren stammten.

Überall im Tal entfernten sich Pärchen unauffällig von den flackernden Feuern und zogen sich in dunkle Ecken zurück, um den Göttern auf der fruchtbaren Erde zu huldigen… so wie er es auch mit Aiveen getan hatte, doch damals war es ihm nur darum gegangen, seine Lust zu stillen, nicht darum, die Götter zu ehren.

»Oh…« Rhiann stieß plötzlich einen leisen Seufzer aus.

»Was hast du denn?« Er beugte sich über sie… sah den goldenen Schimmer, den die Flammen über ihre Wangen warfen… sah, wie sie sich in ihrem üppigen Haar fingen und kleine Lichter darin tanzen ließen….

»Oh… ich glaube, mir wird schlecht.«

43. Kapitel

Rhiann schlug mühsam die Augen auf und blinzelte in das helle Licht eines anderen Feuers. Als sie eine Hand ausstreckte, trafen ihre Finger auf eine Pelzdecke. Sie war daheim, in ihrem eigenen Haus. Aber der ganze Raum drehte sich um sie.

Ein dunkler Schatten fiel über sie. »Trink das«, erklang Eremons Stimme, und sie spürte, wie er mit einer Hand ihren Kopf stützte und ihr einen Becher mit kaltem, klarem Wasser an die Lippen hielt.

Sie trank gierig. »Was war…«

»Sprich jetzt lieber nicht. Die Übelkeit wird vergehen.« Verschwommen hörte sie die leichte Erheiterung aus seiner Stimme heraus. »Das meiste bist du schon draußen im Gras losgeworden. Bald wird es dir besser gehen.«

Rhiann sank in ihr Federkissen zurück. Aber der Raum hörte nicht auf, sich um sie zu drehen, und das Schwindelgefühl wurde schlimmer, als sie die Augen schloss. »Danke. Aber geh jetzt…« Sie hatte Mühe, einen zusammenhängenden Satz über die Lippen zu bringen. »Geh zu den Feuern zurück…« Beinahe hätte sie gesagt: *Aiveen wartet auf dich*, aber dann fiel ihr ein, dass Aiveen jetzt ja verheiratet war und in der Festung ihres Mannes lebte.

»Schlaf jetzt«, flüsterte Eremon sanfter, als er je zu ihr gesprochen hatte. »Ich gehe gleich.«

Kurz bevor der Schlaf sie übermannte meinte sie, ihn leise sagen zu hören: »Du hast deine Sache heute Abend gut gemacht.«

Ihre Seele, vom Körper befreit, trieb ziellos dahin; sah zu, wie sich die Sterne umeinander drehten. Weit in der Ferne pulsierte einer, schwoll an und wurde immer heller, als er auf sie zuschwebte; ein Ball aus rotgoldenem Licht, in dem Bilder aufflackerten.

Es war ihr wunderschöner Traum… der *saor* ließ ihn lebensnaher erscheinen als je zuvor. Als die Macht sie erfüllte, als sie den Kessel der Quelle in den Händen hielt und der Mann an ihrer Seite stand, begriff sie zum ersten Mal, wie sehr sie sich nach dieser Macht sehnte. Sie sehnte sich danach wie eine Verdurstende nach Wasser, eine Verhungernde nach Brot. Sie würde diese Macht nur zum Guten einsetzen… aber sie wollte sie für sich haben. Die Macht würde sie beschützen, und die dunklen Erinnerungen konnten sie nie wieder peinigen.

»Rhiann?« Die Stimme traf sie wie ein Schwall kalten Wassers und brachte sie abrupt in die Wirklichkeit zurück. »Ist alles in Ordnung?«

Sie zwinkerte ein paar Mal, und allmählich nahm der Raum um sie herum Konturen an. Das Feuer war fast vollständig heruntergebrannt, das fahle Licht eines neues Tages flutete ins Innere des Hauses. Die Beltanekränze aus Weißdorn hoben sich dunkel vom Dachbalken ab.

»Du hast geschrien«, sagte Eremon neben dem Bett. »Hast du Schmerzen?«

Rhiann richtete sich mühsam auf und lehnte sich gegen die Wand. Augenblicklich setzte in ihrem Kopf ein schmerzhaftes Pochen ein. Eremon trug noch immer dieselben Kleider wie am Abend zuvor, und er roch nach Rauch. Ein dampfender

Kessel stand auf dem Feuer, ein halb verzehrter Mondkuchen lag auf der Platte.

»Was ... was habe ich denn gerufen?«

Eremon setzte sich behutsam auf die Bettkante. Sein Gesicht lag im Schatten verborgen. »Irgendetwas über die Adlermänner, einen Kessel und ein Schwert. Und du hast gesagt: ›Wende mir doch dein Gesicht zu!‹«

Sie zuckte zusammen, er stand sofort auf und ging zur Feuerstelle hinüber, um ihr einen Becher Nesseltee einzugießen. Sie hatte nicht geahnt, dass er bemerkt hatte, was sie am Morgen zu trinken pflegte – oder aber Eithne hatte am Abend zuvor alles vorbereitet. Das Mädchen lag jetzt zusammengerollt unter den Decken auf ihrem Lager.

Eremon folgte ihrem Blick. »Sie ist erschöpft«, flüsterte er, als er ihr den Tee reichte. »Ich glaube, sie haben alle bis zum Morgengrauen durchgetanzt – Caitlin ist bis jetzt noch nicht zurück. Aber in deiner kleinen Eithne steckt mehr, als ich anfangs gedacht habe. Ich konnte sie fast nur mit Gewalt davon abhalten, ständig um dich herumzuflattern.« Er schenkte ihr sein schiefes Lächeln.

Rhiann umfasste den Becher mit beiden Händen und kostete die tröstliche Wärme aus. »Du bist die ganze Nacht hier gewesen? Aber dann hast du ja den größten Teil des Festes verpasst!«

»Ich hatte lange genug gefeiert, genau wie du.« Er zuckte die Achseln. »Außerdem komme ich nicht oft dazu, stundenlang alleine vor einem schönen warmen Feuer zu sitzen und meinen Gedanken nachzuhängen. Ich habe die Gelegenheit gerne genutzt, das kannst du mir glauben.«

Rhiann verstand nur zu gut, was er meinte. Er war ständig von Menschen umgeben, da wünschte er sich sicher oft, einmal ein bisschen Zeit für sich alleine zu haben.

Eremon kratzte sein stoppeliges Kinn. »Jetzt erzähl mir doch, was die Worte zu bedeuten haben, die du im Traum gerufen hast. Die Adlermänner – hast du von den Römern geträumt?«

Sie blickte in ihren Teebecher. »Das ist nicht weiter wichtig.«

»O nein.« Er sah sie ernst an. »Nachdem ich gesehen – nein,

gespürt habe, was du gestern Abend getan hast, halte ich solche Dinge für alles andere als unwichtig. Du hast eine ganz besondere Gabe, das weiß ich jetzt. Wenn diese Gabe uns im Kampf gegen die Römer von Nutzen sein kann, dann müssen wir sie auch einsetzen.«

Rhiann erwiderte nichts darauf.

»Rhiann, ich respektiere diese Gabe. Ich werde mich nie darüber lustig machen oder mich abfällig darüber äußern, das verspreche ich dir.«

Sie seufzte. Wie sollte sie ihm ihren Traum erklären? Sie wusste ja selber nicht genau, was das alles zu bedeuten hatte. Nur in einem Punkt war sie ganz sicher – dass sie sich insgeheim immer gewünscht hatte, der Mann aus dem Traum möge eine ganz bestimmte Person sein … Drust.

In einen Teil davon konnte sie Eremon bedenkenlos einweihen. Nur als sie auf den Mann mit dem Schwert zu sprechen kam, verschwieg sie, dass sie und er zwei Teile eines Ganzen waren – zwei Seelengefährten. Eremon würde das nie verstehen, und sie wollte auch nicht, dass er den Platz in ihren Träumen für sich beanspruchte, weil dieser Platz hoffentlich eines Tages von einem anderen eingenommen werden würde.

Eremon hörte ihr mit gesenktem Kopf aufmerksam zu, und als sie zum Ende gekommen war, schwieg er lange. Dann fragte er: »Du bist sicher, dass du in diesem Traum die Menschen von ganz Alba beschützt? Alle Stämme des Landes?«

»Ja.« Das lange Sprechen hatte sie angestrengt, und sie begann ihre Schläfen zu massieren.

»Ich muss in Ruhe über all das nachdenken.« Eremon erhob sich. Ein geistesabwesender Ausdruck lag in seinen Augen. Doch seine Lippen waren so entschlossen zusammengepresst wie damals, als er mit seinen Männern die römischen Räuber angegriffen hatte. Er ging zur Tür und griff hastig nach seinem Umhang.

»Eremon … danke, dass du dich um mich gekümmert hast«, sagte Rhiann leise, doch er nickte ihr nur noch einmal knapp zu, hob das Türfell und verließ das Haus.

Nun gut. Sie starrte ihm hinterher und hoffte, dass er sie jetzt nicht für eine Närrin hielt. Aber er hatte versprochen, sie ernst zu nehmen.

Vom Nachdenken waren ihre Kopfschmerzen noch schlimmer geworden, und so stellte sie den Becher neben sich auf den Boden und kuschelte sich wieder unter die warme Decke.

Sie verbrachte den ganzen Tag im Haus und tat so wenig wie eben möglich. Es war ein trüber, grauer Tag, der ihrer körperlichen Verfassung entsprach. Auch Eithne war ungewöhnlich schweigsam und konnte sich nur mühsam dazu aufraffen, Gerste zu mahlen. Das Geräusch der Handmühle tat ihnen beiden in den Ohren weh, und so beschäftigten sie sich stattdessen damit, lustlos Wolle zu spinnen, während der Regen auf das Dach trommelte.

Am Tag danach fühlte sich Rhiann nur unwesentlich besser. Aber die Zeit der Blattknospe war zugleich die Zeit der Fieberkrankheiten, und einer Heilkundigen blieb nur wenig Ruhe vergönnt.

An diesem Tag wurde sie zur Klippenfestung gerufen. Die Tochter des dortigen Häuptlings trug wieder ein Kind, und sie litt unter Schüttelfrost und Schweißausbrüchen. Rhiann und Eithne sattelten ihre Pferde – Eithne das Pony, das Rhiann ihr zu ihrem Namenstag geschenkt hatte – und ritten durch Nebel und Nieselregen quer über das Marschland und dann zu dem Tal, über dem sich die Klippenfestung auf einem mächtigen Felsen erhob.

Es stellte sich heraus, dass die Tochter des Häuptlings weniger unter Fieber als vielmehr unter dem Verhalten ihres Mannes litt. Nachdem Rhiann ihr einen Trank aus Gänsefingerkraut gebraut, die Furunkel ihres Kindes behandelt und sich lang und breit angehört hatte, wie schamlos ihr Mann sie mit ihrer Base in der Nachbarfestung betrog, tätschelte sie der Frau tröstend die Hand und erhob sich, um den Heimweg anzutreten.

Als sie und Eithne aus dem Haus des Häuptlings ins Freie traten, war die Wolkendecke aufgerissen, und von Westen her wechselten sich Regenschauer und Sonnenschein ab. Unterhalb der Festung erstreckte sich das weite Blau der Meerenge wie eine mit kleinen weißen Wellenkämmen bestickte Decke bis hin zur Insel der Hirsche.

Der Wind trug leisen Hufschlag zu ihnen herüber, der rasch näher kam – ein Reiter galoppierte über die südliche Straße auf die Festung zu. Rhiann und Eithne zügelten ihre Pferde und drehten sich um. Es war Eremon auf Dòrn, Cù lief neben ihm her.

»Da bist du ja.« Er stieg unbeholfen vom Pferd und begann seinen verletzten Arm zu massieren.

Rhiann bemerkte, dass sein Umhang regennass und seine Stiefel schlammverschmiert waren. »Du solltest auf solche wilden Ritte verzichten, bis die Wunde verheilt ist. Was ist denn passiert? Ist jemand plötzlich krank geworden?«

»Nein. Ich bin hergekommen, um deinen Rat zu hören.« Das war typisch für Eremon – er verschwendete keine Zeit mit höflichen Vorreden, wenn es nicht unumgänglich nötig war.

»Du bist mir hinterhergeritten, um mich um *Rat* zu fragen?«

Eremon strich sich das nasse Haar aus der Stirn. Seine Augen schillerten so grün wie Smaragde. Das Licht der Sonne fing sich darin. »Ich konnte einfach nicht länger warten. Als ich heute Morgen zum Druidentempel ging, sprach Declan mich an. Anscheinend hat er das Beltanefest früh verlassen, um zu meditieren … und dann hatte er eine höchst seltsame Vision. Du musst mir sagen, wie sie zu deuten ist.«

Erst jetzt fiel Rhiann das erregte Flackern in seinen Augen auf. Sie wandte sich an Eithne. »Dort unten wächst ein Büschel Liebstöckel, siehst du es? Geh und pflück ein paar junge Blätter, mein Vorrat ist fast aufgebraucht.«

Eithne nickte, warf Eremon einen neugierigen Blick zu und lief zum Klippenrand hinüber.

»Jetzt sind wir unter uns.« Rhiann verschränkte die Arme vor der Brust. »Und nun erzähl mir, was der Druide gesagt hat. Es muss ja ungemein wichtig gewesen sein, wenn du dich sofort auf die Suche nach mir gemacht hast.«

Eremon richtete seine grünen Augen auf sie. »Er sah einen Gott, der einen Halsreif mit einem Eberemblem trug. Die Vision betraf mich, da bin ich ganz sicher. Plötzlich veränderte der Gott seine Gestalt und verwandelte sich in den großen Manannán. Declan sagt, er kennt ihn.«

»Manannán?«

»Ja.« Eremon schlang sich Dòrns Zügel um die Hand. »Er ist auch der Schutzpatron von Erin. Aber neben ihm stand eine Göttin – seine Gemahlin. Ihr nennt sie Rhiannon, du bist nach ihr benannt worden. Sie ist die Beschützerin deines Stammes.«

»Ja«, flüsterte Rhiann nahezu unhörbar.

»Declan sah Menschen, Tausende von Menschen, die sich in einem Tal versammelt hatten. Dann hörte er Manannán sagen: ›Mein Sohn, Bruder meiner Söhne, willst du mit deinem Schwert für mich kämpfen?‹ Rhiannon trat vor und sagte: ›Mein Sohn, Bruder meiner Töchter, willst du dein Schwert in meinem Namen führen?‹«

Rhiann stockte der Atem, denn die Luft schien mit einem Mal vor Spannung zu vibrieren. »Und was geschah dann?«

»Und dann... erwachte Declan aus seiner Trance, ehe er noch mehr erfahren konnte.« Eremons Augen funkelten. »Denk doch nur, Rhiann! Der Gott meines Volkes und eure Göttin! Sie baten mich, alle Brüder und Schwestern mit meinem Schwert zu verteidigen. Verstehst du, was ich meine? Zusammen mit deinem Traum ergibt das alles doch nur *einen* Sinn!«

Rhiann biss sich auf die Lippe, während sie ihn forschend musterte. Seine Wangen glühten, und die Sonne ließ kupferne Lichter in seinem dunklen Haar aufleuchten. In diesem Moment wirkte er nicht wie ein einfacher Prinz, sondern wie ein König – ein König, dem seine Anhänger in jede Schlacht folgen würden.

Sie wusste, welcher Gedanke ihn beseelte, es stand ihm deutlich im Gesicht geschrieben. Draußen in der Meerenge gurgelte das Auge des Mannanán und zog jedes Boot in die Tiefe, das ihm zu nahe kam – so erschien ihr auch diese Vision.

Die diesseitige Welt wurde in einen Malstrom gesogen, und nichts würde je wieder so sein, wie es einmal gewesen war.

»Dein Traum und Declans Vision haben dieselbe Bedeutung, das weißt du so gut wie ich.« Eremon sah sie eindringlich an. »Es ist meine Bestimmung, die Stämme Albas zusammenzuführen, um gemeinsam gegen die Römer zu kämpfen.« Er hielt inne. »Alle Stämme dieses Landes müssen sich zu einem zusammenschließen!«

»Ja.« Das Wort klang wie eine Kapitulation. Rhiann hatte den Kessel in ihren Träumen in den Händen gehalten; sie wusste, was das hieß. Sie hatte gespürt, wie die Macht sie durchströmte, allein bei der Erinnerung daran erwachte dieses Gefühl erneut in ihr und erfüllte sie.

»Ich wusste, dass du mich verstehen würdest.« Eremon tätschelte Dòrns Hals, woraufhin der Hengst leise wieherte. »Deswegen habe ich auch lange nachgedacht. Gibt es einen König in Alba, der über allen anderen steht? Der über die größte Macht im Land verfügt, das meiste Land besitzt und die meisten Krieger befehligt?«

Rhiann spürte, wie ihr die Farbe aus dem Gesicht wich. »Ja«, flüsterte sie.

»Wen? Wie lautet sein Name?«

Ihr Mund war so trocken, dass sie die Antwort nur mühsam herausbrachte. »Calgacus«, krächzte sie. »Sein Name bedeutet ›das Schwert‹ – er ist ein Meister im Umgang mit dieser Waffe. Seine Festung liegt über einer großen Bucht im Nordosten Albas.«

»Wie lange wird es dauern, bis ein Bote ihm eine Nachricht überbracht hat und mit seiner Antwort zurückgekehrt ist?«

Rhiann leckte sich über die Lippen. »Der schnellste Weg führt durch das Great Glen, das große Tal, das Alba in zwei Hälften teilt. Es ist die einzige Möglichkeit, die Berge vor der Ostküste zu überqueren. An ihrem Fuß zieht sich eine Seenkette entlang. Ein Mann kann die Strecke hin und zurück zu Pferde und mit dem Boot zurücklegen und in ungefähr fünfzehn Tagen wieder in Dunadd sein.«

»Gut.« Eremon, der ihre Unruhe nicht zu bemerken schien, schwang sich mit Hilfe seines gesunden Arms in den Sattel. »Dann werde ich Aedan so schnell wie möglich mit einer Botschaft zu ihm schicken. Außerdem muss ich alle nötigen Vorkehrungen treffen, um Calgacus selbst aufzusuchen, um einen Kriegsrat einzuberufen!« Er wendete sein Pferd, pfiff nach Cù und galoppierte davon. Schon bald ging Dòrns Hufschlag im Geschrei der Möwen unter.

Mit weichen Knien lehnte sich Rhiann gegen Liath' Flanke.

Calgacus *war* der mächtigste König Albas – und der Vater eines Mannes, den Rhiann sieben Jahre lang nicht mehr gesehen hatte… Drust, der Tätowierkünstler, der Träumer.

Drust, dessen lange, geschmeidige Finger über ihre Haut geglitten waren und ein Feuer in ihr entfacht hatten, das jene Räuber später für immer auslöschen sollten. Ein Feuer, von dem nur kalte Asche übrig geblieben war.

Sie begann zu zittern, als ihr die Absichten der Göttin klar wurden. Sie hatte Rhiannons Gestalt angenommen, um Eremon den ihm vorherbestimmten Weg zu weisen, und zugleich würde sie so Rhiann wieder mit Drust vereinen – denn sie gedachte nicht, in Dunadd zurückzubleiben, wenn Eremon gen Norden reiste.

Ist Drust der Mann in meinem Traum, Mutter? Führst du mich deswegen zu ihm? Bin ich seiner würdig?

Vielleicht war ihr und Drusts Schicksal auf irgendeine Weise mit dem von Eremon verknüpft, denn ihr war jetzt klar, dass dem Prinzen aus Erin eine führende Rolle bei der Befreiung Albas zugedacht war. Er war nicht allein in ihr Land geschickt worden, um die Epidier zu retten. Natürlich konnte Eremon unmöglich der Mann aus ihrem Traum sein, aber sie würden alle das ihre dazu beitragen müssen, um ihr Ziel zu erreichen, und vielleicht betrafen ihre Träume ja nur jene Menschen, die ihr persönlich nahe standen.

Als sie und Eithne das Moor unterhalb von Dunadd durchquerten, kam sie erneut zu dem Schluss, dass es sich bei dem Mann an ihrer Seite in der Tat um Drust handeln musste. Er war der einzige Mann, den sie je berührt hatte; der Einzige, der sanft, einfühlsam und verständnisvoll gewesen war. Der Einzige, der je Verlangen in ihr geweckt hatte. Aber sie war nicht mehr das Mädchen, das Drust einst gekannt hatte. Würde er noch etwas für sie empfinden? Würde er sie überhaupt noch wollen?

Trotz ihrer Furcht verspürte sie plötzlich einen leisen Widerhall des Verlangens nach ihm. Eine lange vergessen geglaubte Erinnerung stieg in ihr auf wie ein Sonnenstrahl, der durch die Wolken bricht – an jene Zeit, als das Blut heiß und feurig durch ihre Adern geflossen war, ehe die Dunkelheit alle Gefühle in ihr ausgelöscht hatte.

Konnte ein Wunder geschehen? Konnte Drust sie wieder zum Leben erwecken?

44. Kapitel

Eremon hasste es, erneut die Zustimmung des Ältestenrates zu seinen Plänen einholen zu müssen, aber Declans Vision bewog viele dazu, sich seiner Meinung anzuschließen, und Eremons flammende Rede überzeugte dann auch diejenigen, die noch unschlüssig waren. Außerdem hatte der erfolgreiche Überfall auf die römische Festung ihn in der Achtung der epidischen Krieger steigen lassen, jetzt exerzierten sie mit noch größerem Eifer auf der Flussebene.

Der Kampf hatte in ihnen ein Feuer entfacht, das sich nicht mehr eindämmen ließ, und sie brannten darauf, den Feinden ein weiteres Mal in der Schlacht gegenüberzutreten.

»Diese Reise ist ein nächster Schritt in Richtung dieses glorreichen Tages«, verkündete Eremon, der wie immer auf der Deichsel eines Streitwagens stand. »Denn mit der Unterstützung aller Stämme Albas werden wir die römischen Hunde nach Britannien zurücktreiben!«

Es dauerte noch zwei weitere Tage, bis Aedans Stolz darüber, als Bote für diese wichtige Mission auserwählt worden zu sein, die Oberhand über seine Furcht vor den Stämmen des Nordens gewann. Angetan mit einer neuen Tunika und einem neuen Mantel machte er sich schließlich mit Geschenken, zehn Kriegern und seiner Harfe auf den Weg. Eremon wusste, dass er trotz seiner Jugend wohlgesetzte Worte an Calgacus richten würde – er wollte diesem König zeigen, dass er ein Prinz und kein gewöhnlicher Viehdieb war, dem es nur darum ging, seinen Blutdurst zu stillen.

Nach Aedans Aufbruch verlor Eremon keine Zeit. Vom Morgengrauen bis zum Einbruch der Dämmerung war er überall zugleich, fuhr mit der Ausbildung der Truppen fort, besuchte andere Edelleute und verstärkte die Verteidigungsanlagen in den Gebieten im Osten. Ständig gingen Kundschafter im Haus des Königs ein und aus, die er anwies, wo Wachposten aufgestellt werden sollten und wie viele und wem sie während seiner Abwesenheit Bericht zu erstatten hatten.

Er übertrug erneut Finan die Verantwortung für alles, obwohl der alte Krieger diesmal murrte, weil er in Dunadd zurückbleiben sollte, denn er hatte schon viel von Calgacus' prächtiger Festung gehört. Aber er kannte seine Pflicht, und die Ältesten respektierten ihn inzwischen, denn er hatte mit ihnen zusammen bei vielen Humpen Ale Kriegsgeschichten ausgetauscht.

Eremon erhob keine Einwände, als Rhiann ihm mitteilte, dass sie ihn begleiten wollte, sondern knurrte nur: »In Ordnung«, ehe er sich abwandte, um mit einem seiner Kundschafter zu sprechen.

Also packten Rhiann und Eithne Decken und Lederzelte zusammen und buken hartes Brot, das unterwegs nicht verderben würde. Caitlin hielt sich die ganze Zeit in der Nähe des Feuers auf, schnitt Eschenruten für neue Pfeile zurecht und kochte Leim, um die Federn daran zu befestigen – bis Rhiann den beißenden Geruch des Birkenharzes nicht mehr ertragen konnte und Caitlin in das Haus des Königs verbannte.

Dann ritt sie zu Linnet hinüber. »Du weißt doch, dass die anderen Kinder von Tiernans Frau alle zu früh gekommen sind, nicht wahr, Tante? Und dass Neesas zweiter Sohn verdrehte Beine hat, sie müssen jeden Tag mit dieser Salbe massiert werden.«

»Ich weiß, ich weiß, Kind.« Linnet fütterte gerade ihre Ziegen. Sie stellte den Eimer ab und sah Rhiann mit einem leisen Lächeln an. »Ich habe mich lange Zeit um all diese Dinge gekümmert, erinnerst du dich?«

»Verzeih mir.« Rhiann schüttelte den Kopf und kratzte sich an Linnets Zaun etwas Schlamm von ihren Stiefeln. »Ich komme mir vor, als wäre mein Kopf mit rasselnden Haselnüssen gefüllt. Alles wirbelt durcheinander.«

Linnet wischte sich die Hände an ihrem Rock ab. »Mach dir keine Sorgen, ich werde auf alles ein Auge haben. Du darfst dir diese unwiederbringliche Gelegenheit nicht entgehen lassen. Der große Calgacus kam vor langer Zeit als junger Prinz zu uns – wir dachten damals, er würde um deine Mutter anhalten. Aber dann wurde er König seines eigenen Volkes und konnte kein Bündnis mit uns eingehen.« Sie seufzte. »Er führt den Adler in seinem Banner, und er gleicht diesem majestätischen Vogel sehr. Er ist ein sehr beeindruckender Mann.«

»Tante, du klingst wie eine errötende Jungfrau! Ich bin an seinem Verstand interessiert, nicht an seinem Äußeren.«

Linnet lachte und stützte sich auf den Zaun. »Er hat auch einen scharfen Verstand. Er wird die Sachlage genauso sehen wie Eremon und du, Rhiann. Er wird begreifen, dass sich die Stämme zusammenschließen müssen.«

»Hoffentlich. Das haben sie noch nie zuvor getan. Aber wir waren auch noch nie zuvor einer solchen Bedrohung ausgesetzt. Vereint sind wir stärker.«

»Ja, aber wer weiß, ob sich die Krieger eurer Ansicht anschließen? Frauen denken in solchen Dingen praktisch, Männer nur an ihre Ehre.«

Rhiann seufzte. »Ich werde dennoch mein Bestes tun, denn die Träume raten mir dazu.« Sie runzelte die Stirn. »Es macht dir doch nichts aus, nach Dunadd überzusiedeln, oder Tante? Ich weiß, ich verlange viel von dir …«

»Natürlich macht es mir nichts aus, schon allein deswegen nicht, weil ich Gelert nicht ständig über den Weg laufen werde.«

Als Rhiann sie fragend ansah, hob Linnet die Brauen. »Wusstest du das nicht? Derccas Schwester hat ihr erzählt, dass er euch begleiten wird.«

Als Rhiann Eremon von den Plänen des Druiden berichtete, zuckte dieser nur die Achseln. »Ja, ich weiß. Er sagt, er muss mit den Druiden im Norden über die Lage sprechen. Außerdem macht es einen guten Eindruck, wenn er uns begleitet. Ein Kriegsherr muss auf die Unterstützung des obersten Druiden bauen können. So lange er mir aus dem Weg geht, stört er mich nicht. Er kann kein Unheil anrichten.«

Insgeheim hielt Rhiann Gelert für alles andere als harmlos. Ihr war aufgefallen, wie merkwürdig er sich in der letzten Zeit verhielt. Immerhin hatte er aufgehört, ständig auf ihren Bauch zu starren; jetzt wich er ihrem Blick aus, wenn er ihr begegnete. Vielleicht hatte er seine Aufmerksamkeit endlich anderen Dingen zugewandt.

Nach siebzehn Tagen angespannten Wartens kehrte Aedan zurück, von der Reise erschöpft, aber mit einer neuen Festigkeit in den Zügen. »Er hat mich empfangen«, teilte er Eremon mit.

»Und?«, fragte Eremon ungeduldig.

»Ich habe ihm deine Botschaft ausgerichtet, mit genau deinen Worten … und einigen kleinen Ausschmückungen natürlich.« Aedan errötete, dann straffte er sich und schlug seinen schlammbespritzten Umhang zurück. »Und so lautet seine Antwort: Calgacus, Sohn des Lierna, das Schwert, König der Kaledonier, der bronzene Adler, grüßt Eremon, Sohn des Ferdiad, Prinz von Dalriada, Kriegsherr der Epidier und Gemahl der Ban Cré.«

Eremon hob eine Braue.

»Sei gegrüßt, Schwertbruder«, fuhr Aedan fort. »Es ist mir eine Ehre, den Schlächter der Römer und Zerstörer ihrer Befestigungsanlagen in der Wellenfestung zu empfangen. Kommt in einem Monat und feiert den längsten Tag des Jahres mit uns.« Aedan entspannte sich. »Das ist alles. Er gab uns zu essen, zu trinken und frische Pferde und bat mich, die Botschaft so schnell wie möglich zu überbringen.«

Eremon lächelte. »Es ist soweit!«, rief er seinen Männern zu. »In zwei Wochen brechen wir auf!«

Nur das leise Plätschern des Flusses zerriss die nächtliche Stille. Im Lagerhaus vermischte sich der Geruch frisch gesponnener Wolle mit dem bitteren von Farbe. Gold und Bronze schimmerten im Mondlicht.

Aber Gelert war nicht hier, um sich an den Reichtümern der Epidier zu ergötzen. Im Dunkeln verzogen sich seine Lippen verächtlich. Irdische Güter bedeuteten ihm wenig, für ihn zählte nur die Macht des Geistes – und die Macht über die Herzen der Menschen; die Macht, sie nach seinem Belieben zu lenken. Das war es, wonach er verlangte, und die rohe Kraft eines Kriegers, die glattzüngigen Worte eines *Prinzen* würden ihm dabei nicht im Weg stehen. Er, Gelert, würde in dieser Welt herrschen, wie er im Schattenreich herrschte. Und wenn sich ein Werkzeug als unbrauchbar erwies, galt es, ein neues zu erwählen.

Als er das Zaumzeug eines Pferdes klirren hörte, glitt er wie eine Schlange zur Tür. Unter der alten Eiche am Fluss bewegte sich ein dunkler Schatten, Füße landeten leise auf dem Moos, und dann huschte der Schatten auf das Lagerhaus zu.

»Ihr seid also gekommen«, murmelte Gelert.

Der Mann fuhr zusammen, denn er hatte den Druiden nicht bemerkt. »Ich habe nicht den Wunsch, mich unter das Joch des Sohnes von Erin zwingen zu lassen.« Obwohl er mit gedämpfter Stimme sprach, konnte er den bitteren Unterton darin nicht verbergen. Gelert lächelte in sich hinein.

»Meine Männer halten sich in dem Haselgehölz außerhalb von Criànan versteckt, wie Ihr befohlen habt, ehrwürdiger Druide. Was wünscht Ihr von mir?«

»Ich brauche einen Mann, der als mein Bote, mein Herold

fungiert.« Gelert legte eine kleine Pause ein. »Der für mich nach Erin reist.«

Der andere stieß zischend den Atem aus. »Nach Erin?«

»Der Prinz ist nicht der, der er zu sein vorgibt. Ich muss seinen wahren Rang in Erfahrung bringen. Dieses Wissen wird uns Macht über ihn verleihen.«

Der Schatten beugte sich begierig vor. »Ihr benötigt meine Hilfe, um diese Macht zu erlangen?«

Gelerts Mundwinkel krümmten sich höhnisch. Sie waren so leicht zu manipulieren, diese Krieger. Das nächste Mal würde er einen König auswählen, der sich wirklich nur auf das Kämpfen verstand. Er würde nicht denselben Fehler noch einmal machen.

»Es ist eine heikle – und gefährliche Mission. Ich brauche einen Mann mit mutigem Herzen und silberner Zunge. Einen Mann, der keinerlei Liebe für den Prinzen aus Erin hegt.«

»Dann habt Ihr Euren Mann gefunden. Ich kann nicht länger tatenlos zusehen, wie unser Volk zu dem Fremden überläuft – ich kann es keinen Tag länger ertragen. Übertragt mir diese Aufgabe, ich werde Euch nicht enttäuschen.«

Gelert zögerte bewusst einen Moment, ehe er sagte: »So sei es.«

Die Schultern des anderen Mannes entspannten sich. »Wie lauten Eure Anweisungen?«

»Unterhalb der Speerfestung wartet ein Boot auf Euch. Der Bootsmann kennt die Seewege. Landet an der nördlichsten Spitze Erins und zieht Erkundigungen über die Familie des Prinzen ein. Aber bringt Euch selbst nicht in Gefahr. Wenn alles so ist, wie er gesagt hat, übergebt dies dem Druiden seines Vaters.« Er reichte dem Mann einen kurzen Eschenholzstab, in den er die heiligen Symbole der Druiden eingeschnitzt hatte. Der Mann nahm ihn entgegen und schob ihn in seinen Gürtel.

»Und wenn dies nicht der Fall ist?«

»Dann verhaltet Euch unauffällig und benutzt die Geschenke, die ich in das Boot gelegt habe, um so viele Informationen zu kaufen wie möglich. Wenn Ihr zurück seid, stoßt so schnell wie möglich zu uns in die Festung von Calgacus dem Schwert. Falls Ihr nicht ums Leben kommt...«, er zog die Worte in die Länge, »... möchte ich die Neuigkeiten nur aus Eurem eigenen Mund hören – wenn nicht, werde ich den Zorn der Götter auf Euch und Eure Familie herabbeschwören. Habt Ihr mich verstanden?«

Der Mann atmete schnell und abgehackt. »Ja.« Er nickte knapp, ging zu seinem Pferd zurück und schwang sich in den Sattel. »Ich werde Euch bringen, was Ihr verlangt.«

Gelert schob die Hände in die Ärmel seines Gewandes und lächelte zufrieden. Jetzt wusste er, dass er diesen Mann richtig eingeschätzt hatte.

Als sich der Reiter aus dem Schatten der Eiche löste und sein Pferd auf den Handelsweg lenkte, schob sich der Mond hinter einer Wolke hervor und ließ sein Haar silbern aufleuchten.

Rhiann wagte nicht, Didius auf diese Reise mitzunehmen, weil sie nicht wusste, wie die Kaledonier auf einen Römer in ihrer Mitte reagieren würden. Da sie ihn immer nur dann hatte lächeln sehen, wenn er etwas Neues lernen konnte, brachte sie ihn zu Bran.

Der Schmied, ein hoch gewachsener Mann mit muskulösen Schultern, blickte auf den Römer hinab. »Soll ich ihn für Euch bewachen?«

Rhiann schüttelte lächelnd den Kopf. »Nein, ich wollte dich bitten, ihn als Gast in dein Haus zu nehmen. Er hat geschickte Hände und einen klugen Kopf – vielleicht kann dir beides von Nutzen sein.«

Brans blaue Augen unter den vom Schmiedefeuer zu Stoppeln abgesengten Brauen blickten skeptisch. »Ein Römer als Lehrling?« Seine große, schwielige Hand mit den schmutzigen Nägeln landete auf Didius' Schulter und drückte zu. »Viel Muskeln hat er ja nicht. Wie soll er sich nützlich machen?«

Didius zuckte zusammen, hielt aber Brans Blick tapfer stand. »Ich kann Euch zeigen, wie man Wasser bergauf fließen lassen kann.« Sein Akzent verzerrte die melodische Sprache Albas, doch man konnte ihn verstehen. Eithne war eine gute Lehrerin gewesen. »Ich kann Euch zeigen, wie Ihr Unrat aus Eurem Haus spülen könnt.«

Brans Brauen schossen in die Höhe, dann lächelte er. »Vielleicht wirst du dich ja doch als brauchbar erweisen, Römer. Aber die Ban Cré hat dich mir anvertraut; ich bin für dich verantwortlich. Bring mich also nicht in Schwierigkeiten, indem du zu fliehen versuchst.«

»Das werde ich nicht tun«, erwiderte Didius, aber er blickte Rhiann dabei an.

»Gibt es noch irgendetwas zu besprechen?« Eremon stand neben seinem Hengst Dòrn vor dem Torturm von Dunadd.

Finan schüttelte den Kopf. »Nein, mein Prinz. Es sind alle Fragen geklärt.«

»Hast du Wachposten in den Bergen im Süden und Osten aufgestellt?«

»Ja. Jeder weiß, was er zu tun hat.«

Eremon ließ den Blick über die Mitglieder der Reisegruppe schweifen. Rhiann und Eithne überprüften ein letztes Mal ihr Gepäck, während Aedan ehrerbietig die Zügel ihres Pferdes hielt. Der Barde hatte sich von den Strapazen seiner letzten Reise wieder erholt, und obwohl er davor zurückschreckte, denselben Weg so bald noch einmal zurückzulegen, wollte er um keinen Preis die Begegnung zweier so großer Männer versäumen, wie er erklärte.

Caitlin und Rori, die beide schon zu Pferde saßen, überprüften einen von Caitlins neuen Pfeilen. Fergus und Angus verabschiedeten sich kichernd von drei Mädchen, die sich schluchzend an die Zügel ihrer Pferde klammerten.

Die Gruppe bestand aus zehn Epidierkriegern und zehn von Eremons eigenen Männern. Conaire hielt einen Speer in die Höhe, an dem ihre neue Standarte flatterte: ein mit Wildschweinborsten und den geflochtenen Schwanzhaaren einer Stute besetzter Lederstreifen.

Im Schatten des Turmes saßen Gelert und zwei andere Druiden auf grauen Pferden. Druiden pflegten solche Reisen fast immer zu Fuß zurückzulegen, aber Eremon hatte Gelert gebeten, diesmal eine Ausnahme zu machen, damit sie Calgacus' Festung schneller erreichten. Zu seiner Überraschung hatte sich Gelert widerspruchslos einverstanden erklärt. In seinen gelben Augen hatte eine unterschwellige Erregung geflackert, die Eremon nicht zu deuten vermochte. Der Druide würde aber in der nächsten Zeit kaum Gelegenheit haben, Unfrieden zu stiften, weil er ein scharfes Auge auf ihn haben würde.

Doch als sich Eremon in den Sattel schwang, trieb ihn sein Instinkt dazu, die Menge, die sich versammelt hatte, um ihn zu verabschieden, noch einmal genau zu mustern. »Pass auf diesen jungen Heißsporn Lorn auf«, murmelte er zu Finan hinab. »Wo steckt er überhaupt? Ich habe ihn noch vor zwei Tagen in Dunadd gesehen. Eigentlich hatte ich damit gerechnet, dass er hier auftaucht, um sich mit eigenen Augen von meiner Abreise zu überzeugen.«

Finan blickte gleichfalls über die Menge hinweg. »Ich habe ihn schon eine ganze Weile nicht mehr gesehen. Vielleicht ist er zu seinem Vater zurückgekehrt, um dort in Ruhe seine Wunden zu lecken.«

»Behalte ihn auf jeden Fall im Auge. Ich habe so ein Gefühl, dass er uns noch Probleme bereiten wird.« Er klopfte Finan auf die Schulter. »Leb wohl, alter Freund. In einem Monat sehen wir uns wieder.«

Finan trat zurück, und Eremon nickte Conaire zu, der die Standarte schwenkte. Die polierte Speerspitze blitzte in der Sonne auf.

Unter dem Jubel der Menge passierten die Reiter das Tor und ritten in den Sonnenschein hinaus.

45. Kapitel

SONNENZEIT, ANNO DOMINI 80

Nachdem sie die Seen mit den steilen Ufern und die schroffen Felsen des Großen Tals hinter sich gelassen hatten, ergoss sich das Land der Kaledonier wie ein weich fallender Umhang über die östliche Ebene: fruchtbare Äcker, auf denen sich die Gerste allmählich goldgelb färbte. Die hier angesiedelten Gehöfte waren so zahlreich, dass der Rauch aus ihren Kaminen einen blauen Schleier in der klaren Luft bildete.

Calgacus hatte die Königswürde über seine Mutter erlangt, eine Ban Cré, die noch vor Rhianns Geburt gestorben war, von der die Schwestern auf der Heiligen Insel aber immer noch mit großem Respekt sprachen. Eine mächtige Priesterin hatte einen mächtigen König geboren. So sollte es sein.

Unglücklicherweise wurde ihre Ankunft von einem plötzlich aufziehenden Platzregen begleitet, der von Westen her über sie hereinbrach. Die Reiter zogen sich die Kapuzen ihrer Umhänge tief ins Gesicht, duckten sich über die Hälse ihrer Pferde und waren so damit beschäftigt, sich vor den nadelscharfen Tropfen zu schützen, dass sie beinahe gegen einen großen Stein geprallt wären, der neben dem Pfad aufragte.

Rhiann und Eremon, die an der Spitze der Gruppe ritten, zügelten ihre Pferde. In den Granit war ein mannshoher Adler eingemeißelt. Der edle Kopf war nach Westen gerichtet, das Auge blickte kühn, der Schnabel blitzte messerscharf. Aber das war noch nicht alles. Die herausgemeißelten Konturen des großen Vogels waren mit geschmolzener Bronze ausgegossen worden, sodass die Flügel und Klauen noch im grauen Regen hell schimmerten und vor Macht zu glühen schienen.

Conaire, der sich zu ihnen gesellt hatte, pfiff anerkennend durch die Zähne.

»Calgacus' Zeichen ist der Adler, nicht wahr?«, fragte Eremon.

Rhiann, die den Stein wie gebannt anstarrte, nickte nur stumm.

»Dann muss es im Reich dieses Königs begnadete Künstler geben. So eine herrliche Arbeit habe ich noch nie gesehen.«

Rhianns Mund war staubtrocken geworden, und sie konnte nur mit Mühe schlucken. Der Anblick des Steins hatte eine leise Erinnerung in ihr geweckt; eine Erinnerung an eine andere Zeit, ein anderes Leben. Der gemeißelte Adler trug eine unverkennbare Handschrift.

»Calgacus das Schwert ist ein reicher und mächtiger Mann.« Das waren die ersten Worte, die Gelert während dieser Reise sprach. Sein Gesicht lag unter der Kapuze seines Umhangs verborgen. »Man darf ihn keinesfalls unterschätzen. Vielleicht findet Ihr in ihm jemanden, der es mit Euch aufnehmen kann, Prinz.«

Eremon musterte Gelert mit unverhohlener Abneigung. »Das hoffe ich sehr, Druide. Vielleicht wird er dann verstehen, wie wichtig ein Bündnis der Stämme für uns alle ist.«

»Möglich. Aber vielleicht reicht selbst Eure glatte Zunge nicht aus, um diesen König zu überzeugen.«

Mit einer scharfen Bewegung trieb Eremon sein Pferd weiter, und Rhiann folgte ihm, ohne sich noch einmal nach dem Stein umzudrehen. Auf Gelerts Worte hatte sie kaum geachtet.

Die Steinmetzarbeit war ihr vertraut, da gab es keinen Zweifel. Ihre Hände, die die Zügel hielten, zitterten leicht.

Kurz darauf erreichten sie eine Bucht, dort lag Calgacus' Festung im Regen vor ihnen. Sie war auf einer Landzunge zwischen einem rasch dahinfließenden Fluss und dem Meer errichtet worden. Machtvoll und gebieterisch thronte sie auf einer Anhöhe, die sich über der Ebene und einem kleinen Hafen erhob, in dem zahlreiche Boote festgemacht waren.

Dunadd war auf seine Art schon beeindruckend, aber die Wellenfestung übertraf es bei weitem. Rund um das Bauwerk herum verlief ein breiter Graben, dahinter ragte ein Wall von der Höhe dreier Männer auf, der von einer Holzpalisade und einem schmalen Fußweg gekrönt wurde. Das Eichentor war breit genug, um vier Streitwagen nebeneinander hindurchzulassen, und es wurde von zwei massiven Türmen flankiert. Überall flatterten mit dem Adleremblem bestickte Fahnen, und die Spitzen der Pfosten, an denen sie hingen, waren mit Gold überzogen, das in der Sonne hell leuchtete.

Innerhalb der Mauern herrschte das vertraute Gewirr aus flachen Rundhäusern und baufälligen Schuppen, aber alles hier schien größer, lauter und geschäftiger zu sein als in Dunadd. Alles zeugte von Wohlstand. Hölzerne Stege führten über den schlammigen Untergrund, die Häuser waren frisch gestrichen und mit Fahnen und Trophäen geschmückt, die Dächer sauber mit goldenem Stroh gedeckt.

Nachdem sie abgestiegen waren und den Hauptweg entlanggeführt wurden, sah Rhiann, dass viele Pfosten der Häuser mit ebenso kunstvollen Schnitzarbeiten verziert waren wie der Stein, an dem sie vorhin vorbeigekommen waren. Unwillkürlich legte sie eine Hand auf ihren Bauch. Die Tätowierungen auf ihrer Haut schienen durch den dünnen Stoff ihres Kleides hindurchzubrennen. Dieselben Hände, die die verschlungenen Muster auf ihren Körper gemalt hatten, hatten auch den Stein und die Türpfosten bearbeitet. Drusts Kunst sprang sie aus jeder Ecke an. Wo war er selbst?

Obgleich sie nach dem langen Ritt alle erschöpft waren, besichtigte Eremon mit seinen Männern noch rasch im schwindenden Tageslicht die Verteidigungsanlagen der Festung, nachdem sie die ihnen zugewiesenen Gästehäuser bezogen hatten. Als er mit Caitlin zu Rhiann in ihre Hütte zurückkehrte, um sich für das Willkommensmahl umzukleiden, erleuchteten Fackeln und Binsenlichter den Raum.

Während Eithne die Umhänge vor dem Feuer zum Trocknen ausbreitete und Caitlin wegen ihres zerzausten Haares ausschalt, trat Eremon hinter den Wandschirm, der die Schlafnische vom Rest des Raumes trennte, und blieb wie angewurzelt stehen.

Rhiann saß auf dem mit Pelzdecken bedeckten Bett und

hielt sich einen Spiegel vor das Gesicht. Statt ihrer durchnässten Reisekleidung trug sie jetzt ein Kleid aus feiner grüner Wolle, das am Saum mit gelben Blumen bestickt war. Ihr Haar war kunstvoll aufgesteckt und wurde von juwelenbesetzten Nadeln gehalten. Ein schwerer Goldreif lag um ihren schmalen Hals, und an ihrem Priesterinnenumhang glitzerte die königliche Brosche der Epidier.

Er hatte sie noch nie so strahlen und funkeln sehen, und zu seiner eigenen Überraschung ließ ihn ihr Anblick nicht unbeteiligt. Einen Moment lang wünschte er, die Dinge stünden anders zwischen ihnen, denn dann könnte er jetzt zu ihr treten, sie bei der Hand nehmen und sehen, wie ihre Augen voller Verlangen auf ihm ruhten. Später würde er die Hände in diesem prachtvollen Haar vergraben, wenn es ihr offen über die Schultern fiel, und sie würde seinen Namen flüstern …

»Wir müssen unbedingt einen guten Eindruck machen«, riss ihn ihre Stimme aus seinen Träumereien. Sie deutete an sich herunter und legte den Spiegel auf das Bett. »Wenn sie mir als Ban Cré meines Stammes Respekt zollen, werden sie auch dich als meinen Gatten respektieren.«

Augenblicklich erlosch Eremons Begierde und machte wachsender Gereiztheit Platz. *Ich bin durchaus in der Lage, mir selbst Respekt zu verschaffen!*

»Ich habe dir deine Kleider schon zurechtgelegt.« Rhiann nickte zur anderen Seite des Bettes hinüber. »Du solltest deine blaue Tunika tragen, sie kleidet dich am besten.«

Während Eremon sich umkleidete, beobachtete er sie aus den Augenwinkeln heraus und sah, wie sie nach einer kleinen Phiole griff und Farbe auf ihre Lippen tupfte. Ihre Hände zitterten dabei leicht.

All dieser Aufwand sollte allein dazu dienen, eine Versammlung alter Männer zu beeindrucken?

Conaire klopfte gegen den Türpfosten und betrat den Raum. Die anderen Männer folgten ihm. Als Eithne Caitlins Haar fertig geflochten hatte und Caitlin sich mit einem erleichterten Seufzer erhob, legte ihr Rhiann einen blattgrünen Umhang über ihr ausgeborgtes Kleid und befand, dass sie den Epidiern Ehre machen würde. Bei diesen Worten schnitt Caitlin eine Grimasse und streckte Conaire die Zunge heraus, doch der lachte nur.

Aber Eremon entging nicht, dass sein Ziehbruder den Blick kaum von Caitlins golden schimmerndem Kopf losreißen konnte, als sie das Haus verließen. Er seufzte leise. Conaire durfte wenigstens darauf hoffen, dass seine Blicke erwidert wurden.

Die schweren geschnitzten Türen von Calgacus' Haus schwangen auf, und sie gelangten in einen riesigen Raum mit hoher Decke, in dem eine Unmenge Bänke standen.

»Der König verfügt über geschickte Kunsthandwerker«, stellte Eremon erneut fest, während er mit Rhiann und den anderen Edelleuten darauf wartete, Calgacus vorgestellt zu werden. Er bewunderte die Schnitzereien an den Pfosten, die die obere Galerie trugen. Rhiann folgte seinem Blick, sah zur Seite, und das Blut stieg ihr in die Wangen.

Was war nur los mit ihr?

Doch dann wurde Eremons Aufmerksamkeit von einem hoch gewachsenen Mann gefesselt, der vor dem Feuer in der Mitte des Raumes stand. Seine dichte Haarmähne schimmerte in genau demselben Farbton wie das Gefieder des großen Adlers. Auch sein Gesicht mit der gebogenen Nase und den goldenen Augen unter geraden, hellen Brauen erinnerte an diesen edlen Vogel. Eremon registrierte anerkennend, dass der König kräftig und muskulös gebaut war und sich sehr gerade hielt. Obwohl zahlreiche Fältchen um seine Augen lagen und sein Haar an den Schläfen zu ergrauen begann, führte er offensichtlich immer noch das harte Leben eines Kriegers. Sein Körper wies keinerlei Anzeichen von Schlaffheit des Alters auf.

»Lady Rhiann, die Ban Cré der Epidier, und ihr Gemahl Eremon mac Ferdiad von Dalriada in Erin«, verkündete der Haushofmeister und bedeutete Rhiann und Eremon, vor seinen Herrn zu treten.

Eremon beobachtete Rhiann. Sie lächelte Calgacus höflich

zu, aber ihr Blick wanderte so unruhig durch den Raum, als suche sie jemanden.

Calgacus gab ihr den Begrüßungskuss auf beide Wangen. »Ich erinnere mich noch gut an Eure Mutter«, sagte er. »Sie war eine große Schönheit. Und Ihr seid ihr Ebenbild, Mylady.«

»Ich danke Euch.« Rhiann neigte den Kopf. »Es ist mir eine Ehre, Eure Bekanntschaft zu machen, Mylord. Wie ich hörte, war Eure Mutter eine mit großen Gaben gesegnete Frau. Die Schwestern auf der Heiligen Insel sprechen heute noch von ihr.«

Calgacus lächelte, wandte sich an Eremon und musterte ihn forschend aber nicht unfreundlich. »Ihr interessiert mich sehr, Mann aus Erin – warum seid Ihr hier und wieso wünscht Ihr an unserer Seite zu kämpfen? Ich freue mich schon darauf, mit Euch über all diese Dinge zu sprechen.«

»Die Freude ist ganz meinerseits, Mylord«, erwiderte Eremon. »Ich denke, wir haben viel miteinander zu bereden.« Er hielt dem Blick des Königs unverwandt stand. Grüne Augen begegneten goldenen. Mit einem Mal erkannte er, dass er ungeachtet des Verlaufs dieses Treffens diesen Mann als Freund oder auch als Feind respektieren würde. Eine innere Stimme sagte ihm, dass ihrer beider Schicksal irgendwie miteinander verknüpft war.

Calgacus, der offenbar zu demselben Schluss gekommen war, nickte knapp. »Jetzt esst und trinkt erst einmal in Ruhe. Morgen werde ich nach Euch schicken lassen. Noch sind nicht alle meiner Krieger hier eingetroffen, sodass wir noch keinen Ältestenrat einberufen können. Aber ich möchte vorab schon gerne hören, was Ihr uns vorzuschlagen habt.«

Eremon neigte zustimmend den Kopf, dann wurden er und Rhiann zu einer der Bänke an den Wänden des Raums geführt.

Obwohl er bald darauf in ein angeregtes Gespräch mit dem Krieger zu seiner anderen Seite verstrickt war, war sich Eremon stets Rhianns Gegenwart bewusst. Ihre Schönheit, die heute heller strahlte als je zuvor, bewirkte, dass er auf jede ihrer Bewegungen achtete und sogar den Duft nach Honig wahrnahm, der von ihr ausging.

So bemerkte er auch, wie sie plötzlich erstarrte, er folgte ihrem Blick, ohne sein Gespräch zu unterbrechen. Ein junger Mann hatte das Haus betreten und stand jetzt bei Calgacus. Er war ungefähr so groß wie der König, ihre Gesichter glichen einander sehr, nur das Haar des Jüngeren war dunkler. Er bewegte beim Sprechen ausdrucksvoll die Hände, hielt den Kopf hoch erhoben, und seine hellen Augen schweiften ruhelos durch den Raum. Er war noch reicher gekleidet als der König selbst, an seinen Fingern, Handgelenken und am Hals schimmerten kostbare Juwelen.

Wieder warf Eremon Rhiann einen verstohlenen Blick zu. Sie war totenbleich geworden, und in ihren Augen lag ein Ausdruck, den er noch nie dort gesehen hatte. Furcht … und noch etwas anderes. Unterdrückte Erregung … Anspannung und … nein, er musste sich irren. Das konnte doch unmöglich Verlangen sein!

Sein Magen krampfte sich zusammen. Ehe er sich bezwingen konnte, beugte er sich zu ihr und flüsterte ihr zu: »Wer ist dieser Mann?«

Sie schrak zusammen und wandte sich zu ihm. »Das ist Drust, Calgacus' Sohn.« Dann griff sie nach ihrem Metbecher.

Eremons Nachbar verstummte, als er bemerkte, dass Eremon ihm nicht mehr zuhörte, und drehte sich gekränkt zu dem Mann zu seiner anderen Seite um. Eremon wusste, dass er besser daran täte, das Gespräch wieder aufzunehmen … dennoch kamen ihm die nächsten Worte wie von selbst über die Lippen. »Du kennst ihn?«

Rhiann nippte an ihrem Met, um die Antwort hinauszuzögern, wie es ihm schien. »Ja.«

»Ich dachte, du wärst noch nie hier gewesen?«

»Er kam auf die Heilige Insel, als ich noch sehr jung war.« Als sie den Kopf hob, klirrten die kleinen Goldkugeln an ihrer juwelenbesetzten Haarspange leise. »Denk an unsere Thronfolgegesetze, Eremon. Du solltest deine diplomatischen Bemühungen auf Calgacus' Erben konzentrieren – auf die Söhne seiner Schwestern. Dieser Mann ist für dich nicht von Bedeutung.«

Für ihn nicht … aber Eremon dachte daran, wie sich Rhiann

mit zitternden Fingern Beerenfarbe auf die Lippen getupft hatte. Er unterdrückte den Drang, ihr weitere Fragen zu stellen, und wandte sich ab.

Sie selbst schien dem goldenen Mann keine Beachtung mehr zu schenken.

46. Kapitel

Sowie der Hunger der Gäste gestillt war, ihre Sinne aber noch nicht von zu viel Ale benebelt waren, erhob sich Calgacus von seiner Bank, um sich zurückzuziehen. »Morgen werde ich damit beginnen, mir zu überlegen, was es in der Kriegsratsversammlung alles zu besprechen gibt«, verkündete er. »Wir brauchen alle klare Köpfe, um unsere Vorschläge vorbringen zu können.«

»Oder unsere Bedenken«, murmelte der neben Rhiann sitzende Krieger.

Rhianns Zuversicht schwand, als sie begriff, wie schwierig es werden würde, die Männer dazu zu bringen, zu einer Übereinkunft zu gelangen. Sie verfügten nicht über die Fähigkeit, eine Einheit zu bilden und einen klaren Kurs zu verfolgen, die den Völkern des Mittelmeeres zu eigen war: den Römern und vor ihnen den Griechen.

Ein Grund mehr für sie, sich nicht unter das Joch der Römer zwingen zu lassen! Ihr Volk würde verkümmern und schließlich eingehen wie ein in einem Käfig gehaltener Falke. Das Land würde mit ihm sterben. Wenn niemand mehr zu ihm sang, niemand mehr die Pforten zum Schattenreich bewachte, niemand mehr mit den Geistern der Quellen und Bäume sprach, würde sich Alba in eine seiner Seele beraubte Einöde verwandeln. Die Erde, ihre Mutter, würde unter den Stiefeln der Römer zertreten, die Luft vom Gestank ihrer Tempelfeuer verpestet werden. Und die leblosen Statuen ihrer Götter würden über die Berge hinwegstarren.

Das durfte sie nicht zulassen!

Rhiann blickte auf. Eremon stand vor ihr und bot ihr seinen Arm, um ihr beim Aufstehen behilflich zu sein. Nachdem sie sich erhoben hatte, verriet ihr die seltsame Leichtigkeit im Kopf, dass sie vor Nervosität mehr getrunken hatte als sonst, und als sie stolperte, musterte Eremon sie scharf.

Sie wünschte, er würde aufhören, sie ständig zu beobachten! Aber sie kannte den Grund dafür – er hatte bemerkt, wie sie Drust angesehen hatte. Selbst wenn einem Mann eine Frau nichts bedeutete, reagierte er wie ein kampfbereiter Hirsch, sobald er einen Rivalen witterte.

Unwillkürlich wanderte ihr Blick wieder zu Calgacus' Sohn hinüber. Zu was für einem Bild von einem Mann er herangewachsen war! Er bildete den Mittelpunkt einer kleinen Gruppe von Menschen, sie sah, wie er den Kopf zurückwarf und lachte, wobei er strahlend weiße Zähne entblößte. Seine Augen blitzten, als er sich in der Bewunderung seiner Zuhörer sonnte. Noch ein paar Schritte in seine Richtung, und sie stand nahe genug bei ihm, um sein Lachen hören zu können, das die Unterhaltung der Leute um ihn herum übertönte. Rhiann blieb wie gebannt stehen; unfähig, sich von der Stelle zu rühren.

Mit einem Schlag waren all die vergangenen Jahre vergessen, und die zarte Flamme tief in ihrem Inneren, die sich von Erinnerungen an Momente der Leidenschaft, sengende Berührungen in der Nacht und gestohlene Küsse nährte, flackerte plötzlich hell auf. Ihr Atem ging schneller, und sie presste verstohlen eine Hand auf ihren Bauch. Ihr war, als spüre sie erneut, wie die Tätowierungen auf ihrer Haut Gestalt annahmen.

Sie war von der Menge noch näher an Drust herangeschoben worden und verfolgte jetzt aus einem Augenwinkel heraus, wie er seinen Zuhörern eine Geschichte erzählte und sie mit beredten Gesten untermalte. Er hatte wohlgeformte, schmale Hände, die keine Schwielen vom ständigen Führen eines Schwertes aufwiesen. Diese Hände handhabten nur Meißel und Tätowiernadeln; dieser Mann erschuf Schönheit, statt sie zu töten oder zu verstümmeln.

Plötzlich wandte sich Eremon zu ihr, um sie irgendjemandem vorzustellen, und sie hatte Mühe, die Fassung wieder zu gewinnen. Aber obgleich sie ihm jetzt den Rücken zukehrte, konnte sie immer noch die goldene Hitze spüren, die von Drust ausging.

Bald würde sich eine Gelegenheit ergeben, ungestört mit ihm zu sprechen, dann würde sie wissen, ob er sich noch an sie erinnerte. Er konnte sie doch unmöglich vergessen haben!

Später an diesem Abend lag sie neben Eremon in dem schmalen Bett ihrer Hütte. Er wandte ihr wie immer den Rücken zu, im schwachen Licht des Feuers konnte sie den dunklen Schatten an der Wand sehen.

Mit einem Mal wurde ihr voll und ganz bewusst, welch breite Kluft sie von diesem Mann trennte, der nur eine Handbreit von ihr entfernt schlief.

Es musste der Anblick von Drust gewesen sein, der sie zu dieser Erkenntnis gebracht hatte. Sie konnte die Wärme von Eremons Körper deutlich spüren, aber sie fühlte nicht das Verlangen, ihn zu berühren, das sie damals bei Drust fast überwältigt hatte.

Damals, vor sieben Jahren …

Diese Erinnerungen bestanden aus flammender Hitze, während sie an Eremons Seite nur die Kälte eines Wintertages verspürte. Ruhelos rollte sie sich auf den Bauch.

Irgendetwas war mit ihr geschehen, als sie an diesem Abend in Calgacus' Halle gestanden hatte. Eine Tür, die sie für immer verschlossen geglaubt hatte, war aufgeflogen; Gefühle, die seit dem Überfall in ihr erloschen waren, wallten erneut in ihr auf. Aber wie konnte sie nach all dem, was diese Männer ihr angetan hatten, überhaupt noch so empfinden? War dieser Teil von ihr nicht tot und begraben?

Vorsichtig drehte sie sich auf die andere Seite; bemüht, Eremon nicht zu wecken.

Seit jenem Tag mit Linnet am Strand hatte sich vieles geändert. Die Tränen hatten irgendetwas in ihr fortgespült oder neu geweckt. Die Wunde zwischen ihr und Linnet vernarbte, ihr Traum hatte ihr seine Bedeutung enthüllt, und Caitlin … Caitlin zog sie mit ihrem Lachen ins Leben zurück. All dies hatte ihr wieder Hoffnung gegeben.

Vielleicht schmolz noch mehr in ihrem Inneren dahin wie das Eis auf den Gipfeln, das ins Tal herabfloss, wenn die Zeit der Blattknospe kam. Der Gedanke erschreckte sie, denn war die Flut erst einmal ausgelöst … wer wusste, ob sie aufgehalten werden konnte? Sie betrachtete den Rücken des schlafenden Eremon. Auch eine Flut konnte eine zerstörerische Wirkung haben.

Sie legte eine Hand unter ihren Kopf. An jenem Tag, an dem sie nach der Geburt von Eithnes Bruder nach Hause zurückgeritten war, hatte sie eine Hand nach den Nebelschwaden ausgestreckt und sich gewünscht, in die Schattenwelt hinübergezogen zu werden. Sie hatte sich gewünscht, alles möge anders werden, und die Göttin hatte ihr diesen Wunsch erfüllt, wenn auch nicht so, wie Rhiann gedacht hatte. Die Veränderungen in ihrem Leben waren ihr aufgezwungen worden, durch die Heirat, durch Caitlin, und nun durch das Wiedersehen mit Drust.

Du hast zwei Möglichkeiten, sagte ihr die Stimme der Vernunft. *Du kannst einmal mehr bewusst die Augen vor den Tatsachen verschließen und dich in dein Schneckenhaus zurückziehen, oder du kannst dich von der Flut davontragen lassen. Wofür wirst du dich entscheiden?* Sie schloss die Augen und ließ sich vorsichtig ein Stück in den Strom gleiten, nur um zu spüren, wie es sich anfühlte, mitgerissen zu werden …

Augenblicklich versank sie in der Erinnerung an eine Zeit, in der sie noch keine Schmerzen gekannt hatte. Sieben Jahre … o Göttin! Wie unschuldig dieses Mädchen dort bei Drust in der Hütte doch gewesen war! Sie sah ihn wieder vor sich, roch den Duft seines Körpers, spürte seine Berührung …

Drust, wie er jedes seiner Worte mit Gesten betonte …

Sein heißer Atem auf ihren Fingern, als er ihr zur Begrüßung die Hand küsste …

Und später …

… hatte eine wohlige Wärme sie umgeben, und der Schein des Feuers warf einen goldenen Glanz über ihre Haut. Sie lag nackt und schweißbedeckt auf einem Bett. Drusts Gesicht neigte sich über sie, seine Augen waren halb geschlossen, seine Hände schwebten über ihrem Körper.

Sie blickte zu ihm auf und begann zu zittern, denn sie konnte die Hitze spüren, die von seinen Handflächen ausging und eine sengende Spur von ihrem Hals abwärts über ihre Brüste zog. Aber er berührte sie nicht, fand nicht die Stelle zwischen ihren Schenkeln, die sich danach sehnte, seine Finger willkommen zu heißen.

Eine Welle schieren Verlangens schlug über ihr zusammen, als ihr Blick über die feinen Züge seines Gesichts und die langen Wimpern wanderte und dann an seinen Händen mit den schlanken, mit blauem Waid verschmierten Fingern hängen blieb. Sie sahen so weich aus. Wenn sie doch nur spüren könnte, wie weich sie wirklich waren …

Sie wand sich auf dem Bett, und er schlug die Augen auf und lächelte sie an. »Ah, meine Schöne.« Seine Stimme war so samtig wie die Geweihsprossen eines Hirsches zur Zeit des Blätterfalls. »Welche Kunstwerke kann ich schaffen, wenn du mich inspirierst.«

Sie lächelte. Kein Mann hatte je so mit ihr gesprochen. Niemand hatte sie je so angesehen. Die Männer in der Festung waren grobschlächtig, rotgesichtig und sprachen mit rauen, heiseren Stimmen. Dieser Mann war hingegen sanft, intelligent, gebildet … und schön.

Dann strich er mit einem Finger behutsam über die Vertiefung unterhalb ihres Halses. Sie schloss die Augen und lauschte seiner Stimme, während sein Finger kunstvolle Spiralen auf ihre Brüste malte, langsam beide Brustwarzen umkreiste und über ihre Rippenbögen zu ihrem Bauch hinunterglitt.

Er entwarf das Muster, das er auf ihre Haut tätowieren würde, auf ihrem Körper; sprach von dem gewundenen Band des Flusses, das sich durch das Herz ihrer Heimat zog; erklärte ihr, dass sich dieselben Kurven über ihre Brust winden würden. Dann zeichnete er die Hirsche der Inseln und Berge und schließlich auf ihrem Bauch das Pferd, das Stammeszeichen der Epidier. Er zog die Linien nach, die die alten Kultstätten verbanden, wo das Alte Volk steinerne Pforten gebaut hatte, dann die Quellen, die die Tore zum Schattenreich markierten, und schließlich zeichnete er das heilige Symbol, das für die männliche und die weibliche Hälfte der Quelle allen Lebens stand: zwei Speere, die sich über einem Halbmond kreuzten. All dies würde sie an das Land binden, die Macht in ihren Körper leiten, damit sie Ban Cré sein konnte, die Mutter des Landes…

Die Tätowierungen nahmen zehn Nächte in Anspruch.

Zehn Nächte lag sie regungslos unter Drusts sich sanft bewegenden Händen und erduldete die scharfen Stiche der beinernen Nadel, die ihr Lust und Schmerz zugleich bereiteten. Oft musste er innehalten, die Nadel beiseite legen und sie in den Armen halten, bis das Zittern, das ihren ganzen Körper erfasst hatte, allmählich nachließ.

Eine Woche lang schrumpfte ihre Welt auf ein Minimum zusammen: den Schein des Feuers an den Wänden der Hütte, die schmetterlingszarten Berührungen seiner Hände, den erdigen Geruch des Waids, das in einem Tiegel über dem Feuer brodelte. Außer ihren Atemzügen war kein Laut zu hören, und sie spürte nichts außer der Nadel und seinen behutsamen Fingern.

In der letzten Nacht legte er die Nadel endgültig fort. Die Haut auf der Vorderseite ihres Körpers war geschwollen und empfindlich, aber sie achtete kaum darauf. Für sie existierte außer seinen Augen nichts mehr auf der Welt.

Er küsste sie, wieder und wieder, flüsterte ihr Worte der Liebe und des Verlangens zu. Er war unvergleichlich…

Rhiann lag neben Eremons kaltem Rücken und starrte zur Decke empor.

Nachdem er die Tätowierungen vollendet hatte, hatte Drust die Insel verlassen. Er war nie wieder zu ihr zurückgekommen, aber sie war noch sehr jung gewesen und hatte sich bald fast ausschließlich auf ihre Priesterinnenausbildung konzentriert. Sie vergaß jene Nächte mit ihm in der Hütte nie, aber die Erinnerung daran verblasste allmählich, und das, was blieb, erschien ihr mehr und mehr wie ein schöner Traum.

Manchmal ertappte sie sich dabei, wie sie an ihn dachte, dann überkam sie stets die Gewissheit, dass sie einander wieder sehen würden, wenn sie älter war. Dann würde sie ihn vielleicht bitten, sie zu heiraten. Ihre Lippen krümmten sich im Dunkeln zu ihrem gewohnten bitteren Lächeln. Viele Dinge hatten *diesen* Plan zunichte gemacht.

Aber dann dachte sie an ihren goldenen Traum und das Gesicht ihres Gefährten, das sie noch nie gesehen hatte. Sie stellte sich die Frage, die ihr schon Hunderte von Malen und mehr im Kopf herumgegangen war. Konnte der Mann in ihrem Traum Drust sein? Er musste es sein, denn keiner außer ihm hatte je solche Gefühle in ihr ausgelöst.

Und wenn es ihm einmal gelungen war, dann konnte Drust vielleicht auch ein zweites Mal solche Empfindungen in ihr wecken, sie könnte sich vielleicht wieder unschuldig und unberührt fühlen. Womöglich konnte er die Erinnerung an die groben Hände jener Männer, an ihren stinkenden Atem und den furchtbaren Schmerz, den sie ihr zugefügt hatten, ein für alle Mal auslöschen.

Ein Schauer überlief sie. Sosehr sie sich danach sehnte, wieder vom Feuer der Leidenschaft verzehrt zu werden, sosehr fürchtete sie sich auch davor. Sie wollte sich nie wieder einem Menschen derart ausliefern, wollte sich nie wieder einem Mann hingeben.

Denn wenn sie das tat – was wäre, wenn sie innerlich kalt und unbeteiligt blieb? Wenn sie nur noch aus kalter Asche in einem erloschenen Feuer bestand? Was, wenn sie nicht mehr im Stande war, einen Mann zu erregen oder zu befriedigen?

Was, wenn sie gar keine richtige Frau mehr war – und er es herausfand?

47. Kapitel

Am nächsten Tag lud Calgacus Eremon zu einem Ausritt ein, um die Verteidigungsanlagen entlang der Küste zu besichtigen. Eremon ging davon aus, dass der König unter vier Augen mit ihm sprechen wollte, und beauftragte Conaire und die anderen Männer, sich einem Jagdtrupp anzuschließen. Doch zu seiner Enttäuschung wurden der König und er von ein paar finster blickenden Edelleuten aus Calgacus' Gefolge begleitet.

Der Meeresarm, der die Ostküste Albas in zwei Hälften teilte, war wie ein Pfeil geformt, an dessen Spitze die Wellenfestung lag. Nahe der Küste bildete eine mächtige Halbinsel eine schmale Meerenge, die zu beiden Seiten von gut bemannten Befestigungen bewacht wurde, von denen aus der gesamte Schiffsverkehr auf dem Weg zur Wellenfestung kontrolliert werden konnte.

Eremon zeigte sich angemessen beeindruckt und stellte eine Reihe von Fragen, die Calgacus' Edelleute bereitwillig und ausführlich beantworteten. Eremon vermochte ihre Gedanken klar und deutlich zu lesen. *Wir sind unbesiegbar. Wir brauchen dich nicht, Fremder. Wir schlagen unsere eigenen Schlachten.* Doch Calgacus selbst gab sich wortkarg, und jedes Mal, wenn sich Eremon zu ihm umwandte, sah er die goldgefleckten Augen des Mannes nachdenklich und abschätzend auf ihm ruhen.

Als sie durch das Tor der Festung auf den darunter liegenden Strand zuritten, rief Calgacus Eremon an seine Seite. Nach einer Weile fragte der König unverhofft: »Veranstaltet ihr in Erin auch Wettrennen am Strand?«

Eremon nickte überrascht. »Ja, Mylord.«

Ohne Vorwarnung stieß Calgacus einen Schlachtruf aus und stieß seinem Pferd, einem mächtigen Braunen mit feurigen Augen, die Fersen in die Flanken. Das Tier galoppierte los, und augenblicklich trieb Eremon Dòrn an, bis die beiden Hengste Seite an Seite über den Strand jagten, sodass der feuchte Sand unter ihren Hufen aufspritzte. Der Wind sang in Eremons Ohren, und beinahe hätte er vor wilder Freude laut aufgelacht.

Als sie die felsige Landspitze am Ende des Strandes erreichten, glitzerten Calgacus' Augen herausfordernd. Er blickte sich zu seinen Begleitern um, die ihnen in gemächlichem Trab folgten. Einen Moment lang waren die beiden Männer allein.

Die Pferde schüttelten die Köpfe und schnaubten. Ihre Flanken zitterten. Die Sonne brannte heute heiß vom Himmel, der Sand schimmerte gleißend weiß, und Eremon massierte die Narbe an seinem Arm, die wieder zu schmerzen begonnen hatte. Rhiann würde ihm ernste Vorhaltungen machen, wenn sie von diesem Wettrennen erfuhr.

»Ich weiß jetzt, dass Ihr gut im Sattel sitzt«, bemerkte Calgacus. »Aber in vieler anderer Hinsicht gebt Ihr mir Rätsel auf.«

»Rätsel?«

»Ihr seid hergekommen, um Handel zu treiben, stattdessen verteidigt Ihr jetzt unser Land mit Waffengewalt gegen die Besatzer.« Die goldenen Augen blickten nun so scharf wie die eines Adlers. »Ihr betretet und verlasst ein römisches Lager, ohne dass Euch ein Haar gekrümmt wurde. Ihr greift eine Festung des Feindes an. Ihr wollt mich als Verbündeten gewinnen. Warum das alles?«

Eremons Mund wurde trocken, denn er musste an den Tag denken, an dem er sich gegenüber Gelert hatte verteidigen müssen. Den ersten Tag, an dem er sich zum Lügen gezwungen sah. Unter dem forschenden Blick des Königs empfand er tiefes Bedauern darüber, einen solchen Mann gleichfalls belügen zu müssen. Einen Mann, dessen Respekt er unbedingt erringen wollte, wie ihm in diesem Moment klar wurde.

Beim großen Eber, ich wünschte, der Tag würde kommen, an dem ich nie wieder zu Lügen greifen muss, dachte er bedrückt. Aber Calgacus wartete auf eine Antwort, also holte Eremon tief Atem. »Dafür gibt es eine einfache Erklärung. Als ich Agricola traf, richtete er den Blick bereits über das Meer auf Erin. Mein Land ist ebenso in Gefahr wie das Eure. Ich bin ursprünglich hergekommen, um Handelspartner zu suchen, wie ich schon sagte, aber ich habe die Rechnung ohne die Römer gemacht. Ich handele nur so, wie Ihr an meiner Stelle handeln würdet. Handeln werdet, wie ich hoffe.«

Calgacus dachte über diese Worte nach, dabei nestelte er an der Adlerkralle herum, die er um den Hals trug. Dann lächelte er. »Ihr meint, mein Verhalten vorhersehen zu können! Für einen so jungen Mann könnt Ihr Menschen erstaunlich gut beurteilen, Prinz.«

»Ich hatte in meinem Leben wenig Gelegenheit, jung zu sein.« Eremon hatte diese Worte gar nicht laut aussprechen wollen.

Aber Calgacus lachte nicht. »Wenn man für den Thron bestimmt ist, bleibt einem wenig Zeit für kindliche Spiele. Deswegen ist es das Vorrecht der Könige, sich ab und an ein wenig Zerstreuung zu verschaffen.« Sein Gesicht war von dem wilden Ritt leicht gerötet. »Daran solltet Ihr immer denken.«

Eremon verwünschte erneut den Umstand, diesen Mann täuschen zu müssen. »Das werde ich tun, Mylord.«

Calgacus musterte ihn abschätzend. »Ihr gefallt mir, Prinz aus Erin. Ich lese große Willenskraft und Entschlossenheit in Eurem Gesicht. Ihr habt Euren Mut und Euren Scharfblick bereits eindrucksvoll unter Beweis gestellt. Im Gegensatz zu *ihnen*.« Er blickte sich über seine Schulter hinweg viel sagend zu seinen Edelleuten um. »Sie interessieren sich nur für Pelze, Gold, römischen Wein und Öle. Sie sehen nur das Goldstück in der einen Hand eines Römers, nicht den in der anderen verborgenen Dolch. Ihr musstet genau wie ich um Euer Geburtsrecht kämpfen, das spüre ich. Es gab mehrere Erben, die sich um den Thron meines Onkels stritten, ich habe ihn mit dem Schwert gewonnen, nicht mit schönen Worten. Und ich habe nicht vor, ihn mir durch die Verlockung von Reichtümern und Macht wieder entreißen zu lassen.« Er klopfte auf das Schwert an seiner Seite. »Hier liegt die wahre Macht.« Dann legte er eine Hand auf seine Brust. »Und hier. Ich folge nur meinem eigenen Herzen, auf diese Weise halte ich meinen Thron. Wir beide sprechen dieselbe Sprache.«

Eremon stockte der Atem. Bedeutete das, dass Calgacus ihn unterstützen würde? »Das tun wir, Mylord«, entgegnete er. »Deswegen könnt Ihr mir auch vertrauen. Denn ich versichere Euch bei der Ehre meines Vaters, dass es die Römer auch nach Eurem Land gelüstet. Wir können sie nur besiegen, wenn wir uns verbünden.«

»Möglich. Ich glaube, dass sie eine Bedrohung für unser Land darstellen, auch wenn meine Edelleute es nicht wahrhaben wollen. Aber ich denke nicht, dass sie so weit nach Norden vorstoßen werden.« Wieder blickte Calgacus über seine Schulter. »Und bedenkt, dass es viele Könige in Alba gibt. Soweit ich mich erinnern kann, haben wir uns noch nie zusammengetan.«

»Die Welt ändert sich«, erwiderte Eremon kurz. »Und wir müssen uns mit ihr ändern, sonst werden die Römer uns niedermähen wie die Sense das Korn.«

Dieser Vergleich entlockte Calgacus ein Lächeln. »Vielleicht hättet Ihr besser ein Dichter werden sollen, Prinz. Wenn Ihr meine Häuptlinge und die anderen Könige auch mit so blumigen Worten betört, könntet Ihr Euer Ziel durchaus erreichen. Kämpft Ihr auch so gut, wie Ihr sprecht?«

»Ich denke schon.«

»Ausgezeichnet. Ein König sollte vor allen Dingen die Wahrheit ehren. Wenn Ihr Euren Worten Taten folgen lasst, werden die Barden Euch noch Generationen später preisen.«

Die Sonne stand hoch am Himmel, als Rhiann das Haus der kaledonischen Ban Cré, einer Tante des Königs, verließ. Die Priesterin war eine vom Alter gebeugte Frau mit von tiefen Falten durchzogenem Gesicht und geschwollenen Knöcheln, doch ihre Augen funkelten vor Tatkraft, als sie mit Rhiann die

Vorbereitungen für das Fest des längsten Tages besprach. Die zweite Jahreswende nahte schnell heran, der Nachthimmel blieb bis zum Morgen fahlgrau, und die Sonne schien kaum gesunken zu sein, als sie auch schon wieder aufging.

Rhiann überquerte den Hof zu den Stallungen und ging auf die Treppe zum Palisadengang zu. Doch als sie oben auf der Mauer anlangte, sah sie sich plötzlich Drust gegenüber.

Er hielt an einer Stelle Hof, die einen herrlichen Ausblick über das Meer bot. Eine Gruppe Bewunderer umringte ihn: die Söhne der Edelmänner niederen Ranges, ihre Frauen und ihre unvermählten Töchter.

Drust beschrieb gerade irgendetwas, was er gesehen hatte, als er Verwandte seiner Mutter im Süden besucht hatte. »... und die Römer meißeln ihre Symbole in Stein ein, nicht in Holz, sie ritzen sie auch nicht in die Haut wie wir«, erklärte er. »Deswegen habe ich die Adlersteine für meinen Vater angefertigt.«

»Was für Symbole benutzen die Römer denn?«, fragte eines der Mädchen schüchtern. Sie blickte Drust schmachtend an, doch er achtete gar nicht auf sie. Sein Gesicht glühte vor Begeisterung. Rhiann spürte, wie ihr das Blut in die Wangen stieg.

»Hauptsächlich Namen«, erwiderte Drust abfällig. »Aber stellt euch nur vor, dass meine Steine eines Tages überall in Alba stehen werden!« Er deutete mit der Hand zum Horizont hinaus. »Sie wären unvergänglich. Sie könnten überall im Land aufgestellt werden, wie die Meilensteine der Römer, und könnten von unserer Macht zeugen!«

Er hielt inne, und Rhiann nutzte die Gelegenheit, das Wort an ihn zu richten, weil seine Zuhörer beeindruckt schwiegen. »Lord Drust?«

Drust drehte sich um und sah sie an. »Lady Rhiann!«

Rhianns Herz machte einen Satz. Er erinnerte sich an sie!

»Ich hatte gehofft, allein mit Euch sprechen zu können«, sagte Drust.

Rhiann blieb wie angewurzelt stehen; unfähig, einen Ton herauszubringen. Mit einer derartigen Begrüßung hatte sie nicht gerechnet. Er sprach, als wären sie Freunde, die sich erst vor wenigen Tagen gesehen hatten. Verzweifelt suchte sie nach einer angemessenen Antwort, doch da nahm er sie schon am Arm und führte sie von den anderen weg. Die missmutigen Gesichter der Frauen entgingen ihr nicht. Es würde Gerede geben.

»Ich habe Euch beobachtet«, murmelte Drust. »Ich bin froh, dass Ihr zu mir gekommen seid.«

Rhiann trug nur eine ärmellose Tunika, und Drusts Berührung brannte heißer auf ihrer bloßen Haut als die sengende Sonne. Dann besann sie sich wieder darauf, wer sie war, und schob seine Hand von ihrem Arm. »Es ist schön, Euch wieder zu sehen, Mylord.«

Er bedachte sie mit einem Blick, den sie nicht recht deuten konnte. »Das finde ich auch – aber Ihr wollt doch sicher nicht hier mit mir sprechen.« Er nickte zu der kleinen Gruppe von Menschen hinüber. Alle spitzten angestrengt die Ohren, um etwas von der Unterhaltung mitzubekommen. »Können wir uns nicht irgendwo treffen, wo wir ungestört sind?« Sein Gesicht war zu ihr geneigt, und er blickte sie unter den Wimpern hervor an; ein Blick, an den sich ihr Körper nur allzu gut erinnerte …

Es war einfach lächerlich! Er ließ es an dem nötigen Respekt gegenüber ihrer Person und ihrem Rang fehlen, außerdem konnte sie sich nicht auf ein heimliches Treffen mit ihm einlassen, das war unter ihrer Würde. Aber dennoch … bei der Göttin … sie *musste* ihn einfach sehen. Sie hatte sich schon in den Strom gleiten, hatte sich von ihm erfassen lassen.

Und wenn mich jemand sieht? Aber sie verwarf diese Bedenken sofort wieder. Sie war keine Römerin, der es verboten war, mit irgendeinem Mann außer ihrem eigenen zu sprechen.

Also willigte sie aus einem Impuls heraus ein, ehe der Mut sie verlassen konnte: »Ja, ich werde kommen.«

»Heute Abend findet wieder ein Fest statt.« Drust wirkte jetzt sichtlich belebt. »Außerhalb der Mauern, unten auf der Ebene. Geht zur Festung zurück und kommt in den Stall im

Osten, nachdem mein Vater die Trinksprüche ausgebracht hat. Dort können wir reden.«

Rhiann zögerte. Sich mitten in der Nacht davonstehlen und ihn heimlich treffen! Doch sein Blick ruhte auf ihrem Mund, als er eindringlich bat: »Bitte kommt. Ich muss unbedingt mit Euch sprechen.«

Plötzlich war sie wieder in der Hütte auf der Heiligen Insel, der Schein des Feuers warf tanzende Schatten an die Wände, und seine Hände folgten den geschwungenen Linien auf ihrer Haut. Damals hatte er sie genauso flehend angesehen. Sie ertappte sich dabei, dass sie unwillkürlich nickte, und wandte sich rasch ab. Ihre Handflächen waren feucht geworden. *Ich werde nur mit ihm reden,* schwor sie sich. *Ich will nur wissen, was für ein Mann aus ihm geworden ist.*

Wie sollte sie sonst herausfinden, ob er der Mann in ihrem Traum war? Sie verschwendete keinen Gedanken an die Frage, ob sie überhaupt wollte, dass es sich so verhielt. Ihr gesichtsloser Geliebter befand sich irgendwo in der diesseitigen Welt. Er würde sie aus ihrer Einsamkeit befreien.

Und ihr helfen, Großes zu vollbringen.

Das Fest fand unter einem fahlen Himmel statt, an dem der Mond wie eine Bronzescheibe stand. Unter dem Funkenregen der Sonnenwendfeuer hob Calgacus seinen Becher und bekräftigte sein Bündnis mit den Epidiern. Aber über die Bedrohung durch die Römer verlor er kein Wort.

Eremon, der ihn beobachtete, begriff, dass der König nicht auf dieses Thema zu sprechen kommen würde, bevor er, Eremon, nicht vor dem Ältestenrat sein Anliegen vorgetragen hatte. Calgacus musste einflussreiche Männer bei der Stange halten; Männer, die durch Blutsbande an ihn gebunden waren, zahlreiche Krieger befehligten und ihn vom Thron stürzen konnten, wenn sie sich zusammentaten.

Was kümmerten ihn da Eremons Pläne?

Trotzdem zeichnete Calgacus ihn ständig aus, gab ihm das beste Stück von dem Wildschweinbraten und einen Krug vom besten Ale und stellte ihn allen Männern von Rang und Einfluss vor, die an diesem Tag in der Wellenfestung eingetroffen waren. Er scherzte mit ihm und erzählte voller Stolz von seinem Land und seinen Untertanen.

Eremon sah, dass dieser Stolz nicht den Reichtümern galt, die er angehäuft hatte, sondern auf dem Wissen beruhte, dass er sein Volk während seiner zwanzigjährigen Herrschaft zum bedeutendsten Stamm Albas gemacht hatte. Er hatte es ermöglicht, dass jeder, vom niedrigsten Viehhirten bis hin zum König selbst, in Frieden, Sicherheit und Wohlstand leben konnte.

Eremon hörte ihm nicht ohne Neid zu. Er begriff, dass er mit dem Verlust seines eigenen Thrones und all dem Kämpfen und Planen so beschäftigt gewesen war, dass ihm die Zeit gefehlt hatte, darüber nachzudenken, was für einen König er selbst eines Tages abgeben würde.

Ich werde mein Reich so regieren wie er, dachte er jetzt, als er Calgacus vor dem Feuer Hof halten sah.

Er malte sich aus, wie es wäre, seine Landsleute zu einem mächtigen Volk zu vereinen, das in Frieden leben und ohne Angst zusehen konnte, wie die Gerste heranreifte, das Vieh sich vermehrte und die Kinder heranwuchsen.

Dafür zu sorgen hätte seine Lebensaufgabe sein sollen. Eremon seufzte. Sein eigener Vater hatte es für nötig gehalten, ständig wegen irgendwelcher nichtigen Anlässe Krieg mit seinen Nachbarn zu führen. Auch die Saat für Donns Verrat war schon lange zuvor zwischen den Brüdern gesät worden.

In diesem Moment schwor Eremon sich, dass er, der Prinz ohne Land, ohne Unterlass kämpfen würde – nicht um seines eigenen Ruhmes willen, sondern um dem Volk von Dalriada eines Tages ein König wie Calgacus zu sein.

Aedans Stimme drang an sein Ohr, und er wandte sich um, um besser hören zu können. Der Barde unterhielt sein Publikum mit seinem neuen Lied über den Angriff auf die römische Festung. Als Eremon sah, wie die Augen seiner Zuhörer groß wurden und zu leuchten begannen, lächelte er in sich hinein.

Vielleicht konnte er sich ja doch ein wenig im Ruhm sonnen.

Doch dann erblickte er Conaire und Caitlin in der Menge, und plötzlich fiel ihm auf, dass er den ganzen Abend lang kein Wort mit Rhiann gesprochen hatte. Er wusste noch nicht einmal, wie sie diesen Tag verbracht hatte. War sie nicht eben noch hier gewesen …

Sein Blick schweifte über die Menschen hinweg, die sich um Calgacus geschart hatten. Dort hatte er sie zuletzt stehen sehen. Aber sie war verschwunden. Vielleicht holte sie sich etwas zu essen. Er schlenderte zu den Feuern hinüber, dabei musterte er jede Frau, an der er vorbeikam.

Viele gaben seinen Blick zurück, aber keine von ihnen war Rhiann.

Irgendetwas bewog ihn dazu, zu der Festung hinüberzublicken, da sah er gerade noch eine Gestalt durch das Tor huschen. Der anmutige Gang verriet ihm sofort, um wen es sich handelte, und ohne nachzudenken folgte er ihr.

Bald würde die Ratsversammlung einberufen werden, redete er sich ein. Er musste Rhiann unbedingt fragen, ob sie irgendetwas in Erfahrung gebracht hatte, was er noch nicht wusste. Frauen hörten in Gesprächen mit anderen Frauen immer interessante Neuigkeiten …

Aber als er durch das Tor trat, konnte er sie auf dem von Fackeln erleuchteten Pfad hoch zu den Gästehäusern nirgendwo entdecken. Er drehte sich um. Sie verschwand gerade in dem Gewirr der schmalen Pfade, die zu den Schuppen und Ställen führten. Er wusste, dass dort keine Häuser lagen, er hatte mit Conaire noch an diesem Morgen einen Rundgang an den Mauern entlang gemacht.

Sein Magen krampfte sich zusammen, und seine Gedanken überschlugen sich.

Was hat sie dort zu suchen?

Vielleicht besucht sie eine Freundin.

Aber sie ist doch noch nie hier gewesen.

Vielleicht will sie nach Liath sehen.

Nein, Liath ist in den westlichen Ställen, ich habe sie selber dort untergestellt.

Reichlich verspätet erkannte er, dass er im Begriff stand, sich lächerlich zu machen. Anstatt dem Drang nachzugeben, ihr weiter zu folgen, machte er kehrt und ging zu den Feuern unten auf der Ebene zurück.

Doch trotz seines festen Vorsatzes, Rhiann aus seinen Gedanken zu verdrängen, begann er, in der Menge nach einem anderen Gesicht Ausschau zu halten.

Wie er vermutet hatte, war Calgacus' Sohn nirgendwo zu sehen.

Rhiann lief über den dunklen Pfad auf die Ställe zu. *Ich komme mir vor wie eine Magd, die ein Stelldichein mit einem Stallburschen hat!* Unwillig schüttelte sie den Kopf, aber das Feuer in ihrem Inneren wollte nicht erlöschen.

Es war alles gut und schön, des Nachts wach zu liegen und über Drust nachzudenken. Es war verwirrend genug, ihm dann bei Tageslicht zu begegnen. Aber dies hier ging zu weit. Sie konnte selbst kaum glauben, was sie da tat.

Trotzdem strömte das Blut heiß durch ihre Adern. Sie hatte Eremon mit Aiveen und Samana gesehen und hatte Bruchstücke von Conaires Prahlereien über seine Eroberungen aufgeschnappt. Ihr war weder entgangen, wie Rori Eithne mit den Blicken verschlang, noch war sie blind für das, was sich zwischen Caitlin und Conaire anzubahnen begann. *Für alle anderen ist so etwas selbstverständlich, warum also nicht auch für mich?*

Obwohl sie sich so Mut zu machen suchte, hoffte sie trotzdem halbherzig, Drust möge nicht zu ihrem Treffen gekommen sein. Als sie den dunklen Stall erreichte und nur das leise Schnauben der Pferde hörte, seufzte sie erleichtert auf. Damit hatte sich die Sache also erledigt.

»Lady«, ertönte da eine Stimme im Dunkel, und ein Schatten bewegte sich an der Wand.

Ihr Herzschlag beschleunigte sich. »Prinz, ich bin es nicht gewohnt, Männer heimlich in Ställen zu treffen.« Sie hielt es für richtig, ihn daran zu erinnern, wer sie war.

Er lachte leise, es klang wie das Schnurren eines zufriedenen Katers. »Würde Euch ein Mondscheinspaziergang auf der Mauer eher zusagen?«

»Ja«, brachte sie mühsam heraus, woraufhin er sie am Arm nahm und die Stufen hinaufführte. Der Mond war nun von Bronze zu Silber verblasst, und die Feuer unten auf der Ebene glühten wie Kohlen in einem dunklen Kamin.

Drust drehte sich zu ihr um. Die warme Brise wehte ihm eine Haarsträhne in die Stirn. Sie erinnerte sich nur allzu gut an die Dichte dieses Haares, und plötzlich konnte sie den Drang, noch einmal die Finger darin zu vergraben, kaum noch bezähmen. Als er näher an sie heranrückte, spannte sich die weiche Wolle seiner Tunika über seinen Schultern.

»Ihr seid mir schon an jenem ersten Abend bei dem Fest aufgefallen«, sagte er leise.

Rhiann konzentrierte ihre Aufmerksamkeit auf seinen Mund. Sie hatte Mühe, seinen Worten zu folgen.

Seine Lippen wurden weich. »Ihr seid die bei weitem schönste Frau hier, wisst Ihr das?«

Die Worte, nach denen sie sich so gesehnt hatte, klangen jetzt seichter, als sie sie in Erinnerung hatte. Sie achtete jedoch kaum darauf, denn sie konnte nur daran denken, wie sich sein Mund wohl auf dem ihren anfühlen mochte …

»Ich habe die Barden schon oft Eure Schönheit rühmen hören, und ich konnte es gar nicht erwarten, sie endlich mit eigenen Augen zu sehen. Ich liebe alles Schöne.«

Sie starrte ihn verwirrt an. »Aber es ist doch erst sieben Jahre her… habe ich mich denn so verändert?«

Er runzelte kurz die Stirn, dann hellte sich sein Gesicht wieder auf. »Ihr habt noch an Schönheit gewonnen, Lady.«

Aber Rhiann war das Herz schwer geworden. »Du erinnerst dich nicht mehr an mich.«

Sie sah, wie er nach Worten suchte, und kam ihm zuvor, ehe er die Lüge aussprechen konnte. »Du bist auf die Heilige Insel gekommen, und wir haben eine Woche miteinander verbracht.« Sie wollte hinzufügen: *Du hast mich tätowiert, mich lieb-*

kost… Er war ein Künstler, er tätowierte viele Mädchen. Und wie viele berührte er auf diese intime Weise?

Du Närrin! Verletzt wandte sie sich ab und rieb über die Gänsehaut auf ihren bloßen Armen.

»Rhiann.« Sein Atem streifte ihr Ohr. »Verzeih mir. Ich erinnere mich. Es ist lange her.«

Als sie keine Antwort gab, ging er um sie herum, blieb vor ihr stehen und nahm sie sanft bei den Armen. »Rhiann! Als ich die Insel verließ, wusste ich, dass du der Göttin geweiht werden würdest. Ich habe nicht auf diese Weise an dich gedacht, weil du für mich unerreichbar warst.«

Rhiann sah ihn an; versuchte, in seinen Augen zu lesen, ob er es ernst meinte. Plötzlich lächelte er auf diese jungenhafte Weise, die sie heute noch ebenso dahinschmelzen ließ wie damals, und strich ihr über die Arme, ehe er die Hände wegzog. »Was vergangen ist, ist vergangen. Du bist die schönste Frau, die mir seit langer Zeit begegnet ist. Lass uns ein Stück gehen und von den alten Zeiten sprechen, ja?« Er winkte lässig ab. »All dies Gerede von Krieg und den Römern langweilt mich.«

Eremons vom Feuer seines Lebenstraums beseeltes Gesicht tauchte vor Rhiann auf, und sie fühlte, wie sie erstarrte. »Gerade wegen der Römer bin ich hier.«

Drust zuckte die Achseln. »Mit diesen Dingen können sich mein Vater und dein Mann befassen. Lass sie nur wie zwei alte Männer die Köpfe zusammenstecken. Wir können in der Zwischenzeit das schöne Wetter genießen. Ich möchte dir all meine Steinmetzarbeiten zeigen.«

Er streckte eine Hand aus, um einen Zopf von ihrer Schulter zu schnippen, und berührte dabei ihren Hals. Alle Einwände erstarben Rhiann auf den Lippen. In diesem Moment schmerzte es sie nicht mehr, dass er sie nicht wieder erkannt hatte. Es *war* lange her. Alle anderen gingen trotz eines drohenden Krieges ihren Vergnügungen nach, sogar Eremon. Warum also nicht auch sie?

Ihr Verstand riet ihr, auf der Hut zu sein, doch sie schlug diese Warnung in den Wind. Bei der Göttin, sie stand hier mit einem gut aussehenden Mann im Mondschein, und wenn sie je wieder jemanden küssen würde, dann sollte es jetzt geschehen. Danach könnte sie vielleicht wieder ein normales Leben führen und sich so fühlen wie jede andere Frau.

Drust, der ihre Unschlüssigkeit spürte, begann, mit dem Daumen kleine Kreise auf ihren Rücken zu malen, dann umfasste er mit einer Hand sanft ihren Hinterkopf.

Ihr Herz begann wild zu hämmern, und die pulsierende Wärme, die sie vor sieben Jahren verspürt hatte, schwoll zu einer heißen Flut an und riss sie mit sich. Drust lächelte. Seine Pupillen wirkten im Mondschein riesig und dunkel. Rhiann schloss die Augen.

Seine Lippen fühlten sich kühl und trocken an, nicht so warm, wie sie vermutet hatte. Aber dann spürte sie seine harten Brustmuskeln an ihren Brüsten, als er sie enger an sich presste. Seine Zunge glitt zwischen ihre Lippen …

… dann drückte sich die Härte zwischen seinen Beinen gegen ihren Unterleib.

Panik stieg in ihr auf. Sie wich zurück, stemmte die Füße fest in den Boden und legte ihm beide Hände gegen die Brust, wie um ihn wegzustoßen.

»Lord Drust?« Die Stimme klang vom Torturm zu ihnen herüber; der unverbindliche Ton verriet den geschulten Diener. Rhiann wandte sich ab und verbarg ihr Gesicht in den Händen.

»Ja?« Drusts Atem ging schwer, und er fuhr sich mit den Fingern durch das Haar.

»Euer Vater wünscht Euch zu sehen.«

»Ich komme.«

Drust stieß eine unterdrückte Verwünschung aus, dann lächelte er Rhiann zu. »Die Pflicht ruft. Vielleicht können wir ein anderes Mal in unseren Erinnerungen schwelgen. Nach der Jagd morgen reite ich gen Süden, um einen unserer Edelmänner aufzusuchen, der zu krank ist, um an der Ratsversammlung teilzunehmen. Am Tag danach werde ich wieder zurück sein.« Bedauernd strich er mit einem Finger über ihre Lippen. »Wirst du dich dann noch einmal mit mir treffen?«

Rhiann konnte keinen klaren Gedanken fassen. Sie starrte nur stumm auf ihre Füße, aber Drust wertete das als Zustimmung und wandte sich mit einem siegessicheren Lächeln ab.

Sowie er verschwunden war, lehnte sich Rhiann gegen die Palisade und holte tief Atem. Tränen der Scham brannten in ihren Augen, als sie daran dachte, wie sie vor ihm zurückgeschreckt war. Vielleicht war ihre Seele zu sehr verletzt, als dass sie je wieder Vergnügen an dem Kuss eines Mannes empfinden konnte. Vielleicht wäre sie nie wieder eine richtige Frau.

Sie blickte zu den Feuern hinunter, sah die Schatten der Feiernden dazwischen umherhuschen, hörte die ausgelassene Musik. Dort unten gab es Wärme, Fröhlichkeit und Gelächter. Doch sie stand hier – erneut allein. Niedergeschlagen ging sie zu dem erleuchteten Pfad zurück und überlegte, ob sie in ihr kaltes Bett kriechen sollte.

Nein. Nie wieder.

Das warme Licht, das durch das Tor fiel, lockte sie. Sie würde zu den Feuern zurückkehren, einen Becher Met trinken, über Conaires schlechte Scherze lachen und Aedans klarer Stimme lauschen. Sie würde sich neben Caitlin setzen und mit Eremon über die bevorstehende Ratsversammlung sprechen.

Ja, das würde sie tun.

48. Kapitel

Am nächsten Morgen brachen die Edelleute bei Anbruch der Dämmerung zur Jagd auf. Sie ritten einen Waldpfad entlang, der sich zu einem nördlich der Festung gelegenen Tal emporwand. Eremon bildete mit Conaire die Nachhut, Drust ritt ein Stück vor ihnen.

»Bruder.« Conaire sprach mit gedämpfter Stimme. »Ich habe herausgefunden, was du wissen wolltest.«

»Ja?« Eremon starrte den dunkelgoldenen Kopf vor ihm feindselig an.

»Der Sohn des Königs tätowiert die Leute, hauptsächlich Frauen. Bei ihrer ersten Monatsblutung. Diese Tätowierungen gelten als heilig.«

Eremon umfasste seinen Speer fester. »Weiter.«

»Er ist zwar der Sohn des Königs, aber wenn Künstler schon früh Talent erkennen lassen, dann erhalten sie eine Art Druidenausbildung. Für Drust vermutlich die beste Lösung, denn er kann ja nicht König werden.«

Und ich kann mir vorstellen, dass das an ihm nagt, dachte Eremon.

Er konnte nichts Heiliges in diesem Mann erkennen. Im Gegenteil, so wie er jetzt in seinen bunten Kleidern auf seinem sorgfältig gestriegelten Hengst saß, erinnerte er an einen umherstolzierenden Auerhahn – nur schimmerndes Gefieder und Balzgehabe.

Als Drust gestern Abend wieder beim Feuer erschienen war und seinen Platz an der Seite seines Vaters eingenommen hatte, hatte Eremon ihn scharf beobachtet und bemerkt, dass er den hübschen Frauen entschieden mehr Aufmerksamkeit schenkte als Calgacus' Worten. Kurz darauf kam Rhiann ebenfalls zurück. Als sie sich neben Caitlin auf die Bank setzte, fiel ihm auf, dass ihre Wangen unnatürlich gerötet waren.

Bei der Erinnerung stieg Übelkeit in ihm auf.

Er konnte Rhianns Interesse an diesem Mann nicht verstehen. Sie konnte mit Dummköpfen nichts anfangen – wieso sah sie nicht, was ihm vom ersten Moment an klar geworden war? Doch dann dachte er an Samana und daran, wie er sich von ihr hatte blenden lassen.

Aber das beruhte nur auf körperlichem Verlangen.

Abrupt packte er die Zügel fester. Hieß das, dass sich Rhiann Drust hingegeben hatte? Nein, sicher nicht. Unvorstellbar… aber war es das wirklich? Wieso glaubte er, dass ihr an keinem Mann etwas lag… wenn sie vielleicht nur *ihn* nicht wollte?

Plötzlich ging ihm ein Licht auf. Rhiann hatte gesagt, sie hätte Drust auf der Heiligen Insel kennen gelernt. Dort musste er sie tätowiert haben, als ihre erste Monatsblutung einsetzte.

Das hieß, dass dieser Mann sie nackt gesehen, ihre Brüste und ihren Bauch berührt hatte. Vielleicht hatte er sogar Leidenschaft in ihr geweckt, wohingegen er, Eremon, nur auf kalte Ablehnung stieß.

Er trieb Dòrn an, und der Hengst verfiel in einen raschen Trab. Als er sich wieder auf einer Höhe mit Conaire befand, warf ihm sein Ziehbruder einen forschenden Blick zu. Aber Conaire wusste, was Eremons fest zusammengepresste Lippen zu bedeuten hatten, und behelligte ihn nicht mit Fragen.

Kurz darauf stellten die Hunde in einem dichten Haseldickicht einen Keiler, und die Edelleute hielten sich atemlos von der Hatz auf ihren Pferden in sicherer Entfernung, während sich zwei kaledonische Prinzen mit erhobenen Speeren an das Tier heranpirschten.

Es war ein riesiger Keiler mit gelben, gefährlich geschwungenen Hauern, dem der Schaum vor dem geöffneten Maul stand. Die kleinen schwarzen Augen glühten vor Wut. Eremon wünschte, er wäre derjenige, der das Ungetüm zur Strecke bringen durfte. Er verspürte das dringende Verlangen, seinen Speer in irgendetwas zu bohren. Dann bemerkte er plötzlich, dass Drust sein Pferd an Dòrn herangelenkt hatte.

»Prinz«, grüßte er knapp. Eremon nickte nur und beobachtete weiterhin den Keiler und die sich an ihn heranschleichenden Jäger.

»Ich hoffe, Ihr genießt Euren Aufenthalt bei den Epidiern«, fuhr Drust fort, dabei wischte er getrockneten Schlamm von dem vergoldeten Zaumzeug seines Pferdes.

»Ja, meine Ehe ist mir ein Quell der Freude.«

»Eure Frau ist eine wahre Schönheit. Ich hatte das Vergnügen, kurz mit ihr sprechen zu können. Ihr seid ein sehr glücklicher Mann.«

»Das finde ich auch.« Eremon rang um Beherrschung. *Du hast weit mehr getan, als nur mit ihr zu sprechen!*

Drust zögerte. »Mein Vater sagt, Ihr hättet Agricola persönlich getroffen. Er soll Euch ein Bündnis angeboten haben.«

»Ein Angebot, das ich abgelehnt habe.«

»Aber habt Ihr denn nie daran gedacht, auf seinen Vorschlag einzugehen … nicht einen Moment lang? Ich meine, das muss doch eine schwierige Entscheidung für Euch gewesen sein.«

Eremon stutzte. Der Sohn des Calgacus hegte Bewunderung für die Römer? Und wenn dem so war … wie gefährlich, dies Eremon gegenüber durchblicken zu lassen! Da erkannte Eremon, dass dieser Mann nie die Winkelzüge der Politik gelernt hatte. Er war zwar dem Namen nach ein Prinz, stellte aber für die, die nach dem Thron trachteten, keine Bedrohung dar.

Einer der Jäger schleuderte seinen Speer und traf den Keiler ins Auge. Die Wut darin erlosch, und der Blick des Tieres wurde im Tod starr. Eremon wendete sein Pferd, um zur Festung zurückzukehren, und Drust hielt mit ihm Schritt.

»Schwierig?«, entgegnete Eremon endlich. »Ganz im Gegenteil – ich könnte ein Leben als Sklave der Römer nicht ertragen.« Er sah Drust fest in die Augen, woraufhin dieser den Blick abwandte. »Meine Freiheit ist mir ebenso lieb und teuer wie meine Frau.«

Nachdem alle kaledonischen Edelleute in der Wellenfestung eingetroffen waren, bekam Eremon endlich Gelegenheit, sein Anliegen vorzutragen. Zum ersten Mal seit Tagen erschien auch Gelert, der sich bislang unaufhörlich mit seinen Brüdern beraten hatte, um an der Versammlung teilzunehmen. Calgacus' oberster Druide begleitete ihn; ein hoch gewachsener, vornüber gebeugter Mann mit grauem Haar und stechenden dunklen Augen.

Jede Bank in Calgacus' Halle war besetzt, und alle hörten aufmerksam zu, als Eremon zu berichten begann, was er über die Pläne der Römer wusste. Doch während er sprach, bemerkte er mit sinkender Zuversicht, dass die Gesichter der Zuhörer keinerlei Regung zeigten. Dann folgten auch schon die altbekannten Einwände.

»Die Römer halten den Süden schon seit Generationen besetzt«, bemerkte ein älterer Krieger barsch. »Bis in den Norden wagen sie sich nicht.«

»Ich habe ungeheure Mengen von Zelten gesehen, die in Reih und Glied stehen wie Gerste auf einem Feld«, erwiderte Eremon. »Ich habe ausreichend Schwerter und Speere für jeden Mann in diesen Zelten gesehen. Agricola hat eine Armee zusammengezogen, wie ihr sie noch nie gesehen habt. Habt ihr nicht gehört, was ich gesagt habe? Er will ganz Alba einnehmen!«

Einer der Edelmänner zuckte die Achseln. Sein Halsreif und die große Brosche an seiner Schulter stießen leise klirrend gegeneinander. »Was er sagt und was er wirklich tut, sind zwei verschiedene Dinge. Natürlich hat er Euch gegenüber mit seiner Macht geprahlt – er wusste, dass Ihr seine Worte im ganzen Land verbreiten würdet. Worte, die dazu gedacht sind, uns den Mut zu rauben.«

Eremon biss sich gereizt auf die Lippe. »Er ist schon jetzt weiter nach Norden vorgestoßen als je zuvor.«

»Das ist richtig«, warf ein anderer Mann ein. »Aber wir werden ihm Widerstand leisten. Die Berge sind unser erster Schutz, die Stärke unserer Krieger unser zweiter. Kümmert Ihr Euch um Euer Land, wir verteidigen das unsere.«

»Habt ihr schon einmal zwanzigtausend Männer vereint marschieren sehen?«, fuhr Eremon eindringlich fort. »Wenn dem so wäre, dann wüsstet ihr, dass kein Berg sie aufhalten kann. Sie werden über euch hinwegrollen wie eine riesige Welle.«

»Aber sie werden nicht bleiben«, erklärte der erste Mann bestimmt.

Alles, was Eremon sagte, schien auf taube Ohren zu stoßen.

»Ich habe die Festungen gesehen, die Agricola bauen lässt«, fuhr er mühsam um Geduld ringend fort. »Manche sind genauso beeindruckend wie sein Lager. Dieser Römer wird sich nicht in den Süden zurückziehen, wenn die lange Dunkelheit naht. Er errichtet Dauerquartiere. Die Römer werden bleiben.«

Füße scharrten auf dem Boden, und ein Murmeln erhob sich, das anschwoll und immer lauter wurde. Aus einzelnen Gesprächsfetzen entnahm Eremon, dass ihm kaum noch jemand Aufmerksamkeit schenkte. Doch dann hob Calgacus plötzlich die Hand.

»Ich habe selbst Erkundigungen eingezogen«, verkündete er, dabei beugte er sich in seinem hohen geschnitzten Stuhl vor. Sein Umhang war mit Otterfell gesäumt, und ein Goldreif kränzte seinen Kopf. »Der römische Feldherr ist rasch vorgerückt, aber dann hat er Halt gemacht. Insofern hat er genauso gehandelt, wie ich erwartet habe.«

Eremon wandte sich an Calgacus. »Eure Informationen sind richtig, Herr, aber ich habe mit einem sehr engen Vertrauten Agricolas gesprochen. Diese Kontaktperson berichtete mir, dass die Armee nur Halt gemacht hat, weil der Kaiser plötzlich gestorben ist. Der neue Imperator Titus muss sich um dringende Angelegenheiten im Osten kümmern, und daher erhielt Agricola Befehl, vorerst zu bleiben, wo er ist. Aber das ist nur eine Frage der Zeit. Sowie Titus seine Grenzen befestigt hat, wird er seine Aufmerksamkeit wieder Alba zuwenden. Da bin ich mir absolut sicher.«

Die goldenen Augen des Königs ruhten lange auf ihm. »Wir haben nur Euer Wort dafür.«

Eremon hob den Kopf. »Ja.« *Außerdem müsste euer gesunder Menschenverstand zu demselben Schluss kommen!*, hätte er am liebsten laut hinzugefügt. Wie konnten diese Männer nur so blind sein? Doch schien ihm, als flackere in Calgacus' Augen ein Anflug von Bedauern auf. Villeicht dachte der König ja insgeheim ähnlich wie er.

»Mein König«, warf der gebeugte Druide ein, »wir haben ein Lamm geopfert und in seinen Eingeweiden gelesen. Wir haben die Formation der Vögel gedeutet, die vom Süden her zu uns kommen. Dieser Mann hat uns gesagt, was er weiß, aber die Götter wissen mehr. Sie sind nicht beunruhigt.«

Betroffen drehte sich Eremon zu Gelert um. Dessen gelbe Augen fixierten ihn scharf. Der Druide hatte seine Zeit offensichtlich nicht dazu genutzt, um für Eremons Pläne einzutreten.

»Was habt Ihr uns vorzuschlagen, Prinz?«, fragte der ältere Krieger.

»Ich denke, wir sollten unsere Kräfte vereinen, solange uns noch Zeit dazu bleibt. Wenn sich die Stämme zusammenschließen, können wir unsere Krieger zu einer Armee ausbilden. Das ist der einzige Weg, uns gegen Agricola zur Wehr zu setzen.«

Zahlreiche Edelleute schnaubten verächtlich.

»Was Ihr verlangt, ist unmöglich«, wandte dann einer der Männer ein. »Es entspricht nicht unserer Tradition, so zu kämpfen. Unsere Krieger sind die besten und tapfersten in ganz Alba. Wir sind auch alleine stark genug, uns der Römer zu erwehren. Ein Bündnis!« Er schüttelte den zottigen Kopf. »Genausogut könnten wir an diese verfluchten Decanter und Vacomager gleich einen Teil unseres Landes abtreten!«

»Wenn wir uns nicht verbünden, wird Agricola einen Stamm nach dem anderen unterwerfen oder auslöschen. So sieht die Vorgehensweise der Römer aus!« Eremon konnte die Verbitterung in seiner Stimme nicht unterdrücken, und Calgacus erhob sich.

»Wir werden über Euren Vorschlag beraten, Prinz aus Erin, und Euch in zwei Tagen unsere Antwort wissen lassen.«

Eremon verzog keine Miene, obgleich er der Verzweiflung nahe war. Er passte Gelert ab, als dieser zu seiner Unterkunft zurückging. »Warum habt Ihr die kaledonischen Druiden nicht von den Vorteilen meines Plans überzeugt?«

Gelert hob die Hände, eine Geste, die Hilflosigkeit ausdrücken sollte. »Ich habe es versucht, aber wie gesagt – die Vorzeichen sprechen dagegen …«

»Aber Ihr wisst doch, wie wichtig dies ist!«

Gelert musterte ihn mit leiser Herablassung. »Ihr habt bezüglich der Ausbildung unserer Krieger bislang gute Arbeit geleistet, das ist alles. Euer restlicher Erfolg beruht auf waghalsigen Angriffen, die nur das Leben unserer Männer in Gefahr bringen und nichts zum Schutz unseres Landes beitragen. Vielleicht solltet Ihr Euch mit der Rolle begnügen, die wir Euch übertragen haben, Prinz, und den Rest denjenigen überlassen, die von diesen Dingen mehr verstehen als Ihr.«

Er wandte sich ab, und Eremon knirschte mit den Zähnen, als er ihm nachsah.

Erst jetzt fiel ihm auf, dass der Druide ihm niemals öffentlich zur Seite gestanden hatte. Gelert hatte sich nicht gegen den Überfall auf die Festung ausgesprochen … ihn aber auch nicht befürwortet. Es war Declan gewesen, der den Ältestenrat dazu bewogen hatte, seiner Reise zu Calgacus zuzustimmen. Eremon hatte Gelerts Schweigen als Zeichen dafür gewertet, dass sich der Druide aus militärischen Angelegenheiten herauszuhalten gedachte. Aber plötzlich musste er an den versteckten Triumph denken, der in diesen gelben Augen aufgeflammt war, und er fragte sich, was all das zu bedeuten hatte.

Über die Westküste fegten auch zur Sonnenzeit heftige Winde hinweg. Agricola liebte es, wenn Samana ihr Haar offen trug, doch die schwarzen Strähnen wehten ihr ständig ins Gesicht und beeinträchtigten ihre Sicht. Ungeduldig strich sie sie zurück.

Vom Rücken ihres Pferdes aus sah sie zu, wie die Soldaten an den damnonischen Kriegern vorbeischritten und einen nach dem anderen auf die Knie zwangen. Kreischende Frauen wurden an den Haaren davongeschleift, Kinder an Armen und Beinen. Hinter den roten Reihen der Schilde stiegen Rauchwolken von den brennenden Häusern zum blauen Himmel empor.

Samana schluckte, wandte sich ab und blickte auf die See hinaus. Sie liebte es, Ränke zu schmieden, Macht über das Leben anderer Menschen auszuüben und von der Zeit zu träumen, da sie Königin von ganz Alba wäre. Aber mitansehen zu müssen, wie ihre Pläne in die Tat umgesetzt wurden, empfand sie als überflüssige Zumutung. Sie warf Agricola einen ärgerlichen Blick zu, aber auch er hatte kein Auge für die Zerstörung des Dorfes.

Von ihrem Aussichtspunkt auf der Landzunge aus ließ sie den Blick über das Wasser schweifen. Dort hinter dem Horizont lag Erin, das Land, aus dem *er* stammte. Der Mann, der ihre Träume beherrschte.

Sie hatte noch nie einen Zauber ausgeübt, der auf sie selbst zurückgefallen war, aber dies musste der Grund dafür sein, dass sie ihn nicht hassen konnte, so sehr sie sich auch bemühte. Oder vielleicht lag es auch daran, dass er gewagt hatte, ihre Pläne zu durchkreuzen, und ihre Wut darüber auch nach den vielen Monden, die verstrichen waren, noch nicht abgeflaut war? Wie dem auch sei, sie konnte der Erinnerung an seine Lippen auf den ihren und seine glatten Muskeln unter ihren Händen einfach nicht entfliehen. Fluch über ihn!

»Bald wirst du den Grund für unsere Reise mit eigenen Augen sehen.« Agricola lächelte sie an. Er musste seine Stimme erheben, um das Getöse der Brandung unten an den Felsen zu übertönen.

Samana verdrängte die trüben Gedanken entschlossen und betrachtete stattdessen gespielt gelangweilt ihre Fingernägel. »Also war es nicht nur deine Absicht, diesen Rebellen eine Lektion zu erteilen?«

»Nicht ausschließlich. Aber dass ich zufällig auf die Standarten meiner vermissten Regimenter gestoßen bin, war eine unerwartete Dreingabe. Wie es aussieht, haben sich diese Bastarde an dem Überfall auf meine Festung beteiligt.«

Samana klopfte ihrem Pferd, das nervös unter ihr zu tänzeln begann, beruhigend den Hals. »Worauf warten wir denn hier noch?«

»Schau hinunter!«, drängte Agricola sie.

Samana tat, wie ihr geheißen. Und plötzlich erregte etwas ihre Aufmerksamkeit. Weiße Flügel, die über das in helles Sonnenlicht getauchte Wasser schwebten. Vögel? Doch dann wurden die Flügel zu Segeln, und sie sah eine Flotte großer Schiffe mit Doppelsegeln die Landspitze umrunden. Die Ruder bewegten sich so flink wie die Beine eines exotischen Insekts.

Sie klatschte erregt in die Hände. »Boote!«

»Schiffe«, berichtigte Agricola sie. »Die vorderste Linie meiner neuen Flotte.«

Sie verfolgten, wie die Schiffe in die Bucht einliefen, wo jetzt eine schwere Rauchwolke über dem zerstörten Dorf hing.

»Möchtest du sie besichtigen?« Agricolas Augen glühten vor Begeisterung.

»O ja!«

Der Rundgang auf dem Flaggschiff ließ Samana die Geschehnisse am Ufer augenblicklich vergessen. Ihr eigenes Volk baute *curraghs* und kleine Handelskähne, aber keine so schnellen und wendigen – und todbringenden Schiffe wie diese. Sie verschlang die an Deck aufgereihten Katapulte und die Angriffstürme, von denen aus die Soldaten an Land springen konnten, förmlich mit den Augen.

»Bug und Kiel sind mit Bronze überzogen«, erklärte Agricola. »Um den Feind zu rammen.«

Doch am meisten faszinierte sie die große Anzahl von Soldaten, die jedes dieser Schiffe aufnehmen konnte. »Du kannst auf diese Weise ja die gesamte Küste Albas mit deinen Männern besetzen«, staunte sie.

»Und das innerhalb kürzester Zeit«, bemerkte Agricola, der mit dem Flottenkommandanten die Truppenlisten durchging.

»Was hält dich denn dann noch zurück?«

Agricola entließ den Offizier und trat zu ihr in das Heck des Schiffes. »Für eine groß angelegte Invasion ist es noch zu früh, Samana.«

»Du bist ängstlich wie ein altes Weib«, höhnte sie. »Unsere Krieger kennen derlei Bedenken nicht. Wenn sie über eine solche Flotte verfügten, würden sie damit jede Festung entlang der Küste unverzüglich angreifen.«

»Genau aus diesem Grunde werde ich auch siegen, und sie werden unterliegen.«

»Aber einmal kommt auch die Zeit zum Handeln, hast du das vergessen?«

Agricola schwieg, als sie zum Ufer zurückgerudert wurden. Erst als sie am Strand allein waren, packte er ihre Handgelenke. »Bereust du es inzwischen, dass du dich mit mir verbündet hast, Samana? Glaubst du, dein heißblütiger Prinz aus Erin würde weniger Vorsicht walten lassen?«

Samana spürte, wie sie errötete. »Das ist doch lächerlich.«

Aber als sie mit ihm über den Sand ging, schweifte ihr Blick erneut wie von selbst gen Westen. Sie biss sich auf die Lippe und wandte sich ab. Wenn der verwünschte Prinz den Tod fand – würde sie dann immer noch in Gedanken seine Stimme hören?

»Herr.« Einer von Agricolas Zenturios kam auf ihn zu. »Wir haben die benötigten Informationen erhalten.«

»Und?«

»Der Überfall wurde von dem Prinzen aus Erin angeführt, wie du vermutet hast. Er hat seine Männer vom Norden hergeführt und sich mit dem Häuptling des hiesigen Stammes verbündet. Mehr weiß der Mann nicht, er hat selbst nicht an dem Angriff teilgenommen.«

»Gut. Dann seht zu, dass ihr ihn loswerdet.«

Agricola setzte seinen Weg fort. Samana folgte ihm, aber diesmal gelang es ihr nicht, ihre Zunge im Zaum zu halten. Sie hielt ihn am Arm fest. »Auf dem Seeweg bist du nicht weit von Dunadd entfernt. Von *Dunadd.* Du könntest den Fuchs in seinem Bau stellen!«

Agricola blieb stehen und blickte stirnrunzelnd auf sie hinab. »Diese Festung ist nahezu uneinnehmbar, das hast du selbst gesagt. Außerdem liegt sie nicht direkt an der Küste.«

»Nein, aber nahe daran. Du hättest den Überraschungseffekt auf deiner Seite.«

Er kratzte sein Kinn, was hieß, dass er nachdachte. Samana hielt den Atem an. *Ich werde dich aus meinem Herzen herausreißen, Prinz!*

»Ein Angriff von der See aus auf eine gut bemannte Festung wäre zu gefährlich.«

»Aber du könntest Eremon sozusagen in seinem eigenen Bett überwältigen.«

»Ich werde meine Truppen nicht um eines einzigen Mannes willen in Gefahr bringen, Samana. Hast du vergessen, was ich dir über Rachedurst gesagt habe?«

Samana stellte sich auf die Zehenspitzen und schmiegte sich an ihn. *Nun sag endlich ja!*

Agricola dachte laut nach. »Ich muss sehen, wie sich die

Mannschaft meiner neuen Flotte bewährt. Dazu müsste ich ihnen irgendeine kleinere Aufgabe übertragen, die keine langwierigen Kämpfe nach sich zieht.« Dann nickte er. »Eine unmissverständliche Warnung für unseren Prinzen. Ja – das wäre genau das Richtige.«

Sie lächelte und rieb ihre Brüste an seinem Arm. »Hast du die Inspektion der Truppen für heute beendet?«

Seine Augen verdunkelten sich vor Begierde. »Ich denke schon. Und ich erwarte von dir, dass du angemessene Dankbarkeit für mein Entgegenkommen zeigst.«

Als sie später zwischen den zerwühlten Decken auf seinem Feldbett lagen, fragte sie träge: »Du nimmst mich doch mit, oder nicht?« Sie rollte sich auf die Seite und stützte ihr Kinn auf seinen Brustkorb.

»Wie kommst du darauf, dass ich selbst an diesem Unternehmen teilnehmen werde?«

Samana strich über das Haar auf seiner Brust. »Ich kann einfach nicht glauben, dass deine Geduld so groß ist, wie du mich glauben machen möchtest.«

Er lachte leise. »Mein Herz brennt auf einen Kampf, aber mein Verstand rät mir davon ab. Wenn *ich* den Fuß auf den Boden des Hochlandes setze, dann will ich das mit zwanzigtausend Mann im Rücken tun. Ich gedenke nicht, mich wieder aus dieser Gegend zurückzuziehen.«

49. Kapitel

Nachdem Drust von seiner Reise nach Süden zurückgekehrt war, lud er Rhiann zu einem Ausflug in seinem Streitwagen ein. Eremon stapfte in der Gästehütte auf und ab wie ein gereizter Bär. Nach einem Blick auf seine verkniffenen Lippen und seine zornig funkelnden Augen schickte Rhiann einen Boten zu Drust und ließ ausrichten, dass sie seine Einladung annahm.

Aber sie bat Caitlin, sie auf ihrer Stute zu begleiten, sodass sie Gelegenheit hatte, Drust zu beobachten, ohne dass ihr Körper sie verriet.

Seit jenem Kuss oben auf der Palisade hatte sie eine innere Unruhe befallen. Wenn Eremon sie im Bett unabsichtlich berührte, zuckte sie zusammen, dann sah er sie lange durchdringend an, bis sie den Blick senkte. Sie hatte das Gefühl, als würde ihr Körper nicht mehr ihr selbst gehören; sie zitterte ständig vor Nervosität und ertappte sich oft dabei, dass sie mit ihren Gedanken weit weg war.

Der Ausflug führte sie durch ein Land, das sich ihnen jetzt, zur Sonnenzeit, in voller Blüte darbot. Die goldenen Gerstenähren wehten leise im Wind, Bienenschwärme summten über die Wiesen. Die Eichen entlang des Flusses warfen kühlende Schatten auf ihre erhitzten Gesichter.

Drust zeigte ihnen seine steinernen Kunstwerke, die an vielen Punkten entlang des breiten Weges aufgestellt waren, der die Festungen der Kaledonier miteinander verband. Rhiann und Caitlin zollten den in Stein gemeißelten Jagd- und Kriegsszenen und den Darstellungen aus dem Wasser schnellender Lachse und kämpfender Hirsche gebührende Bewunderung. Viele wiesen auch Adlerbilder auf, aber keines war mit Bronze ausgegossen wie das, das sie auf dem Weg zur Wellenfestung zuerst gesehen hatten.

»Dieselben Symbole habe ich auch in deine Haut tätowiert, siehst du?« Drusts Streitwagen wurde von zwei Rotschimmeln gezogen, die fröhlich dahintrabten und dabei die Köpfe auf- und abwarfen, wobei die Glöckchen an ihrem bunten Geschirr leise klirrten. Der Wagen holperte über den unebenen Untergrund, und Rhiann wurde gegen Drusts Arm geworfen. Er grinste, packte die Zügel mit einer Hand und umfasste mit dem freien Arm ihre Taille.

Rhiann blickte zu Caitlin hinüber, die jedoch damit beschäftigt war, um einen abgestorbenen Baum vor ihnen herumzugaloppieren und aus jeder Richtung ihre neuen Pfeile in den knorrigen Stamm zu schießen.

»Ich bin weit in den Süden gereist und habe mir die römischen Meilensteine angeschaut, um mehr über die Steinmetzkunst zu lernen, ich habe sogar mit einigen ihrer Künstler gesprochen.«

Rhiann blickte erstaunt zu Drust auf. »Du hast dich in die römisch besetzten Gebiete gewagt?«

Der Wagen rumpelte erneut durch ein Loch. Drust gab sie frei und nahm die Zügel in beide Hände. »Natürlich. Das ist schließlich nicht verboten, oder?«

Rhiann betrachtete die blauen Tätowierungen, die sich über Drusts glatte Wangen zogen und ihn als einen der Barbaren aus dem Norden auswiesen. Es konnte für ihn nicht leicht gewesen sein, freien Zugang zu den Städten der Römer zu erhalten.

»Ich leiste viel bessere Arbeit als sie«, fügte Drust hinzu. »Sie meißeln nur Zahlen, die Namen ihrer Toten und die Gesichter ihrer Götter in den Stein. Aber diese Götter sehen alle gleich aus.«

»Ich hoffe, du denkst nicht daran, dasselbe mit den Gesichtern unserer Götter zu tun«, erwiderte Rhiann. »Du weißt doch, dass sie nur in lebendes Holz geschnitzt werden dürfen.«

»Ja, o Hohepriesterin«, deklamierte er lächelnd, zügelte die Pferde und winkte Caitlin zu, die abgestiegen war, um ihre Pfeile aus dem Baum zu ziehen. »Hier ist ein schönes Plätzchen, um einen Bissen zu essen.«

Er breitete unten am Flussufer eine Decke aus Hirschleder aus. Caitlin band ihr Pferd an und nahm ihren Köcher von der Schulter, ehe sie sich mit glühenden Wangen zu ihnen gesellte. »Ist es nicht wunderschön hier, Rhiann? Ich habe noch nie ein so fruchtbares Land gesehen.«

»Natürlich nicht«, erwiderte Drust. »Ihr stammt ja auch aus den Bergen.«

»Dunadd liegt auf einer Ebene«, bemerkte Rhiann, die sich plötzlich verpflichtet fühlte, ihre Heimat zu verteidigen. »In unseren Tälern wächst das Korn vielleicht nicht so reich wie hier, aber wir züchten gute Rinder und Schafe.«

Doch auch dieses Thema schien Drust zu langweilen.

Er hatte geräuchertes Fleisch, Brot, weichen Käse, Wein und eine seltsame Nussart mitgebracht – Walnüsse, wie er sagte. Alles wurde auf römischen Platten und in römischen Bechern serviert. »Seht euch nur diese kunstvolle Arbeit an.« Drust hielt einen silbernen, mit Karneolen besetzten Becher in die Höhe. »Und die Töpferware – schaut, sie ritzen Muster in den Ton!«

»Ihr klingt, als würdet Ihr die Römer bewundern«, stellte Rhiann missbilligend fest.

»Kostet diesen Wein, Lady.« Drust schenkte ihren Becher voll. Die Sonne ließ seine braunen Augen golden schimmern. »Eine Kultur, die solche Dinge hervorbringt, muss man einfach bewundern.«

»Ihr denkt so ganz anders als Euer Vater.«

Drust löste mit seinem Dolch ein Stück Nussfleisch aus seinen Zähnen. »Ich muss meinen eigenen Platz in dieser Welt finden. Die Römer halten unser Land besetzt, das ist richtig – aber da sie nun einmal hier sind, warum sollen wir uns nicht an all den angenehmen Dingen erfreuen, die sie uns zu bieten haben?«

Caitlins Grinsen war verflogen. »Eremon sagt, wenn wir römische Güter annehmen, können wir dem Feind auch gleich unser Land ausliefern.«

Drust lachte und tätschelte ihre Hand. »Überlassen wir doch all diese unangenehmen Angelegenheiten unseren Kriegsführern und genießen lieber den schönen Tag, kleine Lady.«

Caitlins Miene verfinsterte sich. »Ich reite über den Fluss, ich will sehen, was auf der anderen Seite ist«, sagte sie und sprang auf.

Nachdem sie davongetrabt war, richtete Drust seine Aufmerksamkeit wieder auf Rhiann. »Erinnerst du dich noch an die Sonnenzeit, in der wir uns kennen gelernt haben?« Er schenkte ihr sein entwaffnendes Lächeln. »Wie wir im warmen Sand in der Sonne gelegen haben, so wie jetzt?« Er legte eine Hand über die ihre und streichelte sie sanft.

Rhiann nickte. »Hast du danach denn manchmal an mich

gedacht?« Sie verachtete sich selbst für diese Frage und den flehenden Unterton in ihrer Stimme.

»Oft sogar«, erwiderte er. »Und jetzt, wo ich dich wieder gesehen habe, begreife ich nicht mehr, warum ich mich nicht mit einem Arm voller Hochzeitsgeschenke auf den Weg zu dir gemacht habe.« Er führte ihre Hand an seine Lippen. »Aber nun bist du ja bereits verheiratet.« Sein Blick ruhte auf ihrem Gesicht. »Du wirst nicht lange hier bleiben.«

Sie verstand die Frage in seinen Augen, obwohl sie die Antwort darauf nicht wusste. Ihr Körper reagierte auf seine Berührung mit demselben Verlangen wie immer, denn diese Tür ließ sich nicht so leicht schließen. Aber ihr Herz war schwer. Was hatte sie denn erwartet? Dass die Liebe sie treffen würde wie ein Blitzschlag aus heiterem Himmel?

Als sie zur Festung zurückkehrten, waren die Vorbereitungen für das Fest des längsten Tages in vollem Gange. Drust hielt im Hof vor den Ställen an und half Rhiann vom Wagen. Während er damit beschäftigt war, die Pferde auszuschirren, flüsterte Caitlin ihr zu: »Auch wenn er ein alter Freund von dir ist – mir gefällt dieser Prinz nicht!«

Ehe Rhiann eine Antwort geben konnte, stand Drust wieder vor ihnen. Caitlin dankte ihm steif und stolzierte hoch erhobenen Hauptes davon.

Sowie sie allein waren, beugte sich Drust über Rhianns Hand, um sich von ihr zu verabschieden. Seine Lippen strichen über ihre Haut. »Heute Nacht werden viele von uns in den Feldern den Göttern huldigen.« Er sah sie an; ein nicht zu missdeutendes Versprechen stand in seinen Augen geschrieben. »Vielleicht können wir die alten Zeiten wieder aufleben lassen, Rhiann.«

Von der Mauer aus beobachteten Conaire und Eremon, wie die kleine Gruppe durch das Tor kam und bei den Ställen Halt machte. Als Eremon seinen Bruder ansah, spiegelte dessen Gesicht seine eigenen Gefühle deutlich wider.

»Er ist mit Caitlin ausgeritten«, knurrte Conaire.

»Er ist mit *Rhiann* ausgeritten«, stellte Eremon düster fest.

»Er ist nichts weiter als ein eingebildeter Geck. Von so einem Mann lässt sich Caitlin nicht hinters Licht führen.«

Eremon wünschte, er könnte dasselbe von Rhiann behaupten, aber das schien nicht der Fall zu sein. Er wusste, dass Furcht und Verzweiflung das Urteilsvermögen eines Menschen trüben konnten. Aber wovor sollte sich Rhiann fürchten, und weshalb sollte sie verzweifelt sein?

Als er die Treppe halb heruntergestiegen war, erblickte er plötzlich Gelert, der die Festung durch das Nordtor verließ. Er wurde von dem Boten begleitet, der kurz zuvor zu Pferde eingetroffen war. Eremon betrachtete die Gestalt in dem weißen Gewand nachdenklich. Unbehagen keimte in ihm auf.

»Beeil dich!«, rief ihm Conaire ungeduldig zu. »Ich gehe jetzt zu Caitlin und werde ihr jedes Wort entlocken, das dieser Prinz zu ihr gesagt hat.«

Eremon blickte auf den Rücken des sich entfernenden Druiden. Sollte er ihm folgen? Doch dann eilte er verärgert die letzten Stufen hinunter. Erst Rhiann und nun Gelert! Hatte er nichts Besseres zu tun, als sich über das seltsame Benehmen von Priestern den Kopf zu zerbrechen?

»Wenn ich so darüber nachdenke«, fügte Conaire hinzu, der Rori und Angus mit ihren Jagdspeeren in ihre Richtung kommen sah, »finde ich, wir sollten die Frauen erst einmal vergessen und lieber auf Wildschweinjagd gehen. Es bleibt noch ein paar Stunden hell.«

Eremons Schultern entspannten sich. »Das ist eine gute Idee, Bruder. Je weiter ich von hier fortkomme, desto besser!«

Rhiann wusste nicht, wie es Drust gelungen war, sie in dieser Nacht von den Feuern wegzuziehen. Nachdem die heiligen Kräuter verbrannt worden waren und die Menge unter lautem Jubel die Asche verstreut hatte, als ihre Stimme vom vielen Singen heiser geworden war und ihre Füße vom Tanzen schmerzten, legten der *saor* und der Met einen Schleier über ihre Sinne.

Als die Menge zwischen den Furchen der Gerstefelder tanzte, tauchte plötzlich Drust hinter ihr auf, legte einen Arm um sie und zog sie mit sich. Lachend stolperte sie ihm hinterher, und mit einem Mal wurde alles dunkel und still um sie, denn die Tänzer und die Musiker mit ihren Fackeln setzten ihr wildes Treiben ohne sie fort.

Kurz darauf saß sie auf seinem Umhang, und dann streckte sie sich rücklings darauf aus, um die ersten Sterne zu beobachten, die am purpurroten Himmel erschienen, dann schob sich sein Arm unter ihren Nacken …

… und als seine Lippen die ihren suchten und seine nach süßem Met schmeckende Zunge ihren Mund erforschte, da zögerte sie nur einen Augenblick, ehe sie sich von der Hitze überwältigen ließ, die durch ihren Körper strömte.

Jetzt warf der Schein einer hoch aufzüngelnden Flamme Schatten über sein Gesicht, und ihre Finger strichen über seine Wange, während sie den Duft der warmen Erde, der zerdrückten Kräuter an ihrer Hand und seines Schweißes einsog.

Sie vergrub die Finger in seinem Haar, wonach sie sich schon so lange sehnte, und spürte, wie sich seine Hand über ihre Brust legte, sie durch das feine Leinen hindurch streichelte und dann zu ihrer Hüfte hinunterwanderte. Von Furcht und Verlangen zugleich erfüllt schloss sie die Augen.

Aber er wusste noch immer genau, wie er sie berühren musste, seine träge über ihr Bein streichende Hand verstärkte die Wirkung des *saor* und trieb sie immer tiefer in den Nebel hinein, in dem sie schon einmal vor vielen Jahren versunken war. Doch plötzlich merkte sie, dass sich seine Hand unter ihr Hemd gestohlen hatte und eine glühende Spur auf ihrer nackten Haut hinterließ.

Erschrocken schlug sie die Augen wieder auf und rang erstickt nach Atem.

»Scht«, murmelte er. »Meine schöne Rhiann. Mein kostbarstes Juwel.«

Wie eine Verdurstende sog sie diese Worte in sich auf, als er ihr Hemd hochschob und ihren Bauch und die untere Rundung ihrer Brüste entblößte. Verlegen barg sie das Gesicht in seiner Halsbeuge und war plötzlich froh darüber, dass sie nicht mehr so hager war wie früher; dass ihr Körper jetzt weibliche Kurven aufwies.

Sein Atem ging schneller, und sie konnte seinen Herzschlag spüren. »Mein schönstes Kunstwerk…«

Er zog seinen Arm unter ihrem Kopf hervor, und plötzlich folgten seine Lippen den blauen Linien, die er eigenhändig auf ihren Körper tätowiert hatte. Sein Mund wanderte höher, höher… über ihre Rippen, drückte schmetterlingszarte Küsse auf ihre Haut und erreichte endlich ihre Brüste.

Ihr Herz begann wie wild zu hämmern.

Ein Bild stieg vor ihr auf; die Hand eines Mannes, sie war mit schwarzen Haaren bedeckt, sie lag auf ihren weißen Brüsten…

Sie verdrängte die Erinnerung und konzentrierte sich auf Drust… Drusts Mund, Drusts glatte, weiche Hände. Drust! Sein Mund legte sich auf den ihren, sie vergrub die Hände in seinem honigfarbenen Haar und zog ihn näher zu sich. Alles würde gut werden!

Wieder bedeckte er ihren Körper mit Küssen, bis hoch zu ihrem Hals, dann spürte sie sein Gewicht auf sich. »Rhiann«, stöhnte er.

Das Gewicht eines Mannes, das sie zu erdrücken drohte, die Spitze eines Messers an ihrer Kehle…

Sie bot all ihre Willenskraft auf, um zu verhindern, dass sie vor Angst erstarrte, doch er schien nichts von dem Kampf zu bemerken, der in ihr tobte. Er murmelte ihr unaufhörlich Koseworte zu, während er ihren Bauch und ihre Brüste mit Küssen überschüttete.

Sie biss sich auf die Lippe. *Es ist Drust!*

Doch dann spürte sie, wie er an seiner Hose herumnestelte; spürte seinen Körper auf dem ihren; spürte, wie sich das Ding, das hart und weich zugleich war, gegen ihren Schenkel presste – das Schwert, das sich in sie hineinbohren würde.

Das Gewicht eines Mannes, das sie zu erdrücken drohte…

»Rhiann!«, stöhnte Drust erneut.

Die kalte Spitze eines Messers an ihrer Kehle …

»Nein!« Der Schrei, der sich ihr entrang, traf sie beide bis ins Mark. Sie stemmte die Hände gegen seine Brust. »Ich kann nicht …«

Er blickte auf sie hinab und blinzelte, als wäre er aus einem tiefen Schlaf erwacht. »Was ist denn?«

Sie schob ihn mit aller Kraft von sich. »Ich kann es nicht tun … es tut mir Leid.«

Er rollte sich schwer atmend von ihr herunter. »Was soll das heißen, du kannst nicht?«

»Frag mich nicht.« Sie zog ihr Hemd herunter. Die Demütigung hatte ihr das Blut in die Wangen getrieben.

»Rhiann.« Er beugte sich vor, um sie zu küssen. »Warum spielst du die schüchterne Jungfrau? Ich dachte, du wärst jetzt erwachsen.«

Rhiann machte sich von ihm los. »Ich sagte nein!«

Er erstarrte und gab sie frei. Jetzt loderte Zorn in seinen Augen auf. »Ausgerechnet … du hast es versprochen!«

»Ich habe überhaupt nichts versprochen!«

Mit einer raschen, ungeduldigen Bewegung zog er seine Hose hoch und sprang auf.

Rhiann richtete sich ebenfalls auf und schlang ihren Umhang um sich. »Drust, es tut mir Leid.« Sie berührte ihn am Arm. »Es ist nur … es geht mir alles zu schnell. Es ist lange her …«

Seine Muskeln fühlten sich hart unter ihren Fingern an. »Du kannst mit meinen Gefühlen nicht so spielen.«

»Das wollte ich auch nicht.«

Er stieß zitternd den Atem aus und wandte sich ab. »Wenn du nicht willst, dass ich ganz die Beherrschung verliere, dann führ mich nicht länger in Versuchung. Geh jetzt!«

Mit brennenden Wangen drehte sich Rhiann um und eilte davon.

Der warme Wind spielte mit ihrem Haar, und die leisen Schreie der Männer und Frauen überall um sie herum schienen sie zu verhöhnen. Mit gesenktem Kopf machte sie sich auf den Weg hinunter zum Fluss, wo sie mit sich und ihrer Scham allein sein konnte.

50. Kapitel

Die hilflose Wut über die ablehnende Haltung der Kaledonier fraß auch den ganzen nächsten Tag lang an Eremon. Um alles noch schlimmer zu machen, war Rhiann während des Festes plötzlich verschwunden, und als sie spät nachts zu ihm ins Bett gekrochen war, hatte sie nach Asche, Erde und Flussschlamm gerochen.

Bei den Göttern!

Er konnte nichts anderes tun, als erneut auf die Jagd zu gehen und seine Männer anzutreiben, bis sie alle in Schweiß gebadet und erschöpft waren. Dass er mit einem Speerwurf einen Rehbock erlegte, trug ebenso wenig dazu bei, seine Stimmung zu heben wie der Krug Ale, den Conaire öffnete, um auf den Jagderfolg zu trinken. Als der Nachmittag verstrich, verdunkelte sich Eremons Herz zusammen mit dem Himmel.

Als sie in die Festung zurückkehrten, gelang es ihm, kurz mit dem König unter vier Augen zu sprechen.

»Es ist noch nichts entschieden worden«, teilte ihm Calgacus mit, während er sein Zeremonienschwert fortlegte.

»Aber Ihr seid der König! Ihr müsst doch die Bedrohung erkennen, so wie ich sie erkannt habe!«

Calgacus betrachtete ihn ernst. »Ich bin mehr davon überzeugt als meine Männer und weniger als Ihr. Nein!« Er hob eine Hand, als Eremon Anstalten machte, Einwände zu erheben. »Ich habe Eure Argumente gehört und halte sie für stichhaltig. Aber wir verfügen über ausgezeichnete Verteidigungsanlagen, und unser Gebiet liegt weiter nördlich als das Eure. Wir fühlen uns sicher – im Moment jedenfalls.«

»Warum habt Ihr mich denn dann überhaupt empfangen?«

»Ich wollte mir ein Bild von Euch machen. Die Situation

kann sich ändern, und wenn dies geschieht, müssen wir wissen, was wir voneinander zu halten haben, um rasch handeln zu können.«

»Nicht rasch genug, fürchte ich.« Eremon war bemüht, sich seine Enttäuschung nicht anmerken zu lassen.

»Prinz, ich habe Euch ja schon erzählt, dass ich um meinen Thron kämpfen musste, aber ich musste mich nicht nur gegen Rivalen aus meinem eigenen Volk zur Wehr setzen. Als der alte König starb, nutzten unsere Nachbarn die Gelegenheit und griffen uns aus zwei Richtungen an. Es hat mich viel Mühe gekostet, die Ordnung wieder herzustellen und unser Land und unser Vieh zurückzuerobern.«

»So ein Sieg muss doch Eure Position gefestigt haben.«

»Das ist richtig, aber ich herrsche jetzt seit langer Zeit, und je mehr Wohlstand wir anhäufen, desto begieriger sind unsere Nachbarn darauf, uns unsere hart erworbenen Reichtümer abzujagen. Neider bedrohen ständig meine Grenzen.«

»Was hat das alles mit den Römern zu tun?«

»Meine Männer fürchten, dass ein Bündnis den anderen Stämmen den Vorteil verschafft, auf den sie warten. Bündnisse fußen darauf, dass die Parteien einander vertrauen, und das bedeutet, dass die Wachsamkeit nachlässt.«

»So denken Eure Männer – und Ihr?«

Calgacus strich sich über das Kinn. »Mein Verstand sagt mir, dass sie Recht haben. Aber mein Herz möchte Euch gern Glauben schenken, Prinz aus Erin. Vielleicht wären wir, wenn wir uns zusammenschließen, stark genug, um die Römer von diesen Inseln zu verjagen. Sie aus Alba, aus Britannien zu vertreiben.« Er lächelte trocken. »Aber vielleicht sind das ja nur die Wunschträume eines alten Mannes. Vielleicht führt mich Eure Jugend und Eure Kühnheit in Versuchung.«

»Kühn mag ich ja sein, aber ich neige nicht dazu, vorschnell zu handeln. Fragt meinen Bruder, er wird es Euch bestätigen.«

»Trotzdem ist es zu früh, Eurem Wunsch zu entsprechen.«

Eremon hob den Kopf. »Heißt das, dass Ihr mich vielleicht später all Eurer Bedenken zum Trotz unterstützen würdet?«

»Wenn sich die Lage ändert, werde ich darüber nachdenken.«

Calgacus' Worte beruhigten ihn vorübergehend, doch am Abend bemerkte Eremon, dass die Edelleute ihm aus dem Weg gingen, und seine Stimmung sank wieder. Er saß allein in einer Ecke, trank und grübelte, während die Stunden verstrichen.

Da zermarterte er sich nun den Kopf, wie er die Stämme Albas retten konnte, kämpfte für sie, setzte sein Leben für sie aufs Spiel, und wie dankten sie es ihm? Seine Frau tändelte mit einem eitlen Toren, sein Druide intrigierte gegen ihn, und diese reichen, wohlgenährten Männer warfen ihm höhnische Blicke zu und wiesen seine Hilfe hochmütig zurück. Er sollte sie alle den Römern zum Fraß vorwerfen und anderswo nach Unterstützung für die Rückeroberung seines Throns suchen.

Er trank sein Ale aus und wischte sich über den Mund, dann hielt er den Becher einer Dienerin hin, damit sie ihm nachschenkte. In diesem Moment stieg ihm Honigduft in die Nase, und Rhiann ließ sich neben ihm auf der Bank nieder. Er rückte ein Stück zur Seite, um ihr Platz zu machen.

»Ich hörte von Conaire, dass deine Vorschläge bei den Kriegern auf nicht allzu viel Zustimmung stoßen.«

»Das kann man wohl sagen.«

»Wir verlangen etwas noch nie Dagewesenes von ihnen, Eremon. Sie brauchen Zeit, um sich an den Gedanken zu gewöhnen.« Sie strich ihr Haar zurück, das sie heute Abend bis auf je einen Zopf an den Schläfen offen trug. Sie sah sehr jung und verletzlich aus.

Eremon nahm einen tiefen Zug aus seinem Alebecher, und als er sie die Stirn runzeln sah, trank er gleich noch einen Schluck. »Ich glaube nicht, dass die Zeit irgendetwas ändert«, knurrte er. »Ich habe einen Druiden, der jeden meiner Schritte untergräbt, und eine …« Beinahe hätte er hinzugefügt: *Und eine Frau, die einem anderen Mann schöne Augen macht.*

Rhiann musterte ihn scharf. »Was ist mit Gelert?«

»Nicht wichtig… wirklich. Er hat nur nicht den kleinsten

Versuch unternommen, Calgacus' Druiden dazu zu bewegen, mir zu helfen.«

»Ich hoffe, du hast nicht zu viel von ihm erwartet. Er fürchtet dich, das musst du doch wissen.«

»Mich fürchten? Wieso? Ich kümmere mich um meine Angelegenheiten und er sich um die seinen.«

»Nein, er möchte der alleinige Herrscher über alle Dinge sein. Ich glaube, er hat gehofft, auch dich beherrschen zu können, und es ärgert ihn, dass ihm das nicht gelingt. Du gewinnst zu viel Einfluss.«

Eremon blinzelte, denn er nahm ihre Konturen im Feuerschein nur noch verschwommen wahr. Ihm wurde bewusst, dass er verschwitzt war und seine Kleider Fettflecken aufwiesen, während sie so frisch wie der junge Morgen wirkte. »Danke, dass du mir das alles erst jetzt erzählst. Ich hätte ihn nicht mitnehmen müssen.«

Sie schob die Unterlippe vor. »Ich glaube nicht, dass er damit einverstanden gewesen wäre – außerdem ist es mir lieber, ich habe ihn hier unter Kontrolle, statt dass er in Dunadd Unfrieden stiftet.«

Sie hatte Recht, was ihn nur noch mehr reizte. Warum verliefen alle Gespräche, die sie miteinander führten, immer so *ernst*? Dort hinten saßen Conaire und Caitlin und alberten herum …

»Wo ist der schöne Drust heute Abend?«, fauchte er.

Rhiann errötete. »Du bist betrunken.«

»Ich gebe mir alle Mühe, mich in diesen Zustand zu versetzen.«

»Auf jeden Fall fährt er mich nicht an wie eine …«

»Ehefrau?« Eremon hob anzüglich die Brauen.

Die Röte auf ihren Wangen vertiefte sich, und ihre Augen sprühten Funken. »Das sagt der Richtige!«, flüsterte sie wutentbrannt. »Deine Eroberungen würden das Haus des Königs füllen – wenn der Platz ausreicht!«

»Ich kann mich nicht erinnern, je geschworen zu haben, ein Leben in Keuschheit zu führen.«

Sie sah aus, als hätte er sie geschlagen, was er am liebsten auch getan hätte, aber… die Götter waren seine Zeugen… er würde ihr nie etwas zu Leide tun… Es war zu spät, sie war schon aufgesprungen, und in ihren Augen glitzerten Tränen… Tränen!

»Rhiann, warte!«

Aber sie war schon verschwunden, die Umsitzenden drehten sich zu ihm um, er konnte ihr jetzt unmöglich nachlaufen. »Mädchen!« Als die Dienerin zu ihm kam, nahm er ihr den ganzen Krug Ale aus der Hand.

Er reichte ihr dafür seinen Becher.

Draußen trommelten Rhianns Füße im Rhythmus der Litanei auf den Boden, die ihr im Kopf herumging. Dieser unverschämte, ungehobelte, scheinheilige… Schuft!

Natürlich sollte sie jetzt in der Halle sein und ihren Charme und ihren Rang nutzen, um die Edelleute umzustimmen, aber… allein der Gedanke, dem Prinzen aus Erin eine Gefälligkeit zu erweisen, schürte ihre Wut im Moment nur noch.

Sie bemerkte, dass sie unbewusst den Weg zu Drusts Werkstatt eingeschlagen hatte, wo unter dem Türfell ein schwacher Lichtschein hervordrang. Sie blieb stehen und atmete ein paar Mal tief durch. Vielleicht sollte sie lieber versuchen, mit Drust ins Reine zu kommen. Vielleicht würde er mit einem Lächeln über ihr Verhalten von gestern Nacht hinweggehen…

Eremons letzte Worte hatten sich in ihr waidwundes Herz eingebrannt. *Ich habe nie geschworen, ein Leben in Keuschheit zu führen.*

Nein, das hatte er nicht. Alles war allein ihre Schuld. Aber wenn Drust ein bisschen Geduld aufbrachte, konnten sie es vielleicht noch einmal miteinander versuchen. Wenn er sie wirklich liebte…

Sie hob das Türfell und schlüpfte lautlos in den Raum. Auf den Werkbänken lagen Meißel, andere Handwerksgeräte und ein paar seiner halb fertigen Arbeiten verstreut, es roch nach Holzspänen. In einer Ecke brannte eine Tranlampe. Rhiann trat darauf zu, und zu dem mit Pelzen bedeckten Strohsack, der dort lag.

Die beiden Menschen, die darauf lagen, bemerkten sie gar nicht.

Seltsamerweise überraschte sie der Anblick, der sich ihr bot, nicht im Geringsten.

Drust keuchte, sein breiter, glatter Rücken hob und senkte sich, und das Mädchen, dessen Gesicht Rhiann nicht erkennen konnte, schlang seine weißen Beine um seine Hüften.

Nein, es war wirklich keine Überraschung.

Rhiann beobachtete die beiden stumm, bis Hysterie in ihr aufwallte und sie einen unterdrückten Laut von sich gab. Bei dem Geräusch schrak Drust zusammen und drehte sich um. Die großen Augen des Mädchens unter ihm glänzten im dämmrigen Licht. Drust sprang weder erschrocken auf, noch wirkte er beschämt oder verlegen. Wenn sein Gesicht überhaupt etwas verriet, dann einen leisen Hauch von Bedauern. Und Gleichgültigkeit.

Rhiann wandte sich ab und verließ die Werkstatt. Sie hätte sich am liebsten die Zunge abgebissen. Wie töricht konnte eine Frau eigentlich sein? Und dann ausgerechnet sie – sie, die ihr Herz nie so leichtfertig verschenkt hatte wie die Aiveens und Gardas dieser Welt… nur um es dann an einen Mann zu verlieren, der ihrer nicht wert war. Und das alles nur, weil sie sich vor langer Zeit in seiner Gegenwart einmal wie eine Frau gefühlt hatte. Sie vergrub das Gesicht in den Händen.

Diesmal blieb ihr wirklich nichts anderes übrig, als in ihr kaltes Bett zu kriechen. Als sie allein im Dunkeln lag, dachte sie an die Erinnerung von Feuerschein auf bloßer Haut zurück, die sie so lange in ihrem Herzen bewahrt hatte. Die konnte er ihr nicht nehmen; niemand konnte das. Aber wie sollte sie jetzt den Traum vom Mann mit dem Schwert deuten? Ihre Hoffnung, es könne sich bei ihm um Drust handeln, war zunichte gemacht worden. Hieß das, dass ihr Traum die ganze Zeit lang nichts als ein Hirngespinst gewesen war?

Irgendwann im Lauf dieser Nacht leerte Eremon den zweiten Krug Ale. Er erinnerte sich verschwommen daran, irgendeinen jungen Prahlhans zu einem Duell herausgefordert zu haben, doch als er ins Freie taumelte und die kalte Nachtluft ihm entgegenschlug, wurde alles dunkel um ihn.

Das Nächste, was er bewusst wahrnahm, waren ein paar kräftige Arme, die ihn umschlangen. »Ich habe ihn«, erklang Conaires Stimme irgendwo über ihm.

»Kann ich irgendetwas tun?« Das war Caitlin, sie klang besorgt.

»Nein. Ich kümmere mich schon um ihn. Geh du zurück und versuch, diesen jungen Draufgänger zu beschwichtigen.«

»Ich könnte sein Schwert tragen …«

»Nein! Lass uns allein!«

Eine kleine Pause entstand. »Ich wollte ja nur helfen.« Jetzt schwang Ärger in Caitlins Stimme mit. »Deswegen brauchst du mich nicht gleich anzuschreien.«

Conaires Atem zischte in Eremons Ohr.

Wie ein Pferd, dachte Eremon benommen. *Es ist Dòrn, er will sein Futter …*

»Kleines«, sagte Conaire etwas freundlicher, »ich kann mich allein um Eremon kümmern, das weißt du doch.«

»Hmm.« Caitlins Schritte entfernten sich.

Eremon schluckte hart. »Jetzt hast du dir Ärger eingehandelt, Bruder …« Er versuchte aufzustehen, doch seine Beine wollten ihm nicht gehorchen.

»Moment.« Ein Ruck, und dann stand die Welt plötzlich auf dem Kopf, als Conaire ihn wie einen Sack Korn über die Schulter warf und sich in Bewegung setzte. Gerade als Eremon furchtbar übel wurde, legte ihn Conaire auf einem Strohhaufen ab.

»Wo … wo sind wir?«

»Im Stall. Du kannst jetzt keine Frauen gebrauchen, die um dich herumflattern, du würdest dich vermutlich über den Rock von einer von ihnen übergeben. Und das würde Rhiann gar nicht gefallen.«

Rhiann …

Eremon dachte an ihr prächtiges Haar und an die Tränen, die in ihren Augen geschimmert hatten. »Bruder, ich stecke in Schwierigkeiten.«

»Was für Schwierigkeiten?«

Eremon versuchte, sich auf Conaires Gesicht zu konzentrieren, doch alles, was er sah, war ein verschwommener Glorienschein.

Er gab auf und schloss die Augen. »Ich bin verliebt«, lallte er. »In meine eigene Frau.«

Alle Epidier versammelten sich im Haus des Königs, um zu hören, was Calgacus und sein Ältestenrat beschlossen hatten.

Nur Rhiann fehlte. Eremon hatte sie an diesem Morgen noch nicht gesehen. Er war mit hämmerndem Schädel im Stall aufgewacht, aber ein kalter Wasserguss und ein in Schinkenfett gebackener Hafermehlkuchen hatten ihn weitgehend wieder hergestellt.

Wahrscheinlich trifft sie sich wieder mit Drust, dachte er, während er den Blick über die Gesichter der Männer auf den Bänken um ihn herum schweifen ließ. Warum sollte sie sich auch irgendeinen Zwang antun, nachdem er sich so gründlich zum Narren gemacht hatte? Ein Schauer lief ihm über den Rücken. Zum Glück hatte er jenes verhängnisvolle letzte Geständnis nicht *ihr* gemacht. Nein, er hatte nur entschieden zu viel getrunken und Unsinn geredet. Anders konnte es gar nicht sein.

Um das Bild von Rhiann und Drust zu verdrängen, blickte er zu der Wand hinter den Bänken hinüber. Dort stand Gelert, sein rätselhaftes Lächeln war heute noch breiter als sonst. Conaire, Rori und die anderen hielten sich im Schatten der Tür. Caitlin stand bei ihnen.

Wie es seine Art war, verlor Calgacus keine Zeit mit Vorreden. »Eremon mac Ferdiad, erhebt Euch, um unsere Entscheidung zu hören.«

Eremon gehorchte und blieb im Lichtkreis stehen, der durch die offene Tür fiel. Er hatte Fragarach umgeschnallt, seine beste Tunika angelegt und trug seinen goldenen Stirnreif. Er wollte jeder Zoll wie ein König aussehen. Wenn sie seinen Vorschlag zurückwiesen.

Auch Calgacus erhob sich, worüber sich Eremon wunderte. Der König deutete durch diese Geste an, dass er ihn gewissermaßen als gleichgestellt betrachtete, was seinen Männern ihren finsteren Mienen nach zu urteilen sichtlich missfiel. Ihm wurde leichter ums Herz.

»Meine Häuptlinge haben sich eingehend über Euren Vorschlag beraten.«

Calgacus sah ihm fest in die Augen, und einen Moment lang schien es, als wären er und Eremon die einzigen Menschen im Raum. Doch in den goldgefleckten Augen stand erneut Bedauern zu lesen. Eremons Zuversicht schwand.

»Sie sind zu dem Schluss gekommen, dass die Gefahr nicht groß genug ist, um das Bündnis zu rechtfertigen, zu dem Ihr ratet«, fuhr Calgacus fort.

Obwohl Eremon mit dieser Antwort gerechnet hatte, trafen ihn die Worte wie ein Schlag.

»Wir werden unsere Grenzen gut bewachen, wie wir es schon immer getan haben, und uns über jede Bewegung der Römer auf dem Laufenden halten.« Calgacus' Züge wurden weicher. »Ich weiß, dass das nicht das ist, was Ihr hören wolltet.«

Eremon holte tief Atem, damit seine Stimme den ganzen Raum erfüllte. »Ihr macht einen schweren, nein, wahrscheinlich einen verhängnisvollen Fehler. Aber eins sollt ihr wissen.« Er drehte sich um und fixierte jeden einzelnen Häuptling mit einem durchbohrenden Blick. »Ich werde trotzdem alles daran setzen, um die Unterstützung der anderen Stämme zu gewinnen. Vielleicht sehen ihre Anführer die Sachlage anders.«

Calgacus neigte zustimmend den Kopf. Er schien über die offenen Worte nicht verstimmt zu sein. *Was für einen Verbündeten du abgeben würdest!*, dachte Eremon ergrimmt, und seine Enttäuschung wuchs.

»Mit welchem Recht wollt Ihr das tun?«, ließ sich plötzlich

eine herausfordernde Stimme verlauten, und alle Köpfe drehten sich zu dem Sprecher um.

Gelert trat vor und hob seinen Amtsstab aus Eichenholz, sodass die Jettaugen der Eule im Licht glitzerten. Eremon war von seinem plötzlichen Einwurf so überrumpelt, dass er keine passende Antwort fand.

»Ihr sprecht, als wärt Ihr ein Mann von Macht und Einfluss, der dank seines Ranges Forderungen stellen darf«, fuhr der Druide fort. »Ein Mann, der viele Krieger befehligt; ein Mann, der aus diesem Grund auf die Hilfe aller Stämme Albas zählen darf.«

Eremons Augen verengten sich gefährlich. »Wovon sprecht Ihr, ehrwürdiger Druide? Ich *bin* ein solcher Mann, und Ihr wisst es.«

Gelerts Lippen verzogen sich zu einem höhnischen Lächeln. »Seid Ihr das wirklich?«, fragte er weich, dann schnippte er mit den Fingern. Ein Schatten verdunkelte das Licht, das durch die Tür fiel, als ein hoch gewachsener Mann sich bückte und in den Raum trat.

Er richtete sich auf und blickte Eremon furchtlos ins Gesicht.

Es war Lorn.

51. Kapitel

Ein leises Raunen ertönte aus der Richtung von Eremons Männern, und Eremon spürte, wie sich Conaire hinter ihm aufbaute.

»Wer ist dieser Mann?«, wollte Calgacus wissen.

»Ich bin Lorn von den Epidiern, Mylord. Mein Vater ist Urben von der Sonnenfestung.«

»Warum stört Ihr diese Versammlung, Sohn des Urben?«

Ohne den Blick von Eremon abzuwenden deutete Lorn auf Gelert. »Ich komme auf die Bitte des obersten Druiden hin. Ich habe Neuigkeiten über den Prinzen aus Erin, die auch Euch betreffen.«

Ein furchtbarer Verdacht keimte in Eremon auf. Er hatte Lorn am Tag seiner Abreise nicht in Dunadd gesehen. Wo war er gewesen?

»Ich bin vor einer Woche aus Erin zurückgekommen«, erklärte Lorn.

Der Schock verschlug Eremon den Atem. Dennoch registrierte er verschwommen, dass er mit keiner Wimper gezuckt hatte und auch seine Männer keinen Laut von sich gegeben hatten. Noch nicht einmal Conaire hatte eine Bewegung gemacht. In diesem Moment war er stolz auf sie.

Calgacus runzelte die Stirn. »Was Ihr zu sagen habt, geht nur Euch und den Kriegsherrn etwas an. Wir werden diese Versammlung auflösen, dann könnt Ihr Eure Stammesangelegenheiten in Ruhe besprechen.«

»Nein!« Gelert trat einen Schritt vor und richtete seinen Stab auf Eremon. Seine Augen funkelten. »Dieser Mann hat uns alle belogen! Er ist nicht der, der er zu sein vorgibt!«

Eremons Herz begann wie wild zu hämmern. Bei Hawens Eiern! Er ballte die Fäuste, als sich alle Augen auf ihn richteten.

»Was meint er damit?«, wollte Calgacus wissen. »Seid Ihr nicht der Sohn des Ferdiad, des Königs von Dalriada?«

Eremon hob den Kopf. »Doch, der bin ich«, erwiderte er mit fester Stimme.

»Nicht mehr«, gab Gelert zurück. Er wandte sich an Lorn. »Berichtet, was Ihr herausgefunden habt.«

Lorn lächelte. »Der Vater des Prinzen ist tot, sein Onkel hat ihn mit nichts außer den Kleidern, die er am Leib trug, aus Erin fortgejagt; ihn und seine zwanzig Abtrünnigen. Er ist nicht mehr der Thronerbe. Er hat keine Familie, keine Krieger, keine Heimat. Er ist ein Verbannter.«

Da war das Wort wieder! Eremon spürte, wie die kaledonischen Edelleute ihn mit Blicken durchbohrten; er meinte, den Gestank des Giftes zu riechen, das Gelert verbreitete; er hörte den Triumph in Lorns Stimme.

Alle waren gegen ihn. Er hatte ein riskantes Spiel gespielt und verloren.

Widersinnigerweise überkam ihn just in diesem Moment große Ruhe. Jetzt musste er nicht länger fürchten, entlarvt zu werden. Geheimnisse waren eine schwere Bürde. Die seine konnte er nun, da die Wahrheit ans Licht gekommen war, endlich abwerfen. Tiefe Erleichterung durchströmte ihn, er straffte sich und legte eine Hand an die Scheide seines Schwertes. Er würde sich jetzt so verhalten, dass sein Vater stolz auf ihn sein könnte.

»Ist das wahr?«, hörte er Calgacus wie aus weiter Ferne fragen.

Eremon drehte sich um und sah den König an. Er war der einzige Mann im Saal, der eine Erklärung verdiente. »Ja, es ist wahr.«

Diesmal erhob sich erregtes Gemurmel unter den Anwesenden, und Eremon sah, dass Lorn sichtlich aus der Fassung geraten war. Das Lächeln in seinen Augen verblasste, und seine Brauen zogen sich zusammen. *Hat er gedacht, ich würde lügen?*

»Ich *bin* der rechtmäßige Thronerbe«, verkündete er. »Mein Onkel hat mich selbst als solchen anerkannt und mir die Treue geschworen. Aber nach dem Tod meines Vaters brach er seinen Eid. Die Männer, die er nicht bestechen konnte, schüchterte er mit Gewalt ein. Meine Anhänger und ich setzten uns gegen hundert seiner Krieger zur Wehr, konnten aber nicht verhindern, dass wir schließlich zum Wasser hinuntergetrieben wurden. Von dort aus flohen wir in einem Boot nach Alba.«

Calgacus gebot mit erhobener Hand Ruhe, denn das Gemurmel war lauter geworden.

Aber es war Lorn, der als Erster das Wort ergriff. »Ihr gebt es also zu?«

Eremon sah ihn fest an. »Ja.«

Einer der Häuptlinge unterbrach ihn. »Mylord, dieser Verbannte hat uns belogen. Wir täten gut daran, ihm nicht länger zuzuhören.«

Eremon fuhr zu dem Mann herum. »Ich habe nicht gelogen.

Ich habe auch diesen Druiden nicht belogen.« Er warf Gelert einen verächtlichen Blick zu.

»Hört nicht auf ihn!«, zischte Gelert, und zahlreiche andere Stimmen fielen ein.

Als der Lärm anschwoll, donnerte Calgacus schließlich: »Ruhe jetzt!« Der scharfe Befehl erzielte die gewünschte Wirkung, im Raum trat augenblicklich Stille ein. »Ich möchte hören, was der Prinz zu sagen hat. Der Nächste, der unaufgefordert spricht«, er funkelte Gelert, Lorn und seine eigenen Männer finster an, »wird sich mir im Zweikampf stellen müssen. Und nun setzt euch! Alle!«

Im nächsten Moment fand sich Eremon allein in der Mitte der Bänke wieder, aber diesmal war die Feindseligkeit im Raum greifbar.

»Ich habe nicht gelogen«, wiederholte er. »Der Druide bat mich, den Epidiern im Kampf gegen die Römer beizustehen, und ich willigte ein. Bislang habe ich meinen Teil der Abmachung erfüllt.« Er straffte sich, und seine Stimme wurde lauter. »Ja, ich musste aus meinem Land fliehen, und ja, mein Onkel ist jetzt dort König. Und nein, ich habe nicht mehr als eine Hand voll mir treu ergebener Männer. Aber das eine sage ich euch: Ich kenne die Kampfweise der Römer wie niemand sonst. Ich habe mit Agricola persönlich gesprochen, ich weiß genau, wie er denkt und vorgeht. Unter meiner Führung haben wir eine römische Festung zerstört. Ich bin für euch immer noch genauso wertvoll wie damals, als ich nach Alba gekommen bin – nein, mehr noch, weil ich viel zu gewinnen und viel zu beweisen habe.« Hoch erhobenen Hauptes sah er Calgacus an. »Wenn die Epidier das Bündnis mit mir aufkündigen, werden andere Stämme Albas einen Anführer wie mich mit Freuden willkommen heißen. Denkt an meine Worte!«

Zuletzt deutete er auf Lorn. »Ihr sollt wissen, dass der Mann, der diese Anschuldigungen gegen mich erhebt, der tapferste Krieger der Epidier ist.«

Lorns Augen weiteten sich erstaunt.

»Der Druide hat den Bruch zwischen uns herbeigeführt –

und dadurch den Römern direkt in die Hände gespielt.« Jetzt sprach er Lorn selbst an. »Wir sind Waffenbrüder. Wenn wir noch nicht einmal unseren Stamm zusammenhalten können, wie sollen wir dann Alba halten? Wie sollen wir uns gegen die Römer wehren? Ihr habt sie gesehen; Ihr habt an meiner Seite gekämpft. Ihr wisst, dass ich Recht habe.«

Lorn senkte den Blick und schüttelte stumm den Kopf.

Lange herrschte Stille im Raum, doch Eremon wusste nicht, ob dies ein gutes oder ein schlechtes Zeichen war. Dann trat Calgacus neben ihn. »Prinz, wie alt seid Ihr?«

»Zweiundzwanzig Jahre, Mylord.«

»Und doch habt Ihr in diesem Alter schon üblen Verrat, den Tod Eures Vaters erleben und Euch gegen hundert Krieger behaupten müssen, und dennoch ist es Euch gelungen, Euch und Eure Männer unverletzt in Sicherheit zu bringen?«

Eremon schöpfte neue Hoffnung, als er das Leuchten in den Augen des Königs sah. »Ja.«

»Dann habt Ihr fast ohne Mittel Eure Heimat verlassen müssen – und habt innerhalb eines Mondes in einem fremden Land Verbündete gefunden. Ihr habt die Invasoren angegriffen und den Kampf gewonnen. Ihr seid quer durch Alba gereist, um Verhandlungen mit uns, dem mächtigsten Stamm des Landes, aufzunehmen, habt Euch einer Versammlung harter Krieger gestellt und kühne Worte benutzt, um Euer Ziel zu erreichen, und das nicht nur einmal, sondern gleich zweimal.«

Eremon lächelte. »Ja.«

»Ihr plant, Euren Thron zurückzuerobern, Prinz?«

»Ja, um der Ehre meines Vaters willen, Mylord. Ich werde ihn zurückgewinnen.«

»Daran hege ich nicht den geringsten Zweifel.« Der König gestattete sich ein ganz privates Lächeln, ehe er sich an seine Männer wandte. Bevor er das Wort ergriff, legte er Eremon eine Hand auf die Schulter.

»Der Ältestenrat hat seine Entscheidung im Namen des Stammes getroffen, und ich muss mich ihr beugen. Aber ich möchte euch alle hier eines wissen lassen: Hier steht der mutigste und einfallsreichste Mann, der mir je begegnet ist. Wie er selbst sagt, ist er aufgrund seiner Person und seiner Taten ein wertvoller Verbündeter, nicht trotz alledem. Ich sichere ihm von nun an meine persönliche Unterstützung zu!«

Gelert entrang sich ein erstickter Aufschrei. »Aber dieser Mann hat uns alle getäuscht! Er hat keine Krieger, keine Armee!«

Calgacus musterte den Druiden mit unverhohlenem Widerwillen. »Dann sollten wir ihn umso mehr bewundern, denn er hat aus so wenig so viel gemacht. Ein solcher Mann hat das Zeug zu einem großen König – Ihr solltet Manannán danken, dass er ihn zu euch geschickt hat!«

Gelerts Augen glühten vor Zorn. »Wir haben ihm unsere Ban Cré zur Frau gegeben, haben ihn zum Vater des königlichen Erben gemacht.«

»Sein Blut ist edel genug. Aber hier geht es auch um Lady Rhiann.« Calgacus sah Eremon ernst an. »Ihre Ehre darf nicht besudelt werden.«

Eremon nickte. »Wenn wir nach Dunadd zurückkehren, kann die Ehe aufgelöst werden, das Jahr ist verstrichen.«

»Gut.«

Gelert maß Eremon mit einem hasserfüllten Blick, dann schlang er ohne ein weiteres Wort seinen Umhang um sich und rauschte aus der Halle. Lorn folgte ihm; zögernd, wie es schien, und drehte sich dabei noch einmal zu Eremon um.

Die kaledonischen Edelleute saßen steif auf ihren Bänken, sie waren unschlüssig, wie sie sich Eremon nach der öffentlichen Erklärung ihres Königs gegenüber verhalten sollten. Eremons Männer scharten sich um ihn, doch hinter ihnen sah er Calgacus' Adleraugen, die anerkennend auf ihm ruhten. *Gut gemacht, mein Sohn*, schienen sie zu sagen.

Solche Worte hatte er von seinem Vater nie zu hören bekommen.

Zum ersten Mal, seit er Erin hatte verlassen müssen, ebbte der Schmerz über den an ihm begangenen Verrat ein wenig ab.

Rhiann hatte im Haus der kaledonischen Ban Cré Zuflucht vor der Demütigung gesucht, die Drust ihr zugefügt hatte. Sie zeigte der alten Priesterin gerade ein paar neue Kräuter zur Behandlung von Wunden, die sie einem Händler abgekauft hatte, als Caitlin hereingestürmt kam.

»Rhiann, ich habe dich überall gesucht!« Caitlins Brustkorb hob und senkte sich heftig, als sie nach Atem rang. »Ich bin die ganze Mauer entlanggerannt!«

»Was gibt es denn so Dringendes?«

Caitlin zögerte und warf der anderen Priesterin einen viel sagenden Blick zu. Die alte Frau verstand den Wink und entschuldigte sich unter dem Vorwand, noch rasch nach einer Kranken sehen zu müssen.

Caitlin hüpfte ungeduldig von einem Fuß auf den anderen, während die Frau sich einen wollenen Schal um die Schultern legte und nach ihrer Arzneitasche griff. Sowie das Türfell hinter ihr heruntergefallen war, zog sie Rhiann zu der Bank vor der Feuerstelle, um ihr erregt zu berichten, was bei der Ratsversammlung vorgefallen war.

»Ach, Rhiann, du hättest ihn sehen sollen!« Ihr Gesicht glühte. »Calgacus hat Eremon beigestanden und Gelert praktisch aus dem Raum gewiesen.«

Rhiann hörte zu, dabei zerdrückte sie unbewusst die Rosmarinzweige in ihrer Hand. Endlich verebbte Caitlins Redestrom.

»Bei der Göttin!« Ihr Gesicht umwölkte sich. »Ich habe nicht nachgedacht. Es tut mir Leid, Rhiann. Er hat dich belogen, ich weiß. Das muss alles sehr schwer für dich sein.«

Rhiann starrte die Wand an. Der beißende Geruch des Rosmarins brannte in ihrer Nase. Von Anfang an hatte sie geahnt, dass er irgendein Geheimnis hütete; dass er nicht der war, der er zu sein schien. Doch als er immer mehr Erfolge zu verzeichnen hatte, hatte sie aufgehört, darüber nachzudenken.

Caitlins kleine weiße Hand legte sich über die ihre. »Rhiann, wenn du nur gehört hättest, was er gesagt hat – dann wärst du nicht so außer dir. Ich werde dir erzählen, woran ich mich erinnere.« Und dann gab sie Eremons Rede beinahe wortwörtlich wieder. »Er will nur das Beste für uns alle. Er wurde in eine schwierige Lage hineinmanövriert, aber er hat sich behauptet. Das zählt doch auch etwas, Rhiann, findest du nicht?«

Rhiann sah sie an, sah die Hoffnung in ihrem Gesicht. »Ich ... ich brauche Zeit, um über all das nachzudenken.«

»Natürlich!« Caitlin biss sich auf die Lippe. »Aber deswegen muss sich ja nicht unbedingt alles ändern. Du weißt, dass Eremon der Führer ist, den wir so dringend brauchen. Und jetzt kann er auch noch auf Calgacus' persönliche Unterstützung zählen.« Als Rhiann schwieg, fuhr sie hastig fort: »Wie dem auch sei, ich kann mir vorstellen, wie du dich jetzt fühlst. Rhiann, ich werde Eremon folgen, weil er ein großer Krieger ist, aber sonst bin ich auf deiner Seite. Wenn du dich von ihm trennen willst, halte ich zu dir.«

Caitlin hätte einem Stein ein Lächeln abringen können.

Endlich gelang es Rhiann, die junge Frau zu überreden, sie alleine zu lassen, damit sie in Ruhe nachdenken konnte. Sie musste sich darüber klar werden, wie ihr Leben nach dieser unerwarteten Enthüllung weitergehen sollte.

Sie wischte sich Rosmarinnadeln von den Fingern und versuchte, ihren aufsteigenden Zorn zu unterdrücken. Dieser Lügner! Er hatte um ihre Hand angehalten, obwohl er ein landloser Niemand ohne Freunde war. Wenn die Wahrheit von Anfang an bekannt gewesen wäre, dann hätte man sie nie gezwungen, ihn zu heiraten. Letzte Nacht hatte er auch noch gewagt, sie zu kritisieren, weil sie seine Erwartungen nicht erfüllt hatte!

Ihre Gedanken kehrten wieder zu Drust zurück, und erneut erfüllte sie eine tiefe Bitterkeit, als sie das Bild wieder vor sich sah, das sich ihr in seiner Werkstatt geboten hatte. Ihre Hoffnungen hatten sich zerschlagen, wo also stand sie nun? Wenn sie Eremon zurückwies, würde der Ältestenrat sie dann mit irgendeinem anderen Mann verheiraten? Oder würde man sie in Ruhe lassen, wenn Caitlin heiratete? Vielleicht konnte sie dann doch noch zu Linnet auf den Berg ziehen ...

Vielleicht.

Denk nach! Sie musste eine Entscheidung treffen, und zwar schnell.

Als sie aus dem Haus trat, rechnete sie fast damit, von allen Leuten angestarrt zu werden, aber alle gingen ihrem üblichen Tagewerk nach, ohne ihr besondere Beachtung zu schenken. Als sie den Hof vor dem Torturm erreichte, verließ gerade eine Gruppe von Reitern die Festung: Gelert, seine Druiden und einige Epidierkrieger. Der oberste Druide kehrte also nach seiner Demütigung vor dem Ältestenrat nach Dunadd zurück. Rhiann blickte jeden einzelnen Krieger an, Lorn war nicht unter ihnen.

Nachdenklich drehte sie eine Haarsträhne um den Finger. Sie wusste, dass sich bald ein anderer Besucher bei ihr einfinden würde, hatte aber keine Ahnung, wie sie sich ihm gegenüber verhalten sollte. Also stieg sie die Stufen zur Palisade hoch, um auf das Meer hinauszuschauen. Dort oben war sie für jeden, der mit ihr sprechen wollte, leicht zu finden, und sie konnte ungestört ihren Gedanken nachhängen.

Doch dazu blieb ihr nicht lange Zeit.

Jemand hüstelte hinter ihr. »Lady«, begann Eremon formell, »ich nehme an, Ihr habt die Neuigkeiten bereits gehört.«

Sie wandte sich nicht zu ihm um, sondern nickte nur stumm. Seine körperliche Nähe erweckte ihre Wut und ihren Schmerz zu neuem Leben, all die vernünftigen Argumente, die sie sich zurechtgelegt hatte, waren vergessen.

»Du verstehst sicher, warum ich dir nicht von Anfang an die Wahrheit sagen konnte.« Er lehnte sich neben ihr gegen die Palisade. »Ich glaube immer noch von ganzem Herzen daran, dass ich dein Volk beschützen kann. Aber ich brauchte Zeit, um dir zu beweisen, was in mir steckt. Man sollte einen Mann nicht allein nach seiner Abstammung beurteilen.«

Als sie immer noch beharrlich schwieg, straffte er sich, und aus dem Augenwinkel heraus sah sie, wie er eine Hand an sein Schwert legte. »Ich bin eigentlich nur gekommen, um dir zu sagen, dass ich mit einer Auflösung der Ehe einverstanden bin, wenn wir wieder in Dunadd sind.«

Rhiann schnaubte verächtlich, drehte sich um und verschränkte die Arme vor der Brust, woraufhin er überrascht einen Schritt zurücktrat. »Eremon.« Es kostete sie Mühe, mit ruhiger Stimme zu sprechen. «Caitlin hat mir wortwörtlich erzählt, was du vor der Ratsversammlung gesagt hast. Alles entsprach der Wahrheit – jedes einzelne Wort!«

Eremons Augenbrauen schossen in die Höhe. Mit einem Mal wirkte er verunsichert.

»Wir brauchen dich, und du hast deine Fähigkeiten eindrucksvoll unter Beweis gestellt. Calgacus steht hinter dir. Mit dir an meiner Seite kann auch ich das Beste für meinen Stamm tun. Mir gefällt, was wir bislang erreicht haben.« Sie hielt inne. »Aus diesen Gründen möchte ich an unserer Ehe festhalten.«

Er schluckte und machte Anstalten, etwas zu erwidern, aber sie brachte ihn mit einer Handbewegung zum Schweigen. »Aber Eremon, ich bin so wütend auf dich, dass ich dir am liebsten die Augen auskratzen würde. Und das werde ich auch tun, wenn du nur noch ein einziges Wort sagst. Jetzt lass mich allein und sprich nicht mehr mit mir, bis wir nach Hause reiten. Hast du mich verstanden?«

Er nickte, aber seine Augen leuchteten.

Das Deck unter Samanas Füßen schwankte auf den hohen Wellen. Sie hielt sich am Mast fest und genoss das belebende Gefühl des Windes in ihrem Gesicht und der Gischt, die ihr Haar benetzte. Aber so sehr sie sich auch den Hals verrenkte, sie konnte nur kleine Inseln, dunkle Hügel und die weiße Brandung am Fuß der Felsen sehen, denn sie hatte die Segel der Flotte aus den Augen verloren.

»Können wir nicht etwas näher heranfahren?«, bat sie Agricola über ihre Schulter hinweg.

»Nein.« Er stand, die Hände hinter dem Rücken verschränkt, hinter ihr und passte sich den rollenden Bewegungen des Schiffes mit der Mühelosigkeit des erfahrenen Seefahrers an. »Ich bin eigentlich gar nicht hier, Samana, vergiss das nicht.«

»Aber wir können von hier aus ja überhaupt nichts sehen!«

Agricola lächelte. »Dann benutze deine Fantasie, meine Hexe. Aber keine Angst, du wirst das Feuer sicher bald sehen können.«

Doch die Sonne musste noch zwei Handbreit sinken, bis sie endlich den Rauch erblickte, der den Himmel verdunkelte wie Blut klares Wasser.

52. Kapitel

Eremon war in Calgacus' Stall und sattelte Dòrn, als er Schritte hinter sich hörte. Nach einem Blick auf das Gesicht des neben ihm stehenden Conaire drehte er sich um. Lorn stand an der Stalltür.

Der Epidierkrieger wirkte sichtlich befangen, hielt aber den Kopf hoch erhoben und den Blick starr auf die Stallwand gerichtet. »Ich bin nicht mit dem Druiden nach Dunadd zurückgekehrt.«

»Das sehe ich«, erwiderte Eremon trocken.

»Lugh weiß, dass ich alles versucht habe, Prinz aus Erin, aber ich kann Euch nicht besiegen. Vielleicht ist Euer Schicksal von den Göttern vorherbestimmt. Die Art, wie Ihr den Männern in der Ratsversammlung die Stirn geboten habt…« Er sah Eremon unsicher an. »Ihr habt ihnen nicht die Antwort gegeben, mit der ich gerechnet habe.«

»Ich handle oft anders, als es viele erwarten.«

Lorn stieß vernehmlich den Atem aus. »Urbens Sohn dient keinem Druiden, nur seinen eigenen Göttern. Da diese Euch wohlgesonnen zu sein scheinen, werde ich Euch folgen.« Er betrachtete Eremon argwöhnisch. »Ich mag Euch nicht, Prinz, aber ich weiß, was ich meinem Volk schuldig bin. Und was Ihr da gesagt habt… dass sich die Epidier verbünden, die Stämme Albas sich zusammentun müssen… das kam mir vor wie eine Vision. Etwas, wovon die Barden singen werden.«

»Wenn Ihr so denkt, seid Ihr ein Mann mit Weitblick«,

erwiderte Eremon. »Solche Männer brauche ich an meiner Seite.«

»Eines sollt Ihr wissen, Prinz. Ich fühle mich nur so lange durch meinen Eid an Euch gebunden, wie die Römer uns bedrohen. Nachdem wir sie vertrieben haben… wer weiß, was dann geschieht.«

»Wir werden sehen. Reitet Ihr mit uns zurück?«

Lorn nickte.

»Mein Ziehbruder Conaire ist mein stellvertretender Kommandant«, fügte Eremon hinzu. »Ihr vergebt Euch nichts, wenn Ihr Euch auch ihm gegenüber loyal zeigt.«

Lorn sah Conaire an, richtete seine nächsten Worte jedoch an Eremon. »Ich werde nicht immer mit Euch einer Meinung sein.«

»Das wäre mir auch gar nicht lieb.« Eremon grinste Conaire an. »Für dich ist auch nicht jedes meiner Worte Gesetz, nicht wahr, Bruder?«

Conaire rollte seine mächtigen Schultern, dabei sah er Lorn unverwandt an. »Nein. Aber ich befolge deine direkten Befehle.«

Wieder nickte Lorn. Ein stummes Abkommen wurde zwischen den Männern besiegelt.

Nachdem er den Stall verlassen hatte, führten Eremon und Conaire ihre Pferde in das Sonnenlicht hinaus.

»Bruder«, bemerkte Conaire, »lass uns sehen, dass wir nach Hause kommen, ehe wir noch mehr Überraschungen erleben. Der epidische Heißsporn unterstellt sich deinem Befehl! Möge Hawen uns beistehen!«

Eremon lächelte. »Wenigstens waren es weitgehend angenehme Überraschungen. Jetzt kann ich auf Calgacus' Unterstützung zählen, der Zwist zwischen Lorn und mir ist vorerst beigelegt – ich habe immer noch eine Frau… wie immer es auch weitergehen mag.«

Conaires Grinsen verblasste. »Eremon, was du gestern Nacht im Stall gesagt hast… über Rhiann…«

»Ich möchte nicht darüber sprechen. Ich war betrunken, das ist alles.« Eremon lehnte die Stirn gegen Dòrns Flanke und zog den Sattelgurt fester.

Aber er spürte, wie sich Conaires Augen in seinen Rücken bohrten.

Calgacus hatte sich zwar schon offiziell von ihnen verabschiedet, kam aber noch zum Tor, um ihnen eine gute Reise zu wünschen. Er war kurz zuvor bei seinen Jagdhunden gewesen; seine Tunika wies schlammige Pfotenabdrücke auf, und sein Haar war zerzaust. Dennoch schien er wieder von einem goldenen Schein umgeben zu sein.

»Lebt wohl, Prinz.« Er streckte Eremon, der bereits auf seinem Pferd saß, eine Hand hin, und Eremon ergriff sie.

»Ich danke Euch für alles, was Ihr für mich getan habt«, erwiderte er dann.

»Ihr wisst, dass Ihr immer auf mich zählen könnt. Wenn Ihr mich brauchen solltet, gebt mir Bescheid. Ich wäre Euch dankbar, wenn Ihr mich über die weitere Entwicklung der Lage auf dem Laufenden halten würdet.«

»Selbstverständlich.«

Die beiden Männer sahen sich verständnisvoll an, dann senkte Calgacus die Stimme. »Ich freue mich schon darauf, mit Euch irgendwann wieder auszureiten und einen Humpen Ale mit Euch zu leeren.«

»Das wird sich sicher noch einmal ergeben.«

»Viel Glück, mein Sohn.«

Calgacus sah ihnen mit grüßend erhobener Hand nach, als sie durch die hohen Tore der Wellenfestung ritten. Oben auf der Brustwehr sang ein einsamer Barde ein Abschiedslied, und die Wachposten salutierten mit ihren Speeren.

Rhiann und Caitlin ritten neben Conaire, der die Standarte führte, an der Spitze der Gruppe. Eremon hatte Rhianns Wunsch respektiert und sie in Ruhe gelassen, doch jetzt ruhte sein Blick auf der anmutigen Linie ihres Rückens. Obwohl sie Drust liebte, wollte sie die Ehe mit ihm, Eremon, nicht auflösen – zwar nur aus politischen Gründen, aber wenigstens hatte er sie nicht ganz verloren.

Er seufzte, als die Wunde gerade jetzt, da er es am wenigsten gebrauchen konnte, wieder zu schmerzen begann, und schloss sich dann mit einem letzten Blick auf Calgacus seinen Männern an.

»Eremon!« Aedan ließ sich zurückfallen, bis er an seiner Seite ritt. Seine grauen Augen funkelten. »Ich habe ein Lied über dein Treffen mit dem König und deinen Triumph über den Druiden geschrieben. Möchtest du es hören?«

Eremon nickte zustimmend und lehnte sich im Sattel zurück.

Dunadd rief sie nach Hause.

Sie konnten den Rauch schon von weitem riechen.

»Was um aller …« Eremon zügelte Dòrn, legte eine Hand vor die Augen, um sie vor der sinkenden Sonne zu schützen, und spähte die letzte Anhöhe hinab, nach der der Pfad eine Biegung in Richtung Dunadd beschrieb.

Auch Rhiann hielt an und klopfte Liath' Hals. Die Stute ließ matt den Kopf hängen, sogar Caitlin und Conaire, die einander unaufhörlich geneckt hatten, waren schon vor einiger Zeit in erschöpftes Schweigen verfallen. Rhiann seufzte. Bald würde sie wieder daheim sein, in ihrem eigenen kleinen Haus, in ihrem eigenen bequemen Bett …

»Beim Großen Eber!« Ein Schwall von Verwünschungen zerriss die Luft, dann fuhr Eremon zu ihnen herum. »Lorn, nehmt Eure Männer und eskortiert die Frauen zur Festung. Wenn es irgendwelche Anzeichen für drohende Gefahr gibt, zieht Euch mit ihnen in die Hügel zurück, bis wir mehr wissen. Ihr anderen folgt mir. Wir müssen uns beeilen.«

»Was ist denn passiert?«, fragte Rhiann besorgt. »Was meinst du mit ›Gefahr‹?«

Eremons Augen blickten mit einem Mal kalt wie Eis. »Criànan brennt.«

53. Kapitel

Ein holpriger Feldweg führte von der breiten Straße hinunter zur Küste. Eremon sprengte im vollen Galopp darüber hinweg, dabei spähte er angestrengt über das Marschland und stellte erleichtert fest, dass Dunadd selbst unversehrt geblieben war. Die Fahne mit der weißen Stute flatterte noch immer oben auf dem Haus des Königs.

In Criànan bot sich ihnen dagegen ein Bild des Grauens. Als sie auf den Hafen zujagten, stieg von den Ruinen der zerstörten Häuser immer noch Rauch auf. Die Anlegestege waren abgebrannt worden, und die Überreste der zerschlagenen Boote lagen auf dem Strand verstreut. Die Klagerufe der Frauen erfüllten die Luft.

Die Palisade der Haselfestung auf der anderen Seite der dunklen Bucht war schwarz versengt und teilweise zersplittert; auch hier verdeckte eine Rauchwolke den Gipfel des Felsens. Auch hier ragten die schwarzen Gerippe und umgeknickten Maste der zerstörten Boote zwischen den Steinen halb aus dem Wasser heraus.

Eremon sprang aus dem Sattel und packte einen Mann bei den Schultern, der einen Dachpfosten aus den Trümmern eines Hauses zog. »Wer ist hierfür verantwortlich?«

Die Augen des Mannes waren von Ruß und Kummer gerötet. »Die roten Invasoren.«

»Wann?«

»Vor einer Woche. Wir haben erst jetzt gewagt, hierher zurückzukehren.«

Eremon gab ihn frei. Hilflose Wut würgte ihn in der Kehle.

Finan erwartete ihn vor den Toren Dunadds. »Sie haben uns überrumpelt. Es gab nichts, was wir gegen sie hätten ausrichten können.«

Eremon musterte das massive Holz der Tore und die Steinhänge des Felsens. »Erzähl mir, was genau geschehen ist.«

»Fünf mit vielen Ruderern besetzte Schiffe kamen von Westen, von der Insel der Hirsche her auf uns zu, so schnell, dass den Verteidigern der Festung gerade noch Zeit blieb, ein paar Boote zu Wasser zu lassen. Aber sie wurden gerammt und sind gesunken.«

»Und dann?«

»Die Römer bombardierten die Festung und den Hafen mit Eisenbolzen und Brandkugeln.« Finan war bleich vor Entsetzen. »Sie haben all diese Zerstörung von ihren Schiffen aus angerichtet – vom Wasser aus!«

Eremon schloss die Augen. »Wie viele Tote gab es?«

»Etwa hundert. Die Fischerflotte war den Göttern sei Dank weit draußen auf dem Meer. Aber nach der Bombardierung gingen Soldaten an Land, metzelten alle nieder, die nicht mehr fliehen konnten, und kehrten an Bord ihrer Schiffe zurück. Dann verschwanden sie so schnell, wie sie gekommen sind.«

Eremon stieß zischend den Atem aus. »Wenn Dunadd verschont wurde, dann war es kein Großangriff.«

»Nein?«

»Nein. Es war eine Warnung.«

Halb krank vor Angst ließ Rhiann von Liath' Rücken aus den Blick über die Menge innerhalb der Mauern von Dunadd schweifen, konnte Linnet jedoch nirgendwo entdecken. Sie stieg ab, bahnte sich einen Weg durch das Gewirr von Menschenleibern und rannte dann den Pfad zum Mondtor hoch. Dort stand Linnet und wartete auf sie. Die beiden Frauen fielen sich in die Arme.

»Ich wusste nicht, ob du überhaupt noch am Leben bist!«, schluchzte Rhiann.

»Hier drinnen waren wir sicher.« Linnets Augen waren dunkel vor Schmerz. »Die armen Seelen unten in Criànan nicht.«

»O Göttin! Was ist mit Eithnes Familie?«

»Ihnen ist nichts geschehen. Nur Criànan und die Haselfestung sind angegriffen worden.«

»Dann werde ich rasch meine Arzneitasche holen. Bring mich gleich zu den Verwundeten.«

»Tochter.« Linnets Stimme klang tonlos. »Sie haben keine Verwundeten zurückgelassen.«

Eremon schickte Lorn mit dem Befehl an alle Häuptlinge im Süden, ihre Verteidigungsanlagen zu verstärken, zur Festung seines Vaters zurück. Die Wachposten an den südlichen und westlichen Hängen wurden verdoppelt, und vor allem wurden die Herren aller Felsenfestungen in Küstennähe angewiesen, große Scheiterhaufen zu errichten, damit sie im Falle einer Bedrohung von der See her ein Leuchtfeuer entzünden und so die anderen Festungen und Dunadd warnen konnten.

Eremon gedachte nicht, sich noch einmal überrumpeln zu lassen. Agricola verfügte über eine schnelle, gut bewaffnete Flotte. Dennoch war er nicht gekommen, um Dunadd zu zerstören.

Er wollte mir eine Lektion erteilen, dachte Eremon. *Aber ich habe nicht die Absicht, sie zu lernen.*

Dann schoss ihm ein anderer Gedanke durch den Kopf. Wenn Agricola eine Flotte an der Westküste stationiert hatte, dann lagen einige seiner Schiffe vermutlich auch im Osten. Calgacus' Volk lebte an dieser Küste.

Er ließ einen Boten zu sich rufen. »Überbring Calgacus dem Schwert diese Neuigkeiten. Sprich nur mit dem König persönlich und benutzte meinen Namen als Passwort, um eine Audienz zu erlangen.«

Während er dem davonreitenden Boten hinterherschaute, fragte er sich, ob die kaledonischen Edelleute dies wohl als eine »Entwicklung« ansehen würden.

Tagelang überwachte Eremon die Aufräumarbeiten, während Rhiann und Linnet die traurige Aufgabe zufiel, die Begräbnisrituale für die Toten abzuhalten und die Stellen zu segnen, wo die abgebrannten Häuser gestanden hatten, damit sie wieder neu aufgebaut werden konnten, sobald die Trauerzeit verstrichen war.

Also dauerte es einige Zeit, bis die Menschen ihre Aufmerksamkeit dem zuwandten, was sich in Calgacus' Festung zugetragen hatte.

»Als Gelert zurückkam, schäumte er förmlich vor Wut«, berichtete Linnet Rhiann, als sie am Strand standen und die letzte Asche und die letzten Blumen ins Wasser streuten. »Er hat keinerlei Erklärung abgegeben, nur seine Sachen gepackt und seinen Brüdern gesagt, er ginge fort.«

»Fort? Wohin denn?«

»Er wollte Alba durchstreifen, um mit den Göttern in Verbindung zu treten, und sich in die Wälder zurückziehen. Genaueres weiß ich auch nicht.«

Gelerts unverhoffte Abreise war zunächst eine Erleichterung, doch nachdem der erste Schock über den Angriff abgeflaut war, wusste Eremon, dass es an der Zeit war, dem Ältestenrat die Wahrheit über seine Person zu gestehen.

Der Seher Declan, der jetzt das Amt des obersten Druiden übernommen hatte, war ruhiger und praktischer veranlagt als sein Vorgänger, er hatte Gelerts Hass auf den Prinzen nie geteilt. Er hörte aufmerksam zu und erhob sich dann, um zu verkünden, dass er die Vorzeichen aus dem Flug der Vögel, den Eingeweiden eines erlegten Hasen und dem Fall der Knochen auf das Seherfell gedeutet hatte.

Der Wille der Götter war eindeutig: Die Epidier brauchten den Prinzen aus Erin jetzt dringender als je zuvor.

Denn die Furcht vor den Römern, die nach dem Überfall auf die feindliche Festung nachgelassen hatte, hing jetzt wieder wie eine dunkle Wolke über ihnen. Ohne Anführer waren die Epidier schutzlos und verwundbar, das wussten sie. Und der Prinz war ein fähiger Kriegsherr, auch wenn er sie bezüglich seines familiären Hintergrunds getäuscht hatte. Er hatte die Männer gut ausgebildet, hatte ihre Verteidigungslinien verstärkt und – was vielleicht am meisten zählte – er hatte die Unterstützung von Calgacus dem Schwert gewonnen.

Nur Belen und Talorc vermieden es, Eremon anzusehen, was diesen schmerzte. Aber er wusste, dass Belen ein nüchtern und praktisch denkender Mann war, der stets zum Wohle seines Stammes handeln würde. Und was Talorc betraf – Eremons gewagtes Spiel hatte ihm die Wertschätzung eines Kriegers wie Calgacus eingetragen und würde vielleicht auch Brudes Vetter beeindrucken, wenn dessen anfänglicher Zorn über die ganze Geschichte erst einmal verraucht war. Nur Tharan äußerte laut und deutlich sein Missfallen.

»Crìanan wäre nie zerstört worden, wenn Ihr auf diesen sinnlosen Angriff auf die römische Festung verzichtet hättet«, donnerte er.

»Der Ältestenrat hat mein Vorhaben ausdrücklich gebilligt«, erwiderte Eremon kühl.

Tharan funkelte ihn unter buschigen weißen Augenbrauen hervor böse an. »Der römische Feldherr wollte sich an Euch persönlich rächen, Prinz. Statt uns zu schützen bringt Ihr uns in Gefahr!«

»Daran mag etwas Wahres sein. Aber ich könnte beschwören, dass Agricola auch die Ostküste angegriffen hat. Er will uns auf die Probe stellen. Ihr habt es meiner Voraussicht zu verdanken, dass Dunadd unversehrt geblieben ist. Hätte ich nicht zusätzliche Krieger hergeholt, sie ausgebildet und die Verteidigung verstärkt, hätte Agricola auch das Dorf und die Festung dem Erdboden gleichgemacht.«

»Bah!« Tharan schüttelte seinen zottigen Kopf. »Ihr findet immer glatte Worte – zu glatte, finde ich!«

Doch er verzichtete auf jegliche weitere Kritik an Eremon.

Erst nach ein paar Tagen kam Rhiann dazu, Didius bei Bran abzuholen. Als sie sich dem Haus des Schmieds näherte, stellte sie fest, dass jetzt ein seltsames Gewirr kleiner Kanäle darum herum verlief. Sie waren mit einer dunklen, schlammigen Flüssigkeit gefüllt, die scheinbar den Hang hinunter zu den äußeren Mauern der Festung rann. Oben auf dem Hang leerte eine von Brans Töchtern gerade einen Topf in eine flache Grube.

Es sah aus, als hätte Didius das Versprechen wahr gemacht, das er Bran gegeben hatte.

Sie fand ihn bei dem Meister in der Schmiede, wo er gerade ein glühendes Axtblatt in ein Wasserfass tauchte. Nachdem die

Dampfwolken verflogen waren, tauchte das rußgeschwärzte, schweißglänzende Gesicht des Römers hinter dem Fass auf. Er hatte die Ärmel seiner Tunika ein Stück gekürzt, damit sie ihn nicht bei der Arbeit behinderten. Auf seiner Oberlippe spross ein borstiger Schnurrbart. Er machte einen glücklichen, zufriedenen Eindruck.

»Aye, er hat sich als brauchbarer Lehrling entpuppt«, bestätigte Bran und legte seinen Hammer weg. »Anfangs sind die Kinder kreischend vor ihm weggelaufen, aber jetzt haben sie ihn ins Herz geschlossen. Er erzählt ihnen dauernd Geschichten – er beherrscht unsere Sprache jetzt recht gut.«

»Tatsächlich?« Rhiann sah Didius mit hochgezogenen Brauen an, woraufhin er ihr ein schüchternes Lächeln schenkte. »Nun, gut, Bran, ich möchte, dass du ihm die Fußfesseln abnimmst.«

»Seid Ihr sicher, dass der Prinz damit einverstanden ist?«

»Ich übernehme die Verantwortung dafür. Jetzt nimm deinen Meißel und tu, worum ich dich gebeten habe.«

Auf dem Rückweg zu ihrem Haus sprach Didius kein Wort, wandte aber den Blick nicht einen Moment lang von Rhianns Gesicht, sodass er vor dem Weberschuppen über einen Sack Wolle stolperte.

Rhiann packte ihn am Arm, um zu verhindern, dass er der Länge nach zu Boden schlug. »Die Arbeit gefällt dir besser als die Gefangenschaft, nicht wahr?«

Didius nickte.

»Ich weiß, dass du ein Baumeister bist«, fuhr sie fort. »Ich habe dich befreit, weil ich möchte, dass du uns beim Wiederaufbau unseres Hafens hilfst.« Sie musterte ihn forschend, halb davon überzeugt, er werde sich weigern.

Er dachte einen Moment nach, dann hellte sich sein Gesicht auf. »Ich werde tun, was Ihr von mir verlangt, Lady.«

»Du hast keine Bedenken, das wieder aufzubauen, was deine eigenen Leute zerstört haben?« Ihre Stimme klang rau vor Schmerz, und er errötete.

»Ich kann das Abschlachten unschuldiger Frauen und Kinder nicht gutheißen. Aber bittet mich nicht, Dunadds Mauern zu verstärken. Nicht darum.«

»Warum denn nicht?«

»Ich kann meinen Feldherrn nicht verraten. Ich werde Euch helfen, Häuser zu bauen und Werkzeug zu schmieden – aber ich werde keine Waffen anfertigen, die der Verteidigung dienen.«

Rhiann betrachtete ihn nachdenklich. »Du verweigerst uns die Informationen, die wir dringend benötigen, und du weigerst dich, deine Fähigkeiten einzusetzen, um uns zu helfen. Kannst du mir einen einzigen Grund nennen, warum wir dich noch länger hier behalten sollten, Sohn Roms?«

»Heißt das, dass Ihr mich gehen lasst?« Ein Hoffnungsschimmer flackerte in Didius' Augen auf.

»Bei den Göttern, nein. Du weißt zu viel über uns.«

»Was soll denn dann aus mir werden?«

Rhianns Antwort schien tief aus ihrem Inneren zu kommen. »Eines Tages werden unsere beiden Völker auf einem großen Schlachtfeld aufeinander treffen.« Sowie sie die Worte ausgesprochen hatte, wusste sie, dass sie der Wahrheit entsprachen. Sie lächelte Didius traurig zu. »Vielleicht kannst du dann zu den Deinen zurückkehren.«

»Ihr wart immer gut zu mir, Lady. Ihr habt mir das Leben gerettet.« Didius warf sich in die Brust, doch seine Wangen glühten jetzt flammend rot. »Euch als Euer Leibwächter zu beschützen erschiene mir nicht als Verrat an meinem Volk.«

Rhiann blickte auf den kleinen, dicklichen Mann mit den kurzen Beinen und dem sich über dem Gürtel wölbenden Bauch hinab. »Es wäre mir eine Ehre, Didius. Aber du musst mir schwören, dass du deine Freiheit nicht ausnutzt und einen Fluchtversuch unternimmst.«

»Ich schwöre es bei dem guten Namen meines Vaters und meiner Ehre.«

»Dann soll es so sein. Ich hoffe, dass ich deine Dienste nie in Anspruch nehmen muss, aber es beruhigt mich, dich an meiner Seite zu wissen.«

Die dunklen Augen des Römers leuchteten vor Stolz auf.

Eremons Reaktion fiel sachlicher aus. »Dann wird er dich mit bloßen Fäusten verteidigen müssen, denn ich kann ihm nicht gestatten, eine Waffe zu tragen.«

»Er wird keinem von uns etwas zu Leide tun.«

»Ich bezweifle, dass das auch für meine Person gilt.« Rhiann und er beobachteten von den Felsen oberhalb des Strandes von Crianan, wie Erlenholzpfähle in den Schlick getrieben wurden.

»Kann ich ihm später einen Speer geben, wenn er sich bewährt hat?«

»Vielleicht. Warum ist dir dieser Römer nur so wichtig?«

Die Frage traf Rhiann unvorbereitet. »Ich weiß es nicht. Aber er hat irgendetwas an sich...«

»Nun, wie es aussieht, hat er nicht genug Mut, um einen Fluchtversuch zu wagen oder sich das Leben zu nehmen. Aber ich kann mir nicht vorstellen, inwiefern er dir von Nutzen sein sollte.«

Von den Mauern der Eichenfestung aus beobachtete Samana die römischen Schiffe, die langsam aus dem Hafen glitten.

Sie würden Kurs auf die Ostküste nehmen. Samana wusste nicht, welche Pläne Agricola mit ihnen verfolgte. Er hatte sich jetzt selbst mit den Anführern der Veniconen befasst – nach all der Mühe, die sie darauf verwandt hatte, sie dazu zu bewegen, sich aus freien Stücken zu unterwerfen!

Sie blickte über die unter ihr liegenden Felder hinweg, auf denen sich die goldenen Gerstenähren sacht im Wind wiegten. Bald würde mit der Ernte begonnen werden, die Kornspeicher würden sich füllen... und römische Händler würden eintreffen, um ihr Seide zu Füßen zu legen und sie erlesene Weine kosten zu lassen. Normalerweise schwelgte sie in solchen Genüssen, doch seit einiger Zeit interessierte sie sich wenig für das, was in ihrem eigenen Land geschah. Ihr Herz war weit fort, im Westen, und sie grübelte voller Ingrimm darüber nach, wie nah sie ihrem Ziel gewesen war.

Ihm, dem Mann, an den sie ihr eigener Zauberbann fesselte.

Fluch aller Magie, Fluch den Römern… und vor allem Fluch ihm!

Ruhelos wanderte sie auf der Mauer auf und ab. Ihre Sehergabe war nicht so ausgeprägt wie die Rhianns. Von hier aus konnte sie nicht in Erfahrung bringen, was Eremon gerade sagte oder tat; konnte nicht verfolgen, wie er sich bewegte, aß oder schlief.

Sie konnte nur ihre Erinnerungen an ihn wieder und wieder aufleben lassen und sich fragen, ob er wohl glücklich war.

Und ob es ihr, wenn er es nicht war, wohl noch einmal gelingen würde, ihn auf ihre Seite zu ziehen.

Ob sie ihn, wenn dieser Plan fehlschlug, töten lassen sollte, damit ihr Herz endlich wieder Frieden fand.

54. Kapitel

Einen Monat nach dem Angriff auf Criànan war das letzte Haus nahezu fertig gestellt. Hoch oben auf einem Dachbalken ließ Didius die Beine ins Leere baumeln und blickte über die Köpfe der Dachdecker, die Ochsen, die Bauholz heranschleppten, die Gruben, in denen Ton und Lehm gemischt wurden, und über das rote Marschland unter der heißen Sonne hinweg.

Hinter dem Schilf, über dem Mückenschwärme surrten, erhoben sich die südlichen Hügel. Didius verlagerte sein Gewicht auf dem Balken. Im Osten lagen weitere Hügel, im Norden das Tal… und dahinter erstreckten sich die rauen, zerklüfteten Berge bis hin zum Horizont.

Dort draußen in der Wildnis lauerten unheimliche Dinge. Wölfe und Bären… und wild dreinblickende Barbaren mit blauen Tätowierungen im Gesicht und langen, scharfen Schwertern. Er erschauerte. Möge Jupiter ihm vergeben, aber er brachte nicht den Mut auf, einen Fluchtversuch zu unternehmen.

Was, wenn ihn ein wildes Tier angriff und auffraß? Was, wenn er fremden Kriegern in die Hände fiel und keine Rhiann da war, um zu verhindern, dass er gefoltert wurde?

Die Schamröte stieg ihm ins Gesicht wie jedes Mal, wenn er diesen Kampf mit sich selbst ausfocht.

Er konnte Agricolas verächtlich verzogenes Gesicht förmlich vor sich sehen. *Er* wäre nach seiner Gefangennahme bei der ersten sich bietenden Gelegenheit geflohen. Nein, er hätte sich gar nicht erst gefangen nehmen lassen. Agricola hätte mit Eremon auf Leben und Tod gekämpft oder Alarm im Lager ausgelöst.

Genau hier lag Didius' Problem. Selbst wenn ihm die Flucht gelingen sollte, konnte er nie wieder in sein Lager zurückkehren. Agricola und seine Offiziere wussten, dass er sich wie ein Feigling verhalten hatte. Er würde in Schande aus der Armee entlassen werden und dadurch die Familienehre beschmutzen. Sein alternder Vater würde ihm nicht ins Gesicht sehen können, seine Mutter würde weinen… nein, es war sicher besser, wenn sie ihn für tot hielten.

Er bemerkte, wie ihn einer der jungen Dachdecker finster anstarrte, und begann, hastig einen hölzernen Zapfen in den Balken zu schlagen.

Es war ein Wunder, dass sie ihn überhaupt arbeiten ließen; ein Wunder, dass die Arbeiter nicht sofort über ihn hergefallen waren und ihn umgebracht hatten, wo doch seine eigenen Leute all dieses Leid über die Menschen gebracht hatten. Immerhin war jedes Haus auf einer heiligen, mit den Gebeinen der Toten gefüllten Grube erbaut worden. Wie leicht hätten das *seine* Gebeine sein können, denn ein passenderes Opfer hätten sie gar nicht finden können. Aber obwohl die Männer ihn oft lange und nicht gerade freundlich musterten, ließen sie ihn in Ruhe. Sie mochten ihn anstarren, aber niemand erhob eine Hand gegen ihn. Das hatte er allein Lady Rhiann zu verdanken.

Dass sich all diese Männer dem Willen einer Frau beugten, konnte er nicht begreifen.

Die erste Zeit nach seiner Gefangennahme hatte er in einem

Nebel aus Schmerzen und Elend verbracht; hatte kaum gewagt, jemanden anzusehen, ständig hallten ihm die rauen Stimmen dieser Leute und ihre zungenbrecherische Sprache in den Ohren wider. Harte, kalte Augen wie die des Prinzen durchbohrten ihn, blitzende Klingen wie die des Prinzen klirrten bedrohlich. Der Haferbrei, den man ihm vorsetzte, schmeckte fad, die Häuser waren dunkel, muffig und von üblen Gerüchen erfüllt, die Männer behaart wie die Barbaren. Es gab keine Springbrunnen, keine Heizung und keine Lampen, nur Tranlichter und Fackeln.

Doch nachdem sich die Lady ihm gegenüber so freundlich gezeigt hatte, begann er, sich aus dem Nebel zu befreien. Mit Hilfe der kleinen Dienstmagd lernte er, Wörter voneinander zu unterscheiden. Da hörte er auf, diese Menschen als grunzende Tiere zu betrachten, denn er begann einiges von dem zu begreifen, was um ihn herum vorging.

Das Geschick des großen Schmiedes nötigte ihm Bewunderung ab, er schien alles über Metallverarbeitung zu wissen, was es zu wissen gab. Aber vor allem in künstlerischer Hinsicht übertraf dieses Volk sein eigenes bei weitem. Sie verzierten alles, von Schwertscheiden über Kessel und Gürtelschnallen bis hin zu Haarnadeln. Sogar die Pferde trugen wunderschöne Geschirre aus Emaille und Korallen. Es kam vor, dass ein Künstler tagelang am Griff einer Schöpfkelle herumschnitzte, bis ihm der edle Schwung eines Schwanenhalses gelungen war.

Diese Dinge waren allein schon erstaunlich genug, doch seine Verwunderung wuchs noch, als er die Sprache zunehmend besser zu beherrschen begann.

Jeder Bewohner der Festung wurde gut behandelt, niemand musste Hunger oder Kälte leiden. Die Frauen schienen eigenmächtig Entscheidungen zu treffen und Geschäfte zu tätigen. Einmal stand er da und sah zu, wie ein Druide – eines der Monster, über die Julius Cäsar Schauerliches geschrieben hatte – ruhig und gelassen ein Urteil anhand von Gesetzen fällte, die so kompliziert waren, dass Didius den Vorgängen bald nicht mehr folgen konnte.

Er saß am Rand ihrer Feuer und ließ sich von der Musik mitreißen, die wilder und weniger melodiös war als die Lyraklänge seiner Heimat, dafür aber mit Leidenschaft und Schönheit erfüllt. Er bemühte sich, ihren Geschichtenerzählern zu lauschen, und wurde mit Geschichten belohnt, die ihn so sehr ergriffen, dass ihm die Tränen in die Augen traten.

Aber die größte Überraschung hatte er erst vor ein paar Tagen erlebt. Er hatte Rhiann eine Botschaft überbringen wollen und war dabei auf den Prinzen gestoßen, der sich mit seinen Kriegern über ein paar anstehende Entscheidungen beriet. Didius erwartete, dass er den Männern seinen Willen mit dem Schwert aufzwingen oder einen von ihnen zum Zweikampf herausfordern würde, aber nichts von alledem geschah.

Stattdessen verfolgte er erstaunt, wie der Prinz die Meinung jedes Mannes aufmerksam anhörte, wohlüberlegte Fragen stellte und dann zu einem Entschluss kam, der, den Gesichtern nach zu urteilen, alle zufrieden stellte.

Vielleicht ist er ja doch halbwegs zivilisiert, dachte Didius, doch dann machten ihn die grünen Augen des Prinzen in der Menge aus und blieben mit einem unergründlichen Ausdruck auf ihm haften. Didius senkte den Kopf und eilte hastig weiter. Vielleicht auch nicht.

Mit Rhiann verhielt es sich ganz anders. Didius hielt mit der Arbeit inne, um sich den Schweiß vom Gesicht zu wischen. Seine Augen wurden feucht. Er, der fremd in dieser Gegend war, schien von jeder Krankheit heimgesucht zu werden, die in der Festung und im Dorf kursierte. Schon bald konnte er nicht mehr sagen, wie viele Nächte er sich mit einem qualvollen Husten, einer laufenden Nase oder Knochenschmerzen herumgeplagt hatte.

Aber dennoch erinnerte er sich nicht ungern an diese Nächte, denn Lady Rhiann hatte ihm mit einem weichen Schwamm das fieberheiße Gesicht abgetupft oder seinen Kopf gestützt, um ihm einen ihrer fürchterlichen Tränke einzuflößen. Er erinnerte sich an ihre leise, klare Stimme, mit der sie nachts gesungen hatte, um ihn in den Schlaf zu wiegen, und an den Duft ihres Haares, wenn sie sich über ihn beugte, um sich zu vergewissern, dass sein Atem ruhig ging.

Sie war in der Heilkunde genauso bewandert wie jeder Arzt, mit dem er bislang zu tun gehabt hatte. Sie pflegte ihn ebenso aufopfernd wie ihre eigenen Leute.

Nein, so lange er in ihrer Nähe war, ließ sich das Leben ertragen.

Mit der Sonne und der ruhigen See kamen auch die Händler. Der Fluss wimmelte von Kähnen, die von den Schiffen zum Hafen und zurück gestakt wurden. Die Türen der Lagerhäuser standen weit offen, um die frische Brise einzulassen. Tierhäute, Felle, Korn und Pferde wurden nach Norden, Süden und Westen auf die Reise geschickt, und im Gegenzug trafen Güter aus anderen Ländern ein: Zinn, Silber, Glas, Jett, seltene Farben und Tuche, Nadeln und Broschen, Becher und Schalen.

Eines Tages brachte ihnen ein dunkelhäutiger Händler neben Bernstein aus der Nordsee auch noch die Nachricht, dass die römische Flotte zwei im Süden gelegene Häfen der Kaledonier angegriffen und die Bewohner mit dem Schwert hingerichtet hatten. Um zu erfahren, wie Calgacus darauf zu reagieren gedachte, musste Eremon eine Woche auf eine Botschaft des Königs warten. Als sie endlich eintraf, enthielt sie sowohl ermutigende als auch enttäuschende Neuigkeiten.

Enttäuschend war, dass Calgacus' Ältestenrat keinen Vergeltungsschlag führen, sondern nur die Häfen schließen und die Menschen im Landesinneren in Sicherheit bringen wollte.

Ermutigend klang hingegen, dass Calgacus selbst nicht von einem Einzelangriff ausging und daher beschlossen hatte, Vertreter aller Stämme Albas zu einem Kriegsrat zusammenzurufen.

»Es wird viele Monde dauern, die Anführer überhaupt zur Teilnahme zu überreden«, wiederholte der Bote die Worte des Königs. »Außerdem geht bereits Kunde um, die Römer würden sich wieder gen Süden in Richtung des Forth zurückziehen, um dort die lange Dunkelheit abzuwarten. Aus diesen

Gründen hat der König das nächste Beltanefest als Termin für den Kriegsrat bestimmt.«

Eremon umfasste sein Schwert fester. »Das ist noch sehr lange hin – aber besser als nichts. Richte Calgacus aus, dass wir kommen werden.«

Während ein Teil der Epidier mit dem Wiederaufbau des Hafens beschäftigt war, halfen alle anderen bei der Feldarbeit mit. Die Männer schnitten die Gerste, die Frauen banden sie zu Garben. Die Dreschböden hallten vom Stampfen der Füße wider, Spreu flog durch die Luft und reizte zum Husten. Wieder andere waren in den Wäldern unterwegs, um die letzten Kirschen, Brombeeren und Haselnüsse zu pflücken.

Nachdem die Felder abgeerntet und auf den goldenen Stoppeln Feuer entzündet worden waren, begann das Lughasnafest: die Zeit der wohlverdienten Ruhe nach der Ernte; die Zeit für Trinkgelage, Musik und Vergnügen. Aber die Feste, die bis tief in die warmen Nächte dauerten, die Tänze auf den Feldern, das Backen des ersten neuen Brotes – all dies wurde dieses Jahr weit weniger ausgelassen zelebriert als sonst. Viele betrauerten noch ihre Toten, anderen verdarb das Wissen um die Gefahr, in der sie schwebten, die Freude am Feiern.

Rhiann hatte keine Zeit, über derartige Dinge nachzugrübeln, denn sie musste die Felder mit Opfergaben aus Met und Milch besprengen, um der Göttin dafür zu danken, dass Sie die Erde fruchtbar gemacht hatte. Sie tat dies am liebsten alleine, schritt des Abends, wenn der Himmel die Farbe einer Taubenschwinge angenommen hatte und die Erde den Duft des Sonnenlichts verströmte, langsam die Furchen entlang.

Einmal blieb sie bei Einbruch der Dämmerung lange auf einer Anhöhe stehen und blickte über die Stoppelfelder und den Fluss hinweg zu den Hügeln hinüber, wo einige Frauen das Heidekraut pflückten, das jetzt in voller Blüte stand. Bald würde der Farn verwelken, die Blätter sich verfärben, und die Erde würde in die dunkle Hälfte des Jahres eintreten, in die Mutterschoßhälfte.

Plötzlich hörte sie das leise Rascheln von Füßen auf den Stoppeln hinter sich. »Du lebst schon zu lange bei uns«, rief sie über ihre Schulter hinweg. »Ich höre dich kommen!«

»Ach, Rhiann!« Die Schritte beschleunigten sich, dann schlangen sich Caitlins Arme um Rhianns Taille und wirbelten sie herum.

Lachend machte sich Rhiann los. »Warum fällst du mich an wie ein übermütiges Wolfsjunges? Was ist denn geschehen?«

Caitlins Augen funkelten im schwindenden Licht. »Ich habe Neuigkeiten!«

»Sie betreffen nicht zufällig einen bestimmten Krieger aus Erin, oder?«

»Woher weißt du das? Nie bringe ich es fertig, dich zu überraschen!«

Es war in der Tat keine Überraschung. Vor einigen Tagen hatte Caitlin in einem von zwei Stuten mit rot durchflochtenen Mähnen gezogenem Karren die traditionelle Kornpuppe um das letzte abgeerntete Feld herumgetragen und dann als Erntekönigin den Tanz angeführt – mit Conaire als Partner.

Da war Rhiann aufgefallen, dass Caitlin Conaire zwar immer noch bei jeder Gelegenheit neckte, ihn aber nicht mehr auf Abstand hielt. In ihren Augen brannte dasselbe Licht wie in den seinen, wenn sie ihn über die Flammen hinweg ansah.

Jetzt klatschte sie vor Freude in die Hände. »Er hat mich gebeten, ihn zu heiraten! Er liebt mich!«

Rhiann lächelte und küsste sie. »Natürlich tut er das. Und liebst du ihn auch?«

»Ich glaube, ich habe ihn schon vom ersten Augenblick an geliebt. Aber ich habe gewartet, um ganz sicher zu gehen. Ich hatte den Eindruck, dass sein Herz sehr unbeständig war.«

»Hat er dir das Gegenteil bewiesen? Bist du dir da ganz sicher?«

»O ja.« Caitlins Blick wurde weich, als sie über das Heidekraut schaute. »Manchmal musst du jemandem nur in die Augen schauen und weißt Bescheid.«

Rhiann wünschte, dies gälte für alle Menschen. »Ihm muss wirklich viel an dir liegen«, stimmte sie zu. »Ich denke nicht, dass er je zuvor so lange auf eine Frau gewartet hat.«

»Deswegen habe ich ihn ja auch zappeln lassen! Wenn er es nicht ernst gemeint hätte, hätte er schnell das Interesse an mir verloren, nachdem ich nicht wie ein reifer Apfel in sein Bett gefallen bin.«

Rhiann lächelte über die weibliche Weisheit, die aus Caitlins Worten sprach. »Dann wollt ihr also zu Beltane über die Feuer springen? Es wird mir eine Ehre sein, euch den Segen der Göttin zu erteilen.«

»Nein, nein.« Caitlin schüttelte heftig den Kopf. »Nein, jetzt, da ich mir meiner Sache sicher bin, bringe ich es nicht fertig, noch so lange zu warten.«

»Du möchtest zu Samhain heiraten? Das ist eine dunkle Zeit für eine Hochzeit.«

»Du hast doch auch zu Samhain geheiratet, nicht wahr?«

»Schon, aber bei mir lagen die Dinge anders. Ich habe nicht aus Liebe geheiratet, sondern aus politischen Gründen.«

Caitlin schob das Kinn vor. »Verhält es sich bei mir nicht genauso? In meinen Adern fließt königliches Blut, und Conaire ist der Sohn eines Häuptlings. Durch unsere Heirat verstärken wir die Bande zwischen Erin und den Epidiern.«

»Aber möchtest du denn nicht wie andere Bräute im hellen Sonnenschein heiraten? Mit Blumen und Licht ...«

»Rhiann.« Ein träumerisches Lächeln spielte um Caitlins Lippen. »Wenn er an meiner Seite ist, brauche ich das nicht. Er ist meine Sonne, er bringt mir Licht.«

In Criànan nahm Eremon die Neuigkeit mit weit mehr Bedenken auf, als er nach außen hin zeigen mochte.

»Sie ist sehr hübsch und wird dir eine gute Frau sein.« Er klopfte dem strahlenden Conaire auf die Schulter. »Eine Zeit lang dachte ich, du würdest ihren Widerstand nie brechen.«

Conaire grinste. »Das fürchtete ich auch. Für ein so kleines Persönchen hat sie die Willenskraft eines Bären.«

»Das scheint in der Familie zu liegen.«

Ein Schatten flog über Conaires Gesicht. »Glaubst du, dass der Ältestenrat der Hochzeit zustimmen wird, Eremon? Wenn wir gemeinsam ausreiten, vergesse ich immer, welchen Rang sie bekleidet. Werden sie sie nicht zwingen, einen Prinzen aus Alba zu heiraten?«

»Das werden sie nicht tun«, beruhigte ihn Eremon. »Wir haben uns als Krieger bewährt, und ich verfüge inzwischen über genug Einfluss, um dafür zu sorgen, dass sie dir Caitlin zur Frau geben.«

Doch Conaire runzelte immer noch sorgenvoll die Stirn.

»Bei den Epidiern ist es Tradition, ihre Prinzessinnen mit Männern anderer Stämme zu vermählen«, erinnerte Eremon ihn. »Du bist der Sohn eines Häuptlings, vergiss das nicht. Durch eure Heirat wird das Bündnis zwischen ihnen und uns noch verstärkt.«

Conaire dachte über seine Worte nach, dann seufzte er. »Weißt du, Bruder… ich bin irgendwie ohne eigenes Zutun in diese Situation geraten. Bislang habe ich eine Frau nie länger als für eine Nacht gewollt. Ich weiß, wie du über die ganze Sache denkst, weil wir dieses Land eines Tages wieder verlassen werden. Aber ich will nie wieder ohne Caitlin leben.« Er hob den Kopf, und in seinen Augen lag ein Ausdruck, den Eremon sonst nur auf dem Schlachtfeld gesehen hatte.

Ihm drängte sich schon eine scherzhafte Bemerkung auf die Lippen, doch er bezwang sich. Wenn ein Mann aus den Tiefen seines Herzens heraus sprach, dann musste der Zuhörer der Feierlichkeit des Augenblicks Tribut zollen. Also senkte er nur stumm den Kopf, und das Herz wurde ihm schwer, denn insgeheim beneidete er seinen Ziehbruder um sein Glück – ein Glück, das ihm selbst wohl auf immer verwehrt bleiben würde.

Nachdem Conaire gegangen war, lehnte sich Eremon gegen die halb fertig gestellte Anlegestelle und grub die Fersen in den feuchten Sand. Es war eine Sache, eine Zweckehe einzugehen, wie er es getan hatte, eine Liebesheirat dagegen eine ganz andere. Da man in diesem seltsamen Land der Blutlinie so viel Bedeutung beimaß, würden die Epidier Caitlin wohl kaum nach Erin gehen lassen. Eremon konnte sich ein Leben ohne Conaire an seiner Seite nicht vorstellen.

Obwohl er im Moment seine ganze Kraft auf den Kampf gegen die Römer verwandte, hatte Eremon dabei nie sein eigentliches Ziel aus den Augen verloren. Er war dazu geboren, als König über das Land seines Vaters zu herrschen; er hatte sich sein ganzes Leben lang auf diese Aufgabe vorbereitet.

Nur dieser Gedanken hatte ihn aufrecht gehalten, als damals am Strand der Pfeilhagel auf sie niederprasselte; als sie Erin als Flüchtlinge verlassen mussten. Wenn es Eremon gelang, die Epidier zum Sieg über die Römer zu führen, hatte er eine Armee zur Verfügung, mit der er in seiner Heimat landen und seine Festung zurückerobern konnte.

Bei all dem blieb ihm wenig Zeit für die Liebe… und schon gar nicht für die Liebe zu einer Frau, die seine Gefühle nicht erwiderte.

Rhiann.

Er trat gegen den Pfahl, gegen den er sich gelehnt hatte, und Cù, der auf ein kleines Spiel hoffte, begann ihn kläffend zu umkreisen. Aber Eremon beachtete ihn gar nicht.

Liebe hatte in seinem Leben keinen Platz.

»Du da!«, bellte er einen der Arbeiter an, während er seine Tunika abstreifte. »Hilf mir, diesen Pfosten aufzurichten! Jetzt sofort!«

55. Kapitel

ZEIT DES BLÄTTERFALLS, ANNO DOMINI 80

Die Ernte war kaum eingebracht, als das Wetter plötzlich umschlug. Der Wind, der von den Hügeln herabwehte, war schneidend und zerrte an den goldenen Blättern der Erlen und Weiden am Fluss, nach einer sternenklaren Nacht bedeckte der erste Frost den Boden.

An einem wolkenverhangenen, regnerischen Tag verbannte Rhiann Caitlin aus ihrem Haus, ohne eine Erklärung dafür abzugeben.

Caitlin verbrachte den Morgen damit, mit Aedan *fidchell* zu spielen, aber sie konnte sich nicht konzentrieren, weil ihre Gedanken um Rhiann und das, was sie wohl gerade tat, kreisten. Aedan schlug sie mühelos, was ihn so verblüffte, dass er für den Rest des Tages kein Wort mehr sprach.

Als Eithne mit vor Aufregung funkelnden schwarzen Augen kam, um sie zu holen, sprang Caitlin auf und rannte den Pfad hinunter, so schnell sie konnte.

Sie duckte sich unter das Türfell von Rhianns Haus, richtete sich auf und schnappte nach Luft.

»Deine Mitgift«, erklärte Rhiann leicht verlegen, und Caitlins Augen wurden groß.

Auf dem Boden stapelten sich geflochtene Körbe, hölzerne Schalen, Bronzekessel und ein paar kunstvoll gearbeitete Kaminböcke. Auf dem Bett türmten sich Decken, Felle, gegerbte Häute, Wandbehänge und leuchtend bunte Läufer. Darauf lagen ein Hemd aus feinstem Leinen und ein mit Nerzfell gesäumtes Kleid aus weicher blauer Wolle.

Ehe Caitlin etwas sagen konnte, drückte Rhiann ihr eine kleine bronzebeschlagene Holztruhe in die Hand. Darin lag ein goldener Halsreif in Form von zwei Hirschköpfen mit Amethystaugen, außerdem gab es noch Haarnadeln und Schulterbroschen aus Silber und Bronze, die Wölfen, Lachsen und Adlern nachempfunden waren – all den Symbolen, die Caitlin so liebte.

Sie schüttelte den Kopf, doch ihre Augen strahlten. »Das kann ich nicht annehmen, ich habe doch nie …«

Rhiann wandte sich ab und strich die Bettdecke glatt. »Still! Ich bin deine nächste Verwandte hier in Dunadd. Da du keinen Vater und keine Onkel hast, ist es meine Pflicht, deine Mitgift zu stellen, denn ich vertrete den Clan.«

Plötzlich schlang Caitlin die Arme um sie und barg ihr Gesicht an Rhianns Schulter. »Danke, oh, vielen Dank!«

Rhiann blickte auf den blonden Kopf hinab, dann drückte sie die junge Frau fest an sich. »Aber was ist das denn?«, sagte sie, Caitlins Rücken tätschelnd. »Statt glücklich zu sein, weinst du!«

Caitlin trat einen Schritt zurück und wischte sich mit der Hand über das Gesicht, wobei sie eine Schmutzspur hinterließ. »Ich bin doch glücklich! Deswegen weine ich ja!« Lachend schüttelte sie den Kopf. »Ich hatte nur … das ist einfach zu viel für mich.«

»Wenn die Männer aus Erin es sich in den Kopf setzen, Prinzessinnen aus Alba zu heiraten, dann wollen wir sie nicht enttäuschen.«

Caitlin lächelte zaghaft und strich über eine der Broschen. »Ich glaube nicht, dass Conaire enttäuscht sein wird«, sagte sie leise.

Rhiann wandte sich ab. Sie wusste, dass Caitlin Recht hatte.

Zwei Ehemänner aus Erin, zwei ganz verschiedene Geschichten.

Conaire und Caitlin wurden am Samhaintag bei Einbruch der Dämmerung getraut, ehe die Feuer gelöscht wurden und Rhiann den Ritt zum Hügel der Vorfahren antrat.

Da es sich bei dieser Heirat nicht um die symbolische Verbindung der Ban Cré mit dem Kriegsherrn handelte, musste sie nicht in aller Öffentlichkeit stattfinden, deshalb leitete Linnet die Zeremonie allein. Eremons Männer, Talorc, Belen,

Eithne und Rhiann waren als Einzige dabei, als Linnet die Hände des Paares vor dem heiligen Feuer aus Weißdornholz mit einer roten Schärpe zusammenband.

Während der schlichten Feier blieb Caitlin, die ihr neues Kleid trug, ganz ruhig, während Conaire nicht still stehen konnte. Doch als Linnet schließlich die Mutter allen Seins anflehte, den Ehebund zu segnen, hob Conaire Caitlin mit einem Arm hoch, um sie zu küssen. Sein Gesicht drückte dabei eine so tiefe Zärtlichkeit aus, dass sich ein Kloß in Rhianns Kehle bildete und sie den Blick abwenden musste.

Niemandem gönnte sie diese Liebe mehr als Caitlin, trotzdem nagte die Eifersucht mit spitzen Zähnen an ihr. Wer würde sich nicht wünschen, so geliebt zu werden?

Als sie sich umdrehte, fiel ihr Blick auf Eremon. Er wirkte heute Abend seltsam blass, seine unnatürlich helle Haut schien das Grün seiner Augen noch zu vertiefen. Er hatte seinen gesamten Schmuck angelegt, was an vielen Männern geckenhaft ausgesehen hätte, aber bei ihm betonte es zu Rhianns Überraschung die straffe Haltung und die breiten Schultern.

Ihr Blick wanderte zu seinem Gesicht, und ihr Herz machte einen Satz. Der Schmerz in seinen Zügen traf sie ebenso unvorbereitet wie die Zärtlichkeit in denen von Conaire. Errötend starrte sie zu Boden. Sie wusste, dass sie einen Moment lang in sein Innerstes geblickt hatte.

Dort hatte sie etwas gesehen, was nicht für ihre Augen bestimmt war.

Später stand Rhiann nah bei Eremon unter dem klaren, frostigen Himmel vor dem Feuer und beobachtete die Tänzer. Mit einem Mal fiel ihr auf, wie lange sie schon kein vernünftiges Gespräch mehr miteinander geführt hatten.

Zuerst war sie über seine Lügengeschichte so außer sich vor Zorn gewesen, dass sie ihm aus dem Weg gegangen war, und als sich ihr Ärger allmählich gelegt hatte, hatte er mit dem Wiederaufbau von Criànan und der Sicherung der Grenzen alle Hände voll zu tun gehabt und war nur selten in der Festung gewesen. Sie selbst hatte sich um die Einlagerung von Korn, Beeren, Wurzeln, Fleisch, Käse und Honig kümmern müssen und war abends oft zu müde gewesen, um sich zu seinen Männern an das Feuer zu setzen, häufig hatte sie die Nacht auch in ihrem eigenen Haus verbracht.

»Ich habe dich noch nie tanzen sehen«, sagte sie jetzt, während sie zusah, wie Conaire und Caitlin die umherwirbelnden Paare anführten. »Kann es sein, dass es eine Kunst gibt, die unser strahlender Prinz nicht beherrscht?«

Sie hatte die Bemerkung mit einem Lächeln in der Stimme gemacht, aber er wandte sich noch nicht einmal zu ihr um. »Niemand hat mich aufgefordert.«

Sie musterte sein hartes Profil, das sich dunkel gegen das Feuer abhob. »Na, dann tanz doch mit mir.«

Eine kurze Pause trat ein. »Ich brauche dein Mitleid nicht.«

»Mach dich nicht lächerlich«, gab sie gekränkt zurück, und als er nicht reagierte, fauchte sie: »Dann lass es eben bleiben!«

Eine Weile blieben sie schweigend stehen und lauschten der Musik, dann drehte sich Eremon plötzlich ungestüm zu ihr um. »Also schön, komm tanzen.« Er klang verärgert, und er umfasste ihren Arm mit einem eisernen Griff, als er sie in das Gewühl zuckender Leiber und stampfender Füße hineinzog.

Die Musiker beendeten gerade einen Tanz, deshalb standen sie und Eremon einen Moment lang da und sahen sich an. Sein Gesicht war gerötet, und Rhiann las eine deutliche Herausforderung darin. Als die Musik wieder einsetzte, hob sie das Kinn und blickte ihm fest in die Augen, während sie einander zu leisen Trommelklängen umkreisten. Er bewegte sich mit einer für einen Mann ungewöhnlichen Anmut – da er genauso elegant ritt, kämpfte und sprach, hätte sie das eigentlich nicht überraschen sollen.

Jetzt wurde die Melodie schneller, und Rhiann musste ihre Röcke mit beiden Händen raffen, damit sie sie bei den komplizierten Schrittfolgen nicht behinderten. Sie blickte dennoch nicht zu Boden, und Eremon, der immer schneller zu tanzen begann, ebenfalls nicht. Ihr Herz hämmerte vor Anstrengung, und als er sie um die Taille fasste, um sie herumzuwirbeln, begann das Blut in ihren Ohren zu rauschen. Er sah nicht lachend auf sie hinunter wie die anderen Männer. Seine Lippen waren grimmig zusammengepresst, und seine Arme glichen Eisenbändern, die sich in ihr Fleisch gruben.

Wie von selbst legte sie ihm beide Hände auf die Brust. Sie konnte seinen Herzschlag spüren, den Duft seines Haares und seiner Haut riechen…

Dann packte sie irgendjemand bei der Hand, ein anderer ergriff die von Eremon, und gemeinsam bildeten sie einen großen Kreis um das Samhainfeuer herum. Als der Kreis auseinander brach, hatte Rhiann Eremon in der Menge verloren. Mit zitternden Knien bahnte sie sich einen Weg zu den Metfässern. Ihr Atem ging schwer. Kein Wunder, dass er nie tanzte.

Es dauerte lange, bis sich ihr Herzschlag wieder beruhigt hatte, und als sie endlich in ihrem eigenen Haus in ihr Bett gekrochen war, wollte sich der Schlaf nicht einstellen. Jedes Mal, wenn sie die Augen schloss, zogen Erinnerungen an ihr vorbei.

An das letzte Beltanefest, als er im Feuerschein neben ihr im Gras gelegen und sie angelächelt hatte. Wie er ihren Kopf gehalten und ihr Wasser eingeflößt hatte. Wie er so liebevoll auf sie herabgeschaut hatte…

O Mutter! Schlag diesen Weg nicht ein, Rhiann! Am Ende erwarten dich nur Kummer und Leid!

Heute Abend war er alles andere als liebevoll mit ihr umgegangen. Im Gegenteil, er hatte sie mit kaum verhohlener Abneigung betrachtet. Die Reise zu Calgacus hatte ihn verändert. Vielleicht fühlte er sich jetzt in seiner Position so sicher, dass er meinte, sie nicht länger zu brauchen. Vielleicht wusste er alles über sie und Drust und hielt sie für ein hirnloses, leichtfertiges Frauenzimmer.

Aber dann musste sie an den schmerzlichen Ausdruck auf seinem Gesicht denken, als er Conaire und Caitlin beobachtet hatte. Sie lag noch lange wach und grübelte darüber nach.

Cù zitterte und kuschelte sich enger an Eremons Beine. Sein Herr strich ihm sanft über den Kopf. »Tut mir Leid, alter Junge. Manchmal stelle ich deine Geduld wirklich auf eine harte Probe.«

Beim Klang von Eremons Stimme hob Cù den Kopf und leckte ihm die Hand. Eremon rückte ein Stück zur Seite, damit er seinen Umhang um sie beide schlingen konnte. Es war natürlich Irrsinn, zu dieser Jahreszeit in einem Schuppen ohne Feuer zu sitzen. Aber er empfand die Kälte als seltsam tröstlich, sie übte eine beruhigende Wirkung auf ihn aus.

Er lehnte sich im Stroh zurück und betrachtete das Sternenlicht, das durch einen Ritz zwischen Dachgesims und Wand drang. Samhain. Die lange Dunkelheit stand unmittelbar bevor. Er hatte das zerstörte Criànan weitgehend wieder aufgebaut, und er hatte die Grenzen des Stammesgebietes befestigt, so gut er konnte. Die weitere Ausbildung der Krieger hatte Finan übernommen. Die Versammlung der Stammesführer lag noch in weiter Ferne.

Also gab es nun viele Monde lang kaum etwas für ihn zu tun.

Die Furcht vor dieser Zeit tat sich vor ihm auf wie eine tiefe dunkle Grube. Seitdem er nicht mehr von seinen unzähligen Pflichten in Anspruch genommen wurde, kamen die Gefühle, die er nach der Reise gen Norden so erfolgreich tief in seinem Inneren begraben hatte, wieder mit Macht an die Oberfläche. Bei den Göttern! Wenn er sah, wie Conaire und Caitlin sich anschauten … der Schmerz traf ihn jedes Mal wie ein glühender Pfeil. Denn Rhiann würde ihn nie auf diese Weise ansehen.

Wie konnte ihm sein Herz einen solchen Streich spielen? Es gab Hunderte von Frauen, die warm, liebevoll und willig waren – und deutliches Interesse an ihm zeigten. Warum musste er sich ausgerechnet in *sie* verlieben?

Und wenn er verzweifelt versuchte, die Distanz zwischen ihnen aufrecht zu erhalten, was tat sie? Sie lockte ihn, richtete ihre strahlenden Augen auf ihn, schmiegte ihren weichen Körper in der Menge an ihn …

Ihr lag nicht das Geringste an ihm, warum verhielt sie sich dann nur so? Sie liebte Drust, aus welchem Grund auch immer, und hatte ihm, Eremon, gegenüber noch nie das kleinste Fünkchen Zuneigung erkennen lassen. Er musste verrückt sein, trotzdem so viel für sie zu empfinden. Und doch … nichts, was er dachte oder sich wieder und wieder einredete, vermochte etwas daran zu ändern. Selbst wenn er sich das Herz aus dem Leib reißen und darauf herumtrampeln würde, könnte er Rhiann nicht daraus entfernen. Zum ersten Mal rang er mit einem Gegner, den er nicht besiegen konnte.

Cù hörte seine schweren Atemzüge und winselte leise. Eremon hüllte sie beide fester in seinen Umhang und sah den Hund dann lange an.

»Ich kann unmöglich während der gesamten Zeit der langen Dunkelheit in Dunadd bleiben«, flüsterte er. »Das ertrage ich einfach nicht. Ich werde so oft wie möglich ausreiten und in anderen Festungen übernachten. Das würde dir gefallen, nicht wahr? Vielleicht geht es mir dann besser.«

Beim Wort »Ausreiten« hatte der Hund die Ohren gespitzt.

Eremon seufzte. Vielleicht war das genau das, was er brauchte.

Frauen. Schweißtreibende Ritte. Kälte.

Stille.

56. Kapitel

LANGE DUNKELHEIT, ANNO DOMINI 80

Als das Tageslicht fahl wurde und der Wind die letzten Blätter von den Bäumen fegte, fiel Rhiann auf, dass sich Eremon kaum noch in Dunadd aufhielt.

Nach langem Drängen hatten Conaire und Caitlin das Angebot, ungestörte Flitterwochen zu verbringen, doch noch angenommen. Da Hochzeiten traditionsgemäß fast immer in der

Sonnenzeit stattfanden, wurden die frisch Vermählten einen Monat lang in einer abgeschiedenen Hütte untergebracht und großzügig mit Honigmet versorgt. Obwohl es jetzt grau und kalt war, bezogen die beiden eine der Gästehütten im Dorf, wohin sie unter einem Schwall anzüglicher Bemerkungen und einem Hagebuttenregen geleitet wurden.

So kam es, dass Eremon ohne die gewohnte Begleitung seines Bruders die Grenzen abreiten musste. Er kehrte an einem Tag zurück, an dem Rhiann in einer nahe gelegenen Festung Hebammendienste leistete. Als sie zurückkam, hatte er sich schon mit frischen Vorräten eingedeckt und war wieder losgeritten.

»Das gefällt mir nicht«, hörte sie Finan eines Abends im Haus des Königs Colum zuraunen.

»Die Römer rühren sich nicht vom Fleck«, erwiderte Colum gähnend. »Vermutlich ist er bloß ruhelos. Er ist ja noch ein junger Bursche, das vergessen wir alle manchmal.«

»Er ist seit einiger Zeit nicht mehr er selbst. Wenn dir das nicht aufgefallen ist, bist du noch dümmer, als du aussiehst.«

Als Conaire und Caitlin wieder zum Vorschein kamen, schwebten sie wie auf Wolken, und Rhiann musste den Blick vor dem Leuchten in ihren Augen abwenden. Das Glück der beiden war geradezu greifbar zu spüren, und die Furcht, dass ihr selbst nie etwas Derartiges widerfahren würde, schmerzte wie eine offene Wunde auf ihrer Seele.

Das Leben im Dorf trieb gemächlich dem Fest der längsten Nacht entgegen, aber Rhiann erschienen die Tage so trostlos wie das von Tag zu Tag mehr in der Kälte erstarrende Land.

Einmal war sie zufällig zur selben Zeit wie Eremon in der Festung und hörte eine Auseinandersetzung zwischen ihm und Conaire im Stall mit an.

»Ich bin nicht gerade glücklich darüber, dass du ganz alleine kreuz und quer durch das Land streifst«, grollte Conaire.

»Dann komm doch mit!«, schoss Eremon zurück. Einen Moment lang herrschte Schweigen, dann kicherte Eremon freudlos. »Nein, das kann ich nicht von dir verlangen. Bleib lieber hier, und vergnüge dich mit deiner jungen Frau. Ich sehe dir ja an, wie schwer es dir fallen würde, dich von ihr zu trennen.«

»Es besteht nicht der geringste Anlass dazu, ständig dort draußen herumzureiten.« Conaire klang beschämt und verärgert zugleich. »Ich habe bislang nichts dazu gesagt, weil ich glaube, dass du deine Gründe dafür hast, aber allmählich …«

»Irgendjemand muss ja ein Auge auf die Römer haben«, unterbrach Eremon ihn scharf. »Lass die Männer nur die Zeit am Feuer genießen. Nächstes Jahr werden sie vielleicht darauf verzichten müssen.«

»Versprich mir, dass du innerhalb unserer Grenzen bleibst. Und nichts Unüberlegtes tust.«

»Habe ich das je getan?«

»Nein. Aber ein Blinder kann sehen, dass du nicht du selbst bist.«

Das Pferdegeschirr wurde mit einem leisen Klirren festgezogen. Dann erwiderte Eremon schärfer, als Rhiann ihn je mit Conaire hatte sprechen hören: »Ich bin nicht zurückgekommen, um mich von dir verhören zu lassen. Ich werde dich wissen lassen, wo ich bin.«

Nach dem Fest der längsten Nacht hielten die Druiden eine Zeremonie ab, um die Sonne vom Süden zurückzurufen. Rhiann und Linnet zelebrierten ihr eigenes Ritual bei der heiligen Quelle hinter Linnets Haus. Der Tag war so kalt, dass der Raureif von den Zweigen der Bäume rieselte und sie sich nah an das Feuer kauern mussten, das sie entzündet hatten, um der Sonne den Heimweg zu weisen.

Als sie das lange Gebet der Dunkelheit rezitierten, spürte Rhiann ganz schwach, wie die Gegenwart der Mutter sie zu erfüllen begann. Sie umhüllte sie nicht mehr so vollständig, wie das früher der Fall gewesen war, doch die Berührung erwärmte sie mehr, als das Feuer es vermochte.

Danach erwartete Dercca sie im Haus mit heißem, gewürztem Met, und während Linnet spann, vertraute ihr Rhiann endlich den Zwischenfall mit Drust an. Endlich hatte sie die

Demütigung und die Scham über ihr eigenes Verhalten weit genug überwunden, um darüber sprechen zu können.

Linnet hörte sich die ganze Geschichte an, ohne sie ein einziges Mal zu unterbrechen, aber ihre Augen verdunkelten sich, und sie runzelte nachdenklich die Stirn. »Es ist gut, dass du endlich gelernt hast, Drust so zu sehen, wie er wirklich ist«, meinte sie schließlich.

»Aber wie konnte ich nur so dumm sein!«

»Du bist nicht dumm.« Linnet schüttelte den Kopf. »Du hast eine Erinnerung geliebt, und das ist manchmal die mächtigste Form der Liebe überhaupt. Die Erinnerung löscht alle Fehler und Schwächen aus, die der geliebte Mensch hat, was bleibt, ist nur das Bild, das du dir selbst von ihm gemacht hast – eine Wunschvorstellung, ein Traum.«

»Aus dem ich zum Glück erwacht bin«, murmelte Rhiann und stocherte mit einem eisernen Schürhaken im Feuer herum.

»Das ist nicht so wichtig. Was zählt, ist, dass du Liebe, Leidenschaft und Verlangen empfunden hast, und das braucht ein Mensch zum Leben ebenso nötig wie Wasser und Brot.«

Rhiann schluckte, da ihr plötzlich bewusst wurde, dass sie es nicht über sich brachte, Linnet zu erzählen, was geschehen war, als sie in Drusts Armen gelegen hatte – ihr jämmerliches Versagen einzugestehen. Sie hatte der Tante nie anvertraut, dass sie schon lange keine wahre Priesterin mehr war. Wie sollte sie zugeben, dass sie überdies auch keine richtige Frau mehr war?

»Was ist mit Eremon?« Linnet zupfte an der Wolle auf ihrem Schoß herum.

Rhiann seufzte. »Darauf kann ich dir keine Antwort geben.«

»Du musst doch wissen, was dein Herz dir sagt.«

»Ich bewundere ihn … wir sind Freunde geworden. Aber er verwirrt und reizt mich ständig. Mehr kann ich dazu nicht sagen.«

»Wie steht er zu dir?«

»Wie ein Freund – nein, eher wie ein Bruder zu seiner

Schwester, glaube ich. Aber seit einiger Zeit hat sich auch das geändert. Er verhält sich mir gegenüber furchtbar kalt und abweisend.«

»Warum?«

»Weil er mich wegen der Sache mit Drust verachtet. Weil ich ihn nicht gerade gut behandelt habe. Weil er eines Tages in seine Heimat zurückkehren wird…«

»Hast du denn schon einmal über all das mit ihm gesprochen?«

Rhiann schnaubte leise. »Wie denn? Er ist ja fast nie da. Außerdem macht er aus seinen Gefühlen keinen Hehl.« Sie blickte auf und rang sich ein Lächeln ab. »Tante, wenn du mir noch mehr solcher Fragen stellst, bringst du mich immer mehr durcheinander. Jetzt gib mir eine Spindel und erzähl mir eine Geschichte von einem warmen Land. Vor uns liegt eine lange Nacht.«

Als Rhiann am Tag darauf den Stall von Dunadd betrat, überraschte sie dort Eremon, der Dòrn gerade ins Freie führte. Cù folgte ihm und kam sofort mit eifrig wedelndem Schwanz auf Rhiann zugeschossen.

»Oh!« Rhiann blieb stehen, ihr Herz machte bei seinem Anblick wie immer einen kleinen Satz. »Willst du schon wieder aufbrechen? Wann bist du denn zurückgekommen?«

»Gestern.« Eremons zum Reiten fest um die Knöchel gebundene Hose war bis zum Knie mit Schlamm verschmiert, sein Gesicht vom beißenden Wind gerötet. Er schien sich seit Tagen nicht mehr das Haar gekämmt zu haben; ein paar Locken hatten sich aus den Zöpfen gelöst und kringelten sich auf seiner Stirn.

»Und willst… willst du nicht ein paar Tage hier bleiben?« Sie versuchte zu lächeln. »Ich weiß, dass dich deine Männer vermissen.«

Er blickte kalt auf sie herunter. »So, tun sie das? Nun, das Leben geht auch ohne mich weiter.«

Beim schneidenden Klang seiner Stimme trat sie einen

Schritt zurück. »Das schon. Aber ist dein Platz denn nicht hier?«

»Für mich gibt es hier jetzt wenig zu tun. Und da meine einzige Aufgabe darin besteht, deinen Leuten zu dienen, sollte ich mich auch unter sie mischen, findest du nicht?«

Rhiann holte tief Atem und kraulte Cù hinter den Ohren. Eremon war ganz offensichtlich auf einen Streit aus, in seinen Augen lag derselbe Ausdruck wie in der Nacht, in der sie getanzt hatten. Er schien auf ihre Gesellschaft wenig Wert zu legen.

»Wie du meinst«, erwiderte sie bedrückt. Ohne ein weiteres Wort führte er Dòrn an ihr vorbei und pfiff nach Cù. Der Hund drehte sich noch einmal zu Rhiann um und trottete dann seinem Herrn hinterher.

Rhiann stand einen Moment regungslos da, dann verspürte sie plötzlich den überwältigenden Drang, Eremon zurückzurufen, ihn ans Feuer zu führen, damit er sich aufwärmen konnte, ihm einen Becher Ale zu bringen und ihm die Stiefel auszuziehen. Sie suchte verzweifelt nach Worten, die das schiefe Lächeln auf sein Gesicht zaubern und die Kälte aus seinen Augen vertreiben würden.

Endlich löste sie sich aus ihrer Erstarrung, und ihre Beine gehorchten ihr wieder. Doch als sie das Tor erreichte, hatte Eremon Dòrn schon zu einem leichten Galopp angetrieben und sprengte die mit neuem Schnee bedeckten Hänge der Hügel hoch.

Rhiann blickte ihm nach, wobei sich ein seltsames Gefühl der Leere in ihr ausbreitete.

Beim nächsten Mal würde sie sich mehr Mühe geben, ihn zurückzuhalten. Irgendwie musste es ihr doch gelingen, zu ihm durchzudringen.

Der Wald war totenstill.

Cù raste fröhlich hin und her, bis seine Pfotenabdrücke den ganzen Boden übersäten. Doch Eremon war blind für das ausgelassene Toben des Hundes, blind für das bizarre Geflecht schwarzer Zweige über ihm, blind für die weißen Kappen der Hügel und das Knirschen von Dòrns Hufen auf dem Schnee. Er sah nur Rhianns wie Wasser im goldenen Licht schimmernde Augen vor sich; sah das leise Pochen der Adern an ihren Schläfen …

Er packte die Zügel fester. Die Zeit, die er außerhalb von Dunadd verbracht hatte, hatte die Wunde in seinem Herzen nicht heilen lassen – ganz im Gegenteil. Die Frauen in den Festungen im Süden, deren weiche Hände über seine Haut geglitten waren und deren Haarflechten – schwarz, golden oder rot – seine bloße Brust bedeckt hatten, sie hatten das Feuer, das in ihm brannte, nicht gelöscht, sondern noch geschürt. Sie waren lediglich Körper in seinem Bett, weil er jeder von ihnen im Geist Rhianns feine Züge verlieh: die lange Nase, die leicht schräg gestellten Augen, die hohen Wangenknochen.

Diese Frauen gaben ihm keine Geheimnisse auf, die es zu erforschen galt, sie brachten ihn nicht mit ihrem trockenen Humor zum Lachen, sie lächelten ihn nicht auf diese ganz besondere Weise an. Sie waren einfach nur verfügbar.

Manche Momente höchster Ekstase vertrieben den Schmerz vorübergehend, doch er flammte immer wieder auf.

Auf dem Gipfel des Hügels zügelte er Dòrn und pfiff nach Cù. Der Hund brach aus einem Weißdorndickicht hervor und rannte hechelnd auf ihn zu. Weit in der Ferne in Richtung Süden zogen dunkle Sturmwolken über den weißen Gipfeln auf.

Unter ihm lag das von den Römern neu eroberte Gebiet.

Eremon nagte an seiner Unterlippe. Die Ritte von Festung zu Festung, die langen Abende bei Met und Ale mit den jeweiligen Häuptlingen, das Hirschfleisch, das er an den Kundschafterposten über dem Feuer röstete und mit den Männern teilte – all das diente einem ganz bestimmten Zweck. Er hatte in der letzten Zeit mehr freundschaftliche Beziehungen zu anderen Menschen angeknüpft als je zuvor in seinem Leben.

Aber seinen Kummer hatte er dadurch nicht lindern können. Er musste bis an seine Grenzen gehen, wenn er Rhiann aus seinem Herzen reißen wollte. Nur wenn er sich bis zur völligen Erschöpfung antrieb, würde er vielleicht Frieden finden.

Er blickte auf Cù hinab. »Wir müssen noch ein Stück weiterreiten, kleiner Bruder. Komm.«

Er trieb Dòrn über den Rand und ritt den Hang auf der anderen Seite des Hügels hinunter.

»Herrin, ich glaube, Ihr solltet kommen!«

Eithne stand an der Tür von Rhianns Haus. Alle Farbe war aus ihrem Gesicht gewichen.

»Was gibt es denn?«

Eithne öffnete den Mund und schloss ihn wieder. Eine eisige Hand schloss sich um Rhianns Herz.

»Wohin soll ich kommen?«, krächzte sie, während sie ihren Umhang überwarf. »Zum Tor, zum Haus des Königs – wohin?«

Eithne deutete stumm zum Tor hinunter. Rhiann rannte los, Schnee knirschte unter ihren Füßen.

Als sie beim Tor anlangte, bildeten die Wachposten einen Kreis um irgendetwas vor den Stufen zum Torturm. Rhiann drängte sich zwischen den stämmigen Körpern hindurch. »Geht mir aus dem Weg!«

Die Männer wichen zur Seite, sie trat in die Mitte des Kreises, und als sie nach unten blickte, gefror ihr das Blut in den Adern.

Dort saß Cù, mit verfilztem Fell, matten Augen und am ganzen Leibe zitternd, er sah trübe zu ihr auf.

Er war allein.

57. Kapitel

»Wir dürfen keine Zeit verlieren!« Conaire warf wahllos Kleidungsstücke und Waffen – zwei Dolche, eine Schleuder und Munition – in einen Lederbeutel, der auf seinem Bett lag. »Lasst sofort mein Pferd satteln!«

»Wir müssen rasch handeln«, stimmte Rhiann zu. »Aber ich brauche etwas Zeit, um mich darum zu kümmern, dass wir ausreichend mit Kleidern und Vorräten versorgt sind – es wäre Wahnsinn, zu dieser Jahreszeit Hals über Kopf…«

»Wir?« Conaire starrte sie mit wilden Augen an. »Was heißt hier wir?« Er blickte von Rhiann zu Caitlin, die neben dem Bett stand und eine Hand vor den Mund geschlagen hatte. »Ich gehe alleine. Niemand kommt mit. Es ist alles meine Schuld, ich hätte ihn begleiten müssen…« Seine Stimme brach.

Rhiann hatte erwartet, dass er die kalte Entschlossenheit eines Kriegers an den Tag legen würde. Stattdessen brannte in Conaires Augen eine solche Qual, dass sie den Blick abwenden musste, denn sie erkannte mit einem Mal, dass es ihr nicht anders erging. *Bei der Göttin! Behalte die Nerven, Rhiann! Wenn er nicht im Stande ist, klar zu denken, musst du es für ihn tun!*

»Liebster.« Caitlin legte eine schmale Hand auf Conaires mächtige Schulter. »Natürlich kommen wir alle mit dir. Wir wissen ja nicht, was ihm zugestoßen ist. Zu mehreren sind wir sicherer.«

»Nein!« Conaire fuhr zu ihr herum. »Ich will dich nicht auch noch verlieren! Ich habe Eremon im Stich gelassen, also ist es *meine* Pflicht, ihn zu suchen.«

Rhiann trat einen Schritt näher. »Conaire, ich verstehe dich ja. Aber wenn er in Schwierigkeiten steckt, brauchst du deine Krieger, um ihn da herauszuholen. Wenn er verwundet ist«, sie schluckte hart, »dann brauchst du mich.«

»Und ich lasse nicht zu, dass du irgendetwas ohne mich unternimmst«, fügte Caitlin in einem Ton hinzu, der keinen Widerspruch duldete. Als Conaire Einwände erheben wollte, stampfte sie mit dem Fuß auf. »Nein, nein und abermals nein! Wenn du mich hier zurücklässt, Sohn des Lugaid, dann schwöre ich bei der Göttin, dass ich dir folgen werde… wenn mir dann etwas zustößt, ist es in der Tat allein deine Schuld!«

Conaire gab einen erstickten Laut von sich, und Caitlin warf sich in seine Arme. Über den Kopf ihrer Schwester hinweg sah Rhiann, dass seine Augen feucht schimmerten.

Natürlich wollte kein einziger von Eremons Männern in der Festung zurückbleiben. Nachdem der anfängliche Schock abgeklungen war, übernahm Conaire das Kommando und stockte die Truppe noch um zehn Epidierkrieger auf. Außerdem bat er die zwei besten Fährtensucher des Stammes, sie zu begleiten.

Rhiann packte alle Salben und Tränke zusammen, mit denen sich Wunden versorgen und Fieber senken ließ, dazu ein paar Rollen leinenen Verbandszeugs. Natürlich war es auch möglich, dass Eremon einfach nur vom Pferd gefallen war. Aber ihr Heilerinneninstinkt riet ihr, was es mitzunehmen galt, während ihr Verstand versuchte, die verschiedenen Möglichkeiten auszuloten. Diesmal würde sie nicht lediglich einen verstauchten Knöchel zu behandeln haben, das spürte sie.

Innerhalb eines Tages waren sie zum Aufbruch bereit. Cù schien zu ahnen, was sie vorhatten, denn er lief unaufhörlich winselnd zwischen Tor und Hof hin und her, als sie die Pferde sattelten. Aber obwohl er es offenbar kaum mehr erwarten konnte, wieder bei seinem Herrn zu sein, ließ Rhiann ihn in Aedans Obhut zurück, denn es hatte seit ein paar Tagen nicht mehr geschneit, deshalb konnten sie Eremons Spuren auch ohne den Hund mühelos folgen.

Zum Glück war Eremon die Hügelkette im Osten entlanggeritten, ohne sich einer Festung zu nähern, wo sich seine Spur zweifellos verloren hätte. Zwei Tage lang folgten sie ihm durch eine Gegend, in die sich während der Zeit der langen Dunkelheit sonst kein Mensch verirrte. Obwohl noch ein wenig Schnee gefallen war, waren Dòrns Hufabdrücke leicht auszumachen.

Rhiann blickte im Vorüberreiten von Liath' Rücken aus darauf hinab. Ihr Magen krampfte sich zusammen. *Er* war vor noch nicht allzu langer Zeit hier vorbeigekommen. Erschöpft, einsam und vermutlich von Zorn erfüllt.

Aber lebend. Atmend.

Endlich standen sie auf einem Bergausläufer, der die Grenze der besiedelten Gebiete der Epidier markierte. Die eigentliche Stammesgrenze lag noch weiter im Süden, aber die Römer hatten diesen Landesteil von ihren neuen Festungen aus gründlich durchkämmt, und viele der hier ansässigen Bauern hatten ihre Höfe im Stich gelassen, um bei den Häuptlingen im Norden Schutz zu suchen. Dennoch führten Eremons Spuren den Hang hinunter zu einem breiten Tal.

Conaire, der den Boden untersucht hatte, richtete sich auf und griff nach den Zügeln seines Pferdes. »Warum bei allen Göttern ist er so weit nach Süden geritten? Dort liegen keine Festungen mehr, nicht einmal Bauernhöfe. Warum?«

Rhiann dachte über den seltsamen Ausdruck nach, den sie in den letzten Tagen in Eremons Augen gesehen hatte, und erkannte plötzlich, was es gewesen war: Verzweiflung. Aber was sollte sie zu Conaire sagen? Sie war die Letzte gewesen, die mit Eremon gesprochen hatte. Hatte *sie* irgendetwas gesagt oder getan, was ihn dazu getrieben hatte, sich in eine solche Gefahr zu begeben? Sie räusperte sich. »Wir wissen alle, dass er seit einiger Zeit… ruhelos war. Vielleicht meinte er, uns und sich selbst erneut irgendetwas beweisen zu müssen.«

Conaire trat gegen eine Schneewehe. »Wenn ich ihn gefunden habe, werde ich ihm als Erstes den Hals umdrehen!«

Zwei Tage später hatten sie die Grenze erreicht, wo das Hochland endete und das Tiefland begann, das bis zum Clutha hinunterführte. Trotzdem führten Eremons Spuren immer weiter Richtung Süden. Sie fanden die Überreste seiner Lager und entdeckten auch ältere Spuren römischer Patrouillen. Dennoch hatte Eremon weder Halt gemacht, noch war er umgekehrt.

»Seit der Schneefall eingesetzt hat, haben sich die Römer vermutlich in ihren Quartieren verkrochen«, sagte Conaire eines Abends, als sie in Schaffelle gehüllt in ihrem ledernen Zelt kauerten. Er blickte Rhiann und Caitlin an. »Ich möchte nicht, dass ihr noch weiter mitkommt, aber ich schätze, das kann ich nur verhindern, wenn ich euch fessele und knebele.« Er lächelte resigniert. »In Eremons Abwesenheit habe ich hier die Befehlsgewalt, aber ihr werdet vermutlich trotzdem nicht tun, was ich euch sage, oder?«

Rhiann und Caitlin schüttelten einmütig die Köpfe.
Conaire seufzte. »Das habe ich befürchtet.«

Als sie endlich am Ziel waren, erlebten sie eine böse Überraschung. Conaire schickte die Kundschafter voraus, denn sie hatten das meiste Geschick darin, sich unbemerkt an den Feind anzupirschen. Einer von ihnen kam in das schmale Tal zurückgekrochen, wo der Rest der Gruppe lagerte. Sie hatten nicht gewagt, ein Feuer zu machen, obwohl es ein trüber, wolkiger Tag war und ein eisiger Wind Schneegestöber über die Felsen über ihnen hinwegtrieb.

»Ich habe etwas entdeckt«, berichtete der Fährtenleser atemlos.

Rhiann steckte den Kopf aus dem Zelt. »Was denn?«

»Direkt unterhalb der Hügelkette hat er angehalten. Er ist abgestiegen … er muss einen Moment lang unvorsichtig gewesen sein.« Der Mann zeichnete etwas in die Luft. »Römische Spuren führen von den Bäumen her auf die seinen zu. Es gab ein Handgemenge, der Boden ist mit Fuß- und Hufabdrücken übersät.« Er hielt inne und warf Rhiann einen verstohlenen Blick zu. »Ich habe auch Blutspuren gefunden.«

Ein eisiger Schauer lief Rhiann über den Rücken.

»Und was noch?« Conaires Stimme klang heiser.

»Die Spuren der Römer und des Pferdes verlaufen Richtung Südosten. Ich bin ihnen so weit gefolgt, wie ich es wagen durfte, ohne auf offenes Gelände zu gelangen. Entlang des Weges habe ich noch mehr Blut gesehen, aber nicht viel.«

Conaire seufzte. »Also lebt er, ist aber verwundet. Und in den Händen der Römer.«

Der Fährtensucher wurde ausgeschickt, um zu erkunden, wohin die Patrouille ihren Gefangenen gebracht hatte, aber kein Betteln und Flehen seitens der anderen brachte Conaire von seinem Entschluss ab, vorerst im Tal auszuharren. »Wir rühren uns erst hier weg, wenn ich weiß, dass sich auch der letzte Römer sicher in seinem Quartier befindet.«

Am Nachmittag kam einer der Kundschafter zurück. »In der

Mitte eines Passes haben sie eine neue Festung errichtet. Dort ist die Patrouille stationiert. Niemand hat das Gebäude mehr verlassen, seit sie den Prinzen dorthin gebracht haben.«

Rhiann stand zwischen den kahlen Bäumen. Schneeflocken glitzerten in den Haarsträhnen, die unter ihrer Schaffellkapuze hervorlugten. Der unter ihnen liegende Pass glich einer weißen Decke mit schwarzen Tupfen – dunklen Riedgrasbüscheln, die hier und da aus dem Schnee herausragten. In der Mitte erhob sich die römische Festung, die jedoch gegen die mächtigen Hügel ringsherum zwergenhaft klein wirkte.

Von ihrem Standpunkt aus konnte Rhiann den mit Schnee gefüllten Graben erkennen, der um das Bauwerk herum verlief, dahinter die dunkle Linie der Holzpalisade und den Torturm. Hinter dem Tor duckten sich zwei lange, mit Stroh gedeckte Gebäude.

»Sie messen nicht mehr als dreißig Schritt entlang jeder Seite.« Conaire stand neben ihr, Caitlin kämpfte sich in ihrem weißen Wolfsfellumhang nahezu unsichtbar durch die Schneewehen zu ihnen durch. »Mehr als achtzig Soldaten haben sie da bestimmt nicht untergebracht. Wir müssen sofort angreifen – wer weiß, was sie da drinnen mit ihm anstellen!«

Wieder brach seine Stimme, und als Rhiann zu ihm aufblickte, bemerkte sie, dass dunkle Ringe unter seinen Augen lagen. Sie legte ihm sacht eine Hand auf den Arm. »Vielleicht ist rohe Gewalt hier nicht der richtige Weg, Conaire. Bring Eremons Leben nicht durch übereiltes Handeln in Gefahr.«

Conaires Gesicht lief vor Zorn rot an – es war das erste Mal, dass er sie so ansah. Er musste tatsächlich Qualen leiden. »Wenn du meinst, dass wir lieber zu einer List greifen sollten – das ist Eremons bevorzugte Vorgehensweise, nicht meine. Und Eremon ist nicht hier!«

Sein Gesicht verzerrte sich, und Caitlin griff ein, indem sie ihre Hand auf Conaires anderen Arm legte. »Ich kann keine Brandpfeile einsetzen, weil sie ihn in einem der beiden Gebäude festhalten. Aber wir haben eine gute Chance, sie zu überrumpeln. Sie rechnen bestimmt nicht im Entferntesten mit einem Angriff.«

Rhiann nickte und deutete zum Himmel empor. »Vielleicht kommen uns das Wetter und das Land noch zu Hilfe.«

Die dunklen Wolken im Süden hingen so tief, dass die Gipfel darunter verschwunden waren, und Schneeschauer fegten die Hänge hinunter. Eine Sturmwand kam auf sie und auf die Festung zu.

Conaire wandte sich zu Rhiann um. »Wir können es trotz Graben und Brustwehr schaffen, das weiß ich. In dem Sturm können wir uns unbemerkt heranschleichen, wenn Manannán uns gnädig ist, sitzen die Römer alle friedlich an ihren Feuern, weil sie davon ausgehen, dass sich bei diesem Wetter niemand ins Freie wagt. Es kann gelingen.«

»Wir müssen die Wachposten irgendwie ablenken«, meinte Rhiann. »Das werde ich übernehmen.«

Conaire runzelte die Stirn. »Wie meinst du das? Eremon zieht mir bei lebendigem Leib die Haut ab, wenn er erfährt, dass ich dich in Gefahr gebracht habe.«

»Nicht du bringst mich in Gefahr, sondern ich mich selber. Ich kann meine Listen, wie du sie nennst, irgendwie dazu nutzen, uns Zugang zum feindlichen Lager zu verschaffen.« Gedankenverloren starrte sie zu der römischen Festung hinüber.

»Rhiann muss tun, was sie für richtig hält«, kam Caitlin ihr zu Hilfe.

Conaire seufzte. »Bei Hawens Eiern! Gegen euch beide ist einfach nicht anzukommen!«

In diesem Moment kam Rhiann ein so verwegener Gedanke, dass Furcht vor der eigenen Kühnheit in ihr aufstieg. Sie wirbelte zu Conaire und Caitlin herum. »Was würdet ihr davon halten, wenn ich euch das Tor *öffne*?«

Auf dem Torturm hüllte sich ein junger Soldat fröstelnd enger in seinen Umhang. Dieses verfluchte, von den Göttern verlassene, barbarische Land!

Ständig regnete es, und wenn der Regen aufhörte, dann fing es an zu schneien. Zu schneien! Der Soldat stammte aus der spanischen Tiefebene und hatte Schnee bislang nicht gekannt.

Aus einer der beiden Baracken unter ihm drang eine Lachsalve. Seine Kameraden saßen gemütlich im Warmen, würfelten, aßen und tranken. Weil er der Jüngste war, teilte ihn der Zenturio immer für die unangenehmsten Wachen ein. Möge Mars *ihm* beistehen, wenn der Kommandant herausfand, dass nur ein einziger Wachposten aufgestellt worden war.

Er spähte in das Schneegestöber hinaus. Was machte es an einem Tag wie diesem überhaupt für einen Sinn, in der Kälte Wache zu stehen? Er konnte kaum ein paar Schritte weit sehen. Außerdem hatten sie in den letzten Monden die gesamten Landstriche im Norden durchkämmt, ohne auf einen einzigen Einheimischen zu stoßen.

Es war so, wie Agricola es gesagt hatte. Die Barbaren hatten angesichts der Übermacht der römischen Armee die Flucht ergriffen.

Er trat von einem Fuß auf den anderen. Die einzige Ausnahme bildete der Vagabund, den sie vor ein paar Tagen gefangen genommen hatten. Er war in grobe Kleider gehüllt, aber obwohl er keinen dieser barbarischen Goldringe trug, hatten sie ein kostbares Stück in seinen Pack gefunden. Auch sein Pferd war ein edles Tier. Der Zenturio hielt ihn für einen Dieb, und die wenigen Worte, die sie aus ihm herausgeprügelt hatten, bestätigten diese Vermutung. Ein Dieb war oft auch ein Ausgestoßener, und ein solcher Mann wurde leicht zum Verräter.

Der Zenturio vertrat die Ansicht, dass ihr Gefangener dem Kommandanten nützliche Informationen liefern konnte, daher würde er morgen zum Hauptteil der Armee geschickt werden, in das schöne, behagliche Winterquartier, in dem seine glücklicheren Kameraden untergebracht waren. Wenn der oberste Feldherr mit ihnen zufrieden war, bekamen sie vielleicht eine Sonderration Bier. Oder wärmere Fußbekleidung.

Plötzlich blinzelte der Soldat in den Schnee hinaus und erstarrte. Mit einem Mal war er hellwach. Dort draußen schleppte sich eine Gestalt auf das Tor zu. Er umfasste seinen Speer mit beiden Händen. »Wer ist da?«, bellte er in seiner eigenen Sprache.

Ein schwacher Ruf antwortete ihm; eine hohe, klare Stimme. Die Stimme einer Frau.

58. Kapitel

Die Schneeflocken, die der Wind unter Rhianns Kapuze trieb, stachen wie Nadeln in ihre Haut. Der Boden war steinhart gefroren, die Kälte drang durch ihre Stiefel und stieg ihre Beine empor.

Vor ihr ragte der dunkle Torturm auf, und sie konnte schwach die Umrisse des Soldaten erkennen, der oben auf der Plattform stand. Als sie den Speer in seiner Hand sah, fühlte sie sich plötzlich furchtbar verloren und verwundbar. Würde er sie angreifen?

Bei jedem Schritt lauschte sie angestrengt, wartete auf das Schwirren der Waffe, auf den sengenden Schmerz in ihrer Brust. Ihre Handflächen in den Fausthandschuhen aus Schaffell waren feucht geworden, und das Hämmern ihres Herzens übertönte beinahe das Heulen des Sturms. Aber vielleicht konnte er in dem Schneegestöber nicht genau zielen… bestimmt nicht. Irgendwo dicht hinter ihr lauerten die Männer mit ihren Schwertern, und Caitlin hielt Pfeil und Bogen schussbereit.

Allein das Wissen darum, dass Eremon irgendwo hinter diesen Toren gefangen gehalten wurde, dass er verletzt und verzweifelt war, trieb Rhiann weiter. Sie war es ihm schuldig, ihr Bestes zu tun, um ihm zu helfen.

Der Gedanke verlieh ihr neuen Mut, sie verdrängte die Furcht, zwang sich mit eiserner Willenskraft zur Ruhe und konzentrierte sich darauf, all ihre Macht in ihrer Brust zu sammeln. Inmitten der Kälte und des tosenden Windes versuchte sie, auf den Herzschlag der Erde zu lauschen.

Irgendwo tief unter ihr lag das, was sie brauchte. Sie hatte Conaire verschwiegen, dass sie gar nicht wusste, ob ihr Vorhaben gelingen würde; ob sie im Stande wäre, mit der Quelle in Verbindung zu treten. Falls nicht, befand nur sie allein sich in unmittelbarer Gefahr. Sie konnte nur beten, dass die Große Mutter dann wenigstens Eremon beistehen würde.

Atme… atme… ja… spüre es, warte darauf… ja, da ist es! Sie spürte das leise Pulsieren; einmal, zweimal, dreimal…

Langsam ließ sie die Kraft ihre Beine emporströmen; hoffte verzweifelt, dass die Verbindung nicht wieder abriss, ließ sich von den warmen Wellen durchfluten.

Du bist der Baum, erklang Linnets Stimme in ihrem Kopf. *Deine Wurzeln reichen tief in die Erde bis hin zur Quelle. Die Quelle ist Licht. Saug sie durch deine Wurzeln auf, lass sie durch deine Beine fließen… hoch zu deinem Herzen… und halte sie dort fest. Lass sie deine Brust erfüllen wie ein See aus Licht, dessen Ursprung die Quelle ist. Wenn der See gefüllt ist, lass ihn anschwellen, bis er das geistige Auge zwischen deinen Brauen erreicht. Dann kannst du durch die Quelle fühlen, durch die Quelle sprechen, durch die Quelle sehen.*

Inmitten der um sie herumwirbelnden weißen Flocken schien Rhiann plötzlich in Flammen zu stehen.

Der Mann rief ihr erneut etwas zu, und sie ging weiter. Die Quelle umgab sie mit ihrer Hitze.

Ich bin halb erfroren, außer mir vor Angst und kann mich kaum noch auf den Beinen halten, signalisierte sie ihm in Gedanken. Er würde die Worte nicht hören, denn sie würden geradewegs in sein Herz dringen. Er würde sie *spüren*.

Der Mann machte keine Anstalten, seinen Speer zu heben.

Trotz des Schneegestöbers schlug Rhiann ihre Kapuze zurück, sodass ihr Haar offen über ihre Schultern fiel. *Ich bin jung. Ich bin schön. Die schönste Frau, die du je gesehen hast. Ich bin eine Göttin, die dir in dieser endlosen Kälte Wärme bringt.*

Der Mann rührte sich nicht von der Stelle, rief aber auch seine Kameraden nicht zu Hilfe.

Rhiann schloss die Augen, um ihn mit ihrem geistigen Auge zu betrachten, und erkannte, dass er noch sehr jung war. Er stand wie erstarrt da. Wie alle Menschen umgab auch ihn ein glühender Lichtkokon, der nur für das geistige Auge sichtbar war. Darin wirbelten seine Gefühle in Form von ineinander verschlungenen roten, blauen und violetten Bändern umher. Sie war nicht stark genug, um in den Kokon einzudringen, aber sie konnte spüren, was in dem Mann vorging.

Ihr eigener Geist berührte sacht den Rand seines Lichtkörpers, und etwas griff dort nach ihr.

Begierde.

»Helft mir!«, rief sie laut, dabei hob sie flehend eine Hand. Sie sprach ein gebrochenes Latein, vielleicht würde er sie dann für eine Angehörige eines verbündeten Stammes halten. Aber seinem Herzen sandte sie eine andere Botschaft. *Du bist erschöpft. Du bist einsam und frustriert. Du hast schon lange keine Frau mehr berührt. Sieh her, so riecht sie, so schmeckt sie, so fühlt sie sich an … erinnerst du dich?*

Er war ein paar Schritte vorgetreten und umklammerte den Rand der Palisade. »Was tust du ganz allein da draußen?«

Sie war jetzt nah genug, um zu ihm aufzublicken, und sie wusste, dass das schwache Licht auf ihr zu ihm emporgewandtes Gesicht fiel. Die Schneeflocken auf ihrer Haut nahm sie kaum wahr. Seine dunklen Augen ruhten auf ihr. Sie spürte, wie ihm der Atem erst stockte und dann schneller ging.

Jetzt war sie auch nah genug, um ihr eigenes Netz aus Licht um ihn zu weben, ihn darin zu verstricken, sein Herz aus allen Richtungen mit einer Fülle von Sinneseindrücken zu bombardieren: nach Honig schmeckende Lippen, weiße Brüste, duftende Haut, weiche Finger, sanfte Koseworte …

Ihre Magie glich der, die sie in Samanas Festung gespürt hatte. Aber in diesem Moment war Rhianns Zauber stärker, denn er wurde von der Liebe geschürt, die Eremons Männer für ihren Prinzen empfanden. Obwohl sie es nie erfahren würden, speisten sie mit dieser Liebe jetzt die Quelle, die durch Rhianns Körper floss.

»Bitte helft mir!«, flehte sie. »Meine Familie wurde von Räubern aus dem Norden angegriffen, ich bin geflohen. Ich habe mich verirrt, und ich friere fürchterlich.«

Ich bin harmlos. Ich bin allein. Ich bin eine Frau.

Das Licht, das ihn umgab, flammte in einem letzten Aufflackern von Widerstand hell auf. »Wende dich an deine eigenen Leute, Mädchen. Hier hast du nichts verloren.«

»Wenn Ihr mich nicht einlasst, werde ich in dem Sturm umkommen. Bitte!«

Wenn ich näher komme, wird dir der Duft meiner Haut in die Nase steigen. Ich bin eine Barbarin. Meine Fleischeslust ist unstillbar.

Sie sah, wie er nervös über seine Schulter blickte.

Sie werden es nie erfahren. Sie haben dich allein dort draußen in der Kälte gelassen. Du wirst es ihnen heimzahlen. Du bist ein Mann. Ich brauche einen Mann, der mich rettet. Ich werde mich dankbar zeigen.

Zum Glück war er jung und unerfahren und hatte seit vielen Monden nicht mehr bei einer Frau gelegen. Magie konnte einen Menschen nicht dazu bringen, gegen seinen Willen zu handeln, sondern nur bereits existierende Begierden schüren; sich Schwächen zu Nutze machen.

Rhiann hielt den Atem an, als sie sah, dass er schwankend wurde, sie nahm ihre ganze Kraft zusammen, um die Quelle in einer letzten Woge weißen Lichtes über ihn hinwegbranden zu lassen. Der Widerstand des jungen Mannes brach, und Rhiann hätte beinahe aufgeschrien, als die Macht sie durchströmte.

Er fluchte leise und verschwand. Kurz darauf knarrten die Balken des Tores.

Holz kratzte über die gefrorenen Steine, eine schwarze Lücke tat sich vor ihr auf. »Also gut, Mädchen, komm herein«, brummte der junge Mann. »Aber beeil dich.«

Rhiann musste ihre Schulter in die Lücke zwängen, denn er hatte das Tor nur einen Spalt breit geöffnet. Während sie das tat, sah sie ihm tief in die Augen, schenkte ihm ein Lächeln, in dem ein nicht misszuverstehendes Versprechen lag...

… gerade lang genug, um sich mit ihrem ganzen Gewicht gegen das Tor zu werfen, sodass es ihm aus den Händen gerissen wurde. Ehe er seinen Schreck überwinden und sich auf sie stürzen konnte, löste sich eine Reihe geisterhafter Erscheinungen aus dem kurz zuvor noch leeren, nur mit Schnee gefüllten Graben und stürmte auf ihn zu.

Rhiann spürte, wie alle Albträume von den Riesen und Monstern Albas in dem Jungen wieder zum Leben erwachten. Er war vor Furcht wie gelähmt, brachte keinen Ton heraus. Einen Moment später duckte sich Rhiann, und etwas schwirrte an ihrem Ohr vorbei. Der Junge stürzte zu Boden, wo er reglos liegen blieb. Ein Pfeil mit weißen Federn steckte in seiner Kehle. Ohne sich von ihm aufhalten zu lassen stieg Conaire über den Leichnam hinweg und huschte durch das Tor. Seine Männer folgten ihm geräuschlos.

Rhiann lehnte sich gegen das Tor und sah zu, wie das Blut des Jungen eine große Lache auf dem gefrorenen Boden bildete und Schneeflocken auf seine Wangen fielen.

Mutter! Die Macht war mit einem Schlag aus ihrem Körper geströmt, jetzt zitterte sie am ganzen Leibe. *Mutter, vergib mir.* Sie, eine Tochter der Göttin, der das Leben heilig war, hatte einem Menschen den Tod gebracht. Aber im Kampf musste man die dunklen Seiten ebenso in Kauf nehmen wie den Triumph. Eremon hätte gesagt, sie hätte keine andere Wahl gehabt. Aber das Letzte, was sie für diesen Jungen tun konnte, war, sich einzugestehen, *dass* sie eine Wahl gehabt und sie getroffen hatte, sie allein war für die Folgen verantwortlich.

Sie bückte sich, schloss die blicklosen Augen des Jungen und strich sacht über seine Lippen, als sie hinter sich Caitlins leichte Schritte im Schnee hörte.

»Die Familie sagt dir Lebewohl«, flüsterte sie. »Der Stamm sagt dir Lebewohl, die Welt sagt dir Lebewohl. Geh in Frieden.«

Eremon lag im Dunkeln. Ein sengender Schmerz wütete in seinem Körper, am stärksten in seiner Brust, wo ihn die meisten Schläge getroffen hatten. Jeder Atemzug war eine Qual. Wenigstens spürte er seine gebrochenen Finger nicht mehr. In der Baracke herrschte eisige Kälte, außerdem war die Blutzirkulation unterbrochen, da ihm seine Peiniger die Hände auf den Rücken gefesselt hatten.

Er rollte sich in seiner Ecke zusammen, schloss die geschwollenen Augen und versuchte, die Bilder aus seinen Gedanken zu verdrängen: an die im Schnee blitzenden Helme, die höhnisch verzerrten Gesichter, den Hass, der aus den dunklen, fremdartigen Augen sprühte.

Es war kein ehrlicher Kampf Mann gegen Mann gewesen, in dem er dem Feind in die Augen sah, während die Vorfreude darauf, sich mit einem ebenbürtigem Gegner messen zu können, das Blut schneller durch seine Adern fließen ließ. In so einem Moment schien es ihm stets, als existierten nur sie beide auf der Welt; teilten ihren Herzschlag, teilten ihren Atem, teilten ihr Blut …

Aber die Römer hatten ihn wie ein Tier gefesselt, ihm die Arme auf den Rücken gedreht, um ihn besser mit ihren Fäusten bearbeiten zu können, ihm mit dem Heft eines Schwertes die Finger zertrümmert und ihn dann in dieses kalte Loch geworfen.

Ein Wimmern entrang sich seinem fest geschlossenen Mund, und heiße Scham stieg in ihm auf. *Ich bin der Führer meines Stammes. Ich habe mich noch nie wie ein Feigling verhalten. Ich werde eines ehrenvollen Todes sterben.*

Er wusste nicht, warum sie ihn nicht gleich an Ort und Stelle getötet hatten. Wahrscheinlich wollten sie ihn zu ihrem Hauptquartier schaffen: jede Art von Informationen aus dem Norden war ihrem Feldherrn mehr als willkommen. Er begann zu zittern und biss sich auf die Lippe, um sich daran zu hindern, vor Schmerz und Entsetzen laut aufzuschreien.

Ich werde einen Weg finden, mir das Leben zu nehmen.

Das ist das Einzige, was ich noch für Alba tun kann.

Conaire versammelte seine Männer im Schatten des Torturms. Sein Herz schlug jetzt ruhig und gleichmäßig, sein Verstand arbeitete scharf und logisch.

Innerhalb der Palisade lagen zwei lange Gebäude. Eines war dunkel und schien leer zu sein. Hinter den Fenstern des anderen, näher zu ihnen gelegenen Hauses flackerte Feuerschein, ab und an war leises Gelächter zu hören.

»Colum«, flüsterte Conaire. «Nimm fünf Männer und bezieh vor der Tür dieser Baracke Posten.« Er deutete auf das im Dunkeln liegende Gebäude. »Wenn du hörst, dass wir angreifen, geh vorsichtig hinein. Wenn du dort auf Feinde triffst, mach sie unschädlich. Wenn alles ruhig bleibt und du Eremon tatsächlich dort vorfindest, lässt du zwei Männer als Wache bei ihm. Mit dem Rest kommst du uns zu Hilfe.«

Colum wählte fünf Männer aus und schlich mit ihnen auf die Baracke zu. Durch das Schneegestöber verfolgte Conaire, wie die dunklen Schatten die ihnen zugewiesenen Positionen einnahmen.

»Eine bessere Gelegenheit wird sich uns kaum bieten«, raunte er den restlichen Kriegern zu. »Sie sind uns zwar zahlenmäßig überlegen, aber ich wette, sie fühlen sich innerhalb dieser Mauern so sicher, dass sie keine Waffen griffbereit haben. Jeder von uns muss drei Gegner auf sich nehmen.« Er hielt inne. »Wenn sie Agricola von unseren unbemalten Gesichtern berichten, weiß der römische Hund sofort, wer für den Überfall verantwortlich war, also lasst niemanden am Leben.«

Das leise Klirren, mit dem er sein Schwert aus der Scheide zog, ging im Heulen des Windes unter. Dann huschte er über den Platz zwischen Tor und Barackenblock. Seine Männer folgten ihm und duckten sich unter die Fenster.

Im nächsten Moment hatten sie das Gebäude umzingelt. Da sie hier vor dem Wind geschützt waren, konnten sie die Unterhaltung und das Gelächter deutlich hören. Conaire inspizierte die Tür und stellte fest, dass sie nur aus dünnen Holzbrettern bestand – sie war nicht dazu bestimmt, etwas anderes als Wind und Schnee abzuhalten.

Conaire presste die Lippen zusammen und wies seine besten Kämpfer mit einer Kopfbewegung an, sich dicht hinter ihm zu halten, denn die vorderste Reihe der Männer hatte den Überraschungseffekt auf ihrer Seite und musste daher für die Nachfolgenden Raum schaffen. Nach einem raschen Gebet zum Großen Eber trat er ein paar Schritte zurück und schob eine Schulter vor.

Dann stürmte er los.

Wie ein angriffslustiger Bulle brach er durch die Tür, die unter seinem Ansturm zersplitterte wie ein Tonkrug. Im Schein des Feuers und einiger Lampen sah er Römer auf den Bänken und dem Boden sitzen, würfeln und trinken. Noch während sich ungläubige Überraschung auf ihren Gesichtern abmalte packte er sein Schwert mit beiden Händen und ließ es wie eine Sense über die ihm am nächsten sitzenden Männer hinwegsausen.

Unter lautem Kampfgeschrei drangen die restlichen Krieger in den Raum, schwangen ihre Schwerter und hieben wild um sich. Arme und Köpfe wurden von Rümpfen getrennt, innerhalb kürzester Zeit war der Boden ein See von Blut.

Conaire sah, dass einige Römer versuchten, zu ihren im hinteren Teil der Baracke deponierten Waffen zu gelangen, bahnte sich einen Weg durch die Menge und schlug eine Schneise in die zusammengedrängten Leiber derer, die vollkommen wehrlos waren, um zu denen durchzudringen, die jetzt nach ihren Waffen griffen.

Einige traten ihm mit hoch erhobenem Schwert entgegen, als er sich auf sie stürzte, aber sie konnten ihn nicht aufhalten. Fergus und Angus hielten sich dicht hinter ihm, Conaire machte ihnen den Weg frei und verschaffte ihnen so den nötigen Raum zum Kämpfen. Die Spitzen der römischen Klingen ritzten seine Haut, doch er achtete gar nicht darauf. Für ihn waren dies bloß Nadelstiche, wohingegen er seine Gegner mit gewaltigen Streichen niedermähte.

In seinem Kopf dröhnte eine monotone Litanei. Eremon. Eremon. Eremon.

Der Name verlieh ihm eine nahezu übermenschliche Kraft… und brach endlich laut aus ihm heraus, als der Blutdurst einen roten Schleier vor seine Augen legte. Die Männer fielen in seinen Schrei ein, bis nur ein Wort die Verwünschungen und Schmerzensschreie der Römer übertönte.

»Eremon!«

Eremon schlug mühsam die Augen auf. Ihm war, als wäre er soeben aus einem Traum erwacht. Er hörte ein Geräusch… irgendein vertrautes Geräusch, dort draußen im heulenden Wind. Er hob den Kopf und spähte benommen ins Dunkel.

Manannán!

Sein Name. Jemand rief seinen Namen.

Waren die Götter gekommen, um ihn zu holen? Hatte er die Grenze zum Schattenreich überschritten? Nein… er blinzelte unter den geschwollenen Lidern hervor. Ein schwacher Lichtschein huschte über die raue Mauer vor ihm. Er war noch nicht tot.

»Conaire?«, krächzte er. Seine aufgesprungenen Lippen brannten. Der Name verklang im Raum. Mit zusammengebissenen Zähnen wappnete er sich gegen den Schmerz und zog sich mit seinen gefesselten Händen an der Wand hoch. Dann holte er tief Atem. »Conaire!«, rief er etwas lauter, obwohl er sich nicht erklären konnte, warum er das tat. Conaire war weit weg.

Obgleich der Schrei in seinen Ohren wie das Jaulen eines verletzten Hundes klang, tauchten im selben Augenblick die Schatten einiger Männer in der Tür auf. Er erstarrte, denn er hatte keinen Arm frei, um sich zu verteidigen.

»Hier ist er«, flüsterte jemand. In einer Sprache, die er kannte. Worte, die einen Sinn ergaben.

»Bei den Eiern des Großen Ebers, so schneid ihn doch endlich los!«, zischte eine andere Stimme, dann schlangen sich Arme um ihn, und er spürte, wie seine Fesseln gelöst wurden. Das Blut schoss in seine Hände zurück und entfachte dort ein glühendes Feuer.

Er verlor das Bewusstsein.

Conaire, der am Rand des Getümmels kämpfte, hielt einen Moment inne und blickte sich um. Seine Männer waren überall im Raum in Zweikämpfe verstrickt. Im Verlauf der ersten Angriffswelle waren einige Römer gefallen, sodass jetzt nur noch zwei Feinde auf jeden Epidierkrieger kamen. Die Römer waren überrumpelt worden und überdies nicht gewohnt, auf so engem Raum zu kämpfen, was den Epidiern einen zusätzlichen Vorteil verschaffte.

Die Stärke der Römer lag in ihrer Disziplin, wie Eremon immer sagte. Im Kampf Mann gegen Mann, ohne Rüstung und unvorbereitet hatten sie Conaires Männern, die größer, schwerer und kräftiger waren, wenig entgegenzusetzen.

Die römischen Soldaten, die noch am Leben waren, drängten sich an einer Wand zusammen. Sie wurden von einem Mann angeführt, bei dem es sich um den Kommandanten der Truppe zu handeln schien. Doch die Männer aus Erin durchbrachen ihre Verteidigungslinie ohne große Mühe. Der Raum war mit blutüberströmten, verstümmelten Leichen übersät. Fergus zog soeben sein Schwert aus der Brust eines Mannes und stürzte sich mit einem schrillen Kriegsruf wieder in das Gemenge. Angus musste irgendwo in einer dunkleren Ecke der Baracke kämpfen.

Die Römer konnten ihnen nicht mehr lange standhalten, seine Krieger würden auch ohne ihn mit ihnen fertig werden. Conaire wandte sich ab, stürmte zur Tür hinaus und lief zu dem anderen Gebäude hinüber. Zwei tote Soldaten lagen direkt hinter der Türschwelle, und von dem kleinen Raum am anderen Ende der Baracke drang Stimmengewirr an sein Ohr.

Conaire stapfte durch die innere Tür und sah Eremon der Länge nach ausgestreckt am Boden liegen. Er schob Colum zur Seite und kniete sich neben seinen Bruder. »Lebt er?«

»Ja.«

Conaire hob Eremon auf seine Arme, wobei sein Ziehbruder vor Schmerzen stöhnte, obwohl er nur halb bei Bewusstsein war. »Rhiann muss hier irgendwo in der Nähe sein!«, zischte

Conaire Colum zu. »Such sein Pferd und sein Gepäck und komm zum Tor. Ich will ihn so schnell wie möglich von hier fortbringen.«

59. Kapitel

Während der Heimreise umgab Eremon zumeist eine gnädige Dunkelheit.

Er erinnerte sich an Schneeflocken, die auf sein Gesicht fielen und daran, dass er in eine Decke gehüllt und trotzdem vor Kälte schlotternd neben einem kleinen Feuer gelegen hatte, das aufzuflammen und wieder abzuebben schien, während er es aus halb geschlossenen Augen zu beobachten versuchte. Er erinnerte sich an Rhianns Honigduft und an das Pochen ihres Herzens ganz nah an seinem Ohr. Er erinnerte sich daran, wie sie ihm erst Wasser und dann warme Brühe eingeflößt hatte.

Und an ihre weiche Stimme.

»Ich gebe ihm so viel ich kann … dann wird er schlafen. Es ist die einzige Möglichkeit für uns, schnell voranzukommen, er könnte die Schmerzen sonst nicht ertragen. Nein, wir können ihn zu Pferd transportieren … außer den Fingern ist nichts gebrochen.«

So ging es eine endlose Zeit weiter: er spürte das Schwanken des Pferdes unter ihm, die stechenden Schmerzen in seiner Brust, die Kälte, die sich trotz der Pelzdecken in seine Haut fraß, den Wind, der in seinem Gesicht brannte. Er glühte vor Hitze, dann begann er wieder am ganzen Leibe zu zittern.

»Die Götter müssen uns den Schnee geschickt haben«, hörte er Conaires Stimme aus weiter Ferne. »Ohne ihn könnten wir die Römer nicht lange in die Irre führen, sie würden uns einholen.« Eine schwielige Hand umfasste seine Schulter.

Manchmal, wenn das Schwanken aufhörte, sang eine leise, klare Stimme ihm Lieder vor, die eine seltsam beruhigende Wirkung auf ihn ausübten.

Rhiann saß an Eremons Krankenlager in ihrem Haus und blickte auf sein Gesicht hinab. Die Männer hatten ihn eben auf die Felle gelegt, und sie hatte ihm eine zusätzliche Dosis ihres Schlaftrunkes verabreicht, um ihn gründlich untersuchen zu können.

Während der Heimreise hatte sie ihn bereits notdürftig verarztet – so gut es im Freien und im schwachen Schein eines Feuers eben gehen wollte. Seine grotesk angeschwollene linke Hand hatte ihr verraten, dass die Römer ihm drei Finger gebrochen hatten. Zum Glück handelte es sich um glatte Brüche, die sie geschient hatte, während er bewusstlos gewesen war. Beide Augen waren schwarzlila angelaufen, die Augäpfel aber unversehrt geblieben. Sie hatte sich hauptsächlich darauf konzentriert, das Fieber zu senken und ihm Nahrung und Wasser einzuflößen.

»Rhiann«, erbot sich Caitlin jetzt, »sag mir doch, was ich tun soll. Soll ich ihn hochheben? Oder ihn auf dem Bett festhalten, während du ihn untersuchst? Du musst es mir nur sagen.«

»Lass nur«, unterbrach sie Conaire. »Ich werde bei ihm bleiben und Rhiann zur Hand gehen.«

»Ich werde ihn alleine versorgen.« Rhianns Stimme klang sogar in ihren eigenen Ohren wie die einer Fremden, kalt und gepresst.

»Aber wir wollen dir doch nur helfen!«, protestierte Caitlin.

»Herrin.« Eithne trat an Rhianns Seite. »Der Trank ist gleich fertig. Soll ich ihn Euch holen?«

»Nein!« Rhiann fuhr herum. Drei Augenpaare starrten sie erstaunt an. »Ich werde mich allein um ihn kümmern. Geht jetzt und lasst mich allein.«

Zu ihrer Überraschung gehorchten alle drei widerspruchslos. Vielleicht hatte sich in Rhianns Gesicht etwas von der Pein widergespiegelt, die in ihrem Inneren tobte. Sowie sie gegangen waren, stieß Rhiann zischend den Atem aus. Zum ersten Mal seit Tagen machte die Heilerin in ihr der Frau Platz. Sie hatte stark sein müssen, um Eremon sicher nach Hause zu bringen.

Bis jetzt.

Sie schlug die Pelzdecke zurück und schob seine Tunika bis zur Brust hoch. Als sie auf ihn hinabblickte, rang sie erstickt nach Atem.

Seine Haut war mit roten Striemen übersät, darunter zeichneten sich große grünviolette Blutergüsse ab, die ganz eindeutig nicht nur von Faustschlägen, sondern auch von Tritten herrührten.

Sie ließ den feinen Leinenstoff los, als habe sie sich daran verbrannt. Ihre Augen ruhten auf seinem Gesicht. Durch den Schleier der aufsteigenden Tränen hindurch konnte sie das blasse Oval nur verschwommen erkennen.

Im Schlaf bildeten seine Lippen eine sanft geschwungene Linie. Eine Haarsträhne fiel über ein Auge mit den dichten, dunklen Wimpern. Die Haut spannte sich straff über den hohen Wangenknochen.

Der Gedanke, dass all das beinahe für immer zerstört worden wäre, war ihr unerträglich.

Eremon war jung und kräftig und erholte sich rasch von dem erlittenen Trauma. Seine Verletzungen heilten gut. Zwar hatte Rhiann beim Abtasten seines Brustkorbes festgestellt, dass eine Rippe gebrochen war, aber die inneren Organe waren unversehrt geblieben. Hunger, Durst und Kälte hatten ihn geschwächt und das Fieber hervorgerufen, aber er überwand die Krankheit schnell.

Nachdem er das Bewusstsein wieder erlangt hatte, erkundigte sich Eremon als Erstes nach seinen Männern. Conaire blickte ihn voller Kummer an. »Angus und Diarmuid sind im Kampf gefallen, Bruder. Drei Epidierkrieger sind gleichfalls tot.«

Eremon wandte sich ab und schwieg lange Zeit. Caitlin zerrte an dem Spitzensaum ihres Ärmels herum, während Rhiann das Feuer schürte, obgleich das gar nicht nötig gewesen wäre. Conaire ließ sich schwer auf die Bettkante sinken und musterte seinen Bruder stumm.

»Ich habe mich wie ein Narr benommen.« Eremons Gesicht

war aschfahl. »Ich wusste, dass ich lieber umkehren sollte, aber irgendetwas trieb mich immer weiter… ich habe nur die Gefahr für meine Person gesehen. Jetzt habe ich so viel Schuld auf mich geladen!«

Conaire schüttelte den Kopf. »Wir haben den Römern einen schweren Schlag zugefügt, Bruder. Angus und Diarmuid sind dafür freudig in den Tod gegangen, wie wir alle es getan hätten. Sie sitzen jetzt an der Tafel der Götter, und die Barden werden ihre Namen preisen.«

»Wir haben alle nach dem Blut der Invasoren gelechzt, Eremon.« Caitlin legte Conaire eine Hand auf die Schulter. »Ich war bei Angus und den anderen, ich habe gehört, was sie gesagt haben. Sie waren glücklich, an dem Überfall teilnehmen zu können, und sie waren bereit, dafür mit ihrem Leben zu bezahlen.«

Aber Eremons Augen blickten weiterhin trübe, und keiner von Rhianns stärkenden Tränken vermochte die Farbe in seine Wangen zurückzubringen.

Doch dann kam Didius, der während Eremons Krankheit wieder in Brans Haus lebte, zurück, um etwas mit Rhiann zu besprechen. Er kroch unter dem Türfell hindurch und blieb so weit wie möglich von Eremons Lager entfernt stehen, doch dieser hatte ihn schon bemerkt und winkte ihn zu sich.

»Sohn Roms«, krächzte er. Didius erstarrte. »Deine Landsleute haben mir dieselbe Gastfreundschaft erwiesen wie wir dir.«

»Ich weiß«, erwiderte Didius vorsichtig, wobei er Eremon misstrauisch musterte.

»Damit wären wir also quitt, nicht wahr? Hör endlich auf, mich anzusehen, als ob ich dich fressen wollte. Du leistest meiner Frau gute Dienste.«

Didius nickte überrascht.

Eremons Blick blieb auf den Schatten an der Wand hinter dem Römer haften. »Dein Feldherr will ganz Alba unterwerfen, und er zählt zu der Sorte von Männern, die niemals aufgeben, bevor sie nicht ihr Ziel erreicht haben, ist das richtig?«

Didius sah verwirrt von ihm zu Rhiann herüber. »Ja, das ist richtig.«

»Auch der Tod unzähliger Männer kann ihn nicht aufhalten, oder? Also würde auch der Tod eines einzelnen, törichten, schwachen Mannes nichts bewirken … er wäre für deinen Herrn vollkommen bedeutungslos. Ist es nicht so?« Eremons grüne Augen ruhten auf Didius, aber es war Rhiann, die an sein Lager trat und seine Frage beantwortete.

»Ja, Eremon, dein Tod wäre für Agricola vollkommen bedeutungslos«, bestätigte sie weich. »Aber für uns nicht.«

Eremon holte so tief Atem, als habe er einen schweren Kampf gekämpft und gewonnen. Von diesem Tag an machte seine Genesung rasche Fortschritte. Seine Jugend und Kraft ließen die Knochen zusammenwachsen und die gespenstische Blässe schwinden. Jugend und Kraft, dachte Rhiann bei sich, und vielleicht Pflichtgefühl. Vor allem Pflichtgefühl.

Doch erst als sie sicher wusste, dass er außer Gefahr war und ihre Pflege kaum noch benötigte, drängten sich ihre eigenen Gefühle in dieser Angelegenheit plötzlich an die Oberfläche, und zwar auf eine Art und Weise, die sie selbst überraschte.

Es kam ein Abend, an dem sie zum ersten Mal miteinander allein waren. Conaire und Caitlin hatten sich vergewissert, dass es Eremon an nichts fehlte, und waren wieder verschwunden. Rori hatte Eithne zu einem Spaziergang abgeholt, denn der Schnee war geschmolzen, und die Tage wurden zunehmend klarer.

Zum ersten Mal fühlte sich Eremon kräftig genug, um sein Lager zu verlassen und auf dem Stuhl mit der Rückenlehne aus Binsengeflecht, den Didius für Rhiann angefertigt hatte, vor dem Feuer zu sitzen. Als Rhiann ihm ein paar Kissen in den Rücken schob, um die Schmerzen in seiner Brust zu lindern, bemerkte er: »Ich habe gehört, welche Rolle du bei dem Angriff auf die Festung gespielt hast.«

Sie drehte sich um, um den Kessel ein wenig tiefer über das Feuer zu hängen, da sie nicht wusste, was sie darauf sagen sollte.

Er hob die Stimme. »Es hat dir sicher eine tiefe Genugtuung bereitet, den Römern einen solchen Schlag zu versetzen.«

Rhiann blickte ihn an. Seinem Lächeln haftete wieder die alte Bitterkeit an, seine von verblassenden Prellungen umgebenen Augen waren umwölkt. Sie erinnerte sich an ihre letzte Begegnung im Stall, wo er sie diese Bitterkeit ungemildert hatte spüren lassen. Sie hatte jetzt gesehen, wo das hingeführt hatte!

Mit einem Mal wallte der ganze Zorn auf ihn, den sie während seiner Krankheit unterdrückt hatte, wieder in ihr hoch. Erst hatte sie sich draußen vor der Festung fast zu Tode geängstigt, dann hatte sie tagelang nicht geschlafen, hatte gefroren und sich vor Erschöpfung oft kaum auf den Beinen halten können – und alles seinetwegen! Und jetzt glitzerte schon wieder dieser herausfordernde Funke in seinen grünen Augen, und in seiner Stimme schwang der alte sarkastische Unterton mit. Etwas in ihr zerriss, sie konnte nicht länger an sich halten. »Im Gegensatz zu dir habe ich es nicht nötig, mir selbst und anderen ständig etwas zu beweisen! Weißt du eigentlich, was ich deinetwegen alles durchmachen musste? Du solltest dich schämen!«

»Es tut mir Leid, wenn ich dir Unannehmlichkeiten bereitet habe«, erwiderte er trocken.

»Eremon, hör endlich auf, dich selbst zu bemitleiden. Du reitest auf eigene Faust durch feindliches Gebiet, ohne einen Gedanken daran zu verschwenden, dass sich deine Freunde furchtbare Sorgen um dich machen, weil du nur an dich denkst. Dann lässt du dich gefangen nehmen und halb tot prügeln und erwartest von mir, dass ich dich wieder zusammenflicke. Zum guten Schluss erdreistest du dich auch noch, mich so herablassend zu behandeln!«

Sein Gesicht wirkte hart und verkniffen. »Ich habe nicht nur an mich gedacht … ganz und gar nicht.«

»Ach wirklich?« Rhiann stemmte die Hände in die Hüften. »Dann hast du wohl Conaire und deinen anderen Männern mit deiner Heldentat nur einen Gefallen tun wollen, was? Und was ist mit mir? Ich habe in meinem ganzen Leben noch nie solche Angst ausgestanden – und zwar nur um dich, du Dummkopf!«

Einen Moment lang schwiegen beide verblüfft. »Wer hätte das gedacht?«, meinte Eremon dann schwach.

»Für mich kam das überraschender als für dich, das kannst du mir glauben.« Rhiann stocherte heftig in dem Feuer herum, dann ließ sie sich auf der Bank neben ihm nieder. »Ich weiß selbst nicht, was ich davon halten soll.«

Diesmal hörte sie ihn vernehmlich den Atem ausstoßen und funkelte ihn finster an, ehe ihr aufging, was sie da gesagt hatte.

Eremon beugte sich vor und nahm ihre Hand in seine unverletzte; eine Geste, die so selbstverständlich wirkte, dass Rhiann keinerlei Widerstand leistete. Alle Missverständnisse, alle bösen Worte, die während des letzten Jahres zwischen ihnen gefallen waren, schien dieser eine Moment auszulöschen.

Sie wartete auf die übliche Reaktion ihres Körpers, auf das unwillkürliche Zusammenzucken, aber es blieb aus. Die Berührung kam ihr irgendwie … natürlich vor. Ihre Hände fügten sich ineinander wie zwei Glieder einer Kette.

Wie gelähmt saß sie da und starrte ins Feuer, während die Welt um sie herum still zu stehen schien.

»Rhiann«, flüsterte Eremon nach einer Zeitspanne, die ihr wie eine Ewigkeit vorkam, schließlich leise.

Sie blickte auf. Was sie jetzt in seinen Augen las, ließ sie erschauern. Er beugte sich näher zu ihr, sie betrachtete wie gebannt seinen vollen, geschwungenen Mund, sog den leichten Moschusduft seiner Haut ein, und ihr Herz begann schneller zu schlagen.

Ich kann ihm nicht die Frau sein, die er sich wünscht. Ich werde ihn enttäuschen, und ich will ihn nicht enttäuschen.

Als sein Gesicht immer näher kam, seine Augen sie streichelten … da senkte sie den Blick, wich zurück und löste ihre Hand aus der seinen. »Eremon, ich … ich kann nicht.« Sie wagte nicht, ihn anzusehen, so groß war ihre Scham über sich selbst. Aber es war besser, wenn er gar nicht erst anfing, mehr als Freundschaft für sie zu empfinden. Besser für sie beide.

Bei ihren Worten war er erstarrt, jetzt lehnte er sich langsam in seinem Stuhl zurück. »Ich verstehe.«

»Lass nicht zu, dass sich deswegen etwas zwischen uns ändert«, bat sie mit leiser Stimme.

Er blieb lange Zeit stumm, dann fragte er abrupt: »Mir geht es doch jetzt sicher wieder gut genug, um mit Conaire in der Halle zusammenzusitzen.«

Rhiann nickte, da erhob er sich und legte sich mit einer Hand seinen Umhang um, den verletzten Arm hielt er dicht an die Brust gepresst. Nachdem er gegangen war, rollte sich Rhiann in dem Binsenstuhl zusammen und legte eine Wange auf ihren Arm. Warum konnte nicht alles so bleiben, wie es war?

Sie presste die Finger, an denen noch der Duft seiner Haut haftete, gegen ihre Lippen. Ihr fiel wieder ein, was sie erst vor einem Monat zu Linnet gesagt hatte. *Eines Tages wird er in seine Heimat zurückkehren.*

Wenn schon die Furcht, ihn an das Schattenreich zu verlieren, ihr solche Qualen bereitet hatte, dann konnte sie sich nur zu gut vorstellen, was in ihr vorgehen würde, wenn er nach Erin zurücksegelte. Nein, sie durfte nicht zulassen, dass er den Schutzwall niederriss, den sie um ihr Herz errichtet hatte.

Er war ihr Kriegsherr, ihr Gefährte und ihr Freund. Daran sollte sich nichts ändern.

60. Kapitel

Am nächsten Tag war Imbolc, und nachdem das traditionelle Schafsmilchopfer in den Fluss gegossen worden war, kehrte die Sonne zurück, und das erste Grün zeigte sich an den kahlen Bäumen. Das wärmere Wetter brachte auch die Zugvögel aus dem Süden zurück. In einem Gewirr schwirrender Flügel gingen die Schwärme in den Marschen nieder.

Obwohl Rhiann ihm untersagt hatte, mit seinem verletzten

Arm eine Schleuder zu spannen, konnte Eremon zumindest auf die Pirsch gehen, die Entenjagd bot ihm und Conaire einen willkommenen Vorwand, um an die Luft zu kommen und sich etwas Bewegung zu verschaffen. Die Chancen, ein Tier zu erlegen, standen ohnehin schlecht, denn Cù plantschte in den Tümpeln herum, schnüffelte im Schilf und folgte einmal dieser Fährte, einmal jener.

Er spürt, was in mir vorgeht, dachte Eremon, der den unruhigen Hund beobachtete. Wieder gingen seine Gedanken erregt durcheinander. Er hätte nie versuchen sollen, Rhiann zu küssen. Aber bei den Göttern, ihr Haar hatte geleuchtet, als stünde es in Flammen, und ihre Augen hatten so verlockend geschimmert…

Bei der Erinnerung stockte ihm der Atem, und er stolperte über ein Büschel Riedgras. »Sei doch leise!«, zischte Conaire, der das Schilf beobachtete.

Eremon kauerte sich neben ihm nieder, aber es gelang ihm nicht, sich auf die Jagd zu konzentrieren.

Sie hatte ihm gestanden, Angst um ihn gehabt zu haben – sie hatte zugelassen, dass er ihre Hand hielt. Doch dann war sie vor ihm zurückgewichen… empfand sie ganz einfach nichts für ihn? Der Gedanke versetzte ihm einen Stich, doch er hätte schwören können, tief in ihren Augen einen Funken gesehen zu haben; eine Flamme, die dem Feuer entsprach, das in seinem Herzen brannte.

Gab es irgendeinen anderen Grund für ihr Verhalten? War er vielleicht in ihrer Vergangenheit zu suchen? Blicklos starrte er über das Marschland hinweg.

Nur eines wusste er mit Bestimmtheit – er hatte so lange gebraucht, um ihr Vertrauen zu erringen, um Hass und Furcht in Freundschaft zu verwandeln, dass er unter allen Umständen vermeiden wollte, das, was er gewonnen hatte, wieder aufs Spiel zu setzen. Wenn sie ihm nur ein wenig Zuneigung entgegenbrachte, manchmal seine Nähe suchte, dann war das schon mehr, als er zu hoffen gewagt hatte; es war vor allem etwas, was er von keiner anderen Frau je gewollt hatte.

Also würde er sein Bestes tun, um sie nicht noch einmal zu verschrecken. Er würde nicht zulassen, dass sich erneut Zorn und Bitterkeit in ihm anstauten. Immerhin hatte er sich dadurch nicht nur beinahe Rhianns Freundschaft verscherzt, sondern sich auch noch zu einer Dummheit verleiten lassen, die einige Männer das Leben gekostet hatte. Er war es dem Andenken an Angus und Diarmuid schuldig, sich in Zukunft von seinem Verstand und nicht von seinen Gefühlen leiten zu lassen.

Ihm wurde etwas leichter ums Herz. Immerhin gab es jetzt Anlass zu neuer Hoffnung; ein kleines Licht in der Dunkelheit. Aus Freundschaft konnte im Laufe der Zeit mehr werden, er musste sich nur in Geduld fassen …

Conaire schien seine Gedanken zu lesen, denn er wandte sich zu ihm um. »Du hättest Rhiann sehen sollen, als sie von deiner Gefangennahme erfuhr, Bruder. So außer sich habe ich sie noch nie erlebt.« Er hantierte an seiner Schleuder herum.

Eremon lächelte. »Ich weiß. Sie hat es mir selbst gesagt.«

»Tatsächlich?« Conaire hob den Kopf und grinste. »Na dann.« Er versetzte Eremon einen Stoß mit der Schulter. »Vielleicht hat sie sich endlich an dein hässliches Gesicht gewöhnt.«

Eremon blieb den Stoß nicht schuldig. Conaire verlor das Gleichgewicht und landete rücklings im Schilf, woraufhin Cù auf ihn zugeschossen kam und ihm kläffend und hechelnd die Schnauze in die Magengrube bohrte. »Verschwinde, Hund!« Beide verschwanden in einem Knäuel aus grauem Fell und fuchtelnden Armen.

Als sich Conaire endlich daraus befreit hatte, war Eremon ihm schon ein Stück voraus. »Beeil dich!«, rief er seinem Bruder über die Schulter zu. »Ich habe Appetit auf eine schöne geröstete Ente, und die musst du für mich schießen!«

Als die Erde aus ihrem Schlummer erwachte, musste Rhiann die Herden segnen, ehe sie auf die höher gelegenen Weiden getrieben wurden. Nach den langen, warmen Nächten der Sonnenzeit gab es nun auch noch anderes für sie zu tun – sie musste vielen Frauen aus der Festung helfen, ihre Kinder zur Welt zu bringen.

Mit dem Säen und Pflanzen, dem Lammen, Kalben und Fohlen rückte auch das Beltanefest näher, und sie begann mit den Vorbereitungen für die Reise nach Norden, wo der Kriegsrat der Stämme stattfinden sollte, den Calgacus einberufen hatte.

Hoch oben im Tal der Vorfahren, wo die schiefen, verwitterten heiligen Steine standen, lag auch ein Eichen- und Haselholzwäldchen, wo Linnet mit Vorliebe Sauerampfer und andere Kräuter zu sammeln pflegte, die jetzt in voller Blüte standen.

»Früher hast du immer gesagt, meine Augen hätten die Farbe von Glockenblumen«, sagte Rhiann, als sie auf Linnet zuging, die in einer kleinen, mit diesen Blumen bewachsenen Mulde kniete.

Ihre Tante richtete sich auf. Ihr Kräutermesser glitzerte in der Sonne, ihr Atem bildete feine Wölkchen in der Luft. »Die haben sie auch heute noch. Ich sehe dich immer noch vor mir, wie du hier gesessen und dir mit deinen kleinen, pummeligen Händchen Glockenblumen in die Nase gestopft hast.«

Rhiann lachte. »Tante!«

Linnet verstaute die abgeschnittenen Sauerampferblätter in ihrer Tasche. »Reist du schon ab? Ich wollte dich eigentlich heute noch besuchen.«

»Wir brechen morgen auf, aber ich brauchte ein bisschen Abstand von all den Vorbereitungen. Es kommt mir so vor, als würde ich in der letzten Zeit nichts anderes mehr tun, als meine Sachen ein- und wieder auszupacken.«

Linnet lachte. »Eines muss man deinem Prinzen lassen – es hält ihn nie lange an einem Ort. Komm, setz dich zu mir. Dercca hat mir warmen Met mitgegeben.«

Rhiann nahm unter einem Haselbaum Platz, trank einen Schluck aus der Holzflasche, die Linnet ihr hinhielt, und gab sie dann zurück.

»Rhiann.« Linnets Stimme klang so ernst, dass Rhiann aufblickte. Das Gesicht ihrer Tante hatte sich umwölkt. »Letzte Nacht stand ich mit einem Mondstein unter der Zunge unter dem schwarzen Himmel und betete um eine Vision … bezüglich deiner Reise.«

»Und?«

Linnet schüttelte den Kopf. »Die Visionen ergaben keinen Sinn. Aber danach dachte ich lange über das nach, was ich gesehen hatte … und ich kam zu dem Schluss, dass es keine klaren, eindeutigen Visionen gibt. Alles um uns herum befindet sich in einem stetigen Fluss, und die Wege, die wir beschreiten können, liegen in einem undurchdringlichen Nebel verborgen.«

»Das ist nicht viel, woran ich mich halten kann.«

Linnet zuckte die Achseln. »Ich weiß. Aber dieser Nebel stammt weder von der Quelle noch von der Göttin. Irgendetwas muss getan … eine Wahl muss getroffen werden, damit er sich lichtet und die Wege wieder klar vor uns liegen.«

»Wer muss diese Wahl treffen?«

»Auch das weiß ich nicht genau. Aber da ist noch etwas. Das Einzige, was mir in diesen Visionen ganz deutlich erschien, war eine tiefe Dunkelheit – eine dunkle Bedrohung.«

Rhiann beobachtete die Sonnenstrahlen, die durch das Geäst fielen. »Sicher, die Römer sind unsere Dunkelheit.«

»Nein, es ging nicht um die Römer, das weiß ich sicher.«

Rhiann starrte ihre Tante an. »Möchtest du, dass ich hier bleibe?«

Linnet schüttelte den Kopf. »Nein, im Gegenteil, du musst gehen, denn ich spüre, dass auf dieser Reise die Entscheidung – wie auch immer sie geartet sein mag – getroffen wird. Ein Weg, der aus der Dunkelheit führt, wird sich auftun. Und zugleich droht eine große Gefahr, du musst sehr vorsichtig sein.«

Rhiann ergriff Linnets Hand. »Tante, überall um uns herum lauert Gefahr. Wenn wir hier sitzen und gar nichts tun, sind wir in Gefahr, und wenn wir etwas unternehmen, dann auch.«

»Ich weiß …«

»Ich kann verstehen, dass du Angst um mich hast, aber ich lerne allmählich, dass es nicht allein Aufgabe einer Ban Cré ist, Segen zu erteilen und den Willen der Göttin kundzutun, sondern sie muss vor allem versuchen, ihr Volk zu beschützen. Unsere Welt ist in einem Wandel begriffen; einem Wandel, den wir nicht herbeigeführt haben, und ich weiß noch nicht, welche Rolle ich dabei spiele. Aber ich werde es herausfinden.«

Linnet rang sich ein Lächeln ab. »Vielleicht wird dir diese Reise dabei helfen.« Sie strich Rhiann über das Haar. »Wenn du doch noch mein kleines pausbäckiges Mädchen hier bei den Glockenblumen im Wald wärst!«

»Das habe ich mir auch schon oft gewünscht.«

»Sag mir eines, Rhiann ... stehen die Dinge zwischen dir und Eremon jetzt besser?«

Rhiann senkte verlegen den Blick. Solche Fragen brachten ihr die Erinnerung an Eremons warme Hand nur allzu lebhaft zurück. »Ja ... viel besser.« Sie biss sich auf die Lippe. »Aber ich hoffe, dass Caitlin und Conaire bald einen Sohn bekommen, denn sie wünschen sich Kinder, das weiß ich, und ich ... nun, Eremon respektiert meine Wünsche noch immer.« Schamröte stieg ihr ins Gesicht. Es war erst das zweite Mal, dass sie Linnet gegenüber andeutete, wie es um ihre Ehe wirklich bestellt war.

Linnet legte ihr tröstend eine Hand auf den Arm. »Das freut mich. Ich möchte meine beiden Mädchen glücklich sehen – auch wenn beide unterschiedliche Wege im Leben eingeschlagen haben.«

Nachdem Rhiann gegangen war, blieb Linnet noch lange mit geschlossenen Augen sitzen und suchte bei der Lebensquelle des Haselbaumes Trost.

Sie hatte Rhiann verschwiegen, dass sie es war, die die Wahl treffen musste; sie ganz allein, und dass sie sich dabei allein von ihren innersten Gefühlen leiten lassen musste. Ließ sie sich von anderen Menschen, auch von ihr, Linnet, beeinflussen, verringerte das die Macht ihres Willens.

Sie dachte an die Visionen, die sie in Rhianns Kindheit empfangen hatte. Der Mann in dem Boot, das Blut auf dem Sand… beides war eingetroffen. Aber was das über Rhianns Kopf zusammenschlagende Meer und das mit Leichen übersäte Schlachtfeld betraf… würden sich diese Visionen auch noch bewahrheiten?

Sie rieb sich über das Gesicht. Manchmal beneidete sie die Menschen, die blind und taub für die Botschaften aus dem Schattenreich waren, sie mussten sich nicht ständig damit herumplagen, die Zeichen richtig zu deuten, und wurden nicht von Sorgen gequält. Die Macht der Menschen reichte nur aus, um einen flüchtigen Blick auf die Quelle zu erhaschen, das *Gesicht* stellte sich auch oft nicht zur rechten Zeit oder nur verschwommen ein.

Dann seufzte sie. Sie hatte von Rhiann immer Vertrauen verlangt, nun musste sie selbst Vertrauen aufbringen. Dieses eine Mal musste sie sich voll und ganz auf Rhiann verlassen, auf ihre schwermütige, innerlich verwundete Tochter. Wenn sie vor die Wahl gestellt wurde, würde Rhiann wissen, was sie zu tun hatte. Hatten die Schwestern nicht gesagt, sie wäre mit großen Gaben gesegnet, bevor die Dunkelheit gekommen war?

Natürlich war Linnet nicht entgangen, dass Rhiann nach dem Überfall einen großen Teil dieser Gaben eingebüßt hatte. Aber auch dieser Überfall musste ein Faden auf dem Webstuhl der Großen Mutter sein; ein Teil von Rhianns Schicksal.

Mit jedem Schritt wob Rhiann an ihrem Lebensweg – und irgendwie würde der Faden sie wieder ins Leben zurückführen.

61. Kapitel

Der Scheiterhaufen ließ sich im Regen und Wind nur schwer entzünden. Maelchon trat ungeduldig von einem Fuß auf den anderen und schlang seinen Bärenfellumhang fester um sich. Seine dunklen Augen ruhten auf dem Schmied, der am Fuß des Holzstoßes kauerte.

Die Flamme flackerte einmal kurz auf und erlosch wieder, der Schmied blickte furchtsam auf.

»Mach voran, Mann«, knurrte Maelchon.

Mit zitternden Händen hielt der Schmied ein paar trockene Zweige an die glühende Kohle in seinem kleinen Bronzebecken und schützte die zaghafte Flamme mit seinen mächtigen Schultern vor dem Wind. Dann hielt er die Zweige an die mit Pech bestrichenen Holzscheite unter dem Leichnam. Diesmal gelang es ihm, den Scheiterhaufen in Brand zu stecken.

Der König nickte der alten Hebamme zu, die ihren fadenscheinigen Umhang mit einer Hand zusammenhielt und sich reckte, um den Kopf des Toten mit heiligem Wasser zu besprengen. Der Druide Kelturan war vor seinem Tode stark abgemagert, und die alte Frau konnte sich nicht weit genug über die Zweige beugen, um sein abgezehrtes Gesicht zu erreichen.

Maelchon schnaubte verächtlich. Bauern!

Es war Kelturans eigene Schuld. Der alte Mann hatte alle anderen Druiden von den Inseln vertrieben und sich auch von denen auf dem Festland losgesagt. Was konnte er, Maelchon, da noch groß für ihn tun? Es war niemand mehr da, der die Begräbniszeremonie abhalten konnte.

Seufzend nickte Maelchon dem Zimmermann Gelur zu. Es war nur ein kaum merkliches Neigen des Kopfes, doch Gelur humpelte augenblicklich zu der Frau hinüber, um ihr zu helfen, dabei hielt er sein blatternarbiges Gesicht vom harten Blick des Königs abgewandt.

Maelchon lächelte zufrieden. Von dem Stolz und der Unverschämtheit, die Gelur noch vor einem Jahr an den Tag gelegt hatte, war nichts mehr geblieben. Seit seine Familie »Gäste« des Königs waren, arbeitete der Zimmermann unermüdlich an Maelchons Bauten, ohne sich je zu beklagen. Ja, im Moment lief alles nach Maelchons Wünschen.

Er rieb sich unter seinem Gewand die Hände, wie er es immer tat, wenn er sich angenehmen Zukunftsträumen hingab. Wenn *seine* Zeit auf dieser Welt abgelaufen war, wäre er der reichste König von ganz Alba. Zwanzig Druiden würden ihm das letzte Geleit geben, zehn Stiere würden zu seinen Ehren geopfert werden, er würde einen juwelenbesetzten Helm tragen… Er lächelte in sich hinein, und die alte Frau, die ihn aus wässrigen Augen nervös beobachtete, beeilte sich, das Ritual zu Ende zu bringen.

Später dachte er erneut über die Botschaft nach, die er erst an diesem Morgen erhalten hatte. Der Bote, der sich jetzt in einer der Gästehütten ausruhte, war überraschenderweise von Calgacus gekommen. Ausgerechnet von Calgacus!

Diesem stolzen, hochmütigen, prahlerischen König, der sich für größer als alle anderen Herrscher Albas hielt.

Maelchon trank einen großen Schluck Ale, dann nahm er auf seinem Otterthron Platz und trommelte mit den Fingern auf den Lehnen herum. Bei der Botschaft handelte es sich um eine Einladung in Calgacus' Wellenfestung, wo über die Bedrohung durch die Römer gesprochen werden sollte. Demnach hatte es sich Calgacus in den Kopf gesetzt, die Stämme zu vereinen – und sich selbst womöglich zum Kriegsherrn ausrufen zu lassen! Er musste alle anderen Könige für hirnlose Toren halten! Wenn sie die Zügel aus der Hand gaben, würde Calgacus die Alleinherrschaft an sich reißen. Dann gab es vor seinem gierigen Schlund kein Entrinnen mehr.

Aber dennoch…

Es war vermutlich ratsam, an dem Kriegsrat teilzunehmen, um in Erfahrung zu bringen, wie die anderen Könige zu Calgacus' Absichten standen. Vielleicht ergab sich dabei ja auch eine Gelegenheit, seine eigenen Pläne voranzutreiben… ein paar geflüsterte Bemerkungen fallen zu lassen, Zwietracht zu säen. Wenn die anderen Könige sich bedroht fühlten, konnte er sie leicht gegeneinander ausspielen.

Natürlich würde ihm dieser Besuch in aller Deutlichkeit vor Augen führen, dass Calgacus all das besaß, was ihm, Maelchon, rechtmäßig zustand. Die köstlichen Speisen würden ihm im Hals stecken bleiben, der erlesene Met in seinem Magen brennen wie Gift. Aber das musste er in Kauf nehmen. Wenn er überleben wollte, musste er sich über die Pläne der anderen Stammesführer auf dem Laufenden halten, und Einladungen zu solchen Versammlungen erhielt er nur selten.

»Hol den kaledonischen Boten«, befahl er seinem Diener. »Außerdem wünsche ich, meine Frau zu sehen.«

Nachdem er Calgacus' Boten mit einer sorgfältig formulierten Antwort fortgeschickt hatte, fiel sein Blick auf seine Königin, die im Schatten neben der Tür wartete. »Komm her, Mädchen!«

Sie schlich mit gesenktem Kopf in den Schein der Fackeln.

»Halte dich gerade – du bist eine Königin! Obwohl das keiner glauben würde, der dich sieht.«

Das Mädchen hob den Kopf. Ihre Augen brannten in dem bleichen Gesicht. Maelchon lächelte. Dieser Hauch von Widerstand war um so vieles unterhaltsamer als die stumme Unterwürfigkeit, mit der sie ihm für gewöhnlich begegnete. »Ich bin zu einem Treffen aller Stammesfürsten eingeladen, es findet in Calgacus' Wellenfestung statt. Du wirst mich begleiten.«

Die junge Frau ließ den Kopf wieder sinken. Vermutlich fürchtete sie sich vor der Reise.

»Du musst mir Ehre machen. Lass dir von deinen Kammerfrauen neue Kleider nähen. Ich werde dir ein paar Schmuckstücke bringen lassen. Und mach etwas mit deinem Haar … du siehst aus wie eine Fischerhure.«

»Ja, Herr. Wann brechen wir auf, Herr?«

»In einer Woche. Sieh zu, dass du bis dahin alle Vorbereitungen getroffen hast, sonst lasse ich dich hier.«

Mit abgewandtem Gesicht huschte sie aus dem Raum.

Maelchon lehnte sich auf seinem Thron zurück. Einen Moment lang hatte ihn der Hass in ihren Augen erregt. Dies waren die einzigen Gelegenheiten, bei denen er überhaupt Verlangen nach ihr empfand, leider hatte sie ihm in der letzten Zeit kaum noch Widerstand geleistet.

Ja, die Reise nach Süden kam ihm auch in dieser Hinsicht sehr gelegen. Vielleicht konnte er sie an irgendeinen anderen

König verkaufen. Oder sie, falls er auf Verwandte von ihr traf, öffentlich für unfruchtbar erklären und den Brautpreis zurückfordern.

Immerhin musste er Vorkehrungen für den Tag treffen, an dem er unter den Prinzessinnen aller Stämme Albas seine Wahl treffen könnte. Niemand würde dann mehr wagen, ihn zurückzuweisen, schon gar kein hochnäsiger Inselbauer, der noch nicht einmal ein *König* war … wieder stieg die altvertraute zornige Bitterkeit in ihm auf und würgte ihn in der Kehle. Sein Atem ging schneller.

Noch nach all diesen Jahren konnte ihn die Erinnerung an rotgoldenes Haar – und der Hass, der diese Erinnerung am Leben hielt – stärker erregen als jede Frau aus Fleisch und Blut.

Er sprang auf und griff nach seinem Umhang. Unter den dunklen Bewohnern des Nordens, in denen das Blut des Alten Volkes noch so stark floss, hatte er eine rothaarige Dirne entdeckt, die auf der anderen Seite der Bucht lebte. In ihr hatte er eine Möglichkeit gefunden, seinen Durst für eine Weile zu stillen.

Nur für kurze Zeit.

62. Kapitel

ZEIT DER BLATTKNOSPE, ANNO DOMINI 81

Der schneidende Wind, der von der See her über die Wellenfestung hinwegfegte, trug noch einen Rest der Kälte der langen Dunkelheit in sich.

Rhiann hüllte sich fester in ihren Reitumhang. Sie hatte dem Adlerstein im Vorüberreiten nicht mehr als einen flüchtigen Blick zugeworfen und befriedigt zur Kenntnis genommen, dass sie dieses Mal nicht vor Erregung zu zittern begonnen hatte. Demnach hatte sie Drust endlich aus ihrem Herzen verbannen können. Ihr Blick ruhte nachdenklich auf Eremons dunklem Hinterkopf. Wenn ihr das einmal gelungen war, brachte sie es vielleicht auch noch ein zweites Mal fertig.

Unter den dunklen Wolken leuchteten die bunten Banner der Stämme unten auf der Ebene wie Blumen in einem schattigen Wald. Überall waren Zelte aus geöltem Leinen und Leder aufgestellt worden, dazwischen reihten sich bunt bemalte Streitwagen und mit Häuten, Fellen und Wollballen beladene Karren. Die weit voneinander entfernt lebenden Stämme Albas kamen selten zusammen, deswegen wollte sich niemand diese einmalige Gelegenheit entgehen lassen. Sie würden Tauschhandel betreiben, Eheversprechen besiegeln, Kinder zu Ziehfamilien geben und vor den zugleich als Richter fungierenden Druiden ihre Beschwerden vorbringen.

Zum Zeichen von Calgacus' Wertschätzung wurde Eremon dieselbe geräumige Gästehütte zugewiesen, die er schon bei seinem letzten Besuch bewohnt hatte. Die beiden Ehepaare belegten die Betten, für Eithne und Didius wurden Pritschen am Feuer aufgestellt. Eremons restliche Männer schlugen ihre Zelte bereitwillig auf der Ebene auf, wo bereits der Duft gerösteten Fleisches die Luft erfüllte und die ersten Flöten- und Trommelklänge einsetzten.

Sie waren in der Festung eingetroffen, als die Sonne noch hoch am Himmel stand, daher blieb für Caitlin und Rhiann genug Zeit, einen Rundgang auf der Mauer zu machen, während Eremon sich davon überzeugte, dass seine Männer gut untergebracht waren. Didius folgte ihnen mit einigen Schritten Abstand wie ein Schatten, während sie über die Brustwehr schlenderten und auf der Plattform stehen blieben, die auf das Meer hinausging.

Nachdem Rhiann ihm eindringlich klar gemacht hatte, dass Didius während des Stammestreffens zumindest in der Lage sein musste, sich gegen etwaige Angreifer zu verteidigen, hatte Eremon schließlich nachgegeben und dem Römer gestattet, einen kleinen Dolch bei sich zu tragen, weil er davon ausging, dass er mit dieser Waffe keinem Krieger, der sein Schwert zu handhaben verstand, ernsthaften Schaden zufügen konnte. Rhiann hatte Didius die am kunstvollsten verzierte Scheide geschenkt, die sie in den Lagerhäusern hatte finden können, dazu einen Helm, dessen Spitze einem sich aufbäumenden Hengst nachempfunden war.

Jetzt schritt Didius, eine Hand an seinen Dolch gelegt, würdevoll hinter den beiden Frauen her und blickte sich ständig nach allen Seiten um, als rechne er jeden Moment mit einem Angriff auf Rhiann.

»Ist es nicht wundervoll hier?« Caitlin breitete die Arme aus und beugte sich über die Palisade. »Das Meer ist so glatt, und man kann so weit sehen … fast komme ich mir vor, als könnte ich davonfliegen!« Sie blickte Rhiann an, und ihr Gesicht umwölkte sich. »Das soll nicht heißen, dass es mir in Dunadd nicht gefällt«, fügte sie hastig hinzu. »Die Landschaft dort ist auch sehr schön.«

Rhiann lachte. »Es gibt viele schöne Orte auf der Welt, Base.« Sie nickte Didius zu. »Was hältst du von diesem prachtvollen Bauwerk?«

Didius blieb ernst. »Eine gut durchdachte Konstruktion, das gebe ich zu. Ich hätte allerdings den Torzugang in einem anderen Winkel angelegt, um Angreifer besser abwehren zu können.«

»Lass das nur nicht Calgacus hören, Didius.« Rhiann zwinkerte Caitlin verschwörerisch zu.

»Er würde dich zu Umbauarbeiten abstellen, ehe du weißt, wie dir geschieht«, fügte Caitlin hinzu. Ein breites Grinsen lag auf ihrem Gesicht.

Doch Didius' Blick war auf irgendetwas hinter ihnen gerichtet, und seine Augen wurden groß. Im nächsten Moment hörte Rhiann, wie eine melodische Stimme leise ihren Namen nannte. Eine Stimme, die sie nur zu gut kannte. Langsam drehte sie sich um.

Drust war heute schlicht und unauffällig gekleidet, er trug eine blaue Tunika und ockerfarbene Hosen, sein Gesicht war von Sonne und Wind gebräunt. Er sah so anziehend aus wie immer. Doch diesmal begann weder ihr Herz zu hämmern, noch beschleunigten sich ihre Atemzüge. Das letzte Mal, als sie dieses Gesicht gesehen hatte, war es feucht von den Küssen einer anderen Frau gewesen. Lange, schlanke Frauenfinger hatten sich in diesen breiten Rücken gekrallt. Seine Nähe löste keine wohlige Wärme mehr in ihr aus oder ließ sie vor Verlangen erbeben, sondern verursachte ihr eine leise Übelkeit. Ihr wurde bewusst, dass sie einer Illusion gegenüberstand, und in diesem Moment erloschen auch noch ihre letzten Gefühle für diesen Mann.

»Rhiann, sieh mich nicht so an.« Seine Hand schloss sich um ihren Arm.

Caitlin trat taktvoll ein Stück zur Seite und zog Didius mit sich.

Rhiann dämpfte ihre Stimme. »Würde es dir etwas ausmachen, deine Hand von meinem Arm zu nehmen?«

Drusts braune Augen bohrten sich in die ihren. »Allerdings.«

Rhiann versuchte ungeduldig sich loszumachen, doch er hielt sie fest. »Ich weiß, dass wir in Unfrieden auseinander gegangen sind. Ich habe mich wie ein Dummkopf benommen.«

Rhiann lächelte süß. »Nein, ich war die Närrin. Wir sollten es dabei belassen.«

»Ich möchte es aber nicht dabei belassen.«

Sie holte tief Atem. »Drust, lass mich sofort los!«

Zur Antwort versuchte er, sie noch enger an sich zu ziehen, da roch sie das Ale in seinem Atem. Das Festmahl auf der Flussebene hatte schon am Morgen begonnen, Ale und Wein flossen in Strömen, und im Lager gab es sicher genug willige Frauen. Ihr Zorn wuchs. »Ich meine es ernst, Drust!«

Doch erst als sie ihre Nägel in seine Handfläche grub, gab er sie frei. Aus den Augenwinkeln heraus sah sie, wie Didius näher kam. Eine Hand schwebte über dem Griff seines Dolches.

Als Drust den Römer bemerkte, trat er einen Schritt zurück und lachte bellend auf. »Einen merkwürdigen kleinen Wachhund habt Ihr da, Lady.«

»Ich wusste nicht, dass ich hier einen brauchen würde.«

»Ich verstehe.« Drust strich seine Tunika glatt. »Wir sprechen uns dann später.«

»Falls du etwas Vernünftiges zu sagen hast, wenn du wieder nüchtern bist.«

Drust lief rot an, drängte sich an ihr vorbei und ging auf die Treppe zu. Didius warf ihm einen letzten bösen Blick hinterher.

Rhiann lehnte sich gegen die Palisade und starrte die Stelle an, wo Drust eben noch gestanden hatte, dann seufzte sie leise. Der goldene Traum von dem Mann mit dem Schwert musste ein Trugbild gewesen sein. Sie tat gut daran, ihn endgültig zu begraben.

Das Fest, das an diesem Abend im Lager stattfand, verlief so wüst, wie zu erwarten war, wenn sich eine so große Zahl von Kriegern an einem Ort versammelte.

»Ich warte noch auf einige Häuptlinge aus den entlegeneren Gegenden des Landes.« Calgacus hatte Mühe, die Musik und das Stimmengewirr zu übertönen. Er stand mit Eremon an einer der Feuergruben, über denen Hirschfleisch und Geflügel geröstet wurde. »Sogar Maelchon nimmt den langen Weg von den Orkney-Inseln bis hierher auf sich, um an dem Kriegsrat teilzunehmen.« Er deutete mit einem halb abgenagten Entenflügel Richtung Norden.

Eremon schluckte einen Bissen Hirschfleisch hinunter. »Der König der Orkney-Inseln kommt hierher?«

»Ja. Ich weiß nicht viel über ihn. Er treibt mit den anderen Stämmen kaum Handel, aber er soll Gerüchten zufolge über eine ihm treu ergebene Kriegertruppe verfügen. Er ist ein mächtiger Mann.«

»Und Ihr glaubt, dass dieser Maelchon und die anderen Könige unserem Plan zustimmen werden?«

Calgacus zuckte die Achseln. »Wenn wir einmal Feuer gefangen haben, brennt unsere Flamme hell, Prinz. Aber es dauert lange, diesen Funken zu entfachen, das habt Ihr ja selbst gesehen.« Er biss in den Entenflügel und kaute genüsslich. »Zwei Dörfer der Taexalier sind erst vor kurzem vom Meer aus angegriffen und zerstört worden.«

»Was sagt Ihr da?« Eremon starrte ihn an. »Dann müssen die anderen Könige doch endlich begreifen, wie ernst die Lage ist!«

Calgacus schüttelte den Kopf. »Da bin ich mir nicht so sicher. Überfälle gehören für uns zum Alltag. Ein anderer Stamm überfällt uns, wir rächen uns irgendwann einmal. Aber niemand hat je auch nur im Entferntesten damit gerechnet, dass unser Land von einer feindlichen Armee besetzt werden könnte.«

»Demnach habt Ihr wenig Hoffnung?«

Calgacus lächelte. »Unsere letzte Ratsversammlung brachte uns viele Überraschungen, Prinz. Das wird jetzt zweifellos wieder der Fall sein.«

Eremon gab das Lächeln zurück. »Erinnert mich nicht daran!«

»Habt Ihr Euer Bündnis mit den Epidiern in der Zwischenzeit noch festigen können?«

»Ja, trotz des Angriffs auf unseren Hafen, mit dem Agricola wohl mich persönlich treffen wollte. Allerdings ...« Eremon wandte verlegen den Blick ab. »Während der langen Dunkelheit habe ich einer weiteren römischen Festung einen Besuch abgestattet – diesmal allerdings unfreiwillig.«

»Davon habe ich ja gar nichts gehört!«

Eremon zögerte, dann straffte er die Schultern. »Ich habe einen Fehler gemacht. Ich bin alleine durch feindliches Gebiet geritten und wurde gefangen genommen. Meine Männer haben mich befreit und die in der Garnison stationierten Soldaten getötet.«

Der König hob die Brauen. »Auch dem weisesten Mann unterläuft bisweilen ein Fehler. Aber Ihr habt ein geradezu unheimliches Geschick darin, mit heiler Haut aus den Fängen der Römer zu entkommen. Mein Vertrauen in Euch war also gerechtfertigt. Ihr müsst mir unbedingt alles ganz genau erzählen.«

Einen Moment lang erwog Eremon, Rhianns Rolle bei der ganzen Geschichte zu erwähnen, entschied sich dann aber dagegen. Obwohl Calgacus der Sohn einer Priesterin war, bezweifelte Eremon, dass er einen Mann respektieren würde, der von seiner Frau durch eine List aus römischer Gefangenschaft befreit worden war.

Als ob er sie kraft seiner Gedanken herbeigerufen hätte, verneigte sich Calgacus plötzlich höflich. »Lady Rhiann!«

Rhiann tauschte mit dem König den Begrüßungskuss. Da dies kein formelles Fest war, hatte sie auf ihren königlichen Schmuck verzichtet und trug ihr Haar offen, wie in jener furchtbaren Nacht während ihres letzten Besuches hier. Eremon schwor sich insgeheim, es keinesfalls ein weiteres Mal zu einer solchen Szene kommen zu lassen, schon gar nicht, wenn Drust in der Nähe war. Dass sie den Sohn des Königs heute Abend wieder sehen würde und er immer noch nicht wusste, was sie wirklich für ihn empfand, nagte schon seit Stunden an ihm.

Jetzt stand sie vor ihm und lächelte ihn an, und dieses Mal erreichte das Lächeln auch ihre Augen – es galt nur ihm allein. Seine innere Anspannung ließ ein wenig nach.

Calgacus entschuldigte sich und ließ sie allein. Eremon spähte mit gespielter Neugier über Rhianns Schulter. »Wo steckt denn dein tapferer Leibwächter? Kämpft er gegen Wölfe oder Bären?«

Rhiann zog die Nase kraus. »Ich habe Didius zu Bett geschickt, wenn du es unbedingt wissen willst. Er fühlt sich nicht wohl.«

»Tatsächlich? Wie traurig.«

»Wissen deine Männer eigentlich, wie gut du mit Worten Gift verspritzen kannst?«

Eremon grinste. »Nein, du bist die Einzige, die in diesen Genuss kommt.«

»Soso.« Sie winkte einen Diener zu sich, der mit einem Metkrug die Runde machte, und ließ sich ihren Becher füllen. »Nur zu deiner Information – er hat mich heute tatsächlich beschützt.«

Eremon bemerkte, wie sie bei diesem Geständnis das Gesicht abwandte, und sein Grinsen verblasste. »Wie meinst du das?«

Rhiann seufzte leise. »Drust hatte es sich in den Kopf gesetzt, mit mir zu sprechen. Er hatte zu viel Ale getrunken und mich festgehalten, als ich gehen wollte.«

Eremon betrachtete sie nachdenklich. »Und weiter?«

Sie blickte auf. Ein bitteres Lächeln spielte um ihre Lippen. »Didius zückte seinen Dolch, und Drust zog es vor, sich nicht auf eine handgreifliche Auseinandersetzung mit ihm einzulassen. Ich habe dir doch gesagt, dass sich der Römer noch als brauchbar erweisen würde.«

»Er hätte dich nicht anfassen dürfen.« Eremon sprach nicht von Didius.

Rhiann wich seinem Blick nicht aus. »Nein«, erwiderte sie sanft. »Dazu hatte er kein Recht.«

Ein Mann prallte gegen sie, als am Rand der Gruppe, bei der sie standen, ein Streit ausbrach. Rhiann verlor das Gleichgewicht, Eremon fing sie auf und bahnte sich mit der Schulter einen Weg durch die Menge. »Komm.« Er nahm Rhiann bei der Hand. »Conaire und Caitlin haben bestimmt irgendwo ein ruhigeres Plätzchen gefunden.«

Doch auch als sie ihre Freunde gefunden und auf Holzklötzen am Feuer Platz genommen hatten, ließ Eremon ihre Hand nicht los.

Und als Aedan von der dreimal geborenen Etain sang, dem schönsten Mädchen, das je auf dieser Erde gewandelt war, nahm Rhiann von Drust, der sich zu seinem Vater gesellt hatte und leise auf ihn einsprach, überhaupt keine Notiz. Sie ließ sich von der Wärme des Feuers, dem Stimmengewirr und der Hand, die die ihre umschloss, einlullen.

Für den Augenblick reichte ihr das.

Nachdem sich die Hütte am nächsten Morgen geleert hatte und nur noch Eithne damit beschäftigt war, Rhianns Haar aufzustecken, kroch Didius von seinem Lager und kam zu ihr hinüber. »Lady«, flüsterte er.

Rhiann musterte ihn unter Eithnes Arm hervor besorgt. Dunkle Schatten lagen unter seinen Augen. Er sah aus, als hätte er eine schlaflose Nacht verbracht.

»Was ist denn, Didius? Geht es dir immer noch nicht besser?«

Der Römer öffnete den Mund, brachte jedoch keinen Ton hervor. Dann holte er zittrig Atem. »Dieser Mann … gestern … oben auf der Mauer. Kann er Euch Schaden zufügen?«

»Wie meinst du das?«

Didius senkte den Kopf und fingerte an seinem Dolch herum. »Steht Ihr … steht Ihr ihm nah?«

Rhiann bedeutete Eithne mit einer Handbewegung, mit dem Flechten innezuhalten. »Nein.«

Als der Römer daraufhin einen erleichterten Seufzer ausstieß, keimte ein böser Verdacht in Rhiann auf. »Didius.« Ihre Stimme klang streng. «Was weißt du über Drust?«

Didius ließ den Kopf noch tiefer hängen und wagte nicht, ihr in die Augen zu sehen. Sie beugte sich vor und griff nach seiner Hand. »Du musst es mir sagen.«

»Ich habe ihn gesehen«, flüsterte Didius nahezu unhörbar.

Rhiann hielt den Atem an. »Wo hast du ihn gesehen?«

Didius blickte auf. Nackte Qual spiegelte sich in seinen Augen wider. »Bitte zwingt mich nicht, darauf zu antworten. Ich möchte nur nicht, dass er Euch irgendetwas zu Leide tut.«

Rhiann drehte seine Hand mit der Handfläche nach oben und legte die ihre darüber. »Didius, wenn du mir nicht sagst, was du weißt, kann genau dies geschehen. Hast du ihn in einer Stadt oder einem Dorf im Süden gesehen?«

Didius schüttelte unglücklich den Kopf. Rhianns Herz begann plötzlich wie wild zu hämmern. *»Didius, hast du ihn in eurem Lager gesehen?«*

Der Römer zögerte, dann nickte er und ließ die Schultern hängen. »Ja. Oft genug, um mich an ihn zu erinnern. Er hat sich regelmäßig mit Agricola getroffen.«

Rhiann rang nach Luft. »Er ist ein Verräter?« Sie sprang auf, Haarnadeln fielen auf den Boden.

Eithne schrak zusammen. »Herrin …«

»Das muss Eremon sofort erfahren.« Rhiann legte ihren Umhang um, aber ehe sie aus der Hütte stürmte wandte sie sich noch einmal an Didius. »Wir sind dir zu großem Dank verpflichtet, Didius. Dieser Mann hätte unseren Untergang herbeiführen können.«

Didius' Unterlippe zitterte. »Für Euch habe ich meine Leute verraten. Die Informationen, die er Agricola lieferte, hätten uns nützen können. Das werde ich mir nie verzeihen.«

Rhiann nahm ihn sanft bei den Schultern. »Unsere ewige Dankbarkeit ist dir trotzdem gewiss.«

Aber Didius drehte das Gesicht zur Wand und gab keine Antwort.

Die Männer waren auf die Jagd gegangen, doch Eremon musste vorzeitig zurückkehren, weil Dòrn über eine Wurzel gestolpert war und sich am Bein verletzt hatte. Rhiann, die von der Mauer aus nach ihm Ausschau hielt, lief hastig zum Stall hinüber und berichtete ihm, was sie erfahren hatte, während er Dòrn den Sattel abnahm.

Eremon fluchte, drückte einem Stalljungen die Zügel in die Hand und zog Rhiann in einen leeren Stall. »Dieser verräterische kleine Wurm! Wenn ich den in die Finger bekomme!«

»Beruhige dich, Eremon. Du kannst Calgacus nicht vor all den anderen Königen bloßstellen, indem du den Frieden brichst und mit seinem Sohn kämpfst. Immerhin steht dann Didius' Wort gegen das seine.«

Wieder fluchte Eremon unterdrückt, dabei strich er sich mit beiden Händen das Haar zurück. Dann leuchteten seine Augen auf. »Ich weiß, was ich tun werde.«

»Was denn?«

»Ich werde ihm einfach Gelegenheit geben, seinem Vater alles selbst zu gestehen.«

»Und wenn er das nicht tut?«

»Dann kann man mir nicht vorwerfen, den Frieden gebrochen zu haben, nicht wahr? Er ist ein Verräter und wird wie ein solcher behandelt werden.«

Schon bald darauf bot sich Eremon die Gelegenheit, auf die er wartete. Da immer häufiger Streitigkeiten im Lager ausbrachen, veranstaltete Calgacus am ersten klaren Tag nach heftigen Regenfällen ein paar Wettkämpfe, um die Krieger abzulenken. Es sollten Pferde- und Streitwagenrennen, Wettstreite im Speerwurf und Bogenschießen sowie *fidchell-* und *brandubh-*Turniere stattfinden – und Zweikämpfe mit dem Schwert.

»Was hast du vor?« Rhiann hatte Mühe, mit Eremon Schritt zu halten, als sie über das feuchte Gras einer weitläufigen Wiese am Fluss liefen. Hier sollten die Wettkämpfe ausgetragen werden.

»Warte nur ab, du wirst schon sehen.«

»Eremon, die Sache betrifft mich genauso wie dich. Jetzt mach den Mund auf!«

Eremon blieb stehen und nahm sie am Arm. »Rhiann.« Er schluckte hart. »Hat Drust … ist er dir zu nahe getreten?«

Rhiann stieg das Blut in die Wangen. »Ja«, gestand sie leise.

»Dann haben wir beide eine Rechnung mit ihm zu begleichen. Aber lass es mich auf meine Weise tun. Nur dieses eine Mal.«

»Du kannst ihn nicht zum Kampf fordern, Eremon! Er ist kein Krieger, und Calgacus weiß, dass du das weißt!«

Eremons Gesicht wirkte wie aus Stein gemeißelt. »Er gehört der Kriegerklasse an, was bedeutet, dass er gelernt haben muss, mit Waffen umzugehen. Jetzt kann er beweisen, dass er sein Schwert nicht nur zur Zierde trägt. Komm!«

63. Kapitel

Eremon blieb stehen, als ein Hagel von Speeren in hohem Bogen durch die Luft schwirrte. Die Spitzen glitzerten in der Sonne. In der Ferne konnte er das dumpfe Geräusch hören, mit dem Pfeile in Zielscheiben einschlugen, lange bevor die Schützen über die Köpfe der Menge hinweg in Sicht kamen.

Conaire klatschte begeistert in die Hände und jubelte Caitlin zu, die soeben im Zweikampf mit einem Gegner, der doppelt so groß war wie sie, ihren letzten Pfeil abgeschossen hatte. Jetzt stützte sie sich stolz und verlegen zugleich auf ihren Bogen, während der andere Krieger Schusshaltung einnahm.

Als Conaire Eremon und Rhiann entdeckte, grinste er breit. »Sie wird einen schönen Ledergürtel für mich gewinnen – und ich habe auf sie gewettet.«

»Bruder, du musst mitkommen.«

»Warte einen Moment…« Caitlins Gegner schoss seinen Pfeil ab, der am Rand der mit Wolle ausgestopften Zielscheibe stecken blieb, weit entfernt von Caitlins Pfeil mit der weißen Feder. »Ja!«, brüllte er, als die Zuschauermenge in Beifallsrufe ausbrach. »Ja, sie hat es tatsächlich geschafft!«

»Conaire!«, drängte Eremon. »Ich brauche deine Hilfe.«

»Wobei? Ich kann hier nicht weg, Caitlin ist gleich noch einmal dran.«

»Ihr müsst beide mitkommen. Es wird nicht lange dauern. Ich glaube, ihr werdet es nicht bereuen.«

Caitlin kam mit ihrem Bogen in der Hand auf Conaire zugelaufen und warf sich in seine Arme, dann umarmte sie Rhiann. »Hast du gesehen? Ich habe gewonnen!«

»Ich habe nichts anderes erwartet.« Rhiann drückte ihre Hand. »Aber ihr müsst jetzt beide mit zum Kampfplatz kommen.«

Caitlins Augen leuchteten auf. »Nimmst du an den Kämpfen teil, Eremon? Wen willst du herausfordern?«

Rhiann und Eremon wechselten einen raschen Blick.

»Was geht hier vor?« Conaire runzelte die Stirn.

»Das erzähle ich euch auf dem Weg«, erwiderte Eremon. »Kommt, lasst es uns hinter uns bringen.«

Die Schwertkämpfe stellten die bei weitem aufregendste Unterhaltung des Tages dar, deshalb saßen hier auch Calgacus und die anderen Könige hinter einem Ring aus Eichenholzpfählen und verfolgten den Kampf zweier Krieger vom Stamm der Taexalier. Das Klirren der Schwerter und die gellenden Kriegsrufe übertönten die angeregte Unterhaltung der Damen unter den Zuschauern und ihrer Männer, die eifrig Wetten abschlossen.

»Dich brauche ich auch dabei«, murmelte Eremon Rhiann zu, als sie sich dem Kampfplatz näherten.

»Mich?« Rhiann blickte zu ihm auf. »Wozu denn?«

»Drust ist ein Feigling. Er braucht einen Anstoß, um meine Herausforderung anzunehmen. Scham ist ein gutes Mittel dazu.«

Rhiann musterte ihn forschend. »Ich verstehe.«

»Ich wusste, dass du das tun würdest.«

»Prinz!« Calgacus winkte die kleine Gruppe zu sich. »Ihr habt ein paar interessante Kämpfe verpasst. Wollt Ihr Euch nicht zu uns setzen?« Er deutete einladend auf eine freie Bank.

Eremon verneigte sich. »Nein, Mylord. Ich möchte selber kämpfen.«

»Ausgezeichnet! Wir wissen es zu schätzen, dass uns ein Mann seine Kampfkunst vorführt, dessen Schwert schon einige Römer zum Opfer gefallen sind!« Er warf den anderen Königen einen viel sagenden Blick zu.

»Ich finde, es ist höchste Zeit für einen Wettstreit zwischen den Epidiern und den Kaledoniern«, fuhr Eremon fort.

»In der Tat.« Calgacus nickte erfreut. »Ich werde sofort nach meinem besten Kämpen schicken lassen.«

»Ich habe schon einen Gegner gewählt – vorausgesetzt, Ihr seid damit einverstanden.«

Calgacus runzelte erstaunt die Stirn. »Sicher … wenn dieser Mann Eure Herausforderung annimmt.«

Eremon drehte sich auf dem Absatz zu Drust um, der auf einer der vorderen Bänke saß und einen juwelenbesetzten Metbecher in den Händen drehte. Der Sohn des Königs trug wieder seine kostbaren bunten Kleider, sein Haar war sorgfältig eingeölt und geflochten, Ringe funkelten an seinen Händen.

Er starrte Rhiann an, die seinen Blick gleichmütig zurückgab.

Eremon hob die Stimme. »Dann fordere ich Drust, den Sohn des Calgacus, zum Zweikampf. Wir sind beide Prinzen und dürften einander ebenbürtig sein.«

Ein Raunen lief durch die Menge, und Drust wurde totenbleich. Er blickte nervös über seine Schulter und sah dort Conaire, der sich hinter ihm aufgebaut hatte, um ihm den Fluchtweg zu versperren. Dann wanderten seine Augen zu Eremon und schließlich zu Rhiann, auf der sie haften blieben. Sein Gesicht spiegelte eine Frage wider, oder vielleicht war es auch eine Anklage.

Rhianns Antwort bestand in einem herausfordernden Lächeln, gefolgt vom verächtlichen Heben einer Braue. Drust schoss das Blut in die Wangen, und er erhob sich langsam.

Calgacus hatte zu all dem geschwiegen. Er musste wissen, dass sein Sohn Eremon im Kampf nicht gewachsen war. Aber er konnte dies schwerlich zugeben; nicht er, der große Calgacus, den man das Schwert nannte. Rhiann warf dem König einen verstohlenen Blick zu und sah, wie er grimmig die Lippen zusammenpresste.

»Ich bin mir natürlich Eurer *besonderen* Position bewusst, Prinz Drust«, fügte Eremon hinzu. »Wenn Ihr es vorzieht, auf den Kampf zu verzichten, kann Euer Vater vielleicht doch seinen besten Krieger rufen lassen.«

Diese Worte kamen fast schon einer Beleidigung gleich, und erneut erhob sich erregtes Gemurmel. Einige der Zuschauer ahnten zweifellos, dass etwas zwischen der Frau des Prinzen von Erin und Calgacus' Sohn vorgefallen war.

Drusts Wangen färbten sich dunkelrot. »Ich nehme Eure Herausforderung an.«

Zwei gescheckte Stierfelle wurden nebeneinander auf dem Boden des Kampfplatzes ausgebreitet und mit Pflöcken befestigt. Eremon und Drust standen sich gegenüber, das Sonnenlicht fiel auf ihre Schwerter und ihre bunt bemalten Schilde. Derjenige, der den Gegner von den Fellen herunterdrängte, würde zum Sieger erklärt werden.

Wie Eremon hatte auch Drust seine kostbaren Kleider abgelegt und trug nur noch karierte, fest um die Knöchel gebundene *bracae.* Rhiann, die die beiden Männer aufmerksam miteinander verglich, stellte fest, dass Drust Eremon zwar an Körpergröße übertraf, Eremons Brust- und Armmuskeln sowie seine Haltung dafür den erfahrenen Schwertkämpfer verrieten. Der Keilerhauer an seinem Oberarm schimmerte bedrohlich.

Entschlossen versuchte sie, sich voll und ganz auf den Kampf zu konzentrieren, aber es fiel ihr schwer. Sie konnte nur daran denken, dass sie einen der beiden Männer in den Armen gehalten und seine glatte Haut gestreichelt hatte. Der andere schlief Nacht für Nacht neben ihr, doch ihn hatte sie nur berührt, um seine Wunden zu versorgen. Aber jetzt erkannte sie, wer von den beiden ihren Blick magisch anzog, sie senkte den Blick und spielte an einem ihrer Zöpfe herum.

Conaire entging ihre Unruhe nicht. »Keine Sorge.« Er unterdrückte ein Gähnen. »Es wird nicht lange dauern.«

»Niemand kann sich mit Eremon messen«, fügte Caitlin feierlich hinzu. »Niemand außer Conaire.«

Rhiann unterdrückte ein Lächeln. »Ja, ich weiß.«

Die Nachricht vom Kampf hatte inzwischen im ganzen Lager die Runde gemacht, viele Männer unterbrachen ihre eigenen Wettkämpfe, um sich um die beiden Prinzen zu scharen. Endlich hob Calgacus eine Hand, die beiden Kämpfer nahmen ihren Platz in der Mitte der Felle ein und hoben ihre Schwerter.

Drusts Augen unter dem Helm waren schmal geworden. »Ich weiß, warum Ihr mich herausgefordert habt, Prinz«, zischte er.

»Tatsächlich?« Eremon verlagerte sein Gewicht von einem Bein auf das andere.

Drust lächelte. »Aber Ihr solltet wissen, dass sie es nicht wert ist – ein knochiges blasses Ding, das keinen richtigen Mann befriedigen kann.«

Eremon presste die Lippen zusammen und lockerte den Griff um das Heft seines Schwertes. Er wollte sich auf keinen Fall provozieren lassen. Einer von Calgacus' Vettern trat vor und begann, die Kämpfer über die Regeln zu belehren.

Die Stimme des Mannes übertönte Eremons Worte, als er murmelte: »Wie Ihr meint, Prinz. Aber tatsächlich habe ich Euch zum Kampf gefordert, weil wir wissen, dass Ihr ein römischer Spion seid.«

Drust wurde aschfahl. »Lügner!«

»Ich kann es beweisen. Bei uns ist jemand, der Euch mehrfach mit Agricola gesehen hat.«

»Für diese Beleidigung werde ich Euch zur Rechenschaft ziehen!«

Eremon überhörte die Drohung. »Für Euch gibt es jetzt zwei Möglichkeiten. Wenn Ihr siegt, gesteht Ihr Eurem Vater die Wahrheit und unterwerft Euch seinem Urteil. Wenn Ihr unterliegt, erfährt er sie aus meinem Mund – und zwar hier und jetzt!«

Drust schwieg, aber sein Atem ging schwer. Seine Finger krallten sich um den Griff seines Schwertes. Dann ertönte ein lauter Ruf. »Bei Taranis!«

Der Kampf konnte beginnen.

Drusts Schwert sauste wie ein herabstoßender Falke herunter, und Eremon fing den Hieb mit seinem Schild ab, den er leicht geneigt hielt, sodass die Kante Drusts Handgelenk traf. Es war ein aggressiver Vorstoß, den er mit Conaire perfektioniert hatte und mit dem er die Deckung des Gegners durchbrach. Er erzielte die gewünschte Wirkung. Eremon sah, wie Drust zurückwich, eine halbe Drehung vollführte und Abwehrhaltung einnahm. Augenblicklich holte er mit seinem Schwert zu einem Hieb aus, den Drust nur mühsam parieren konnte.

Eremon nutzte seinen Vorteil sofort. Das Blut sang in seinen Adern. Beim Kampf mit Lorn war ihm keine Zeit für solche Feinheiten geblieben, da hatte er, wie Conaire ihm geraten hatte, Feuer mit Feuer beantwortet. Obwohl Drust ihm kein ebenbürtiger Gegner war, arbeitete Eremon auf einen schnellen, eindeutigen Sieg hin, der sein eigenes Geschick unter Beweis stellen und keinen Zweifel an seiner Überlegenheit lassen sollte.

Also gab er Drust keine Zeit, zu Atem zu kommen, sondern ließ eine Reihe rasch aufeinander folgender Schwerthiebe auf seinen Schild niederprasseln, und zwar mit solcher Wucht, dass dem kaledonischen Prinzen keine Möglichkeit zu einem eigenen Angriff blieb. Mit jedem Streich trieb er Drust weiter auf den Rand des Felles zu.

Eremon hatte diese Kampftechnik mit Conaire eingeübt; sie beruhte nicht auf Körperkraft, denn in diesem Punkt war er seinem Ziehbruder hoffnungslos unterlegen, sondern auf einem bestimmten Bewegungsrhythmus. Wieder und wieder prallte seine Klinge gegen Drusts Schild; ein Schlag folgte so schnell auf den anderen, dass Drust keine Lücke fand, die er hätte nutzen können.

Es war von Anfang an ein ungleicher Kampf. Eremon schlug unbarmherzig auf Drust ein, drängte ihn auf einen der Pflöcke zu, an denen die Felle befestigt waren, und trieb ihn um den Holzpfahl herum. Dabei stolperte Drust, trat von dem Fell herunter und wäre beinahe auf dem feuchten Gras ausgeglitten.

Die Menge brach in Jubelrufe aus, in denen jedoch leichte Enttäuschung mitschwang, denn der Sieg war zu leicht errungen worden.

»Also habe ich den Kampf gewonnen«, keuchte Eremon, dabei deutete er mit der Spitze seines Schwertes auf Drusts Brust.

»Wartet!«, zischte der kaledonische Prinz. Seine Augen glühten. »Ihr könnt meinen Vater nicht vor all diesen Männern bloßstellen! Ihr habt Euch geirrt, ich kann ihm alles erklären.«

Eremon zögerte, doch als er aufblickte und das finstere Gesicht des Königs sah, wurde ihm das Herz schwer. »Ich gebe Euch bis zum Ende der Wettkämpfe Zeit.«

Drust wich langsam zurück, dann verschwand er, ohne seinen Vater anzusehen, wortlos in der Menge.

Rhiann verstand, dass Eremon Drust aus Respekt für Calgacus eine Gnadenfrist gewährt hatte. Trotzdem fragte sie sich, ob es klug gewesen war, den Prinzen allein in die Festung zurückkehren zu lassen. Da niemand sie vermissen würde, beschloss sie, ihm zu folgen, und huschte unbemerkt davon, als Conaire Eremon Wasser brachte und Caitlin ihm mit einem feuchten Tuch den Schweiß vom Gesicht wischte.

Aber als sie die Festung erreichte, drängte sich gerade eine große Gruppe berittener Krieger durch das Tor. In diesem Moment spürte sie es: Der Himmel schien sich plötzlich zu verdunkeln, und ein dumpfer Druck lag in der Luft, als würde bald ein Sturm aufziehen.

Ihr Magen krampfte sich zusammen. Sie blickte sich nach allen Seiten um. Scharen von Menschen strömten durch das Tor, und viele begannen lauthals zu zetern, als die Pferde der Krieger zu wiehern und zu scheuen begannen. Ganz am Rand der Menge sah sie einen schwarzhaarigen Mann aus dem Sattel steigen. Ein Umhang aus weißem Bärenfell bedeckte seine mächtigen Schultern. Doch im nächsten Moment wurde er von dem Menschenstrom verschluckt und Rhiann selbst in den Hof hinter dem Tor geschoben.

Nachdem sie sich aus dem Gewirr befreit hatte, eilte sie zu Drusts Werkstatt. Er war nicht dort. Sie fing den Haushofmeister ab, der gerade aus einem Lagerhaus kam, und fragte ihn, ob Drust schon zurückgekommen war. Der Mann verneinte, und als sie nicht locker ließ, führte er sie in Drusts leeres Schlafgemach. Danach suchte sie die Ställe und die anderen Schuppen nach ihm ab, konnte ihn aber nirgendwo entdecken.

Leise fluchend rannte sie zum Kampfplatz zurück, um Eremon zu suchen.

Drust war verschwunden.

Noch am selben Tag teilte Eremon Calgacus nach Einbruch der Dämmerung die schlechte Nachricht mit. Es tat ihm von Herzen Leid, dass dem König keine Zeit blieb, eine Weile mit seinen Gedanken und Gefühlen allein zu sein. Aber inzwischen waren die Stammesführer vollständig eingetroffen, und am Abend sollte das Willkommensfest stattfinden.

Calgacus und Eremon saßen allein im Empfangsraum des Königs, einer geräumigen Nische, die durch einen Wandschirm von der Galerie im zweiten Stock getrennt wurde. Der König saß zusammengesunken in einem geschnitzten Stuhl und starrte stumm zu Boden.

»Er ist vom Kampfplatz direkt zum Hafen gegangen«, sagte Eremon. »Er muss seine Flucht schon vor vielen Monden geplant haben, er hat Kleider und Juwelen bei jemandem im Dorf versteckt, der ihm auch ein Boot beschafft hat. Er war darauf vorbereitet, eines Tages entlarvt zu werden.«

Calgacus schüttelte nur wortlos den Kopf.

»Es tut mir Leid, Mylord«, entschuldigte sich Eremon zum dritten Mal. »Ich wollte ihm die Gelegenheit geben, Euch selbst alles zu gestehen. Er hat einen anderen Weg gewählt.«

»Wenn er nicht geflohen wäre, hätte ich Euch nicht geglaubt, Prinz.« Calgacus schlug mit der Faust auf die Lehne des Stuhls. »Aber seine Flucht ist ein indirektes Eingeständnis seiner Schuld. Mein Sohn … ein Verräter!«

Eremon empfand tiefes Mitleid mit ihm, aber er schwieg.

Nach einiger Zeit seufzte Calgacus. »Wenn die römischen Händler kamen, war er immer als Erster unten am Hafen. Hat immer als Erster seine Wahl unter den Schmuckstücken, Bechern, Krügen und Waffen getroffen …« Er blickte sich bekümmert in dem Raum um, denn inmitten der gewobenen Wandbehänge, der Bronzespeere und Holzschilde schimmerten auch rot glasierte römische Schalen, gläserne Kelche und silberne Weinkrüge auf zierlichen Tischchen mit Klauenfüßen. »Er bat mich ständig um Erlaubnis, gen Süden zu reisen, um die Feinheiten der Steinmetzkunst zu erlernen. Ich hätte schon längst Verdacht schöpfen müssen.«

»Ein Mann sollte nicht an seinem eigenen Sohn zweifeln müssen«, erwiderte Eremon ruhig.

Calgacus richtete sich auf, dann erhob er sich langsam.

»Sohn?« Ein Schleier lag über seinen Augen. »Ich habe keinen Sohn. Ich werde seinen Namen nie wieder erwähnen, und wir werden über das, was heute geschehen ist, Stillschweigen bewahren.«

Als sie vor dem Wandschirm standen, legte Calgacus Eremon eine Hand auf die Schulter. »Den Überbringer schlechter Nachrichten hasst man, Prinz, wenngleich ich dies auch nur einen Augenblick lang getan habe. Aber Ihr habt richtig gehandelt. Wenn mein leiblicher Sohn nur einen Funken von Eurer Ehre im Leib gehabt hätte, wäre es nie so weit gekommen.«

Die Worte »mein leiblicher Sohn« hallten in Eremons Kopf wider. Er blickte dem König fest in die Augen. »Diese Rolle habe ich nur äußerst widerwillig gespielt, das müsst Ihr mir glauben.«

»Wäre er noch länger hier geblieben, hätte er vielleicht wichtige Informationen weitergeben können. Jetzt werden ihm die Römer einen weitaus kühleren Empfang bereiten, als er gehofft haben dürfte, denn was kann er ihnen schon verraten? Dass wir eine Versammlung aller Stämme einberufen haben, sonst nichts. Wenn es Agricola deshalb mit der Angst zu tun bekommt, umso besser. Eines Tages werden wir ihn endgültig aus unserem Land vertreiben.«

Eremon stutzte. »Darf ich das so verstehen, dass Ihr Euch morgen für ein Bündnis der Stämme aussprechen werdet?«

Calgacus lächelte grimmig. »Ich habe meinen Edelleuten lange genug nachgegeben. Der Verrat meines Sohnes ist ein Zeichen dafür, dass ich Alba von dem römischen Gift befreien muss. Ich werde die Entscheidung meiner Häuptlinge aufheben, obwohl das großen Unmut hervorrufen wird. Aber ich fürchte, es wird ohnehin nicht mehr lange dauern, bis unser Freund Agricola seinen nächsten Schritt macht und allen Zweiflern beweist, dass unsere Warnungen berechtigt sind.«

64. Kapitel

Das Fest verlief an diesem Abend weniger ausgelassen als sonst. Die Kaledonier wussten noch nichts von der Flucht ihres Prinzen, aber die Stimmung ihres sonst so strahlenden Königs übertrug sich auf sie, und Calgacus hing heute schweigend seinen trüben Gedanken nach.

Rhiann hielt sich dicht an Eremons Seite. Sie sprachen wenig, denn sie teilten Calgacus' Kummer, aber Rhiann empfand es als seltsam tröstlich, dass sich Eremons Bein auf der Bank gegen das ihre presste, während sie eine Platte mit Fleisch teilten, aus demselben Becher ihren Met tranken und mit Caitlin und Conaire plauderten. Immer wenn sich Eremon zu ihr beugte, stieg ihr der Duft seiner Haut in die Nase, und zum ersten Mal fand sie das ebenfalls tröstlich.

Rhiann war über die Wendung, die die Dinge genommen hatten, zutiefst erleichtert, obwohl sie Calgacus aufrichtig bedauerte. Drusts Verrat hatte die letzten Gefühle ausgelöscht, die sie noch für ihn gehegt hatte, und sie empfand es als glücklichen Umstand, dass er entlarvt worden war, ehe er den Römern wichtige Informationen liefern und den Stämmen somit schweren Schaden zufügen konnte.

Seufzend ließ sie den Blick über die Gesichter im Saal schweifen, die vom hell aufflackernden Feuer in einen warmen Schein getaucht wurden. Die Männer flüsterten hinter ihren Metbechern leise miteinander und tauschten viel sagende Blicke. Schwere Ringe und kostbare Juwelen glitzerten im Licht der Flammen. Hoffte Calgacus wirklich, diese Männer von den Vorteilen eines Bündnisses überzeugen zu können? Die Römer waren seit Generationen die führende Handelsmacht im Süden; die Bewohner Albas waren daran gewöhnt, von ihnen mit Luxusgütern beliefert zu werden, sie hegten gewiss nicht den Wunsch, gegen sie zu kämpfen. Es würde Eremon beträchtliche Mühe kosten, sie auf seine Seite zu ziehen – falls dies überhaupt gelang.

Dann erstarrte sie plötzlich, denn inmitten all der von Met und Hitze geröteten, von Rauchschwaden vernebelten Gesichter bemerkte sie ein dunkles Augenpaar, das unverwandt auf sie gerichtet war. Eine seltsame Erregung glühte in diesen schwarzen, unergründlichen Seen.

Die Augen gehörten einem großen, breit gebauten Mann mit einem zottigen schwarzen Bart und einer langen, verfilzten Haarmähne. Seine schlaffen, schweren Wangen waren vom ständigen Wind rot und rissig geworden, die von einem Geflecht geplatzter Äderchen überzogene Knollennase ließ auf übermäßigen Alegenuss schließen.

Unter all den heftig gestikulierenden und auf ihren Bänken herumrutschenden Männern saß er allein regungslos da.

Wie vorhin am Tor spürte sie die dunkle Aura, die diesen Mann umgab, außerdem lösten diese Augen eine verschwommene, kaum zu greifende Erinnerung in ihr aus. Eremon entging ihre plötzliche Anspannung nicht. Er legte eine Hand über die ihre. »Du bist blass geworden, Rhiann. Was fehlt dir?«

Rhiann senkte den Kopf. »Sieh nicht gleich hinüber, Eremon, aber dort drüben sitzt ein Mann mit schwarzem Haar und dunklen Augen, der mich die ganze Zeit beobachtet. Weißt du, wer das ist?«

Eremon blickte sich müßig im Raum um und wandte sich dann wieder zu ihr. »Calgacus hat mir seinen Namen genannt. Das ist Maelchon, der König der Orkney-Inseln.«

Maelchon. Rhiann dachte angestrengt nach, konnte den Namen aber nicht einordnen.

»Du bist heute Abend schöner denn je«, murmelte Eremon, »aber trotzdem denke ich nicht daran, tatenlos zuzusehen, wenn ein Mann dich so schamlos anstarrt – und wenn er ein noch so mächtiger König ist.« Er legte ihr einen Arm um die Taille, gab den unverschämten Blick des Mannes kühl zurück, dann zog er Rhiann so eng an sich, dass sie seinen Herzschlag spüren konnte. Der Druck, der auf ihr lastete, ließ ein wenig nach.

Erst als Eremon ihr zuflüsterte: »Er steht auf und geht!«,

wagte sie, wieder zu ihm hinüberzusehen. Maelchons schwarzer Kopf verschwand gerade in der Menge. Hinter ihm ging ein schmales, verschreckt aussehendes Mädchen mit braunem Haar, das Rhiann einen ebenso durchdringenden Blick zuwarf, wie Maelchon es zuvor getan hatte, ehe es sich abwandte und dem König folgte.

»Was hat das nun wieder zu bedeuten?«, fragte Eremon ratlos.

»Ich weiß es nicht«, antwortete Rhiann. Aber sie spürte, wie die Dunkelheit im Raum sich lichtete.

Als die silberne Scheibe des Mondes verblasste und nur noch die kalten Sterne am Himmel standen, ging Maelchon hoch oben auf der Palisade ruhelos auf und ab. Während des Festes war ein Sturm aufgezogen; der Wind zerrte an seinem Bärenfellumhang und wehte ihm das struppige Haar in die Augen.

Daheim hätte er seine Bitterkeit und seine Wut an einer der Frauen des Dorfes auslassen können, hier jedoch blieb ihm diese Möglichkeit verwehrt.

Der Anblick der Epidierkönigin hatte ihn heute Abend vollkommen aus der Fassung gebracht, weil er nicht im Entferntesten damit gerechnet hatte, sie hier wieder zu sehen. Danach hatte der Schock das Feuer, das seit drei Jahren in ihm schwelte, mit einem Mal wieder hell auflodern lassen, und nun drohten die Flammen ihn zu verzehren.

Ihr Haar leuchtete noch immer so rotgolden wie früher, aber jetzt war sie zu fraulicher Reife erblüht, die Rundungen von Brüsten und Hüften zeichneten sich verlockend unter ihrem Kleid ab. Das Mädchen, das sie einst gewesen war, hatte er begehrt, die Frau trieb ihn zum Wahnsinn.

Dann hatte er mit ansehen müssen, wie dieser Emporkömmling aus Erin den Arm um sie legte, wie sein Kopf dieses prachtvolle Haar berührte... Maelchon hatte vor hilflosem Zorn kaum einen Bissen heruntergebracht. In diesem Moment hatte er nur einen Wunsch gehabt – die Hände um den Hals des Prinzen zu legen und langsam das Leben aus ihm herauszupressen, bis das verächtliche Lächeln auf seinem Gesicht erstarb.

Ihm hatten sie das Mädchen zur Frau gegeben!

Ihr Haar, das ihr in einer Flut von Kupfer und Gold über die Schultern floss, hatte ihn während des gesamten Festes an die bitterste Niederlage seines Lebens gemahnt, an den Tag, an dem er ebendiese üppige Pracht auf der Heiligen Insel in der Sonne hatte leuchten sehen. Aber nicht allein ihre Schönheit hatte die Erinnerung an diese Zeit in ihm wach gehalten, sondern seine Bitterkeit wurde von anderen Bildern geschürt.

Schlagt sie Euch aus dem Kopf, hatte ihr Ziehvater zu ihm gesagt. *Sie soll einen Prinzen aus einem anderen Land heiraten. Die Epidier setzen große Hoffnungen auf ein solches Bündnis.*

Aber die stechenden Augen des Mannes, die Blicke, die er mit seiner Frau und den Edelleuten in der großen Halle auf der Insel gewechselt hatte, hatten seine Worte Lügen gestraft.

Du bist ein Niemand, hatten ihre Augen gesagt. *Ein unbedeutender König eines armen Landes; grob und ungehobelt. Du stehst tief unter uns. Du bist ein Nichts.*

Während der Wind am Geäst der Bäume unter ihm zerrte, krallte Maelchon beide Hände um den Rand der Palisade, und ein ersticktes Stöhnen entrang sich seiner Kehle, als der Zorn immer heftiger in ihm zu toben begann.

Der Pfeil verfehlte den Baumstamm weit und bohrte sich in den Schlamm unter den Eichen, trotzdem schickte ihm Eremon den nächsten direkt hinterher. Pfeil um Pfeil schwirrte von der Sehne seines Bogens, bis der Köcher leer war.

Völlig außer Atem blieb er stehen, dann wurde ihm klar, dass ihm jetzt eine beschwerliche Suche im Unterholz bevorstand, und er fluchte leise.

»Ich bin ja nur froh, dass wenigstens meine Frau im Stande ist, ein Ziel zu treffen!«

Eremon drehte sich langsam um. Conaire lehnte mit verschränkten Armen an einer Birke ganz in der Nähe.

»Ich habe seit einigen Jahren keinen Bogen mehr in der

Hand gehabt, Bruder«, gestand Eremon beschämt. »Aber ich musste unbedingt auf irgendetwas schießen. Eigentlich wollte ich mit dir auf die Jagd gehen, aber ich konnte dich nirgends finden.«

Da nicht alle Krieger in Calgacus' Halle Platz fanden, waren nur die Könige zu der ersten Ratsversammlung gebeten worden. Die Könige und Eremon.

»Ist es so schlecht gelaufen?« Conaire hob einen zu Boden gefallenen Pfeil auf, bahnte sich einen Weg durch das Buschwerk und reichte ihn Eremon.

»Noch schlechter. Nur der neue König der Taexalier – ein heißblütiger junger Bursche –, Calgacus und ich selbst haben für ein Bündnis gestimmt. Die anderen haben sich dagegen ausgesprochen, obwohl wir alles getan haben, um ihnen den Ernst der Lage vor Augen zu führen – und obwohl ich erfahren habe, dass die Dörfer der Damnonier, auch das von Kelan an der Küste, nach unserem Überfall auf die römische Festung von Agricola niedergebrannt worden sind.« Wieder unterdrückte Eremon die Wut und den Schmerz, den diese Neuigkeit in ihm ausgelöst hatte, denn nach dem Angriff der Römer auf Criànan war er so in seinen Trübsinn wegen Rhiann versunken gewesen, dass er nicht daran gedacht hatte, sich zu erkundigen, wie es den Damnoniern ergangen war. Nun, jetzt wusste er Bescheid, und er verwünschte sich für seine Nachlässigkeit. »Es gibt noch mehr schlechte Neuigkeiten, Bruder, und trotzdem verschließen sie die Augen vor der Gefahr!« Erbost schlug er mit der Faust gegen den Baumstamm.

Conaire kroch in einem Weißdorndickicht herum und suchte nach weiteren Pfeilen. »Was denn noch?«

»Die Römer errichten zwischen dem Forth und dem Tay eine neue Festungslinie, und zwar mit beängstigender Geschwindigkeit. Im Gebiet der Veniconen, die es scheinbar vorgezogen haben, sich zu ergeben – wie die Votadiner.«

Conaire richtete sich mit einem Pfeil in der Hand auf. Seine Lippen waren zu einem schmalen Strich zusammengepresst. »Und was hatten die Könige dazu zu sagen?«

»Dass die Veniconen elende Verräter sind und Agricola deswegen dort eine Art Grenze zieht – und dass die Römer nicht weiter in unser Land vordringen werden, wenn wir sie nicht geradezu dazu auffordern.«

»Verstehe.«

Eremon entdeckte einen Pfeil, der aus dem tiefen Matsch unterhalb eines anderen Baumes ragte, und zog ihn heraus. »Sie müssen blind sein, wenn sie nicht erkennen, wozu diese Grenze dient. Sie ist nicht dazu bestimmt, uns fern zu halten – es ist eine Basis, von der aus sie ihre Angriffe führen!«

»Wie haben die Bündnisgegner auf dieses Argument reagiert?«

»Lass mich sehen, ob ich mich an den genauen Wortlaut eines Königs erinnere.« Eremon verschränkte die Arme vor der Brust. Der schlammbespritzte Pfeil ragte aus seiner geballten Faust heraus. »›*Dies ist unser Land, Prinz, und hier regeln wir die Dinge auf unsere Art. Unsere Berge bieten uns den besten Schutz, ich setze nicht das Leben meiner Männer aufs Spiel, um die reichen, fruchtbaren Ebenen anderer Herrscher gegen Feinde zu verteidigen.*‹ Er hat Calgacus angesehen, als er das sagte – ich wundere mich, dass ihn der König nicht augenblicklich vor sein Schwert gefordert hat.« Eremon ließ Pfeil und Bogen zu Boden fallen. »Was mich am meisten ärgert, Bruder, ist, dass Agricola irgendwo dort draußen lauert, während wir hier sitzen und unsere Zeit mit läppischen Streitereien vergeuden. Er wartet nur auf den Befehl seines Kaisers, weiter nach Norden vorzustoßen, und er wird ihn bekommen. Schon sehr bald.«

Auf einer windigen Hügelkette oberhalb der Earn-Ebene saß Agricola auf seinem Pferd und beobachtete, wie die Ochsen die letzten Ladungen Bauholz vom Fluss unter ihm herbeischleppten. Zu seiner Rechten nahm sein letzter Wachturm Gestalt an. Graben, Brustwehr und die hölzerne Palisade waren schon fertig gestellt, seine Soldaten mussten nur noch den Turm selbst und die Ausguckplattform vollenden.

Gegen die lilarote Heide, die mächtigen Granithügel und

den wolkenverhangenen Himmel nahm sich seine Festung wenig wehrhaft aus, doch Agricola hatte nicht auf seine Offiziere gehört, die ihm geraten hatten, sich Richtung Süden in sicherere Gebiete zurückzuziehen. Wenn er seine Legion jetzt abzog, würden die Stämme dies als Eingeständnis von Schwäche werten und sofort ausnutzen.

Agricola war davon überzeugt, dass der Angriff des Prinzen aus Erin auf seine Festung im Westen nur deshalb so erfolgreich verlaufen war, weil das Gebäude erst halb fertig und die Männer vollkommen unvorbereitet gewesen waren. Was die andere Festung betraf... er schnaubte verächtlich. Die Unachtsamkeit seiner Soldaten hatte den Barbaren den Weg geebnet. Am Tor hatten sich keinerlei Anzeichen für ein gewaltsames Eindringen gefunden, es war offen gewesen – offen! – und ein Wachposten hatte mit einem Pfeil im Hals tot am Boden gelegen. Wieso er sich so leicht hatte überwältigen lassen, war Agricola ein Rätsel. Er wusste auch nicht, ob der Prinz auch hinter diesem Überfall steckte, vermutete es aber.

Er unterdrückte einen ärgerlichen Seufzer. Auf keinen Fall durfte er jeden Rückschlag Eremon von Erin zuschreiben, das war das erste Anzeichen für eine gefährliche Besessenheit. Samana zeigte bereits entschieden zu großes Interesse an allem, was mit den Epidiern zusammenhing – nicht weiter verwunderlich, nachdem ihr so übel mitgespielt worden war. Aber er musste eine ganze Nation unterwerfen, keinen einzelnen Mann.

Hinter ihm ertönte ein scharrendes Geräusch. Er drehte sich um und sah einen der veniconischen Viehdiebe – er scheute sich, diese Leute als »Häuptlinge« zu bezeichnen – auf einem stämmigen Bergpony auf sich zutraben. »Herr!« Der Mann war völlig außer Atem, obwohl das Pony und nicht er den Hang hatte erklimmen müssen.

»Was gibt es?«

»Wir haben erfahren, dass in der Wellenfestung ein Treffen aller Stammesführer stattfindet, obwohl sie sich alle Mühe gegeben haben, es geheim zu halten.« Der Mann warf sich voller Stolz in die Brust.

Agricolas Pferd schlug mit dem Schweif und stampfte mit den Hufen auf. »Ich weiß«, erwiderte der Römer ruhig.

Dem Krieger blieb der Mund offen stehen. »Wie… wie könnt Ihr das wissen?«

Ein geringschätziges Lächeln spielte um Agricolas Lippen. »Hast du geglaubt, ihr wärt meine einzigen Verbündeten im Norden? Ich habe auch andere Informanten.«

»Werdet Ihr sie angreifen?« Der Mann klang, als könne er es kaum erwarten, die reichen Kaledonier auszuplündern.

»Nein. Mein Informant berichtete mir, dass die Festung außerordentlich gut bewacht ist und der König, dieser Calgacus, unsere Flotte ausmachen würde, lange ehe wir nahe genug an die Küste herankommen könnten, um sie unter Beschuss zu nehmen. Wir würden eine empfindliche Niederlage erleiden.«

Der Krieger verstummte, und Agricola verzog das Gesicht. Diese Menschen waren allesamt begriffsstutzig und lästig, je eher sie unter das römische Joch gezwungen wurden, desto besser. Sie hatten keine Vorstellung davon, wie man ein Land eroberte. Ein Dorf überfallen oder Vieh stehlen, das konnten sie, aber es würde ihnen nie gelingen, ein von einem Meer zum anderen reichendes Gebiet einzunehmen – schon gar nicht, wenn dieses Gebiet von schneebedeckten Bergen und undurchdringlichen Mooren durchzogen und die Küste von Seen durchsetzt war. Ein übereilter, schlecht durchdachter Angriff musste unweigerlich scheitern.

Nein, er musste seinen Plan sorgfältig ausarbeiten und wie bei dem *fidchell*-Spiel der Barbaren jeden Zug genau überdenken und die möglichen Konsequenzen erwägen. Wenn Kaiser Titus die Truppen zurückschickte, die er aus Alba abgezogen hatte, würde er über zwanzigtausend Figuren verfügen, die er über dieses bergige Spielbrett schieben konnte. Dabei durften ihm keine Fehler unterlaufen.

Agricola blickte über seine Schulter hinweg in Richtung Osten, zum Meer. Seine Offiziere lechzten nach Vergeltung für die Angriffe auf die beiden Festungen, aber noch waren ihm die Hände gebunden.

Nachdem er den Thron bestiegen hatte, hatte Titus einen Teil von Agricolas Truppen nach Rom zurückbeordert, um die Grenzen zu Germanien und zum Osten zu befestigen. Obwohl Agricola Titus und vor ihm seinem Vater Vespasian treu ergeben war, verdross ihn diese unnötige Verzögerung seines Feldzuges insgeheim. Er konnte nur hoffen, dass sie nicht allzu lange dauern würde.

Der einzige Grund, warum er so schnell vorgerückt war, war die Kapitulation der Votadiner und dann der Veniconen gewesen, die ihm die Kontrolle über die große Halbinsel zwischen dem Forth und dem Tay verschafft hatte und die er dank seiner Linie neu errichteter Festungen ohne große Mühe verteidigen konnte. Das reiche Land lieferte ihm Verpflegung für seine Männer, gute Häfen für seine Flotte und Bauholz im Überfluss für weitere Festungen, und das alles in sicherer Entfernung von dem wilden Land im Norden.

Das Spiel ging nur langsam voran. Doch nach dem Überfall auf seine Festungen würde der nächste Punkt an ihn gehen, das spürte er.

Bald, sehr bald würde er die Erlaubnis erhalten, seinen Eroberungsfeldzug fortzusetzen.

65. Kapitel

Rhiann, die den Kopf gesenkt hielt, um sich vor dem plötzlichen Regenschauer zu schützen, und die Kapuze ihres Umhangs tief ins Gesicht gezogen hatte, übersah die schmale Gestalt von Maelchons Frau, die mit einem Korb, der mit einem Tuch bedeckt war, aus der Tür eines Kornspeichers kam, und prallte unsanft mit dem Mädchen zusammen.

»Oh, das tut mir Leid«, keuchte Rhiann, hielt die andere am Arm fest, um nicht das Gleichgewicht zu verlieren, und versuchte dabei fieberhaft, sich an ihren Namen zu erinnern. Aber er wollte ihr nicht einfallen, vermutlich hatte sie ihn vergessen, weil das Mädchen so unscheinbar war – klein, braunhaarig und verschüchtert. Deswegen stockte ihr auch der Atem, als sie den wilden Ausdruck sah, der über das Gesicht der Königin von Orkney huschte, ehe er höflicher Leere Platz machte: Hass, nackter Hass, gepaart mit einer sengenden Qual, die Rhiann traf wie ein Schlag.

Plötzlich fiel ihr ein, dass das Mädchen sie schon bei dem Fest so hasserfüllt angeschaut hatte. Damals hatte sie diesem Blick keinerlei Bedeutung beigemessen, aber jetzt... sie suchte nach ein paar unverbindlichen Worten, doch da machte sich Maelchons Königin schon hastig los und eilte davon.

»Wartet doch!« Rhiann lief ihr nach. Sie musste herausfinden, warum das Mädchen sie hasste. Eremon hatte gesagt, ihr Mann verfüge über große Macht, und solche feindseligen Schwingungen und ihre Ursache konnten ihre Pläne hinsichtlich eines Bündnisses ernsthaft gefährden.

Als sie um die Ecke des Kornspeichers bog, war das Mädchen im Gewirr der verschlungenen Pfade verschwunden, die im prasselnden Regen kaum noch zu erkennen waren. Rhiann blieb stehen. Das Wasser rann ihr über die Wangen, während sich ihre Gedanken überschlugen. Sie musste unbedingt mit der jungen Frau sprechen. Eremon würde ihr beipflichten, dass solche Zwischenfälle geklärt werden mussten. Es stand zu viel auf dem Spiel.

Am nächsten Tag versuchte sie das Mädchen ausfindig zu machen, was sich als schwieriger erwies, als sie gedacht hatte. »Wo finde ich deine Herrin?«, fragte sie eine Dienstmagd, die in den Gemächern der Gäste von den Orkney-Inseln herumwirtschaftete.

»Sie hat gehört, dass es in den Hügeln hinter dem Fluss eine heilige Quelle geben soll, Lady. Ich glaube, sie ist dorthin gegangen, um etwas von dem heilenden Wasser zu holen.«

Rhiann entfernte sich nachdenklich. Die Männer würden den ganzen Tag mit Beratungen verbringen. Sie konnte also in Ruhe ebenfalls die heilige Quelle aufsuchen. Vielleicht begegnete ihr die Gesuchte ja auf dem Weg...

Didius war noch immer in seinen Jammer versunken und reagierte auf ihre Scherze nicht einmal mit dem Anflug eines Lächelns, also brachen Caitlin und sie ohne ihn auf. Die Regenfälle hatten den Fluss anschwellen lassen, und das gelbliche Wasser sprudelte um die Beine ihrer Pferde, als sie die Furt durchquerten. Tief im Wald konnte Rhiann die Stimme der heiligen Quelle hören, die sie zu sich rief, obwohl sie sie noch nicht sah.

Als der Lockruf immer eindringlicher wurde, lenkte Rhiann Liath in ein Eschenwäldchen und stieg ab. »Ich möchte lieber alleine weitergehen«, sagte sie zu Caitlin, dabei zog sie einen kleinen Beutel aus ihrem Sattelpack. Falls sie Maelchons Frau wirklich bei der Quelle antraf, würde sie in Caitlins Gegenwart vielleicht nicht wagen, offen mit ihr zu sprechen.

»Ist das nicht zu gefährlich? Wer weiß, wer sich alles dort herumtreibt.« Caitlin runzelte besorgt die Stirn.

»Ich gehe nur zu diesem kleinen Tal dort, siehst du?« Rhiann konnte nicht widerstehen, Caitlin ein bisschen zu necken. »Wenn etwas passiert, schreie ich laut um Hilfe.«

Caitlin verdrehte die Augen und glitt gleichfalls aus dem Sattel. »Falls du irgendetwas vorhast, was mit dem Schattenreich zu tun hat, bleibe ich lieber hier. Aber ich werde mit einem Pfeil an der Sehne Wache halten.«

Rhiann nickte und wandte sich ab. Sie schritt über die Decke aus Moos und glitschigen braunen Blättern, wie die Schwestern es sie gelehrt hatten: mit geschlossenen Augen und ohne einen Laut von sich zu geben, während sie mit den Fußsohlen ihren Weg ertastete. Der von der Quelle gespeiste Bach wand sich zwischen den Felsen neben ihr hindurch, aber sein fröhliches Plätschern wurde von einer anderen Stimme übertönt. *Komm zu mir, Schwester,* schien sie zu sagen. *Du bist mir willkommen.*

Als die Schlucht schmaler und steiler wurde, schlug sie die Augen wieder auf, und da lag der kleine See in einem Bett aus Stein vor ihr, umgeben von Bäumen, an denen Stoffbänder hingen – Opfergaben früherer Besucher. Und sie war nicht allein hier – und Maelchons Königin auch nicht.

Die junge Frau stand eng an ihren Leibwächter geschmiegt, den Kopf an seine Brust gelegt, seine Arme umschlangen ihre schmächtige Gestalt. Sie schluchzte bitterlich, ihre Schultern bebten, und Rhiann sah, wie der Mann ihr liebevoll über das Haar strich und ihr etwas ins Ohr flüsterte.

Just in diesem Moment bemerkte er Rhiann und erstarrte. Die Frau, die seinen Schreck spürte, hob den Kopf. Das spitze Gesicht, das bei ihrer letzten Begegnung von Hass verzerrt gewesen war, spiegelte jetzt nacktes Entsetzen wider. »Ihr!«, keuchte sie.

Rhiann hob instinktiv eine Hand, als wollte sie einen Schlag abwehren. »Es tut mir Leid. Ich habe Euch nicht gleich gesehen ...«

Doch das Mädchen rannte auf sie zu und umklammerte ihren Arm. Ihr Gesicht war tränenüberströmt. Jetzt, im hellen Tageslicht, erkannte Rhiann, dass sie kaum älter als vierzehn Jahre sein konnte.

»Erzählt ihm nicht, was Ihr gesehen habt! Bitte verratet ihm nichts!«, flehte sie.

»Eurem Mann? Warum sollte ich ihm irgendetwas erzählen?«

Doch die namenlose Furcht wich nicht aus dem Gesicht der Königin, und Rhiann empfand mit einem Mal tiefes Mitleid mit ihr. Sie strich über die Finger, die sich in ihr Kleid krallten. »Ich verspreche Euch, dass ich nichts sagen werde«, wiederholte sie.

Das Mädchen entspannte sich ein wenig. Sie trat einen Schritt zurück und schlang die Arme um ihren dünnen Oberkörper. Eine neue Tränenflut strömte über ihre Wangen.

Angesichts so tiefen Schmerzes fühlte sich Rhiann hilflos. »Was ist passiert?«, fragte sie, dem Mädchen eine Hand hinstreckend. »Wie kann ich Euch helfen? Was soll ich tun?«

»Nichts!« Das Mädchen schien in sich zusammenzusinken. »Ihr habt schon genug getan! Niemand kann mir helfen, nur Rawden hier, und das auch nur, wenn wir uns davonstehlen können. Wenn *er* fort ist.«

Rhiann hörte die Furcht und den Abscheu aus ihrer Stimme

heraus und unternahm einen neuerlichen Versuch. »Wie lautet Euer Name, Lady?«

Das Mädchen schnüffelte. »Dala.«

»Ich bin Rhiann.«

»Ich weiß, wer Ihr seid.« Die Worte klangen schneidend.

»Warum hasst Ihr mich so?«, fragte Rhiann, die nicht mehr weiter wusste. »Ich bin Euch noch nie begegnet, aber glaubt mir, ich werde alles tun, was in meiner Macht steht, um Euch zu helfen.«

»Wenn du es ihr nicht sagst, verrät sie uns vielleicht doch an *ihn*«, mischte sich der Wächter ein.

Dala barg ihr Gesicht in den Händen. »Euer Haar hat wirklich eine so ungewöhnliche Farbe, wie er behauptet.« Ihre Stimme klang erstickt. »Und Euer Gesicht … er hat mir wieder und wieder beschrieben, wie schön Ihr seid. Nicht so farblos und unscheinbar wie ich …«

Rhiann schüttelte verwirrt den Kopf. Verwechselte man sie vielleicht mit einer anderen Frau? »Aber ich kenne Euren Gemahl doch gar nicht.«

»Doch, das tut Ihr!« Dala hob den Kopf. »Er hat Euch vor drei Jahren auf der Heiligen Insel gesehen, als er nach einer Braut Ausschau hielt. Er hat Eure Familie um Eure Hand gebeten, wurde aber abgewiesen. Diese Demütigung hat er bis heute nicht verwunden.«

Rhiann runzelte die Stirn. Viele Leute waren zu Kells Turm auf der Insel gekommen. Verschwommen erinnerte sie sich an einen Fremden aus dem fernen Norden, den ihr Ziehvater ein paar Tage lang beherbergt hatte. Der Mann war an ihr vorübergeritten, als sie mit Talen und Marda in den Hügeln spazieren gegangen war, doch da sie damals bei den Schwestern gelebt hatte, hatte sie nie eine Mahlzeit mit ihm eingenommen und sich weder seinen Namen noch sein Äußeres eingeprägt. Er war ziemlich überstürzt wieder abgereist, daran erinnerte sie sich noch. Und daran, dass sich Kell ungewöhnlich abfällig über ihn geäußert hatte. Aber niemand hatte ihr gesagt, dass er um sie angehalten hatte und abgewiesen worden war.

Bei der Göttin! Wie konnte etwas, was so viele Jahre zurücklag, einen Mann immer noch beschäftigen? Und warum war Dala so verzweifelt? Unter Eifersucht konnte sie nicht leiden, weil sie ihren Mann ganz offensichtlich aus tiefster Seele hasste.

»Ja, Ihr habt ihn zurückgewiesen«, fuhr Dala fort. »Deshalb hat er schließlich mich geheiratet.« Erneut wurde sie von Schluchzen geschüttelt.

Das Mädchen ist nach und nach in den Wahnsinn getrieben worden, dachte Rhiann. Sie spürte, dass es nur eines kleinen Anstoßes bedurfte, dann würde sich Dalas Geist endgültig verwirren.

Nachdem das wilde Schluchzen abgeebbt war, berührte Rhiann Dala sacht an der Schulter. »Ihr müsst mir vertrauen. Ich weiß nicht, was ich Euch angetan habe, aber es geschah nicht absichtlich. Ich war selber noch sehr jung und wurde Eurem Mann nie formell vorgestellt. Er ... er misshandelt Euch?«

»Auf jede Weise, die Ihr Euch vorstellen könnt.« Tiefe Verzweiflung schwang in Dalas Stimme mit. »Indem Ihr ihn zurückgewiesen habt, habt Ihr mich zu einem Leben voll unermesslicher Qualen verurteilt, und ein Ende ist nicht abzusehen. Sogar jetzt noch setzt ihn der Gedanke an Euch in Flammen, und dann ... dann benutzt er mich, fügt mir furchtbare Schmerzen zu und stellt sich dabei vor, er würde Euch nehmen.«

Rhiann spürte, wie Übelkeit in ihr aufstieg. »Das Gesetz verbietet es Eurem Mann, Euch so zu behandeln. Wo ist denn Eure Familie? Euer Clan? Könnt Ihr nicht zu ihnen zurückgehen?«

Dala schüttelte stumm den Kopf. Tränen fielen auf die angelaufene Brosche, die ihren Umhang zusammenhielt. »Ich bin vom Stamm der Caerenier. Mein Vater ist tot, und der Rest meiner Familie ... sie haben zu große Angst vor meinem Gemahl, um sich einzumischen. Sie wurden reich dafür belohnt, dass sie mich ihm zur Frau gegeben haben.«

»Warum kommt Euch dann niemand sonst zu Hilfe?« Rhianns

Stimme zitterte jetzt vor Zorn, und das Mädchen blickte sie erstaunt an. »Was ist mit den Druiden, Dala? Dem Ältestenrat? Den Priesterinnen, den Edelleuten? Irgendjemand muss eingreifen und Eurem Elend ein Ende machen. Kein König darf sich anmaßen, die Gesetze dermaßen zu missachten.«

»Er schon«, flüsterte das Mädchen. »Er herrscht unumschränkt; niemand wagt, sich ihm zu widersetzen. Er hat alle Druiden und Priesterinnen fortgejagt, bis auf einen, aber Kelturan ist jetzt auch tot. Die Edelleute hat er ebenfalls vertrieben oder nacheinander umgebracht. Seine Krieger sind ihm treu ergeben, er hat sich von Jugend an eine kleine Armee aufgebaut, die fest hinter ihm steht und jeden Widerstand mit Gewalt erstickt.«

Rhiann drückte tröstend Dalas Schulter und gab sie dann frei. »Es ist gut, dass wir miteinander gesprochen haben, denn ich werde nicht zulassen, dass eine Frau derart misshandelt wird, schon gar nicht, wenn ich unwissentlich der Grund dafür bin.«

Ein schwacher Hoffnungsschimmer leuchtete in Dalas Augen auf.

»Ich bin die Ban Cré der Epidier und werde alles tun, um Euch zu helfen. Von heute an steht Ihr unter meinem Schutz. Nur um eines muss ich Euch bitten. Bleibt bei ihm und verhaltet Euch so, als wäre nichts geschehen, bis die Ratsversammlung zu Ende ist. Ihr müsst nur noch einen oder zwei Tage durchhalten. Dann … vertraut mir.«

Dalas tränenüberströmte Wangen glühten. Sie sah Rhiann lange an. »Ich weiß nicht, warum, aber ich vertraue Euch tatsächlich«, sagte sie schließlich. »Ich habe Euch so lange gehasst, weil Ihr die Ursache für alle meine Qualen wart. Aber vielleicht seid Ihr es auch, die mich nun von ihnen erlöst. Vielleicht ist alles so gekommen, wie es kommen sollte.«

Rhiann lächelte. »Ihr seid weise für Eure Jahre. Die Große Mutter wird ihre schützende Hand über Euch halten.« Sie deutete auf das dunkle Wasser. »Sie hat uns beide zu ihrer heiligen Quelle gerufen, nicht wahr? Wir bringen jetzt unsere Opfer dar, und dann solltet Ihr zurückgehen. Wartet darauf, dass ich den ersten Schritt tue.«

Bei ihrer Rückkehr fand Rhiann Eremon in ihrer Hütte vor, wo er sich über einem Bronzebecken die Bartstoppeln abschabte. Rasch erzählte sie ihm, was geschehen war.

»Das ist ja eine merkwürdige Geschichte«, meinte er, als sie geendet hatte, legte das Messer weg und wusch sich mit den Händen das Gesicht ab.

Dann richtete er sich auf und bespritzte sie mit Wasser, woraufhin sie ihm stirnrunzelnd ein Leinentuch reichte. »Es ist keine merkwürdige, sondern eine sehr traurige Geschichte.« Innerlich kochte sie immer noch vor Zorn.

»Dieser Maelchon hat sich während der Beratungen bislang noch nicht geäußert, aber Calgacus sagt, er wäre ein mächtiger Mann.« Eremons Stimme klang erstickt, weil er sich gerade mit dem Tuch das Haar trocknete. »Er besitzt auch Land an der Nordküste, wie ich hörte.«

»Ich weiß, wie mächtig er ist!«, fauchte Rhiann erbost. »Aber ich lasse nicht zu, dass er dieses Kind noch länger quält.«

Eremon begann, seine bloßen Arme und seine Brust trocken zu reiben. Rhiann errötete, wandte den Blick ab und betrachtete den Türbehang. Er war mit einem goldenen Adler im vollen Flug bestickt.

»Rhiann, ich stimme dir ja zu, dass das Ganze eine schlimme Sache ist, und die Rolle, die du unwissentlich dabei gespielt hast… nein, das alles gefällt mir überhaupt nicht. Je eher wir von hier wegkommen, desto besser. Aber Maelchon würde einen wertvollen Verbündeten abgeben, und nach dem zu urteilen, was ich bisher gehört habe, stehen die Chancen für ein Bündnis mit den anderen Königen nicht gut.«

»Ich wusste, dass du das sagen würdest!« Rhiann funkelte ihn wütend an. »Es kümmert dich nicht, dass er seine Frau vergewaltigt und misshandelt und ungestraft Menschen umbringt. Er verfügt über große Macht, nur das zählt!«

»Das ist nicht wahr.« Eremon musterte Rhiann forschend.

»Ich warne nur vor einer Überreaktion. Maelchon ist zweifellos ein grausamer, skrupelloser Mann … vielleicht leidet er sogar unter Wahnvorstellungen. Aber er kann sich dennoch als brauchbarer Verbündeter erweisen. Du wirst doch nichts tun, was meine Pläne zunichte machen könnte, nicht wahr?«

Rhiann schob das Kinn vor. »Was er mit ihr tut, verstößt gegen unsere Gesetze. Es ist meine Pflicht als Ban Cré, etwas dagegen zu unternehmen. Aber ich werde damit warten, bis die Beratungen zu Ende sind.«

Eremons Brauen zogen sich zusammen, doch sie hielt seinem Blick unverwandt stand. Endlich seufzte er, ließ das Tuch zu Boden fallen und griff nach einer sauberen Tunika. »Dafür muss ich wohl schon dankbar sein.«

An diesem Abend fand im Lager erneut ein Fest statt. Rhiann hüllte sich enger in ihren Umhang und beobachtete zwei Männer, die im Feuerschein miteinander rangen. Die Menschen rund um sie herum lachten, feuerten die Ringer an oder verhöhnten sie und jammerten über ihre Wettverluste. Der Duft von gebratenem Fleisch und brennenden Torfballen erfüllte die Luft, und sie ließ sich langsam an den Rand der Menge treiben, näher zu den dunklen, feuchten Wäldern hin, die die Ebene säumten.

Als sie einen stechenden Blick im Rücken spürte, wusste sie sofort, wem sie sich gegenüber sehen würde, wenn sie sich umdrehte. Sie konnte Maelchon natürlich ignorieren, als sei er Luft für sie, aber dazu war sie viel zu wütend auf den Mann. Er war ein Tyrann, aber sie würde sich von ihm nicht einschüchtern lassen.

Also wandte sie sich um, straffte die Schultern und sah ihm fest in die Augen. Die Aura, die ihn umgab, glich jetzt einer dunklen Gewitterwolke. Sie funkelte ihn furchtlos an, und plötzlich lächelte er und hob grüßend seinen Metbecher. Seine Zähne schimmerten im dämmrigen Licht.

Neben ihm stand Dala. Sie warf Rhiann einen verstohlenen Blick zu, erschauerte und senkte den Kopf, dann folgte sie ihrem Mann, der in der Menge verschwand.

66. Kapitel

Die Beratungen wurden am nächsten Tag fortgesetzt. Eremon war klar, dass sich die Könige in zwei Lager gespalten hatten. Das kleinere, das aus Calgacus, den Königen der Taexalier und Vacomager sowie Eremon selbst bestand, sprach sich auch weiterhin entschieden für ein Stammesbündnis aus.

Stundenlang wurde über das Für und Wider diskutiert, und gerade als einige Häuptlinge schwankend wurden, sprang der König der Orkney-Inseln auf.

Eremon hatte ihn auf beiden Festen beobachtet. Ihm war nicht entgangen, dass der schwarze Kopf ständig mit denen der erbittertsten Gegner eines Bündnisses zusammengesteckt hatte, zu denen auch der König der Kreonen zählte, der Eremon angeherrscht hatte, er möge sich aus ihren Angelegenheiten heraushalten.

»Ich habe euch allen aufmerksam zugehört.« Maelchon strich sich über den Bart. Seine andere Hand ruhte auf dem Griff seines Schwertes. »Meiner Meinung nach droht den Stämmen im Norden kaum Gefahr. Gefahr vor den *Römern*, meine ich.« Er brach ab, und sein Blick wanderte über seine nördlichen Nachbarn hinweg. »Viel gefährlicher ist der Ehrgeiz der Stammesführer aus dem Süden, die versuchen, uns unter ihre Knute zu zwingen.«

Er sah Calgacus bei diesen Worten nicht an, aber Eremon, der neben dem kaledonischen König saß, spürte, wie dessen Armmuskeln sich anspannten.

Garnat, der Taexalierkönig, sprang auf. »Das ist eine infame Unterstellung!«

Auch der König der Kreonen erhob sich. »So? Uns scheint, dass Ihr allzu sehr darauf aus seid, einen Kriegsherrn zu ernennen, der den Oberbefehl über *unsere Männer* erhalten soll. Wozu wird er seine Macht wohl nutzen? Um die Alleinherrschaft an sich zu reißen!«

»Lügner!«, brüllte einer von Garnats Häuptlingen.

Im nächsten Moment brach ein heilloser Tumult aus, als alle Männer versuchten, sich gleichzeitig Gehör zu verschaffen.

Eremon versuchte verzweifelt, wieder Ruhe herzustellen, da er wusste, wie leicht es jetzt zu einem endgültigen Zerwürfnis der Stämme kommen konnte.

In diesem Moment schlug ihm der Geruch entgegen – der Gestank ungegerbter Felle und ungewaschener Haut. Ein Stab wurde dröhnend auf den Boden gestoßen. Die Könige verstummten erschrocken.

Zuerst sah Eremon einen verfilzten weißen Haarschopf, dann glühend gelbe Augen. Gelert stand in der Halle. Sein Gewand war schmutzig und zerrissen, darüber trug er ein unbearbeitetes Wolfsfell. Er war stark abgemagert, die Haut spannte sich straff über seinen Wangenknochen, und seine Beine waren mit blutigen Kratzern übersät. An seinem Eulenstab hatte er ein paar winzige Schädel befestigt, die leise rasselten, als er auf Eremon zuschlurfte.

Kurz vor dem Prinzen blieb er stehen und deutete mit dem Stab auf ihn. »Was muss ich sehen? Dieser Unhold verbreitet immer noch seine Lügen in unserer Mitte!«

Declan, der zusammen mit den anderen Druiden der Beratung beigewohnt hatte, eilte auf ihn zu. »Herr?«, flüsterte er ungläubig. »Wo seid Ihr nur gewesen?«

Gelert wandte sich zu ihm. »Ich war bei den Sternen, Bruder! Ich war in den Eingeweiden der Erde! Ich habe die Pforten zur Schattenwelt durchschritten und im Feuer gebrannt!«

Die Könige wechselten verstohlene Blicke. Furcht malte sich auf ihren Gesichtern ab.

»Wisst ihr, was die Geister mir gesagt haben?«, donnerte Gelert. »Dass *er*«, wieder deutete er auf Eremon, »von den Herren des Schattenreiches zu uns geschickt worden ist, um uns mit seinen Lügen zu vergiften. Er will unseren Untergang herbeiführen, er wird uns den Invasoren ausliefern …«

Eremon schnaubte. »Das ist doch lächerlich!«

»Bruder.« Calgacus' oberster Druide, der hoch gewachsene, gebeugte Mann, trat vor. »Du hast eine weite Reise hinter dir und musst erschöpft sein. Komm mit mir, dann sprechen wir über das, was du gesehen hast.«

Wieder stampfte Gelert mit dem Stock auf. »Er wird euch mit glatten Worten betören!«, krähte er. »Er trachtet nur nach persönlichem Ruhm, unsere Sicherheit ist ihm nicht wichtig. Er neigt den Kopf nur vor seinem eigenen fremden Gott. Ihr müsst ihn aus dem Land jagen, bevor es zu spät ist!«

Calgacus und seine Männer rührten sich nicht von der Stelle. Dies war eine Angelegenheit unter Druiden, kein Krieger durfte ungestraft Hand an ein Mitglied der Bruderschaft legen.

»Ihr habt eine schwere Zeit hinter Euch, Herr«, murmelte Declan. »Kommt jetzt mit, und ruht Euch aus.«

Gelert sah aus, als wollte er Einwände erheben, aber dann schien er sich darauf zu besinnen, wo er war, und verließ hoch erhobenen Hauptes die Halle. Dabei streifte er Eremon mit einem letzten brennenden Blick.

»Aus ihm spricht der Irrsinn«, bemerkte Calgacus schließlich. »Wir werden seinen Worten keine Beachtung schenken.«

»Was, wenn er die Wahrheit sagt?« Maelchon trat vor und baute sich vor dem Feuer auf.

Eremon fuhr zu ihm herum. »*Was*?«

»Alle hier Versammelten halten Alba die Treue, nur einer nicht.« Maelchon entblößte sein Gebiss; eine Grimasse, die kaum noch als Lächeln durchgehen konnte. »Ein Fremder, der zu uns gekommen ist, um zu Ruhm und Ehre zu gelangen, nicht, um uns zu beschützen. Und was noch schwerer wiegt – dieser Mann hat, wenn wir ihm Glauben schenken dürfen, Agricola in seinem Lager aufgesucht und ihn wieder verlassen, ohne dass ihm ein Haar gekrümmt wurde, er hat eine römische Garnison überfallen und er ist unverletzt aus einer römischen Festung entkommen!«

Eremon stockte der Atem. Wie hatte Maelchon davon erfahren? Er selbst hatte versäumt, seine Männer um Stillschweigen über diese Vorfälle zu bitten. Wie er Aedan kannte, hatte er die Geschichte bereits an eine Reihe anderer Barden weitergegeben, die sie in ganz Alba verbreiten würden.

»Wie mag ihm das wohl gelungen sein?« Maelchon blickte herausfordernd in die Runde. »Doch wohl nur, weil er insgeheim mit den Römern im Bunde steht!«

Eremons Hand fuhr an sein Schwert. »Nehmt das augenblicklich zurück!«

Er hatte die Stimme erhoben. Calgacus erhob sich und trat neben ihn. »Haltet Frieden!«, fuhr er beide Männer an. »Ich dulde keinen Kampf unter meinem Dach. Der Prinz aus Erin hat Alba nicht verraten, er ist ein erbitterter Feind der Römer. Und mein Verbündeter, der auf meine volle Unterstützung zählen kann.«

Maelchon sah aus, als hätte er gerne noch mehr zu diesem Thema gesagt, aber er wagte nicht, sich offen gegen Calgacus zu stellen. Er zog es vor, andere Männer dazu aufzustacheln.

Calgacus fuhr milde fort: »Um die Diskussion da fortzusetzen, wo wir unterbrochen wurden … es ist unerheblich, wer zum Kriegsherrn ernannt wird. Wichtig ist nur, dass wir unseren gemeinsamen Feind bekämpfen, nur wenn wir uns zusammentun, sind wir stark genug dazu. Niemand hier trachtet nach dem Land eines anderen. Ich möchte das meine nur vor den Römern schützen.«

Er mochte es wiederholen, so oft er wollte, Eremon las dennoch in den Gesichtern der meisten Häuptlinge, dass sie ihm kein Wort glaubten. Jetzt nicht und später vermutlich noch weniger.

Die kaledonische Ban Cré trat zum Feuer, um den Becher erneut zu füllen. Der Kräutertrank würde dem Druiden, der sich auf seinem Lager in Fieberschauern wand, helfen, wieder zu Kräften zu kommen. Offensichtlich hatte er viele Monde wie ein wildes Tier in den Wäldern gelebt.

Als sie auf ihn hinabblickte, schlug ihr erneut der Atem des Bösen entgegen, der sie von Anfang an abgestoßen und verwirrt hatte. Sie spürte in diesem Mann nur eine dunkle Leere, als sei die Quelle in ihm versiegt.

Je eher er wieder seiner Wege ging, desto besser. Lange würde es nicht dauern, er hatte keine schweren körperlichen Verletzungen erlitten, die Kratzer und Schrammen würden bald verheilen. Eine Nacht ungestörten Schlafes, etwas stärkende Brühe, dann würden die anderen Druiden ihn wieder abholen… der Göttin sei Dank!

Jemand klopfte an den Türpfosten. »Ja?«, rief die alte Priesterin leise.

Ein Mann trat gebückt in die Hütte und richtete sich auf. Er war klein und schmächtig und hatte wirres schwarzes Haar. »Mein Herr möchte wissen, wie es um den Druiden steht. Geht es ihm bereits gut genug, um Besuch zu empfangen?«

»Er schläft.«

»Aber er wird doch bald wieder gesund sein?«

Die Priesterin musterte den Mann aus schmalen Augen. »Warum stellt Ihr mir all diese Fragen? Was wollt Ihr von dem Kranken?«

Der Mann zögerte. »Mein Herr ist ein mächtiger König. Er wünscht mit dem epidischen Druiden zu sprechen.«

»Worüber? Was hat er mit ihm zu schaffen?«

Der Mann starrte sie finster an. »Er ist dir keine Rechenschaft schuldig, alte Frau. Heute Abend wird er den Druiden aufsuchen, und du wirst niemandem davon erzählen.«

Die Priesterin erwog flüchtig, ihm eine schroffe Abfuhr zu erteilen, aber sie war alt, ihre Knochen schmerzten, und so wandte sie sich nur achselzuckend ab. Könige, Druiden. Was ging sie das alles an?

Die beiden Männer wärmten sich an dem Kohlebecken im Privatgemach des Königs dankbar die Hände, denn der Abendwind hatte aufgefrischt und war empfindlich kühl geworden. Das Lampenlicht ließ bizarre Schatten über die Wände tanzen, während sie schweigend ihren Gedanken nachhingen und ihre Metbecher in den Händen drehten.

Der Haushofmeister klopfte leise gegen den geschnitzten Wandschirm und meldete Lady Rhiann. Calgacus erhob sich, verneigte sich, nahm ihr den feuchten Umhang ab und bot ihr seinen eigenen Stuhl an.

»Hast du dich durchsetzen können?« Rhiann musterte Eremon forschend, doch er starrte nur trübsinnig in die glühenden Kohlen.

»Nein«, erwiderte er endlich. »Maelchon hat in den Führern der nördlichen Stämme die Furcht geschürt, ein Bündnis würde dazu führen, dass sie sich früher oder später Calgacus unterwerfen müssten. Sie haben meinen Vorschlag abgelehnt, und ob sie ihre Meinung irgendwann einmal ändern, ist zweifelhaft.«

Rhiann seufzte. »Damit mussten wir rechnen. Was können wir denn jetzt tun?«

Eremon stellte seinen Becher auf das dreibeinige Tischchen neben sich. »Eine Möglichkeit gibt es noch.« Er blickte den König an. Dieser nickte ihm zu. »Calgacus hat mir erzählt, dass nicht alle Stämme an der Ratsversammlung teilgenommen haben. Die Caerenier und ihre Verbündeten an der Westküste sind dem Treffen fern geblieben.«

Rhiann nickte. »Das überrascht mich nicht. Die Menschen aus dem Osten reisen oft zur Heiligen Insel, aber ansonsten bleiben sie meistens unter sich. Wir kennen noch nicht einmal ihre genaue Zahl.«

»Richtig«, bestätigte Calgacus. »Deswegen müssen wir uns auch unbedingt mit ihnen in Verbindung setzen. Ich vermute, sie fühlen sich von den Römern nicht bedroht und sind deshalb meiner Einladung nicht gefolgt. Wir müssen ihnen den Ernst der Lage klar machen, und das schnell – bevor die Bündnisgegner in ihre Heimat zurückkehren.«

Eremon beugte sich vor und stützte die Hände auf die Knie. »Der König wird uns ein Boot zur Verfügung stellen, damit wir in einer diplomatischen Mission in seinem Namen erst nach Norden und dann Richtung Westen segeln können. Wir müssen diese Stämme aufsuchen, ehe dieser hinterhältige Druide und der Unruhestifter Maelchon Gelegenheit haben, sie durch ihre Lügen zu beeinflussen.«

»Druide?«

Eremon sah Rhiann an. »Ich erzähle dir die Einzelheiten später. Aber der König und ich halten es für das Beste, wenn wir unverzüglich aufbrechen. Maelchon verfolgt mich mit seinem Hass, nicht zuletzt deinetwegen, und ich möchte Calgacus nicht die Chancen verderben, die anderen Könige vielleicht doch noch umzustimmen. Was sagst du dazu?«

Während er sprach, hatten Rhianns Hände zu zittern begonnen, und ihr Mund war trocken geworden. Das Stammesgebiet der Caerenier lag sehr nah bei der Heiligen Insel, wo die Schwestern lebten. Seit dem Überfall war sie nicht mehr in dieser Gegend gewesen, seit sie Hals über Kopf von dort geflüchtet war; fest entschlossen, nie mehr zurückzukehren, nie mehr den Ort ihres schlimmsten Versagens zu betreten...

Sie holte tief Atem, um die Fassung zurückzugewinnen. Schließlich würden sie ja die Heilige Insel selbst nicht besuchen. »Das ist eine gute Idee«, sagte sie endlich. »Wann brechen wir auf?«

»In zwei Tagen, bevor die Könige in ihre jeweilige Heimat zurückkehren. Calgacus hat schon angeordnet, dass ein Boot bereitgemacht wird.«

»Dann muss ich vorher noch ein Versprechen einlösen.« Sie wandte sich an Calgacus. »Maelchons Frau hat mich um Hilfe gebeten. Ihr Mann misshandelt sie. Ihre Familie kann und will ihr nicht beistehen, also muss ich als Mitglied der Schwesternschaft etwas unternehmen. Es ist unsere Pflicht, allen Frauen in Not zu helfen.«

Calgacus hob die Brauen. »Was genau wirft sie ihm denn vor?«

»Das möchte ich um ihretwillen gern für mich behalten. Eure Ban Cré und ich haben lange mit ihr gesprochen. Ihr Leibwächter bestätigt ihre Angaben. Ich werde mich auf unsere Gesetze berufen, um sie aus dieser Ehe zu befreien.«

Calgacus seufzte. »Das wird seinen Zorn noch steigern.« Der Schein der Lampe ließ goldene Funken in seinen Augen tanzen. »Unter diesen Umständen kann ich Euch schlecht bitten,

Euch aus dieser Sache herauszuhalten, aber seid Ihr sicher, dass die Situation dieser Frau wirklich so drastische Maßnahmen erfordert?«

»Ja«, erwiderte Rhiann tonlos. »Da bin ich mir ganz sicher.«

»Was wollt Ihr tun?«

»Ich werde Maelchon zur Rede stellen. Jetzt sofort.«

Eremon sprang auf. Sein Met war vergessen. »Du gehst auf keinen Fall ohne mich zu ihm!«

Rhiann lächelte. »Natürlich nicht. Aber ich muss allein mit ihm sprechen, nur Dala und die alte Priesterin dürfen dabei sein. Ich kann das Mädchen nicht vor fremden Männern in Verlegenheit bringen. Du kannst draußen warten.«

»Nein«, beharrte Eremon. »Ich werde mit dem Schwert in der Hand an deiner Seite stehen.«

»Eremon, Dala wird in deiner Gegenwart kein Wort sagen. Wenn du mit den Männern das Haus umzingelst, kann Maelchon mir nichts anhaben, das weiß er.«

Eremon wollte protestieren, doch Calgacus hob eine Hand. »Die Ban Cré hat Recht«, sagte er. »Das ist eine Angelegenheit unter Frauen. Vergesst nicht, dass ich der Sohn einer Priesterin bin. Ich weiß, wann man ihnen ihren Willen lassen muss.«

»Vielleicht könnt Ihr diese Weisheit ja an meinen Gemahl weitergeben«, bemerkte Rhiann trocken. Aber als sie sich verabschiedeten, wandte sie sich noch einmal an Eremon. »Bleib von mir aus in der Tür stehen, aber komm ja nicht näher.«

Maelchon versuchte, der Wut Herr zu werden, die in ihm loderte und es ihm unmöglich machte, einen klaren Gedanken zu fassen.

Diese rothaarige Hexe wagte es doch tatsächlich, ihm ihre Anschuldigungen ins Gesicht zu schleudern – vor seiner verhuschten Maus von Ehefrau, der klapprigen alten Heilerin und diesem Bastard aus Erin, der sich im Hintergrund hielt. Alle hatten sich gegen ihn verschworen, wie immer. Er schüttelte den Kopf und bemühte sich, sich voll und ganz auf die Ban Cré der Epidier zu konzentrieren.

Weder wich sie seinem Blick aus, noch zeigte sie das leiseste Anzeichen von Furcht. Die klaren blauen Augen funkelten vor Zorn und Verachtung. Bei den Göttern, das Feuer, das sie versprühte, erregte ihn stärker als alles, was er bisher in seinem Leben erlebt hatte! Wie gerne würde er die Finger in diese milchweiße Haut krallen und die Frau schütteln, bis sie ihren Zorn kaum noch bezähmen konnte, dann würde er ihr die Kleider vom Leib reißen und sie …

»Ich fragte, was Ihr zu diesen Beschuldigungen zu sagen habt.«

Maelchon kam wieder zu sich. »Dass sie aus der Luft gegriffen sind. Sie ist meine Frau; mein Eigentum, mit dem ich so verfahren kann, wie es mir beliebt.«

»Da irrt Ihr Euch!«, fauchte ihn die Hexe an. »Den Gesetzen der Großen Mutter zufolge hat sie durchaus auch Rechte, das werden Euch die Druidenrichter bestätigen. Es ist Euch nicht gestattet, sie zu schlagen und sie auf … auf diese Weise zu benutzen. Wir haben einen Zeugen aus Eurem eigenen Land, der zu ihren Gunsten aussagen wird, ich habe Eure Frau eigenhändig untersucht und kann genaue Angaben über ihre Verletzungen machen.«

Maelchon warf seiner Frau einen finsteren Blick zu. Sie stand halb hinter der Ban Cré verborgen und hielt den Kopf gesenkt – wie immer. Dahinter glänzte das Schwert des Prinzen im Feuerschein, aber sein Gesicht blieb im Schatten verborgen. Maelchon bezweifelte nicht, dass weitere Krieger rund um das Haus herum postiert worden waren – sie standen alle ganz im Bann der Epidierkönigin und ihres Prinzen und würden tun, was sie ihnen befahlen.

Er kann sie berühren; er kann all das mit ihr tun, was mir verwehrt bleibt! Ein roter Schleier legte sich vor seine Augen.

»Wir können den Fall vor den Druiden, Calgacus und den anderen Königen verhandeln, oder Ihr gebt Eure Frau freiwillig frei. Die Entscheidung liegt bei Euch.«

»Ihr habt nicht das Recht, Euch in meine Angelegenheiten einzumischen«, grollte Maelchon.

Sie lächelte. »O doch. Wie ich hörte, gibt es auf Euren Inseln weder Druiden noch Priesterinnen, daher habt Ihr vielleicht vergessen, wie die Gesetze in zivilisierten Gegenden angewandt werden. Hier gilt das, was Ihr getan habt, als ernstes Vergehen. Wir können Eure Frau auch mit Gewalt aus Euren Klauen befreien.«

Maelchon blickte zu dem hinter ihr stehenden Prinzen hinüber. Der Mann wusste zweifellos mit seinem Schwert umzugehen, und er, Maelchon, hatte überhaupt keine Waffe zur Hand. Er war überrumpelt worden. Nicht einmal seine Leibwache war irgendwo in der Nähe.

Bei den Göttern! Was lag ihm schon an seiner Frau, dieser jämmerlichen Kreatur? Er wollte sie ohnehin loswerden, und hier bot sich ihm eine Gelegenheit dazu. »Bah! Sie bedeutet mir nichts – sie taugt zu gar nichts. Nehmt sie mit!«

»Was ist mit ihrer Mitgift?«

Maelchon verzog verächtlich die Lippen. »Sie kann sie haben, viel war sie sowieso nicht wert. Ich schicke sie zu ihrem Stamm, sobald ich wieder daheim bin.«

»Gut.«

Innerlich vor Zorn kochend sah er zu, wie seine Frau zu ihrem Lager schlich und ihre wenigen Habseligkeiten zusammensuchte: ein Armband, einen Hirschhornkamm, dem ein paar Zähne fehlten, einen alten, verkratzten Bronzespiegel. Dann huschte sie lautlos zur Tür hinaus. Die alte Priesterin humpelte hinterher.

Die Ban Cré machte auf dem Absatz kehrt und verließ das Haus, ohne ihn eines weiteren Blickes zu würdigen. Nur der Prinz funkelte ihn drohend an, ehe er ihr folgte.

Maelchon blieb noch lange in der Mitte des Raumes stehen. Die hilflose Wut, die in ihm tobte, ließ ihm den Schweiß in Strömen über die Haut rinnen, obwohl er keinen Muskel rührte. *Wenn ich sie nicht haben kann, dann, bei Taranis, Dagda und Arawn, soll der Emporkömmling aus Erin sie auch nicht behalten.*

Der Weg zu diesem Ziel stand bereits klar und deutlich vor seinem geistigen Auge.

67. Kapitel

Calgacus nutzte die letzten Tage der Ratsversammlung, um die Könige noch fürstlicher zu bewirten als zuvor, um geschwächte Bande wieder zu stärken und neue zu schaffen.

Bald würde die Zeit kommen, erklärte er Eremon, in der ihnen keine andere Wahl bleiben würde, als zu kämpfen. Dann musste er, Calgacus, es sein, zu dem sich diese Könige in ihrer Furcht flüchteten. Er musste all die Brücken wieder aufbauen, die Maelchon eingerissen hatte.

Der König der Orkney-Inseln selbst verließ unmittelbar nach der Konfrontation mit Rhiann den Hof, ohne sich die Mühe zu machen, sich offiziell von Calgacus zu verabschieden – wofür der kaledonische König zutiefst dankbar war.

»Jetzt, da ich weiß, wie er seine Frau und seine Untertanen behandelt, lege ich keinen Wert darauf, ihn noch einmal zu sehen«, sagte er zu Eremon, als sie auf der Mauer standen und zuschauten, wie Maelchon und seine Anhänger davonritten.

»Es muss doch Möglichkeiten geben, mehr über ihn herauszufinden«, bemerkte Eremon nachdenklich.

Calgacus schürzte die Lippen. »Er bewacht die Seewege zwischen den Inseln gut, Gäste sind in seinem Reich nicht willkommen. Aber ich werde darüber nachdenken.« Er seufzte, als sein Blick auf den König der Kreonen fiel, der hinter Maelchon ritt. Er saß stocksteif im Sattel, sein Helm beschattete seine Augen. »Jetzt seht Ihr die dunklen Seiten des Lebens eines Königs, Eremon. Männer hassen Euch, sie misstrauen Euch, und sie versuchen, Euch von Eurem Thron zu stürzen.«

Eremon warf ihm einen Blick zu und bemerkte zum ersten Mal die tiefen Furchen, die von der Adlernase zu den fest zusammengepressten Lippen hinunter verliefen. Die Ratsversammlung und der Verrat seines Sohnes waren nicht spurlos an dem König vorübergegangen. Eremon wurde plötzlich bewusst, dass er kein junger Mann mehr war.

»Aber es gibt auch Dinge, um deretwillen es sich lohnt, die

Last auf sich zu nehmen«, murmelte er. »Eure Krieger respektieren Euch und blicken zu Euch auf. Ihr könnt stolz auf das sein, was Ihr alles erreicht habt.« Er hielt den Blick auf seine Hände gerichtet, die auf der Palisade lagen. »Alle, die reinen Herzens sind, werden einem Mann wie Euch bedingungslos folgen. Alba braucht Euch, glaubt mir.«

Der König legte ihm eine Hand auf die Schulter. »Ich sagte schon einmal, dass Ihr ein Poet seid, Prinz. So wie Ihr mit Euren Worten Kampfeslust in den Herzen Eurer Männer schürt, so weckt Ihr neue Hoffnung in meinem. Hört nicht auf die Torheiten eines alten Mannes. Eure Jugend und Euer Feuer werden Euch leiten, so wie das einst auch bei mir der Fall war.« Eremon blickte auf und sah, dass die Bitterkeit aus dem Gesicht des Königs gewichen war. »Mein Onkel, gleichfalls ein großer König, sagte einmal etwas zu mir, was ich nie vergessen habe: ›Folge immer deinem Herzen, dann wird dein Weg so gerade vor dir liegen wie ein neu geschnitzter Speer, auch wenn er in den Augen anderer krumm und verdreht erscheint.‹«

Eremon lächelte. »Das sind weise Worte.«

»In der Tat. Ich habe auch gelernt, dass ein König seinen Weg stets alleine gehen muss. Als ich jung war, schien mir dies ein hartes Los zu sein, doch heute weiß ich, dass ein Mann aus den Prüfungen, die ihm auferlegt werden, immer gestärkt hervorgeht.«

Eremon dachte einen Moment lang über diese Worte nach. »Demnach kann sich das, was man als Bürde betrachtet, auch als Quell der Kraft erweisen.«

»Ja, und dies zu erkennen, zeichnet einen großen König aus.« Calgacus grinste. »Aber es bleibt ihm auch immer Zeit für Vergnügen, vergesst das nie, Eremon. Und noch etwas sollte es Euch leichter machen, Eure Last zu tragen. Ihr könnt auf die Liebe Eures Bruders, Eurer Männer… und Eurer Frau bauen.« Bei der Erwähnung von Rhianns Namen tanzte ein kleiner Funke in den Augen des Königs, und Eremon spürte, wie ihm das Blut in die Wangen stieg.

Am Morgen ihrer Abreise bat Calgacus Eremon und Rhiann

noch einmal in sein Privatgemach. Als sie eintraten, saß der König auf seinem Thron. Ein Goldreif lag um seine Stirn, und er hielt sein juwelenbesetztes Schwert auf dem Schoß.

Eremon blickte an seiner eigenen schlichten Tunika und der Hose hinunter. »Ich fürchte, wir sind für einen formellen Abschied nicht passend gekleidet, Mylord.«

Calgacus lächelte, erhob sich und küsste Rhiann auf beide Wangen. »Ich trage mein Staatsgewand, weil ich eine Staatsangelegenheit mit Euch zu besprechen habe.«

Er nickte zwei Dienern zu, die an der Wand standen, woraufhin beide vortraten. Einer hielt den großen, juwelenbesetzten Metbecher in den Händen, der bei jedem Fest herumgereicht wurde, wenn der König Ehrengäste besonders auszeichnen wollte. Der andere trug ein kunstvoll gearbeitetes Kästchen aus Zedernholz, einem kostbaren, süß duftenden Holz, das aus den Wüstenländern jenseits des Mittelmeeres stammte.

Eremon und Rhiann wechselten einen fragenden Blick.

Eine dritte Dienerin kam mit einem Metkrug auf sie zu und füllte den Becher, den der König in beiden Händen hielt. Calgacus fixierte sie beide mit seinen goldenen Augen. »Ich möchte Euch ein offizielles Bündnis mit den Kaledoniern anbieten, Prinz.«

Eremon hörte, wie Rhiann einen überraschten Laut ausstieß. Ein offizielles Bündnis! Bislang hatte Calgacus immer nur von seiner persönlichen Unterstützung gesprochen. Dieses Angebot übertraf all seine Hoffnungen.

»Hiermit binde ich mein Volk mit meinem Eid als Brüder und Schwestern an das Eure, damit wir mit vereinten Kräften gegen unseren gemeinsamen Feind kämpfen können – gegen Rom. Wir werden miteinander in die Schlacht ziehen und vielleicht auch gemeinsam unser Blut vergießen.« Calgacus sah Eremon fest an, während er sprach. »Wie lautet Eure Antwort?«

Eremon räusperte sich. »In Abwesenheit der Stammesältesten kann ich nicht im Namen der Epidier sprechen. Aber im Namen meiner Männer und meines eigenen Volkes nehme ich

Euer Angebot mit Freuden an. Wir sind Brüder, durch einen Eid aneinander geschmiedet, der nie gebrochen werden kann.«

Calgacus lächelte. »Dann gelobt mir jetzt, dass wir Seite an Seite kämpfen und alles tun werden, um Alba von den Besatzern zu befreien – wo auch immer dieser Schwur uns hinführen mag.« Er hob den Becher, trank einen Schluck und reichte ihn dann an Eremon weiter.

»Ich gelobe im Namen der Götter, mit meinen Männern und den Epidiern an Eurer Seite zu kämpfen, wo auch immer dieser Schwur uns hinführen mag.« Eremon nippte an dem Met und gab den Becher an Rhiann weiter.

»Ich gelobe, sowohl die Epidier als auch die Kaledonier in meiner Eigenschaft als Ban Cré zum Wohle unseres Landes zu unterstützen.« Auch sie trank einen Schluck von dem goldenen Met, dann nahm ihr die Magd den Becher wieder ab.

Jetzt griff Calgacus nach dem Zedernholzkästchen und hob den Deckel. Eremon hielt den Atem an, denn er erwartete, Gold oder Bronze schimmern und Juwelen funkeln zu sehen.

Doch stattdessen lag ein Stein auf einem bestickten Kissen; eine Scheibe aus dunklem, poliertem Granit von der Größe eines Apfels, aber flach und mit einem Loch in der Mitte, durch das eine mit Ocker gefärbte Lederschnur gezogen war.

Calgacus hob den Stein hoch und ließ ihn im Licht baumeln. Eremon und Rhiann konnten sehen, dass auf beiden Seiten Bilder eingeritzt waren.

»Ich habe dies von meinem besten Steinmetz für Euch anfertigen lassen – *jetzt* meinem besten Steinmetz«, fügte er hinzu, und einen Moment lang verhärteten sich seine Züge. »Dieses Amulett besteht nicht aus Eisen oder Bronze, denn diese Metalle rosten oder laufen an. Es ist auch nicht aus Gold, denn Gold ist weich, sondern aus Stein: hart, beständig und unveränderlich. Er wird nie brüchig werden oder seinen Glanz verlieren.« Er sah Eremon in die Augen. »Nehmt dies als Symbol meines Bündnisses mit Euch, das ewig bestehen wird.«

Eremon schluckte hart. Er brachte keinen Ton heraus.

»Seht es Euch genau an«, sagte Calgacus. Die eine Seite der

Steinscheibe zeigte das Bild eines Adlers, auf der anderen prangte die schönste Darstellung eines mächtigen Ebers, die Eremon je gesehen hatte. Fast meinte er, die Muskeln unter der Haut des Tieres spielen zu sehen.

Rund um den Rand verliefen die heiligen Zeichen der Druiden.

»Mein persönliches Abzeichen und das Eure auf einem Stein vereint«, erklärte Calgacus. »Jeder, der ihn sieht, weiß dann, dass wir Verbündete auf Leben und Tod sind.«

Eremons Stimme glich einem heiseren Krächzen. »Was hat die Inschrift zu bedeuten?«

Calgacus blickte Rhiann an, die sich ebenfalls räusperte, ehe sie das Wort ergriff. »Es heißt: Calgacus, der König der Kaledonier, Sohn der Lierna, gelobt, seinem Waffenbruder Eremon mac Ferdiad stets als Verbündeter zur Seite zu stehen.«

Calgacus lächelte. »Lügen können nicht in Stein geschrieben werden, also wird nie jemand daran zweifeln, dass Ihr in meinem Namen sprecht.«

Eremon nahm den Stein entgegen, legte sich langsam, fast ehrfürchtig die Lederschnur um den Hals und rückte sie so zurecht, dass der Eber unterhalb seines Halsreifs auf seiner Brust ruhte. »Ich danke Euch, Mylord. Leider habe ich keine Gegengabe für Euch, außer meinem heiligen Eid.« Er schloss eine Hand um das Handgelenk des Königs und blickte in die goldgefleckten Augen. »Dieser Eid ist so unvergänglich wie dieser Stein.«

Calgacus hatte Eremon und Rhiann ein großes *curragh* zur Verfügung gestellt, denn sie sollten sich nah an der Küste halten. Diese Boote aus Tierhaut waren wendig und ließen sich genauso gut über Seen und Flüsse wie über das offene Meer steuern.

Allerdings fanden nur zwanzig Menschen darin Platz, also beschloss Eremon, Eithne und den immer noch schweigsamen Didius mit Declan, Rori, Aedan und den Pferden zurück nach Dunadd zu schicken. Die Epidierkrieger sollten sie begleiten.

Rhiann bestand darauf, Dala und ihren Leibwächter Rawden auf die Reise mitzunehmen, denn obwohl Maelchon in seine Heimat zurückgekehrt war, wollte Rhiann das seelisch so schwer verwundete junge Mädchen im Auge behalten.

Obwohl nur die Epidier von ihrer bevorstehenden Abreise gewusst hatten, wimmelte der Pier am Tag ihres Aufbruchs von Menschen. Rhiann stand im Bug des Bootes, blinzelte, weil der Widerschein des Sonnenlichts auf dem Wasser sie blendete, und sah zu, wie die Mannschaft Fässer mit Proviant und Wasser zwischen den Holzrippen des Rumpfes verstaute.

Der Kapitän, ein drahtiger Mann mit wettergegerbtem Gesicht, lief unruhig am Pier auf und ab, weil einer seiner Leute plötzlich erkrankt war. Doch einer der Männer, die die Vorräte verluden, erbot sich sofort, seinen Platz einzunehmen, und nachdem er Größe und Körperkraft für ausreichend befunden hatte, nahm der Kapitän ihn dankbar für die rasche Lösung seines Problems an Bord.

Nachdem jeder seinen Platz eingenommen hatte, senkten sich die Ruder, und das Boot glitt über das glatte Wasser hinweg, in dem sich der Himmel widerspiegelte. Rhiann blickte sich ein letztes Mal um. Sie war erleichtert, von der Wellenfestung fortzukommen, wo sie in den letzten Tagen ständig seltsame, bedrohliche Schwingungen gespürt hatte.

Doch dann wurde ihr Blick plötzlich von einem glühenden gelben Augenpaar aufgefangen und festgehalten. Gelert stand ganz allein auf dem grasbewachsenen Hang hinter dem Pier. Über die Wasserfläche zwischen Boot und Land hinweg spürte Rhiann noch einen schwachen Abglanz der Kraft seines Willens. Obwohl der Abstand zwischen ihnen schnell größer wurde, sah sie, wie sich seine Lippen auf eine Art krümmten, die sie nur zu gut kannte. Kalter Hass lag in diesem Lächeln, und ein Hauch von … Triumph?

Eisige Furcht stieg in Rhiann auf. Sie drehte sich zu dem hinter ihr stehenden Eremon um. »Rhiann …«, begann er, dann biss er sich auf die Lippe. »In der Eile habe ich ganz vergessen, dir zu sagen, dass er immer noch hier ist. Die Druiden haben ihn gepflegt. Es tut mir Leid.«

Er musste die Angst auf ihrem Gesicht gelesen haben, denn jetzt nahm er ihre Hände zwischen die seinen und rieb ihre klammen Finger. »Er kann uns nichts mehr anhaben, Rhiann. Wir reisen ab, und er bleibt hier zurück. Sieh doch selbst.«

»Seine Macht kennt keine Grenzen«, erwiderte sie mit hoher, gepresster Stimme.

Eremon lächelte ihr beruhigend zu, stellte sich so, dass er ihr den Blick zum Pier versperrte, und sprach von belanglosen Dingen, bis er zum Kapitän gerufen wurde.

Obwohl der Tag klar und schön blieb, hüllte sich Rhiann fester in ihren Umhang, weil sie innerlich fröstelte.

Anfangs machten sie unter vollen Segeln gute Fahrt, ein kräftiger Südwind trieb sie an der Küste Albas entlang. Der Kapitän hielt sich so dicht am Land wie möglich, und als ihnen nach drei Tagen das Trinkwasser ausging, legte er an einem der kleinen Strände zwischen den Klippen an, um die Fässer an einer Quelle erneut zu füllen.

Doch nachdem sie das erste Kap umrundet hatten und Kurs Richtung Westen nahmen, ließ der Wind nach, und ihre Reisegeschwindigkeit verlangsamte sich. Rhiann saß zumeist mit Dala und Caitlin im Bug, wo die Männer ein kleines Sonnensegel für sie aufgestellt hatten. Ein paar Tage lang schimmerte das Wasser so klar und grün wie römisches Glas, sie waren gezwungen, das Segel einzuholen und nur noch zu rudern.

Das für die Jahreszeit ungewöhnlich ruhige Wetter verstärkte Rhianns Unbehagen seltsamerweise noch.

Auch Dala veränderte sich, als sie die Meerenge zwischen den Orkney-Inseln und dem Festland erreichten. Sie zog sich immer mehr in sich selbst zurück und reagierte nicht auf Rhianns behutsame Versuche, sie aufzumuntern. Nur wenn Rawden zu ihr kam, blickte sie auf, warf sich in seine Arme und begann zu weinen.

Die Wunden sind noch zu frisch, dachte Rhiann voller Mitleid. Eines Tages ließ sie die zwei Liebenden allein und ging nach achtern zu Eremon. Er hatte die Ruderbank neben der von Conaire belegt, und Caitlin gab sich alle Mühe, sie zu einem Wettstreit zu animieren.

Rhiann lehnte sich gegen den Mast, beobachtete Eremon und stellte fest, dass er die Ruderer, die Calgacus ihnen mitgegeben hatte, bei weitem übertraf. Sein breiter Rücken hob und senkte sich rhythmisch, während er die anderen dazu ermunterte, mit seinem Tempo mitzuhalten, und Rhiann entgingen die verstohlenen Blicke und der Anflug von Respekt nicht, der sich auf den salzverkrusteten Gesichtern der anderen Seemänner abmalte.

Nur einer hielt den Kopf beharrlich gesenkt – der große, schwarzhaarige, pockennarbige Mann, den der Kapitän erst kurz vor dem Ablegen an Bord genommen hatte. Er lächelte nie, sprach kein Wort und beugte sich immer tief über die Ruderstange, um den anderen Männern nicht in die Augen sehen zu müssen.

Rhiann wandte den Blick von dem mürrischen Ruderer ab und richtete ihre Aufmerksamkeit auf Eremon. Er schien ihr Unbehagen nicht zu teilen. Obgleich ihn das Scheitern der Bündnisverhandlungen anfangs sehr bedrückt hatte, hellte sich seine Stimmung immer mehr auf, je weiter sie sich von der Wellenfestung entfernten.

Hat das etwas mit mir zu tun? Rhiann unterdrückte den Gedanken so schnell, wie er ihr gekommen war. Sie hatte keinen Einfluss auf Eremons Gemütszustand – nur die Pflichten gegenüber ihren Völkern und die Bedrohung durch einen gemeinsamen Feind ketteten sie aneinander.

Jetzt erspähte Eremon sie und trat zu ihr an den Mast. Er hatte zum Rudern seine Tunika abgestreift, und sie bemerkte erste Anzeichen eines Sonnenbrandes auf seinen Schultern. »Ich muss dich unbedingt mit Holundersalbe einreiben.« Sacht berührte sie die gerötete Haut.

Er grinste. Seine Augen funkelten vor Freude über das Wettrudern. »Das werde ich aus vollen Zügen genießen«, murmelte er, dabei warf er ihr unter seinen dichten Wimpern hervor einen viel sagenden Blick zu.

Obwohl er im Scherz sprach, stockte ihr angesichts des Leuchtens in seinen Augen der Atem, und sie schob ihn spielerisch von sich. »Du hättest Seemann werden sollen – du kommst mir vor wie ein kleiner Junge bei seiner ersten Bootsfahrt!«

»Alles, nur das nicht. Ich fühle mich auf dem Wasser nur wohl, wenn es ruhig ist. Wenn ich an unsere Ankunft in Alba denke – ich hätte jeden für verrückt erklärt, der sich mit einer solchen Nussschale freiwillig auf das Meer hinauswagt.«

»Also hältst du uns für verrückt?«

Er legte den Kopf schief. »In diesem Punkt schon. Aber der Trank, den du mir gegeben hast, hat Wunder gewirkt. Ich bin noch nicht einen Moment lang seekrank gewesen.«

Rhiann lächelte, dann zupfte sie unruhig an einem Holzsplitter des Mastes herum. Wie sollte sie beginnen? Sollte sie ihm sagen, dass sie eine böse Vorahnung hatte? Damit konnte er nicht viel anfangen. Aber er hatte gesagt, er würde sich immer auf ihre Intuition verlassen. »Ich habe schon die ganze Zeit ein ungutes Gefühl, Eremon. Ich weiß nicht, was es ist, aber irgendetwas stimmt hier nicht.«

Das Lachen in seinen Augen erstarb. »Du hast ein ungutes Gefühl?« Er blickte zum Himmel empor, der sich klar und blau von Horizont zu Horizont erstreckte, dann zum Kapitän hinüber, der die Reste seines Morgenmahls aus seinen Zähnen entfernte.

»Kapitän!«, rief er laut. »Sind die Wettervorzeichen gut?«

Der Mann zuckte die Achseln, runzelte dabei aber die Stirn. »So ruhiges Wetter verheißt oft nichts Gutes, Prinz. Eine solche Flaute und dazu diese ungewöhnliche Hitze kann nur eines bedeuten.« Er deutete auf das offene Meer im Osten hinaus. »Weit draußen auf dem Wasser braut sich vermutlich ein Sturm zusammen. Aber wir werden ihn rechtzeitig bemerken, dann bleibt uns genug Zeit, um uns ans Ufer zu retten.«

»Da hast du es.« Eremon lächelte Rhiann zu. »Du witterst einen Sturm, weiter nichts.«

Rhiann nickte wenig überzeugt. »Vielleicht hast du Recht. Aber sei trotzdem auf der Hut.«

Eremon nickte und legte seine Hand über die ihre. »Sag mir immer alles, was in dir vorgeht, Rhiann. Ich werde dich immer ernst nehmen.«

Sie rang sich ein Lächeln ab. »Ich weiß.«

Plötzlich wandte er den Blick ab, und das Blut schoss ihm in die Wangen.

Er benahm sich im Umgang mit ihr jetzt wie ein schüchterner Junge, überlegte sie verwundert. So ganz anders als früher. Doch dann berichtigte sie sich selbst. *Er verhält sich seit vielen Monden anders als früher. Ich bin es, die ihn auf Abstand hält.*

Später saß sie neben der schlafenden Dala und blickte über das glatte, dunkle Wasser vor ihnen hinweg. Alles war wie immer. Der Bug des Bootes tanzte leicht auf den Wellen, hoch über ihnen zogen Möwen kreischend ihre Kreise. Die Klippenkette des Festlandes wurde jetzt immer wieder von kleinen, schroffen Buchten unterbrochen, die Zuflucht vor jeder Gefahr boten, die ihnen auf dem Wasser drohen mochte.

Vielleicht spürte sie wirklich nur einen aufziehenden Sturm. Aber dann dachte sie an Gelerts Lächeln und wurde erneut von dunklen Ängsten heimgesucht.

Des Nachts schliefen sie an Land in kleinen Höhlen, aber andere Menschen bekamen sie nur selten zu Gesicht, denn das Land an der äußersten Spitze der Nordküste war rau und unwirtlich, kaum jemand wagte, sich auf dem regengepeitschten Boden anzusiedeln.

Am sechsten Morgen schoben sie bei immer noch ruhigem Wetter das Boot in die Bucht hinaus, und als sie auf das offene Wasser hinausruderten, sahen sie einen schwachen ockerfarbenen Streifen weit draußen im Westen am Horizont schimmern. Kleine weiße Kämme begannen sich auf den Wellen zu kräuseln.

Der Kapitän spie über die Bootswand und kratzte sich das Kinn. »Da braut sich ein übles Unwetter zusammen.« Er blickte sich aufmerksam nach allen Seiten um. »Wir halten schon auf das große Kap zu, an dieser Landspitze gibt es keine Möglichkeit, irgendwo anzulegen«, erklärte er Eremon. Die Männer an den Rudern hoben die Köpfe und hörten ihm mit besorgten Mienen zu. »Aber ich glaube, wir können es noch bis zur Bucht auf der anderen Seite schaffen.«

»Seid Ihr sicher?« Eremon spähte gen Himmel. »Wir müssen uns allein auf Euer Urteil verlassen.«

Der Kapitän zögerte, dann lächelte er, wobei er ein schadhaftes Gebiss entblößte. »Ich bin sicher – vorausgesetzt, Eure Männer und meine rudern so schnell, wie Arawns Hunde fliegen können.«

Eremon betrachtete die an ihm vorübergleitenden Klippen. Seit der Wind aufgefrischt hatte, musste er unaufhörlich an Rhianns Vorahnungen denken.

Aber man hatte ihn von frühester Jugend an gelehrt, mit unerwarteten Gefahren fertig zu werden. Seine Männer waren zuverlässig, und Calgacus' Ruderer wussten mit ihrem Boot umzugehen. Mit vereinten Kräften mussten sie es eigentlich schaffen, rechtzeitig das rettende Ufer zu erreichen.

Mögen die Götter uns beistehen! Ich hoffe nur, dass meine Anwesenheit an Bord eines Schiffes kein Unheil bringt.

68. Kapitel

»Ich fürchte, unser Kapitän hat die Wetterverhältnisse falsch beurteilt.« Ein paar Stunden waren verstrichen, und jetzt hielt sich Eremon mit einer Hand an einem Seil fest, den freien Arm hatte er um Rhiann geschlungen. Der Rumpf des Bootes hob und senkte sich unter ihren Füßen, und die schwarzen Wolken vor ihnen türmten sich so bedrohlich auf wie eine riesige Woge und schwollen viel schneller an, als er erwartet hatte, wie ihm der aufgeregte Kapitän erklärte.

Dann schob sich die Wolke plötzlich vor die sinkende Sonne, und das helle Tageslicht verblasste zu einem trüben gelblichen Grau. Windböen zerrten an der Takelage. Eremon gab

Rhiann frei und wandte sich an den Kaptän. »Was sollen wir denn jetzt nur tun?«

Das sorgenzerfurchte Gesicht des Mannes war mit einem feinen Schweißfilm bedeckt. Er wischte sich mit dem Handrücken über die Stirn. »Die Brandung hat uns zu nah an die Klippen hier herangetrieben.« Er deutete auf die zerklüfteten, scharfkantigen Felsen am Fuß der Klippen, die einem schwarzen Gebiss glichen, zwischen dessen Zähnen Gischt hervorquoll. »Wir müssen sofort kehrtmachen und versuchen, die letzte Bucht zu erreichen.«

Sie wendeten das Boot und ruderten Richtung Osten zurück. Die Zeit schien still zu stehen, während sie sich durch die immer höher schlagenden Wellen kämpften. Das Boot war in ein gespenstisches schwefelgelbes Licht getaucht, der Wind glich dem Heulen eines verwundeten Tieres. Eremon beugte sich über den Rand des Bugs. Sein Gesicht hatte alle jungenhafte Unbekümmertheit verloren. »Ich dachte, deine Göttin würde uns beschützen«, brummte er, als Rhiann neben ihn trat und sich das windzerzauste Haar zurückstrich.

»Ihr Wille ist unergründlich«, erwiderte sie leise.

»Dann werde ich mich lieber an irdische Mächte halten – meine Arme und die meiner Männer. Das ist alles, was uns jetzt noch retten kann.« Er wandte sich ab und befahl, die losen Packen und Fässer festzuschnüren. Rhiann kroch zu dem Sonnensegel zurück, unter dem Dala kauerte und mit großen Augen blicklos ins Leere starrte. Neben ihr hob Caitlin matt den Kopf und lächelte Rhiann kläglich zu. Sie war ein Kind der Berge, selbst Rhianns Gänsefingerkrauttrank half nicht gegen die Seekrankheit, die sie in den letzten Stunden befallen hatte.

»Der Sturm kommt mich holen«, flüsterte Dala plötzlich. »Ich wusste, dass ich *ihm* entkommen würde, ich wusste es!«

»Bald sind wir alle in Sicherheit.« Rhiann unterdrückte ihre eigene eisige Furcht und legte Dala eine Hand auf das Haar. Es war schweißnass. »Wir haben die schützende Bucht bald erreicht. Hab keine Angst, Kind.«

»Nein, ich werde sterben.« Dalas Stimme klang tonlos. »Das

Ende all meiner Qualen naht – ich spüre es. Dann werde ich endlich frei sein.«

Rhiann erschauerte ob der Macht des Gesichts, die von der schmächtigen Gestalt neben ihr ausging. Das Mädchen verfügte über die Gaben einer großen Seherin! Sie rieb Dalas Hände zwischen den ihren. »Nein, Kind, du musst dich für das Leben entscheiden, nicht für den Tod!«

Aber Dala schien durch sie hindurchzusehen. »Du wirst leben, Schwester. Du und deine Liebe.«

Rhiann fing Caitlins Blick auf. Ihre Augen waren vor Angst geweitet. Just in diesem Moment trommelte eine Wellenfaust gegen das Boot, der Ausläufer des Sturms, der schon vor Tagen draußen auf dem offenen Meer aufgezogen war. Ohne Dalas kalte Hände freizugeben, schloss Rhiann die Augen, als sie alle drei gegen die Bootswand geschleudert wurden.

Mutter, verschone uns!

Im hinteren Teil des Bootes hatten die Ruderer Mühe, sich auf ihren Bänken zu halten. Der Wind nahm an Stärke zu und türmte das Wasser zu riesigen Wellenbergen auf. Eremon ruderte, bis ihm der Schweiß in Strömen über das Gesicht rann, dabei blickte er immer wieder verzweifelt über seine Schulter und hielt nach der rettenden Bucht Ausschau.

Nie wieder werde ich einen Fuß an Bord eines Bootes setzen, das schwöre ich bei Hawens Eiern!

Doch als er sich erneut umblickte, verwandelte sich seine nagende Furcht plötzlich in Wut, denn einer der Männer ließ seine Ruderstange los und erhob sich von seiner Bank. Es war der hoch gewachsene Ruderer mit dem narbenübersäten Gesicht, der erst kurz vor ihrer Abreise an Bord gekommen war. Er stolperte und stürzte zu Boden, als eine weitere Welle gegen das Boot schlug. Eremon ließ seine eigene Ruderstange fahren und kämpfte sich mit geballten Fäusten zu ihm hinüber.

Doch die scharfen Worte erstarben ihm auf den Lippen, als der Mann aus seiner gebückten Haltung zu ihm aufblickte. Sein Gesicht war zu einer entsetzlichen Fratze der Qual verzerrt; der Schmerz, der in ihm wütete, traf Eremon wie ein Schlag und erfüllte das Boot wie Blut, das aus einer Wunde strömt.

Dann zerriss ein gellender, kaum noch menschlicher Schrei die Luft. Eremon fuhr herum und sah Dala neben dem Sonnensegel stehen und einen Arm nach dem blatternarbigen Mann ausstrecken, während Rhiann sie mit aller Kraft festhielt. Als Eremon Dalas Finger mit dem Blick folgte, gefror ihm das Blut in den Adern.

Der Mann war wieder auf die Füße gelangt, er hielt jetzt ein Schwert in beiden Händen.

Will er sich das Leben nehmen, fragte sich Eremon wie betäubt.

Doch der Mann drehte sich zu ihm um und sah ihm direkt in die Augen. Tränen rannen über seine Wangen. »Vergebt mir!«, stieß er heiser hervor.

Dann warf er sich nach vorne und trieb das Schwert mit dem ganzen Gewicht seines Körpers tief in das Lederkleid des Rumpfes.

69. Kapitel

»Nein!«

Eremon sprang mit einem Satz über die Ruderbänke, um sich auf den Mann zu stürzen, aber es war bereits zu spät. Als er kopfüber auf dem Boden landete, sprudelte Meerwasser durch einen breiten Riss und drang ihm in Mund und Nase.

Im nächsten Moment war er wieder auf den Beinen und versuchte, den Verräter zu packen, doch der Mann war flink wie ein Wiesel, und ehe ihn jemand daran hindern konnte warf er sich über die Bordwand und versank im dunklen, gurgelnden Wasser.

Erst jetzt wurde Eremon bewusst, dass die Wellen sie herumgewirbelt hatten und sie auf die Bucht zutrieben, aber sie waren zu nah an die scharfen Felsen vor dem seichten Wasser geraten, und das Boot wurde von den schäumenden Brechern wie ein Stück Kork hin- und hergeworfen.

Wieder ertönte ein markerschütternder Schrei. Eremon blickte auf und sah, wie sich Dalas Liebhaber verzweifelt tief über die Bordwand beugte, aber von Maelchons Königin war nichts mehr zu sehen. Als Rhiann erneut aufschrie, war auch Rawden verschwunden; er musste seiner Geliebten hinterhergesprungen sein. Eremon spannte die Muskeln an, machte Anstalten, ihm zu folgen, da schloss sich eine eiserne Hand um seinen Arm. »Hast du den Verstand verloren, Bruder?«, herrschte ihn Conaire an, dabei deutete er kopfschüttelnd in die tosenden Fluten.

Der Kapitän rief die Männer zu den Rudern auf der landwärts gelegenen Seite hinüber, und in ihrer Verzweiflung brachten sie das Boot mit einigen machtvollen Schlägen der Ruderblätter von den Felsen fort.

Voll hilflosem Entsetzen betrachtete Eremon das Loch, das das Schwert in den Rumpf geschlagen hatte; es war ein breiter, langer Riss, durch den das eisige Wasser rasch in das Boot drang. Viel Zeit blieb ihnen nicht mehr, denn es stand ihnen schon bis zu den Knöcheln. Einige der Männer hatten mit dem Rudern innegehalten und griffen nach jedem rettenden Gegenstand, dessen sie habhaft werden konnten.

»Können wir es bis zur Küste schaffen?«, brüllte Eremon dem Kapitän über das Heulen des Windes hinweg zu.

»Ich denke schon«, keuchte der Mann, dabei deutete er mit einer Hand über die Felsen hinweg. Dahinter konnte Eremon im fahlen Licht ein helles Stück Strand erkennen, an dem sich die Wellen donnernd brachen. »Wir können schwimmen, Prinz, aber wie steht es mit Euch und Euren Männern?«

»Die meisten von uns können es ebenfalls«, erwiderte Eremon. »Aber leert alle Fässer aus – nehmt euch etwas, was auf dem Wasser treiben kann. Beeilt euch, viel Zeit haben wir nicht mehr.«

Er watete durch das Wasser zum Bug, wo Rhiann mit um

den Oberkörper geschlungenen Armen kauerte und sich hin- und herwiegte. Eremon kniete neben ihr nieder und nahm ihr nasses Gesicht in beide Hände. Caitlin beugte sich über sie; auch sie kämpfte mit den Tränen.

»Ich habe versucht, sie festzuhalten, aber sie hat sich losgerissen.« Rhianns Augen waren weit aufgerissen. Nackte Qual spiegelte sich darin wider. Eremon barg ihr Gesicht an seiner Schulter.

»Es war nicht deine Schuld.« Er strich ihr das feuchte Haar zurück. »Kannst du schwimmen?« *Ich darf sie nicht verlieren … ich werde sie nicht verlieren … ich lasse es nicht zu …*

»Ja«, flüsterte Rhiann. »Ich habe es auf der Insel gelernt.«

»Tapferes Mädchen.« Erleichterung durchströmte ihn.

Conaire kämpfte sich zu ihnen durch und schloss Caitlin in die Arme. Sie wechselten ein paar leise Worte, dann drehte sich Conaire mit vor Entsetzen geweiteten Augen zu Eremon um. »Caitlin kann nicht schwimmen, Bruder.«

Rhiann rang nach Atem und zog sich mühsam hoch, während Eremons Blick verzweifelt durch das Boot schweifte. »Die Vorratsfässer sind jetzt leer. Binde sie an einem davon fest. Du musst versuchen, sie über Wasser zu halten. Du kannst es, das weiß ich.«

Die Furcht in Conaires Gesicht schnitt Eremon ins Herz, aber dann sickerte sein Vorschlag in das Bewusstsein seines Bruders ein, und er gewann seine Fassung wieder.

Das Wasser im Boot reichte ihnen jetzt bis zu den Knien, aber die Männer ruderten noch immer aus Leibeskräften, um näher an den Strand heranzukommen, und die Wellen, die gegen den Bootsrumpf hämmerten, halfen ihnen bei ihren Bemühungen.

Eremon nahm Conaire eines der Fässer ab und brachte es zu Rhiann, die bei Caitlin stand und ihre Hände hielt. »Halte dich daran fest, sobald du im Wasser bist«, sagte er, während er ein Stück Tau um das Fass band. »Lass nicht los, egal was kommt.« Er strich ihr über das Gesicht, und Conaire nahm Caitlin in die Arme.

Das Geräusch der Brandung am Strand wurde immer lauter, doch das Boot begann jetzt rasch zu sinken; das Wasser, das durch den Riss im Boden strömte, zog es in die Tiefe, und schon begannen die ersten Wellen über den Rand zu schlagen. Sie durften keine Zeit mehr verlieren.

Einer nach dem anderen sprangen sie in das eisige Wasser. Die Kälte drang ihnen bis ins Mark, und die Wellen schlugen über ihren Köpfen zusammen. Dann wurden sie von der Strömung ergriffen und kämpften nach Luft ringend darum, das rettende Land zu erreichen.

Eremon gelangte prustend und schnaubend an die Oberfläche, drehte sich einige Male um sich selbst und blickte verzweifelt von einer im Wasser treibenden Gestalt zur nächsten.

Rhiann! Nur dieser eine Name hallte in seinem Kopf wider.

Rhianns erster Gedanke war: *Mir ist kalt*, dann: *Warum liege ich in Eremons Armen?*

Doch im nächsten Moment stürmten die Erinnerungen wieder auf sie ein, sie schlug die Augen auf und blickte zum grauen Abendhimmel empor. Sie dachte an die tobende See, die Wellen, die sie in die Tiefe geschleudert hatten, das salzige Wasser, das ihr in Mund und Nase gedrungen war, ehe Eremon sie an den Strand gezogen hatte. Sie wusste noch, dass sie sich mühsam aufgerappelt hatte, als Conaire mit Caitlin in den Armen auf sie zugekommen war, und dass sie die Schwester fest an sich gedrückt gehalten hatte, bis sie ganz sicher war, dass sie kräftig und gleichmäßig atmete und am Leben bleiben würde.

Eine Weile blieben sie alle wie vom Meer angeschwemmte Treibholzstücke kraftlos auf dem Sand liegen, dann krochen sie unter einen Felsüberhang, wo sie vor Kälte zitternd die Nacht verbrachten, während der Sturm über die Bucht fegte und der Wind die Wellen weit den Strand hochschlagen ließ.

Am Morgen flaute der Sturm so plötzlich ab, wie er aufgezogen war, und in der plötzlichen Stille konnte Rhiann nur an die andere Schwester denken, die in den Fluten umgekommen war. Dala.

Tränen traten ihr in die Augen und schmolzen die Salzkörnchen, die in ihren Wimpern klebten. Eremon regte sich, als er ihre abgehackten Atemzüge hörte, und schloss sie fester in die Arme. Zuerst verspürte sie den altvertrauten Drang, von ihm abzurücken, aber der Wunsch nach Wärme und Trost war stärker.

»Rhiann?«

Sie wandte den Kopf und blinzelte ihn an. »Mir ist nichts geschehen, Eremon.«

»Den Göttern sei Dank.« Sein Atem streifte ihr Ohr. Rhiann kämpfte gegen die Müdigkeit an, die sie zu überwältigen drohte, und richtete sich auf.

»Eremon, die Männer…«

Obwohl sie wusste, dass alle überlebt hatten, spähte sie im Schatten des Überhanges nach Caitlins und Conaires goldenen Köpfen, Colums grauem Haar und Fergus' hellen Augen. Sie waren vorerst in Sicherheit, aber Eremon wusste ebenso gut wie sie, wie gefährlich ihnen die feuchten Kleider und die Kälte werden konnten.

Sie überprüften die wenigen Dinge, die ihnen geblieben waren. Die Vorräte waren über Bord geworfen worden, weil sie die Fässer als Flöße benötigt hatten, auch ihre Waffen und sonstigen Habseligkeiten waren verloren – bis auf zwei Bogen, deren Sehnen jedoch erst trocknen mussten, ehe sie damit auf die Jagd gehen konnten. Zur Überraschung aller hatte Eremon trotz des Gewichts sein Schwert gerettet. »Es hat meinem Vater gehört«, erklärte er knapp. »Ich hatte nicht die Absicht, es auf dem Grund des Meeres zurückzulassen.«

Wärme war jetzt das, was sie am dringendsten brauchten. Eremon schickte Caitlin und die Männer los, um nach halbwegs trockenem Holz zu suchen, während er und Conaire begannen, die Fässer in Stücke zu zerlegen. Dabei blickte er zu Rhiann hinüber, die stumm im Sand am Wasserrand saß. Er hatte sie gebeten, sich ein wenig auszuruhen, und dieses eine Mal hatte sie sich seinem Wunsch gefügt.

Doch als er sah, wie sie sich über die Augen wischte und den Kopf senkte, überließ er Conaire die Fässer und ging zu ihr. »Eremon«, sagte sie, ohne sich umzudrehen. »Mein Gefühl hat mich nicht getrogen. Ich wusste, dass etwas mit diesem Mann nicht stimmte. Warum habe ich nichts unternommen?«

Ihre Stimme brach, und er legte ihr eine Hand auf die Schulter. »Wie hättest du vorhersehen sollen, was er vorhatte? Es ist nicht deine Schuld.«

»Aber ich war blind, wo ich hätte sehen müssen!« Sie fuhr zu ihm herum. »Jetzt weiß ich Bescheid, aber jetzt ist es zu spät. Zu spät für Dala und Rawden.«

Ein paar Haarsträhnen klebten in ihrem Gesicht. Eremon strich sie behutsam zurück. »Was weißt du?«

Rhiann drehte sich wieder zum Wasser um. »Der pockennarbige Mann handelte auf Maelchons Befehl. Maelchon wollte uns töten ... weil ich ihn bloßgestellt habe ... und weil er von mir besessen war.« Sie zupfte an einem Seetangstrang herum. »Diesem Mann hat eine furchtbare Last auf der Seele gelegen, das habe ich vom ersten Augenblick an gespürt.«

»Er war vor Verzweiflung fast von Sinnen«, stimmte Eremon zu, der an die letzten Worte des Mannes denken musste. »Er wollte es nicht tun, Rhiann. Maelchon muss aus irgendeinem Grund große Macht über ihn gehabt haben.«

»Was ist mit Gelert, Eremon? Er *wusste*, was geschehen würde. Er muss herausgefunden haben, wann wir abreisen wollten, und es Maelchon verraten haben. Er hat versucht, uns umzubringen – so sicher, als wäre er selbst mit dem Schwert auf uns losgegangen.«

Eremons Gesicht verhärtete sich. »Nach unserer Rückkehr werde ich diesen Druiden öffentlich zur Rede stellen.«

Rhiann seufzte. »Wir haben keine Beweise für seine Schuld.«

»Doch – das, was wir alle mit eigenen Augen gesehen haben.«

»Wenn sein Plan aufgegangen wäre, könnte ihn niemand mehr zur Verantwortung ziehen.« Rhiann erschauerte. »Ich frage mich immer noch, wieso Maelchons Mann so lange gewartet hat. Nur deshalb sind wir noch am Leben.«

Eremon kauerte sich neben sie. »Maelchon wollte vermeiden, dass unser Tod irgendwie mit seiner Person in Verbindung gebracht werden kann. Ich nehme an, unser Mann hatte strikten Befehl, erst dann zu handeln, wenn wir so weit von den Orkney-Inseln weg waren wie möglich. Vielleicht hat der Sturm seine Absichten durchkreuzt, vielleicht befürchtete er, wir könnten doch noch ans Ufer gelangen.« Er dachte an die wilde Verzweiflung in den Augen des Mannes. »Ich glaube nicht, dass er noch klar und vernünftig denken konnte, Rhiann, und hier lag Maelchons großer Fehler. Angst ist nicht der beste Weg, um einen Menschen zu beherrschen.«

»In Dalas Fall schon. Sie hat sich förmlich von mir losgerissen, ehe die Welle sie erfasste. Ich denke ... ich denke, sie hatte zu sehr gelitten, um noch weiterleben zu wollen.«

»Dann trifft dich keinerlei Schuld an ihrem Tod.«

In diesem Moment tauchte Caitlin in der Ferne auf, kletterte über die Felsen, die diese Bucht von der nächsten trennten, und kam auf sie zu. Ihr kleines, von unordentlichen Zöpfen umrahmtes Gesicht war grimmig verzogen. »Wir haben Dala gefunden«, sagte sie, dabei warf sie Rhiann einen verstohlenen Blick zu. »Und ihren Geliebten.«

Mit einem erstickten Aufschrei sprang Rhiann auf und rannte über den Strand davon.

Eremon hielt Caitlin zurück, als sie ihr folgen wollte. »Lass sie«, bat er. »Sie muss jetzt mit ihrer Trauer allein sein.«

»Den Leichnam des Verräters haben wir auch entdeckt«, murmelte Caitlin. »Weiter strandabwärts. Der Sturm hat sie alle an Land gespült.«

Eremon wischte sich Sand von den Fingern. »Er wird mit den anderen zusammen begraben. Sie sind alle die Opfer ein und desselben Mannes.«

Der kaledonische Kapitän wusste, wo sie an Land geschwemmt worden waren. »Wenn wir diese Landspitze überqueren, werden wir entlang der Westküste auf Siedlungen stoßen«, erklärte er an diesem Abend, als sie an einem kleinen, aus den Überresten der Fässer entfachten Feuer saßen. Es hatte aufgehört zu regnen, aber noch immer wehte ein kalter Wind, und dunkle Wolken standen am Himmel.

»Vielleicht können wir dort an Bord eines Schiffes gehen, das uns nach Dunadd zurückbringt«, fügte Rhiann hoffnungsvoll hinzu.

Eremon betrachtete sie über das Feuer hinweg. Die Begräbnisriten, die sie an diesem Nachmittag zelebriert hatte, schienen eine heilende Wirkung auf ihren Körper und ihre Seele ausgeübt zu haben. Zwar waren ihre Augen noch immer von Kummer umschattet, aber sie hatte sich offenbar in das Unabänderliche gefügt. *Den Göttern sei Dank*, dachte er. *Sie muss im Vollbesitz ihrer Kräfte sein, wenn wir sicher nach Hause kommen wollen.*

»Die Menschen hier leben von den anderen Stämmen abgeschnitten«, erklärte sie Caitlin gerade. »Deshalb fließt das Blut des Alten Volkes auch noch sehr stark in ihren Adern, sie bringen den Mitgliedern der Schwesternschaft weit größeren Respekt entgegen, als es in anderen Teilen Albas der Fall ist. Vielleicht dauert es nicht mehr lange, bis wir Hilfe finden.«

Obgleich sie alle erschöpft und hungrig waren, mahnte Eremon schon in der Morgendämmerung, als die ersten zaghaften Sonnenstrahlen durch die Lücken zwischen den Wolken fielen, zum Aufbruch. Er wollte sich möglichst bald wieder innerhalb fester Mauern befinden, vorzugsweise innerhalb derer von Dunadd.

Nach einem zweitägigen Marsch durch öde, kahle Täler erreichten sie einen langen Sandstrand an der Westküste, über dessen Dünen ein schneidender Wind hinwegfegte. Aber in den baumlosen Hügeln dahinter stießen sie immer noch nicht auf Wild.

Nach einem kärglichen Mahl aus Napfschnecken, die sie in den Felsen am Strand gesammelt hatten, rollten sie sich in den Dünen in ihre feuchten Umhänge und rückten so nah wie möglich an das ersterbende Feuer heran.

»Morgen müssen wir in das Landesinnere vordringen, wir

brauchen dringend Fleisch«, sagte Eremon zu Rhiann, als sie, jeder in seinen eigenen Umhang gewickelt, im klammen Sand lagen. »Ich kann nicht zulassen, dass meine Männer noch schwächer werden. Vielleicht müssen wir uns schon bald gegen Feinde verteidigen, und außer meinem Schwert haben wir keine Waffen.«

»So lange ich bei euch bin, droht euch keine Gefahr.« Rhiann drehte sich auf den Rücken.

»Wie kannst du da so sicher sein?«

Ehe sie antworten konnte, stieß Fergus, der die erste Wache übernommen hatte, einen lauten Schrei aus. Alle Männer sprangen auf.

Eremon spähte ins Dunkel. Er konnte kaum glauben, was er sah: Ein Kreis kleiner Männer löste sich aus der Nacht; sie schienen aus den Felsen rund um sie herum oder aus der Erde selbst zu kriechen. Ihre Kleider hatten die Farbe von feuchtem Sand, Seetang und Flechten. Ihre Augen glühten im Feuerschein wie die von Wölfen.

Eine der Gestalten trat vor und stieß Fergus dabei unsanft vor sich her.

»Er hat einen Pfeil in den Sand geschossen«, keuchte Fergus. »Als ich nachsehen wollte, woher das Geräusch kam, schlich er hinter mich und drückte mir einen Speer in den Rücken. Es tut mir Leid, ich war so erschöpft, dass ich …«

»Still!«, befahl Eremon scharf. »Für Vorwürfe ist es jetzt zu spät.« Er hob sein Schwert, sodass sich das Licht in der Klinge fing – eine Geste, die die Angreifer nicht missdeuten konnten. »Wenn ihr diesem Mann etwas zu Leide tut, werdet ihr mein Schwert zu schmecken bekommen, das schwöre ich euch!«, rief er laut.

Der Mann, der Fergus in seiner Gewalt hatte, bellte etwas, was Eremon kaum verstand; er schien sich eines fremden Dialektes zu bedienen. Aber Eremon erkannte das Wort *gael*, da dämmerte ihm zu seinem Entsetzen, dass diese Leute ihn und seine Männer im hellen Tageslicht gesehen hatten. Sie wussten, dass sie nicht die landesüblichen Tätowierungen trugen, was sie als Fremde, als mögliche Feinde auswies und sie an dieser abgelegenen Küste in eine gefährliche Situation brachte, zumal sie außer seinem Schwert keine Waffen bei sich trugen.

Er spürte, wie Rhiann an seine Seite trat. »Tu dieses eine Mal, was ich dir sage, nur dieses eine Mal«, bat sie leise. »Misch dich nicht ein, oder wir können alle sterben. Jeder dieser Männer zielt mit einem Pfeil auf uns.«

Ehe Eremon sie zurückhalten konnte ging sie auf den Mann zu, der eben gesprochen hatte, und sagte ein paar scharfe Sätze in demselben rauen Dialekt. Eremon verstand nur die Worte »Ban Cré« und »Epidier«.

Der Mann erwiderte etwas. Seine Stimme klang jetzt weitaus weniger feindselig, aber er presste Fergus noch immer seinen Speer in den Rücken. Dann straffte sich Rhiann plötzlich und hob eine Hand. Als sie wieder das Wort ergriff, sprach sie in demselben bezwingenden Ton, in dem sie auch die Totenrede für Dala und Rawden gehalten hatte. Im tanzenden Schein der Flammen schien ihre Silhouette zu erzittern, zu wachsen und zu erstrahlen, als sie wie damals beim Beltanefest ihren Priesterinnenzauber um sich warf. Ihr Haar umgab ihren Kopf wie ein Feuerkranz … oder erweckte nur das Licht diesen Eindruck?

Während sie sprach, kam Leben in die kleinen Männer. Sie begannen miteinander zu flüstern, bis ihr Anführer ihnen einen knappen Befehl erteilte, einen Schritt zurücktrat und Fergus freigab.

Fergus stolperte zu Eremon hinüber, und der Anführer der Neuankömmlinge schritt langsam auf Rhiann zu, kniete vor ihr nieder, legte ihr seinen Speer vor die Füße und verharrte mit demütig gesenktem Kopf in dieser Haltung.

Eremon stieß vernehmlich den Atem aus. Obwohl die Gefahr überstanden war, zitterte er vor Schreck noch immer am ganzen Leib. Er beobachtete, wie Rhiann eine Hand auf den Kopf des Mannes legte und leise auf ihn einsprach, dann erhob er sich wieder.

Jetzt sah Eremon, dass er Rhiann nur bis zur Schulter reichte. Sein Haar und seine Augen schimmerten tiefschwarz. Er trug karierte Hosen und eine ärmellose Tunika, aber trotz der kühlen Nachtluft keinen Umhang. Den Grund dafür erkannte Eremon sofort: Der reich verzierte Lederköcher, den er sich über den Rücken geschlungen hatte, die mit Ocker gefärbten Pfeile und der Handgelenkschutz aus poliertem Stein verrieten ihm, dass der Bogen für diese Menschen die wichtigste Waffe darstellte. Ein Umhang oder Ärmel behinderten sie beim Spannen der Sehne. Nur das Band aus geflecktem Seehundsfell, das er am Oberarm trug, und ein Muschelhalsband unterschieden den Anführer von seinen Männern.

Eremon ging langsam auf Rhiann zu, ohne die Augen von dem Mann zu wenden. Dieser erwiderte seinen Blick offen, fast stolz, obgleich er den Kopf in den Nacken legen musste, um zu ihm aufblicken zu können.

»Erinnere mich daran, dass ich dich öfter einmal direkt in eine drohende Gefahr hineinlaufen lasse«, flüsterte er Rhiann zu.

»Eremon.« Rhiann deutete auf den Anführer. »Dies ist Nectan, Sohn der Gede, ein Häuptling der Caerenier. Sie gehören zu den Stämmen des Westens, um deretwillen wir hierher gekommen sind. Er möchte wissen, warum ich Gälen in sein Stammesgebiet gebracht habe.«

Jetzt, da Eremon den Mann aus der Nähe betrachten konnte, entdeckte er Silberfäden in dem schwarzen Haar und tiefe Furchen, die um seine Augen herum verliefen und verrieten, dass er ständig der Sonne und dem Seewind ausgesetzt war. »Dann erklärst du ihm am besten, wer ich bin und was mich hierher geführt hat.«

Nachdem die Vorstellungsförmlichkeiten vorüber waren, überschüttete Nectan Rhiann mit einem Schwall von Fragen, denen Eremon kaum folgen konnte. Rhiann gab ihm geduldig die gewünschten Auskünfte, und schon bald schien die Neugier des Mannes befriedigt zu sein. Er musterte Eremon forschend von Kopf bis Fuß, ehe er sich wieder zu seinen eigenen Männern gesellte. Ein erregtes Stimmengewirr erhob sich.

»Warum kann ich ihn so schlecht verstehen?«, wunderte sich Eremon.

»Diese Menschen benutzen noch viele Worte aus der Alten Sprache. Deswegen kannst du einiges von dem verstehen, was er sagt, aber nicht alles. Wenn er möchte, kann er sich auch in unserer Sprache mit uns verständigen.«

»Wie hast du ihn dazu gebracht, sich zu ergeben?«

Rhiann lächelte. »Er hat sich nicht ergeben. Er hat einer Ban Cré seine Ergebenheit bekundet. Hier wird die Große Mutter stärker verehrt als die Schwertgötter. Ich habe heilige Worte an ihn gerichtet, daher hat er mir Glauben geschenkt.«

»Was hast du ihm über mich und meine Männer erzählt?«

»Ich habe ihm gesagt, dass du mein Weggefährte bist und mich auf dieser Reise begleitest, um mich zu beschützen.«

»Weggefährte?«

»Sie benutzen ein anderes Wort für ›Gemahl‹.« Rhiann legte Eremon eine Hand auf den Arm. »Eremon, all das beruht auf alten Sagen und Legenden. Für uns zählt nur, dass sie uns die Hilfe geben, die wir so dringend brauchen. Sie werden uns in ihr Dorf mitnehmen, und dann werde ich sie bitten, uns bei der Heimkehr nach Dunadd behilflich zu sein. Sie achten mich, aber dir stehen sie noch mit Argwohn gegenüber, also musst du dich voll und ganz auf mich verlassen. Mehr kannst du nicht tun.«

Eremon nickte bedächtig, da er erkannte, dass sie Recht hatte. »Ich werde mich bemühen, meine besten Manieren an den Tag zu legen, vor allem, wenn sie uns etwas zu essen vorsetzen. Ich habe Hunger wie ein Bär!«

70. Kapitel

Nectan kam zu Rhiann zurück und wies sie an, ihm mit ihren Leuten zu folgen. Der »Mann mit dem Schwert« sollte sich an seiner Seite halten. Seine Männer umringten die kleine Gruppe. So wurden sie in die Dünen zurückgeführt und gelangten schließlich auf einen schmalen Pfad, der Richtung Süden führte.

Der Wind hatte die letzten Wolken fortgetrieben, der Mond stand hoch am schwarzen Himmel und spiegelte sich in einem seichten See neben dem Pfad wider. Sie durchquerten einen kleinen Fluss, der über den Sand sprudelte, ehe sich der Weg wieder in die Höhe wand, und erreichten Nectans Dorf, als der Mond halb am Horizont versunken war.

Dort bot sich ihnen ein seltsamer Anblick. Zwischen den Dünen ragten zahlreiche kleine, spitze Dächer wie die Helme einer begrabenen Armee aus dem Sand. Nectan blieb vor einem Gang stehen, der in die Dünen zu einem der Dächer führte. »Kommt, wir werden euch eine Mahlzeit vorsetzen«, sagte er. »Dann werden wir miteinander reden.«

Eremon musterte den kleinen Strohkegel, der aus dem Sand hervorschaute, dann den schmalen Gang. »Wir alle? Wir können doch unmöglich alle in diesem Haus Platz finden.«

»O doch.« Das Lächeln war aus Rhianns Stimme deutlich herauszuhören. »Bei diesen Menschen ist nicht alles so, wie es zu sein scheint.«

Sie gingen einen mit massiven Steinplatten gedeckten Gang entlang, und als sie ein riesiges, perfekt in eine Dünenmulde hineingebautes Haus betraten, begriff Eremon, was Rhiann gemeint hatte.

In der großen Feuerstelle in der Mitte flackerte ein helles Feuer, das die äußeren Steinwände wärmte, aber dann gab es noch einen Ring aus Pfeilern, der ein flaches, von Balkenköpfen gestütztes Dach trug. In der Mitte, wo die steinerne Decke endete, wurde die Öffnung von dem Strohdach bedeckt, das sie von außen gesehen hatten. Es war schwer zu glauben, dass ein solches Haus von oben nicht bemerkt werden konnte und trotzdem optimalen Schutz vor den wilden Regenstürmen bot, die vom Meer her über das Land peitschten.

Eremon betrachtete Nectan, der ihn mit einem Ausdruck leiser Belustigung beobachtete, plötzlich mit neuem Respekt.

»Sohn der Gede, das ist ein bemerkenswertes Haus. Ich habe noch nicht einmal in meinem eigenen Land je eine so ausgeklügelte Konstruktion gesehen.«

Nectan strahlte, klopfte Eremon auf den Rücken und bedeutete ihm und seinen Männern, rund um die Feuerstelle herum Platz zu nehmen. Rhiann führte er zu seiner Frau, die sich ehrerbietig verneigte und ihr die Hand küsste, ehe sie für sie und Caitlin ein besticktes Kissen ganz nah ans Feuer schob.

Von dem eisernen Kessel, der über der Glut hing, stieg noch immer der würzige Duft eines Hammelfleischgerichtes auf, aber da die Familie bereits zu Abend gegessen hatte, war nicht mehr genug übrig, um unerwartete Gäste damit zu bewirten. Nectans Frau sandte ihre vielköpfige Kinderschar zu den umliegenden Häusern, und bald darauf stand ein reichhaltiges Mahl aus Haferbrei, Brot und frischem Käse auf dem Tisch.

Eremon und seine Männer fielen hungrig über die Speisen her und spürten schnell, wie die Kraft in ihre Glieder zurückkehrte. Nectan ging zu einem Fass in einer Nische und kam mit einem Holzkrug voll Ale wieder, der ebenfalls rasch geleert wurde.

Während er Hunger und Durst stillte, bemerkte Eremon, wie der kleine Mann seinen goldenen Halsreif anstarrte. Die dunklen, wachsamen Augen flößten ihm Unbehagen ein. Rhiann aß langsamer als er und flüsterte dabei unablässig erst mit Nectans Frau und dann mit Nectan selber, der sich neben sie gesetzt hatte. Schon bald schüttelte sie den Kopf und hob die Stimme, als bemühe sie sich, etwas zu erklären, was außer ihr niemand verstand. Dann runzelte Nectan die Stirn und presste störrisch die Lippen zusammen. Caitlin blickte besorgt von einem zum anderen.

Rhiann sah zu Eremon hinüber. »Ich habe ihm gesagt, weshalb wir hergekommen sind – weil ein Krieg mit den Römern droht.«

»Was sagt er dazu?«

»Dass die Göttin uns gewogen ist. Alle Häuptlinge der Caerenier und Carnonacaer reisen über das Meer zur Heiligen Insel.« Ein Hauch von Schmerz huschte über ihr Gesicht. »In weniger als einer Woche ist Beltane – für die Inselbewohner diesmal ein besonders heiliges Fest, denn es fällt mit dem Vollmond zusammen, und das geschieht im Mondzyklus nur alle achtzehn Jahre einmal.«

»Dann müssen uns die Götter in der Tat gnädig gesonnen sein, weil sie uns ausgerechnet zu dieser Zeit hierher geführt haben.«

»Ja.« Rhiann starrte ihn an, ohne ihn bewusst wahrzunehmen.

»Base.« Caitlin legte eine kleine Hand auf Rhianns Arm. »Was ist dir?«

Doch Rhiann gab ihr keine Antwort, und Eremon sah ihr an, dass sie irgendetwas stark bewegte.

»Ich möchte mit der Ban Cré unter vier Augen sprechen«, bat er. Nectan neigte den Kopf und bedeutete seiner Frau, zwei Schaffellumhänge für sie beide zu holen.

Draußen im Freien gingen sie schweigend über den Sand der Dünen, der im Licht des sinkenden Mondes wie Bronze schimmerte.

»Unsere Ankunft hier mit nichts als unseren Kleidern auf dem Leib stand nicht gerade unter einem günstigen Stern.« Eremon fuhr sich mit den Fingern durch sein salzverklebtes Haar. »Aber beim Großen Eber – jetzt bietet sich uns eine Gelegenheit, die zu gut ist, um sie sich entgehen zu lassen!«

Rhiann erwiderte darauf nichts, sondern blickte nur stumm auf das Meer hinaus. Eremon nahm sie am Ellbogen. Er spürte, wie ein Schauer durch ihren Körper lief.

»Etwas lastet dir auf der Seele«, stellte er fest. »Du hast Angst, auf die Insel zurückzukehren, die so lange deine Heimat war, nicht wahr? Zu dem Ort, wo der Überfall stattgefunden hat.«

»Ich kann nicht dorthin zurück. Ich kann nicht!«

»Rhiann, ich weiß, wie sehr du unter diesen furchtbaren Erinnerungen leidest, aber es sieht so aus, als hätten wir gar keine andere Wahl.« Er zog sie an sich. »Ich werde dich beschützen, wenn die Träume wieder kommen.«

Obwohl der Wind nicht allzu kalt war, erschauerte sie erneut. »Du verstehst nicht! Ich habe zu Nerida, der Ältesten Schwester, gesagt, ich würde niemals zurückkommen, ich könnte es nicht ertragen, je wieder in ihre Gesichter zu sehen. Wenn ich doch zurückgehe, kann ich mich nicht verstecken … nicht vor *ihnen*.« Sie senkte den Kopf. »Du verstehst das nicht.«

Ein dünner Zopf fiel ihr ins Gesicht, und er schob ihn sacht hinter ihr Ohr zurück. »Was schlägst du dann vor? Wir können Richtung Süden gehen, obwohl uns dann ein harter Marsch bevorsteht. Aber ich werde es tun – meine Männer werden es tun –, wenn das dein Wunsch ist.«

Rhiann hob seufzend den Kopf. »Das geht nicht, Eremon. Calgacus hat dir sein Vertrauen geschenkt, bei diesem einen Besuch kannst du vielleicht Tausende von Männern auf deine Seite ziehen. Es wäre eine sträfliche Dummheit, nicht hinzugehen … ich werde am Strand bei den Booten bleiben und mich nirgendwo sehen lassen.«

Diese Nacht schliefen sie in einer Nische in Nectans Haus auf einem Lager aus Moos und getrocknetem Farn, das mit Seehundfellen bedeckt war.

Tief in einem Traum von einer einsamen Küstenlinie gefangen, vernahm Eremon den klagenden Schrei einer Möwe, die hoch über ihm am Himmel schwebte. Doch dann verklang der Schrei zu einem Wimmern, und noch im Traum erkannte er, dass etwas nicht stimmte. Der Schrei einer Möwe klang anders.

Mit einem Mal war er hellwach, und als das Wimmern erneut ertönte, merkte er, dass es von Rhiann kam, die mit dem Gesicht zur Wand neben ihm lag. Er legte ihr sanft eine Hand auf die Schulter. »Rhiann?« Sie stieß einen lang gezogenen Seufzer aus, dann spürte er, wie sich ihr Körper verspannte, als sie erwachte. »Ganz ruhig«, flüsterte er ihr ins Ohr. »Ich bin es nur. Hattest du wieder diesen Traum?«

Sie nickte, während sie erstickt nach Atem rang. Eremon zog sie eng an sich. »All das ist lange her, Rhiann. Jetzt bist du in Sicherheit.«

Seine tröstenden Worte ließen offenbar einen Damm in ihr brechen, denn sie begann zu zittern und barg das Gesicht in den Armen. Die ganze Zeit hielt Eremon sie fest an sich gedrückt und sprach leise auf sie ein, murmelte sinnlose Worte, um sie zu beruhigen.

Doch obgleich ihm ihre Qual ins Herz schnitt, konnte er ein leises Hochgefühl nicht unterdrücken. *Das ist das erste Mal, dass ich sie so in den Armen halten darf.*

Rhiann war zu erschöpft, um die Tränen zurückzuhalten. Der Untergang des Bootes … das Bewusstsein, sich so nah bei der Heiligen Insel zu befinden … die Furcht davor, erneut die vertraute Erde betreten zu müssen – all dies hatte eine Bresche in den Schutzwall gerissen, der ihr Herz umgab. Nun konnte der Schmerz ungehindert hindurchströmen.

Mit der Klarheit, die abgrundtiefe Verzweiflung mit sich bringt, erkannte sie, dass die Trennung von den Schwestern der größte Kummer in ihrem Leben war. Sie hatte ihn tief in ihrem Inneren vergraben, aber jetzt konnte sie die Stimmen von Nerida und Setana hören, die sie riefen. Ihr zuriefen, doch nach Hause zu kommen.

Der Schmerz schwoll an, würgte sie in der Kehle, erfüllte jede Faser ihres Körpers. Wie aus weiter Ferne drang Eremons Stimme an ihr Ohr, und obwohl sie nicht verstand, was er sagte, fühlte sie sich in seinen Armen seltsam sicher und geborgen, und sie begriff plötzlich, dass sie genau dieses Gefühl während der letzten Jahre bitter entbehrt hatte.

Als die Tränen endlich zu salzigen Spuren auf ihren Wangen getrocknet waren, stellte ihr Eremon eine Frage. »Wie lange hast du auf der Heiligen Insel gelebt, Rhiann?«

»Dreizehn Jahre«, flüsterte sie.

»Erzähl mir von dieser Zeit. Du hast doch sicher auch viele schöne Erinnerungen daran.«

Rhiann seufzte. *Mutter, ich habe meinen Frieden mit dir gemacht. Warum hast du mich zurückgebracht? Habe ich denn nicht genug gelitten?*

»Den Tod meiner Mutter habe ich nie verwunden«, murmelte Eremon dann. Sein Atem streifte ihr Ohr. »Ich erinnere mich noch an ihre Augen… und an ihren Duft… wie Honig und Milch… an ihre weiche Hand, mit der sie mir über das Haar strich. Ich glaube, von einem Jungen erwartet man, dass er solche Dinge vergisst. Aber ich habe es nie vergessen. Außer ihr gab es nichts Sanftes in meinem Leben.«

Rhiann musste an Drust denken – und daran, wie sehr sie die Krieger, diese rauen Männer mit ihren Schwertern immer gehasst hatte.

»Du bist in Sicherheit«, flüsterte Eremon erneut. »Erzähl mir, woran du dich erinnerst.«

Seine Worte trugen sie über die unruhige See hinweg zu einer flachen Insel aus Felsgestein und grünen Wiesen, die sie einst so sehr geliebt hatte. Die windgepeitschte Küste, die vielen kleinen Seen, die regennassen Felsen, all diese Bilder zogen wieder an ihr vorbei.

Sie musste sich endlich ihren Erinnerungen stellen, und diese rissen sie mit sich, brachten sie an einen Ort zurück, an dem sie glücklich gewesen war. Die Schwestern waren ihre Familie gewesen, sie hatte zu ihnen gehört…

Dieses eine Mal wollte sie dem Drang nachgeben, sich in ihren Erinnerungen zu verlieren. Ihr war, als würde sie in eine Zeit zurückkehren, in der sie Kummer und Schmerzen noch nicht gekannt hatte.

»Ich werde dir etwas erzählen«, sagte sie schließlich, wobei sie mit weit offenen Augen ins Dunkel starrte. »Von dem Tag, an dem ich zur Frau wurde.«

71. Kapitel

Eremon sollte sich sein ganzes Leben lang an diese Geschichte erinnern, denn er sah und durchlebte all das, was ihre Worte vor ihm entstehen ließ. Eine andere Rhiann begleitete ihn auf diesem Weg; eine Rhiann, von der er einst geglaubt hatte, nie zu ihr durchdringen zu können; eine Rhiann, die lachte und weinte und zur Liebe fähig war.

Es war ein Erlebnis, das er nie vergaß, noch oft kehrten seine Gedanken zu dieser Nacht zurück, in der er nicht gewusst hatte, ob er in einem Jahr noch am Leben sein würde.

Am Leben und frei.

Er schloss die Augen, atmete den salzigen Duft ihres Haares und lauschte ihr so gebannt, wie er während der langen dunklen Nächte in Erin immer den Geschichtenerzählern gelauscht hatte …

»Die erste Monatsblutung eines Mädchens leitet eine Zeit der Macht ein«, begann Rhiann. »Jetzt kann sie Leben hervorbringen; sie hat das heiligste aller Geschenke erhalten. Nun unterliegt sie den Gezeiten der Großen Mutter und hat somit die irdische Gestalt der Göttin angenommen.

Ich war zwölf, als meine Zeit kam. Die Schwestern besprengten im Haus der Jungfrauen glühende Kohle mit Wasser und wildem Thymian, der Schweiß, der über meine Haut rann, schwemmte mein Leben als Kind mit sich fort. Dann gaben sie mir einen Becher aus Ebereschenholz, der den heiligen Kräutertrank, den *saor*, enthielt, der bewirken würde, dass ich mich eins mit der Mutter fühlte und der die tief in mir verborgenen Erinnerungen an meine Geburt aus Ihrem Schoß wieder aufleben lassen sollte.

Als die Dunkelheit hereingebrochen war, kamen zwei meiner Schwestern, um mich in den Wald zu führen, aber ich konnte ihre Gesichter nicht sehen. Wie in einem Nebel gefangen ging ich mit ihnen, sie geleiteten mich zu einer Lichtung, die ich gut kannte, und drehten sich zu mir um.

Jede trug eine weiß bemalte Maske vor dem Gesicht. Auf der Stirn der einen prangte ein voller Mond, der mit Gerstenähren umwunden war. Sie war also die Mutter. Auf der Maske der anderen war ein abnehmender Mond mit kahlen Winterzweigen und roten Beeren zu sehen. Sie war die Weise Frau. Demnach war ich die Jungfrau, und meine anderen beiden Formen, die ich zu gegebener Zeit annehmen würde, hatten mich hierher geführt.

›Tochter‹, sagte die Weise Frau, ›du musst bis zum Morgengrauen hier ausharren. Lass dich von der Mutter in Ihrem Licht baden und an Ihrer Brust halten. Lass dein Blut ungehindert in die Erde fließen.‹

Sie streiften mir mein Hemd ab und legten mich in der Mitte der Lichtung auf ein Bett aus weichen Blättern. Dann ließen sie mich allein. Die Luft war erfüllt vom Duft der Waldblumen. Ich starrte zum Himmel empor, und als die Wirkung der Kräuter einsetzte, begannen sich die Sterne um mich zu drehen, bis ich endlich einen leisen Herzschlag vernahm.

Er schwoll an, wurde lauter und lauter, bis ich mich irgendwie in ihm befand und er von allen Seiten auf meine Haut trommelte. Lange Zeit, viele Stunden lang, lag ich so da, während das Blut aus meinem Körper in die Erde sickerte und mich mit der Großen Mutter verband.

Nach einer Ewigkeit, wie es mir schien, schlug ich die Augen wieder auf. Und da sah ich den Hirschkönig, den Gehörnten Gott.

Sein Geweih streifte die Zweige über ihm, als er über die Decke aus den Blättern des Vorjahres langsam auf mich zukam. An den Geweihsprossen hingen Samtstreifen, die mein Gesicht berührten, als er sich über mich beugte und seinen Atem auf mich blies, der nach süßen Beeren roch.

Dann blickte er mich an, und ich sah Augen, in denen etwas von dem Wald, dem Hirsch und dem Mann lag. Er sah mich voller Verlangen an, obwohl ich damals noch nicht ganz verstand, was das war.

Ich schloss die Augen, als er wieder auf mich blies, und als ich sie wieder öffnete, hielt ich einen Mann in den Armen, doch über seinem Kopf sah ich, wie sich ein Geweih dunkel vom Mond abhob. Ich erinnere mich an ein ungeheures Glücksgefühl, das mich durchströmte, und danach war Leere…

Wieder eine Ewigkeit später begann mich ein anderes, nie

gekanntes Gefühl zu erfüllen... mir war, als würde mein ganzer Körper anschwellen, im Rhythmus des Herzschlages pulsieren und rund und voll werden wie der zunehmende Mond. Ich wuchs, wurde größer und größer, bis ich über die Wipfel der Bäume und dann über viele Länder und die Meere zwischen ihnen hinwegblicken konnte. Schließlich erstreckte sich über mir nur noch das sternenübersäte Himmelszelt, und als ich auf meinen Bauch herabsah, der groß und schwer war von dem Kind, das ich trug, sah ich, dass ich mit Wäldern und Seen bekleidet war.

Zwischen meinen Beinen quoll immer noch Blut hervor, aber nun war es kein Blut mehr, es war alles Wasser dieser Erde, das aus mir heraussprudelte, um Flüsse, Quellen und Seen zu bilden. Dann versiegte das Wasser, und ich begann mich in Wehenkrämpfen zu winden, aber ich hatte keine Angst, die Schmerzen waren nie so stark, als dass ich sie nicht hätte ertragen können.

Aus meinem Leib entsprang ein Strom von Tieren: davonfliegende Vögel, hochschnellende Fische und all die anderen Geschöpfe des Landes, die in alle Himmelsrichtungen hüpften, krochen, glitten, rannten und sprangen. Ich sah auch Menschen, die mit den leichtfüßigen Geschöpfen des Waldes rannten, sich aber bald in dem Strudel des Lebens verloren, der sich aus mir ergoss.

Ich verspürte unendlichen Frieden und Erfüllung, denn ich war die Mutter, und ich hatte Liebe geboren.

Als ich mich endlich vollkommen verausgabt hatte, legte ich mich wieder auf mein Blätterbett und begann zu schrumpfen, bis ich wieder Rhiann auf der Waldlichtung war. Ich schlief ein, weil ich wusste, dass ich sicher und geborgen war, denn Sie war die Mutter allen Seins, und ich war Sie.

Als ich erwachte – und nie zuvor oder danach bin ich so frisch und ausgeruht aus dem Schlaf erwacht – fiel Sonnenlicht durch die Blätter über mir und hüllte mich ein, während ich zusammengerollt dalag wie ein Baby im Mutterschoß. Lange Zeit blieb ich so liegen und fragte mich, ob diese Nacht Wirklichkeit gewesen war oder ob ich das alles nur geträumt hatte. Dann öffnete ich meine Hand.

Darin hielt ich ein Stückchen Samt vom Geweih des Hirsches.«

Eremon schrak zusammen. Er wusste nicht, wie viel Zeit verstrichen war, seit Rhiann geendet hatte. Ihre Stimme hatte ihn in einen tranceähnlichen Zustand versetzt, in dem er zwischen den Welten geschwebt hatte wie sie damals in jener magischen Nacht.

Als er sich leicht bewegte, seufzte sie leise. Also schlief sie nicht.

Eremon lag stumm da, denn er wusste, dass das, was sie ihm erzählt hatte, ein großes Mysterium war und die Tatsache, dass sie ihn daran hatte teilhaben lassen, von immensem Vertrauen zeugte. Er hatte Angst, den Zauber zu brechen.

»Wer war der Gehörnte, Rhiann?«, flüsterte er schließlich. »War er aus Fleisch und Blut?«

Rhianns Stimme klang träumerisch. »Er war der Gott, der Gehörnte Gott, der erste Gott, der Gefährte der Göttin. Sein Samen macht Sie zur Großen Mutter. Seine Kraft hilft Ihr, Leben zu schenken.« Sie hielt inne. »Verstehst du? In diesem einen Moment *war* ich die Göttin, und er kam als der Gott zu mir.«

»Aber war er denn wirklich da?«

»Was heißt schon wirklich? Du wirst etwas Ähnliches beim Beltanefest erleben. Eine Priesterin wird die Göttin verkörpern und einer der Männer, den Gehörnten, Ihren Gefährten.«

»Diese Beltaneriten kennen wir in Erin nicht.«

»Die Britannier im Süden und die Gallier auf der anderen Seite des Meeres kennen sie auch nicht. Es ist ein Erbe des Alten Volkes und stammt aus einer Zeit, in der es nur einen Gott und eine Göttin gab, als die Hirsche Leben bedeuteten, weil die Menschen noch nicht gelernt hatten, Korn anzubauen.«

Eremon spürte, wie der Schlaf ihn allmählich zu überwältigen drohte. Er gähnte. »Hat es dir geholfen?« Er zog sie enger an sich, umgab sie mit seiner Wärme. »Mir das zu erzählen, meine ich.«

Rhiann schwieg einen Moment. »Der Schmerz ist noch immer da, Eremon. Aber die Dunkelheit hat sich ein wenig gelichtet. Ich … ich danke dir.«

»Dann erzähl mir jedes Mal, wenn die Dunkelheit zurückkehrt, etwas anderes. Erzähl mir von all den Momenten, in denen du glücklich warst. Ich werde dir immer zuhören.«

Zur Antwort schloss sie die Finger um seine Hand, die auf ihrer Taille ruhte, und im nächsten Moment war er eingeschlafen.

Bald träumte er, er würde durch den Wald rennen, und sein Geweih streifte die Blätter der Bäume über seinem Kopf.

72. Kapitel

Während des langen Tages, den die Überfahrt zur Heiligen Insel in Anspruch nahm, bemerkte Rhiann, dass Eremon keine Zeit verlor, sein Vorhaben in die Tat umzusetzen. Er saß mit Nectan im Bug von dessen *curragh* und war in ein angeregtes Gespräch mit ihm vertieft.

Sie fanden alle mühelos in dem kleinen Boot Platz, denn die Krieger von Calgacus' Festung waren auf dem Landweg in ihre Heimat zurückgekehrt, nachdem sie wieder zu Kräften gekommen waren. Jetzt wurden sie nur von den Männern aus Erin und Caitlin begleitet.

Als Rhiann mit zwei Bechern voll Wasser zum Bug kam, wirkte Eremon sichtlich zufrieden. »Anscheinend begreift Nectan den Ernst der Lage. Er hat schon viel von Calgacus gehört, und er sagt, er und seine Männer würden gegen die Römer kämpfen. Ihr Geschick im Umgang mit Pfeil und Bogen wird uns von großem Nutzen sein, sie werden ausgezeichnete Kundschafter und Fährtensucher abgeben, denn sie verstehen es, sich unbemerkt an Feinde anzuschleichen – was wir ja am eigenen Leibe erfahren haben.«

»Hoffentlich teilen die anderen Häuptlinge seine Ansicht.«

Kurz vor Einbruch der Dämmerung gingen sie an einem leicht ansteigenden Strand an Land, hinter dem ein kleines Dorf an einem flachen Fluss lag. Grasbewachsene Hänge umgaben es zu allen Seiten und verdeckten die schroffen Felsen im Westen der Insel. Hunderte von *curraghs* waren auf den Sand gezogen worden, und an dem baufälligen Pier waren große hölzerne Lastkähne festgemacht.

»Nectan sagt, er hätte enge Verwandte hier im Dorf«, meinte Rhiann, als Eremon ihr aus dem Boot half und ihren Umhang hochhielt. »Wir werden heute hier übernachten, morgen wird er dich auf die andere Seite der Insel bringen, wo der Turm des Obersten steht. Und die heiligen Steine.« Nervös blickte sie zu den Hügeln hinter dem Strand hinüber.

»Bist du sicher, dass du hier zurückbleiben willst?« Eremon legte eine Hand vor die Augen, um sie vor den letzten Sonnenstrahlen zu schützen, die durch eine Lücke zwischen den Hügeln fielen. »Mir gefällt die Vorstellung nicht, dass du dann ganz allein auf dich gestellt bist.«

»Ich bleibe bei dir, Rhiann«, erbot sich Caitlin, die mit ihren Stiefeln in der Hand durch das seichte Wasser auf sie zuwatete.

Rhiann rang sich ein Lächeln ab. »Nein, Base. Du sollst nicht meinetwegen die Beltaneriten versäumen. So ein Erlebnis bietet sich dir nie wieder.«

Aber Conaire, der ganz in der Nähe stand, äußerte Bedenken. »Ich halte es für keine gute Idee, wenn wir uns voll und ganz in ihre Hände begeben, ob nun hier oder im Turm. Wir kennen diese Menschen doch gar nicht.« Er deutete auf ein Bündel, das gerade den Strand hinaufgetragen wurde – Nectans Speere. Die scharfen Spitzen waren mit Tüchern umwickelt.

»Wir machen hier keinen Gebrauch von unseren Waffen«, sagte Nectan, der plötzlich hinter ihm auftauchte. »Wir befinden uns auf der Heiligen Insel, der Insel der Großen Mutter.

Die Speere sind nur für die Jagd bestimmt. Niemand wird euch etwas zu Leide tun, ich gebe euch mein Wort darauf.«

Conaires Zweifel standen ihm deutlich im Gesicht geschrieben, aber später trugen eine Platte mit frischem Fisch und reichliche Mengen Ale, mit dem sie im Haus von Nectans Vetter bewirtet wurden, sehr dazu bei, seine Furcht zu zerstreuen.

Rhianns Anwesenheit löste große Aufregung aus, doch sie entschuldigte sich direkt nach dem Essen und zog sich in die durch ein Hirschfell vom Rest des Raumes abgetrennte Nische zurück, in der ein Lager für sie hergerichtet worden war.

Aber sie fand keinen Schlaf. Irgendwo ganz in ihrer Nähe gab es Häuser, die vom süßen Duft frischer Kräuter und von melodischen Frauenstimmen erfüllt waren. Dort bei den Steinen war die Macht der Quelle so groß, dass die Erde davon zu vibrieren schien.

Doch von all dem hatte sie sich durch ein paar bittere, zornige Worte für immer losgesagt. *Warum konnte ich sie nicht retten? Warum konntet ihr nichts tun?*

Ob die Schwestern manchmal noch an sie dachten? Ob sie sie vermissten, so wie sie sie vermisste? Sie hatte in diesen letzten Jahren kein einziges Wort von ihnen gehört. Vielleicht hatten sie sie wirklich vergessen. Die Worte, die sie ihnen entgegengeschleudert hatte, ließen sich nicht zurücknehmen.

Nein, es gab kein Zurück mehr.

Rhiann lag im Halbschlaf auf ihrem Lager; die Unterhaltung und das Gelächter derer, die noch am Feuer saßen, zog sich wie ein heller Faden durch ihre Träume. Doch plötzlich schrak sie hoch, weil sie ein Klopfen an der Tür hörte. Ihr Herz begann zu hämmern, als sie sich aufsetzte.

Ein Luftzug wehte durch den Raum, als die Tür geöffnet und wieder geschlossen wurde, das Stimmengewirr wurde leiser. Rhiann schlug die Pelzdecken zurück und spähte durch einen Riss in dem Fellvorhang.

Eine Frau stand in der Tür. Ihr Gesicht konnte Rhiann nicht

erkennen, denn sie war in einen dunklen Umhang gehüllt, dessen Kapuze sie tief in die Stirn gezogen hatte.

Die Frau von Nectans Vetter erhob sich. »Ich heiße Euch in unserem Haus willkommen, Schwester«, grüßte sie ehrerbietig. »Kommt und setzt Euch zu uns, wenn Ihr möchtet.«

Die Priesterin schüttelte den Kopf, trat jedoch einen Schritt weiter in den Raum hinein.

»Danke, aber ich muss Eure Einladung ablehnen«, erwiderte sie mit klangvoller Stimme. »Wo ist meine Schwester? Sie weiß, weshalb ich gekommen bin.«

Während die anderen im Raum sich betreten ansahen, da sie nicht wussten, was sie darauf antworten sollten, trat Rhiann, die rasch ihren Umhang über ihr Hemd gezogen hatte, hinter dem Hirschfell hervor. Als sie die Priesterin an der Tür musterte, kam ihr diese seltsam vertraut vor, obgleich sie nur ein paar dunkle Augen sehen konnte. »Fola?« Ihre Stimme klang sogar in ihren eigenen Ohren schwach und zittrig.

Zur Antwort schlug die Priesterin ihre Kapuze zurück. Schwarze, lockige Zöpfe kamen zum Vorschein, die ein breites, glattes, sanftes Gesicht umrahmten. Doch in den schwarzen Augen glitzerte mühsam unterdrückte Erregung. Sie wirkte, als fiele es ihr schwer, die in Gegenwart anderer Menschen erforderliche würdevolle Haltung zu wahren. Es war in der Tat Fola; Fola, die während Rhianns Priesterinnenausbildung auf der Insel ihre engste Freundin gewesen war.

»Ich bin hier, um dich heimzuholen, Schwester«, sagte sie laut, doch in Gedanken teilte sie Rhiann noch etwas anderes mit. *Hast du wirklich geglaubt, wir würden dich jetzt, da du zurückgekommen bist, einfach so wieder gehen lassen?*

Rhianns Mund wurde trocken. Natürlich hatten die Schwestern erfahren, dass sie hier war! Wie töricht von ihr, sich dem Irrglauben hinzugeben, sie könnte sich vor ihnen verstecken! »Wenn du mit mir sprechen möchtest... Schwester... dann sollten wir nach draußen gehen.«

Fola neigte den Kopf und trat ins Freie. Rhiann sah Eremon die Stirn runzeln, als sie den Raum durchquerte, dann stand sie in der kühlen Nachtluft, und das Mondlicht hüllte sie in seinen silbernen Schein.

»Die letzten Jahre sind sehr gut zu dir gewesen, Rhiann.« Ein breites Lächeln trat auf Folas Gesicht. »Du bist zu einer majestätischen Frau herangereift, einer wahren Königin.«

Rhiann schüttelte nur stumm den Kopf, denn sie wusste nicht, was sie darauf entgegnen sollte. Fola hatte schon immer genau gewusst, was in ihr vorging, von Kindheit an hatten sie sich nicht mit Worten verständigt, sondern mit Gedanken, Gefühlen und Bildern. Doch seit sie die Insel verlassen hatte, hatte niemand mehr diese besondere Schwelle überschritten.

»Ich habe darum gebeten, hierher kommen zu dürfen«, fügte Fola hinzu. »Ich wollte dich als Erste wieder sehen.«

Verräterische Tränen brannten in Rhianns Augen. Sie strich ihr Haar zurück, wandte sich ab und bohrte eine Faust in ihre Halsgrube. »Ich bin nicht freiwillig zurückgekommen, und ich werde im Dorf bleiben, bis wir wieder aufbrechen.«

Fola trat vor sie hin und sah ihr ins Gesicht. »Tu das nicht, Rhiann. Komm mit mir. Komm mit mir nach Hause.«

»Aber ich habe euch den Rücken gekehrt und bin davongelaufen!«, rief Rhiann. »Wie kannst du so tun, als sei nichts geschehen? Mein damaliges Leben ist vor drei Jahren hier zu Ende gegangen. Ich bin nicht mehr die, die ich einst war. Die Rhiann von heute werden sie sicher nicht wieder sehen wollen. Ich bin nicht mehr würdig, zwischen den Steinen zu wandeln!«

Ein Anflug von Mitleid schimmerte in Folas Augen. »Da irrst du dich. Du bist unsere Schwester. Du musst doch wissen, dass sich daran niemals etwas ändern kann. Auch du kannst es nicht ändern, und wenn du dich noch so sehr bemühst.«

Rhiann wollte protestieren, brachte aber keinen Ton heraus.

»Die Mutter hat dich hierher geführt«, sagte Fola leise. »Warum hat sie das wohl getan? Bestimmt nicht, um dir Leid zuzufügen.«

»Sie bringt Kummer, Schmerz und Tod, wenn es Ihr beliebt. Gerade du müsstest doch am besten wissen, warum ich euch verlassen habe!«

Fola schüttelte den Kopf. »Wenn du geblieben wärst, wäre dein Leben vielleicht anders verlaufen.« Ein ungeduldiger Unterton schwang in ihrer sanften Stimme mit. »Sie hat dich zurückgebracht, weil es für dich an der Zeit ist, nach Hause zurückzukehren. Du weißt das.«

Rhiann holte tief Atem. »Scheinbar ist jeder außer mir fest davon überzeugt. Kann ich denn nicht meine eigene Entscheidung treffen?«

»Aber natürlich kannst du das. Wenn du es willst, werde ich gehen und dich hier zurücklassen. Aber ich habe noch eine Botschaft von Nerida für dich. Wirst du sie anhören?«

Als dieser Name fiel, wurde Rhiann von einer Welle von Scham … und Sehnsucht erfasst.

»Sie lautet wie folgt: Sag unserer Schwester, ich weiß, dass ihr Herz wund ist; dass sie meint, uns im Stich gelassen zu haben und von uns im Stich gelassen worden zu sein. Das mag zutreffen, aber es gibt Dinge, die schwerer wiegen als Verrat und Scham – Liebe, Verzeihen, Glaube. Bitte sie, unserer Aufforderung zu folgen, und wenn es auch das letzte Mal ist.«

Rhiann zuckte zusammen, als habe sie ein Schlag getroffen, sie starrte über Folas Schulter hinweg auf die Wellen und die dunklen Schatten der Boote auf dem Sand.

»Das waren ihre Worte«, sagte Fola. »Aber ich habe noch eine eigene Botschaft für dich.«

Rhiann zwang sich, Fola anzusehen, und las die stumme Bitte in ihrem Gesicht.

»Komm mit mir, Rhiann. Wir haben dich so sehr vermisst. Komm nur für diese eine Nacht, mehr verlangen wir ja gar nicht von dir. Wenn du dann gehen willst, wird niemand dich zurückhalten.«

»Aber bei euch wartet nur furchtbares Leid auf mich«, flüsterte Rhiann.

»Wie soll die Wunde denn auch heilen? Du kennst doch die alte Weisheit. Der Schmerz kann nur vergehen, wenn du dich ihm stellst, statt vor ihm davonzulaufen. Lass dir von denen dabei helfen, die dich lieben und die du liebst.«

Rhiann spürte, wie ihr Widerstand zu erlahmen begann. So viele Nächte hatte sie geträumt, sie säße wieder mit den Schwestern zwischen den Steinen und verzehre am Feuer Gerstenkuchen. Jedes Mal war sie mit tränennassem Gesicht aufgewacht.

Kleiner Seehund, hörte sie Fola in ihrem Kopf sagen. *Schließ dich nicht länger aus. Wir möchten dich wieder in unserer Mitte haben. Du möchtest zurückkommen. Wer bestraft nun wen?*

Rhiann zögerte. Konnte sie wirklich noch umkehren, wo sie ihrem Ziel doch schon so nah war? Der Gedanke erschien ihr mit einem Mal unerträglich. Sie ergriff Folas Hand, und als sie die warmen Finger zwischen den ihren spürte, wusste sie, dass die Entscheidung gefallen war, und eisige Furcht stieg in ihr auf. »Ich komme mit dir«, flüsterte sie.

»Dann hast du dich doch noch nicht so weit von uns entfernt, wie ich befürchtet hatte«, erwiderte Fola lächelnd.

Eremon jedoch war nicht sonderlich davon angetan, dass Rhiann mitten in der Nacht allein davonreiten wollte.

»Wie du siehst, haben wir nur zwei Pferde.« Rhiann schnallte ihr Bündel hinter dem Sattel fest. Caitlin war, nachdem sie sie so fest umarmt hatte, dass ihr fast die Luft weggeblieben war, mit Conaire wieder ins Haus zurückgegangen. Wenigstens sie stellte Rhianns Entschluss nicht infrage.

»Willst du nicht lieber bis zum Morgen warten?« Eremon hielt ihr Pferd am Zügel. Sein Gesicht lag im Dunkeln.

»Die Nacht ist klar und der Weg nicht weit.« Rhiann blickte zu ihm auf. »Ich weiß nicht, wie ich es dir begreiflich machen soll, Eremon, aber dies… dieser Schritt kostet mich große Überwindung. Sie rufen mich, und ich muss gehen – und zwar jetzt sofort, ehe mich der Mut verlässt.«

Eremon nickte, dann beugte er sich vor und berührte mit seinen Lippen einen Moment lang sacht die ihren. »Wir werden morgen zum Turm reiten. Komm zu mir, sobald du kannst. Ich brauche dich.«

»Ich verspreche es.« Sein Kuss hatte sie überrascht. »Ich werde kommen, sehr bald schon. Aber es gibt ein paar Dinge, die ich vorher erledigen muss.«

Eremon half ihr in den Sattel und trat einen Schritt zurück, als sie Fola den Pfad entlang folgte, der in das Dunkel der Hügel hinter ihnen führte. Doch als sie sich noch einmal umblickte, hatten ihn die Schatten der Häuser schon verschluckt.

73. Kapitel

Rhiann bereitete es keine Schwierigkeiten, im Dunkeln quer über die Insel zu reiten; sie kannte jeden einzelnen der unzähligen kleinen Seen, mit denen die Moorebene übersät war, und jeden Stein der Hügel im Norden und der mächtigen Berge im Süden. Fola überschüttete sie mit Fragen über ihr Leben, ihre Ehe und ihre unverhoffte Ankunft, aber während Rhiann bereitwillig Auskunft gab, floss ihr Herz vor Eindrücken über; Bilder und Gerüche, die ihr einst so vertraut gewesen und jetzt so fremd waren.

Als ihr der salzige Duft des Meeres entgegenschlug, stand der Mond schon hoch am Himmel. *An Beltane ist Vollmond*, dachte Rhiann. Ein Schauer lief ihr über den Rücken. *Wir werden an den Riten teilnehmen, wir werden mit den Stammesführern sprechen und dann sofort wieder abreisen …*

Sie konnte das Gefühl nicht loswerden, dass noch andere Aufgaben hier auf sie warteten.

Zuerst sah sie den silbernen Streifen, der weit in der Ferne auf dem See der Seehunde glitzerte, dann den Schein der Feuer und Fackeln zwischen den Häusern der Priesterinnen, die sich an den Fuß eines Hügels schmiegten.

»Die Steine«, flüsterte Rhiann, deren Beklommenheit plötzlich kalter Furcht wich. »Ich kann noch immer die Steine spüren!«

Fola drehte sich im Sattel um. »Hast du gedacht, diese Gabe wäre dir verloren gegangen? Wer einmal gelernt hat, ihre Sprache zu verstehen, verlernt dies nie wieder. Sie heißen dich willkommen, so wie wir.«

Rhiann musste wieder an das denken, was man sie vor vielen Jahren hier gelehrt hatte.

Auf dieser Insel zählt nicht, was du siehst, sondern nur das, was du fühlst. Ströme der Macht fließen unter der Erde, und wo sie zusammentreffen, da stehen die Tore: die Wächter des Schattenreiches.

Ein Pfad führte um die Häuser herum zu dem Hügel und den schwarzen Fingern empor, die auf seinem Gipfel gen Himmel ragten. »Möchtest du kurz zu ihnen hinaufreiten?«, fragte Fola. »Mir macht es nichts aus, einen Moment zu warten.«

Rhiann nickte und lenkte ihr Pferd den kurzen, sandigen Pfad hinauf. Dann sah sie sie vor sich: die mächtigen Steine, die sich wie eine Gruppe von Tänzern flehend zum sternenübersäten Himmel reckten. Vor langer, langer Zeit vom Alten Volk erbaut, bildeten sie die Form eines großen keltischen Kreuzes mit einem Ring in der Mitte.

Die Nachtluft war jetzt, in den Stunden vor dem Morgengrauen, empfindlich kühl geworden, und nur Rhianns schwere Atemzüge zerrissen die tiefe Stille.

Die Schwestern, die im Schatten dieser Steine lebten, verbrachten ihr Leben damit, der Göttin zu dienen und sie durch Opfergaben und Rituale gnädig zu stimmen. Sie hielten die Quelle des Lebens im Gleichgewicht, so gut sie es vermochten. Trotzdem mussten so viele Kinder der Großen Mutter noch immer grundlos sterben. Rhiann blickte nach Norden, wo der große steinerne Rundturm hinter den Hügeln lag. Noch immer fanden die, die sie liebte, oft einen gewaltsamen Tod.

Warum?

Die Steine gaben ihr keine Antwort. Aber Rhiann wusste, was sie gesagt hätten, denn sie hatte dieselbe Frage auch der Ältesten Schwester immer wieder gestellt; eine Frage, von der sie nach dem Überfall fast besessen gewesen war. Sie hatte stets dieselbe Antwort bekommen, bis sie sie nicht mehr hören mochte.

Es gibt ein Muster im Tuch der diesseitigen Welt, das wir nicht erkennen können. Alle Ereignisse sind Fäden in diesem Muster, auch wenn sie uns Kummer und Schmerz bringen. Die Große Mutter webt dieses Tuch für alle ihre Kinder, nur sehen wir eben immer nur einzelne Fäden. Eines Tages werden wir das ganze Tuch erblicken, und dann werden unsere Tränen Tränen der Freude sein, nicht des Leides.

Rhiann trieb ihr Pferd wieder zum Hauptweg hinunter. Ihr Herz war schwer. Sie kannte diese Weissagung gut, doch sie hatte den Glauben daran verloren. Würden die Schwestern es bemerken? An diesem heiligsten aller Orte musste ihr verlorenes Vertrauen, der Umstand, dass die Göttin sie verstoßen hatte, für die, die ihr ganzes Leben hier in der Abgeschiedenheit fern von der Außenwelt verbracht hatten, so deutlich zu erkennen sein, als trüge sie ein Mal auf der Stirn.

Schließlich straffte sie die Schultern. Das war die Rhiann, zu der sie geworden war – innerlich zerbrochen, beschädigt, verletzt. Vielleicht war sie nicht mehr würdig, die Schwelle zu überschreiten. Aber es war an der Zeit, einen Versuch zu wagen.

Sie und Fola ritten in das geschützte kleine Tal hinunter, in dem verwitterte Weißdornbäume und Ebereschen miteinander flüsterten und die winzigen Steinhäuschen sich aneinander drängten wie alte Frauen an einem Winterfeuer.

Fola führte die Pferde weg, und Rhiann stand einen Moment lang gedankenverloren im Hof vor Neridas Haus. Ihr Herz hämmerte jetzt wie wild, und sie atmete tief durch, um sich zu beruhigen, um Wärme in ihren Körper fließen zu lassen, wie man es sie gelehrt hatte. *Wie die Schwestern es sie eben hier gelehrt hatten.*

Dann kam Fola zurück, nahm sie bei der Hand und zog sie ins Haus.

Die Luft im Raum war so stickig, als habe das Feuer die ganze Nacht lang hell gebrannt. Die Flammen beleuchteten die schmucklosen Wände, die schlichten Bänke und das schmale Bett mit der ausgeblichenen Wolldecke. Nichts deutete darauf hin, dass hier eine große Priesterin lebte, und doch war alles noch genauso wie an dem Tag, an dem Rhiann dieses Haus zum letzten Mal betreten hatte – um diejenigen, die sie von ganzem Herzen liebte, mit bitteren, zornigen Anklagen zu überschütten.

Vor dem Feuer saß Nerida in ihrem aus Binsen geflochtenen Stuhl. Sie war in den vergangenen drei Jahren stark gealtert. Sie saß jetzt gebeugter in ihrem Stuhl, und ihre grauen Zöpfe waren schneeweiß geworden, aber ihre blauen Augen blickten noch immer klar und wach, und unter diesem Blick kam sich Rhiann plötzlich wieder wie ein kleines Kind vor.

Doch die Befangenheit hielt nur einen Moment lang an, denn in Neridas Augen lag nicht einmal der leiseste Hauch eines Vorwurfs. Die Älteste Schwester streckte die Hand aus.

Ehe ihr bewusst wurde, was sie tat, warf sich Rhiann zu Neridas Füßen auf den Boden und presste das Gesicht in die weiche, faltige Hand. Nerida rührte sich nicht und sprach kein Wort, als das Eis um Rhianns Herz endgültig schmolz und drei Jahre abgrundtiefer Einsamkeit, die sie vom Moment des Erwachens bis zum Moment des Einschlafens gefangen gehalten hatte, von einer Flut salziger Tränen davongeschwemmt wurden.

Irgendwann bemerkte sie, dass sie das Gesicht im Schoß der Ältesten Schwester vergraben hatte und die alte Hand ihr Haar streichelte. Wo sie verharrte, durchströmte Rhiann eine Wärme, die der Glut der Sonne auf ihrem Kopf glich, und diese Wärme schien auch das letzte Gift aus ihrem Herzen zu ziehen.

Siehst du, so schlimm war es doch gar nicht, hörte sie Nerida in ihrem Kopf sagen. *Du bist eigenwillig und halsstarrig, aber du wirst diese innere Stärke noch oft brauchen.*

Rhiann blickte auf und rieb sich über das Gesicht. *Konntest du schon immer auf diese Weise zu mir sprechen? Schon … damals?*

Ihr war, als läge die Unergründlichkeit des Nachthimmels in Neridas Augen: saphirblauen Seen voller Güte und abgeklärter Weisheit. Und doch spürte Rhiann ein sehr menschliches Lächeln in ihrem Herzen. *Vieles im Leben ändert sich, mein Kind, und vieles bleibt so, wie es ist.*

Dann ergriff Nerida das Wort, und ihre Stimme glich dem Wind, der durch das Schilf weht.

»So bist du also gekommen, Tochter, um deine Bürde an demselben Ort abzulegen, wo du sie auf dich genommen hast.«

74. Kapitel

Rhiann schlug die Augen auf und erblickte ein Gitterwerk aus niedrigen, verwitterten Dachbalken und eine weiß getünchte Wand: ein Anblick, den sie für immer verloren geglaubt hatte. Sie stützte sich auf die Ellbogen und blinzelte. Ihre Lider waren geschwollen, sie fühlte sich bis ins Mark erschöpft, und zugleich vibrierte sie vor Energie.

Generationen von Mädchen hatten zu dieser Decke emporgestarrt und sich, wenn sie neu angekommen waren, gefragt, was sie hier wohl erwarten mochte. Später hatten sie dann an den ersten Zeremonien teilgenommen: dem Fruchtbarkeitsfest Beltane, dem ausgelassenen Lughasnafest und schließlich dem dunklen Samhain.

Erinnerungen stiegen in ihr auf, und sie sank in ihr Kissen zurück. Sie sah sich mit Fola um die Wette über die Ebene galoppieren und im Morgengrauen am Strand tanzen …

Dann sah sie sich und ihre Ziehmutter Elavra vor den Stufen des Turms sitzen und Bohnen enthülsen, und dieses Mal verdrängte sie die Erinnerung nicht sofort wieder, sondern ließ sie langsam an sich vorüberziehen … das Plätschern der Wellen, das leise Blöken der Schafe, das Lachen von Marda und Talen, die bis spät abends am Strand spielten.

Bild um Bild entstand vor ihrem inneren Auge, und gerade als Blut und Tod näher rückten, erklang Folas fröhliche Stimme auf der anderen Seite des Wandschirms.

»Aufwachen, Faultier! In zwei Tagen ist Beltane, es gibt noch viel zu tun, du hast schon die Sonnenbegrüßung versäumt. Beeil dich!«

Im hellen Sonnenlicht wirkten die weißen, von der Salzluft gelblich verfärbten Häuschen kleiner, als Rhiann sie in Erinnerung hatte. Aber die Gesichter der Menschen, die sich um sie scharten, waren ihr vertraut: alte Freunde, die sie mit Fragen bestürmten und sich über die Veränderung ausließen, die mit ihr vorgegangen war, während die neuen Mädchen sie mit unverhohlener Neugier anstarrten. Rhiann blickte sich suchend um. »Wo ist denn Brica?«, fragte sie Fola. »Ich hatte eigentlich damit gerechnet, sie hier zu sehen.«

»Brica? Ach ja, sie ist zu ihren eigenen Leuten an der Nordküste zurückgekehrt. Sie wollte uns nicht länger hier dienen.« Fola zuckte die Achseln. »Du wirst sie zu Beltane sehen, dann versammelt sich die ganze Insel hier.«

Nerida saß auf einer Bank vor ihrem Haus und ließ sich von den ersten Sonnenstrahlen die alten Knochen wärmen. Neben ihr saß Setana, die zweitälteste Schwester, das Sprachrohr der Großen Mutter. Die Menschen der Insel meinten, Setana sei nicht ganz richtig im Kopf, weil sie merkwürdige Dinge sagte und lachte, wenn andere schwiegen. Aber dieses Verhalten war ein Teil ihrer Gabe: Um den Willen der Göttin verkünden zu können, musste sie mit einem Fuß in der diesseitigen Welt und mit dem anderen im Schattenreich stehen. Dies spiegelte sich auch in ihrem Gesicht wider: Wilde, wissende Augen leuchteten in dem sanften, rosigen Gesicht eines gealterten Kindes.

Beide Schwestern hatten ihr ganzes Leben im Dienst der Göttin auf dieser Insel verbracht. Viele Feste waren unter ihrer Leitung gefeiert, viele Kinder von ihren kundigen Händen auf die Welt gebracht worden, und vielen Seelen hatten sie in ihren letzten Stunden auf dieser Welt Trost und Zuspruch gespendet. Sie waren so fest mit dieser Erde verwurzelt wie die Steine selbst, und als alle anderen begannen, ihren Pflichten nachzugehen, glichen Nerida und Setana inmitten des geschäftigen Treibens Zwillingsfelsen in einem reißenden Fluss.

Rhianns Rückkehr, so bedeutsam sie für die alten Schwestern auch war, musste am heutigen Tag in den Hintergrund treten, denn kurz vor dem Beltanefest gab es für sie alle Hände voll zu tun. Rhiann war das ganz recht so, denn nachdem sie endlich von der Last, die sie so lange Jahre getragen hatte, befreit war, wollte sie im Augenblick nur noch gemächlich im Rhythmus des Lebens in ihrer alten Heimat dahintreiben.

Als sie Fola zum Melkschuppen folgte, blieb sie kurz stehen, um zu den Steinen emporzublicken, die in der Sonne glitzerten. Dort beschworen die Sänger bereits mit ihren heiligen Liedern die Mächte des Schattenreiches und setzten die Kraft der Quelle frei, die die unter der Erde verlaufenden Ströme speiste.

Obwohl auf den ersten Blick alles seinen gewohnten Gang ging – Ziegen wurden gemolken, Korn gemahlen, Milch zu Butter und Käse verarbeitet –, spürte Rhiann eine Spannung in der Luft, die immer stärker wurde, bis sie endlich in ihren Schläfen hämmerte wie das Blut an einem heißen Tag.

Die älteren Priesterinnen unterbrachen ihre Arbeit nicht, sondern wechselten nur wissende Blicke miteinander.

Doch die Jungfrauen musterten einander verstohlen und fragten sich, welche von ihnen wohl auserwählt werden würde, um mit dem Gehörnten Gott bei den Beltanefeuern zu liegen und die Große Ehe mit dem Land zu schließen.

Eremon hatte noch nie einen der berühmten Rundtürme des Nordens zu Gesicht bekommen. Während er und seine Männer den Pfad erklommen, der zu dem massiven Steingebäude auf einem Hügel oberhalb eines schimmernden Sees führte, grübelte er darüber nach, warum ein so beeindruckendes Bauwerk ausgerechnet hier am äußersten Rande Albas errichtet worden war.

Aber an diesem Turm interessierten ihn noch ganz andere Dinge als seine Bauweise. Er zügelte das Pferd, das er sich geliehen hatte, als sie das Tor in der steinernen Mauer erreichten, und blickte über ein schmales Tal zu dem kleinen Strand hinunter, über den die einsetzende Flut hinwegspülte.

Hier hatte für Rhiann der Albtraum begonnen. Hier hatte sie mit ansehen müssen, wie ihre Familie grausam ermordet worden war.

Heute schimmerte das Wasser in der Sonne, die den mit Heidekraut und Moos bewachsenen Hügel in ein helles Licht tauchte und sich in den Strohdächern der Katen fing, die sich am Hang entlangzogen. Doch trotz des schönen Tages empfand Eremon mit einem Mal eine tiefe Trostlosigkeit, denn dies war der Ort, an dem er Rhiann verloren hatte. Wenn sie nicht Zeugin des Gemetzels an ihrer Familie geworden wäre, hätte sie vielleicht nie diesen alles verzehrenden Hass auf alle Krieger entwickelt, der von Anfang an zwischen ihnen gestanden hatte.

Vom hellen Sonnenlicht geblendet trat er durch die Tür und stieg die Treppe zum ersten Stockwerk empor. Als sich seine Augen an das Halbdunkel gewöhnt hatten, sah er sich ungefähr zwanzig Männern gegenüber, die auf hölzernen Bänken rund um die Feuerstelle saßen und dem Ale offenbar schon reichlich zugesprochen hatten. Sie trugen bunte, pelzbesetzte Umhänge und Schmuck aus Muscheln und Kupfer.

Bei seinem Anblick verstummten sie, und die schwarzen Augenpaare richteten sich auf Eremons glänzendes Schwert und den goldenen Halsreif, den er noch immer trug. Eremon schöpfte neue Hoffnung. Vielleicht wirkten er und seine Männer ja trotz ihrer zerlumpten, salzverkrusteten Kleider doch noch beeindruckend genug, um diese Leute zum Nachdenken zu bewegen. Außerdem hatte ihnen Nectan sein Anliegen bereits vorgetragen, sie waren also zumindest bereit, ihn anzuhören.

Nectan trat an seine Seite. »Dies ist Eremon mac Ferdiad aus Erin«, stellte er vor.

Eremon neigte den Kopf, und die Könige der westlichen Stämme nickten.

»Ihr seid uns willkommen.« Einer der Männer erhob sich. Er war nur ein paar Jahre älter als Eremon, untersetzt, mit vom Wind geröteten Wangen und einem herabhängenden schwarzen Schnurrbart. Ein Umhang aus Seehundfell lag um seine Schultern. »Ich bin Brethan, seit dem Tod von Kell und seiner Familie der Oberste hier. Nectan sagt, Ihr seid der Weggefährte von Rhiann, der Ziehtochter von Kell und Elavra?«

»Ja«, bestätigte Eremon.

»Ihr kommt im Auftrag von Calgacus dem Schwert«, bemerkte ein anderer Mann.

»Das ist richtig. Ich bin jetzt der Kriegsherr der Epidier. Die Epidier und die Kaledonier haben sich gegen die römischen Besatzer verbündet.« Während er sprach, nahm Eremon die schwarze Steinscheibe ab, die er um den Hals trug, und hielt sie ins Licht. »Dies ist der Beweis dafür.«

Brethan winkte mit der Hand. Ein junger Druide löste sich aus dem Schatten, trat zu Eremon und betrachtete die in den Stein eingeritzten Symbole eingehend, bevor er nickte. »Es ist so, wie er sagt.«

Leises Gemurmel erhob sich, aus dem Eremon schon heraushörte, dass es schwierig werden würde, diese Männer zum Kampf gegen die Römer anzustacheln.

»Ihr habt uns sicher viel zu berichten«, meinte Brethan dann. »Aber die Könige sind erst an diesem Morgen hier eingetroffen, und wir müssen zuerst unsere eigenen Stammesangelegenheiten besprechen, ehe wir Euch anhören.«

Setana klopfte mit ihrem Stab gegen den Türpfosten von Neridas Haus und trat ein, ohne die Aufforderung dazu abzuwarten. Nerida saß allein am Feuer, wie sie es nach der Sonnenbegrüßung immer tat, und nippte an ihrem morgendlichen Trank aus Geißblatt, der die Beschwerden des Alters lindern sollte. Dabei blickte sie in die Flammen, denn im Feuer sah sie viele Dinge.

»Ich muss mit dir über Rhiann sprechen«, begann Setana.

Nerida blickte erstaunt auf. »Worum geht es denn?«

Setana klatschte in die Hände. »*Sie* ruft sie, Schwester.«

Nerida schüttelte den Kopf und stellte den Becher ab. »Die Göttin verlangt viel von uns, Schwester, und viel von Rhiann. Ihre Wunden sind noch nicht verheilt.«

»Ich weiß«, erwiderte Setana. »Aber ein Mann hat ihren Schmerz gelindert.«

Nerida stieß vernehmlich den Atem aus, den sie unbewusst

angehalten hatte. »Trotzdem leidet sie noch Qualen, ich spüre es ganz deutlich.«

Setana lächelte, als sprächen sie über ganz belanglose Dinge. »Törichtes Weib! Vertraust du der Großen Mutter nicht mehr? Rhianns Qualen verleihen ihr Kraft. Sie muss sich ihrem Schmerz nur stellen; sie muss verstehen, dass Ihre Wege unergründlich sind.«

Nerida blickte seufzend auf ihre vom Alter verkrümmten Hände hinab. Nur zu gut erinnerte sie sich noch an die Bitterkeit, die nach dem Überfall in Rhianns Augen gelegen hatte. »Sie hat einen starken Willen, Schwester. Aber ich habe das Verständnis, von dem du sprichst, schon einmal von ihr verlangt – und sie dadurch verloren.«

Setanas Gelächter hallte von den Wänden wider, als sie Nerida mit einer Hand über das Gesicht strich. »Du machst dir zu viele Sorgen, alte Frau!«

»Alt! Wir stehen ungefähr im selben Alter, du und ich!«

Setana schlang sich ihren Schal um die Schultern und wandte sich zur Tür. »Trotzdem machst du dir zu viele Sorgen. Vertrau auf die Göttin!«

Im Turm sah sich Eremon einmal mehr hilflos der Blindheit anderer Männer ausgesetzt.

»Was haben wir mit den römischen Besatzern zu schaffen?«, grollte einer der Häuptlinge, dabei beäugte er einen Korb mit frisch gebackenem Brot, der gerade hereingebracht wurde. »Hier auf unseren Inseln sind wir sicher.«

»Niemand ist sicher, auch ihr nicht, wenn Agricola beschließt, Alba und Erin einzunehmen. Er verfügt über eine schnelle Flotte, er kann innerhalb weniger Tage an eurer Küste landen.«

»Dann ziehen wir uns in die Berge zurück«, warf ein anderer König ein.

Eremon lehnte sich auf seiner Bank zurück. »Im Westen Britanniens hat Agricola seine Truppen in Berge geführt, die fast ebenso rau und unzugänglich sind wie eure hier. Dann hat er den Stamm der Ordovizer ausgelöscht, jeden Mann, jede Frau und jedes Kind erbarmungslos niedergemetzelt. In der *langen Dunkelheit.* Eure Berge werden euch keinen Schutz bieten. Die See auch nicht. Wollt ihr wissen, warum?«

»Warum?« Brethan runzelte die Stirn und stützte die Hände auf die Knie.

»Weil sich bei der Ratsversammlung ein Mann bei jeder sich bietenden Gelegenheit gegen mich und Calgacus ausgesprochen hat. Steht er insgeheim mit den Römern im Bunde? Oder möchte er selber über euch herrschen? Er hat versucht, mich und die Ban Cré zu töten, indem er unser Boot versenken ließ. Dieser Mann ist euch allen bekannt, er beherrscht den äußersten Norden des Landes.«

»Von welchem Mann sprecht Ihr?«

»Von Maelchon, dem König der Orkney-Inseln.«

»Wir müssen mit dir sprechen, Kind.«

Rhiann, die wie gebannt einen Otter beobachtet hatte, der in dem See seine Bahnen zog, schrak zusammen und drehte sich um.

Nerida stützte sich auf ihren Eschenholzstab, Setana hielt sich an ihrem Arm fest. Der Widerschein des Lichts auf der Wasseroberfläche fiel auf die tiefen Furchen, die sich über ihre Wangen zogen.

»Geht es dir gut, Tochter?« Es war Nerida, die als Erste das Schweigen brach.

Rhiann zögerte, dann neigte sie den Kopf. »Ich dachte, ich würde nie wieder hierher zurückkehren, könnte nie mehr zurückkommen, weil ich meinte, ihr hättet mich verstoßen. Und jetzt… jetzt komme ich mir auf einmal wieder wie ein Kind vor.«

»Aber du bist kein Kind mehr.«

Rhianns Kopf fuhr hoch.

»Tochter, Tochter, sieh mich nicht so an.« Nerida lächelte, doch diesem Lächeln haftete eine Spur von Wehmut an. »Wir haben dich nicht verstoßen und werden das auch nie tun. Aber du hast jetzt Pflichten, die ein Kind nicht hat. Du musst lernen, Verantwortung zu übernehmen. Ich würde dir gerne die Zeit geben, das unbekümmerte Leben eines Kindes noch länger zu genießen, aber die Göttin gewährt mir diese Frist nicht. Ich habe geschworen, der Großen Mutter immer zu dienen, und diesen Schwur muss ich halten. Genau wie du.«

Warum kann ich nach all dem Kummer und Leid nicht endlich Frieden finden, überlegte Rhiann mit einem Anflug von Gereiztheit.

Nerida blickte ihr so tief in die Augen, als habe sie ihre Gedanken gelesen. »Hör mir gut zu und vertrau mir – dieses eine Mal noch. Wir sind gekommen, um dich aufzufordern, deinen Pflichten nachzukommen. Ein Kind kann kein Gefäß der Göttin sein. Nur eine Frau kann diese Aufgabe übernehmen.«

Rhianns Ärger verflog und machte kalter Furcht Platz. *Ein Gefäß der Göttin!*

»Wir verstehen deinen Schmerz, und wir wissen auch, welche Freude dich gestern Abend erfüllt hat. Aber das Leben besteht nicht allein aus Schmerz und auch nicht allein aus Freude, Rhiann, sondern aus beidem zugleich.«

Rhiann schob das Kinn vor. »Wollt ihr mir nach all dem, was ich durchgemacht habe, noch mehr Leid zufügen.«

»Dein Leid hast du dir zum Teil selbst zugefügt«, mahnte Setana, dabei blickte sie Rhiann ernst an. »Vergiss das nicht, Kind. Du hast uns aus freien Stücken verlassen, und du hast dich aus freien Stücken von uns ferngehalten.«

»Aber jetzt habe ich meine Wahl getroffen«, flüsterte Rhiann, deren Furcht ins Unermessliche wuchs. »Ich möchte hier bleiben, hier bei euch. Wollt ihr mir diesen Wunsch abschlagen?«

Setana legte eine Hand über die Rhianns. »Das müssen wir, so schwer es uns auch fällt«, erwiderte sie ruhig. »Die Welt braucht dich, das spüre ich ganz deutlich. Wir alle dienen der Mutter auf verschiedene Weise. Du bist nicht dazu bestimmt, dein Leben auf dieser Insel zu verbringen.«

Sie wechselte einen raschen Blick mit Nerida, und da wusste Rhiann, dass ihr noch Schlimmeres bevorstand.

Setana gab ihre Hand frei. »Die Göttin hat dich auserwählt, das Beltaneritual zu vollziehen.«

»Was sagst du da?«

»So lautet der Wille der Großen Mutter.«

Rhiann blickte voller Entsetzen von einer Schwester zur anderen. »Nein!«

»Ich verspreche dir – ich *verspreche* es dir, Rhiann –, dass die Große Ehe mit dem Land, die Verbindung des Gottes mit der Göttin auch dir Freude und Glück zurückbringen wird.« Nerida lächelte ihr aufmunternd zu, aber jetzt hatte die Wehmut ihre Augen erreicht.

Rhiann verschränkte die Arme vor der Brust, wie um eine drohende Gefahr abzuwenden. Sie war wie vor den Kopf geschlagen. Gerade als sie gemeint hatte, endlich Frieden gefunden zu haben, wurde er ihr wieder genommen. Noch nicht einmal hier, unter Menschen, die vorgaben, sie zu lieben, konnte sie Zuflucht finden. Tiefe Verzweiflung ergriff von ihr Besitz.

In diesem Moment empfing sie eine stumme Botschaft von Setana. *Nein, Tochter, es ist nicht so, wie du denkst.* Die alte Priesterin trat vor und hob Rhianns gesenkten Kopf mit einem Finger an. Ihre grauen Augen schwammen in Tränen.

Nerida ergriff erneut das Wort. »Die Welt ändert sich, Kind, und wir müssen dieser Veränderung Rechnung tragen. In den Zeiten, die uns bevorstehen, brauchen die Menschen Priesterinnen, die für sie da sind, statt in der Abgeschiedenheit zu leben, wie Linnet und wir es tun. Die Botschaft, die die Göttin uns gesandt hat, lautet wie folgt: Zeigt allen Frauen, dass die Große Mutter auch in ihnen lebt, indem ihr Seite an Seite mit ihnen arbeitet und ihre Freude und ihr Leid teilt. So lehrt ihr sie, dass jeder Mensch ein Teil von Ihr ist.«

Setana nickte. »Damit du diese Lehre verbreiten kannst, musst du selber wieder lernen zu leben, Rhiann. Du musst Schmerz, Furcht und Liebe empfinden können. Zeige den Menschen, wie fest die Göttin mit ihren Seelen verbunden ist – so fest, dass nichts dieses Band je zerreißen kann.«

Setana hielt schwer atmend inne, und Nerida legte Rhiann

eine Hand auf die Schulter. »Beginne damit, dass du uns vertraust und dich der Liebe ergibst, denn dadurch verwächst du mit dem Land. Die Beltaneriten werden dir die Tür zum Leben öffnen. Du musst den Sprung wagen, obwohl die Schwingen, die dich tragen, nur aus Vertrauen und Glauben bestehen, aber wir sind hier, um dir zu versichern, dass du sicher landen wirst.«

Rhiann begann zu zittern. Die Worte der Schwestern berührten sie tief, denn sie wusste, wie viel Wahrheit in ihnen enthalten war.

Aber sie musste einen harten Kampf mit sich selbst austragen, denn sie hatte ihr Herz viele Jahre lang vor diesen Dingen verschlossen. Sie wollte kein Faden des Geflechts von Männern, Frauen und Kindern sein; sie wollte nicht in ständiger Angst vor dem Verlust derer leben, die sie liebte. Sie war keine wahre Priesterin mehr, und sie war mit Sicherheit keine richtige Ehefrau. Wie konnte sie eine Mutter, Tante oder Großmutter werden?

Sie stand am Rande eines Abgrunds, und sie wusste, dass Nerida und Setana sie nicht aufgefordert hatten, in das Leben zu springen, sondern in den leeren Raum. Den Sprung würde sie wagen, weil ihre Pflicht es ihr gebot. Aber das Vertrauen, von dem die Schwestern gesprochen hatten, konnte sie nicht aufbringen. Nie wieder.

Später, als Nerida und Setana sie allein gelassen hatten, die Dunkelheit Hügel und See einzuhüllen begannen und die abendliche Kühle sie frösteln ließ, saß Rhiann noch immer regungslos am selben Platz. Sie brachte es nicht über sich, zu den Feuern zurückzukehren, so sehr die Wärme und der Wunsch nach Gesellschaft sie auch lockten. Aber sie konnte sich jetzt nicht mehr als Teil der Gemeinschaft der Schwestern fühlen, weil niemand wusste, was Neridas Befehl für sie bedeutete.

Ein Mann würde sich als Gott mit ihr als der Göttin vereinigen. Er würde in Gestalt des Gehörnten, des Großen Gefährten zu ihr kommen, und wenn die beiden Hälften des

Seins, die männliche und die weibliche, miteinander verschmolzen, dann war das Gleichgewicht wieder hergestellt, die Quelle des Lebens würde sprudeln, sich über Menschen, Tiere und die Erde selbst ergießen und allen Fruchtbarkeit schenken.

Es war die größte Ehre, die einer Priesterin zuteil werden konnte. Dennoch ließ sich eine leise, klagende Stimme tief in ihrem Inneren nicht zum Schweigen bringen, die immer nur einen Namen rief. *Eremon!*

Bislang war sie von der Fülle von Eindrücken, die seit ihrer Rückkehr auf sie eingestürmt waren, so überwältigt gewesen, dass sie kaum an ihn gedacht hatte. Aber jetzt stellte sie sich vor, wie er sie mit einem Mann im Kreis zwischen den Steinen liegen sah; wie sein Haar wie schwarzes Feuer um sein Gesicht loderte und sich seine grünen Augen vor Schmerz verdunkelten. Er würde die Bedeutung des Rituals nicht verstehen.

Wie würde sie selbst ertragen können, was ihr bevorstand?

Außer Linnet wusste niemand, was ihr bei dem Überfall wirklich zugestoßen war. Niemand ahnte, dass sie seither ihre Gaben verloren hatte. Was, wenn die Göttin während des Rituals nicht zu ihr kam? Dann würde sie alles bei vollem Bewusstsein erleben… jeden Stoß, jede Berührung des Mannes spüren.

Die Schwestern würden erkennen… jeder würde wissen, dass sie keine Priesterin mehr war.

75. Kapitel

»Urgh!« Conaire tauchte den Kopf in das Fass mit kaltem Wasser, das hinter ihrer Hütte stand. »Ich glaube, mein Schädel zerspringt gleich.«

Eremon wischte sich mit beiden Händen über das Gesicht und blinzelte in die Morgensonne hinaus, die über den Häusern des Dorfes aufging.

Das Fest hatte bis tief in die Nacht hinein angedauert. Als es zu Ende ging, hatte mehr als nur einer der Häuptlinge den Arm trunken um Eremon gelegt, ihm erzählt, dass er früher ein ganz ähnliches Schwert wie er besessen hatte, oder ihm von einer lang zurückliegenden Reise nach Erin in seiner Jugend berichtet. Dann hatten sich die Männer aus Alba und Erin lautstark darüber gestritten, welches Volk das bessere Ale braute, die tapfersten Krieger hervorbrachte und später – nachdem Caitlin zu Bett gegangen war – damit geprahlt, wer die schönsten Frauen sein eigen nannte.

Eremon war sicher, einige der Caerenierinnen allein aufgrund der zotigen Beschreibungen, die in sein Ohr gebrüllt worden waren, auf den ersten Blick erkennen zu können. »An Kopfschmerzen stirbst du nicht, Bruder. Wichtiger ist, dass ich glaube, sie letztendlich doch noch umgestimmt zu haben.«

Conaire schüttelte sich und bespritzte Eremon dabei mit Wasser. »Lange genug hat es ja gedauert. Ich hatte schon keine Hoffnung mehr, so beharrlich haben sie all deine Warnungen vor den näher rückenden Römern in den Wind geschlagen.«

»Mir ging es genauso.« Eremon zog sich in den Schatten der Hütte zurück, das Sonnenlicht war zu grell für seine schmerzenden Augen. »Letztendlich war es die Erwähnung Maelchons, die den Ausschlag gegeben hat.«

Conaire grinste. »Du hast natürlich keinerlei Beweise dafür, dass Maelchon wirklich mit den Römern im Bunde steht.«

Eremon antwortete ihm mit einem grimmigen Lächeln. »Nein, aber er hat versucht, uns zu töten, und mir ist jedes Mittel recht, um ihn aufzuhalten. Er ist eine Bedrohung für den Frieden Albas, das weiß ich, und wenn sich die Könige aus Furcht vor ihm auf meine Seite geschlagen haben, habe ich zwei Ziele zugleich erreicht. Nectan sagt, er würde oft hierher segeln. Das nächste Mal bereiten sie ihm hoffentlich einen weniger freundlichen Empfang.«

Sie gingen in die Hütte zurück, wo Caitlin noch immer fest schlafend unter den Pelzdecken lag. Conaire betrachtete sie einen Moment lang, wobei ein Lächeln um seine Lippen spielte, dann schöpfte er Gerstengrütze aus dem Kessel über dem Feuer in eine Schale. »Ich finde es immer noch merkwürdig, dass der Anschlag auf Rhiann sie mehr erzürnt hat als alles andere.«

Eremon setzte sich auf die Bank, um seine Stiefel anzuziehen. »Es ist so, wie Rhiann gesagt hat – hier steht die Göttin über allen anderen Göttern. Es ist mir auch egal, auf welche Weise ich sie zum Handeln bewege! Durch ein paar geschickt gestellte Fragen habe ich herausbekommen, wie groß ihre genaue Zahl ungefähr ist. Diese Krieger leben zwar im ganzen Westen verstreut, sind aber dennoch als Verbündete von unschätzbarem Wert. Wir müssen sie einfach dazu bringen, sich uns anzuschließen.«

Conaire schob sich einen Löffel Grütze in den Mund. »Was hat Nectan eigentlich zu dir gesagt, kurz ehe du gegangen bist?«

Eremon zuckte die Achseln. »Dass alle Könige große Angst vor einem Bündnis zwischen Maelchon und den Römern haben und daher erwägen, meinem Vorschlag zu folgen – aber sie wollen keinen Mann aus Erin an der Spitze der Kriegertruppen sehen.«

»Kein Wunder, dass Fergus aussah, als würde er gleich vor Wut platzen. Was haben wir denn nun tatsächlich erreicht?«

»Das weiß ich selbst noch nicht genau.« Eremon seufzte. »Danach habe ich Nectan nur noch kurz mit Brethans Druiden sprechen sehen.«

Er blickte in das helle Sonnenlicht hinaus. Nicht nur das Warten auf eine Botschaft von Nectan zerrte an seinen Nerven.

Ich habe kein einziges Wort von Rhiann gehört. Vielleicht will sie jetzt, wo sie endlich zurückgekehrt ist, diesen Ort nie wieder verlassen.

Einen Tag später war Beltane, und Rhianns kalter Furcht zum Trotz tauchte die Sonne strahlend hell aus den Wolken hervor, sie warf ihre wärmenden Strahlen über das Tal, das Rhiann bei Tagesanbruch durchquerte, und ließ die kleinen Seen kupferfarben und die Binsen am Ufer wie Gold schimmern.

Kurz darauf stand sie am Strand unterhalb von Kells Turm und lauschte Eremons Schritten hinter ihr auf dem groben Sand, und mit jedem Schritt schien die Schönheit des Tages mehr zu verblassen.

»Ich hätte dich auch ohne deine Botschaft schon von weitem erkannt«, sagte er über ihre Schulter hinweg. »Warum bist du denn hierher gegangen, statt zu mir in den Turm zu kommen?«

Rhiann drehte sich zu ihm um. Sie zerrte nervös an ihren Fingern. »Ich … ich musste den Strand noch einmal sehen. Den Ort, wo es geschah.«

Sie blickte über den schmalen Sandstreifen hinweg und dann zum Tal, zum Dorf hinauf, über dem Möwen kreischend ihre Kreise zogen und sich der Rauch der Kochfeuer in der klaren Luft kräuselte. Alles wirkte ruhig und friedlich, und doch konnte sie die Szene nicht betrachten, ohne dass sie eine andere Art von Rauch in der Luft hängen sah; eine schwarze, bedrohliche Wolke, die von Gefahr und Tod zeugte.

Dort, wo die Wellen über Sand und Muscheln hinwegplätscherten, waren rote Boote gelandet, Kells Blut hatte das Wasser getrübt. Dort hinter ihr, wo der Hang steiler anstieg, hatte sich die haarige Hand eines Mannes um ihren Knöchel geschlossen …

Eremon trat neben sie. »Es tut mir so Leid, Rhiann. Ich wünschte, ich könnte diese Erinnerungen für immer vertreiben.«

Sie erschauerte. »Das weiß ich.«

Als er sich abwandte, musterte sie ihn verstohlen. Er schien ihr nicht in die Augen sehen zu wollen, und in seinem Gesicht las sie, dass ihn abgesehen von der Sorge um ihre Person noch etwas bedrückte. »Ist das Gespräch mit den Königen nicht so verlaufen, wie du gehofft hast?«

Eremon stieß mit dem Fuß gegen eine Muschel, die halb aus dem Sand ragte. »Ich glaube, ich habe sie vom Ernst der Lage überzeugen können, aber sie wollen mir ihre Entscheidung erst am Tag nach Beltane mitteilen.«

»Das sind gute Nachrichten. Nectan steht auf deiner Seite.

Er befehligt zwar nur wenige Männer, aber sie sind ausgezeichnete Kämpfer und die besten Bogenschützen an dieser Küste. Er genießt wegen seines Scharfblicks großes Ansehen. Wenn er dich unterstützt, ist eine wichtige Hürde genommen.«

Eremon zuckte die Achseln, dann fragte er leise: »Und du? Bist du glücklich, wieder bei den Schwestern zu sein?«

»Schon …« Die Worte, die sie wechselten, klangen in Rhianns Ohren hohl und gezwungen.

Denn am liebsten hätte sie ihm zugerufen: *Eremon, es tut mir ja so Leid! Ich tue dies nicht freiwillig, sondern weil es meine Pflicht ist! Nicht ich bin es, die heute Abend bei einem Mann liegt, sondern die Göttin!* Aber wie konnte sie mit ihm über das Ritual sprechen, das bei Einbruch der Dämmerung beginnen würde? Er würde die Bedeutung nicht verstehen. Er würde sie hassen, weil sie ihm Schmerz zufügen musste …

Aus den Augenwinkeln heraus sah sie, wie der Wind ihm eine dunkle Locke ins Gesicht wehte. Der Anblick schnitt ihr ins Herz, denn sie hätte so gerne eine Hand ausgestreckt und sie zurückgestrichen …

Rhiann biss sich auf die Lippe. Sie wusste, worauf sie sich eingelassen hatte, denn sie kannte die Riten und wusste, was sie bedeuteten – und was nicht. Aber er wusste es nicht. Sollte sie versuchen, es ihm zu erklären?

»Eremon …«, begann sie vorsichtig, dann hielt sie inne. Wenn er erfuhr, was sie tun wollte, würde er versuchen, sie davon abzuhalten, und wenn sie seiner Bitte Folge leistete, dann zog sie den Zorn der Schwestern auf sich.

Er drehte sich zu ihr um. Eine Frage flackerte in seinen Augen auf.

»Ich … äh … ich muss zurück«, stammelte sie, dabei musste sie die aufsteigenden Tränen unterdrücken. »Ich muss für die Beltaneriten fasten.«

»Nimmst du denn an den Riten teil?« Röte breitete sich auf seinen Wangenknochen aus.

»Ja, zusammen mit den anderen Schwestern.«

»Rhiann.« Er griff nach ihrer Hand, hielt den Blick aber auf ihre ineinander verschlungenen Finger gerichtet. »Du weißt, wie viel du mir bedeutest, nicht wahr?«

»Eremon, bitte nicht.« Rhiann meinte, an ihren Schuldgefühlen ersticken zu müssen. Hastig entzog sie ihm ihre Hand.

Nein, er würde es nicht verstehen; er würde die Riten für einen barbarischen Brauch halten – vielleicht würde er sie danach sogar verlassen und nie wieder kommen.

Eremon ließ die Arme sinken. Seine Züge verhärteten sich zu einer undurchdringlichen Maske. »Ich sehe dich dann heute Abend, Rhiann.«

Er wandte sich ab und ging davon. Rhiann rieb sich müde die brennenden Augen. Hier an diesem Strand hatten all ihre Qualen begonnen, vielleicht würden sie hier auch enden. Denn wenn sie Eremon und das, was im Laufe der Zeit zwischen ihnen gewachsen war, verlor, dann könnte sie nicht mehr weinen, nicht mehr trauern, nicht mehr lachen, überhaupt nichts mehr empfinden.

Dann würde von ihr nur eine leere Hülle übrig bleiben.

76. Kapitel

Samana stieß die Hand weg, die über ihren Arm strich, und drehte sich zu dem Feldbett um. »Du bist ein Narr!«

»Wie kannst du es wagen, so mit mir zu sprechen!«

Samana wirbelte herum und funkelte den Mann böse an. Das Licht der Lampe, das das römische Zelt erhellte, fiel auf sein goldenes Haar und überzog seine Augen mit einem glänzenden Film. Aber er übte keinerlei Anziehungskraft mehr auf sie aus … falls er das je getan hatte. »Ich wage es, weil ich dich für deine Informationen reich entlohnt habe. Und was tust du? Du handelst unüberlegt wie ein Kind!«

Drust trat zum Bett. »Mir blieb keine andere Wahl! Woher hätte ich wissen sollen, dass sich im Gefolge der Epidierkönigin und dieses Bastardes aus Erin ein römischer Überläufer befindet? Ich musste fliehen, sonst wäre ich als Spion entlarvt worden.«

Bei der Erwähnung von Eremon und Rhiann drohte Samana an ihrer Wut zu ersticken. »Ich sehe mehr, als du glaubst, Prinz – nämlich dass du dich von deinen Lenden und deinem Stolz leiten lässt. Deshalb bist du für uns nicht länger von Nutzen.«

Seine Finger schlossen sich um ihr Handgelenk. Seine Augen sprühten Feuer. »Du Hure!«

»Du hast noch immer nichts begriffen, nicht wahr?«, fauchte Samana ihn an. »Ist dir nicht klar, dass du dich jetzt in meiner Gewalt befindest? Ich bin *Agricolas* Hure, und du bist hier in seinem Lager.« Sie holte tief Atem und rang um Fassung. »Aber nicht mehr lange«, setzte sie dann mit einem bösen Lächeln hinzu.

Drust gab sie frei. Furcht verzerrte seine regelmäßigen Züge. »Was soll das heißen?«

Samana rieb sich das Handgelenk. »Welchen Wert hast du denn noch für uns? Du bist ein Verbannter und somit als Geisel unbrauchbar. Du kannst uns auch keine Informationen mehr liefern. Als du vor dem Prinzen aus Erin davongelaufen bist, hast du dein Schicksal besiegelt.«

»Wird mich Agricola fortschicken?« Drust ballte die Fäuste.

Samana nahm auf dem Bett Platz und griff nach ihrem Weinbecher. »Warum sollte er das tun, Prinz? Ich denke, er hat anderes mit dir vor.«

Die Furcht verwandelte sich in blankes Entsetzen, und Drust fiel vor ihr auf die Knie. »Lady!« Er zog ihre Hand an seine Lippen. «Ich habe Euch früher Vergnügen bereitet und kann es wieder tun. Behaltet mich bei Euch, dann werde ich alles tun, was Ihr von mir verlangt!« Doch in ihren schwarzen Augen las er nicht den leisesten Funken von Mitleid.

Sie entzog ihm ihre Hand und wandte sich ab. »Ich kann nichts mehr für dich tun.«

Agricola blickte zum Himmel empor und stellte zufrieden fest, dass der Tag klar und schön zu werden versprach. Die Linie von Festungen und Wachtürmen, die sich quer durch das Land zog, würde bei gutem Wetter rascher Gestalt annehmen, als er gehofft hatte.

Sein Pferd tänzelte unruhig unter ihm, und er klopfte ihm den Hals. Auch ihm selbst wurde es unter seiner schweren Paraderüstung allmählich zu heiß. »Ich dachte, ich hätte befohlen, ihn unverzüglich herbringen zu lassen!«, herrschte er den Tribun an, der neben seinem Steigbügel stand.

»Ich weiß, Herr. Ich werde mich sofort...«

Doch in diesem Moment kam Bewegung in die am offenen Tor versammelten Soldaten, die Standarten der Kohorten wippten auf und nieder, ein Raunen erhob sich unter den Männern und schwoll an, als sie eine Gasse bildeten, um den Gefangenen durchzulassen. Vom Rücken seines Pferdes aus konnte Agricola schon sehen, wonach sich die neben ihm stehenden Soldaten die Hälse verrenkten, und er lächelte.

Die Zenturios hatten ausgezeichnete Arbeit geleistet: Der kaledonische Verräter war mit so vielen Kriegsbeutestücken behängt, dass er kaum laufen konnte. Über einer grell karierten Tunika trug er einen Umhang, dessen mit Fransen besetzter Saum über den Boden schleifte und den Agricola, wie er sich verschwommen erinnerte, dem Votadinerkönig abgenommen hatte. Der Umhang war mit unzähligen schweren Broschen übersät, die gefesselten Arme des Gefangenen bis zu den Schultern hinauf mit Goldreifen geschmückt, sodass der bloße Hals umso stärker auffiel. Die barbarischen Tätowierungen waren mit Tinte nachgezogen worden.

Als der Verräter von zwei Soldaten mit Speeren angetrieben vorwärts stolperte, wurde das unwillige Gemurmel der Männer immer lauter und steigerte sich schließlich zu einem vom rhythmischen Schlagen der Schwerter gegen die Schilde begleiteten Sprechgesang.

»Gallien! Gallien!«

Agricolas Lächeln wurde breiter. Ja, für seine Legionen verkörperte dieser Mann nicht nur Alba, sondern er stand für all die Barbaren, die sich in ihrem Stolz, ihrer Anmaßung, ihrer

Gier und ihrer Torheit gegen Rom auflehnten. Er spürte, dass der aufgestaute Frust und die Feindseligkeit der Soldaten sich endlich Bahn brach.

Also hatte sich der kaledonische Verräter letztendlich doch noch als nützlich erwiesen.

Agricola blickte zu Samana hinüber, die am Rand des Feldes unter ihrem Sonnenschirm saß. Sie trug eine gelangweilte Miene zur Schau, aber das Glitzern in ihren schwarzen, unverwandt auf den vor dem Holzblock wartenden Henker ruhenden Augen entging ihm nicht.

Der Gefangene wurde vor dem Block auf die Knie niedergedrückt, und die Klänge der Hörner und Trompeten fielen in den Gesang der Männer ein.

Agricola hob eine Hand, woraufhin der Henker das Schwert hob und auf ein weiteres Zeichen seines Kommandanten wartete. Agricola kostete den Moment aus; wartete, bis sich der Gesang zu einem hasserfüllten Schrei steigerte, das Donnern der Schwerter auf den Schilden die Erde erzittern ließ und die Hörnerfanfaren dem Kreischen wilder Tiere glichen.

Ja, dieser Mann ist Alba, und Alba wird fallen, genau wie er.

Er ließ die Hand sinken, und das Schwert sauste mit ihr hinab.

Rhiann stand in der Tür der Hütte und betrachtete den aufgehenden Mond. Leise Geräusche zerrissen die Stille des Abends: Mädchengekicher, das Klirren von Töpfen und Tiegeln im Küchenhaus, der schwache Gesang der Schwestern in der Ferne.

Wie oft hatte sie an einem Abend wie diesem hier gestanden und kaum vermocht, ihrer Vorfreude auf die Riten Herr zu werden?

Damals hatten solche Anlässe eine andere Bedeutung für sie gehabt. Sie hatte ihr eigenes Kichern unterdrückt, als die Novizinnen sich gegenseitig Blumen ins Haar flochten, während eine Priesterin sie streng über angemessenes Betragen belehrte. Dann hatten die Trommeln eingesetzt, und die Schwestern waren in einer langen Reihe zu den Steinen emporgeschritten, die Kapuzen ihrer Umhänge tief in die Stirn gezogen, ihre Füße hatten sich in vollkommenem Einklang bewegt.

Sie erinnerte sich daran, sich der Göttin so nah gefühlt zu haben, dass sie meinte, nur eine Hand gen Himmel heben zu müssen, um Ihr Gesicht berühren zu können. Damals waren die heiligen Worte der Liebe ein Teil der Nachtluft gewesen, die der Wind über das Land getragen hatte. Am deutlichsten erinnerte sie sich daran, ein Teil von etwas gewesen zu sein, das größer war als sie selbst.

Heute Abend stand sie wieder hier und war sich noch nie in ihrem Leben so allein und verlassen vorgekommen.

Alles in ihr schrie danach, davonzulaufen, weit, weit fort, damit sie nie den Ausdruck von Kälte und Abscheu in Eremons Gesicht sehen, nie die Enttäuschung derer erleben musste, die sie liebte, wenn sie ihre Erwartungen nicht erfüllte.

»Liebes.« Rhiann schrak zusammen, als Folas Stimme sie aus ihren Gedanken riss. »Es ist Zeit für den *saor*.«

Ihre Freundin stand mit einer irdenen Schale in der Hand hinter ihr, begleitet von den vier weiß gekleideten Mädchen mit Maiblumen im Haar, die Rhiann den ganzen Nachmittag lang aufgewartet hatten.

Rhiann bemühte sich verzweifelt, sich ihre Angst nicht anmerken zu lassen, als sie sie badeten und mit wohlriechenden Ölen einrieben. Sie schwieg, als sie ihre Handflächen und Fußsohlen mit Waid und ihre Nägel mit Beerensaft färbten und ihr Haar mit einem silbernen Kamm kämmten. Sie stimmte auch nicht in ihren Bittgesang ein, mit dem sie die Göttin anflehten, Ihre auserwählte Jungfrau zu segnen, sie ließ sich stumm ein Gewand aus weichem, gebleichtem Leinen überstreifen, das von einem aus Seegras geflochtenen Gürtel zusammengehalten wurde.

Vielleicht werteten die Mädchen ihr Schweigen als Zeichen von Nervosität, doch Fola drückte ihr die Hand. »Hab Vertrauen«, sagte sie lächelnd. »Vertrau Nerida und Setana und der Großen Mutter.«

Rhiann blickte in Folas dunkle Augen und las dort einen Anflug von Mitleid. Vielleicht wusste Fola ja doch Bescheid.

Beltane war das Fest des Lebens; die Erde würde jetzt Früchte hervorbringen, damit die Geschöpfe der diesseitigen Welt sich von ihnen nähren und leben konnten.

Trotzdem beschlich Rhiann das Gefühl, in dieser Nacht einen Pfad des Todes zu beschreiten.

Vor ihr ging Nerida, die sich trotz ihres Alters geschmeidig und anmutig bewegte. Sie trug einen blühenden Weißdornzweig vor sich her. Ein Kranz aus Geißblattblüten krönte Rhianns Haar, der einen schweren, süßen Duft verströmte und ihr zusammen mit dem *saor* die Sinne zu benebeln begann.

Zu ihren beiden Seiten und hinter ihr schritten die Schwestern. Jetzt konnte Rhiann deutlich die Lichtstränge sehen, die aus ihren Köpfen entsprangen und sie miteinander verbanden; dasselbe Bild, das sich ihr auch beim Beltanefest in Dunadd geboten hatte. Aber berührte das goldene Licht auch sie selbst, hüllte sie in seinen goldenen Schein? Sie wusste es nicht, hielt es aber für wenig wahrscheinlich. Sie begann zu zittern, stolperte und spürte, wie Arme sie stützten, ohne dass der Gesang abbrach. Als sie zur Seite blickte, sah sie Folas Augen unter der blauen Haube schimmern.

Die Prozession wand sich den Pfad empor, und die Schwestern begannen die Göttin in ihrer Gestalt als reine, unberührte, fruchtbare Jungfrau zu besingen. Rhiann war keine Jungfrau mehr. Dennoch hatte Nerida sie auserkoren … demnach musste sie irgendetwas in sich tragen, von dem die Älteste Schwester glaubte, es könne die Quelle des Lebens heute Nacht zum Sprudeln bringen. Aber was? Sie fühlte sich innerlich ausgedörrt und leer. Was in ihr konnte Leben erblühen lassen?

Doch dann sah sie die Steine vor sich, die sich schwarz von einem hell aufflackernden Feuer abhoben; sah dunkle Gestalten davor tanzen. Mit einem Mal verließ sie ihre mühsam aufrecht erhaltene Fassung, und ihre Beine drohten unter ihr nachzugeben.

Denn bei all den Tänzern handelte es sich um Männer; hoch gewachsene, breitschultrige Männer, denen das Haar offen über die Schultern fiel. Die Frauen aus dem Turm und die Gemahlinnen der Häuptlinge hielten einander bei den Händen und bildeten einen Kreis um den Steinring. Die Männer beschworen das Feuer des Lebens, die Frauen bewachten die Pforten zum Schattenreich.

Aber welcher Mann würde der Auserwählte sein?

Kurz vor dem Feuer blieb Nerida stehen. Der Fluss der Priesterinnen hinter ihr stockte gleichfalls, und der Gesang erstarb. Nerida trat vor und hielt den Weißdornzweig in die Höhe. »Die Töchter der Göttin sind gekommen, um euch ein Geschenk zu bringen: eine Jungfrau, die Ihr Licht zum Wohle des Landes gebären wird. Wer ist dieses Geschenkes würdig?«

Auf ihre Worte hin löste sich ein Druide in einem weißen Gewand aus der Menge der Männer. Er hielt eine Fackel in den Händen, deren Funken zu den Sternen emporsprühten. »Die Söhne des Gottes sind hier mit einem Gefährten für die Jungfrau: dem Hirschkönig, der Ihr Licht zum Wohle des Landes entzünden wird. Wir befinden ihn eures Geschenkes für würdig.«

Nerida drehte sich um und streckte Rhiann eine Hand hin, die diese wie im Traum ergriff. *Nur Mut, Kind*, ertönte die Stimme der alten Priesterin in ihrem Kopf. *Wir lieben dich. Und Sie liebt dich auch.*

Als Nerida sie durch die Gasse zwischen den Steinen zum inneren Kreis führte, schwebte Rhiann bereits so hoch über ihrem Körper, dass sie die zweite Schwester, die sich ihnen anschloss, kaum bemerkte: Setana. Alle Menschen waren jetzt verstummt, nur das Knacken und Knistern des Feuers und ihre leisen Schritte auf dem Gras waren noch zu hören. Die Augen der Frauen, die den Kreis umringten, glitzerten im Schein der Flammen… aber die Steine hinter ihnen schienen sich vor Rhiann zu bewegen, als seien sie einst wirklich Bittsteller gewesen, die sich in einem endlosen Tanz drehten… und zwischen ihnen, an den Orten, die kein Fuß eines Menschen je betreten hatte, lauerten noch andere, weit unheimlichere Gestalten.

Lichtblitze zuckten wie herabschießende Schwalben aus Feuer über den Boden... Geister von Verstorbenen mit Schwingen aus Rauch... verzerrte Gesichter, die sich aus der schimmernden Oberfläche der Steine lösten und von längst vergangenen Zeiten sangen, als die Menschen nur Wild und Fische, Felsen und Holz gekannt hatten, die Alte Frau in der Erde über sie alle geherrscht hatte und kein Mann von einem Schwert oder Speer niedergestreckt worden war...

All dies erfasste Rhiann allein dank des *saor*, bis sie sich unter Aufbietung all ihrer Willenskraft aus der Alten Zeit losriss und in die Gegenwart zurückkehrte, um den heiligen Platz im Herzen der Steine zu betreten.

Im selben Moment schlug die Macht der Quelle wie eine Welle über ihr zusammen und dröhnte wie das Summen einer Hornflöte in ihren Ohren, nur dass die Schwingungen nicht aus einem kleinen Loch, sondern aus der Luft um sie herum zu kommen schienen.

Der Strudel der Macht flutete um den Mittelpunkt des Kreises herum, wo der größte Stein stand. Hier streiften Nerida und Setana Rhiann das Gewand von den Schultern und drückten sie in seinem Schatten auf einen Umhang aus weichem Fell nieder.

Dann legten sie ihre Hände auf Rhianns Bauch und Herz und begannen zu singen, bis Rhiann spürte, wie die Quelle durch die Hände der Schwestern in ihren Körper floss, wie eine Springflut über den Sand hinwegflutet. Sie ließ sich von ihr davontragen, wurde zum Himmel emporgeschwemmt und versank gleich darauf wieder in der Erde.

In weiter Ferne ertönten Trommeln, ein Schrei aus zahlreichen Männerkehlen wehte zu ihr herüber. »Er ist bereit! Er ist bereit!«

Rhiann merkte, wie Nerida und Setana sich erhoben. Die Nacht war kühl, doch dort, wo ihre Hände sie berührt hatten, glühte ihre Haut vor Hitze. Der Ruf war erklungen, das Gefäß hatte sich gefüllt. Das Werk der Schwestern war getan.

Rhiann blieb nur noch Zeit, Eremon eine letzte stumme Botschaft zuzurufen. *Eremon … vergib mir.*

Eremon blinzelte vom Feuerschein geblendet durch die Rauchschwaden hindurch, konnte Rhiann jedoch nirgendwo entdecken. Die Priesterinnen sahen in ihren blauen Umhängen alle gleich aus und bewegten sich auch auf die gleiche gemessene Weise. Er erhaschte einen Blick auf eine weiß gekleidete Frau auf der anderen Seite des Feuers, die gerade davongeführt wurde, aber er wusste nicht, wer sie war, und es kümmerte ihn auch nicht.

Rhiann!, schrie es in ihm. Wo war sie?

Er wusste um die Bedeutung dieser Zeremonie; verstand, dass sie alle ihre Rollen spielen mussten, dass das Gleichgewicht zwischen den Welten bewahrt werden musste, damit die diesseitige Welt nicht im Chaos versank.

Aber obgleich er bereits spürte, wie die Macht ihn zu durchströmen begann – eine Macht, die ihm helfen würde, sein Volk vor den Feinden zu schützen –, dachte er nicht an die Aufgabe, die ihm bevorstand. Er wollte nur Rhiann. Er wollte sie in die Arme nehmen und mit ihr diesen Ort verlassen, sich mit ihr irgendwohin zurückziehen, wo sie allein, warm und geborgen waren und wo er sein Herz vor ihr bloßlegen konnte, ob sie ihn nun anhören wollte oder nicht. Wo er all die Missverständnisse zwischen ihnen bereinigen konnte.

Stattdessen stand er nun hier vor dem Feuer, und das Schicksal tausender Menschen, Menschen dieses Landes Alba und seiner Heimat Erin, ihre ganze Zukunft schien schwer in der Luft zu liegen. Doch trotz des Nebelschleiers, der ihn einhüllte – die Wirkung des Kräutertrankes, den er mit den anderen Männern geteilt hatte –, konnte er ausschließlich an Rhiann denken, und der Schmerz, in diesem Moment von ihr getrennt zu sein, wurde nachgerade unerträglich.

Er dachte an ihre Augen … ihr Haar … ihre Lippen …

Dinge, die ihm mit einem Mal wichtiger erschienen als Kämpfe und Eroberungen.

Ihr Atem … ihr Duft … ihr Lächeln …

Er wusste, welchem Zweck die Beltaneriten dienten. Er wusste auch, welche Kräfte heute Nacht freigesetzt werden und dass im Taumel der Ekstase viele Männer und Frauen willkürlich beieinander liegen würden. Die Vorstellung verursachte ihm Übelkeit. Würde einer der rauen Inselbewohner des Nordens sie hier auf der nackten Erde nehmen? Würde er aus der Ferne mit ansehen müssen, wie sie sich mit einem Fremden vereinigte? Ob er sie finden konnte, bevor dies geschah? Unmöglich! Ein scharfer Schmerz zuckte durch seine Brust.

Dann ertönte der erste Trommelschlag.

Ein weiterer folgte, dann noch einer, bis der primitive, ursprüngliche Rhythmus tief in seinen Lenden ein Verlangen auslöste, zu dem er sich gar nicht fähig gehalten hatte; einen Trieb, der so alt war wie die Menschheit selbst. Nectan hatte ihm erklärt, dass der Kräutertrank derartige Gefühle auslöste – einen Ruf, dem kein Mann zu widerstehen vermochte.

»Er ist bereit! Er ist bereit!«, hörte er die Männer um sich herum aus voller Kehle schreien.

Eremon trat langsam vor, und bei jeder Bewegung schwang das an seinem Kopf befestigte Geweih sacht hin und her.

77. Kapitel

Rhiann kniff die Augen fest zusammen, als sie die Schritte des Mannes hörte, der den Kreis betrat. Wenn sie ihn nicht ansah, würde sie nie erfahren, wer er war. Sie konnte ihren Körper verlassen und zu den Sternen emporfliegen, dann würde sie nicht miterleben müssen, wie es geschah.

Doch plötzlich stimmten die Frauen einen Gesang an, und das Trommeln am Feuer der Männer nahm an Heftigkeit zu. Dieses Lied hatte mit den süßen, wehmütigen Melodien, mit denen die Priesterinnen der Göttin ihre Verehrung bekundeten, nichts gemein.

Es stammte vom Alten Volk; eine Überlieferung aus den Alten Zeiten, wo die Menschen noch mit den Hirschen im Wald gerannt waren und sich allein von der Jagd genährt hatten. Damals wurden die Hirsche von der Mutter des Stammes gerufen, um sich zu opfern, damit die Menschen leben konnten. Der Hirschkönig musste bei der Mutter liegen, auf dass sie fruchtbar werde.

Der langsame, lockende Gesang, der sich dem Rhythmus der Trommeln anpasste, war ein Ruf, auf den Rhianns Körper unwillkürlich reagierte, denn die Musik berührte jenen längst vergessenen Teil von ihr, der noch immer leichtfüßig mit den Hirschen durch den Wald lief, und der *saor* verstärkte die Wirkung noch.

Die Schritte kamen immer näher. Der Rand eines Hirschfells streifte ihre Finger, sie atmete seinen erdigen Geruch ein, als sich der Mann über sie beugte und spürte, wie sich die Hitze, die seine nackte Haut ausstrahlte, auf ihre eigene übertrug.

Der Sprung des Schicksals.

Setana sagte, ich solle ihn wagen.

Ich soll Ihr reinen Herzens das Opfer darbringen.

Ich werde es tun.

Ich weiß, dass ich es kann.

Lass los, lass dich fallen, Rhiann …

Aber die eisige Furcht, die wie eine Flut über sie hinwegschwemmte, war stärker. Rhiann spürte, wie sie erstarrte, und wusste, dass sie erneut versagen würde; dass von dem Feuer, das einst in ihr gebrannt hatte, nur kalte, erloschene Asche geblieben war.

Sie hörte, wie der Umhang raschelnd neben ihr zu Boden glitt und dann … o Göttin! … dann schmiegte sich ein warmer, nackter Männerkörper an den ihren, glitt über sie, ihre Finger trafen auf feste, glatte Schultermuskeln. Er berührte sie sanft, fast zögernd; so, als käme er seiner Aufgabe nur widerwillig nach, als er behutsam ihre Schenkel auseinanderschob. Sein Kopf ruhte an ihrer Schulter, und sein Haar strich über ihre Haut.

Doch so unwillig er auch schien, sein Herz hämmerte im selben Rhythmus wie die Trommeln, sein Atem ging immer schneller, da erkannte sie, dass die Macht des Hirschgottes ihn erfasst hatte und ihn zu der völligen Hingabe trieb, die auch sie aufbringen sollte.

Doch nicht aufbringen konnte.

Als sie sein hoch aufgerichtetes Geschlecht an der Pforte zu ihrem Körper spürte, zuckend, suchend, drängend, da kroch ihre von Panik erfüllte Seele so weit fort von ihm wie nur möglich; suchte Zuflucht in ihrem Kopf, wie sie es auch am Tag des Überfalls getan hatte. In diesem Moment überwältigte sie die bittere Verzweiflung, mit der sie drei Jahre lang gekämpft hatte, und sie konnte nicht verhindern, dass sich ihr ein leises Schluchzen entrang.

»Lady?«

Die Stimme klang leise und atemlos, und gegen ihren Willen schlug sie wie von selbst die Augen auf. Über sich erblickte sie ein Hirschgeweih und darunter… grüne Augen, die in das Feuer blinzelten, als seien sie gleichfalls geschlossen gewesen.

Obwohl die plötzliche Erkenntnis sie wie ein Schlag traf, registrierte sie, wie sich dieselbe fassungslose Überraschung auf seinem Gesicht abzeichnete.

Eremon.

Eremon war der Gehörnte.

In dem Moment, als sich ihre Blicke trafen, sprang ein Funke zwischen ihnen über, der alle Furcht, allen Schmerz fortspülte; fort an einen dunklen, vergessenen Ort.

Ohne nachzudenken, ohne Angst zu empfinden zog Rhiann ihn zu sich hinab; hungerte stärker nach seinen Lippen, als sie jemals nach etwas verlangt hatte. Jedes Lächeln, zu dem sie sich verzogen hatten; jedes Wort der Zärtlichkeit, der Liebe, der Freundschaft, das sie geformt hatten, sie kostete sie alle, und sie schmeckten süßer als Honig. Als sich ihre Lippen trafen, drang er in sie ein, und ihre Pforte öffnete sich mühelos, ohne jeden Widerstand für ihn.

Wie betäubt von der Wonne, ihn zu spüren, den Duft seiner

Haut in sich aufzunehmen, seinen Mund zu erforschen und benebelt von dem *saor*, der durch ihre Adern rann, spürte Rhiann, wie sich ihre Körper im Einklang mit dem Herzschlag bewegten, der in ihnen und rund um sie herum pochte, sie erfüllte und endlich Erfüllung brachte.

Rhiann fühlte, wie die Macht in ihr anschwoll, bis in jede Faser ihres Körpers drang.

Es war geschehen. Die Göttin war gekommen.

Rhianns und Eremons Seelen schwebten nebeneinander hoch oben am Himmel und beobachteten die Körper in dem Kreis unter ihnen. Sie schienen aus den Sternen selbst zu bestehen, und zwischen ihnen erstreckte sich die Lebenskraft des Gottes und der Göttin so weit wie der Himmel selbst.

Dann blickte Rhiann Eremon an, und seine Seele erschien ihr als Flamme; eine Flamme, die ewig brannte, ohne zu vernichten und zu verzehren. Obwohl sie kein menschliches Antlitz trug, wusste sie, dass er es war. Sie hätte diese Flamme überall erkannt.

In diesem Moment erstrahlte ihr Traum vor ihr; umgab sie wie ein Bild aus Feuer und Sternen.

Sie sah das Tal und die darin zusammengedrängten Seelen aller Menschen. Sie sah sich selbst mit dem Kessel, in dem die Macht der Göttin glühte, so gleißend, dass sie den Anblick noch nicht einmal mit ihrem geistigen Auge zu ertragen vermochte. Sie hörte die Adler kreischen und sah, wie der Mann an ihrer Seite das Schwert der Wahrheit hob.

Wende mir dein Gesicht zu!, rief sie, so wie sie es immer tat. *Ich brauche dich!*

Nun endlich erfüllte sich der Wunsch ihres Lebens, der Mann drehte sich zu ihr um, und sie sah, dass er Eremons Gesicht trug. Nun hob die Traum-Rhiann den Kessel und übergoss ihn mit der Gnade der Mutter, er schüttelte den Kopf und lachte, als stünde er unter einem Wasserfall. »Du!«, rief Rhiann aus. »Du bist es!«

Im nächsten Augenblick fuhren sie beide wieder in ihre körperlichen Hüllen am Boden zurück, doch obwohl sie wieder ihre menschliche Gestalt angenommen hatten, wussten Rhiann und Eremon nur, dass ihre Zwillingsflammen am Himmel hell aufzüngelten und einander getrieben vom Hunger nach Leben umspielten; begierig, sich endlich miteinander zu vereinen.

Dann geschah es: Die Flammen verschmolzen zu einer perfekten Welle weißen Lichtes, die sie mit sich fortriss.

Dann brach die Welle, und sie wurden beide in die Höhe geschleudert, als die Quelle aus der Erde unter ihren Körpern hervorsprudelte; ein sich in die Höhe schraubendes Lichtgebilde, das von der Mitte des Kreises zum Himmel emporstieg und die Menschen mit den Funken des Lebens überschüttete.

Als Rhiann und Eremon laut aufschrien, schienen ihre Stimmen nicht aus ihrer Kehle, sondern direkt aus ihrem Herzen zu kommen und klar und rein durch die Nacht zu hallen.

Als sie später erschöpft und benommen nebeneinander lagen, nahmen sie kaum wahr, dass der beschwörende Gesang wieder einsetzte.

Aber sie spürten, dass die Sterne sie wie ein weicher, warmer Umhang umhüllten, und sie wussten, dass ihr Werk vollbracht war.

78. Kapitel

Eine Ewigkeit später kamen Eremon und Rhiann wieder zu sich. Rhiann schlug die Augen auf und sah die Sterne hell am Himmel über Eremons Schulter funkeln, spürte seinen Herzschlag an ihrer Brust, hörte seine keuchenden Atemzüge.

Doch ungeachtet dieser menschlichen Laute konnte sie noch immer den Lichtschimmer erkennen, der ihre Körper umgab, und spürte eine letzte zarte Liebkosung, als die Göttin sie verließ.

Sie blickte auf, sah in Eremons Augen und er in die ihren. »Du«, war alles, was sie hervorzubringen vermochte, und zur

Antwort berührten seine Lippen die ihren, und auf Leidenschaft und Verlangen folgte eine tiefe Zärtlichkeit.

Doch der Moment war nicht von Dauer. Die Menschenmenge strömte in den Kreis, um ihnen aufzuhelfen und ihre Nacktheit mit Umhängen zu verhüllen. Benommen vom *saor*, dem Dröhnen der Trommeln, den schrillen Flötenklängen und dem Stimmengewirr um sie herum stolperten sie vorwärts und wurden sogleich voneinander getrennt, was nach der so lange ersehnten Vereinigung mehr war, als sie ertragen konnten.

Rhiann schrie auf, aber niemand hörte sie.

Eremon streckte die Hand nach Rhiann aus, um sie festzuhalten, sie an sich zu ziehen und mit ihr über das zu sprechen, was ihnen soeben widerfahren war, doch da wurde er schon von einer Schar von Kriegern umringt.

Sie zogen ihn mit sich, aus dem Kreis heraus, und dann hörte er eine Stimme – war es die von Nectan? – dicht an seinem Ohr. »Es ist noch nicht vorbei, Hirschkönig! Du musst dein Opfer bringen, um zu beweisen, dass du allein würdig bist, Ihr Gefährte zu sein. Renne und hole sie ein! Zu den Klippen hinüber!«

Wieder wurde er nach vorne gestoßen, glitt aus und fing sich wieder. Die Enden des sperrigen Geweihs kratzten an den Felsen, Frauenhände strichen über seine Arme oder berührten seine Lenden, damit etwas von der Fruchtbarkeit dieser Nacht auf sie überging. Einige packten seine Beine und Füße, um ihn zurückzuhalten. Lachende, von der Wildheit dieser Nacht erfüllte Gesichter wirbelten um ihn herum und verschwammen vor seinen Augen, während der *saor* wie flüssiges Feuer durch seine Adern kreiste.

Er versuchte, die Hände abzuschütteln, die ihn behinderten, dann hörte er Nectans Lachen. »Fort, fort mit dem Gehörnten!« Die Menge gab ihm den Weg frei, und er erblickte Conaire, Fergus und Colum, die seine Häscher von ihm fortzerrten. In diesem Moment vergaß er, dass er in dieser Nacht ein Gott war und eine Rolle zu verkörpern hatte. Er wollte nur

Rhiann. Er rief laut ihren Namen, doch er verklang ungehört im Lärm der Stimmen um ihn herum.

Dann plötzlich meinte er, weit in der Ferne ihr Haar im Mondlicht schimmern zu sehen. Er musste unbedingt zu ihr gelangen! Der Gedanke verlieh ihm neue Kraft, er holte tief Atem, dann war er frei, stürmte los und sog dabei die kalte Nachtluft in vollen Zügen ein, um die Benommenheit zu vertreiben.

Hinter sich hörte er Nectan erneut rufen: »Flieg für uns dahin, unser Gott!«

Er jagte über Felsgestein und glitschiges Gras hinweg, spürte das Spiel seiner Muskeln unter dem Fell der Vorderläufe und Flanken, den Pulsschlag des Waldes, die Macht der trommelnden Hufe, dann setzte er über einen Streifen groben Sandes hinweg und hetzte zu einer Landspitze empor, hinter der der Mond einen silbern schimmernden Pfad auf das Wasser malte. Dort, am Rand der Klippe, machte er nach Atem ringend Halt, denn dort stand Rhiann inmitten einer Gruppe von Priesterinnen. Er überlegte flüchtig, wie sie so rasch dorthin gelangt sein konnte, aber er wusste nicht, dass der *saor* das Zeitgefühl eines Menschen veränderte und er länger im Steinkreis festgehalten worden war, als er ahnte.

Keuchend sank er vor ihr auf die Knie.

Rhiann spürte, wie die Große Mutter erneut über sie kam. Sie sah den glühenden Schimmer, der um ihre Hände spielte und von der Gegenwart der Göttin zeugte, aber als sie Eremon anblickte, sah sie nur seine eigene Seelenflamme und keinerlei Zeichen dafür, dass der Gott von ihm Besitz ergriffen hatte. Stimmte etwas nicht?

Böse Vorahnungen verdunkelten ihr Herz, ein Schatten legte sich über ihre Seele, doch dann hörte sie plötzlich eine leise Stimme tief in ihrem Inneren. *Nur ruhig, kleiner Seehund*, schien sie zu wispern. *Halte dich bereit, bereit für ihn.*

Der Mond stand hell über Rhianns Kopf, trotzdem vermochte Eremon ihr Gesicht kaum zu erkennen.

Noch während er verzweifelt versuchte, in ihren Augen zu lesen, packten ihn von hinten kräftige Hände und drückten ihn mit dem Gesicht zuunterst zu Boden.

Als seine Handgelenke mit einem Strick gefesselt wurden, empfand er einen Moment lang einen Anflug von Furcht, aber dann entspannte er sich wieder. Das alles war Teil des Rituals; Nectan hatte es ihm erklärt. Die Hände zogen ihn wieder in die Höhe und zwangen ihn auf die Knie.

Als Rhiann das Wort ergriff, klang ihre Stimme tief, gebieterisch und von Macht erfüllt. »Bist du der Auserwählte, der würdig ist, mein Gefährte zu sein?«

»Der bin ich«, erwiderte er voller Ehrfurcht angesichts des Lichts der Göttin, das sie umgab.

Rhiann hob eine Hand und legte sie zwischen die beiden Äste seines Geweihs. »Gelobst du, als mein Gefährte die Gesetze der Großen Mutter zu achten und die Dinge zu ehren, die Sie erschaffen hat?«

»Ich gelobe es.«

»Gelobst du, dein Schwert nur im Namen der Gerechtigkeit zu führen?«

»Ich gelobe es.«

»Gelobst du, als Erster Kälte und Hunger zu leiden und als Erster zu den Waffen zu greifen, um dein Volk zu verteidigen?«

»Ich gelobe es.«

»Und gelobst du, dich als Hirschkönig für das Land zu opfern? Dein Blut zu geben, damit es vor Unheil bewahrt bleibt?«

Eremon holte tief Atem und schloss die Augen. »Ich gelobe es.«

Dann spürte er, wie eine andere Hand sein Haar packte und seinen Kopf nach hinten bog, sodass seine ungeschützte Kehle entblößt wurde.

Dann berührte ein kaltes steinernes Messer seine Haut.

Wie im Traum gefangen beobachtete Rhiann, wie sich die Menge der Priesterinnen teilte und eine kleine Gestalt vortrat, um in Eremons Haar zu greifen. Mit aller Kraft kämpfte sie gegen den Nebel des *saor* an, um zu erkennen, wer diese Aufgabe übernommen hatte, weil ihr das mit einem Mal ungeheuer wichtig erschien.

Da wurde ihr träge dahinschwebender Geist von Verwirrung erfasst. Es war Brica! Was tat sie hier? Warum war sie nicht zu ihr gekommen, um sie zu begrüßen?

Das Vorgefühl drohenden Unheils verstärkte sich.

Sie sah Eremons Hals weiß im Mondlicht schimmern, als Brica seinen Kopf gegen ihr raues Gewand presste. Sie sah, wie Brica das schwarze Steinmesser hob, das für dieses symbolische Opfer benutzt wurde. Als die Hand sich hob und die Klinge niederfuhr, erfüllte sie das gleißende Licht der Erkenntnis.

In diesem Moment wusste sie, dass sie Eremon liebte. Und dass er sterben würde.

Der Zeitpunkt für die Wahl, die Linnet vorhergesehen hatte, war gekommen.

Rette ihn! Der Schrei hallte in ihr wider, die Wirkung des *saor* fiel von ihr ab wie ein zu Boden gleitender Umhang, ohne nachzudenken stürzte sie sich auf Brica; warf sich gegen die Hand, die das Messer umklammerte, aber sie hatte nicht schnell genug reagiert und erreichte lediglich, dass sich die Klinge nicht in Eremons Kehle, sondern tief in seine Schulter bohrte. Er schrie vor Schmerz auf und sank zur Seite. Ein Blutschwall ergoss sich über Rhianns Umhang.

Brica war durch die Wucht des Aufpralls rücklings zu Boden geschleudert worden, Rhiann lag auf ihr und starrte in die schwarzen, im Mondschein irr glänzenden Augen. Brica fletschte die Zähne. Ihr Gesicht war zu einer Grimasse des Hasses verzerrt.

»So wolltet Ihr es doch, Herrin!«, zischte sie, und Rhiann war, als grabe sich die kalte Klinge in ihr eigenes Herz. »Ich habe es für Euch getan!«

»Nein!«, schrie sie entsetzt auf. »O nein, das wollte ich nicht!«

Augenblicklich erlosch das fanatische Funkeln in Bricas Augen und machte nackter Furcht Platz. Die Priesterinnen lösten sich aus ihrer Erstarrung und eilten zu ihnen. Brica wurde auf die Füße gezerrt, und Rhiann sah, wie sie sich wild nach allen Seiten umblickte, als sich die kleine Frau von den beiden Schwestern losriss, die sie gepackt hielten, hörte sich Rhiann erneut aufschreien. »Nein!«

Es war zu spät. Brica kreischte laut auf, stürmte auf den Rand der Klippen zu und warf sich in die gähnende Tiefe.

Dann wurde es schwarz um Rhiann.

Als sie das Bewusstsein wieder erlangte, schwebte Neridas Gesicht über ihr. Dahinter schimmerten noch immer die Sterne am Nachthimmel. Stimmengemurmel drang an ihr Ohr.

»Eremon! Wo ist Eremon?«

»Er ist am Leben«, beruhigte Nerida sie. »Die Wunde ist zwar tief, aber nicht gefährlich. Nur der Blutverlust hat ihn geschwächt. Die Druiden haben ihn in ihre Hütte neben dem Turm gebracht.«

»In ihre Hütte… nein! Bringt ihn zu mir… ich werde ihn pflegen!«

»Still, Kind.« Nerida nahm Rhiann in die Arme. »Er hat heiliges Blut vergossen. Die Druiden werden gut für ihn sorgen.«

Rhiann versuchte sich aufzusetzen, doch sofort begann sich die Welt vor ihren Augen zu drehen.

»Langsam«, murmelte Nerida. »Der Schock war zu groß. Das Fasten, der *saor*… bleib liegen und ruh dich einen Moment aus. Wir bringen eine Trage.«

Rhiann sank zurück, und plötzlich stürmten alle Ereignisse dieser Nacht wieder auf sie ein. Sie begann heftig zu zittern. »B…Brica?«

Nerida zögerte. »Sie ist tot. Wir haben ihre Leiche in den Felsen gefunden.« Sie schüttelte traurig den Kopf. »Ich verstehe das alles nicht. Sie bat mich darum, das Messer führen zu dürfen, und ich erlaubte es, weil ich dachte, sie wollte dir damit einen Dienst erweisen.«

»Sie… sie wollte ihn töten!«

»Es hat seit Generationen kein wirkliches Opfer mehr gegeben. Setana hat mit Bricas Familie gesprochen – seit zwei

Tagen sprach Brica ununterbrochen davon, dass ein wahres Opfer dargebracht werden müsse, da die Bedrohung durch die Römer so groß sei. Niemand hat sie ernst genommen. Ich fürchte, sie hatte den Verstand verloren.«

»Nein.« Rhiann erschauerte. »Es war meine Schuld. Ich habe ihren Hass auf Eremon genährt ... als ich gezwungen wurde, ihn zu heiraten. Sie sog alles, was ich sagte, begierig in sich auf, und ihr verwirrter Verstand gaukelte ihr vor, sie müsse mich rächen. Sie muss herausgefunden haben, wer der Gehörnte sein würde. *Mein Hass hätte ihn beinahe getötet!*«

Nerida strich ihr über das Haar. »Nein, Kind, war es nicht deine Liebe, die ihn gerettet hat? Das Band, das dich an ihn bindet, hat dir Kraft gegeben, sonst wärst du zu spät gekommen.«

»O Göttin ... ich hätte ihn beinahe verloren! Wie viele Menschen müssen denn noch durch meine Schuld sterben!« Plötzlich wurde sie von heftiger Übelkeit geschüttelt. Nerida hielt sie bei den Schultern, als sie sich auf die Seite rollte und zu würgen begann. Dann wischte ihr jemand mit einem feuchten Tuch behutsam das Gesicht ab.

»Alles ist gut, Tochter.« Nerida wiegte sie wie ein kleines Kind in den Armen. »Es ist nur der Schmerz, der dich diese Worte aussprechen lässt. Nichts davon ist wahr. Dachtest du, ich wäre enttäuscht von dir? Das Gegenteil ist der Fall. Ich bin sehr stolz auf dich.«

Doch Rhiann begann erneut in einer schwarzen Bewusstlosigkeit zu versinken, die auf Schüttelfrost und Erbrechen folgte.

Das Letzte, was sie hörte, war Neridas Stimme ganz nah an ihrem Ohr. »Wir wussten, dass du die richtige Wahl treffen würdest, Tochter.«

79. Kapitel

Rhiann verschlief den ganzen nächsten Tag, ohne von bösen Träumen heimgesucht zu werden, sie erwachte erst, als sie leisen Gesang neben ihrem Bett hörte.

Es war Folas Stimme.

Rhiann schlug die Augen auf, blinzelte und entnahm dem Licht an der Wand, dass sich der Tag bereits dem Ende zuneigte. Die Innenseiten ihrer Schenkel fühlten sich wund an und pochten leicht. Rasch schloss sie die Augen wieder, damit Fola nicht merkte, dass sie wach war.

Große Göttin! Es war erneut geschehen. Ein Mann war gewaltsam in sie eingedrungen. Nein… nein, nicht gewaltsam. Davon konnte keine Rede sein. Sie erinnerte sich, wie sie Eremon voller Wonne in sich aufgenommen hatte, an das verzehrende Verlangen, das jede Faser ihres Körpers ergriffen hatte. Wie konnte die Frau dort oben in dem Steinkreis dieselbe Frau gewesen sein, die Eremon einst gedroht hatte, ihn umzubringen, wenn er sie noch einmal anrührte? Wie konnte Begierde das Gefühl der Erniedrigung verdrängt haben?

Vielleicht lag es daran, dass Eremon ihr Seelengefährte, ihr Schwertführer war.

Ihr Traum war demnach doch nicht gestorben. Er lebte, lebte in ihnen beiden.

Ehe sie es verhindern konnte, entrang sich ein schluchzender Laut ihrer Kehle, dann noch einer. Im nächsten Moment war Fola an ihrer Seite und zog sie in die Arme. »Lass es hinaus, lass alles hinaus, Schwester«, murmelte sie. »Danach wird es dir besser gehen.«

Rhiann wusste nicht, wie lange Fola sie festgehalten hatte, während die erlösenden Tränen über ihre Wangen strömten, oder wie lange sie danach schweigend beieinander gesessen hatten, wie sie es früher oft in diesem Raum getan hatten.

Die Schatten waren schon weit an den Wänden hochgekrochen, und die Wärme der Sonne war der Kühle der Dämmerung gewichen, als jemand zaghaft an den Türpfosten klopfte. Dann erfüllte Caitlins Lächeln den Raum.

Sie hatte sich weiße Möwenfedern in ihre Zöpfe geflochten und trug außer ihrem Halsreif noch eine Kette aus violetten Muscheln. Ihre Hirschlederhosen und die scharlachrote Tunika waren nach all den Tagen, während derer Rhiann nur Priesterinnengewänder zu Gesicht bekommen hatte, ein ungewohnter Anblick für sie.

Caitlin stürmte auf sie zu und umarmte sie fest. »Base, wir haben uns ja solche Sorgen gemacht! Jedes Mal, wenn ich nach dir fragte, sagte man mir, du würdest schlafen!«

Mit einem stillen Lächeln kehrte Fola zu ihrem Schemel zurück und nahm ihre Spinnarbeit wieder auf.

Rhiann sank in ihr Kissen zurück. »Nach diesen Riten benötigt der Körper den Schlaf. Aber sorge dich nicht, ich sehe schlimmer aus, als ich mich fühle.«

Erleichterung malte sich auf Caitlins Gesicht ab. Sie ergriff Rhianns Hand. »Ich habe letzte Nacht versucht, mich zu dir durchzudrängen, aber als ich sah, dass sich all die Schwestern schon um dich kümmerten, dachte ich, es wäre dir lieber, wenn ich Eremon folgen würde.«

Als sein Name fiel, schloss sich Rhianns Hand fester um Caitlins. »Wie steht es um ihn? Niemand will mir Genaueres sagen, sie behaupten nur, es bestünde keine Lebensgefahr für ihn.«

Caitlin gab ihre Hand frei und zog die Brauen zusammen. »Viel mehr weiß ich leider auch nicht. Ich bin zusammen mit Conaire und den anderen Männern hinter seiner Trage hergelaufen, aber die Druiden brachten ihn gleich in ihre Hütte, Nectan stellte Wachposten vor der Tür auf, die niemanden zu ihm ließen. Sogar den Königen wurde der Zutritt verwehrt. Conaire war nah daran, die Tür aufzubrechen, aber dazu hätte er Nectan gegenüber Gewalt anwenden müssen, und das hat er nicht gewagt.«

»Warum darf ihn denn niemand sehen?«

Caitlin zuckte die Achseln. »Conaire und ich haben vor

seiner Tür geschlafen – den ganzen Morgen lang sind die Druiden über uns hinweggestiegen! Sie sagen, die Wunde wäre nicht allzu tief, sie hätten sie gesäubert, und Eremon brauche jetzt vor allem Ruhe. Sie baten uns, ihre Wünsche zu respektieren. Wir durften uns nicht darüber hinwegsetzen, sonst hätten wir jeden Krieger im Turm gegen uns aufgebracht.«

Rhiann schwang die Beine aus dem Bett und strich ihr Hemd glatt. »Dann werde ich zu ihm gehen!«

Caitlin blickte Fola an, die rasch ihre Spindel zur Seite legte. »O nein, mein Mädchen. Du bleibst im Bett, so, wie Nerida es angeordnet hat!«

Doch Rhiann streifte sich schon ihr Gewand über den Kopf. »Wer will mir verbieten, meinen Mann zu besuchen?« Ihr Kopf kam zum Vorschein, und sie funkelte Fola an. »Ich liebe ihn! Er hat zwei Jahre darauf gewartet, diese Worte aus meinem Mund zu hören, jetzt lasse ich ihn nicht einen einzigen Tag länger warten! Willst du mich wirklich zurückhalten?«

Caitlin klatschte in die Hände und schlug sie dann vor den Mund. Ihre Augen strahlten.

Fola grinste Rhiann an. »Wie könnte ich dich von irgendetwas abhalten?« Sie zuckte die Achseln. »Nerida weiß sehr gut, wie eigensinnig du sein kannst. Sie wird mich nicht dafür bestrafen, dass du ihrem Befehl nicht Folge geleistet hast.«

Sie erhob sich und ging hinaus, um die sanftmütigste Stute der Schwestern zu satteln, sie führte das Tier zum Rand der kleinen Häusersiedlung, wo sich der Pfad zwischen den Weißdornbäumen hindurch aus dem Tal schlängelte. Caitlin und Rhiann schlüpften unbemerkt von Nerida oder einer der älteren Priesterinnen aus dem Haus, auch als Caitlin Rhiann auf das Pferd half und es am Zügel davonführte, kam niemand herbeigeeilt, um sie aufzuhalten.

Vielleicht hatten die Schwestern ja insgeheim damit gerechnet, dass sich Rhiann ihren Anweisungen widersetzen würde.

Als Caitlin die Stute vor der Hütte der Druiden anband, kam Conaire auf sie zu, um Rhiann aus dem Sattel zu heben. »Rhiann! Wir haben uns alle große Sorgen um dich gemacht!«

Rhiann drückte ihn an sich und lächelte Colum und Fergus über seine Schulter hinweg zu. »Mir geht es gut, wie ihr seht – ich bin nur ein bisschen wackelig auf den Beinen. Aber ich möchte mit Eremon sprechen.«

Conaire runzelte die Stirn und schüttelte den Kopf. »Sie bewachen ihn wie eine Horde Wölfe.« Er deutete auf Nectan, der, flankiert von zweien seiner Männer, mit einem Speer in der Hand vor der Tür stand. »Ich wusste, dass diesem Kerl nicht zu trauen ist!«

»Nicht so voreilig, Conaire. Ich werde selbst mit Nectan sprechen.«

Als Rhiann auf die Tür der Hütte zuging, blickte Nectan unwillig zu ihr auf und umfasste seinen Speer fester.

»Darf ich denn auch nicht zu ihm?« Sie bediente sich absichtlich seines eigenen Dialektes und lächelte dabei.

»Keiner Frau ist es gestattet, diese Hütte zu betreten, Lady.«

»Aber ich muss ihn sehen! Sag mir, warum du mich nicht zu ihm lässt.«

Nectan nickte seinen Männern knapp zu, woraufhin sie so weit zur Seite traten, dass sie ihr Gespräch nicht mit anhören konnten.

»Lady«, wandte er sich dann respektvoll an Rhiann. »Diese Angelegenheit betrifft die Druiden, die Götter und dann erst uns andere. Euer Mann kam, um ein Bündnis zu schließen, diese Bitte wird ihm gewährt werden – wenn er die richtige Wahl trifft. Noch ist nichts entschieden. Wir dürfen ihn bei seiner Wahl nicht beeinflussen.«

Rhiann starrte ihn an. Ein Verdacht keimte in ihr auf. »Nectan, weißt du, warum ausgerechnet Eremon ausersehen wurde, den Gehörnten zu verkörpern? Er – ein Fremder?«

Nectan grinste stolz. »Dafür habe ich gesorgt. Die Könige haben sich von unseren Plänen überzeugen lassen, aber sie wollten keinem *gael* folgen. Wir unterstellen uns nur einem der Unsrigen. Also sprach ich mit Brethans Druiden. Die Druiden haben Vorzeichen gesehen ... sie wissen, dass uns große Gefahr droht. Sie sahen, dass die Göttin Euren Prinzen im achtzehnten Jahr an unsere Küste geführt hat – einen Mann, der das Blut der Römer vergossen hat und dessen Blut von ihnen vergossen wurde. Einen Mann, der der Weggefährte einer Ban Cré ist. Wer sonst sollte der Gehörnte sein? Die Göttin hat ihn gerufen. Ich dachte, wenn er für eine Nacht unser Gott würde, würden die Könige ihm vielleicht bereitwilliger folgen.«

Rhiann nickte. Natürlich! Nun, da der *saor* ihren Blick nicht mehr trübte, sah sie ganz deutlich, wie sich alles zusammenfügte. »Nectan.« Sie neigte den Kopf. »Wenn das, was du sagst, zutrifft, sind wir dir zu großem Dank verpflichtet. Aber werden die Könige ihm folgen? Haben sie dir etwas gesagt?«

»Das hängt davon ab.«

»Wovon?«

»Wie er sich entscheidet, wenn er vor die Wahl gestellt wird.«

In der Druidenhütte lag Eremon zusammengerollt auf einem Lager aus weichen Fellen an der Wand. Seine Schulter pochte nur noch schwach, denn der Druidenheiler hatte sie gesäubert, ihm einen Kräuterverband angelegt und ihm einen Trank bereitet, der die Schmerzen linderte.

Der Gesang der Druiden zerrte nicht aufgrund seines körperlichen Zustandes an seinen Nerven, sondern weil sein Geist von zu vielen Eindrücken überwältigt worden war – nicht zuletzt von der Macht, die er in dem Steinkreis gespürt hatte.

Doch seine Gedanken kreisten fast ausschließlich um den Moment, als sich Rhiann bewusst für ihn entschieden hatte, indem sie ihn zu sich herabzog. Dieser eine kurze Augenblick hatte sich unauslöschlich in sein Gedächtnis eingebrannt. Nichts würde der beseligenden Erkenntnis, dass sie ihn wollte, nach ihm verlangte, je gleichkommen. Nichts.

Hätte er in diesem Moment sterben, hätte er seinen Körper verlassen, mit ihr in das Schattenreich eingehen und alles in der diesseitigen Welt hinter sich zurücklassen können, er hätte es bereitwillig und mit Freuden getan.

»Prinz.« Brethans Druide war zu ihm getreten. »Ich muss mit Euch sprechen.«

Mühsam drehte sich Eremon um, richtete sich auf und lehnte sich gegen sein Kissen.

Die tief in den Höhlen liegenden Augen des jungen Druiden glühten vor wilder Erregung. Seine Brüder fuhren mit ihrem beschwörenden Gesang fort, ab und an warf einer irgendwelche Kräuter ins Feuer, deren Rauch in Eremons Hals brannte.

»Ihr wisst, warum wir Euch zum Hirschkönig gewählt haben.«

Eremon nickte benommen. »Nectan hat es mir gesagt.« Er hustete. Der Druide reichte ihm einen Becher Wasser und wartete, während er daran nippte.

Dann nahm er Eremon den Becher wieder ab und ließ sich auf der Kante des Lagers nieder. »Wir haben eine gute Wahl getroffen. Seit vielen, vielen Jahren ist die Quelle nicht mehr so hell und kraftvoll gesprudelt. Ihr habt Euch bewährt.«

Eremons Gedanken wurden allein von Rhiann beherrscht. »Das freut mich. Wenn Ihr mir jetzt meinen Umhang geben könntet, damit ich zu meiner Frau gehen kann…«

Doch der Druide schüttelte den Kopf. »Da ist noch etwas.« Er beugte sich vor. »Als die Frau von der Insel Euch mit dem Messer verletzte, vergoss sie Euer Blut. Statt des symbolischen Opfers *rann Euer Blut tatsächlich von der heiligen Klinge in die Erde und vermengte sich mit ihr.*«

»Erinnert mich nicht daran!«

»Prinz, versucht doch zu verstehen! Ihr habt ein *Blutopfer* dargebracht – Ihr seid seit Generationen der erste Hirschkönig, der das getan hat. Dadurch habt Ihr Euch an uns gebunden; die Göttin hat Euch auserwählt.«

Bei diesen Worten gefror Eremon das Blut in den Adern, denn er musste an den Tag denken, an dem er den Fuß zum ersten Mal auf den Boden von Criànan gesetzt hatte. Bereits damals hatte er gespürt, dass dort etwas auf ihn wartete.

»Indem Ihr der Göttin Euer Blut gegeben habt, was niemand von uns erwartet oder geplant hatte, seid Ihr weit über die üblichen Beltaneriten hinausgegangen. Aber noch gehört Ihr nicht ganz zu uns. Noch beschreitet Ihr den Pfad zwischen den

Welten, dem sich nur ein Druide ungestraft nähern kann. Ehe die Pforte nicht wieder geschlossen ist, können wir kein Beltanefest mehr feiern.«

Eremon erschauerte ob des bedeutungsschwangeren Tonfalls des Druiden. Dann fiel ihm etwas auf. »Noch nicht ganz? Ihr sagtet: ›Noch gehört Ihr nicht ganz zu uns.‹ Wie meint Ihr das?«

Der Druide neigte den Kopf. »Ich komme, um Euch vor eine Wahl zu stellen. Wir können Euch heilen und Euch dann so, wie Ihr gekommen seid, nämlich unverändert in Eure Welt zurückkehren lassen. Aber Ihr müsst wissen, dass die Könige Euch nicht folgen werden, wenn Ihr Euch für diese Möglichkeit entscheidet.«

»Oder?«

»Oder wir können Euch der Großen Mutter weihen und Euch wirklich zu einem der unseren machen – zu unserem Kriegsherrn, dem Gefährten unserer Göttin, dem Königshirschen, so lange, wie das Lebensblut in Euren Adern fließt.«

»Ich wünschte, ich wüsste, wovon Ihr sprecht.«

Der Druide lächelte. »Wir müssen Euch zeichnen, Prinz, Euch als einen der Unseren brandmarken. Ich spreche von den Tätowierungen, denn diese Linien der Macht binden Euch an die Mutter und an uns. Nur ein paar Schritte entfernt warten zwanzig Könige und Häuptlinge, um ihre Knie vor Euch zu beugen und ihre Schwerter in Eure Dienste zu stellen. Aber sie werden Euch nur dann den Treueeid schwören, wenn Ihr ihn *Ihr* schwört.«

Als Eremon die volle Bedeutung dieser Worte erfasste, krampfte sich sein Magen zusammen. »Beim Großen Eber! Ich … ich muss mit meinem Bruder sprechen.«

»Niemand darf Euch sehen.«

»Ich bestehe darauf! Ich habe auch Pflichten meinem eigenen Volk gegenüber, an die ich denken muss. Wollt Ihr, dass ich ihm gegenüber eidbrüchig werde?«

Der Druide zögerte. »Nun gut, er mag mit Euch sprechen, wenn er Euch nicht zu nahe kommt.«

»Dann lasst mich aufstehen und draußen mit ihm reden. Hier drinnen kann ich kaum atmen.«

Das Gesicht des Druiden verfinsterte sich. »Nein, das wäre zu gefährlich für meine Leute. Ihr müsst Eure Wahl hier treffen. Allein. Wollt Ihr den Weg weiter gehen, oder wollt Ihr umkehren? Es ist eine Entscheidung, zu der Euch Euer Herz raten muss.«

Eremon gelang es, alle Druiden zum Verlassen der Hütte zu bewegen. Nur Brethans Vertrauter beharrte darauf, an der Tür zu wachen. Aber er hielt genug Abstand zu Conaire und Eremon, dass die Brüder sich ungestört beraten konnten.

Conaire ließ sich auf einen ein Stück vom Lager abgerückten Stuhl sinken und hörte sich wortlos an, was Eremon zu sagen hatte. Danach stützte er das Kinn auf die Hände. Ein gedankenverlorener Ausdruck lag in seinen blauen Augen.

»Was soll ich nur tun?«, fragte Eremon schließlich heiser. »Ich bin der Erbe meines Vaters. Erin ist meine Heimat; ich habe meinem Volk geschworen, ihm immer zu dienen.«

»Aber würdest du diesen Eid denn brechen, indem du hier einen anderen leistest?«

»Ich weiß es nicht.«

»Du hast doch auch den Epidiern einen Eid geschworen.«

»Ich weiß, aber ... das war etwas anderes. Die Epidier sagten, es sei eine Ehe mit dem Land und der Göttin, nur habe ich das damals nicht so empfunden. Jetzt aber habe ich das volle Ausmaß derartiger Schwüre erkannt.«

Conaire seufzte. »Eremon, du kannst deinen Thron nur dann zurückerobern, wenn du dir hier Verbündete schaffst. Nur dann kannst du zurückfordern, was rechtmäßig dein ist.«

»Wir haben nur nicht damit gerechnet, dass die Römer unseren Plan durchkreuzen.«

»Nein, aber genau das haben sie getan. Die Römer ... und viele andere Dinge.«

Der gepresste Ton ließ Eremon aufhorchen. »Wie meinst du das?«

Erst als Conaire ihn ansah, bemerkte Eremon die unterdrückte Erregung in seinen Augen; ein Leuchten, das zuvor nicht darin gelegen hatte. »Caitlin erwartet ein Kind.«

Eremon verschlug es die Sprache.

»Bruder!« Jetzt brach sich Conaires Erregung Bahn. »Mein Sohn könnte König werden! Der nächste König der Epidier!«

Eremon sah ihn lange an. »Dich halten also deine eigenen Bande hier«, sagte er endlich. »Du hast deine eigenen Eide geleistet.«

Vielleicht meinte Conaire, Enttäuschung aus Eremons Stimme herauszuhören, denn er schob das Kinn vor. »Ja. Ich bin nicht hierher gekommen, um nach Caitlin zu suchen, aber ich habe sie trotzdem gefunden. Mein Weg hat mich zu einem Ziel geführt, das ich nie angestrebt habe.«

»Wie der meine mich.«

»Wie der deine dich.«

Eine Weile hingen sie schweigend ihren Gedanken nach.

»Vergiss nicht, dass Erin nicht weit weg ist«, meinte Conaire dann mit seinem entwaffnenden Grinsen. »Vielleicht begründen wir hier einen Clan, der beide Seiten des Meeres beherrscht. Mein Sohn könnte hier König werden, der deine in Erin. Aedan sagte etwas in dieser Art zu dir, als du Rhiann geheiratet hast.«

»Ja, ich erinnere mich.«

»Eremon.« Conaire stützte die Hände auf die Knie und beugte sich vor. »Unser Schicksal hat uns hierher geführt, und ich denke, wir sollten die Geschenke annehmen, die uns hier angeboten werden. Wenn du die Stämme Albas anführst, bedeutet das keine Lossagung von unserem Volk! Du schützt Erin durch die Aufgabe, die du hier erfüllst, denn wir alle werden von einem gemeinsamen Feind bedroht.«

Diese schlichten Worte bewirkten endlich, dass Eremon leichter ums Herz wurde. »Jetzt weiß ich, warum ich all die Jahre so großen Wert auf deinen Rat gelegt habe.«

Wieder grinste Conaire, dann wurde er ernst. »Rhiann war hier.«

Eremon erstarrte. »Wo ist sie?«

»Sie sprach kurz mit Nectan, dann ging sie wieder. Sie muss von dem Vorschlag der Druiden gewusst haben. Aber sie wollten sie nicht zu dir lassen.«

Seltsamerweise empfand er darüber Erleichterung, obwohl er sich verzweifelt danach sehnte, Rhiann wieder zu sehen.

Viel war in dem Steinkreis zwischen ihnen geschehen. Was, wenn es ihr nicht annähernd so viel bedeutete wie ihm?

80. Kapitel

Rhiann konnte weder essen noch schlafen, nicht kochen, kein Korn mahlen oder nähen. Ihre Hände gehorchten ihr nicht, weil die Gedanken in ihrem Kopf brodelten wie Folas Eintopf in dem Kessel über dem Feuer. Sie wusste nur, dass Eremon eingewilligt hatte, sich tätowieren zu lassen. Demnach hatte er sich für Alba entschieden.

Und für sie, Rhiann? Hatte er sich auch für sie entschieden?

Caitlin kam im Morgengrauen zu ihr. »Er hat die Druidenhütte verlassen!«, rief sie ihr von der Tür des Melkschuppens zu, packte Rhiann um die Taille und wirbelte sie herum. »Die Könige machen sich bereit, ihm den Treueeid zu schwören. Dann geht das Beltanefest weiter!«

Rhiann löste sich aus der ungestümen Umarmung. »Wie sieht er aus? Geht es ihm gut? Hat er mit jemandem gesprochen?«

Caitlin schüttelte lächelnd den Kopf. »Das kannst du ihn alles selbst fragen. Er ist am Strand unterhalb des Turms. Er möchte mit dir sprechen.«

Rhianns Mund wurde trocken. »Jetzt?«

»Ja, jetzt. Wirklich, Rhiann, man könnte meinen, ihr wärt euch noch nie zuvor begegnet. Er ist nervös, du bist nervös – was stimmt mit euch beiden nur nicht? Nun beeil dich!«

Von der Schwelle des Hauses der Ältesten Schwester aus beobachteten Nerida und Setana, wie Rhiann davongaloppierte. Sie konnten sehen, dass ihre Wangen glühten, obgleich sie befangen und unsicher wirkte.

»Also haben die Riten Heilung gebracht, wie wir gehofft haben«, murmelte Nerida und faltete ihre schmerzenden Hände im Schoß.

Setana legte den Kopf schief, als lausche sie einer nur für sie vernehmbaren Stimme. »Die Riten waren … ein Teil der Heilung. Alles Weitere liegt noch vor ihr.«

»Wie meinst du das?«

Setana schloss die Augen. »Ich habe es im Traum gesehen. Es liegt nicht in unserer Macht, den Zeitpunkt ihrer endgültigen Heilung zu bestimmen. Wir können ihr nur dabei helfen, ihren Weg zu gehen. Sie wird schwer geprüft werden … und dann wird sie Zeit und Ort wählen, denn sie muss aus freien Stücken in den Schoß der Göttin zurückkehren. Ich sehe … Krieg … Schwerter und Speere … ich höre Männer schreien. Ich sehe … ein Kind. Und … ein Grab, einen seltsamen Stein.« Sie schlug die Augen wieder auf. »Das ist alles.«

Nerida drehte sich wieder zum Feuer. »Das sind dunkle Warnungen, Schwester. Aber auf welche Weise sie auch immer zurückfindet, ich werde es zufrieden sein.« Sie seufzte. »Obwohl ich fürchte, wir werden nicht mehr hier sein, um es mitzuerleben.«

»Nicht in der diesseitigen Welt«, stimmte Setana zu und hielt die Hände an die Flammen. »Aber wir werden dabei sein. Wir werden es sehen.«

Als Rhiann den Turm vor sich aufragen sah und den Rauch der Festtagsfeuer roch, den der Wind zu ihr herüberwehte, wurde ihr das Herz schwer.

Sie hatte sich bei den Beltaneriten endlich zu ihren Gefühlen für Eremon bekannt, aber wie verhielt es sich mit ihm? Er hatte sie einst geliebt, das wusste sie, aber hatte seine Liebe ihren ständigen schroffen Zurückweisungen standgehalten?

Beruhte das, was sie in seinen Augen gelesen hatte, nur auf der Wirkung des *saor*? Außerdem hatte er inzwischen zwei wertvolle Verbündete gewonnen: Calgacus und die Caerenier. Vielleicht brauchte er sie, Rhiann, jetzt nicht mehr.

Ihre Gedanken kreisten unaufhörlich um diese Fragen, und ihre Beklommenheit nahm zu.

Endlich erreichten Caitlin und sie den Turm, stiegen von ihren Pferden und gingen durch das Tal zum Wasser hinab.

»Sieh nur – dort!« Caitlin blieb stehen und deutete zum äußersten Ende des Strandes hinüber. Dort in der Ferne konnte Rhiann eine Gestalt erkennen, die regungslos dastand und die Wellen beobachtete. »Er sagte, er könnte Mauern, Rauch und den ewigen Gesang nicht mehr ertragen, er brauche dringend frische Luft.«

»Wenn ich nur wüsste, was ich zu ihm sagen soll!« Rhiann seufzte tief, dann biss sie sich auf die Lippe.

Caitlin musterte sie belustigt. »Sagen? Wenn ich du wäre, würde ich ihn einfach küssen – er sieht aus, als würde er genau das brauchen.« Ihre federgeschmückten Zöpfe wippten, als sie auf dem Absatz kehrtmachte und davonlief.

Rhiann blieb allein auf der Grasnarbe vor dem Strand zurück. Trotz des kalten Windes und des sich bedrohlich verdunkelnden Himmels ging sie dort eine Weile unschlüssig auf und ab. Aber hinter ihr im Turm schwoll der Lärm immer mehr an; Musik, laute Stimmen und Trommelklänge wehten zu ihr herüber. Bald musste Eremon dorthin zurückkehren, die anderen Könige erwarteten ihn. Jeder würde mit ihm sprechen wollen. Viel Zeit blieb ihr nicht mehr.

Sie atmete tief durch, straffte sich und trat in den Sand. Es gab ohnehin nur eines, was sie Eremon zu sagen hatte.

81. Kapitel

Eremon sah zu, wie sich die Wellen an den Felsen brachen, ohne sie bewusst wahrzunehmen. Gischt stob auf und hüllte ihn in eine salzige Wolke.

An dieses Land bin ich nun gebunden.

Auf der anderen Seite des Wassers erhoben sich sanft geschwungene, mit Gras und Lichtnelken bewachsene Hügel, über denen Möwen ihre Kreise zogen. Während sein Blick den Vögeln folgte, musste er daran denken, dass er Alba anfangs für ein kaltes, schroffes, unzugängliches Land gehalten hatte.

Genauso hatte er damals auch Rhiann eingeschätzt.

Lange Zeit war ihm nicht klar gewesen, dass er im Verlauf all seiner Reisen begonnen hatte, die grünen, von hohen Bergen gesäumten Täler und die Marschen mit dem sich im Wind wiegenden bronzefarbenen Riedgras zu lieben. Es war ein raues Land, doch es sprach irgendetwas tief in seinem Inneren an; einen wilden Zug seines Wesens, der sich nicht unterdrücken ließ.

Ja, Alba war ein würdiges Königreich für den Sohn eines Königs.

Er reckte sich leicht nach links und rechts. Seine verletzte Schulter schmerzte noch immer, Brust und Bauch schmerzten von den beinernen Nadeln der Druidenkünstler. Seine Haut war noch geschwollen, und er würde die Tätowierungen erst in einigen Tagen deutlich erkennen können. Aber Nectan hatte ihm den Hirsch, den Adler und den Eber beschrieben, den sie in seine Haut geritzt hatten; die heiligen Linien, die die Macht der Großen Mutter durch seinen Körper fließen ließen, so wie sie auch durch die Adern unterhalb der Erde floss.

Rhianns Bauch und Brüste wiesen dieselben Linien auf, obwohl er sie in der Dunkelheit des Steinkreises nicht hatte erkennen können. Bei der Erinnerung überlief ihn ein Schauer.

Rhiann. Gleich wäre sie hier. Was sollte er dann zu ihr sagen?

Ob sie sich an das erinnerte, was bei den Steinen geschehen

war? Oder war sie vom *saor* und dem Bewusstsein, dass die Macht der Göttin sie erfüllte, zu berauscht gewesen? Hatte sie überhaupt etwas für ihn als Mann empfunden?

Er glaubte nicht, dass er nach diesem überwältigenden Erlebnis noch im Stande war, sein Leben mit ihr so weiterzuführen wie bisher. Wenn sie ihn als Mann zurückwies, würde er die Epidier verlassen. Er hatte jetzt viele Verbündete, die ihm Zuflucht gewähren würden. Dennoch empfand er die Vorstellung, von ihr getrennt zu werden, als nahezu unerträglich.

Endlich hörte er leise Schritte hinter sich auf dem Sand.

Sie war da.

Rhiann wusste, dass er ihre Schritte gehört haben musste, obgleich er sich nicht umdrehte. Ihr Mut schwand, und sie zögerte.

Nein!

Er hatte sein Herz bereits viele Male ihretwegen aufs Spiel gesetzt. Sie wusste jetzt, dass nur Vertrauen ihr den Mut verliehen hatte, den Sprung ins Ungewisse zu wagen. Ihr Vertrauen in Nerida und Setana hatte die Tür aufgestoßen, und das Licht der Göttin war über sie gekommen. Jetzt galt es, dieses Vertrauen erneut aufzubringen.

Sie war nur noch einen Schritt von ihm entfernt; nahe genug, um zu bemerken, dass seine Schultern kaum merklich bebten. Der Wind spielte mit seinem salzverklebten Haar. Mehr konnte sie nicht sehen. Noch immer drehte er sich nicht um.

Die größte Überwindung würde es sie kosten, aus freien Stücken einen Mann zu berühren. Doch noch während ihr dieser Gedanke durch den Kopf ging, erkannte sie, dass ihr Körper eine andere Sprache sprach. Dies war Eremon, und sie sehnte sich verzweifelt danach, ihn in die Arme zu nehmen und seine Haut auf der ihren zu spüren.

Sie holte tief Atem, schlang die Arme um ihn und vergrub das Gesicht in seinem wollenen Umhang. Er roch nach Schweiß und Salz und Rauch. Rhiann schloss die Augen, als sie fühlte, wie ein Schauer durch seinen Körper lief und sich seine Muskeln unter ihren Händen verhärteten. Er schien kaum zu atmen.

»Eremon«, flüsterte sie. »Was ist denn? Sprich doch mit mir.«

Bei diesen Worten verkrampfte er sich noch stärker. »Ich bin kein Gott.« Seine Stimme klang schroff.

Rhiann ließ ihn los, ging um ihn herum und blieb vor ihm stehen. Er blickte auf sie hinab. Seine regelmäßigen Züge glichen einer steinernen Maske, seine Lippen waren zu einem schmalen Strich zusammengepresst; von dem weichen Schwung, den sie so liebte, war nichts geblieben.

Was stimmte nicht mit ihm? War er wütend auf sie? Doch dann trafen sich ihre Blicke, und sie las die Antwort in seinen Augen. In den grünen Seen spiegelte sich nackte, abgrundtiefe Furcht wider, und jetzt erfasste sie das volle Ausmaß der Bedeutung seiner letzten Worte.

»Ich bin kein Gott«, flüsterte er erneut.

Sie lächelte. »Ich weiß. Es ist ja auch nicht der Gott, den ich liebe und brauche, sondern der Mann.«

Er sah sie an. In seinem Gesicht kämpften Zweifel mit Hoffnung, sie zwang sich, ihre Gefühle ebenso bloßzulegen wie er die seinen. Dann umfasste sie seine Wange mit einer Hand. »Eremon, glaubst du wirklich, ich wäre hergekommen, um einen Gott zu treffen? Denkst du, meine Küsse dort oben zwischen den Steinen galten Ihm?«

Er stieß zischend den Atem aus. »Ich weiß es nicht. Ich dachte, dass du … dass du in jener Nacht in mir nur den Gott gesehen hättest und am Tag danach den Mann zurückweisen würdest.«

Zur Antwort nahm sie sein Gesicht zwischen beide Hände und zog seinen Kopf zu sich hinunter. Als sich ihre Lippen berührten, flammte das Feuer erneut auf und löste in ihnen dieselbe verzehrende Leidenschaft aus, die sie schon einmal zueinander getrieben hatte. Eremon vergrub die Hände in Rhianns Haar, zog die Nadeln heraus und ließ die schweren Flechten durch seine Finger gleiten.

»Ich dachte … du wärst nicht du selbst gewesen … in dieser Nacht.« Zwischen seinen Worten bedeckte er ihr Gesicht mit Küssen. »Und dass ich … dir eigentlich … überhaupt nichts bedeute.«

Sie wich zurück und sah ihn an. »Eremon, ich war mehr ich selbst als je zuvor in meinem Leben. *Ich* war es, die sich dir hingegeben hat. *Ich* war es, die sich mit dir in dem Licht vereinigt hat.« Ihre Augen glitten über sein Gesicht hinweg, das sie in den letzten Tagen so oft in Gedanken liebkost hatte, dann strich sie mit dem Daumen langsam über seine Lippen und sah zu, wie das Blut in sie zurückfloss und sie wieder weich und voll wurden. »Und weißt du auch, warum? Weil ich dich liebe – den Mann, der du bist, mitsamt deinem Schwert, deinem Speer und allem, was diesen Mann ausmacht.«

Er lächelte unsicher, aber seine Augen strahlten.

Rhiann strich ihm über die Wange. »Es ist nicht so, als ob ich mein Leben lang auf dich gewartet hätte«, sagte sie weich.

»Und ich nicht auf dich.« Er presste die Lippen in ihre Handfläche.

»Und doch bist du gekommen«, flüsterte sie. Als seine Zunge ihre Haut berührte, strömte das Blut wie flüssiges Feuer durch ihre Adern, und sie schloss die Augen.

»Das Schicksal hat mich zu dir geführt.« Eremon zog sie an sich und suchte erneut ihren Mund. Seine Hände glitten über ihren Körper und hinterließen heiße Spuren auf ihrer Haut. Als der Rausch verflog und er sie wieder freigab, fiel ihr plötzlich wieder ein, was sie den ganzen Tag lang bewegt hatte.

»Zeig mir deine Tätowierungen.« Ihre Finger glitten unter seine Tunika und schoben sie in die Höhe, sodass sie seinen Bauch und seine Brust sehen konnte. Er rang erstickt nach Atem, aber was in seinen Augen aufloderte, war kein Schmerz.

Obgleich seine Haut noch rot und geschwollen war, konnte Rhiann die Umrisse des Ebers, des Hirsches und des Adlers erkennen. »Sie sind wunderschön.« Sie blickte zu ihm auf. »Warum haben die Druiden dein Gesicht, den Hals und die Arme ausgelassen?«

»In Erin trägt ein König keine Tätowierungen. Ich habe in zwei Ländern einen Eid geschworen, also musste mein Gesicht für mein Land unversehrt bleiben. Die Druiden waren damit einverstanden, und so kann ich nun unsere beiden Völker anführen.«

Seine Worte trafen sie wie kleine Nadelstiche. Hatte er nur aus diesem Grund den Schwur geleistet? »Du hast deine Entscheidung getroffen, ohne vorher mit mir darüber zu sprechen.«

»Ich musste es tun.« Seine Augen baten sie um Verständnis. »Es war ein heiliger Eid, und dieser Tatsache wollte ich Respekt zollen. Ich wollte meine Entscheidung auf keinen Fall aufgrund meiner … meiner bereits bestehenden Bande treffen.«

Ihr Herzschlag beschleunigte sich. »Bande?«

»Kannst du es dir nicht denken?« Er lächelte schief, doch diesmal haftete seinem Lächeln keinerlei Bitterkeit an. »Meine Liebe zu dir hat mich schon lange, ehe ich es selber wusste, an dieses Land gebunden. Ich habe nicht mit dir über meinen Entschluss gesprochen, weil ich dir schon lange vorher im Herzen einen anderen Eid geschworen hatte.«

Rhiann spürte, wie tiefe Erleichterung sie durchströmte. Erst jetzt bemerkte sie, dass ihr Herz vor Anspannung zu hämmern begonnen hatte … und aus noch einem anderen Grund.

Seine Haut fühlte sich so weich an wie Seide aus dem Osten, die Muskeln des Ebers und des Hirsches bewegten sich im Einklang mit seinen eigenen unter ihrer Haut. Sie beugte sich vor und strich mit der Hand über seinen Rücken, kostete die Wärme und die Härte gleichermaßen aus. Er stöhnte leise auf und ließ dann die Finger über ihr Rückgrat gleiten, zeichnete die Rippenbögen nach … und umschloss dann sacht ihre Brust.

Sie erstarrte. Die Reaktion erfolgte instinktiv und traf sie wie ein glühender Pfeil.

Doch als sie die Verwirrung und den aufkeimenden Schmerz in Eremons Augen sah, traf auch sie eine Entscheidung.

»Eremon.« Sie lehnte sich zurück, um zu ihm aufblicken zu

können. »Es gibt da noch etwas, was du über mich wissen musst.«

Die Furcht war in sein Gesicht zurückgekehrt, und voller Kummer erkannte sie, dass das, was sie ihm zu sagen hatte, seinen Schmerz noch verstärken würde.

»Außer uns beiden ist nichts von Bedeutung«, erwiderte er tonlos. »Jetzt, da wir …«

»Nein.« Sie löste sich aus seiner Umarmung und drehte sich zum Wasser, denn es fiel ihr unendlich schwer, die Worte auszusprechen. Plötzlich erwachte ihre eigene Furcht vor einer Zurückweisung zu neuem Leben.

Trotzdem musste sie es ihm sagen.

»Am Tag des Überfalls kam ich zum Strand und … und sah, wie diese Männer meine Familie niedermetzelten. Als sie … alle tot waren, rannte ich davon, den Felshang dort hoch.« Sie deutete in die betreffende Richtung. »Aber ich habe dir nie erzählt, was danach geschah. Drei Männer … verfolgten mich und stießen mich zu Boden. Dann taten sie mir Gewalt an.«

Hinter ihr blieb es still. Das Schweigen dauerte so lange, dass sie den Kopf senkte. Sie wagte nicht, sich zu ihm umzudrehen; die Angst vor dem, was sie in seinem Gesicht lesen würde, war zu groß.

Sie hörte einen unterdrückten Fluch – oder ein ersticktes Aufschluchzen, sie konnte es nicht sagen – und dann schlangen sich seine Arme um sie und pressten ihr Gesicht fest gegen seine Brust. »*Nein!*« Seine Stimme klang so verzerrt, dass sie kaum zu erkennen war. »Sie haben dich … bei den Göttern, ich werde sie finden, und dann werde ich sie töten, jeden einzelnen von ihnen!«

Sie spürte, wie ein Zittern durch seine Arme lief, und wusste, dass er nach irgendeinem Ventil für seine hilflose Wut suchte. Aber es gab nichts, worauf er hätte einschlagen, keinen Ort, zu dem er hätte fliehen können. Also schwieg sie und hielt ihn nur ebenso fest umschlungen wie er sie.

Nach einer Weile lockerte er seinen Griff und stieß vernehmlich den Atem aus. »Die ganze Zeit lang hast du diese

Last allein getragen… ich hatte keine Ahnung. Du musstest ganz alleine mit all dem fertig werden.«

Sie hörte den neuen Unterton aus seiner Stimme heraus. Er litt, aber ihretwegen! Er wandte sich nicht voller Abscheu von ihr ab! Er hielt sie noch immer an sich gedrückt, und sie barg den Kopf an seiner Brust und lauschte dem Schlag seines Herzens.

»Meine Liebste…«, murmelte er dann heiser. »Ich werde immer für dich da sein, das schwöre ich dir. Ich lasse dich nie wieder allein.«

Sie schloss die Augen, weil sie diese Worte aus irgendeinem Grund beunruhigten. Aber mit der Erleichterung darüber, ihm endlich ihr furchtbares Geheimnis anvertraut zu haben, kam auch eine neue Erkenntnis. Vielleicht hatte Nerida sie ihr geschickt, vielleicht brannte auch noch ein Rest des Lichtes der Göttin in ihr und erhellte das, was selbst zu sehen sie zu blind gewesen war.

Eremon war nie zu ihr gesandt worden, um sie zu retten.

Er hat mir ein Geschenk angeboten. Die ganze Zeit lang hätte ich nur die Hand ausstrecken und danach greifen müssen. Er hat mir meine Gaben wieder gegeben.

Sie holte tief Atem und hob den Kopf. »Eremon, es wird Zeiten geben, in denen ich mit mir und diesen Erinnerungen allein sein muss, und das ist gut und richtig so. Aber alles wird leichter für mich sein, wenn ich weiß, dass du für mich da bist.«

Er schwieg einen Moment. »Deswegen hast du in unserer Hochzeitsnacht das Messer gegen mich gerichtet. Und ich habe mich dir aufgezwungen – o ihr Götter!«

Rhiann wischte sich über die Wangen. »Du hast dich mir nicht aufgezwungen, Eremon. Du hast dich wie ein Mann von Ehre verhalten.«

»Nein… ich konnte in jener ersten Nacht ja kaum die Hände von dir lassen… und später habe ich versucht, dich zu küssen, obgleich dir die ganze Zeit lang die Berührung eines Mannes zutiefst zuwider war. Vergib mir.«

»Eremon…«

Nackte Qual brannte in seinen Augen.

»Eremon, du hast mir nichts Böses getan. *Sie* waren es, die mir dieses Leid zugefügt haben. Du kannst nicht die Verantwortung für die Taten aller Männer auf dich nehmen, es reicht, wenn du zu deinen eigenen stehst. Du hast so gehandelt, wie es jeder Mann hätte tun sollen.« Sie legte ihm die Hände auf die Schultern und schüttelte ihn sanft. »Deine Berührung war… ist mir nicht zuwider. Erinnerst du dich daran, wie du mich nach deiner Rettung zu küssen versucht hast?«

Er nickte stumm.

»Ich wollte es, Eremon. Und weil ich es wollte, habe ich es nicht zugelassen, nicht, weil ich dich nicht liebte. Ich hatte solche Angst, ich könnte unwillkürlich vor dir zurückschrecken, wenn ich mich küssen ließe… und dass du mich dann hassen würdest. Ich wollte dir nicht weh tun… nicht dir. Niemals.«

Bei diesen Worten loderte der Schmerz in seinen Augen heller auf.

»Du siehst also«, fügte sie mit einem wehmütigen Lächeln hinzu, »dass auch ich nicht die Göttin bin. Nur ihr Gefäß, ein beschädigtes, zersprungenes Gefäß.«

Eremon schloss sie sanft in die Arme. »Du hast deine Fehler – so wie ich auch, so wie jeder Mensch. Aber trotzdem bleibst du immer meine mutige, rätselhafte, unbegreifliche Rhiann, das ist alles, was für mich zählt.«

Rhiann schloss die Augen und kostete die tröstliche Wärme seines Körpers aus. In diesem Moment existierte nichts für sie außer dem Duft seiner Haut, seinem Herzschlag, seinen Atemzügen an ihrem Ohr. Während sie einander eng umschlungen hielten, spürte sie, wie die magischen Symbole auf ihrer und seiner Haut sie immer stärker zueinander hinzogen.

Da erklang plötzlich von der Mauer des Turms eine Trompetenfanfare, und der Zauber war gebrochen.

»Bei den Göttern!« Eremon gab Rhiann widerstrebend frei. »Soll ich denn überhaupt keine Ruhe mehr haben? Sie rufen mich zurück.«

Rhiann lächelte. »Viele Könige warten auf dich. Du hast erreicht, wofür du so hart gekämpft hast. Komm.«

Hand in Hand kehrten sie zum Turm zurück. In seinem Schatten blieb Eremon stehen. »Wirst du heute Nacht bei mir bleiben? Ich brauche dich.«

Sie stellte sich auf die Zehenspitzen, um ihn zu küssen. »Mein Traum lebt, Eremon. In der Nacht der Beltaneriten haben wir es beide gesehen. Er wird sich erfüllen. Wir beide sind dazu bestimmt, unsere Völker zu retten. Mein Platz ist an deiner Seite – heute Nacht und immerdar.«

Wieder erscholl eine Trompetenfanfare, gefolgt von einer zweiten, und dann hallte die Luft von ihren Klängen wider.

Gemeinsam folgten Eremon und Rhiann ihrem Ruf.

Epilog

Weit im Südosten, in einer auf sieben Hügeln erbauten Stadt, gab es einen Raum aus Gold.

Die kunstvoll geschnitzten Lehnen des Stuhles in seiner Mitte waren mit Gold überzogen, die Wände mit golddurchwirkten Behängen geschmückt, und auf einem kleinen Ebenholztisch stand ein goldener Krug mit erlesenem gallischem Wein.

Von der mit Marmor ausgelegten Terrasse vor der Tür fiel Sonnenlicht in den Raum. Die nach Myrrhe und Zedernholz duftende Luft flirrte vor Hitze. In der Ferne glitzerte der Tiber im Licht dieses Spätsommertages.

Ein Sonnenstrahl fing sich in den Ringen des Mannes in dem Stuhl und ließ einen Rubin aufleuchten, in den der Kopf des Gottes Jupiter eingeritzt war. Der Mann war noch jung, hatte kurz geschorenes dunkles Haar und kleine, stechende Augen. Da er in Kürze vor dem römischen Senat sprechen würde, trug er eine purpurrot gesäumte Tunika.

Ein Schreiber kauerte vor ihm vor seinem Pult, auf dem ein Pergamentbogen ausgebreitet war, und tauchte seine Schreibfeder in ein juwelenbesetztes Tintenfass. Außer dem Kratzen der Feder war in dem stillen Raum nur das Summen einer Biene zu hören, die durch die offene Terrassentür hereingeschwirrt war.

Der Schreiber beendete die langen, formellen Grußfloskeln, und der Mann mit dem Rubinring fuhr mit seinem Diktat fort. Während er sprach, flog die Feder über das Pergament und versah es mit perfekt geschwungenen Buchstaben.

Gnaeus Julius Agricola,
ich teile dir hiermit mit, dass ich
nach dem plötzlichen und unerwarteten Tod meines teuren Bruders Titus, des früheren Kaisers von Rom, seine Nachfolge angetreten und den Thron bestiegen habe.
Deinen in den nördlichen Gebieten der Provinz Britannien stationierten Truppen obliegt es nun, den Ruhm des Imperiums zu mehren.
Du erhältst hiermit Befehl, von deiner gegenwärtigen Position aus weiter in das als Alba bekannte Land vorzustoßen, es vom Süden bis zum äußersten Norden, von einer Küste zur anderen einzunehmen und die dort ansässigen Stämme zu unterwerfen, um das Werk zu vollenden, das mein Vater und mein Bruder begonnen haben.
Du weißt, wie sehr ich dich als Feldherrn, der bereits zahlreiche neue Provinzen für Rom erobert hat, schätze. Diene mir ebenso ergeben, wie du schon meinem Vater Vespasian und meinem Bruder gedient hast, und erweise dich des Vertrauens würdig, das ich in dich setze.
Teile mir in deiner Antwort auf dieses Schreiben die genaue Stärke deiner Truppen, ihren momentanen Standort sowie deine weiteren Pläne mit. Meine Unterstützung ist dir schon jetzt gewiss.

Gehabe dich wohl!
Domitian
Kaiser von Rom

Nachwort

In jedem historischen Roman vermischen sich Fakten mit Fiktion. Daher habe ich mich an die Fakten gehalten, soweit sie bekannt sind, aber zum Glück für mich als Autorin gibt es auch vieles, was wir nicht wissen oder was noch Thema zahlreicher wissenschaftlicher Debatten ist. In diesem Fall habe ich meiner Fantasie freien Lauf gelassen. Ich entschuldige mich nicht dafür, denn es war von Anfang an meine Absicht, eine gute Geschichte zu erzählen, die in diesem Fall zufällig vor einem historischen Hintergrund spielt.

Obwohl ich ausgedehnte und sorgfältige Recherchen angestellt habe, dürften sich hier und da Fehler eingeschlichen haben, für die ich alleine die Verantwortung trage.

Es ist an dieser Stelle nicht möglich, ins Detail zu gehen, so möchte ich nur auf einige wichtige Punkte eingehen und erklären, welche Tatsachen Eingang in meinen Roman gefunden haben. Das Dorf Kilmartin in Argyll ist einen Besuch wert, denn dort kann man die große Felsenfestung Dunadd (Dunadd Fort), Criànan (oft »Crinan« geschrieben), die Klippenfestung (Castle Dounie) und die »Hügel der Vorfahren« und die heiligen Steine (Menhire) im Tal von Kilmartin besichtigen. Kilmartin verfügt außerdem über das beste kleine Museum, das ich in Großbritannien je besucht habe, das Kilmartin House Museum, wo einige sehr interessante Ausstellungsstücke zu sehen sind – und der Kaffee scheußlich schmeckt!

Die römischen Feldzüge

Alle Basisinformationen über die Bewegungen der römischen Armee, ihre Festungen und Grenzen sind der Biografie entnommen, die Tacitus später über seinen Schwiegervater Agricola verfasste. Einige Historiker halten es für möglich, dass Tacitus tatsächlich als junger Mann ein paar Monate im Norden Britanniens verbracht hat. Interessanterweise erfuhr ich erst nachdem ich diese Idee in meine Geschichte aufgenommen hatte, dass Tacitus in seinen Aufzeichnungen einen irischen Prinzen erwähnt, den Agricola in seinem Lager empfing, weil er plante, mit seiner Hilfe auch noch Irland zu erobern.

Dalriada

Die späteren irischen und schottischen Geschichtschroniken erwähnen ein Volk, das irgendwann im Laufe des sechsten Jahrhunderts nach Christus von Ulster in Nordengland nach Argyll im Westen Schottlands kam, um sich dort niederzulassen. Diese Kolonie von Gälen, wie man sie nannte, wählte die Festung Dunadd in der Nähe von Criànan als Sitz ihres Königs und brachte die gälische Sprache nach Schottland. Die meisten Wissenschaftler vermuten jedoch, dass die Nordiren aufgrund der geringen Entfernung zwischen ihren jeweiligen Küsten bereits Jahrhunderte vor der Kolonialisierung in enger Verbindung mit Westschottland standen. Also kann der erste Kontakt zwischen Argyll und Dalriada durchaus bereits im ersten Jahrhundert nach Christus stattgefunden haben.

Dunadd

Heute gilt es als erwiesen, dass Dunadd zwischen dem 5. und dem 10. Jahrhundert n. Chr. Sitz der Könige der schottischen Dávriatan war und sich zu einem Zentrum des Handels und der Handwerkskunst entwickelte. Ausgrabungen haben jedoch bewiesen, dass dort bereits Tausende von Jahren zuvor Menschen gelebt oder diese Stätte zumindest besucht haben, so auch zu der Zeit, als die Römer Schottland besetzt hielten. Es ist äußerst unwahrscheinlich, dass sich die frühen keltischen Stämme, die in dieser Gegend ansässig waren, nicht die günstige Lage dieses mächtigen Vulkanfelsens zu Nutze gemacht haben. Die Ausgrabungen haben sich vornehmlich auf in der Mitte des ersten Jahrtausends errichtete Steinmauern konzentriert, daher ist es durchaus möglich, dass Überreste hölzerner Bauwerke entweder übersehen oder zerstört wurden. Soweit mir bekannt ist, wurden auf der Ebene am Fuß des Felsens keine Ausgrabungen durchgeführt.

Volksstämme

Der griechische Geograf Ptolamaios, der seine Aufzeichnungen im 2. Jahrhundert n. Chr. verfasste, hat uns eine Karte Schottlands hinterlassen, die die Gebiete der dort ansässigen Stämme aufzeigt. Es ist möglich, dass ein Teil dieser Informationen auf Agricolas Feldzügen gesammelt wurde. Ich habe die Stammesnamen und die Lage ihrer Gebiete so übernommen, wie es auf dieser Karte dargestellt ist, obwohl wir nicht wissen, wie präzise sie ist.

Einige Leute vertreten die Meinung, die Namen der Stämme könnten sich auf bestimmte Tiere beziehen. So könnten die Epidier den Pferden, die Caerenier den Schafen und die Luger den Raben zugeordnet werden.

Pikten/Gälen

Die Bezeichnung »Pikten« für die Bewohner Schottlands wird von den römischen Geschichtsschreibern erst ab dem 4. Jahrhundert verwendet und könnte von einem römischen Begriff abgeleitet worden sein, der »bemalte Menschen« bedeutet. Obwohl meine Romangestalten wohl zu den »Pikten« zählen, wissen wir nicht, wie sich diese Völker damals selbst genannt haben. Daher habe ich den alten Namen Schottlands, nämlich Alba, beibehalten und sie »Albaner« genannt. Was den Begriff »Gälen« betrifft, so deutet vieles darauf hin, dass dies der Name ist, den die Menschen aus Schottland denen aus Irland gaben. Argyll, das spätere Machtzentrum derer von Dalriada, heißt »Küste der Gälen«.

Sprache

Es gibt Hinweise darauf, dass die Pikten (Abkömmlinge der Schotten) und die Argyll-Schotten (Abkömmlinge der Iren von DávRiatan) im 6. Jahrhundert zwei grundverschiedene Abarten des Keltischen sprachen. Aber Sprachen können sich rasch verändern, und wir wissen nicht, wie sehr sich diese beiden Sprachen im 1. Jahrhundert ähnelten. Der Einfachheit halber habe ich beide Völker ein und dieselbe Sprache sprechen lassen.

Vornamen

Bezüglich der Namen folge ich einem bestimmten Schema, da wir nicht genau wissen, welcher Sprache sich die Pikten/Albaner denn nun tatsächlich bedienten: War sie damals stärker an das Walisische oder an das Irische angelehnt? Also sind einige meiner Namen irisch, einige piktischen Ursprungs, und einige habe ich schlichtweg erfunden. Die einzigen überlieferten piktischen Namen sind die von Königen, daher habe ich diese weitgehend für meine wichtigsten männlichen Charaktere benutzt, zum Beispiel Brude, Maelchon, Gelert, Drust und Nectan. Die einzige Ausnahme bildet der Name Calgacus, der aus dem Keltischen stammt und so viel wie »großer Schwertfechter« bedeutet. Er wird bei Tacitus als Anführer der Stämme genannt, die sich gegen Agricola auflehnten.

Da uns keine piktischen Frauennamen überliefert sind, tragen die Frauen in diesem Buch größtenteils irische Namen: Caitlin, Eithne, Mairenn, Dercca und Fainne. Rhiann basiert zwar auf dem Walisischen, ist aber kein traditioneller Name. Eremons Männer haben alle irische Namen, obwohl Eremon in Irland kein üblicher Name war, sondern, wie Aedan bei der Hochzeitsfeier singt, der eines mythologischen Helden und des ersten gälischen Königs von Irland.

Götter

Da wir auch nicht wissen, wie die Albaner ihre Götter nannten, habe ich eine Mischung von walisischen Göttern (Arawn) und Göttinnen (Rhiannon, Ceridwen), britischer Göttinnen (Andraste und Sulis) und irischer Götter (Dagda, Lugh und Manannán) in dieses Buch eingebracht. Die beiden Letztgenannten tauchen überall in der keltischen Welt von Irland bis Gallien auf. Manannán wird in der walisischen Mythologie oft als Gemahl der Rhiannon genannt; er ist einer der bedeutendsten irischen Götter, nach dem die Isle of Man benannt wurde. Taranis gilt als Donnergott der Gallier. Cerunnos, der Hirschgott, scheint sowohl auf dem Kontinent als auch auf den britischen Inseln verehrt worden zu sein.

Die heilige Insel

In meinem Buch setze ich die Heilige Insel mit der zu den Äußeren Hebriden zählenden Isle of Lewis gleich; hauptsächlich deshalb, weil dort auf einer Landspitze, die zum Atlantik hinausgeht, der größte Steinkreis der britischen Inseln nach Stonehenge und Avebury steht: Callanish. Der Rundturm, in dessen Nähe der Überfall auf Rhianns Familie stattfand – Du Carloway/Carloway Broch –, ist auch noch weitgehend erhalten. Interessanterweise wird in den Schriften des Plutarch ein Reisender namens Demetrios von Tarsos erwähnt, der zur Zeit von Agricolas Feldzügen eine höchstwahrscheinlich zu den Hebriden gehörende »heilige Insel« besuchte.

Die königliche Blutlinie

Eine der faszinierenden Besonderheiten der Pikten (meiner Albaner) war der Umstand, dass bei ihnen Beweisen zufolge die Königswürde über die Frauen der königlichen Familie vererbt wurde, statt vom Vater auf den Sohn überzugehen. Wenn das zutrifft, unterscheidet sich das schottische Volk in diesem Punkt deutlich von den frühen Völkern Irlands und Britanniens. Dieser Gedanke war einer der Ausgangspunkte für meinen Roman.

Das alte Volk/die Schwesternschaft

Von der oben genannten Theorie ausgehend begann ich darüber nachzugrübeln, dass der Grund dafür, dass sich dieser seltsame Brauch nur in Schottland fand, in einer alten Form des Göttinnenkultes (der Verehrung der Großen Mutter als Spenderin allen Lebens) zu suchen sein könnte, der nur dort überlebt hat. In meinem Buch unterstelle ich, dass die von

Frauen beherrschte Religion der Menschen des Neolithikums oder der Bronzezeit (das »Alte Volk«) von einer Priesterinnenklasse ausgeübt wurde. Die Existenz von Druiden zur damaligen Zeit ist historisch bewiesen, also hatte ich die Idee, Druiden und Priesterinnen einfach nebeneinander zu stellen. Anmerkung für alle Wissenschaftler: Ich weiß, dass es keine Beweise für diese Koexistenz gibt!

Steine/Hügel

Alle noch erhaltenen Steine und Hügelgräber Großbritanniens wurden von den Völkern der Bronzezeit um 1500 vor Christus erbaut, nicht von meinen im 1. Jahrhundert nach Christus lebenden Menschen der Eisenzeit. Jedoch stimmen die meisten Wissenschaftler darin überein, dass die Völker der Eisenzeit die älteren Monumente vermutlich für ihre eigenen Riten benutzt haben. Dies gilt im Fall der Steine in anderen Teilen Schottlands und Englands als erwiesen, jedoch gibt es keinerlei Hinweis darauf, dass die Monumente im Tal von Kilmartin oder der große Steinkreis von Callanish auf der Isle of Lewis ebenfalls solchen Zwecken gedient haben.

Piktische Steine

Das bekannteste Erbe der Pikten sind ihre kunstvoll gemeißelten Steine, die hauptsächlich ab dem 6. oder 7. Jahrhundert entstanden. Obgleich mir bekannt ist, dass keiner davon aus der Zeit stammt, in der meine Geschichte spielt, kann ich mir gut vorstellen, dass dieselben Symbole schon viel früher benutzt wurden, um Holz, Wände und Haut zu verzieren. Drusts Steine sind eine Erfindung von mir: Man kann leicht nachvollziehen, dass seine Kunst damals vorerst mit ihm gestorben ist. Vielleicht ruhen seine Adlersteine bis heute noch irgendwo in der Erde und warten auf ihre Entdeckung.

Das dem Prolog, dem ersten Kapitel und dem Epilog vorangestellte Symbol ist authentisch, es fand sich tatsächlich auf den Steinen der Pikten.

Den Eber als Abzeichen von Eremons Familie habe ich gewählt, weil es in der Nähe von Dunadd eine berühmte Felsschnitzerei in Form eines Ebers gibt. Und obgleich diese viel später entstanden ist, gefällt mir die Vorstellung, dass es Eremon war, der das Ebersymbol nach Dunadd brachte, und es seinetwegen zum Symbol des Königshauses von Dalriada wurde.

Danksagungen

Niemand kann ein so umfangreiches Werk ohne Hilfe vollenden, und so möchte ich meiner Familie und meinen Freunden für ihre Liebe, ihre Unterstützung und ihr Verständnis dafür danken, dass ich in den letzten Jahren nur halb bei ihnen war, weil meine andere Hälfte im Schottland des 1. Jahrhunderts lebte.

Dank all den Freunden, die mir immer wieder Mut zugesprochen und mich in den Bekleidungsfragen beraten haben: Amber Frewenack, Tessa Evans, Helen Jamieson, Kathryn Tenger, Claire Hotchin, Lisa Holland-McNair und Jo Ferrie.

Ich danke Amber, die an genau den richtigen Stellen geweint und mir dadurch Hoffnung gegeben hat; meinem großen Bruder Mark, der immer zur rechten Zeit vor Stolz gestrahlt hat und mich nie an seiner Liebe zweifeln ließ; meiner wundervollen Agentin Maggie Noach, die fest an mich geglaubt hat; meiner Redakteurin Yvette Goulden für ihr Verständnis und allen Mitarbeitern von Orion dafür, dass sie mein »Baby« stets respektvoll behandelt haben.

Patricia Cooke half mir in der Frage gälischer Ausdrücke. David Adams McGilp vom Kilmartin House Museum stellte seine eigenen Probleme hintenan, um mit mir zu sprechen, und als Dank versprach ich ihm, überall sein sehenswertes Museum in Kilmartin, Schottland, lobend zu erwähnen.

Großer Dank gebührt Dorothy Watson, die mich vorübergehend in ihr Heim in Australien aufgenommen hat; Claire, Graeme und Cassie Swinney, die mich während der monatelangen Überarbeitung des Manuskripts mit Barbecues und

Gin-Tonics stärkten und immer dann für mich da waren, wenn ich sie am nötigsten brauchte.

Doch meine ewige Dankbarkeit gilt Claire, die die Saat für dieses Buch gesät, immer unerschütterlich an mich geglaubt und mir bei jedem Blutstropfen, jeder Schweißperle und jeder Träne, die ich vergossen habe, die Hand gehalten hat … und meinem Mann Alistair, der bei vielen Pints in ebenso vielen Pubs über Details gebrütet, Plots ausgeheckt, das Manuskript zum x-ten Mal gelesen und mich getröstet hat, wenn mich die Verzweiflung packte. Ohne dich hätte dieses Buch nie geschrieben werden können.